Ben Peek
Gefallen. Ära der Götter 2

Zu diesem Buch

Nach den Ereignissen aus »Verflucht« liegt die einst blühende Handelsstadt Mireea als geisterhafte Ruine da. Die Überlebenden der Schlacht fliehen in die Küstenstadt Yeflam, in der der Wind das Blut des Gottes Leviathan in sich trägt. Und der Zufluchtsort hält neue Schrecken bereit: Nicht nur wird Zaifyr des Mordes an zwei Bewahrern angeklagt. Inmitten der Intrigen und politischen Zerwürfnisse droht außerdem ein Bürgerkrieg auszubrechen. Derweil wächst die Macht des namenlosen göttlichen Kindes. Es ist ein Nachfahre der alten Götter, das über Jahrtausende geschlafen hatte. Und es prophezeit die Ankunft einer grausamen Armee, die an der Küste vor Yeflam landen und die Welt in einen gewaltigen Krieg stürzen wird …

Ben Peek wurde in Australien geboren und legte nach mehreren Erzählungen mit »Verflucht« den ersten Band seiner großen Romantrilogie um die Kinder der Götter vor. »Gefallen« setzt die Reihe fort.

Ben Peek

ÄRA DER GÖTTER
GEFALLEN

Aus dem australischen Englisch
von Irene Holicki

PIPER
München Berlin Zürich

Entdecke die Welt der Piper Fantasy:

Piper Fantasy.de

MIX

Papier aus verantwortungsvollen Quellen

FSC® C083411

FSC

www.fsc.org

Deutsche Erstausgabe
Mai 2016

Titel der australischen Originalausgabe:
»Leviathan's Blood«, Thomas Dunne Books, St. Martin's Press, New York 2016

Umschlaggestaltung und -abbildung: www.buerosued.de
Satz: psb, Berlin
Druck und Bindung: CPI books GmbH, Leck
Printed in Germany ISBN 978-3-492-26972-8

DER WEISSE BAUM

– Ihre Tageszeitung seit 1032 –

Zum fünfzigsten Jahrestag der Belagerung von Mireea

von Vyra Riemal

Einst lebten die Götter unter uns.

Das weiß ich von meiner Mutter. Und von meinem Vater. Beide wurden Tausende von Jahren nach dem Krieg der Götter geboren, und beide bekamen niemals einen lebenden Gott zu sehen, jedenfalls nicht vor ihrem Tod im Jahre 1023, dem Jahr der Belagerung von Mireea durch die Leeraner.

Ihr Leben wurde bestimmt von den Folgen des Krieges der Götter. Ringsum lagen deren Überreste, sie waren ihnen so vertraut wie der Hausbaum im Garten oder die Laken, in denen sie schliefen. Genau wie wir erwachten meine Eltern in einer Welt, die erhellt wurde vom ersten Teil der zerbrochenen Sonne. Im Laufe des Tages sahen sie dann zwei weitere Teile auf- und wieder untergehen. Vor ihrer Haustür lag ein Gebirgszug, der um den Leichnam eines Gottes herumgebaut worden war. Für sie war das normal, so normal wie die Küste, die alle Lebewesen in den Wahnsinn trieb, so normal wie der Ozean, der nach Blut roch. Sie lebten – wie wir alle bis auf den heutigen Tag – zwischen den Körpern der göttlichen Wesen, die unsere Welt erschufen. Wesen, die tot, aber zugleich auch lebendig waren. Wesen, die uns so fremd waren, dass wir nur Theorien darüber aufstellen können, wie sie die von ihnen geschaffene Welt sahen. Heute vermuten wir, dass die Götter die Zeit als Ganzes erlebten, dass für sie mit ihrem gewaltigen und vielschichtigen Bewusstsein die Zeit nicht linear ablief wie für uns Sterbliche. Wir glauben, dass ihre heiligen Körper nun von der Zeit zerrissen werden, dass sie sich selbst verloren haben, sodass die Vergangenheit, die Gegenwart und die Zukunft auf sie einwirken können. Deshalb sickern ihr Wesen und ihre Macht in unsere Welt ein und verändern sie.

Meine Mutter, geschweige denn mein Vater, konnte mir nicht erklären, warum die Götter in den Krieg zogen. Ebenso wenig, wie sie mir sagen konnten, warum die Leeraner Mireea belagerten.

Meine Eltern hatten keine Chance, das jemals zu begreifen. Sie starben, nicht durch Schwert oder Pfeil, auch nicht von der Hand der Leeraner, sondern an der Seuche, die über die Stadt kam. Fremde, die die Belagerung überlebt hatten, nahmen sich meiner an, doch auch sie verstanden nicht, warum sie angegriffen worden waren. Diese Erkenntnis kam erst Monate später, und in seiner Gesamtheit ließ sich das Geschehen erst nach Jahren begreifen, als die Aufzeichnungen der Hauptakteure gefunden wurden oder diejenigen selbst darüber sprachen.

Seither erkunden wir (und mit wir meine ich Historiker wie mich) mit großem Eifer das Leben der Personen, die in den Tagen vor und nach der Belagerung von Bedeutung waren. Natürlich ist das Werk noch immer nicht vollendet: Es gibt Jahre, über die nur wenige Unterlagen existieren, Monate, von denen nicht gesprochen wird, und Tage, die seltsamerweise aus allen Aufzeichnungen verschwunden sind. Aber wir haben große Fortschritte gemacht und wissen nun sehr viel mehr über Ayae und Zaifyr, die beiden »Verfluchten« und über den Söldner Bueralan Le.

Ayae war eines der vielen Kinder, die während der siebenhundertjährigen Herrschaft des Unschuldigen in Sooia ihre Heimat verloren.

Mit fünf Jahren kam sie ins Waisenhaus der *Mutter* in Mireea. Wie viele andere, die in einer staatlichen Einrichtung aufwuchsen, sprach sie so gut wie nie über ihre Kindheit. Wer sie kennenlernte, stellte oft fest, dass sie den Namen des Waisenhauses oder der Leiterin nie erwähnte, die auf tragische Weise kurz nach ihrer Ankunft bei einem Brand ums Leben kam. (Sie hieß übrigens Germaine Tislr und war wohl eine recht unangenehme Frau, aber das tut nichts zur Sache.) Immerhin wurden die Kinder in diesem Haus nicht unterdrückt, und Ayae und die anderen Waisen, die dort untergebracht waren, wurden sogar unterrichtet. Kurz nachdem sie die Schule abgeschlossen hatte, bekam Ayae eine Lehrstelle beim zweiundachtzigsten Samuel Orlan. Allen Berichten zufolge war sie ein hervorragender Lehrling, doch nichts weist darauf hin, dass Orlan sie als Nächste seines Namens vorgesehen hatte – wobei wir nicht wissen, ob er seine Meinung zu einem späteren Zeitpunkt geändert hätte, denn noch ehe ihre Lehrzeit abgelaufen war, schlug die Geschichte zu.

Kurz bevor die Leeraner Mireea belagerten, wurde Ayae in Samuel Orlans Werkstatt überfallen. Ein Feuer brach aus, während sie im Haus war, doch hinterher stellte sich heraus, dass Ayae keine einzige Verbrennung erlitten hatte. Binnen weniger Tage wurde sie von den Hütern des Göttlichen als Kind der Götter kenntlich gemacht, beziehungsweise wie man in Mireea zu jener Zeit zu sagen pflegte: Ayae galt als »verflucht«. Sie war angesteckt von der Macht des Gottes Ger, der unter ihren Füßen lag. Viele glaubten, dass diese Macht sie bald in Besitz nehmen und verzehren würde, wie sie es in der Vergangenheit in anderen Fällen getan hatte, doch dazu kam es nicht. Die beiden Hüter Fo und Bau, die von den »verfluchten« Herrschern von Yeflam nach Mireea geschickt worden waren, halfen ihr vielmehr, ihre Gabe zu beherrschen. Dabei entdeckte Ayae, dass die beiden Unsterblichen planten, in Mireea eine Seuche zu entfesseln, die Tausende das Leben kosten würde. Das stand nicht in Einklang mit den Befehlen, die Fo und Bau in Yeflam erhalten hatten. Der Tod der beiden Hüter ermöglichte es Ayae und den Überlebenden der Belagerung, von Mireea nach Yeflam zu flüchten.

Bueralan Le stammte ursprünglich aus Ooila. Er war in eine privilegierte und wohlhabende Familie hineingeboren worden. Doch als er 1023 nach Mireea kam, war er der Hauptmann der Truppe Nacht, einer kleinen Söldnereinheit, die sich auf Sabotage spezialisiert hatte. Siebzehn Jahre zuvor hatte er an einer Revolution teilgenommen, die gescheitert war, und war in der Folge aus seiner Heimat verbannt worden.

Nach Mireea kamen Bueralan und die Truppe Nacht auf Bitten von Aned Heast, dem Hauptmann des Rückens. Sie trafen an dem Tag in der Stadt ein, an dem Ayaes »Fluch« offenbar wurde; tatsächlich waren sich die beiden schon vor dem Überfall begegnet. Doch Bueralan und seine Truppe sollten nicht in Mireea bleiben, denn Muriel Wagan, die Herrin der Stadt und des Rückens, beorderte die Nacht-Truppe nach Leera, wo sie so viel wie möglich über die Streitmacht in Erfahrung bringen sollten, die gegen Mireea vorrückte. In letzter Minute schloss sich auch der berühmte Kartograf Samuel Orlan den Söldnern an.

Orlan hatte seine eigenen Gründe, sich auf diese Reise zu begeben, doch seine Absichten traten erst zutage, als die Söldner sich bereits in Leera befanden. In einer Stadt mit Namen Sumpfwasser verriet Orlan den Saboteur an feindliche Soldaten. Bueralan wurde gefangen genommen und wenig später dem leeranischen General Ekar Waalstan übergeben.

Dort erfuhr er, dass die Leeraner einen neuen Gott gefunden hatten beziehungsweise von ihm gefunden worden waren. Letzteres ist wahrscheinlicher. Der neue Gott, ein Mädchen, hatte keinen Namen, entfachte aber eine solch flammende Begeisterung in den Soldaten, wie Bueralan es noch nicht erlebt hatte. Während seiner Gefangenschaft wurde er Zeuge einiger Blutrituale. Im Laufe eines solchen Rituals wurde ihm offenbart, dass Samuel Orlan zur Truppe Nacht zurückgekehrt war und seine Soldaten überredet hatte, mit ihm nach Ranan, der Hauptstadt von Leera zu ziehen. Sie sollten ihm helfen, den neuen Gott zu töten.

Bueralan gelang es nicht, sich zu befreien, und als die Leeraner Mireea belagerten, fand er sich schließlich mit ihnen auf Gers Berg wieder. Er wurde gezwungen, die oberste Priesterin der Leeraner in die vergessene Stadt unter Mireea zu führen, zu einem Tempel, der über dem Leichnam des Gottes Ger errichtet worden war. Die Priesterschaft hatte die Absicht, dem Gott den letzten Funken seiner Macht zu entziehen und ihn Bueralan einzupflanzen, ihn anschließend zu opfern und die Macht auf diese Weise auf ihren eigenen Gott zu übertragen. In einer Reihe von Ereignissen, die noch nicht vollends durchschaut werden können, griff ein Teil von Ger in das Geschehen ein. Bueralan tötete seine Bewacher und ritt sodann nach Ranan, musste aber erfahren, dass er zu spät kam, um die Truppe Nacht zu retten. Der kindliche Gott im Inneren des Tempels hatte seine Soldaten bereits getötet. Ihn selbst tötete das Götterkind jedoch nicht, und auch den Kartografen Samuel Orlan ließ es am Leben. Stattdessen erklärte es, beide seien »von den Göttern berührt«, übergab ihnen ein grausiges Geschenk und ließ sie frei.

Im Lauf der langen und wechselvollen Geschichte, die unsere Welt seit dem Krieg der Götter durchlaufen hat, wird der Leser **Zaifyr** unter einem anderen Namen, nämlich als **Qian** kennengelernt haben.

Qian war eines der ersten »Kinder der Götter«, einer von fünf Männern und Frauen, die sich für Götter hielten. Mit der Zeit sollte sich erweisen, dass alle fünf lediglich »verflucht« waren, wie man es zehntausend Jahre später auch von Ayae behaupten würde. Qian eroberte mit den vier anderen, die er seine Brüder und Schwestern nannte, einen großen Teil der Welt und leitete das Zeitalter ein, das wir unter dem Namen »Die Fünf Reiche« kennen. Diese Zeit sollte mit der Veröffentlichung eines von Qian verfassten Buches mit dem Titel *»Der Götterlose«* enden. Das Buch ist heutzutage schwer zu finden – es war, wie so viele Bücher und Kunstwerke, ein Opfer der Kriege geworden, die nach dem Untergang der Fünf Reiche ausbrachen –, aber *»Der Götterlose«* legte den Grundstein für viele unserer heutigen Vorstellungen von den Göttern und von jenen Menschen, in die etwas von ihrem Wesen eingegangen ist. Bedauerlicherweise war Qian Berichten zufolge dem Wahnsinn verfallen, als er dieses Buch schrieb. Er hatte zu lange die Toten gesehen und gehört. Seine Geschwister sahen sich gezwungen, auf Eakar einen Turm zu bauen und ihn tausend Jahre lang darin gefangen zu halten.

Bei seiner Freilassung aus dem Kerker nahm Qian den neuen Namen Zaifyr an. Geschichten über ihn sind in Gogair, Faer und bis ins ferne Weiße Reich in Umlauf. Es heißt, er sei auf Geheiß seines Bruders Jae'le, der den Gott der Leeraner schon seit Jahren beobachtet hatte, nach Mireea gekommen. Hier lernte Zaifyr Ayae kennen und half ihr, die eigenen Kräfte besser zu verstehen. Dabei geriet er in Konflikt mit den beiden Hütern Fo und Bau. Als Zaifyr sich mit der Seuche ansteckte, die Fo in Mireea entfesselt hatte, stand er an der Schwelle des Todes. In diesem Zustand begegnete er in der Seele eines toten Soldaten dem leeranischen Gott. Das Götterkind wollte ihn überreden, sich ihr anzuschließen. Doch dabei gab sie preis, dass sie verantwortlich war für das elende Zwischenreich, in dem die Toten gefangen waren. Ihre Erklärung, sie könne mit den Toten und den Lebenden verfahren, wie es ihr beliebe, empörte Zaifyr so sehr, dass er gelobte, sie zu vernichten. Als er erwachte, tötete er Fo und Bau und setzte damit die Ereignisse in Gang, die die Mireeaner nach Yeflam führten.

Versetzen Sie sich nun im Geiste dorthin, verehrter Leser. Halten Sie inne, um der Belagerung Mireeas zu gedenken, und stellen Sie sich vor, neben diesen drei Menschen zu stehen. Tun Sie das, wenn

Sie sich mit Ihrer Familie zum Essen setzen, wenn Sie durch die Ausstellungen schlendern oder in den Büchern lesen, die über diese Zeit erscheinen werden. Stellen Sie sich vor, Sie stünden neben diesen drei Menschen, auf denen, ohne dass sie es wussten, so viele unserer Hoffnungen ruhten.

Stellen Sie sich vor:

Wir schreiben das Jahr 1023. Der Kalender – er ist noch ziemlich jung, verglichen mit der langen Geschichte unserer Welt – nähert sich langsam einer Jahreswende.

Mireea ist gefallen. Die Zeit hat Gers Tod zur Kenntnis genommen. Langsam verwest sein Leichnam, und mit ihm zerfällt der Berg, unter dem er einst lag. Lady Muriel Wagan und ihr Hauptmann Aned Heast haben die Überlebenden aus ihrer Stadt nach Yeflam geführt. Dort werden sie nun hineingezogen in den erbitterten Machtkampf zwischen den Hütern der Enklave und der Kaufmannsgilde. Auf der anderen Seite von Gers Rücken schickt das leeranische Heer sich an, in die Reiche von Faaisha einzumarschieren. Dort lauert Verrat. Und in Leera verlassen zwei Männer mit einem grausigen Gegenstand in den Händen eine Kathedrale.

Die Welt, wie ich sie kenne, wird soeben zerstört. Die Welt, die Sie kennen, erwacht.

Vyra Riemal, eine geachtete Historikerin, verfasste die »Chronik der Flucht«. *Geboren in der Stadt Mireea, fand sie in der Stadt Lumu in Yeflam eine neue Heimat und lebt dort nun schon seit zweiunddreißig Jahren. Sie ist die Inhaberin der berühmten Buchhandlung* Ankunft am Ende der Welt, *des einzigen Buchladens, der jemals Schauplatz zweier Schwertkämpfe und einer Messerstecherei war, wo ein freundlicher Geist umgeht und außergewöhnlich viele Liebesgeschichten stattfinden. (Sie waren möglicherweise der Grund für die beiden Schwertkämpfe, nicht aber, wie sie beteuert, für die Messerstecherei). Vyra Riemal wohnt dort mit ihrem Ehemann, ihrer Enkelin und zwei schwarzen Katzen, die, nun ja, »verflucht« sind. Aller Wahrscheinlichkeit nach jedenfalls.*

Sie begann mit den Worten: »Weißt du, wer dich belügt?«

Tinh Tu,
»Geheimes Tagebuch«

Prolog

Leviathans Blut, so hatte Ya Nuurals Mutter den Ozean immer genannt.

Er war einen Tagesmarsch von der Küste entfernt aufgewachsen, und in den ersten Jahren seines Lebens war sie jeden Sommer mit ihm an den leeren Strand gepilgert. Sie brachen am Abend auf, nachdem die leuchtende Scherbe der Nachmittagssonne bereits untergegangen war, ihre Wärme aber noch nachwirkte. Seine Mutter nahm ihn an der Hand und wanderte schweigend mit ihren Brüdern und Schwestern durch die Nacht zum Meer. Am nächsten Morgen entfachte die Familie ein Feuer auf dem Sand – oft in der Asche des letzten Jahres –, und dann wurde den ganzen Tag und die nächste Nacht hindurch gegessen und getrunken. Dabei erzählte man sich die Geschichte von Leviathan, deren Blut am Tag ihres Todes in den Ozean geflossen war. Der Wasserspiegel war angestiegen, und der Ozean hatte sich schwarz gefärbt. Seine Mutter schilderte auch, was dabei mit dem Leben im Meer geschehen war. Alle Tiere hätten sich verändert, sagte sie. Manche wurden entstellt, andere, die vorher harmlos gewesen waren, wurden gewalttätig. Doch alle waren sie für jeden, der sie verzehrte, giftig geworden.

Darüber hatten schon die Fischer, ihre Vorfahren, geklagt. Die Familie Nuural hatte die Worte über Generationen bewahrt, und in jenen langen Nächten hatte Ya unter den verschwommenen Sternen und dem matten Mond gelegen und im Geiste Männer und Frauen unter den Wellen gesehen. Er hatte versucht, ebenso wie sie den Atem anzuhalten – länger als jeder andere Mensch –, und er hatte sich vorgestellt, einen Speer aus den Knochen eines Wesens in der Hand zu halten, das im Gewirr der roten und goldenen Korallenriffe verendet war, wo Leviathan ihre letzte Ruhe gefunden hatte.

Seine Mutter war schon seit zwanzig Jahren tot, doch wenn er nun, selbst Vater eines bereits erwachsenen Kindes, über den Sand ging, hatte er ihre Geschichten noch immer im Ohr. Besonders deutlich vernahm er ihre Stimme an dem Nachmittag, an dem er das Schiff *Glafanr* entdeckte.

Er war gekommen, um nach den Angeln zu sehen, die sich über den schwarzen Ozean neigten. Unter seinen Füßen knirschten die toten Hüllen der Schmetterlinge dieses Tages, als er über Sand und Stein zu den Ruten und den Netzen ging, die dazwischen im Wasser lagen. Er hatte die Leinen am Morgen ausgeworfen, kurz bevor die erste Scherbe der Sonne aufging, aber die Ausbeute war spärlich; die dicken Angelsehnen lagen schlaff im Wasser. Das überraschte ihn nicht allzu sehr, denn Fische fing man besser in der Nacht. Deshalb hoffte er, dass am nächsten Morgen viele ungenießbare Tiere die Leinen straffen würden.

Die dicken Angelruten steckten in Stahlhülsen, die am Ende des Strandes in den Felsen geschlagen waren. Bunte Schmetterlinge lagen, vollgesogen mit Wasser, um die Stangen herum, doch am dichtesten hingen sie an den Spulen mit den Angelsehnen aus Katzendarm. Die Leinen waren lang genug, dass auch die größten Geschöpfe des schwarzen Ozeans sich daran müde zerren konnten, aber Ya wusste auch, dass es in den Tiefen von Leviathans Blut Lebewesen gab, die imstande waren, sie zu zerreißen und in seltenen Fällen sogar die Angelrute aus der Hülse zu zerren und davonzuschleppen wie einen dürren Ast.

Die Flut hatte Leinen und Schmetterlingsleichen in den Gezeitentümpel zwischen den Steinen geschwemmt; die Sehnen der beiden Angeln hatten sich ineinander verheddert. Der Tümpel – zweimal so lang und mindestens ebenso tief, wie Ya groß war – war von Hand ausgeschürft worden. Anschließend hatte man ein Netz auf seinen Grund gelegt. In diesen Teich warfen die Fischer alles, was sie im Ozean gefangen hatten, um es zu untersuchen. Jedes gefangene Tier wurde markiert und gelegentlich mitgenommen. Ya wollte auf jeden Fall verhindern, dass sich die Leinen bis zum nächsten Morgen auch noch in den Netzmaschen verfingen, und so beugte er sich nieder, um sie vorsichtig herauszuziehen.

Als er sich wieder aufrichtete, sah er es.

Weit draußen dümpelte ein einzelnes Schiff auf den schwarzen Wellen. Es war so groß, so imposant, dass er im schwindenden Licht der Nachmittagssonne sogar die roten Segel erkennen konnte.

Zuerst hatte Ya die Gerüchte von seiner Tochter Iz gehört. Sie war zwei Wochen zuvor in seine Hütte gestürmt, ohne darauf zu achten, dass sie Sand auf dem Boden verstreute und den grellen

Schein der Mittagssonne einließ. Dann hatte sie ihn mit einem Blick aus ihren scharfen schwarzen Augen an seinem Stuhl gefesselt, sich vor ihm aufgebaut und hastig, aber so leise wie einst seine Mutter auf ihn eingeredet. Abgesehen von der Stimme waren sich die beiden nicht sehr ähnlich. Iz war hochgewachsen und schmal und hatte tiefschwarze Haut, während seine Mutter dunkelbraun und von schwerem Körperbau gewesen war. Jetzt, Mitte der vierzig, hatte Ya mehr mit seiner Mutter als mit seiner Tochter gemein. Iz schlug nach *ihrer* Mutter, seiner Frau, die vor zwölf Jahren gestorben war.

»Das Wrack eines Schiffes wurde an den Strand gespült«, hatte sie gesagt. »Die Seeleute waren an den Rumpf, ans Deck, an den Mast und an verschiedene Stühle genagelt. Man hatte sie nicht beraubt: Sie trugen immer noch ihren Schmuck und ihren gesamten Sold bei sich. Sie waren auf dem Rückweg von Gogair …«

»Manche Leute«, sagte er, »mögen keine Sklavenhändler. Sie halten deren Geld für schmutzig.«

»Diese Toten – sie sind *sein* Werk.«

Er hielt dagegen, dass jedes Wrack, jedes verschwundene Schiff Aela Ren zur Last gelegt würde. Wenn es nicht der Mann selbst sei, dann sei es die *Glafanr,* sein riesiges Schiff, das seit siebenhundert Jahren fest vor der Küste von Sooia vertäut war. Das wüsste sie ebenso gut wie er. Sie sollte klug genug sein, nicht alles nachzuplappern, was man ihr erzählte. Er hatte sich gefreut, als sie nickte, ihm beipflichtete und versprach, die Geschichte nicht weiter im Dorf herumzutragen. Beide wussten, dass das Dorf es sich nicht leisten konnte, noch mehr Männer und Frauen zu verlieren, wenn sie ihre Arbeit fortsetzen wollten.

Am nächsten Morgen waren zwei junge Familien weggezogen, neun Menschen insgesamt, die er dringend gebraucht hätte. Wer die neun waren, hatte ihn nicht überrascht. Beide Familien waren an die Küste gekommen, weil das Gold sie lockte, das er ihnen bieten konnte. Die Fünfte Königin unterstützte seine Arbeit, aber sie hatten nicht an die Aufgabe geglaubt. Sie hatten nicht verstanden, warum diese Tätigkeit nicht von Hexen ausgeführt wurde, warum sie sich nicht mit dem Blut im Ozean befassten, warum sie die Verfahren nicht beschleunigten, mit denen das Gift und die Krankheiten aus den Fischen herausgezüchtet wurden. Er hatte ihnen erzählt, was mit den Hexen und Hexern geschehen war, die genau das versucht hatten, aber sie hatten ihm wohl nicht geglaubt. Immer wieder hatten sie gefragt, warum man auf diese Weise Fischzucht betreibe, warum man große wie kleine, gefährliche und harmlose Fische fangen und halten müsse und warum es nötig sei, bei allen das Gift des Ozeans aus dem Fleisch zu entfernen.

Aber sie waren nicht wegen der Arbeit fortgegangen.

»Es ist seinetwegen«, hatte ihm Un Daleem, die älteste der Frauen erklärt. Die stämmige schwarzhäutige Frau mit dem kräftigen Knochenbau trug einen kleinen schwarzen Stein um den Hals wie ein drittes blindes Auge. »Aela Ren. Er ist auf dem Weg hierher, in die Fünfte Provinz. Nach Ooila.«

»Das kannst du nicht wissen«, hatte er gesagt.

»Man hört, was die Leute sagen.«

»Die Leute reden immer.«

»Diesmal ist es anders.«

Sie hatte unverwandt auf die leeren schwarzen Wellen und die Sonnenlichtstreifen gestarrt, die wie Schwertklingen auf das Dorf gerichtet waren.

»Ich habe den Gerüchten über sein Kommen nie geglaubt«, sagte sie nach kurzem Überlegen. »Bis heute nicht. Meine Mutter sprach vom Tag meiner Geburt bis zu ihrem Tod tagtäglich davon. Aela Ren wird kommen. Der Unschuldige ist schon auf dem Weg. Ich sagte ihr, Aela Ren führt seit siebenhundert Jahren Krieg gegen Sooia. Er wird das Land nicht verlassen. Er hat es zu seinem Eigentum gemacht. Deshalb ist kein anderes Land jemals dort einmarschiert. Deshalb ist niemand den armen Menschen dort zu Hilfe gekommen. Aber jetzt … jetzt ist alles anders, Ya Nuural. Die *Glafanr* wurde gesichtet. Mehr als ein Seemann, mehr als ein Schiff – du hast es ebenfalls gehört. Und jetzt das Wrack, das einen halben Tagesritt von hier angespült wurde? Das war nicht das Werk eines Räubers, eines Söldners oder eines anderen Landes. Das war er. Das war der Unschuldige mit seinem Heer, und Leviathans Blut hat uns die toten Seeleute zugetragen, um uns zu warnen.«

Das war vor einer Woche gewesen, und als er nun auf den nassen Felsen stand und zur *Glafanr* hinüberschaute, erinnerte er sich an Un Daleems Worte, und ein Schauer überlief ihn.

Es ist nicht das Schiff des Unschuldigen, suchte er sich zu beruhigen. *Mehr als ein Schiff hat auf dem Ozean rote Segel gesetzt. Und außerdem …* sosehr er seine schwachen Augen auch anstrengte, er sah keine Bewegung an Deck.

Das Schiff war verlassen. Ein Geisterschiff, nichts weiter.

Die Worte enthielten mehr Hoffnung als Wahrheit, er wiederholte sie dennoch. Schiffe gerieten in schweres Wetter. Segel zerrissen im Sturm, der Kiel konnte brechen. Schiffe wurden aus vielen Gründen aufgegeben… Ya Nuural ging sie alle durch, als die Nachmittagssonne hinter ihm in dunkelroter Glut unterging und er über den Strand seinem Dorf zustrebte.

Dort angekommen, nickte er den wenigen Menschen zu, die ihm auf der Straße begegneten, erwähnte das Schiff aber mit keinem Wort. Wenn sie bemerkten, dass er anders war als sonst – angespannter vielleicht –, so äußerten sie sich nicht dazu. Die verlassenen Häuser, die sie aus leeren Augen anstarrten, lieferten mehr als genug Gründe, warum er beunruhigt sein mochte.

Vor drei Jahren hatte er ein Gesuch an die Fünfte Königin gerichtet, in dem er nicht nur für seine Arbeit mit den Fischen, sondern für das ganze Dorf um Geld bat. Die alte Königin war verstorben, und die neue stand seinem Vorhaben dem Vernehmen nach wohlwollend gegenüber, deshalb hatte er ihr geschrieben. Zunächst hatte er dem Dorf den Namen Steinamfluss gegeben, doch der Name hatte sich nicht eingebürgert, und die Menschen, die darin wohnten oder in der Umgebung lebten, nannten es einfach das Dorf. Keine Anführungszeichen, kein Titel. In seinem Gesuch an die Fünfte Königin hatte er den Namen Steinamfluss verwendet, doch als sie die Mittel für weitere Gebäude und neue Brunnen bewilligte, hatte sie die Antwort an Ya Nuural »aus dem Dorf« adressiert. Trotz dieser Unterstützung war es ihm nicht gelungen, die Ansiedlung so zu vergrößern, wie es ihm vorschwebte; sie hatte nicht genügend Menschen angezogen. Viele der neuen Häuser hockten da wie die schwarzen Schmetterlingskadaver, als warteten sie nur darauf, zertreten zu werden und wiederaufzuerstehen. Die Meinung, dass die Fünfte Königin ihn nicht noch ein weiteres Jahr unterstützen würde, wenn sie erst erfuhr, wie wenig sie mit ihrem Gold erreicht hatte, war weitverbreitet.

Der Gedanke verband sich mit dem Bild des Schiffes – des *Schiffes*, wiederholte er bei sich, nicht etwa der *Glafanr* – und er hielt sich vor Augen, wie viel Arbeit er in den Aufbau dieser Siedlung gesteckt, wie viel von seinem Leben, seiner Jugend er dafür geopfert hatte. Unter solchen Gedanken verließ er das Dorf auf der anderen Seite.

Gleich hinter dem Strand fing der Wald an, und dort erwartete ihn eine Reihe von breiten Felsbecken. Es waren mehr als zwanzig, darunter zwei, die so geräumig waren, dass sie fünf Bestien Platz boten, die zweimal so groß waren wie er und lange, scharfe Zähne hatten. Wenn sie dicht unter der Oberfläche schwammen, schillerte ihre graue Haut im Licht, doch wenn sie weiter hinuntergingen, waren sie nicht mehr zu sehen – und sie hielten sich oft tagelang in der Tiefe auf. In den alten Büchern der Fischer wurden sie als Haie bezeichnet, aber Leviathans Blut hatte sie verändert. Jetzt waren ihre Flossen hart wie Knochen, und wenn sie sehr aufgeregt waren und Hunger hatten, sonderten die dunklen Augen schwarzen Schleim ab. In den letzten zwei Jahren hatte das Dorf zwei Bewohner an die Haie verloren, doch Ya glaubte dennoch, einen Fortschritt erzielt zu haben: Drei von den fünfen kannten nur das saubere Wasser des Beckens.

Vielleicht noch ein Jahr, dann könnten sie die ursprünglichen Haie herausholen und zu Forschungszwecken aufschneiden.

Im Haifischbecken war alles ruhig. Er ging weiter. Auch in den anderen Becken regte sich nichts. Aus dem letzten Teich drang ein weicher phosphoreszierender Schein, sobald die Nachmittagssonne vollends untergegangen war. Er blieb stehen und sah den winzigen Elritzen zu, die unermüdlich hin und her schossen. Das Licht wurde allmählich stärker und erhellte die gesamte Umgebung. Die Elritzen waren Yas Lieblinge – er fing sie nicht mit Angeln, sondern mit langen Netzen, die er von einem Boot aus ins Meer warf. In den frühen Abendstunden kam er oft hierher, sah ihnen zu und schwelgte in ihrer Freude über das saubere Wasser, aber heute war er dazu nicht imstande. Heute sah er in dem Licht nur ein Leuchtfeuer, das einem einzelnen gefürchteten Mann und seinem Heer den Weg von ihrem Landeplatz am Strand hierher weisen würde.

Der Gedanke verfolgte ihn bis in den Schlaf, aber die gesichtslosen Soldaten erschienen nicht in seinen Träumen. Nein, er träumte nur von dem Schiff, das er nicht *Glafanr* nennen wollte und das lautlos und sanft auf den Wellen schaukelte.

In seinem Traum stand er an Deck.

Ya ging langsam auf die Reling zu und schaute ins Meer hinab. Die Oberfläche war wie Rauch, und er glaubte, darunter Gestalten zu erkennen. Zuerst nur winzige Striche wie die Elritzen von vorhin. Sie leuchteten immer wieder auf, bis ohne jede Vorwarnung ein riesiger Schatten unter dem Schiff hervorschoss, ein Ungeheuer, wie er es in dieser unglaublichen Größe noch nie gesehen hatte. Es war so gewaltig, dass Ya es nicht als Ganzes erfassen konnte. Fieberhaft versuchte er, die Teile zu einem Bild zusammenzufügen, ein Kopf wie ein Berg, scharfe Stacheln auf dem Rücken, ein endlos langer Schwanz, der sich nach oben wölbte, wenn die Bestie in Spiralen nach unten abtauchte. Es war, als breitete sich ein Land, ein Königreich um ihn herum aus, und Ya erkannte, von jäher Panik erfasst, dass die Kreatur nur deshalb in die Tiefe schoss, um anschließend gleich wieder aufzusteigen. Im Geiste sah er sie aus dem schwarzen Wasser schießen, das weit aufgerissene Maul eine Höhle des Grauens, die ganze Nationen mit einem einzigen Bissen verschlingen und ihn in eine Welt hinabsaugen konnte, wo er alsbald aufgelöst würde, zerfressen von der Magensäure der Bestie, bis nichts mehr von ihm übrig wäre.

Er spürte eine Hand auf seiner Schulter.

»Vater.«

Seine Tochter.

»Vater, du musst aufwachen«, flüsterte sie. »Ein Boot ist auf dem Weg hierher.«

Er wünschte sich, dass ihre Worte noch Teil seines Traumes wären, doch sie schüttelte ihn wieder, und er schlug schlaftrunken die Augen auf.

Draußen vor dem Haus leuchteten nur die Sterne und der Mond, doch als Ya Nuural den Strand erreichte, hatten die Dorfbewohner bereits Lampen angezündet und sich in einer Reihe aufgestellt, sodass er sich erst durchdrängeln musste. »Es tut mir leid«, sagte Iz leise und stellte sich neben ihn ans Ende des Strandes. »Ich habe es kurz vor den beiden Wachen entdeckt.«

Auf dem dunklen Wasser näherte sich ein einzelnes Boot mit einer einzelnen Gestalt darin.

Einem einzelnen Mann.

»Schon gut«, sagte er endlich.

»Was …« Seine Tochter zögerte, wohl wissend, dass die anderen jedes Wort mithörten. »Man sollte die Kinder wegschicken.«

»Wir wissen doch nicht, ob er es ist«, wandte er ein, ohne selbst daran zu glauben. »Vorerst ist es nur ein Schiffbrüchiger, der sich retten konnte.«

Auf Leviathans Blut türmte sich eine Welle auf und hob das kleine Boot in die Höhe.

»Wir werden ihn willkommen heißen«, sagte er. Das Boot glitt an der Welle herab, die Ruder hoben und senkten sich gleichmäßig. »Wir schicken drei Mann hinunter. Sie sollen ihm helfen, das Boot an Land zu ziehen, und sie sollen auch dem Mann beistehen, falls er Hilfe braucht. Wir werden ihm voller Stolz zeigen, was wir hier tun. Wir werden ihm erklären, dass wir die Welt verändern wollen. Dass wir den Schaden beheben, den die Götter angerichtet haben. Aber wir werden auch vorsichtig sein. Die anderen statten wir mit Armbrust und Bogen aus. Wir sorgen dafür, dass alle bewaffnet sind. Die kleinen Kinder schicken wir mit den älteren in den Wald. Wir fliehen nicht. Wir brauchen uns nicht für das zu schämen, was wir hier tun.«

»Vater«, sagte seine Tochter leise. »Wir brauchen ihm nicht entgegenzugehen.«

»Wir werden keine Angst zeigen«, beharrte er.

Die Schwimmenden Städte von Yeflam

In Leera nennt man sie »unseren Gott« oder einfach »den Gott«, doch jenseits der Grenzen kennt man sie als »den leeranischen Gott« oder als »das Götterkind«.

Die Götter der Vergangenheit lassen sich am besten durch einen Glauben beschreiben, der sich durch seine Funktion definiert, doch für das Götterkind gilt das nicht. In den ersten Berichten, die über sie in Umlauf waren, wurde sie als Mädchen mit blondem Haar und heller Haut geschildert, nicht älter als sieben Jahre; doch nachdem Mireea gefallen war und Gers Rücken sich aufzulösen begann, wurden andere Erscheinungsformen von ihr bekannt. Manchmal war sie ein Säugling oder ein Kleinkind, dann wieder eine junge Frau von noch nicht zwanzig Jahren. So unterschiedlich diese Bilder auch sind, das verbindende Element ist die Jugend, dadurch definiert sie sich, und aus dieser Jugend schmiedet sie ihre Identität.

Tinh Tu,
»Geheimes Tagebuch«

1

Tausend Jahre zuvor hatte Zaifyrs Schwester Aelyn versucht, ihren Bruder zu töten.

Sie war nicht allein gewesen. Aelyn war mit drei anderen in sein Reich gekommen, weil sie Berichte über Massaker gehört hatte und über Wahnsinn.

Seinen Wahnsinn.

In den Ruinen von Asila, der Hauptstadt des gleichnamigen Landes, über das er herrschte, hatten Zaifyr und seine Geschwister gekämpft. Sie kämpften einen Tag und eine Nacht lang, doch er konnte sich nicht erinnern, wie es begonnen hatte. Er wusste noch, dass sie ihn aufgefordert hatten, mit ihm zu kommen. Er erinnerte sich auch an ihre Beteuerungen, ihm nicht wehtun zu wollen. Aber wer diese Worte gesprochen hatte, war ihm entfallen. Die Stimmen der Toten in seinem Kopf waren so laut gewesen, dass sie alles andere übertönt hatten. Sie standen neben ihm – eine neue Familie, die immer größer wurde –, und zum ersten Mal in seinem Leben hatte er gewusst, dass er diese Toten glücklich gemacht hatte. Er hatte ihnen nicht nur das Leben geschenkt, er hatte sie sich selbst zurückgegeben. Er hatte sie so heil gemacht, wie er nur konnte. O ja, er wusste, dass er das durch eine grauenvolle Tat erreicht hatte, selbst in diesem Augenblick wusste er das, aber er war dankbar für ihr Glück. Sie waren nicht mehr hungrig; sie froren nicht mehr; sie konnten sich an ihre Namen und auch daran erinnern, wer sie einst gewesen waren. Die Freude darüber ließ ihre Körper aufleuchten, sodass nicht nur die Stadt, sondern die ganze Nation in diesem unirdisch blauen Schein erstrahlte. Das blieb so, bis seine Familie anfing, zu ihm zu sprechen. Dann ließ der Zorn der Toten ihr Licht grell und hart werden. Sie stürzten sich auf seine Geschwister, zerrten an ihnen und verbrannten dabei all das neue Leben, das er ihnen geschenkt hatte. Seine Geschwister nahmen den Kampf auf. Jae'le, Tinh Tu, Eidan – und Aelyn, die Jüngste. Er konnte nicht sagen, wie es zugegangen war, dass er sie plötzlich im Rücken hatte. Gegen Ende hatte er sie aus den Augen verloren. Mehr wusste er nicht. Als er sie wieder zu Gesicht bekam, schlich sie sich lautlos zwischen den eingestürzten Wänden an ihn heran, vorbei an den Leichen von Männern, Frauen und Kindern. Sie war schmutzig und blutete, aber sie war nicht schwach. Sie kannte keine Schwäche. Ihre Hände und Finger waren kräftig. Sie hätte ihm mühelos den Hals brechen können, das wusste er. Als sie näher kam, erkannte er, dass sie ihn nicht mehr überwältigen wollte. Vielleicht hatte sie recht gehabt, diese Absicht aufzugeben. Vielleicht war sie immer noch im Recht, auch heute noch. Vor ihm öffneten sich breite Spalten im Boden, und der Kopf eines massiven Gebildes kam zum Vorschein. Geschaffen hatte es Eidan, aber Aelyn hatte auf diesen Moment gewartet. Auf den steinernen Kopf folgten ein Körper, dicke Arme und riesige Beine. Sie stürmte nach vorn, streckte die Arme aus … und ein Dutzend Gespenster packten sie mit kalten Händen. Ihre Körper erschienen wie aus dem Nichts, als seine Macht sie durchströmte. Nicht alle Toten hatten sich wochenlang an Fleisch und Blut gemästet, nicht alle waren zum letzten Mal ganz nahe daran, wieder zu Menschen zu werden, und diese Toten hoben sie nun auf, sie wollten sie, sie *gierten …*

»Zaifyr.« Tausend Jahre danach stand seine Schwester Aelyn Meah, Hüterin des Göttlichen, Oberhaupt der Enklave von Yeflam, vor ihm. »Bruder.«

Und es spielte keine Rolle, dass sie sich für einen Gott hielt.

Er schenkte ihr ein schwaches Lächeln. »Schwester.«

Sie standen auf einer Straße, sie hatte das Südtor von Yeflam im Rücken, hinter ihm ragten Gers Berge auf. Er hatte sie seit Jahrzehnten nicht gesehen, hatte das Reich, das sie nach jenem Kampf geschaffen hatte, nie besucht. Doch nun stand er vor ihr, die Hände in Ketten, ein Gefangener, weil er zwei Männer getötet hatte, die auf ihr Geheiß nach Mireea entsandt worden waren. »Noch ist Zeit umzukehren«, sagte sie leise. Sie trug ein hellblaues Gewand, und ihr dunkles Haar fiel ihr bis auf die Schultern. Es war seit ihrer letzten Begegnung gewachsen. »Noch ist Zeit, damit aufzuhören.«

»Dafür ist es zu spät«, erwiderte er.

»Du darfst diesen Krieg nicht nach Yeflam tragen.«

»Das ist schon geschehen.« Er hob die gefesselten Hände. »Ich habe Fo und Bau getötet.«

Hinter ihr ließen sich Stimmen vernehmen. Sie kamen nicht von den dreiundzwanzig Männern und Frauen, die Aelyn und ihn umringten. In den Jahrhunderten nach der Zerstörung Asilas hatte seine Schwester sich und ihr Reich erneuert. Sie hatte Unsterbliche um sich geschart, Männer und Frauen wie sie selbst – wie er –, und den Titel »Hüterin des Göttlichen« angenommen. Jeden der Unsterblichen überzeugte sie davon, dass er eines Tages ein Gott sein würde. Sie gestattete ihnen, mit ihr zusammen einen künstlichen Kontinent über Leviathans Kehle zu errichten. Aus der Gruppe, die jetzt vor ihm stand, kannte Zaifyr sechs. Sie hatten bereits gelebt, bevor man ihn nach dem Fall von Asila in sein windschiefes Gefängnis gesperrt hatte. Bevor die hungrigen Gespenster Aelyn in den Himmel gehoben und sich angeschickt hatten, sie in Stücke zu reißen. Bevor der steinerne Riese sich zu seiner vollen Größe aufgerichtet hatte. Bevor er sie hatte freigeben müssen, um zu verhindern, dass die schwere Hand auf ihn niederkrachte.

Nein, ihre Stimmen waren es nicht. Die Hüter hatten ihm nichts zu sagen, die Menschen, die in langen Reihen die Brücke nach Yeflam säumten, die Menschen, die diesen künstlichen Kontinent ihre Heimat nannten, dagegen schon. Diese hatten Bau den Heiler und Fo die Krankheit nicht etwa geliebt; nicht ihretwegen erhoben sie Protest. Die Missbilligung galt den Männern und Frauen, die sich hinter Zaifyr drängten, den Bewohnern von Mireea, die aus ihrer Stadt geflohen waren und nun hier Zuflucht suchten. Vor allem richtete sich ihr Widerstand gegen die Frau, die an der Spitze der Mireeaner stand und nun an seine Seite trat, als er die gefesselten Hände hob.

»Lady Wagan.« Aelyn sah die Frau nicht an, die ihr Volk über Gers Berge nach Yeflam geführt hatte. »Sie haben mir einen Dienst erwiesen«, fuhr sie fort. »Sie haben ganz Yeflam einen Dienst erwiesen.«

Muriel Wagan, die Herrin des Rückens, erklärte, sie habe nur das Gesetz von Yeflam geachtet.

Darüber musste Zaifyr schmunzeln.

»Sie haben mir meinen Bruder gebracht, damit wir wegen des Mordes an Fo und Bau über ihn Gericht halten können«, erwiderte seine Schwester. »Und dafür werde ich Ihnen Zuflucht gewähren.«

»Mehr verlangen wir nicht«, sagte Lady Wagan.

Zaifyr hatte miterlebt, wie Aelyn während des dreiwöchigen

Marsches über Gers bebende Berge immer wieder versucht hatte, seine Ankunft in der Stadt zu verhindern.

Sie hatte einen Abgesandten namens Faje geschickt – einen sanften, hochgewachsenen Mann, dem am ganzen Körper die braune Haut abfiel, sodass hellrosa Flecken zurückblieben. Er hatte sich redlich bemüht, nicht nur Muriel Wagan und ihre Untertanen von der Reise nach Yeflam abzuhalten, sondern auch Zaifyr. Yeflam müsse im Krieg zwischen Mireea und Leera seine Neutralität wahren. Er wolle nicht, dass sich der Krieg über beide Seiten von Gers Rücken ausbreite. Mit wüsten Prophezeiungen darüber, wie die Presse von Yeflam sie und die Ihren behandeln würde, hatte er versucht, Lady Wagan zu erschrecken. Die »freie« Presse würde keine Gnade walten lassen, und unterschiedliche Gruppierungen innerhalb Yeflams würden sie und die Situation auszunutzen suchen. Zaifyr verstand, dass diese Warnungen auch für ihn bestimmt waren. Er hatte gelächelt, als Faje sich zu ihm umdrehte, um ihm die gleichen Bedenken vorzutragen. Es war nicht nötig gewesen, dem Sterblichen zu widersprechen. Er hatte in Fajes schwarzen Augen die Erkenntnis gelesen, dass seine Worte bei dem Mann mit den Amuletten ebenso verpufften wie zuvor bei Muriel Wagan.

Benan Le'ta, ein fetter Mann mit weißer Haut, der Faje als Vertreter der Kaufmannsgilde zu diesen Treffen begleitete, hatte dagegen geradezu geschnurrt vor Genugtuung. Soweit Zaifyr mitbekommen hatte, stand Le'ta für eine politische Kraft innerhalb Yeflams, die eine Gefahr für die Machtbasis der Hüter darstellte. Nachdem die Kaufmannsgilde jahrhundertelang immer wieder die Seiten gewechselt hatte und neuen politischen Idealen gefolgt war, hatte sie in den Schwimmenden Städten schließlich Halt gefunden, und das nützten die Kaufleute nun aus, um sich für Demokratie, freie Märkte und eine Form der Selbstbestimmung einzusetzen, die in den Träumen der Bevölkerung Wurzeln geschlagen hatte. Noch hatte die Gilde Aelyn Meahs Macht über Yeflam nicht brechen können. Der Kaufmann Le'ta in seinen langen, wallenden Gewändern, die seinen riesigen Wanst verbargen, wollte diese Macht auf eine Weise untergraben, die es Aelyn und den Hütern der Enklave unmöglich machen sollte, Yeflam weiterhin im Griff zu behalten.

Der Mann war ein Dummkopf.

»Lady Wagan.« Aelyn hob die Stimme, damit die Menschen hinter ihr sie deutlich hören konnten. »Den Bewohnern von Yeflam ist es eine Ehre, Ihnen und Ihren Leuten die Insel Wila als Zufluchtsort zur Verfügung zu stellen.«

Die Menschen hinter Muriel murrten, aber die Herrin des Rückens neigte den Kopf und nahm das Gefängnis an.

Ayae hatte Zaifyr bereits eine Woche zuvor von dem Angebot erzählt. Man hatte den ehemaligen Kartografenlehrling zu den Treffen auf der Straße nach Yeflam eingeladen, die von den Diplomaten veranstaltet wurden. Sie war nur widerwillig zu den Zelten gegangen, die die Kaufmannsgilde hatte aufstellen lassen, und hatte sich angehört, was die beiden Parteien Muriel Wagan zu ihrem Empfang in den Schwimmenden Städten zu sagen hatten.

»Mit Fos und Baus Tod allein wird sie ihr Ziel nicht erreichen. Auch wenn sie dich nach Yeflam bringt, damit man dich für den Mord an ihnen zur Rechenschaft zieht, kann sie dort nicht tun und lassen, was sie will.« Die beiden standen unter dem Nachthimmel vor dem schwach beleuchteten Zelt, aus dem sie eben getreten war. »Man will auch die Mireeaner nicht einlassen. Faje beteuert, dass es politisch zu wichtig ist, neutral zu bleiben. Er glaubt, Yeflam könne mit den Leeranern in Friedensverhandlungen eintreten, und er glaubt weiterhin, dass die Hüter dabei den Vorsitz führen werden.«

»Le'ta hat dem zugestimmt?«

Sie nickte. »Die Bewohner von Yeflam fürchten *sie* nicht.«

Sie – das war das Götterkind, einziges Kind der Götter, die Macht hinter dem leeranischen Heer. »Sie werden es bald lernen«, sagte Zaifyr.

Ayae legte ihm ihre warme braune Hand auf den Arm. »Man wird dir in Yeflam den Prozess machen. Benan Le'ta besteht darauf, und Faje ist einverstanden.«

»Gut. Wenn meine Schwester offiziell ein Verfahren eröffnet, wird das die anderen auf den Plan rufen.«

»Und wenn sie nicht kommen?«

»Sie werden kommen.«

Keines seiner Geschwister würde davon begeistert sein, aber das spielte keine Rolle. Auch Ayae gefiel die Vorstellung nicht, aber Zaifyr hatte sie auf dem Weg über Gers Rücken zu überzeugen vermocht, dass sie das Götterkind nur auf diese Weise bekämpfen konnten. Und inzwischen glaubte auch sie, dass es notwendig war, diesen Kampf zu führen. Nun brauchte er nur noch seine Schwester und seine Familie zu überzeugen und die Hüter auf seine Seite zu ziehen – und das würde am schnellsten gelingen, wenn er ihnen mit einer Wiederholung der Katastrophe von Asila drohte, falls sie sich weigerten, das Verfahren zu eröffnen. Wenn er sie nicht nur an die Geister und die Toten erinnerte, sondern auch daran, was im Anschluss daran in ihren Reichen geschehen war.

Zaifyr ließ sich von Aelyn zum Südtor von Yeflam führen. Bei jedem Schritt spürte er die ungeheure Macht seiner Schwester, es fühlte sich fast so an, als richtete der weite, leere Himmel seinen Blick auf ihn. Ihre Macht umfing ihn, wie sie es immer getan hatte, und überdeckte die Macht der anderen Unsterblichen, die nun die mireeanischen Flüchtlinge unter ihre Fittiche nahmen.

Die Menge auf der Brücke sah ihm und Aelyn entgegen. Vor dem Tor wartete ein Wagen ohne Pferde, und als die beiden näher kamen, bildeten sich um das leere Deichselgestänge zwei kleine Windwirbel. Augenblicke später hatten sie die Gestalt von Pferden angenommen, und das Lederzeug der Kutsche hatte sich um die fahlen Leiber gelegt, die aus dem Wind entstanden waren.

Hinter sich hörte Zaifyr einen Schrei, eine Stimme rief einen Befehl, aber er drehte sich nicht um. Er wollte nicht sehen, was mit den Mireeanern geschah.

Er stieg in die Kutsche, seine Schwester folgte ihm und schloss den Schlag.

2

Die Gardisten von Yeflam führten die Mireeaner mit gezückten Waffen nach Wila; die Flüchtlinge waren unbewaffnet.

Ayae wollte zunächst nicht weichen, als die Körper sich gegen sie drängten. Einer der Hüter hatte den Marschbefehl gegeben, ein Mann mit blau gefärbtem Haar, aber sie hatte ihn und die anderen in seiner Gruppe kaum wahrgenommen.

Sie war von Anfang an gegen die Unterbringung auf Wila gewesen. Als in den kleinen Zelten, wo Muriel Wagan ihre Treffen abhielt, zum ersten Mal davon gesprochen wurde, hatte sie sofort an Sooia denken müssen, an das Lager, in dem sie aufgewachsen war, bevor sie nach Mireea kam. Sie brauchte nur die Augen zu schließen, um die roh gezimmerten Holzwände, die kleinen schmutzigen Hütten und die Angst zu sehen. Die Angst in den Gesichtern. Die Angst in den Bewegungen. Die Angst vor jedem Geräusch von jenseits des großen Tores, hinter dem sie lebten.

Einer der Yeflam-Gardisten in den blauen Harnischen stieß ihr seinen Eisenhandschuh in den Rücken, aber Ayae ging nicht weiter. Der Gardist stieß noch einmal zu, dann riss er die Hand zurück, als hätte er sich verbrannt. Er sah ihr in die Augen, doch in diesem Moment legte sich eine andere Hand auf ihre Schulter, und Caeli sagte: »Nun komm schon.« Muriel Wagans große blonde Gardistin wiederholte die Worte noch einmal und drängte Ayae gleichzeitig zurück in die Menschenmenge, die über die Brücke geführt wurde. Die Küste mitsamt der Brandung von Leviathans Blut wurde abgelöst von Yeflams erster Stadt Neela, aber davon konnte Ayae kaum etwas sehen, als man sie über die steinerne Rampe nach Wila schob.

»Zufrieden?«, fragte Ayae, als sie auf der Insel angekommen waren.

»Immerhin hast du keinen Streit angefangen.« Caeli rieb sich die Handfläche, mit der sie Ayae berührt hatte. »Das ist nichts anderes als ein Gefängnis.«

»Es gibt nur keine Zellen.« Auch Ayae ließ den Blick über die Insel schweifen. »Und keine Mauern.«

Wila war ein flaches Stück Ödland, nichts als Sand und Erde. Wenn Ayae nach vorne schaute, konnte sie jenseits von Leviathans Blut die Äcker von Yeflam und dahinter Gers Berge sehen.

Doch wenn sie sich umdrehte, kam Yeflam selbst in Sicht. Geprägt von mächtigen Brückenbögen, die eine Reihe von kreisrunden Plattformen verbanden, lag die Stadt vor ihr. Die Plattformen waren so gewaltig, als hätte ein Riese die Erdplatten vom Grund des Meeres geholt und auf riesige Steinpfeiler gesetzt. Die dicken Säulen, die aus dem schwarzen Wasser ragten, waren tief im Meeresboden versenkt worden. Vor dem künstlichen Kontinent spannte sich eine Kette von – Wila vergleichbaren – unbewohnten Inseln von Horizont zu Horizont.

Der Anblick war Ayae nicht neu. Sie und Faise, ihre älteste Freundin, waren mehr als einmal mit einem Ochsenkarren von

Mireea in die Städte gefahren, um Waren für die Hexe Olcea einzukaufen. Doch bei diesen Besuchen waren die beiden Frauen nie in die Nähe der steinernen Rampen gekommen, die zu Yeflams unbewohnten Inseln hinabführten. Stattdessen waren sie durch Neela gefahren, über breite Straßen, vorbei an Fabriken und Lagerplätzen.

Neela war, je nachdem, auf welcher Seite von Leviathans Blut man sich Yeflam näherte, entweder die erste oder die letzte der zweiundzwanzig Städte der Nation. Es war eine Stadt der Kaufmannsgilde, hier war die Presse den Reichen und Mächtigen wohlgesonnen, aber kritisch gegenüber jenen, die seit tausend Jahren über Yeflam herrschten. Fünf weitere Städte waren Hochburgen der Kaufmannsgilde. Burata, die größte von ihnen, hatte direkten Zugang zu den Hafenanlagen im Osten. In dieser Stadt konnte man alles kaufen, deshalb hatten Ayae und Faise sie damals angesteuert, um Olceas Bedarf zu decken. In einer der freien Zeitungen von Burata hatte Ayae erstmals ganzseitige Artikel gelesen, in denen der Begriff »verflucht« verwendet wurde – bis dahin hatte sie das Wort außerhalb Mireeas nie gehört.

Es hatte sie auch in den letzten drei Wochen verfolgt. Nachdem sie Mireea den Geistern überlassen hatten, die sich in den Straßen drängten, hatten die Menschen über sie zu tuscheln begonnen. Anfangs hatte Ayae es noch überhören können, doch es war immer schlimmer geworden. Das Geflüster fing an, wenn sie Lady Wagans Zelt betrat, und hörte nicht auf, wenn sie es wieder verließ; es ging weiter, wenn sie sich für ihre Lebensmittelration anstellte, und es war allgegenwärtig, sooft sie zusammen mit Zaifyr gesehen wurde. Dabei war der Ton nicht immer feindselig. Bisweilen wurde das Wort ganz neutral ausgesprochen (»Der Verfluchte ist da drüben an den Ketten«), manchmal mit widerwilligem Respekt (»Sie haben sich beide für uns eingesetzt«), aber doch überwiegend im Zorn. Ab der zweiten Woche hatte man sie angespuckt und ihr die Schuld am Verlust Mireeas gegeben – entweder hatte sie nicht genug, oder sie hatte zu viel getan –, und sie hatte gehört, wie Zaifyr unterstellt wurde, er sei verantwortlich für die Geister, die er ihnen in Mireea gezeigt hatte. Er habe die Toten in ihrem Elend gefangen gehalten, weil er aus ihrem Schmerz seine Kräfte bezog.

»Wie kannst du dir das anhören?«, fragte sie ihn eines Nachts. »Wieso macht es dich nicht wütend?«

»Ich kenne die Leute ja nicht.« Er setzte sich auf eine Wiese abseits der Stelle, wo die Mireeaner ein Lager ohne Feuer aufgeschlagen hatten. Der Mond und die Sterne waren die einzigen Lichtquellen; ihr Schein spiegelte sich in den Amuletten aus Kupfer und Silber, die er in sein kastanienbraunes Haar geflochten hatte und an den Handgelenken trug. Ein Amulett aus Bronze hielt er in seiner weißen Hand. »Aber«, fuhr er fort, »wenn ich vor Kurzem erlebt hätte, wie meine Freunde und meine Angehörigen qualvoll sterben mussten, würde ich dem Mann, der sie mir zeigte, wohl auch die Schuld daran geben.«

»Du kannst sie verstehen?«

Seine Augen, bei Tag grün, aber bei Nacht dunkel und unergründlich, richteten sich auf sie. »Das ist nun wirklich nicht schwer.«

Ayae verzog skeptisch das Gesicht.

»Dann schreien sie dich an«, sagte sie. »Es ist unsinnig, dir die Schuld an den Ereignissen zu geben. Warum begreifen sie das nicht?«

»Lass ihnen Zeit.«

Sie wandte sich ab.

»Du hast Zeit«, sagte er sanft. »Du wirst jeden von diesen Menschen um Tausende von Jahren überleben. Vielleicht für immer.«

Sie hatte den Rat verworfen, weil ein solches Leben nicht vollends zu begreifen war. Sie konnte sich nicht vorstellen, neben Caeli zu stehen, wenn deren blondes Haar sich silbern färbte, während ihr eigenes dunkel blieb. Sie konnte sich nicht vorstellen, wie Caelis Haut runzlig wurde, während sie selbst ihr glattes Gesicht behielt. Sie konnte sich einfach nicht vorstellen, dass für sie die Zeit stillstehen sollte wie für ein Gemälde. Aber sie sah, dass Zaifyr damit keine Schwierigkeiten hatte – er brauchte sich all diese Dinge gar nicht vorzustellen. Schon daran, wie er sich bei Gesprächen mit anderen verhielt, wie er zu allen, die nicht wie er waren, Distanz wahrte, konnte sie die Länge seines Lebens ablesen. Und daran, wie er über die Welt und ihre Zukunft sprach.

»Wir sollten allmählich anfangen, die Zelte aufzustellen«, hörte sie Caeli jetzt neben sich sagen.

3

Die Windpferde zogen die Kutsche durch die Straßen von Neela auf die große Steinbrücke zu, die nach Mesi und weiter nach Ghaam führte. Von dort erstreckten sich Ausläufer von Yeflam über drei Brücken ins Umland und verliehen der Stadt das Aussehen eines Riesen, dem man den Leib aufgeschnitten hatte, sodass alle Organe und alle Adern freilagen.

»Ich habe gespürt, wie Ger starb«, sagte Aelyn, als wüsste sie, dass seine Gedanken um tote Riesen kreisten. Es waren ihre ersten Worte, seit der Kutschenschlag hinter ihr zugefallen war. Sie hatte sich ihm gegenübergesetzt und beobachtete ihn aufmerksam, aber ohne Zorn. »Es war nur eine leichte Berührung, dennoch habe ich sie gespürt.«

»Als ich kam, war nicht mehr viel von ihm übrig«, sagte Zaifyr. »Ich vermisste den glühenden Hass, den alle anderen ausstrahlten.«

»Der verschwand eines Tages, kurz nachdem wir mit dem Bau von Yeflam begonnen hatten. Man hatte beinahe das Gefühl, Ger hätte den Blick abgewandt.«

»Als würde er auf etwas warten?« Unter ihnen erbebte die Kutsche, und die Räder hoben vom Boden ab. »Oder auf jemanden?«

»Er hat nicht gewartet. Er war nur …«

»Vielleicht wartete er auf das Götterkind in Leera«, unterbrach Zaifyr. »Vielleicht wusste er lange vor uns von ihr.«

»Er lag im Sterben, Qian.« Sie verwendete seinen alten Namen, den er sich vor langer Zeit gegeben hatte. »Er war am Ende der Zeiten angelangt. Was wir spürten, war ein sterbender Gott, der dem Tod ins Antlitz schaute. Nichts sonst.«

Zaifyr antwortete nicht. Nicht, dass er anderer Meinung – oder ganz ihrer Ansicht gewesen wäre, in beiden Fällen hätte er den Göttern ein differenzierteres Bewusstsein unterstellt, als er es ihnen noch zutraute – er wusste nur nicht, wie er ihr antworten sollte. Früher wäre sie empört gewesen, wenn er ihr ins Wort gefallen wäre. Sie hätte nicht einfach dagesessen wie jetzt und ihm in die Augen geschaut, bis er zu Ende gesprochen hatte. Aber er hatte sie seit Jahrzehnten nicht gesehen, vielleicht hatte sie sich ja inzwischen verändert. Er hatte geglaubt, dass Aelyn ihm immer noch grollte, dass die Wut weiter in ihr schwelte, die sie einst dazu getrieben hatte, ihn töten zu wollen. Seit seiner Befreiung aus dem Turm, in den ihn seine Geschwister eingeschlossen hatten, hatte er sich gehütet, ihren Groll zu schüren, er hatte sogar versucht, ihr ein gewisses Maß an Respekt zu bezeigen, indem er es möglichst vermied, in ihrer neuen Welt in Erscheinung zu treten. Er hätte erwartet, dass sie ihm zürnte, weil er nun doch nach Yeflam gekommen war; sein Verhalten war schließlich alles andere als respektvoll gewesen. Noch mehr hätte er sie eigentlich nur kränken können, wenn er mit einem Maultier angekommen wäre, dem er die Leichen von Fo und Bau auf den Rücken gebunden hatte. Jedenfalls hätte er es verdient gehabt, von ihr wie ein Feind behandelt zu werden … doch als er nun vor ihr saß, konnte er in ihren Worten und ihren Taten keine Spur jenes früheren Zorns entdecken.

Die Kutsche fuhr um eine Kurve, und vor dem schwankenden Fenster kamen unter dem leeren Himmel die Schwimmenden Städte von Yeflam in Sicht.

Die Städte schwammen natürlich nicht wirklich, doch am Abend, wenn die Nachmittagssonne untergegangen war, verschmolzen die Steinpfeiler, auf denen sie ruhten, mit dem schwarzen Wasser und seinen Schatten. Dann konnte man aus der Ferne tatsächlich den Eindruck haben, Yeflam schwämme auf dem Meer.

Zum ersten Mal hatte er die Stadt vor zwölf Jahren von einem Schiff aus gesehen. Die Hafenmauern hatten sich wie versteinerte Riesenfinger über den schwarzen Ozean gestreckt, angestrahlt von den Leuchttürmen auf den Inseln davor und dahinter. Oben auf den Türmen wurden in riesigen Feuerkesseln Unmengen von Öl verbrannt, um die Fahrrinnen zu beleuchten, auf denen die Schiffe sich Yeflam näherten. Doch was ihn fesselte, war der breite Landstrich hinter den Türmen und den Hafenmauern. Dort brannten Millionen von Lampen auf den Brücken und Straßen, die in etliche Städte führten, und in diesem Moment war ihm ganz Yeflam wie ein gigantischer Trauerzug erschienen.

Zaifyr hatte noch nie eine solche Stadt gesehen, doch schon als das Schiff im Hafen anlegte, wurde ihm klar, dass Yeflam nicht von Aelyn geplant worden war. Er kannte nur ein Wesen, das zu einem derart kühnen Entwurf fähig war, und das war sein Bruder Eidan. Die Erkenntnis hatte ihn nicht überrascht. Er wusste, dass Eidan und Aelyn nach der Katastrophe von Asila beisammengeblieben sein mussten. Sie wären nicht so ohne Weiteres getrennte Wege gegangen wie die anderen. Doch bevor Zaifyr nach Mireea gekommen war, hatte ihm Jae'le erzählt, dass Eidan sich nicht mehr in Yeflam aufhalte. Er habe die Stadt schon vor Jahren verlassen, sagte sein Bruder, und wenn er einst beschwichtigend auf Aelyn eingewirkt habe, so sei sein Einfluss längst nicht mehr vorhanden. Das sei einer der Gründe, warum Zaifyr besser nicht zu lange in der Stadt verweilen sollte.

»Wohin bringst du mich?« Zaifyr wandte sich vom Fenster ab.

»Nach Nale.« Hinter Aelyn erstreckte sich eine lange, strahlende Himmelsbahn. »Dort habe ich ein Haus.«

»Also keine Zelle?«

»Eine Zelle für dich gibt es in den Zerklüfteten Bergen.«

»Nein.« Er lächelte schwach. »Dahin gehe ich nicht zurück. Und das weißt du auch.«

Sie wandte sich dem Fenster zu, aus dem man auf Yeflam hinabsah. Nale war jetzt in Sicht gekommen. Es war mindestens dreimal so groß wie jede andere Siedlung in Yeflam und befand sich im Zentrum des künstlichen Kontinents. Die gedrungene Stadt wurde von riesigen Gebäuden überragt, das größte davon war die Enklave, der weiße Turm, in dem die Hüter des Göttlichen ihrer Tätigkeit nachgingen. Doch als die Windpferde zu sinken begannen, konnte Zaifyr den Turm nicht mehr sehen. Stattdessen erblickte er eine Reihe von weitläufigen Anwesen, alle mit hohen Steinmauern und Stahltoren gesichert. Vor einem großen gelben Steinhaus mit zwei markanten Türmen landeten die Pferde und brachten die Kutsche zum Stehen.

Ihr Haus. Aelyns Haus.

Aber sie wohnte nicht hier. Das war sofort ersichtlich, als sie die Tür öffnete und ihn eintreten ließ. Lange Regale, nur halb gefüllt, eine Staubschicht auf den leeren Tischen und Stühlen. Die Luft war abgestanden und trocken und roch wie das Meer nach Blut und Salz. In Maewe – ihrem einstigen Reich – hatte Aelyn ein Haus gebaut, dem dieses hier aufs Haar glich, doch im Inneren war die Luft frisch gewesen, voller Leben, erfüllt von *ihr.* Dieses Haus, dachte Zaifyr, als er ihr folgte, war nur ein Andenken an jenes frühere Leben, ähnlich den alten Kirchen, die er nach dem Krieg der Götter in ländlichen Gemeinden vorgefunden hatte. Sie hatten als Andachtsstätten gedient, solange die Götter noch am Leben waren, doch es sollten keine Gebäude sein, in denen Männer, Frauen und Kinder sich aufhalten konnten, sondern Heimat für die Götter. Im Inneren befanden sich Gegenstände, die von den jeweiligen Gemeinden mit den Göttern in Verbindung gebracht wurden – Bücher, Statuen oder Waffen –, und jedes Gebäude war verschlossen, damit niemand es betreten konnte. Zu Lebzeiten der Götter waren ihre Häuser angeblich unberührt geblieben, doch die wenigen, die überdauert hatten, waren aufgebrochen wie Eier, als Zaifyr sie sah, und die Menschen hatten alles herausgeholt, was sie noch verwenden konnten. Auch Aelyns Haus erschien ihm wie ein Denkmal längst vergangener Zeiten.

»Bevor du nach Mireea gegangen bist, hat Jae'le mich besucht.« Aelyn blieb vor einem Weinregal stehen und strich mit den Fingern über die alten Flaschen. »Natürlich nicht persönlich. Nur in einem von seinen Vögelchen. Er sagte mir, du würdest hier vorbeikommen. Er hätte dich gebeten, diesen Teil der Welt aufzusuchen. Yeflam interessiere ihn nicht. Ihm gehe es nur um den Krieg, den die Leeraner angefangen hatten. Ich hatte inzwischen bereits Fo und Bau nach Mireea geschickt, aber er beteuerte, du wärst nicht mehr gefährlich. Du hättest seit deiner Befreiung nicht mehr mit den Toten gesprochen.« Sie ergriff eine Flasche in der Mitte des Regals am Hals und zog sie heraus. »Willst du diese Fesseln beim Trinken anbehalten? Oder willst du das Glas mit beiden Händen heben?«

»Ich möchte ...«

Ehe er sichs versah, schoss ihre freie Hand auf ihn zu. Gleich darauf hörte er das schwarze Eisen unter ihrem Griff brechen. »Wozu sollte ich dich wie meinen Gefangenen behandeln?« Sie ließ die Teile zu Boden fallen. »Ich weiß doch, dass du es nicht bist.«

»Nein«, räumte Zaifyr ein. Aelyn hatte trotz ihrer gewalttätigen Aktion die Stimme nicht erhoben. »Nein, ich hatte bis dahin nicht mehr mit den Toten gesprochen. Jae'le hatte recht. Aber deine Hüter ließen mir in Mireea kaum eine andere Wahl. Besonders Fo.«

»Sie waren noch Kinder.«

»Keiner von uns ist ein Kind.«

»Verglichen mit dir waren sie Kinder.« Sie führte ihn durch einen Korridor zu einem lichtdurchfluteten Zimmer an der Rückseite des Hauses. In der Mitte stand, flankiert von zwei Stühlen, ein staubiger, ausgebleichter Holztisch. »Aber das spielt keine Rolle. Du bist jetzt hier«, fuhr sie fort. »Um dich für den Tod der beiden vor Gericht zu verantworten. Um Gesetze zu missbrauchen, die du nicht anerkennst. Sag mir wenigstens, dass Jae'le keine Ahnung hatte, wie sich alles entwickeln würde – dass dies kein Plan ist, den ihr gemeinsam ausgeheckt habt.«

»Ich habe dir bereits gesagt, dass er die Wahrheit gesprochen hat.« Sie stellte die Flasche auf den Tisch. »Er ist sicher auch nicht glücklich darüber.«

»Wann wäre er dir jemals für längere Zeit böse gewesen? Oder du ihm?« Aelyn zog zwei Gläser unter dem Tisch hervor und blies hinein, um sie vom Staub zu befreien. Dann sah sie ihn an. »Du solltest wissen, dass ich sie gewarnt habe. Fo und Bau, meine ich. Ich habe ihnen eine Nachricht geschickt, in der stand, dass du in die Stadt kommen würdest und dass sie dir aus dem Weg gehen sollten. Ich wies sie an, dir gegenüber ebenso neutral zu bleiben wie in Bezug auf Mireea.«

»Sie haben auch Mireea verraten.«

»Ich weiß.« Er hörte am Ton ihrer Stimme, dass sie dieses Gespräch nicht zum ersten Mal führte. »Ich will keinen Krieg, Qian«, sagte sie. »Die Zeiten sind für mich lange vorbei. Asila hat mir gereicht. Ich hatte schon vorher genug und danach erst recht. Yeflam ist ein neutrales Land. Dafür habe ich gekämpft. Ich habe den letzten Rest meines Kampfgeists dafür verbraucht. Jetzt ist mir Bildung wichtig, Philosophie. Ich will über das Wesen von Göttern schreiben und über ihren Einfluss auf unsere Welt. Ich will mich – und auch mein Volk – auf den Tag vorbereiten, an dem ich selbst zum Gott werde.«

»Du hast einen Vertrag mit den Leeranern geschlossen, richtig?« Die Erkenntnis war eine gelinde Überraschung. »Mit dem Götterkind.«

»Die Leeraner nennen sie so, nicht ich«, sagte Aelyn. »Ich glaube, das Kind ist wie du oder ich, und das wird sich erweisen, wenn ich ihm begegne. Die Enklave und die Leeraner wurden durch eine Frau namens Estalia zusammengebracht.«

»Warum …«

Diesmal schnitt sie ihm das Wort ab. »Sieh dich doch um. Yeflam ist eine Nation, die noch in diesem Jahrzehnt vier Millionen Menschen haben wird. Mireea auf Gers Rücken ist nichts dagegen. Man tut ihm schon zu viel Ehre an, wenn man es als Nation bezeichnet. Was geht es mich an, wenn eine andere Nation – und Leera *ist* eine Nation – gegen die Herrin des Rückens in den Krieg ziehen will, um ihre gewinnträchtigen Handelsstraßen zu kontrollieren? Mir gehören die Meere in diesem Teil der Welt. Alle meine Verträge mit Muriel Wagan lassen sich leicht beiseiteschieben, wenn ich dafür mein Land und mein Volk vor einem Krieg bewahren kann.«

»Allerdings …«, sagte Zaifyr.

»Allerdings.« Aelyn zog mit fester Hand den Korken aus der Flasche. »Allerdings bringt mir Muriel jetzt den Mörder von zweien meiner Brüder, und dafür muss ich ihr Zuflucht gewähren.« Der Wein, der in die Gläser floss, war so dunkel, dass die Nachmittagssonne nicht hindurchscheinen konnte. »Die Leeraner werden mich fragen, warum ich das zulasse, und ich werde antworten, damit sich mein Bruder für zwei Verbrechen, für die er niemals bestraft werden wird, vor einem Gericht verantworten kann.«

»Das leeranische Heer bedroht dich doch nicht.«

»Das habe ich auch nicht behauptet.«

»Worum geht es dir denn?« Er griff nach einem der Gläser, und eines seiner silbernen Armbänder schlug klirrend dagegen. Als sie nicht antwortete, sagte er: »Das Götterkind ist wirklich ein Gott. Ich bin ihr begegnet.« Die Gespenster toter Männer und Frauen erschienen in dem staubigen Raum. »Ich bin ihr begegnet, Aelyn«, wiederholte er. »Und sie ist nicht wie wir. Sie ist keine Sterbliche, in die sich ein Stück des Göttlichen verirrt hat. Sie *ist* das Göttliche. Sie wurde in Eakar aus der Erde gezogen. Frag Jae'le, wenn du mir nicht glaubst. Er war Zeuge und hat uns nichts davon gesagt. Aber das tut nichts zur Sache. Der springende Punkt ist, dass sie kein vollständiger Gott ist. Sie hat keinen Namen, und sie bezieht ähnlich wie die Hexen und Hexer ihre Macht von den Toten. Nur hält sie im Gegensatz zu ihnen die Toten in unserer Welt fest. Sie verweigert ihnen, gerettet oder vergessen zu werden. Sie ist die Ursache für das Elend, das du rings um dich siehst. Wenn wir nicht gegen sie kämpfen, wenn wir sie *jetzt* nicht töten, wird sie dieses Elend über uns und über die ganze Welt bringen.«

Sie schwieg eine Weile. »Als ich dich kennenlernte«, sagte sie dann, »bei unserer ersten Begegnung vor so langer Zeit, da hast du genauso gesprochen. Du und auch Jae'le.«

»Er ist nicht hier.« Die Geister begannen zu verblassen, lösten sich auf im Schein der Nachmittagssonne, bis sie nichts mehr von ihnen sehen oder hören konnte. »Und ich bin nicht mehr der Mann von damals«, sagte er.

»Das hoffe ich inständig, Bruder.« Das Glas in ihrer Hand zitterte nicht, der Rotwein war unberührt. »Denn dieser Mann hat nur verbrannte Erde zurückgelassen.«

4

Als die letzten Zelte schließlich standen, ging ein Regen von Flugschriften und Zeitungen auf Wila nieder.

Die Nachmittagssonne war bereits hinter dem schwarzen Ozean versunken, als die Papiere auf dem sandigen Boden landeten. Zunächst blieben sie unbemerkt. Leutnant Mills, eine Frau mit heller Haut und grauem Haar, hatte soeben ihre Aufzeichnungen darüber abgeschlossen, wer mit wem das Zelt teilen sollte, als ein Blatt durch die schmalen Gassen geschwebt kam. Es blieb an einem frisch aufgebauten Zelt hängen und wurde von einem Gardisten aufgehoben. Ayae war die Nächste, die einen der Zettel entdeckte. Auf Yeflams erdfarbenem Altpapier stand in großen Lettern:

GEHT NACH HAUSE!!!

Als sie das Blatt Caeli zeigte, die neben ihr stand, reichte ihr die Gardistin ein anderes mit einer Zeichnung. Sie zeigte die Mireeaner am Rand von Yeflam, wie sie die große steinerne Stadt wie ein Boot umkippten und den leeranischen Streitkräften entgegenwarfen, die mit Schwertern und Katapulten auf den Gebeinen ihrer Feinde standen. Ayae knüllte das Bild zusammen und drehte sich nach der Steinplattform von Neela um. Im Schein der Straßenlampen sah sie, wie hämisch lachende Kinder die Papierfetzen über die Brüstung warfen.

»Großartig«, sagte Caeli. »Einfach großartig. Es gibt doch nichts

Schöneres, als wenn Erwachsene von Kindern aussprechen lassen, was sie selbst nicht zu sagen wagen.«

Ayae widersprach ihr nicht. »Ich dachte, Neela wäre eine Stadt der Kaufmannsgilde.«

»Das ist sie auch. Aber das wundert dich doch wohl nicht?«

Tatsächlich war Ayae schon ein wenig erstaunt. Auf der Straße, die nach Yeflam führte, hatte Benan Le'ta Lady Wagan noch beteuert, die Mireeaner könnten in Yeflam mit einem freundlichen Empfang rechnen, sie seien schließlich Flüchtlinge. Er war durch die Menge gegangen und hatte nach allen Seiten Hände geschüttelt. *Die Menschen werden für Ihre Notlage Verständnis haben. Sie werden mit Ihnen fühlen. Aelyn Meah wird gar nicht anders können, als Sie alle nach wenigen Tagen in die Städte zu entlassen.* Er würde sich persönlich dafür einsetzen. Faje, der zweite Abgesandte, hatte keine solchen Versprechungen abgegeben. Als Ayae ihrer Freundin Faise davon erzählte, die am selben Tag wie Le'ta und Faje eingetroffen war, hatte die einen in ihren Augen unangebrachten Pessimismus an den Tag gelegt. »Wila ist ein Gefängnis«, hatte sie zu Lady Wagan gesagt. Die war nicht überrascht gewesen. »Alle Inseln sind Gefängnisse. Wenn Sie auf einer Insel stehen, befinden sie sich nicht in Yeflam und unterliegen auch nicht den Gesetzen des Landes. Im Grunde genommen haben Sie keinerlei Rechte.«

Faise war mit ihrem Ehemann Zineer gekommen. Der hellhäutige schlanke Mann mit dem schütteren Haar und der Brille wirkte neben seiner kleinen, rundlichen Frau mit dem dunklen Teint wie ein Trauerkloß. Sie trug eine Seidenbluse in Grün und Violett über schwarzen Hosen und dazu schwarze Stiefel. Alles war makellos gepflegt. Ihr Mann dagegen hatte ausgefranste Schnürsenkel und Tintenflecken an den Manschetten seines weißen Hemds. Die beiden hatten warten müssen, bis Le'ta und Faje am nächsten Tag abgereist waren, bevor sie mit Lady Wagan sprechen konnten. Ayae erfuhr erst jetzt, dass die Herrin des Rückens das Paar in einem Brief um seinen Besuch gebeten hatte. Das hatte sie zwar überrascht, über das Wiedersehen mit Faise hatte sie sich aber dennoch gefreut, und sie war überglücklich gewesen, sogar einen ganzen Abend mit dieser Frau verbringen zu können, mit der sie eine so bedingungslose Freundschaft verband. Außerdem reagierte Faise wesentlich kompromissloser auf die feindselige Haltung einiger Mireeaner als Zaifyr.

»Dafür gibt es keine Entschuldigung«, sagte sie, als Ayae ihr erzählte, wie sie sich verändert hatte und warum sich die Menschen ihr gegenüber so abweisend verhielten. »Ich meine, was wäre, wenn du ihnen die Haare in Brand stecken würdest?«

»Ich werde ihnen die Haare nicht in Brand stecken.« *Obwohl ich es gerne täte.* »Ich bemühe mich, Verständnis aufzubringen. Es sind schwierige Zeiten.«

»Was ist mit ihr?« Faise zeigte auf die dunkelhaarige Keallis, eine ehemalige Städteplanerin. »Brennende Haare würden sie lehren, andere Leute nicht so unverschämt anzustarren.«

Ayae musste lachen. »Schon möglich«, sagte sie und nickte.

Jetzt war Keallis vor ihr, zusammen mit einer Handvoll Leuten, die von Leutnant Mills den Auftrag erhalten hatten, die Papiere einzusammeln. Die Zelte standen so dicht beieinander, dass sie und Caeli der Frau nicht ausweichen konnten. Keallis musterte Ayae mit eisigem Blick, aber Muriel Wagans Gardistin schien es nicht zu bemerken. Die beiden Frauen gingen weiter zum Zelt der Herrin des Rückens. Es stand an der Nordseite der Insel und war das größte im Lager. Aber das hatte nicht viel zu bedeuten, dachte Ayae. Die anderen Zelte waren nicht mehr als schmutzige Stoffbahnen, die man über drei hölzerne Stangen geworfen hatte. Muriel Wagans Zelt war dagegen rechteckig und von fast normaler Größe.

Die Herrin des Rückens hatte eine Sammlung von Flugblättern vor sich liegen, als die beiden Frauen eintraten. Auf zweien davon waren Zeichnungen von Lady Wagan zu sehen. Sie deutete auf ein Bild und sagte: »Es wäre gar nicht schlecht getroffen – wenn ich euch ein Messer an die Kehle hielte und ein Heer von Geistern im Rücken hätte. Ich werde sogar die Herrin der Geister genannt.«

Im flackernden Schein der Zeltbeleuchtung sah Ayae, dass die drückende Verantwortung der letzten drei Wochen – vielleicht auch des ganzen letzten Jahres – an Muriel Wagan nicht spurlos vorübergegangen war. Ihre Figur – bisher lediglich kräftig wie bei vielen Frauen in vorgerücktem Alter – war ein wenig aus dem Leim gegangen, das rot gefärbte Haar war an den Wurzeln grau nachgewachsen, und die Schatten unter den Augen waren deutlich dunkler geworden. »Die müssen schon mindestens eine Woche vor unserer Ankunft gedruckt worden sein«, fuhr sie fort. Der Humor war ihr hörbar abhandengekommen. »Damit man sie sofort abwerfen konnte. Wie nehmen die Leute es auf?«

»Ziemlich locker«, antwortete Caeli. »Einige werden wahrscheinlich Ayae die Schuld geben, weil sie es nicht verhindert hat oder einfach, weil sie hier ist, aber solchen Leuten ist jede Ausrede recht.«

Sie hatte es also doch bemerkt. Ayae sah Lady Wagan achselzuckend an. »Ist nicht weiter wichtig.«

»Du zeigst mehr Würde, als sie verdienen.« Die Ältere bedeutete ihnen, sich auf den Zeltboden zu setzen. »Man möchte meinen, sie würden nicht so schnell vergessen, was du und die Truppe Stahl für sie getan haben. Oder dass das Mittel gegen Fos Seuche von Zaifyr kam.«

»Nicht alle haben es vergessen«, sagte Ayae und nahm Platz.

»Gut.« Die Herrin des Rückens schichtete die Flugschriften aufeinander. »Trotzdem: Wenn man dir das Angebot macht, die Insel zu verlassen, dann greif zu.«

Ayae war überrascht und sagte das auch.

»Die Hüter werden dich nicht hierlassen«, erklärte Lady Wagan. »Du gehörst vielleicht nicht zu ihrer Enklave, aber du bist eine der ihren – du hast die Macht eines Gottes geerbt. Sie werden dich nicht hierlassen. Das wäre politisch nicht zu vertreten.«

Ayae stellte sich vor, wie es wäre, Wila zu verlassen, von der Insel wegzugehen, die sie so sehr an ihre Kindheit erinnerte. »Das könnte ich nicht«, sagte sie dann, trotz solcher Gedanken.

»Du kannst es«, sagte Lady Wagan unverblümt. »Und du wirst es tun. Auch wenn sie Aned gestattet haben, in Yeflam zu bleiben, kann er allein nicht alles für uns erreichen.« Sie hielt die Flugschriften hoch. »Ich bezweifle auch, ob er Gelegenheit finden wird, sich bei den Hütern dafür einzusetzen, dass diese Schmierereien aufhören.«

Ayae stimmte ihr nur ungern zu. Wenn sie Wila verließe, wäre das ein Schritt weg von der gemeinsamen Verantwortung für das Leben auf der Insel und dem damit verbundenen gemeinsam ertragenen Leid. Das hatte sie als Kind in Sooia nicht verstanden, als sie mit Erwachsenen, die sich vor den Heerscharen des Unschuldigen fürchteten, hinter den Holzwänden gehockt hatte. Doch in den folgenden Jahren hatte sie sich an Bruchstücke aus den Gesprächen dieser Erwachsenen erinnert und begriffen, wie wichtig eine Gemeinschaft war. Inzwischen verstand sie, was damit gemeint war, dass man eine Last miteinander schulterte, und erkannte, dass jeder für den anderen mit verantwortlich war. Obwohl es Menschen wie Keallis gab, spürte Ayae, dass es darauf besonders jetzt ankam. Sie wusste ja aus eigener Erfahrung, was die anderen Mireeaner in den kommenden Monaten erwartete. Gerade als sie das Lady Wagan erklären wollte, wurde die Zeltklappe zurückgeschlagen und Reila, die weißhaarige Heilerin, führte zwei Männer herein, die eine Bahre trugen. Lord Elan Wagan lag darauf. Er hatte einen dicken Verband um den Kopf, der die leeren Augenhöhlen verbarg.

»Sie wollten ihn nicht behalten?« Lady Wagan stand auf und stieß dabei einen tiefen Seufzer aus. »Nicht einmal aus Barmherzigkeit?«

»Le'ta meinte, hier wäre er besser aufgehoben«, antwortete die Heilerin. »Bei den Menschen, die ihn lieben.«

Ayae sprach nicht aus, was sie dachte. Sie nickte nur kurz und verließ mit Caeli das Zelt. Muriel Wagan blieb mit ihrem Gatten zurück. Diese Last musste sie in Abwesenheit ihrer Tochter alleine tragen. Der Gedanke ging Ayae durch den Kopf, als Lord Wagan in der ersten Nacht auf Wila laut zu schreien begann. Es war nur ein kurzer Aufschrei, doch niemand auf der Insel konnte ihn überhören. Allerdings konnten die anderen danach weiterschlafen – was Lady Wagan versagt blieb.

Ayae lag in dem Zelt, das sie mit Caeli teilte. In der Stille nach dem Schrei sagte die Gardistin: »Die Wirkung der Beruhigungsmittel lässt immer mehr nach.«

»Wenn es jemals einen Grund gab, Barmherzigkeit walten zu lassen ...« Ayae starrte zum Zeltdach empor. »Aber wenn man ihm diese Qualen ersparen will ...«

»Setzt man ihn nur weiteren aus.« Caeli schwieg so lange, dass Ayae schon glaubte, sie wäre wieder eingeschlafen. Doch dann sagte sie: »Ich hatte mich in Mireea mit der Seuche angesteckt. Die ersten Anzeichen waren vorhanden.«

»Aber du hast das Gegenmittel bekommen?«, fragte Ayae.

»Ja«, antwortete Caeli. »Einen Tag bevor du in den Turm gegangen bist.«

»Gut.«

»Früher war ich wie diese Planerin, Keallis«, fuhr sie fort. »Nicht ganz so schlimm. Aber ich hatte meine Zweifel. Verfluchte waren ein Problem, das war meine Ansicht. Meine Mutter und mein Vater hatten es mir andauernd vorgesagt. Man sollte seinen Eltern keine Vorwürfe machen, aber wenn ich mir überlege, woher das alles kam, dann doch wohl von ihnen. Lady Wagan duldete nicht, dass ich solche Dinge aussprach, deshalb behielt ich sie für mich, aber das änderte nichts. Ich dachte immer noch so.«

»Schon gut.« Ayae wusste nicht, was sie sonst antworten sollte. »Wirklich.«

»Nein, es ist nicht gut. Man muss zugeben, wenn man unrecht hat. Vielleicht braucht man es nicht laut zu sagen, aber man muss es sich eingestehen.«

»Du brauchst es nicht auszusprechen.«

»Ich will es aber.« Caeli verstummte, und diesmal wusste Ayae, dass sie nicht eingeschlafen war, sondern auf dem Rücken lag und zur Decke emporstarrte. »Du weißt, dass sie recht hat, nicht wahr?«, sagte Caeli nach einer Weile. »Damit, dass du weggehen sollst.«

»Ja«, sagte Ayae leise. »Ich weiß.«

5

Aned Heast, der Hauptmann des Rückens, war nicht dabei, als Muriel Wagan und die Mireeaner nach Wila geführt wurden.

Man hatte ihn zwei Tage zuvor nach Yeflam entsandt, und er hatte das Lager in den Bergen bei Nacht, allein, zu Fuß und ohne Aufhebens verlassen. Wollte man alles auf einen Nenner bringen, was über ihn bekannt war, so war er ein Mensch, der die Jahrzehnte seines Lebens unter den Scherben der Sonne mit einem Schwert an der Seite verbrachte und stets auf der Suche nach Geld war. Wer dem Mann mit den wettergegerbten Zügen und den hellblauen Augen zum ersten Mal gegenübersaß, hatte oft das Gefühl, er kenne kein Mitleid und bemesse den Wert jedes Menschen nur danach, was er von ihm bezahlt bekäme. So hatte man schon immer über ihn geurteilt. Als er noch jung war, führte man seine Härte darauf zurück, dass er seine Liebste verloren hatte; nachdem man ihm das Bein abgenommen hatte, hieß es, dabei sei etwas in ihm zerbrochen und mit dem Bein sei ihm die Güte abhandengekommen, die andere in ihrem Herzen trügen. Keine Erklärung enthielt die ganze Wahrheit, aber er bemühte sich nicht, die Menschen aufzuklären. Kurz nach dem Verlust des Beins hatten so viele Leute gewusst, was er darüber hinaus verloren hatte, dass ihre Worte zumindest einen Hauch von Wahrheit enthalten hatten, doch seither wurde die Geschichte von anderen nachgeplappert, die keine Ahnung hatten. Darüber dachte er nach, als er, eine Stunde nachdem er das Lager verlassen hatte, Benan Le'ta erblickte, der neben der mondbeschienen Straße auf ihn wartete.

Der Kaufmann hatte auf Heast keinen guten Eindruck gemacht. Mit seiner untersetzten Gestalt und seinem feisten Bauch erinnerte er an eine Birne, doch auf seinen Schultern saß ein solider Kantschädel mit weißen Stoppeln. Er hatte, kaum dass Mireea unter Belagerung stand, in mehreren Briefen gefordert, wenn die Mireeaner seine Hilfe wollten, müssten Fo und Bau in Ketten gelegt und zu ihm gebracht werden. Das war ein unerfüllbares Ansinnen, aber nach Heasts Ansicht hatte Le'ta auch ein Szenarium vor Augen, das nicht zu realisieren war. Der Kaufmann hatte den Plan, die Verbrechen der beiden Hüter in Mireea in einer öffentlichen Verhandlung anzuprangern, und glaubte, damit ein Druckmittel wenn nicht gegen die Hüter, dann zumindest gegen seine eigenen politischen Gegner in der Kaufmannsgilde in die Hand zu bekommen. So hatte es in Le'tas spitzer Handschrift in dem Brief gestanden, den er in der ersten Woche nach dem Fall der Stadt auf Gers Rücken an Muriel Wagan geschickt hatte. Und als Le'ta zum ersten Mal ins Lager geritten kam, hatte Heast gedacht, er würde wütend losbrüllen und mit den Füßen aufstampfen. Wäre er nicht in Begleitung von Faje gewesen, und hätte Aelyn Meah nicht ausdrücklich gewünscht, Zaifyr von den Schwimmenden Städten fernzuhalten, dann hätte er das möglicherweise auch getan.

»Le'tas Wut wird sich gegen uns richten, sobald uns die Hüter in der Stadt willkommen heißen«, hatte Lady Wagan prophezeit, als Heast wenige Stunden, bevor er das Lager verließ, in ihr Zelt gekommen war, um sich zu verabschieden und um ihr mitzuteilen, welche Befehle er seinen Soldaten und Leutnant Mills gegeben hatte.

Der Leutnant sollte in Heasts Abwesenheit das Kommando übernehmen. »Er ist ein Schwachkopf.«

»Dann sind Sie der gleichen Meinung wie Faise?« Faise war am selben Tag eingetroffen wie die Abgesandten, und Heast hatte sein Möglichstes getan, um sie im Lager zu verstecken, bis Le'ta und Faje wieder abgereist waren. »Dass die Insel nichts anderes sein wird als ein Gefängnis?«

»Das war längst abzusehen.« Muriel sah müde aus. Sie schlief seit Längerem schlecht, aber das war kein Wunder. »Le'ta wird eher versuchen, uns als Druckmittel zu benutzen, als mit uns zusammenzuarbeiten. Ich wünschte fast, Lian Alahn wäre an der Macht geblieben. Die Situation wäre eine andere gewesen – aber wir müssen mit dem zurechtkommen, was wir haben.« Sie reichte ihm ein gefaltetes Stück Papier. »Faise und Zineer wollen sich am Tag nach unserer Ankunft an dieser Stelle mit Ihnen treffen.«

Er nahm das Blatt und schob es unter seinen abgewetzten alten Lederharnisch. »Essa hat sich gemeldet. Er ist mit seiner Bruderschaft in Yeflam.«

»Gut.«

»Gern ist er nicht dort.«

»Der Einzige, der gern nach Yeflam geht, ist Zaifyr.«

Heast hatte nicht widersprochen, und auf der Kutschfahrt zu den Schwimmenden Städten hatte sich auch Benan Le'ta der Meinung der Herrin des Rückens angeschlossen.

Heast hatte die Bemerkung des Kaufmanns mit einem Achselzucken abgetan. Der Mann mit den Amuletten hatte sehr deutlich gemacht, dass ihn das, was um ihn herum geschah, nur wenig kümmerte. Dieselbe Gleichgültigkeit hatte er an den Tag gelegt, als ihn die Mireeaner bespuckten und beschimpften, nachdem sie Mireea und seine Straßen voller Geister verlassen hatten. Weniger gut hatte das Mädchen Ayae, das den Kampf gegen Fo und Bau aufgenommen hatte, die Beleidigungen verkraftet. Heast hatte gesehen, wie sie zwischen Nachsicht und Zorn hin und her schwankte, und da er befürchten musste, dass sie in ihrer Not zuschlagen könnte, hatte er einigen Gardisten heimlich befohlen, auf sie aufzupassen. Caeli hatte er diesen Auftrag nicht gegeben – sie hatte andere Pflichten –, aber er hatte sich gefreut, als er sie in Ayaes Gesellschaft sah. Auch Zaifyr hatte er von Gardisten beschatten lassen, doch der hatte seine Verfolger schon in der ersten Stunde entdeckt, war mit einer Entschlossenheit auf sie zugegangen, die ihnen einen Heidenschrecken einjagte, und hatte ihnen erklärt, er brauche keine Beschützer. Heast erzählte die Geschichte, während er mit Le'ta über die Brücke nach Neela fuhr. Hinter Mesi stieg gerade die Morgensonne aus dem schwarzen Ozean.

»Es heißt, er sei ein mächtiger Mann«, sagte der Kaufmann, »vielleicht sogar mächtiger als ›Yeflams Odem‹.«

»Aelyn Meah?« Den Titel hatte Heast lange nicht mehr gehört. »Wer weiß! Wenn er ihr Bruder ist, hat er einst zusammen mit drei anderen an ihrer Seite geherrscht.«

»Mit seinem Bruder, seiner Schwester und ...« Le'ta verzog den Mund zu einem hässlichen Lächeln. »... seinem Liebhaber.«

»Damals wurde vieles zerstört«, sagte Heast mit leisem Abscheu über die Anspielung. »Und es gab vieles zu verbergen.«

Das Lächeln geriet in Schieflage. »Ja«, bestätigte Le'ta nickend. »Das macht es schwierig, in irgendeiner Hinsicht Gewissheit zu haben.«

Wenig später setzte ihn der Kaufmann vor einem kleinen zweistöckigen Gasthaus in Fachwerkbauweise ab. Es hieß *Die verlorenen Augen des Minotaurus*, und auf dem Schild waren unter der Schrift zwei Augen zu sehen, die mit einem Spieß durchbohrt waren. Le'ta lobte das Haus, es sei ein schönes Gebäude mit stabilen Betten und einer verschwiegenen Dienerschaft. Heast schloss daraus, dass er der Besitzer war. Kurz bevor Le'ta gegen das Dach des Wagens klopfte, um dem Kutscher das Zeichen zur Weiterfahrt zu geben, versprach er noch, den Hauptmann zu besuchen, sobald alle wohlbehalten auf Wila eingetroffen seien. »Dann werden wir darüber sprechen, was wir für die Mireeaner tun können«, sagte er. »Wir müssen sie schließlich in dieser schweren Zeit unterstützen.«

Nachdem die Mireeaner am nächsten Tag nach Wila gebracht worden waren, erschien Le'ta im Speiseraum des Gasthauses und suchte nach Heast. Der Hauptmann hatte eine Kollektion von Zeitungen und Flugschriften vor sich liegen. Die meisten hatte er schon durchgeblättert.

Le'ta bewegte sich schwankenden Schrittes durch den fast leeren Raum. »Ich nehme an, Sie waren dort?«, fragte er. Dann schilderte er, ohne eine Antwort abzuwarten, wie reibungslos alles abgelaufen sei, wie Aelyn Meah die Angst im Gesicht gestanden hätte, wie deutlich die Menge gezeigt hätte, dass sie nicht auf Aelyns Seite stehe. Heast hatte für einen Moment das Gesicht der Hüterin gesehen, als sie in der Kutsche an ihm vorbeifuhr. Nach diesem flüchtigen Blick hätte er allerdings nicht von Angst gesprochen. Vielleiht von Resignation. Doch dann hatten die Windpferde die Kutsche davongetragen, und er hatte seine Aufmerksamkeit auf die anderen Hüter und die Garde von Yeflam gerichtet. Die hatten nur mit Mühe einen Aufruhr verhindern können, als die Mireeaner mit Muriel Wagan an der Spitze auf die Insel geführt wurden. Die Flugschriften und Zeitungen vor ihm auf dem Tisch waren kostenlos in der Menge verteilt worden. Als Le'ta sie sah, sagte er: »Ach, diese ekelhaften Schmähfetzen. Ich versichere Ihnen, sie wurden nicht in Neela gedruckt.«

»Wirklich nicht?«, sagte Heast und lehnte sich zurück. »Unschuldig wie ein neugeborenes Kind, wie?«

»Hauptmann, dies ist nicht der Moment, einander mit Misstrauen zu begegnen.« Der Kaufmann nahm Platz, und nun zeigte sich, dass ein zweiter Mann ein paar Schritte hinter ihm stand. »Darf ich Ihnen den Feldherrn Bnid Gaerl von der Truppe Leerer Himmel vorstellen?«, fragte Le'ta.

»Wir sind uns schon begegnet.«

Der hochgewachsene Mann war einige Jahre jünger als Heast, aber sein langes, markantes Gesicht mit den tiefen Falten, den Leberflecken und den tief liegenden Augen ließ ihn älter erscheinen. Er trug eine teure Rüstung, die vor allem aus einem leichten Kettenpanzer bestand, und über seiner Schulter unter dem dunkelblauen Umhang hing ein schweres zweihändiges Schwert.

»Schön«, sagte Le'ta und wandte sich wieder Heast zu. »Hoffentlich unter angenehmen Umständen.«

»Er war damals Hauptmann der Truppe Zuflucht«, sagte Gaerl mit tiefer, heiserer Stimme. »Aber den Titel hat er abgeworfen wie eine Schlange ihre Haut. Von seinem jetzigen Titel wird er sich ebenso leichten Herzens trennen.«

»Zuflucht gibt es nicht mehr«, sagte Heast ruhig. »Der Rang verliert seine Bedeutung, wenn man keine Soldaten mehr unter sich hat.«

»Ihre Hexe trägt den Titel immer noch.«

»Dann müssen Sie Anemone unbedingt sagen, sie soll das ändern.«

»Feldherr. Hauptmann.« Le'ta tat so, als überraschte ihn die Feindschaft zwischen den beiden, dabei musste er davon gewusst haben, bevor er das Gasthaus betrat. Vor mehr als zehn Jahren hatte Gaerl – den Titel Feldherr, den er sich selbst verliehen hatte, gestand ihm Heast nicht zu – versucht, den Namen Zuflucht auf seine eigenen Söldner zu übertragen. »Wir sind nicht hier, um über alte Differenzen oder die Personen zu sprechen, die Sie während Ihrer Laufbahn als Söldner kennengelernt haben. Wir sind hier, um sicherzustellen, dass für die Bewohner von Mireea alles getan wird, was in unserer Macht steht.« Er wies auf eine der Zeitungen, die auf dem Tisch lagen. Die Titelseite zeigte ein Bild von Muriel Wagan inmitten eines Ozeans von Gebeinen. »Das ist eine schwierige Aufgabe, wenn Geschichten wie diese hier gedruckt werden. Darüber sind wir uns sicher einig. Es wird nicht leicht sein, etwas für Lady Wagan und ihr Volk zu tun, wenn man sie alle mit diesem Ungeheuer in Verbindung bringt.«

»Sie brauchen Decken und Lebensmittel«, sagte Heast. »Lady Wagan hat mich ermächtigt, sie aus dem mireeanischen Vermögen zu versorgen, solange sie auf Wila sind. Damit möchte ich möglichst bald beginnen.«

»Natürlich, natürlich.« Le'ta runzelte leicht die Stirn. »Aber ich warne Sie, vielleicht ist es nicht damit getan, Waren einzukaufen und auf die Insel zu bringen. Wir werden dazu ein Gesuch an die Hüter richten müssen.«

»Ich werde mit Xrie sprechen«, sagte Heast. »Das müsste sich doch umgehen lassen.«

»Mit dem ›Soldaten‹?« Gaerl runzelte die Stirn. »An den Hauptmann der Garde von Yeflam kommt man so leicht nicht heran.«

»Aber es ist möglich.« Heast wandte den Blick nicht von Le'ta. »Ich würde Sie auch gerne um einen persönlichen Gefallen bitten.«

»Natürlich«, sagte Le'ta, ausnahmsweise nur einmal. »Worum geht es?«

»Ich möchte mit Lian Alahn sprechen – unter vier Augen.«

»Er ist bei der Kaufmannsgilde tief in Ungnade gefallen«, wandte der Kaufmann ein. »Im Augenblick ist er nicht einmal im Lande. Ich glaube nicht, dass er viel für Sie tun kann.«

»Es geht um eine persönliche Angelegenheit, und sie betrifft seinen Sohn«, sagte der Hauptmann des Rückens. »Nichts sonst.«

6

Bueralan Le saß in den Mauern einer Ruine. Das Mondlicht, das durch die Bäume und das löchrige Dach fiel, konnte dem Trauernden wenig Trost spenden.

Er hatte die Truppe Nacht nicht retten können. *Kae. Liaya. Ruk. Aerala. Zean.* Nacht für Nacht wiederholte er die Namen, um sich selbst in seinem Leid zu bestrafen. Er sah sie wieder vor sich auf dem Boden der Kathedrale liegen. Er sah die Kerzen an den Wänden flackern, sah die Schatten über die Toten huschen. Er hörte das Geräusch im Gebälk, als würde eine große Masse bewegt. Kae sah er als Ersten. Liaya und Ruk lagen nebeneinander. Danach Aerala. Und schließlich am Ende der Kathedrale auf einem kleinen Podest das blonde Mädchen in einem schlichten weißen Kleid. Nur ein paar Schritte von Zeans Leichnam entfernt, als wäre sein ältester Freund, sein Blutsbruder ohne jede Bedeutung. Wenn Bueralan die Augen schloss, sah er wieder die grünen Augen des Mädchens vor sich. Er war bereit gewesen für den Tod. Dann war das Mädchen auf ihn zugegangen und hatte gesagt: »Ich habe ein Geschenk für dich.«

Eine Seele.

Zeans Seele.

Danach hatte sie ihm erklärt, er trage etwas von einem Gott in sich, und er könne sie rufen – aber *erst, wenn die Unschuld auf dem Spiel steht* –, und sie hatte Samuel Orlan seiner Obhut übergeben. Ihre Worte, ihre Taten hatte er allerdings nur schemenhaft wahrgenommen. Er hatte nur den Kristall gespürt, den sie ihm gegeben hatte. Eisige Kälte war ihm in die schwarze Hand gekrochen, mit der er ihn hielt, und allmählich war sie taub geworden bis zum Handgelenk, wo die weißen Tätowierungen anfingen. Draußen vor der Kathedrale hatte er den Stein in einen schwarzen Lederbeutel gesteckt, aber seine Kälte war auch durch das Leder gedrungen. Dennoch hatte er eine Schnur durch den Beutel gezogen und ihn sich um den Hals gehängt. Jetzt spürte er die Kälte auf der Brust. Er würde den Beutel nicht abnehmen, bis er daheim war.

Er hatte sofort gewusst, dass er nach Ooila zurückkehren würde, wo die Hexen seiner Kindheit Flaschen aus teurem schwarzem Glas bliesen, sie zerschlugen und den Lebenden einzelne Scherben davon gaben, die dann um den Hals getragen wurden. Nach dem Tod des Menschen, der die Scherbe getragen hatte, wurde die Flasche wieder ganz. Die Angehörigen nahmen die übernatürliche Reliquie an sich und sorgten dafür, dass sie über ein bestehendes Netz aus Tauschbörsen und Handelsstützpunkten schließlich auf dem Nachttisch einer schwangeren Frau aus guter Familie zu stehen kam. Mit jedem Schluck, den die Schwangere aus der Flasche nahm, sickerte etwas von der Seele in den Fötus ein und setzte sich fest, um schließlich mit dem Neugeborenen wieder ins Leben zurückzukehren.

Das *Geschenk der Mutter*, so wurde es genannt.

»Zerbrich das verdammte Ding!« Die heisere Stimme gehörte Samuel Orlan. Ein Schattenwesen hatte den weißhaarigen Kartografen in der Kathedrale gewürgt, und sein Kehlkopf hatte sich noch nicht wieder erholt. »Sitz nicht wieder die ganze Nacht da und halte es in den Händen«, nörgelte Orlan weiter. »Zerbrich es! Zerschmettere es! Ich gehe hinaus und hole dir einen Stein. Immer noch besser, als ihre Pläne auszuführen.«

»Deine Gewissensbisse kümmern mich nicht, alter Mann.« Über ihm raschelte es. Er hatte die Sumpfkrähen auf den Dachbalken geweckt. »Du bist schuld an Zeans Tod. Alle mussten sie deinetwegen sterben.«

»Auch du wärst jetzt tot, wenn du mit ihnen gegangen wärst.«

»Du aber nicht.«

Der Kartograf brummte nur mürrisch und setzte sich auf.

»Warum hat sie dich nicht getötet?«, fragte Bueralan. »Während andere sterben mussten, die unendlich viel wertvoller waren als du.«

»Dich hat sie auch nicht getötet.« Er räusperte sich und rieb sich den Hals. »Sie ist noch kein Gott.«

Die Antwort war wenig hilfreich, aber nach dem Geschehen in der Kathedrale gab es kaum noch etwas, das sinnvoll erschienen wäre. Als Bueralan das Gebäude verließ, war Ranan entvölkert gewesen. Er hatte zwar das Gefühl gehabt, beobachtet zu werden, aber auf den Straßen und in den Ruinen hatte sich keine Menschenseele gezeigt. Auch seine beiden Pferde waren nicht mehr da. Ihre Spuren führten von der Hauptstraße weg und verschwanden im schwülen Dickicht der leeranischen Sümpfe. Doch schon nach wenigen Schritten hörten sie ganz auf, und weder Bueralan noch Orlan war es gelungen, sie wiederzufinden. Nun hatten sie zu zweit nur noch ein Schwert und mussten sich zu Fuß durch Sumpf und Moor schlagen. Sie hielten sich meist nach Osten. Der nächste Hafen war Jeil in den Reichen von Faaisha, aber Bueralan wusste, dass sie ohne Pferde bis dorthin mehrere Wochen brauchen würden. Wochen, so hatte er sich vor Augen gehalten, ohne Proviant oder Wasser.

In der ersten Nacht, nachdem sie Ranan verlassen hatten, waren sie von acht leeranischen Todeskriegern entdeckt worden. Die beiden hatten sich hinter eine Baumreihe geschlichen, wo sie halbwegs geschützt waren, und sich erschöpft zu Boden fallen lassen. Bueralan hatte vorgehabt, sich die Nachtwache mit Orlan zu teilen, aber der Alte war sofort in einen tiefen Schlaf gefallen, und ihn hatte die Trauer überwältigt und wach gehalten. Die Todeskrieger hatte er erst gehört, als sie ihn bereits umzingelt hatten.

Er war nicht aufgestanden und hatte auch nicht nach seinem Schwert gegriffen. »Nur zu«, sagte er. »Ich hätte diese Kathedrale ohnehin nicht lebend verlassen sollen.«

Ein Mann trat vor. Seine Zähne waren abgefeilt, und die weiße Haut spannte sich so straff über die Knochen, als würde er von einer Krankheit verzehrt. »Sie schickt euch dies.« Der Krieger ließ einen schweren Sack zu Boden fallen. »Damit ihr Jeil erreicht.«

Bueralan rührte den Sack nicht an. »Ich will es nicht.«

»Ihr werdet verhungern, bevor ihr die Grenze erreicht«, sagte der Krieger. »Der alte Mann als Erster. Sie hat es gesehen.«

»Und warum sollte ich den Sack nehmen?«

»Weil sie es so gesehen hat.«

Er stellte noch eine Frage, eine zornige Frage, denn in solchen Nächten schlug seine Trauer oft in Zorn um, aber der Leeraner antwortete nicht. Und einen Augenblick später war er mitsamt seinen sieben Kameraden verschwunden.

Im grünlichen Licht der Morgensonne hatten Bueralan und Orlan den Sack ausgekippt. Früchte, Brot und Wasser hatten sich über den Boden verteilt. Gestutzt hatten sie beim Anblick des geräucherten Stücks Fleisch. Als der Kartograf es aufhob, sagte Bueralan: »Ich glaube nicht, dass wir das essen sollten.« Obwohl er schon seit zwei Tagen hungerte, stieß ihn die quadratische Form ab. »Wer weiß, was es ist. Könnte auch Menschenfleisch sein.«

»Riecht wie Schweinefleisch«, sagte Orlan.

Sie hatten es ohne weitere Diskussion liegen gelassen.

Es war das einzige Mal, dass sie sich in einer Frage einig gewesen waren. Seither hatten sie sich unentwegt gezankt, provoziert und gegenseitig geärgert. Bueralans Feindseligkeit entsprang seinem Zorn, Orlans Verhalten war vermutlich eine Folge seiner Schuldgefühle. Der alte Mann hatte sich nicht für seinen Verrat entschuldigt – auch wenn das nicht viel geändert hätte. Orlan hatte auch wenig erklärt. Weder, warum das Götterkind gesagt hatte, Bueralan sei von den Göttern berührt, noch, warum sie ihn nicht getötet hatte oder warum sie nach seinen Worten noch kein Gott war.

7

Kal Essa war ein Mann, den man nicht so leicht vergaß. In Quaainas letzten Tagen, als die Königinnen von Ooila nicht nur einzelne Menschenleben, sondern eine ganze Nation vernichteten, hatte ihn eine schwere Stachelkeule an der linken Kopfseite getroffen und ihm die Haut aufgerissen. Der Schlag hatte ihn nur gestreift und der Riss war noch im Feld genäht worden, doch wie so oft bei Notoperationen blieben Narben zurück, beim Hauptmann der Bruderschaft ein Spinnennetz von dicken weißen Wülsten, das vom Ohr bis zum Kinn reichte.

Heast hatte das angekaufte Gebäude durch die Hintertür betreten. Der leere Raum wartete noch darauf, mit Lebensmitteln, Decken und allen möglichen anderen Dingen gefüllt zu werden »Als alle Formalitäten erledigt waren, warteten vor der Amtsstube zwei Männer auf mich«, berichtete ihm Essa »Sie folgten mir quer durch Neela und weiter bis nach Maala. Mit diesen Kutschen dauerte die Fahrt fast einen vollen Tag. Vor der Herberge, die wir gemietet haben, halten sie nun in Schichten Wache – sie sind etwa zu acht –, aber wir können sie unschwer abschütteln und wieder zurückholen, wenn wir das wollen.«

»Auch ich wurde von zwei Leuten beschattet, bevor ich hierherkam«, sagte Heast.« Am anderen Ende des leeren Raumes drehten zwei Leute, ein Mann und eine Frau, ihre Runden. »Ist ihnen jemand gefolgt?«

»Nein.« Essa wandte sich wieder an Heast. »Aber ich habe ihnen geraten, sich vor Gaerl in Acht zu nehmen.«

»Was sie ignoriert haben.«

»Sie haben es auf die leichte Schulter genommen.« Der Söldner spuckte auf den Boden. »Sie kennen ihn nicht so gut wie wir, Hauptmann.«

Jetzt traten Faise und Zineer näher. Sie hatten Ledermappen mit Papieren mitgebracht, Bestellungen, Abrechnungen und Einkaufslisten. Seit die beiden vor einer Woche bei Muriel in den Bergen gewesen waren, hatten sie mit einer Serie von falschen Namen und fingierten Belegen die meisten ihrer Einkäufe verschleiert. Sie hatten auch Essa geholfen, die benötigten Dinge zu beschaffen, und Heast wusste, dass dies sicherlich Benan Le'ta hinterbracht worden war, aber das war, ebenso wie der Erwerb der Fabrik, in der sie standen, nur als Irreführung gedacht. Heast wollte, dass der Kaufmann ihn und Essa beobachtete. Auf diese Weise würde das meiste, was Faise und Zineer in nächster Zeit beschaffen würden, unbemerkt bleiben, die Belege würden verschwinden, und die Mireeaner konnten ihren Einfluss auf die Kaufmannsgilde weiter ausbauen.

»In der kommenden Woche fangen wir mit dem Aufkauf von Ackerland an«, sagte Faise, nachdem die beiden Heast begrüßt hatten. »Wir werden im Norden beginnen, mit Anwesen, die nahe an Mireea liegen. Ein Teil des Landes befindet sich bereits im Besitz von Muriel Wagan, und nach dem Verlust von Mireea werden die Eigentümer für Kaufangebote wohl etwas empfänglicher sein.«

Sie reichte Heast eine Karte, auf der die betreffenden Flächen eingekreist waren. »Wen wollen Sie als Strohmann einsetzen?«, fragte er.

»Die Inhaberin einer Bank in Zoum«, sagte Zineer. »Ein großer Teil der Geldströme der Welt geht durch dieses Land, und die dortigen Bankiers werden oft als Vertreter von Käufern eingesetzt. Wir hatten Glück, dass die Frau in Yeflam war, als wir sie brauchten.«

»Was glauben Sie, wie lange sich das geheim halten lässt?« Er gab Faise die Karte zurück. »Bevor die Kaufmannsgilde und die Hüter aufmerksam werden?«

»Nach ein oder zwei Monaten wird ein Muster sichtbar werden«, antwortete Faise. »Lady Wagan wollte, dass wir bei den Käufen möglichst aggressiv vorgehen, damit beide Parteien einigermaßen schnell bemerken, wie ihre Besitzungen in fremde Hände gelangen.«

»Anschließend müssen sie erst dem Geldfluss folgen.« Zineer zuckte die Achseln. »Das könnte sich über Jahre hinziehen.«

»Darauf würde ich nicht bauen«, warnte Heast. »Hauptmann Essa und ich werden von Soldaten beschattet. Falls Sie nicht jetzt schon verfolgt werden, wird es nicht mehr lange dauern.«

»Das ist uns klar.«

»Nehmen Sie sich Leibwächter«, polterte Essa. »Unter meinen Jungs und Mädels findet sich bestimmt jemand, der sich dafür eignet.«

»Damit ziehen wir die Aufmerksamkeit sofort auf uns.« Zineer rückte seine Brille zurecht und lächelte betrübt. »Was wir hier für Sie tun, lässt sich für jeden Beobachter leicht erklären. Meine Frau stammt aus Mireea. Sie hat Freunde, die auf Wila untergebracht sind. Wir helfen nur bei der Beschaffung von Kleidung und Lebensmitteln. Wenn man uns allerdings bei anderen Aktivitäten ertappt, wird sich sehr schnell herausstellen, dass etwas nicht stimmt. Benan Le'ta weiß genau, dass wir nicht nur vollkommen mittellos sind, sondern auch hohe Schulden haben.«

»Schließlich war er es, der uns ruiniert hat«, fügte Faise hinzu.

Nachdem die beiden gegangen waren, bezeichnete Essa sie als leichtsinnige Kinder. Heast hielt dagegen, sie hätten nicht ganz unrecht.

»Und wenn die Sache ins Rollen kommt?«, fragte der Söldnerhauptmann. »In zwei Monaten werden meine Jungs und Mädels auf die Bauernhöfe ausschwärmen, die diese beiden kaufen wollen, um die Ernte einzubringen. Dann können wir nicht mehr viel für Faise und Zineer tun.« Er ging zur Wand der Fabrikhalle, wo ein Lederrucksack lag, und zog einen länglichen silbernen Behälter heraus. »Kalter Kaffee.« Er schüttelte die Flasche. »Schon mal probiert?«

»Nein«, antwortete Heast. »Ich habe übrigens gestern mit dem ›Soldaten‹ gesprochen.«

Essa reichte ihm eine Blechtasse. »Wie ist es gelaufen?«

»Er war einverstanden, dass wir Zelte und Lebensmittel nach Wila schicken. Zwar will er sich vorher alles ansehen, aber wir können sofort mit dem Einkaufen beginnen.«

Während Heast den lauwarmen Kaffee kostete, gestand er sich ein, dass es ein seltsames Treffen gewesen war. Er war zwei Tage zuvor mit einer der großen sechzehnspännigen Kutschen nach Nale gefahren. Eine Kutsche dieser Größe hatte er bis dahin noch nicht gesehen – im Wesentlichen hatte man lediglich zwei gewöhnliche Kutschen zusammengefügt –, aber sie wurde nicht viel anders gesteuert als die Kutschen aus einem Stück, die von vier oder acht Pferden gezogen wurden. Seit das Gefährt in der zweiten Tageshälfte Ghaam hinter sich gelassen hatte, war die Enklave der Hüter der Leitstern gewesen, an dem es sich orientierte. Der Turm überragte den Horizont wie ein künstlicher Berg auf künstlichem Land. Das Gebäude bestand aus langen weißen Steintunneln, die sich in einer Spirale zum Himmel emporschraubten. Die Wände waren von Fenstern durchbrochen, sodass man selbst aus der Ferne das Gefühl nicht loswurde, von tausend gläsernen Augen beobachtet zu werden.

Durch Nales Straßen wälzte sich dichter Verkehr, und die Kutsche kämpfte sich unter dem Blick der Enklave vorbei an hohen, massiven Gebäuden, die es mit der Eleganz des weißen Turms nicht aufnehmen konnten. Als sie vor einem großen Warenlager am Stadtrand anhielt, war die Nachmittagssonne bereits untergegangen. Heast war einen vollen Tag unterwegs gewesen. Als er Mesi verlassen hatte, war die Morgensonne gerade aufgegangen, hatte aber noch keine Wärme gespendet. Den ganzen Tag über waren Fahrgäste zu- und wieder ausgestiegen, und er hatte immer wieder Gesprächsfetzen aufgefangen. Immer wieder mal war es um die Mireeaner gegangen. »Sie ziehen die Leeraner hierher«, hatte ein alter Mann gesagt. »Aber das sollte kein Grund zur Sorge sein« hatte ein zweiter alter Mann erwidert. »Die Garde von Yeflam …« »Gogair ist unruhig«, sagte eine junge Frau und hielt eine Zeitung in die Höhe. »Hier steht es: ›Der Abgesandte traf sich mit der Enklave, um darauf hinzuweisen, dass möglicherweise wichtige Abkommen verletzt würden.‹« Ein junger Mann, der Heast nicht erkannt hatte, bezeichnete ihn sogar als Hauptmann der Geister.

Aber meistens diskutierten die Reisenden darüber, ob der Krieg sie etwas angehe oder nicht. Einige sagten, sie hätten gehört, im leeranischen Heer und bei den Gläubigen stünden auch Priester, deshalb sei dieser Krieg durchaus Yeflams Sache. Kaum jemand erwähnte Zaifyr oder den Tod von Fo und Bau, und da die vielen Augen der Enklave beständig auf ihnen ruhten, war Heast darüber nicht überrascht.

Xrie, der Hüter des Göttlichen, hatte Heast am Eingang der Kaserne empfangen. Der riesige Komplex war vier Stockwerke hoch, und der Gardehauptmann hatte seinen Besucher nach oben geführt, ohne den leisesten Stolz auf das Gebäude erkennen zu lassen. Er war ein gut aussehender Mann, braunhäutig, mit einem festen, selbstbewussten Händedruck, doch wenn er stehen blieb, um Heast auf etwas hinzuweisen, wirkte er wie ein Rekrut in der Ausbildung. Xrie sah nicht älter aus als zweiundzwanzig oder dreiundzwanzig, aber Heast wusste, dass er seit mehr als vierzig Jahren Hauptmann der Garde von Yeflam war, und wenn er innehielt, um einzelne Soldaten mit Rang und Namen vorzustellen, antworteten diese prompt und mit einem Eifer, der verriet, dass sie ihren Vorgesetzten vergötterten.

Heast war nur ein paarmal mit Xrie zusammengetroffen, seit er selbst zum Hauptmann des Rückens ernannt worden war. Er hatte ihm einen Gefangenen geschickt und zwei abgeholt, und bei der Unterzeichnung des letzten Vertrags zwischen den beiden Staaten waren sie beide zugegen gewesen. Bei aller Förmlichkeit im Umgang herrschte jedoch eine zwanglose Atmosphäre, sodass sie, nachdem sie Xries Amtszimmer im obersten Stockwerk erreicht hatten, schnell eine Einigung darüber erzielten, dass neue Zelte, neue Kleidung, Lebensmittel und Wasser nach Wila geschafft werden mussten. »Im jetzigen Zustand ist die Insel unzumutbar«, hatte Xrie am Ende des Gesprächs erklärt. »Ich möchte mich dafür entschuldigen. Faje sagte mir, die Kaufmannsgilde würde für die Unterbringung sorgen. Was jetzt da unten steht, ist das, was die Gilde zur Verfügung gestellt hat.«

»Das nennt man menschenfreundliche Politik«, lautete Heasts trockener Kommentar. »Wir werden bald ein Warenlager einrichten, von dem aus wir die Versorgung organisieren können.«

»Ich will ehrlich sein, Hauptmann, ich bin kein Freund des Pazifismus, der zurzeit von meinen Brüdern und Schwestern vertreten wird«, fuhr der andere fort. »Angesichts meiner Stellung ist das nicht weiter überraschend, aber was in Mireea geschehen ist, war eine Warnung an uns alle. Das war auch so beabsichtigt. Wir sollten aufhorchen. Dass Sie zwischen Mireea und Leera ein Patt erreichen konnten, hat die Botschaft ein wenig verwässert, aber es ändert nichts daran, dass der leeranische General Waalstan eines Tages ein Heer nach Yeflam führen wird. Das wird sein neuer Gott verlangen.« *Oder*, dachte Heast, *vielleicht verlangen es auch eure alten Götter.* »Persönlich bin ich jedoch tief enttäuscht, dass ich dem Hauptmann und Führer von Zuflucht nicht versprechen kann, im Feld an seiner Seite zu stehen.«

»Zuflucht ist offenbar ein beliebtes Thema«, hatte Heast geantwortet. »Von Bnid Gaerl hatte ich nichts anderes erwartet, aber von Ihnen? Ich habe mit Zuflucht nichts mehr zu schaffen.«

»Sie müssen mir vergeben, Hauptmann. Mir ist durchaus bewusst, dass Sie sich in den Dienst von Lady Wagan gestellt haben.« Durch die schmalen Fenster hinter ihm konnte man sehen, wie das Licht der Nachmittagssonne allmählich verblasste. »Aber es wäre traurig, wenn ich vergäße, wer im Krieg loyal gedient hat. Dennoch sollte ich betonen, dass ich nicht der Einzige bin, der sich daran erinnert. Erst heute Morgen sprach mich ein Mitarbeiter von einer der Zeitungen in der Stadt auf Ihre Geschichte an. Obwohl ich nicht sehr gesprächig war, steht zu befürchten, dass Sie bald in ganz Yeflam bekannt sein werden.«

»Im Gegensatz zu Zaifyr.«

»Wir nennen ihn Qian, aber der Hinweis ist angekommen«, hatte Xrie gesagt. »Meine Brüder und Schwestern haben ihn aus der Presse weitgehend herausgehalten. Das gehört zur Politik des Pazifismus.«

Heast war von Natur aus nicht leicht aus der Ruhe zu bringen, ganz gleich, wie Krone, Schwert oder die Hand eines Unsterblichen das Geschehen in den Korridoren der Macht lenkten. Ein guter Soldat, so hatte er einmal sagen hören, nahm die Dinge, wie sie kamen. Und mit Blick auf die tausend Augen der Enklave fügte er bei sich hinzu, ein guter Hauptmann müsse auch lernen, in die Zukunft zu sehen.

Er nahm noch einen Schluck von dem lauwarmen Kaffee.

»Es schmeckt wirklich grauenhaft«, sagte er zu Kal Essa. »Hast du dafür etwa auch noch Geld ausgegeben?«

»Bevor das Eis geschmolzen ist, war er besser«, antwortete der andere mürrisch und kippte das Zeug auf den Boden. »Gleich um die Ecke gibt es eine Kneipe. Ich lade dich auf ein Glas ein.«

8

Am Morgen des fünften Tages, den Ayae auf Wila verbrachte, verbreitete die Morgensonne nur ein dünnes, mattes Licht, aber der Blut- und Salzgeruch, der vom Ozean aufstieg, war unvermindert stark. Ayae saß im Eingang ihres kleinen Zelts. Sie hatte nicht gut geschlafen – unter den Planen fühlte sie sich beengt, und das machte sie rastlos – und sich deshalb leise hierher geschlichen, um den Aufgang der ersten Sonne zu erleben. Ein Bein hatte sie nach draußen gestreckt, das andere zur Brust hochgezogen. So schaute sie über den grobkörnigen Strand hinaus auf den schwarzen Ozean, der das Licht verschluckte, und hinüber zu der Steinrampe, die zu Neelas Fundament hinaufführte. Dort war eine Reihe von himmelblauen Umhängen zu erkennen – Gardisten. Normalerweise stand die eine Hälfte von ihnen mit dem Gesicht zur Insel, die andere Hälfte war der Stadt zugewandt, aber heute Morgen drehten sie alle der Insel den Rücken zu. Den Grund dafür konnte Ayae nicht erkennen, aber sie sagte sich, das sei auch nicht weiter wichtig. Bevor gestern die dritte Sonne unterging, waren Kinder gekommen und von den Gardisten aufgehalten worden. Sie waren mit Papieren beladen gewesen, die sie über die Brüstung werfen wollten, danach hatten die Kisten die ganze Nacht unter einer Laterne gestanden. Heute Morgen war das vermutlich immer noch so, dachte sie – doch dann teilte sich die Reihe, und ein einzelner Mann wurde sichtbar. Er führte ein Pferd, das vor einen Karren gespannt war, nach Wila hinunter.

Ayae kannte diesen Mann.

»Caeli.« Die Gardistin lag, in ihren Umhang gewickelt, hinter ihr im Zelt. »Caeli«, rief Ayae noch einmal und kniff ihre Mitbewohnerin in den nackten Fuß. »Der ›Soldat‹ ist hier.«

»Ist er allein?« Man hörte ihr nicht an, dass sie geschlafen hatte. »Ist er bewaffnet?«

»Nein. Aber er hat einen Pferdekarren dabei.« Ayae rappelte sich auf. »Ich hole Leutnant Mills.«

»Er ist deinetwegen gekommen.« Ein Rascheln war zu hören, Caeli schlüpfte in ihre Hose und schnappte sich ein Hemd. »Geh du ihm entgegen. Ich hole Lady Wagan und den Leutnant.«

Vom Rand des Lagers, aus den dünnen Zelten, die Leviathans Blut am nächsten standen, hörte Ayae die Menschen tuscheln, die durch die Hufschläge und das Rattern der Karrenräder geweckt worden waren. Soweit sie verstehen konnte, wurde der Hauptmann der Yeflam-Garde nicht mit Namen oder auch nur mit seinem Titel erwähnt. Vermutlich hatte noch niemand außer ihr mitbekommen, dass er es war. Das überraschte sie nicht. Sie hatte bei seinem Anblick ganz deutlich das Gefühl gehabt, die Berührung eines wohl ausgewogenen Schwerts aus gehärtetem Stahl nicht auf, sondern unter ihrer Haut zu spüren. Wie Fo und Bau es vorhergesagt hatten, lernte sie allmählich, Menschen zu erkennen, die von ihrer Art waren. Allerdings war ihr noch nicht klar, wieso sie sofort gewusst hatte, dass es ausgerechnet der »Soldat« war.

»Ayae«, rief ihr Xrie vom Ende der Rampe her zu. »Lady Aelyn Meah heißt Sie in unserer Nation willkommen.«

Er überragte Ayae, aber sie war auch nicht sehr groß. Verglichen mit anderen war der Hauptmann der Yeflam-Garde von eher durchschnittlichem Wuchs. Seine Haut war von einem helleren Braun als die ihre, wie Wüstensand mit Wasser vermischt. Er hatte die Spitzen seiner Haare blau gefärbt und trug eine blaue Schärpe um die Taille. Als er nun ihre Hand ergriff, war sie überrascht, dass er kein Wort darüber verlor, wie warm sie sich anfühlte, und dass er es auch nicht eilig hatte, sie wieder loszulassen. Er hielt sie sogar besonders lange fest und neigte wie zu einem weiteren Gruß leicht den Kopf.

»Die Herrin des Rückens«, sagte Ayae verlegen, »heißt Sie auf Wila willkommen.«

»Ihr Hauptmann hat Zelte, Kleidung und Lebensmittel organisiert.« Er gab ihre Hand frei und wies auf den Karren auf der Rampe. »Aber ich bin vor allem Ihretwegen hier.«

Hinter ihr sammelten sich die Menschen; wahrscheinlich waren auch einige darunter, die sie ablehnten. Sie glaubte zwar nicht, dass sie in der Mehrheit waren, aber seit Zaifyr fort war – mit ihm leider auch die unerschöpfliche Geduld, die unendliche Ruhe, die er ausstrahlte – und alle ihre Widersacher ihren Hass auf die »Verfluchten« nicht mehr auf sie beide verteilen mussten, war sie sich ihrer Gegenwart noch schmerzlicher bewusst. In den letzten Tagen hatte sie gespürt, wie sich die Abneigung weiter verstärkte. Nun wurde diese Abneigung nicht mehr nur durch Engstirnigkeit gespeist, sondern auch durch Trauer, Frustration und Langeweile. Noch hatte sich die Lage nicht zugespitzt, Ayae hatte sich nicht zu verteidigen brauchen, aber sie wusste, dass es nicht mehr lange dauern würde, bis sie dazu gezwungen wäre.

»Sie brauchen nicht auf Wila zu bleiben«, fuhr der Hauptmann der Yeflam-Garde fort. »Sie verfügen über außergewöhnliche Fähigkeiten, und die Hüter von Yeflam finden es unangemessen, dass Sie an die Bedingungen gebunden sein sollen, die Lady Wagan im Namen ihrer Untertanen ausgehandelt hat.«

»Ich bin nicht anders als die Menschen hier«, sagte sie mit leisem Vorwurf in der Stimme. »Keiner von uns dürfte auf dieser Insel sein.«

»Oh doch, Sie sind anders. Sie sind keine Sterbliche, Ayae. Das haben Sie hinter sich gelassen. Sie sind ein Gott – oder werden es eines Tages sein.« Das sagte er in schlichtem, sachlichem Ton. »Sie werden das schon bald begreifen, und die Hüter werden Ihnen dabei helfen. Ganz Yeflam wird Ihnen helfen. Eine ganze Nation wartet darauf, dass Sie die Macht ausloten, die Ihnen innewohnt.«

»Das weiß sie, und sie wird mit Ihnen gehen.« Muriel Wagan trat mit bloßen Füßen hinter Ayae aus der Menge. »Wir alle sind außerordentlich dankbar für Ihr Angebot.«

Ayae wollte unwillkürlich Nein sagen, nicht nur zu ihr, sondern auch zu Xrie. Sie wollte sich gegen die Autorität der Hüter stemmen, wollte die Worte zurückweisen, die dem so ähnlich waren, was Fo nach dem Brand in Samuel Orlans Werkstatt zu ihr gesagt hatte. Sie war kein Gott. Sie würde kein Gott werden. Und sie wollte auch kein Gott sein. Wenn ein Gott, wie Zaifyr behauptete, ein Wesen war, das die Toten in Käfigen hielt und ihnen die eigene Macht aus der Seele saugte, dann sollte es in ihren Augen keine Götter geben. Andererseits ahnte sie, dass Lady Wagan recht hatte und dass immer noch galt, was sie am ersten Tag auf Wila zu ihr gesagt hatte: Sie musste das Angebot annehmen. Sie musste Wila verlassen.

Nachdem sie eingewilligt hatte, nachdem Xrie das Pferd ausgespannt und den Karren mit einer Hand auf den Sand gezogen hatte, bemerkte der Hauptmann der Yeflam-Garde: »Sie werden aufmerksam beobachtet.«

Sie hatten inzwischen die Hälfte der Rampe hinter sich. »Auch sie wollen die Insel verlassen«, sagte sie.

»Ich meine nicht die Mireeaner. Ich meine all die Männer, Frauen und Kinder, die am Rand von Neela stehen und zu Ihnen herunterschauen.«

Sie hob den Kopf. Aus der Nähe konnte sie diese Menschen zum ersten Mal richtig erkennen. Sie fand, die meisten sahen armselig aus.

Die beiden verließen die Rampe und passierten den kleinen Ring von Soldaten. Dahinter liefen mehrere Straßen schnurgerade auf quadratische Gebäude mit verfärbten Mauern zu. »Die Yeflam-Garde ist auf meiner Seite«, nahm Xrie den Faden wieder auf. »Aber wir sind eine große Nation, und die zwanzigtausend Soldaten, die ich befehlige, reichen manchmal nicht aus, um jeden zu schützen.«

Er führte sie zu einer kleinen, blau gestrichenen Kutsche mit zwei Pferden.

»Einige der Leute, die Sie beobachten, sind im Auftrag der Zeitungen hier, andere wurden von Politikern geschickt, und wieder andere arbeiten auf eigene Rechnung. Sie werden zu verkaufen versuchen, was sie heute gesehen haben.« Der Kutscher, ein älterer grauhaariger Mann, saß hoch oben auf dem Bock. »Anlass zur Besorgnis geben hauptsächlich die Angehörigen des Leeren Himmels. Ihr Anführer ist Bnid Gaerl, und er arbeitet in erster Linie im Auftrag der Kaufmannsgilde. Genauer gesagt für Benan Le'ta. Der Leere Himmel«, fügte Xrie wie nebenbei hinzu, »ist ein Hinweis auf ihre atheistische Einstellung.«

Er öffnete den Schlag, aber Ayae stieg nicht in die Kutsche. »Ich interessiere mich nicht für Politik«, sagte sie. »Ich möchte nur allen helfen, von Wila wegzukommen.«

»Das *ist* Politik«, sagte Xrie.

Im Inneren der Kutsche wartete ein Schwert auf sie.

9

Zaifyrs erster Besucher war Kaqua der Bettler.

Der Mann mit den Amuletten hatte Aelyns Haus nicht verlassen. Er wusste, dass er bewacht wurde, aber er war ganz zufrieden damit, hier abzuwarten, sich seine Argumente zurechtzulegen und sich auszuruhen. In den staubigen Räumen hatte er zunächst die Stiefel mit den verbrannten Sohlen ausgezogen und auf den Tisch neben der Tür gestellt. Dann hatte er seine stinkenden Kleider aus seinem Bündel geholt – ein Mann aus Wind hatte es ihm am zweiten Tag gebracht – und sie gereinigt. An dem Tag, an dem Kaqua ihn aufsuchte, hatte Zaifyr ein Amulett nach dem anderen abgenommen und vor seinen Stiefeln auf den Tisch gelegt, um jedes einzelne Stück auf Kratzer und Dellen zu untersuchen. Dabei war ihm wohlbewusst, dass den Ketten nichts mehr von den Zauberformeln und Gebeten anhaftete, mit denen seine Familie sie vor langer Zeit einmal besprochen hatte. Jene Stücke hatte man ihm längst weggenommen, und selbst wenn sie damals die grobe Behandlung der Soldaten überstanden hätten, wären sie im Lauf der Zeit sicherlich auf andere Weise zerstört worden. Nein, ob die neuen Amulette Kratzer oder Dellen hatten, spielte keine Rolle; es würde nichts ändern. Doch für Zaifyr war dieser Schmuck – die Ketten aus Kupfer, Bronze, Messing und Silber – ein Bindeglied zu dem Mann, der er einmal gewesen war, dem Mann, der in einem kleinen Dorf in den Bergen zur Welt gekommen war und dem man schon sehr früh prophezeit hatte, dass er jung sterben würde.

In Mireea *wäre* er fast gestorben. Der Gedanke kam wieder, als er die Kettenglieder eines Amuletts untersuchte und sie von Flecken säuberte. Er verfolgte ihn schon seit Wochen, tauchte immer auf, wenn er allein war und zur Ruhe kam. *Ich wäre fast gestorben.* Fos Seuche hätte ihn beinahe getötet. Zaifyr konnte sich nicht erinnern, schon einmal so kurz davor gestanden zu haben, zu einem der Gespenster zu werden, die ihn umringten. Danach war er sich für eine Weile keineswegs sicher gewesen, ob er letztlich nicht doch gestorben war. In seinem langen, langen Leben war er von Lebenden und Toten, von Sterblichen und Unsterblichen attackiert worden, aber so wie in Mireea hatte er seinen Körper nie zuvor verlassen. Nicht einmal, als er die Toten als geballte Masse anrief – wie er es getan hatte, um die Geister sichtbar zu machen – hatte er so empfunden. Stets war er sich seines Körpers, seiner selbst bewusst gewesen. Die Frage blieb also: War er damals gestorben? Hatte es keinen Faden mehr gegeben, an dem er sich ins Leben zurücktasten konnte? War dies sein Tod gewesen?

Er hatte keine Antwort.

Und so fuhr er fort, seine Amulette zu reinigen und zu polieren. Auch sie konnten ihm keine Antwort geben.

Ringsum klagten die Gespenster flüsternd über Kälte und Hunger. Sie wussten auch nicht mehr als die Gardisten aus Wind, die vor dem Tor standen.

»Sie sollen nicht dich schützen, sondern die Bevölkerung von Yeflam«, hatte Aelyn an dem Tag zu ihm gesagt, an dem sie ihn in dieses Haus gebracht hatte. Die beiden gedrungenen Gestalten aus wirbelnder Luft hatten geduldig neben ihr gestanden. Seither hatte er sie nicht mehr gesehen. »Ich kann dich nicht zwingen, Yeflam zu verlassen«, fuhr sie fort. »Aber ich kann verhindern, dass dich jemand besucht. Ich kann die Zeitungen fernhalten, die Kaufmannsgilde und alle anderen, die nach dir suchen. Morgen tritt die Enklave abermals zusammen, um zu beraten, was mit dir geschehen soll. Das geht schon die ganze Woche so, und ich kann die anderen leider nicht davon abbringen, dir den Prozess zu machen. Ebenso wenig, wie ich dich überzeugen kann, von hier fortzugehen.«

»Du willst wirklich, dass ich fortgehe?«, fragte er. »Schließlich habe ich dein Gesetz gebrochen, als ich Fo und Bau tötete.«

»Geh anderswohin mit deinem Krieg, Bruder.«

Mein Krieg.

Die Bitterkeit in ihrer Stimme machte ihn selbst jetzt noch nachdenklich. Er griff nach einer langen Kupferkette und strich mit den Fingern über jedes einzelne Glied. Er hatte ihr versichern wollen, dass es nicht zum Krieg kommen würde, doch das wäre töricht gewesen. Das Götterkind war nicht so leicht zu Fall zu bringen. Sie würde nicht aus dem Schutz ihres Heeres hervortreten, um ihm die Gelegenheit zum Zuschlagen zu geben. Er musste der Sache ein Ende machen, aber ein offener Angriff würde *Menschenleben* kosten.

»Das Mädchen, mit dem du gekommen bist?«, hatte Aelyn bei ihrem letzten Gespräch gefragt. »Die Kleine aus Mireea?«

»Ayae?«

»Erhebst du Anspruch auf sie?«

»Ist das hier so üblich, um sich der Loyalität eines anderen zu versichern?« Er sprach in nachsichtigem Ton, aber der Vorwurf war deutlich herauszuhören. »Sie ist ihr eigener Herr.«

»Sie ist ...«

» ...eine Freundin.«

Aelyns kühles Lächeln ließ jeden Humor vermissen. »Du hast keine Freunde, Bruder.«

Stattdessen habe ich eine Familie, hatte er sagen wollen, sich aber auf die Zunge gebissen. Schweigend hatte er ihr nachgesehen, als sie das Haus verließ und die Kutsche mit den Windpferden zum Himmel emporstieg.

Er hatte nicht das Recht, von seiner Familie zu verlangen, dass sie für ihn in den Krieg zog. In Aelyns Haus – dieser Kopie jenes Hauses, in dem sie einst gewohnt hatte– konnte er ihrer Trauer um Maewe nicht entrinnen. Es überraschte ihn, dass die Wunde sie immer noch schmerzte. Doch sie war die Erklärung für ihre Reaktion, als er hierher nach Yeflam kam. Aelyn befürchtete nämlich, auch Yeflam zu verlieren.

Würden Zaifyrs andere Geschwister sich ebenso verhalten? Eidan hatte das Labyrinth der Bergwerke von Mahga verloren. Die Schätze, die er aus der Erde geholt hatte, waren von den Vulkanen geschmolzen und von den Erdbeben begraben worden, die er beschworen hatte, um sein eigenes Reich zu vernichten. Nach seiner Befreiung hatte Zaifyr zu zwei verschiedenen Anlässen mit Eidan gesprochen, und beide Male war das Gespräch sehr kurz gewesen. Doch auch Yeflam war Eidans Werk. Alles, was Zaifyr über Aelyn sagen konnte, galt in gleichem Maße für Eidan.

Von Tinh Tu war dagegen in Yeflam nichts zu finden. Sie hatte sich in die verschollene Bibliothek von Salar zurückgezogen und verließ sie, soweit Zaifyr wusste, nur selten. Die Bibliothek lag im Sumpfland von Faer, in einer Gegend, wo Bäume und Sümpfe wanderten und ein Mensch bei dem Versuch, ins Zentrum zu gelangen, dem Wahnsinn verfallen konnte. Doch während Aelyn und Eidan sich für ihr Reich ein neues Stück Land gesucht hatten, hatte Tinh Tu ihre Bibliothek auf dem Gelände ihres ehemaligen Reiches. Sie hatte sogar denselben Namen dafür verwendet, und das ließ Zaifyr vermuten, dass sie ebenso wie Aelyn noch immer unter dem Verlust litt.

Und Jae'le?

Sein ältester Bruder war nicht wie die anderen. Er hatte darauf verzichtet, sich wieder ein Reich aufzubauen. Er hatte es unterlassen, den Tieren wieder eine Stimme zu geben. Er hatte sein früheres Leben hinter sich gelassen, und Zaifyr war sicher, dass er nach Yeflam kommen würde. Jae'le brauchte er nicht zu bitten. Er würde aus Loyalität kommen, aus Sorge und aus Verantwortungsgefühl. Er würde auch kommen, weil er wusste, was in Leera vorging. Weil er von dem Götterkind wusste. Zaifyr war nicht sicher, ob Jae'le klar gewesen war, dass sie ein Gott war, aber ihm konnte nicht entgangen sein, dass sie anders war. Hätte sein Bruder ihre Göttlichkeit erkannt, er hätte sie sicherlich getötet. Sie alle, Zaifyr ebenso wie Aelyn, Eidan und Tinh Tu, hatten ungeachtet ihrer eigenen Macht von Anfang an stets in Jae'les Schatten gestanden.

Als Kaqua eintraf, hatte Zaifyr fast alle seine Amulette gereinigt und instand gesetzt.

Der Bettler war eines der ältesten Wesen in Yeflam. Hochgewachsen und hager, mit ernstem Gesicht, schwarz wie die Nacht und vom Aussehen her irgendwo zwischen vierzig und sechzig Jahre alt. Das dunkle Haar war kurz geschnitten und leicht ergraut, deshalb hatte Zaifyr ihn immer als älteren Mann betrachtet. Bevor er selbst nach Yeflam kam, wäre nur Aelyn noch älter als Kaqua gewesen: Er war in den Jahrhunderten nach dem Krieg der Götter geboren, in der Zeit, als Zaifyr und seine Familie die Fünf Reiche schufen. In jenen Jahren hatte er zurückgezogen gelebt und es im Gegensatz zu vielen anderen vermieden, Zaifyrs Familie herauszufordern. Anders als verschiedene Unsterbliche, deren Macht schwächer oder weniger entwickelt war, hatte er auch nicht versucht, sich den Geschwistern anzuschließen. Er war einfach auf dem Gebiet des späteren Illate geblieben, bis Aelyn ihn entdeckte.

Stets umgab ihn eine Aura von Demut und Bescheidenheit. Man hielt ihn allgemein für ein schlichtes Gemüt, einen ehrlichen Ratgeber, dem nur an Gerechtigkeit gelegen war. Zaifyr war nicht überrascht, dass Aelyn ihn geschickt hatte. Der Bettler mit seiner tiefen, klangvollen Stimme war seit Langem ihr Sprachrohr. Mit dieser

Stimme hatte er ihre Gegner oft genug davon überzeugt, ihre Absichten aufzugeben.

Zaifyr empfing ihn an der Tür.

»Qian.« Kaqua trug eine verblichene Robe in Braun-, Weiß- und Grautönen, die sich in den Falten an Schultern und Taille vermischten. Unter dem Arm hielt er eine alte Ledermappe. »Ich bin gekommen, um mit dir über deinen Prozess zu sprechen.«

10

»Es ist ein Geschenk«, sagte Xrie, nachdem sie das Schwert an sich genommen hatte. »Nichts weiter.«

Es war eine kurze und sehr schlichte Waffe, aber sie lag gut in der Hand. Ayae setzte sich dem »Soldaten« gegenüber und drehte die Klinge hin und her, schob sie dann aber in die Lederscheide zurück. »Ich könnte mir bessere Geschenke vorstellen«, sagte sie und gab ihm das Schwert zurück. »Wenn Sie wollen, stelle ich Ihnen eine Liste mit allem zusammen, was ich mir wünschen würde. Es stehen nur Namen darauf.«

»Sie werden feststellen, dass ich für die Menschen auf Wila nicht viel mehr tun kann, als bereits geschehen ist«, sagte er, ohne nach dem Schwert zu greifen. »Ich habe in der Enklave nur eine Stimme.«

»Aber Sie *haben* eine Stimme.«

»Die haben auch Sie, wenn Sie wollen. Aber sie wird ebenso wie die meine nicht so viel Gewicht haben wie die Stimmen der Älteren.« Neben der Kutsche glitten riesige Fabriken vorbei. Bis auf eine Handvoll bestanden sie alle aus dem gleichen Stein wie das Fundament von Neela, sodass sie aussahen wie Narben am Körper eines Riesen.

»Sie müssen wissen, dass ich nicht sehr alt bin, jedenfalls nicht nach den Maßstäben für unseresgleichen. Ich habe noch kein Jahrhundert hinter mir, und nur vier Jahrzehnte meines Lebens habe ich hier verbracht«, fuhr der Hauptmann der Yeflam-Garde fort. »Zuvor lebte ich im Saan, wo genau wie hier die Jugend ein Zwischenstadium ist, das man erst überwinden muss, bevor man

Autorität gewinnt. Das werden Sie deutlich erkennen, wenn Sie erst mit den anderen Hütern in der Enklave zusammensitzen.«

»Warum sollte ich dann überhaupt hingehen?« Ayae legte das Schwert auf den Boden der Kutsche. »Sie haben mir eben zum zweiten Mal erklärt, dass ich dort nichts zu sagen hätte.«

»Wenn Sie nicht hingehen, werde ich der Einzige sein, der sich für die Mireeaner einsetzt«, antwortete er ruhig. »Ich bin dafür, dass man den Leuten gestattet, Wila zu verlassen. Es ist unnötig, sie dort festzuhalten. Derzeit wird viel über ihre Sicherheit und die Sicherheit der Bevölkerung von Yeflam geredet, und man stellt Vermutungen an, wie Leera reagieren wird, aber die Wahrheit ist doch, dass weder sie noch wir uns sicherer fühlen können, wenn man sie auf Wila einsperrt. Das sage ich nicht, um Ihnen nach dem Mund zu reden, sondern in meiner Eigenschaft als Hauptmann der Yeflam-Garde. Bevor ich hierherkam, war ich der Schwertfürst des Saan. Ich habe allein bei Zweikämpfen hundertvierzehn Männer und Frauen getötet. In Schlachten waren es noch mehr. Ich habe kleine Streitkräfte gegen große Heere zum Sieg geführt. Wenn ich der Ansicht wäre, dass die Mireeaner eine echte militärische Bedrohung für Yeflam darstellen, würde ich das in meine Überlegungen einbeziehen. Aber Aned Heast und Muriel Wagan sind für uns keine Gefahr. Die einzige Gefahr für uns ist Qian.«

»Von ihm haben Sie …«

»… nichts zu befürchten?« Die letzten Fabriken von Neela blieben hinter der Kutsche zurück. »Ayae«, sagte Xrie, immer noch ruhig und beherrscht. »Qian ist verantwortlich für den Zusammenbruch der Fünf Reiche. Seinetwegen wurde jahrhundertelang Krieg geführt, Reiche zerbrachen, Imperien stürzten. Die geschichtlichen Aufzeichnungen über diese Zeit sind bestenfalls unvollständig, aber es gibt noch Menschen, die schon damals lebten. Der eine oder andere war sogar Zeuge, als diese Reiche entstanden. Zaifyr kommt in unserer Welt einem Gott so nahe wie niemand sonst. Eines Tages werden Sie und ich in seine Fußstapfen treten, aber das heißt nicht, dass wir blind sein müssen für das, was er getan hat.«

»Ich will Zaifyr nicht entschuldigen.« Über dem schwarzen Ozean war ein leichter Wind aufgekommen, aber Ayae spürte die Kälte nicht. »Doch an den Geschehnissen nach der Zerstörung Asilas hatte er keinen Anteil. Er war in Gefangenschaft.«

»In Asila hat alles angefangen.«

Draußen kam die Brücke nach Mesi in Sicht. Sie war aus dicken Steinen gebaut und wurde von Laternen und langen Masten mit himmelblauen Fahnen gesäumt.

»Fo und Bau«, sagte Ayae nach kurzem Schweigen. »Sie wollten ihn töten. Sie wollten alle Bewohner Mireeas töten.«

»Ich weiß, dass sie das vorhatten. Aber sie hatten keinen entsprechenden Befehl erhalten. Die Enklave hatte sie lediglich als Beobachter entsandt.«

»Sie sollten beobachten, wie eine Nation geopfert wurde.« Der Zorn in ihrer eigenen Stimme überraschte sie nicht. »Sie sind offenbar entschlossen, sich auf Zaifyr einzuschießen, aber dann wären Sie bei all Ihrem Verständnis für Mireea um keinen Deut besser als die beiden.«

»Sie waren meine Brüder, aber es wäre ein Fehler zu glauben, ihre Torheiten wären auch die meinen.«

»Sie reden aber genauso wie sie.«

»Dann hören Sie nicht richtig zu«, gab er zurück, und jetzt klang eine Spur von Frustration mit. »Es wird Krieg geben, und Qian wird der Auslöser sein. Das ist es, was ich Ihnen begreiflich machen will. Alles, was er tut, löst Unruhe und Erschütterungen aus, nicht nur in Yeflam, sondern in der ganzen Welt. Das müssen wir erkennen, und wir müssen auch begreifen, dass er damit unsere eigenen Fehler noch verstärkt. Für Yeflam ist es unsinnig, jetzt neutral bleiben zu wollen. Die Leeraner sind eine echte Gefahr, die sich direkt gegen die Bevölkerung von Yeflam richtet. Die Bedrohung kommt im Gefolge von Qian, und er lässt es zu, denn er will, dass wir an seiner Seite stehen. In dieser Hinsicht hat er auch Anspruch auf unsere Unterstützung.«

»Dann sind Sie gegen einen Prozess?«

»Ich trauere um Fo und Bau. Wie gesagt, sie waren meine Brüder. Aber ich bin mir durchaus bewusst, dass Fo eines Tages das Gesetz gebrochen und Qian getötet hätte. Immerhin wurde er in Asila geboren.« Xrie nickte zum linken Fenster hin. »Da ist Mesi. Hier wohnen fast fünftausend Menschen.«

Sie fuhren vorbei an einem Wohnviertel mit Häusern aus Steinen, Ziegeln oder Holz, oft aneinandergebaut und mit einem gemeinsamen Zaun umgeben. Meist waren die Wände rot, orange oder braun gestrichen, dazwischen leuchtete gelegentlich ein grünes oder blaues Haus hervor.

»Ich bin nicht zum ersten Mal hier«, sagte Ayae. Der Zorn war noch nicht ganz aus ihrer Stimme verschwunden, aber sie klang nicht mehr drohend. »Ich kenne die Menschen, die hier wohnen.«

»Sie kennen zwei«, sagte Xrie. Seine Frustration hatte sich entweder gelegt, oder er konnte sie gut verbergen. »Und diese zwei unterstützen Muriel Wagan dabei, so viel Einfluss zu sammeln, dass ihre Leute Wila verlassen können.«

Die Kutsche kam vor einem roten Steinhaus zum Stehen. Es hatte ein schwarzes Dach, das von der Sonne ausgebleicht war, und eine ebenfalls schwarze Tür. Hinter einem schmiedeeisernen Zaun lag ein kleiner Garten mit vielen Kübelpflanzen.

»Faise und Zineer Kanar«, fuhr Xrie fort, »sind eifrig dabei, für Lady Wagan in Yeflam Fabriken, Unternehmen und Ackerland aufzukaufen. Bisher haben sie hauptsächlich Betriebe und Ländereien ins Visier genommen, die der Kaufmannsgilde gehören. Benan Le'ta hat noch nichts davon bemerkt, und das wird wahrscheinlich noch eine Weile so bleiben. Aber irgendwann wird es ihm auffallen. Bis dahin könnte Muriel Wagan genügend Besitz angehäuft haben, um in die Kaufmannsgilde aufgenommen zu werden. Oder auch nicht. Jedenfalls könnte Le'ta ziemlich unangenehm werden, wenn er den beiden auf die Schliche kommt. Muriel Wagan wird das nicht weiter stören. Die Herrin des Rückens hat Mireea schließlich auch nicht nur mit Güte und Freundlichkeit regiert. Wir – und damit meine ich die Enklave – sehen es nicht ungern, wenn die Kaufmannsgilde beschäftigt ist, während wir uns um Qian kümmern. Aelyn hofft, ihn zur Abreise bewegen zu können, aber nur wenige unterstützen sie dabei. Es ist ihr jedoch ebenso klar wie mir, dass Benan Le'ta, wenn er erst herausfindet, wer hinter seinen Verlusten steht, Bnid Gaerl auf Ihre Freunde ansetzen wird.«

Xrie beugte sich vor und öffnete den Kutschenschlag.

»Wie gesagt, ich fürchte Mireea nicht«, wiederholte er. »Aber was noch wichtiger ist: Aelyn Meah denkt genauso. Wenn Sie sich in der Enklave für Ihre Leute einsetzen, werden Sie bei ihr ein offenes Ohr finden, und sie wird sich auch anhören, was Sie über Qian zu sagen haben. Das sollte ich Ihnen heute auf der Fahrt hierher von ihr bestellen.«

»Ist das Schwert auch ein Geschenk von ihr?«, fragte Ayae.

»Nein, das Schwert kommt von mir. Sie werden es brauchen, wenn Benan Le'ta die Wahrheit erfährt.«

Als Ayae aus der Kutsche stieg, nahm sie das Schwert mitsamt seiner Scheide an sich.

11

Der Bettler betrat das stille Haus, ohne Zaifyr die Hand zu schütteln, und sah sich um. Sein Blick blieb schließlich an dem langen Tisch mit den darauf abgestellten Stiefeln in der Mitte und den ringsum ausgebreiteten Amuletten hängen. Ohne ein Wort nahm er gegenüber von Zaifyrs Stuhl Platz, griff nach einem der Stiefel, drehte ihn um und musterte die schwarz verbrannte Sohle. »Du wirst ein neues Paar brauchen«, sagte er endlich. »Mit solchen Stiefeln vor Gericht zu erscheinen, das geziemt sich nicht.«

»Ich freue mich auch, dich zu sehen, Kaqua.« Zaifyr kehrte zu seinem Stuhl zurück und ließ die Kette, die er in der Hand gehalten hatte, auf den Tisch fallen. »Hat dich meine Schwester geschickt?«

»Die Enklave hielt mich für die beste Wahl.« Kaqua stellte den Stiefel an seinen Platz zurück. »Du hast Aelyn in eine schwierige Lage gebracht. Sie will keinen Prozess. Das hat sie in aller Öffentlichkeit kundgetan – und diese Erklärung droht jetzt ihre Autorität zu untergraben.«

»Willst du den Prozess?«

»Nein«, gestand Kaqua. »Aber ich kann verstehen, warum die anderen ihn wollen.«

»Sie ist ein Kind der Götter.« Zaifyr griff nach einer langen Kupferkette, einem Amulett mit Namen *Haut-ai.* Seine Mutter hatte gesagt, sie bringe Glück. »Vielleicht hilft das weiter.«

»Genau aus diesem Grund will ich keinen Prozess.« Ein Seufzer wie von einem leidgeprüften Vater kam über die Lippen des Bettlers. »Für die anderen Hüter, für meine *Brüder und Schwestern*, Qian, geht es bei einem Verfahren um das Gesetz, das du gebrochen hast. Es geht um die beiden Männer, die du ermordet hast. Es geht um Gerechtigkeit – aber wie kann man über jemanden wie dich ein gerechtes Urteil fällen?« Er schüttelte den Kopf. »Dir ist es doch vollkommen gleichgültig, dass Fo und Bau tot sind.«

Zaifyr konnte ihm nicht widersprechen. Die beiden Männer hatten ihm nichts bedeutet. Nach ihrem Tod, sogar während sie starben, hatte er nur daran gedacht, was er seiner Schwester sagen wollte, womit er sie zwingen könnte, ihm zuzuhören. »Ich weiß, wie es ist, wenn ein Mensch stirbt«, sagte er. »Ich weiß, wie es ist, wenn ein Lebewesen stirbt. Ich weiß es besser als du. Ich habe längst Frieden damit geschlossen, dass ich die Verantwortung tragen muss, wenn ich einen anderen töte. Wir sind beide zu alt, um hier zu sitzen und uns etwas vorzumachen.«

»Ich habe nicht viele Menschen getötet«, sagte Kaqua immer noch in diesem väterlichen Ton. »Mord ist nur selten selbstlos.«

»Damit erreichst du nichts.«

»Wie bitte?«

»Du wirst mich mit deiner Stimme nicht unter Druck setzen.« Zaifyr schlug mit dem Kupferamulett gegen seinen linken Zeigefinger. »Ein plumper Versuch.«

»Ich bin nicht hier, um dich zu beeinflussen, Qian.« Kaqua sprach wieder mit normaler Stimme. Nun griff er nach der Mappe, die neben ihm lag. »Ich soll lediglich die Rolle des Vermittlers spielen.«

»Wie du meinst«, sagte Zaifyr. Der unterschwellige Groll in Kaquas Stimme war ihm nicht entgangen. Der väterlich-autoritäre Tonfall hatte ihn nur ungenügend verbergen können. Der Seitenhieb war zu hastig gekommen, entweder, weil er sich spontan dazu entschlossen hatte, oder weil er sich in Zaifyrs Gegenwart unwohl fühlte. »Du solltest wissen«, sagte er und legte die Kette auf den Tisch, »dass Qian nicht mehr mein Name ist.«

Der Bettler öffnete die Mappe. »Können wir nun endlich zu deinem Prozess kommen?« Es klang kalt. Er zog ein Buch und einen Stift heraus. »Es gibt drei Arten von Verfahren: den Gerichtskampf, die Feuerprobe oder eine Entscheidung durch Geschworene. Du wirst mir sicher zustimmen, dass in diesem Fall nur die dritte Form infrage kommt.«

Zaifyr nickte. Gerichtskampf und Feuerprobe waren Gottesurteile. Sie waren auch in der Gegenwart keine Seltenheit; obwohl die Götter als Leichen in der Welt lagen, ging man weiterhin davon aus, dass der Ausgang vom Schicksal bestimmt wurde. Als alle achtundsiebzig Götter noch auf Erden wandelten, hatte man sich unschwer vorstellen können, dass das eigene Schicksal in der Hand eines Gottes lag. Immerhin war jedes Leben in den Schicksalssträngen verwoben, die nur die Götter sehen, nach denen sie greifen und die sie berühren konnten. So war es nicht unmöglich, dass die Schnelligkeit, mit der ein Mann bei einem Gerichtskampf sein Schwert führte, das Geschenk eines Gottes war. Eine Niederlage war gleichbedeutend mit einem Schuldeingeständnis. Zaifyr hatte in seiner Jugend zahllose Geschichten darüber gehört, wie ein Gott zürnte, weil man ihn angerufen hatte, einen Schuldigen zu verteidigen. Obwohl die Götter inzwischen in solche Verfahren nicht mehr selbst eingreifen konnten, war man weithin überzeugt, dass es ein Beweis für Schuld oder Unschuld war, ob man ein solches Urteil überlebte oder nicht.

»Ich rechne mit einem Geschworenengericht«, sagte Zaifyr. »Bei einem öffentlichen Verfahren würde ich sogar darauf bestehen.«

»Ein öffentliches Verfahren?«, wiederholte Kaqua. Er war sichtlich schockiert. »Qian, wir können doch nicht – ein solches Verfahren würde die Bevölkerung von Yeflam nur verängstigen. Die Menschen würden – zu Recht – befürchten, dass eine Tragödie wie einst in Asila nur darauf wartet, über sie hereinzubrechen. Sie würden in Panik verfallen. Wir hatten schon Mühe, die ganze Tragweite des Geschehens in Mireea aus den Zeitungen herauszuhalten. Wenn die Presse wüsste, dass *du* die Geister beschworen hast, die nun in Gers Bergen umgehen – die Reaktion wäre unvorstellbar.«

»Ich werde zu den Menschen sprechen.« Zaifyr lächelte schwach. »Das ist nicht verhandelbar.«

»Du hast gar nichts zu verhandeln.« Der Schock war noch nicht abgeklungen. »Du bist derjenige, der ein Verbrechen begangen hat. Deshalb stehst du vor Gericht. Das Verfahren wird nicht angesetzt, um dir eine öffentliche Plattform zu bieten. Es muss Sühne geleistet werden – und zwar an den Menschen, die durch dein Tun Schaden erlitten haben.«

»Meinst du deine Brüder und Schwestern in der Enklave? Sie können gern über mich urteilen.« Er nahm ein anderes Amulett vom Tisch, eine Messingscheibe mit zwei Löchern. *Karami:* ein Talisman, der Kraft verleihen sollte. »Sie können wie jeder andere über mich urteilen, nachdem sie alle Seiten angehört haben.«

»Und wer soll dich verteidigen? Deine Brüder, deine Schwestern?« Kaqua schüttelte den Kopf. »Sie werden die Menschen nicht überzeugen können, dass du in Notwehr gehandelt hast. Dass du Fo und Bau angegriffen hast, weil du Angst hattest.«

»Ich hatte keine Angst«, sagte Zaifyr. »Ich habe sie getötet, weil sie jemand anderen bedrohten. Aber nicht deshalb bin ich hierhergekommen. Ich will die Menschen überzeugen, dass das Götterkind getötet werden muss. Ich will erreichen, dass ihr gemeinsam mit mir gegen diese Bedrohung zu Felde zieht.«

»Dafür wirst du keinen Anwalt finden.«

»Die Toten werden meine Fürsprecher sein.«

Darauf hatte der Bettler nichts zu erwidern.

»Die Toten sagen immer die Wahrheit.« Zaifyr ließ die Scheibe in seine Hand fallen. »In Asila wurde bei allen Mordfällen auf diese Weise zu Gericht gesessen. Ich wendete mich an die Toten und gewährte ihnen eine Stimme. So werde ich es auch diesmal halten. Ich werde den Toten eine Stimme geben, damit sie sagen können, wer ihr Peiniger ist. Sie sollen uns erklären, was es mit diesem neuen Gott auf sich hat. Sie sollen aller Welt verkünden, wie sie seit Tausenden und Abertausenden von Jahren in einem grauen Zwischenleben gefangen gehalten werden und wie ihnen dieses Götterkind alle Kräfte aussaugt, um damit die eigene Macht zu stärken. Ich werde die Toten so sprechen lassen, wie sie noch nie gesprochen haben.« Er schloss die Finger um die Münze und sah Kaqua in die Augen. »Und dann ziehen wir in den Krieg.«

Die weißen Bäume von Leviathans Ende

Sie trifft ihre Wahl, weil wir besessen sind von der Jugend. In der Jugend sehen wir ein Leben, in dem es kein Scheitern, keine Tragik und keine Schuld gibt.
Die ersten Priester, die aus Leera kamen, waren so jung wie ihr Gott. Ihr Haar war nicht ergraut, und ihre Haut war faltenlos. Ihre Stimme war kraftvoll. Sie waren gute Redner. Wer sie darum bat, dem kauften sie eine Mahlzeit, setzten sich dazu und aßen mit ihm. Ich selbst bin einer solchen Priesterin begegnet. Ihr Name war Miseu. Sie war schlank, hatte rotes Haar und ein blasses Gesicht. Sie trug ein Buch mit dem Titel *»Das Ewige Königreich«* bei sich. Es war frisch gedruckt, aber sie kannte jedes Wort, das darin stand, denn es waren die Worte ihres Gottes. Mir gestattete sie nicht, es zu lesen, aber sie sprach es mir vor, und wenn ich ihr die eine oder andere Frage stellte, so wusste sie, wo die Antworten zu finden waren.
Ich selbst bin froh, dass meine Jugend lange zurückliegt. Sie war ein Abschnitt ohne Scheitern, ohne Tragik und ohne Schuld. Sie war, mit einem Wort, seicht.

Tinh Tu,
»Geheimes Tagebuch«

12

Als die ersten Priester in Yeflam auftauchten, war Heast soeben nach Zanan gezogen und hatte sich in einem einfachen Gasthof mit dem unpassenden Namen *Der verfressene Wal* ein kleines Zimmer genommen.

Den ersten Priester sah er an dem Abend, als Benan Le'ta zu ihm kam. Der Kaufmann war nicht erfreut, dass Heast abermals den Standort gewechselt hatte – zum vierten Mal in zwei Monaten. Noch weniger gefiel ihm, dass Soldaten des Leeren Himmels eine Woche gebraucht hatten, um ihn ausfindig zu machen. Er fand es frustrierend, dass Heast alle Verfolger, die Bnid Gaerl auf ihn ansetzte, so mühelos abschütteln konnte. Sein Ärger beeinflusste später auch das Gespräch der beiden, in dessen Verlauf der Kaufmann eine Reihe von kaum verhüllten Drohungen aussprach. Doch bevor Heast die Tür zum *Verfressenen Wal* aufstieß und sich zu Le'ta setzte, erblickte er den leeranischen Priester.

Ein gut aussehender Mann, dunkler Bart, gebräunte Haut, nicht älter als zwanzig Jahre. Er stand in seiner braunen Kutte vor dem Gasthaus auf einer Holzkiste, sprach die Passanten an und las ihnen aus einem Buch vor, das er in der Hand hielt. Zanan bot ihm ein dankbares Publikum: Der kleine Ort lag in dem Bogen von Städten, der Nale im Südosten umgab, und hatte viele Kneipen, Bordelle und billige Restaurants. Die Menschen wohnten in möblierten Zimmern und arbeiteten von früh bis spät in kleinen Betrieben. Zanan war eine von drei Städten in Yeflam, in denen das Glücksspiel erlaubt war, und so wurden die Börsen von Söldnern, Kaufleuten und Vergnügungsreisenden von Tag zu Tag leerer. Deshalb wunderte Heast sich, dass er den Priester nicht schon früher gesehen hatte. Unter den Glücksrittern, die hier ihr Vermögen verspielten, müsste doch der eine oder andere »Aufgeschlossene« zu finden sein, aber nein, dem Priester in Zanan erging es wie seinen Brüdern in Mesi, Ghaam, Fiys und Maala: Er fand niemanden, der ihm zuhören wollte. Er mochte noch so beschwörend über die Heilung für Körper und Seele sprechen oder die Hände zum Himmel heben und geloben, auch die Überreste der Nachmittagssonne wieder zusammenzufügen, niemand blieb stehen. Nur Heast verharrte an der Ecke des Gasthofes, wo ihn der Prediger nicht sehen konnte. Eine Frau ging vorüber und sagte trocken: »Das gleiche Geschwätz hören wir oft genug von den Hütern«, bevor sie die Treppe zum *Verfressenen Wal* hinaufstieg. Heast hatte sie schon gesehen, wenn sie beim Roulette und an den Kartentischen die Bank hielt. Kaum hatte sich die Tür hinter ihr geschlossen, als zwei Türsteher die Straße überquerten und den Priester zum Weitergehen aufforderten. Seine Reaktion überraschte Heast mehr als alles andere bisher: Der junge Mann lächelte die Ordnungshüter an und dankte ihnen, dass sie sich Zeit für ihn genommen hatten. Dann nahm er seine kleine Holzkiste und zog gemächlich ab.

Heast betrat den verqualmten Bauch des *Verfressenen Wals* und suchte nach Benan Le'ta. Der Kaufmann saß am anderen Ende und schaute einem Kartenspiel zu. Nachdem Heast ihm gegenüber Platz genommen hatte, sagte Le'ta: »Ich habe viel Zeit in solchen Häusern verbracht.« Er hatte ein großes, noch halb volles Glas Bier neben sich stehen. »Hier kann man ein Vermögen verlieren. Ich habe das auch schon geschafft. Und nicht nur einmal.«

»Warten Sie schon lange?«, fragte Heast.

»Lange genug, um die Karten zu zählen.« Der Kaufmann griff nach seinem Glas. »Ich habe heute eine Nachricht von Lian Alahn erhalten. Er ist nach Yeflam zurückgekehrt und hält sich momentan in Enir auf. Wenn Sie ihn immer noch sprechen wollen, ist er zu einem Treffen bereit.« Heast streckte die Hand nach dem Brief aus, doch der Kaufmann schüttelte den Kopf. »Ich habe ihn leider im Kontor gelassen. Sein Haus steht in Burata. Dort sollten Sie ihn in ein paar Tagen antreffen.«

»Danke.«

»In seinem Schreiben«, fuhr Le'ta fort, »erwähnt er ein junges Mädchen mit Namen Ayae. Wenn ich ihn recht verstanden habe, lebte sie mit seinem Sohn zusammen.«

»Sie ist in Yeflam«, sagte Heast. Der Lärm in der Gaststube übertönte die Überraschung in seiner Stimme. »Aber ich weiß nicht genau, wo. Für kurze Zeit war sie auf Wila.«

»Ach, dann ist sie doch diejenige, für die sich die Hüter interessieren. Es heißt, sie sei gegen Feuer immun. Ungewöhnliche Gabe für eine Verfluchte.« Er leerte sein Glas mit einem langen Zug und stand auf. Seine Kleider legten sich um ihn wie das Gefieder eines eitlen Riesenvogels. »Nur eine kurze Stippvisite, Hauptmann«, sagte er zum Abschied. »Ich wollte Ihnen Alahns Nachricht persönlich überbringen. Außerdem kann ich Ihnen mitteilen, dass sie schon vor drei Tagen eingegangen ist. Wenn ich gewusst hätte, wo Sie sich gerade aufhalten, hätte ich sie Ihnen früher übermitteln können. Bitte informieren Sie mich, wenn Sie das nächste Mal umziehen wollen. Ich würde den Feldherrn Gaerl nur ungern beauftragen, erneut nach Ihnen zu suchen.« Nach vielen verschleierten nun eine letzte offene Drohung.

Heast war nicht überrascht. Sein Verhältnis zur Kaufmannsgilde hatte sich rascher verschlechtert, als er erwartet hatte, aber das kümmerte ihn nicht allzu sehr, denn sein nächster Schritt stand bereits fest. Er würde Gaerls Männer ein weiteres Mal abschütteln, um sich danach unbemerkt aus Yeflam davonzustehlen. Den Entschluss hatte er gefasst, nachdem er den siebten – oder gar achten? – Artikel gelesen hatte, der versprach, die Fehler des Hauptmanns des Rückens aufzudecken und zu zeigen, wie sie zu Mireeas Niederlage geführt hatten. Wie bei allen anderen derartigen Hetzschriften war es überwiegend um die Niederlage der Gruppe Zuflucht in Ilatte gegangen. Auch diesmal wurde Bnid Gaerl zitiert. Man nannte noch zwei weitere Quellen, deren Namen Heast nicht kannte, aber er hatte den Verdacht, dass es sich auch dabei um Gaerl selbst handelte. Das Einzige, was diesen letzten Artikel von den anderen unterschied, war die Andeutung, die leeranischen Priester wären wegen der Mireeaner hier. Es war nur ein kleiner Nachsatz, aber weitere würden vermutlich folgen. Gaerl gab nicht auf. Er wollte, dass Heast nach Wila geschickt wurde, ein letzter Versuch, sich – ohne den Hauptmann zu töten – für die Kränkung zu rächen, die er an Leviathans Ende hatte einstecken müssen.

Es war mehr als zehn Jahre her. Heast hatte ohne große Begeisterung einen Monat bei einem Einsatz in Wisal verbracht, als er einen Brief von Onaedo erhielt. Er erinnerte sich, dass er an jenem Tag am Hafen gestanden hatte. Er war im Begriff gewesen, nach Gogair abzureisen, aber das Schreiben zu ignorieren war ihm nicht in den Sinn gekommen – einem Ruf nach Leviathans Ende hatte man als Söldner zu folgen.

Die kleine Stadt im Osten des warmen schwarzen Meeres war

jenseits von Zoatia in den Teil von Leviathans Schädel hineingebaut, der aus dem Wasser ragte. Wie ein Eisberg zeigte Leviathans Ende jedem, der sich näherte, nur einen winzigen Bruchteil seiner selbst. Von Leviathans mächtigem Haupt war für ankommende Schiffe zunächst nur das gespaltene Kinn zu sehen, über dem sie in die Stadt einfuhren. Als Nächstes bemerkten sie dann die riesigen Augenhöhlen an der Oberseite des fleischlosen Schädels. Nur durch diese Löcher konnte Licht auf die kleine Stadt Leviathans Ende fallen, denn sie war im Inneren, hoch über dem schwarzen Wasser, auf Plattformen errichtet, die durch gefährlich schwankende Seilbrücken miteinander verbunden waren.

Heast hatte sich mühsam über diese Brücken getastet, nachdem man ihn mit einem der Flaschenzüge von den Hafenanlagen nach oben gezogen hatte. Er erinnerte sich noch gut an die Männer und Frauen, zumeist junge Söldner, die ihm dabei zusahen. In ihren Gesichtern las er weder Zuneigung noch Abscheu, sondern nur eine unerschütterliche Geduld. Onaedo hatte Leviathans Ende gebaut, eine Stadt ausschließlich für Söldner. Hier wurden Geschäfte gemacht, keine Nation hatte etwas mitzureden, und kein Mensch war irgendeinem Gesetz außer dem ihren unterworfen.

Onaedos Haus stand im Zentrum von Leviathans Ende. Gerüchten zufolge war es das Herzstück der Stadt und mit allen anderen Gebäuden untrennbar verbunden. Heast hatte diese Aussage stets für wahr gehalten, und als er nun Jahre später die Treppe zu seinem Zimmer im *Verfressenen Wal* hinaufstieg, ging ihm auf, dass Nale und Yeflam die Bauweise von Leviathans Ende widerspiegelten. Anders als Nale war das Herzstück von Leviathans Ende jedoch nicht zugleich mit der Stadt gebaut worden; es war vielmehr ein riesiges Schiff, das größte, das Heast jemals gesehen hatte, und es stand auf Pfählen hoch über Leviathans Blut im Zentrum von Leviathans Ende.

Auf dem Schiff lebte nur ein einziger Mensch. Heast musste erst das riesige Deck überqueren, bevor er Onaedo hinter der Tür der Kapitänskajüte fand. Die Kabine war seit seinem letzten Besuch unverändert: An den Wänden hingen Waffen und Teppiche mit Kriegsszenen, davor waren Rüstungen mit den Abzeichen von Söldnertruppen aufgestellt, die es zu einer gewissen Berühmtheit gebracht hatten.

Onaedo war eine hochgewachsene, athletische Frau mit einer Haut von sattem Braun. Das kurz geschnittene schwarze Haar zeigte keine Spur von Grau, im rechten Ohr und in der Nase trug sie eine Reihe von Silberringen. Sie hatte ihn unbewaffnet empfangen, aber das war immer so, wenn sie in Leviathans Ende war. An jenem Tag hatte sie eine dunkle Lederhose, dicke schwarze Stiefel und ein einfaches rotes Hemd getragen.

»Hauptmann.« Sie schüttelte ihm die Hand. »Ich freue mich.«

»Ist er noch da?«, fragte Heast, nachdem auch er sie begrüßt hatte.

»Bnid Gaerl hat die vorgeschriebenen vier Monate abgewartet.« Onaedo bot ihm keinen Platz an und setzte sich auch selbst nicht. »Wie ich in meinem Brief bereits erwähnte, erhebt er Anspruch auf den Namen der Truppe Zuflucht. Zu diesem Ansinnen muss sich deren Hauptmann äußern.«

»Er kann den Namen nicht verwenden.«

»Nun, er führt an, der Name sei nicht mehr in Gebrauch, und deshalb müsste ihn jeder übernehmen können, der das wolle.«

»Aber er ist noch in Gebrauch.«

»Tatsächlich?«, fragte sie. »Übrigens hat Ihr Bein zu bluten begonnen.«

Er wandte den Blick nicht von ihren dunklen Augen. »Der Name ist noch in Gebrauch«, wiederholte er. »Er ist nicht an Sie zurückgefallen.«

»Darin sind wir uns beide einig. Bnid Gaerl sagt aber, wenn Anemone die Einzige ist, die einer Übernahme des Namens im Weg steht, dann würde er ihr mit Vergnügen einen Platz in der neuen Truppe Zuflucht anbieten.« Wenn man ihr lange in die Augen schaute, sah man Kampfszenen, Schwerter, Spieße und Äxte, schlammige Felder und blutige Flüsse. Nur wenige Menschen konnten diesen Blick ein ganzes Gespräch hindurch ertragen. »Sie wissen ebenso gut wie ich, dass es die neue Truppe Zuflucht legitimieren würde, wenn sie ihr angehörte«, schloss Onaedo.

»Dann sollten Sie Anemone fragen«, sagte er. »Sie hat mit ihrer Meinung noch nie hinterm Berg gehalten.«

Ein schwaches Lächeln erschien auf Onaedos Gesicht, und sie wandte den Blick ab. »Das habe ich bereits getan«, sagte sie. »Sie und Baeh Lok sind seit zwei Wochen hier.«

»Somit kennen Sie die Antwort.«

»Meine Ehre erforderte es, dass ich auch Sie frage.« Sie zuckte die Achseln, als wären all die Zeremonien und Formalitäten, auf denen sie bestand, im Grunde sinnlos. »Außerdem haben Sie recht. Gaerl kann den Namen Zuflucht nicht bekommen. Selbst wenn er nicht mehr verwendet würde, selbst wenn er auf einer der Rüstungen hier in diesem Raum stünde und es an mir läge, ihn an jemand anderen neu zu vergeben, würde er ihn nicht bekommen. Er begreift nicht, wofür dieser Name steht. Ihm geht es nur darum, dass er berühmt ist und man damit das Interesse von Lesern der neuen Romane gewinnen kann, die derzeit geschrieben werden.«

Bis dahin hatte Heast von den billigen Söldnerromanen, die zu jener Zeit aufkamen, noch nicht viel gesehen. Doch als Onaedo sich nun abwandte und den Blick auf die Regale an der Rückseite ihrer Kajüte freigab, fielen ihm die Stapel ins Auge, die davor aufgetürmt waren. Sie erklärte, dass sie diese Bücher von Söldnerhauptleuten aus der ganzen Welt zugesandt bekam, seit Wayan Meina, der Hauptmann der Truppe Stahl, angefangen hatte, ihr seine Werke zu schicken. »Wenigstens«, sagte die Herrin von Leviathans Ende, »beweist Meina Humor. Er weiß, dass ich diese Machwerke hasse, deshalb schickt er sie mir mit Blumen, die verwelkt sind, bis sie mich erreichen. Aber die anderen wollen Kritiken für die Schutzumschläge – Lobeshymnen, die niemand außer einem Söldner jemals lesen würde.« Sie hatte die Bücher angestarrt wie lästige Insekten. »Dieses Schicksal werde ich Zuflucht ersparen, Hauptmann. Wir sind uns einig: Bnid Gaerl wird den Namen nicht bekommen.«

13

Als Bueralan Le und Samuel Orlan die Hafenstadt Jeil erreichten, hatten sie seit zwei Tagen nichts mehr gegessen.

Der Proviant war, zwei Tage nachdem sie die Grenze zu den Reichen von Faaisha überschritten hatten, zur Neige gegangen. Am selben Tag waren sie von einem Trupp faaishanischer Soldaten auf Streife aufgegriffen worden. Nachdem Orlan sich zu erkennen gegeben und mit seinem berühmten Namen das Vertrauen der Soldaten gewonnen hatte, wurden sie gesprächig und warnten die beiden, alle Dörfer bis hinauf nach Jeil seien verlassen. Das leeranische Heer sei einmarschiert, und die Lords von Faaisha hätten die kleinen Siedlungen räumen lassen. Wäre das nicht geschehen, hätten Bueralan und Orlan gegen Bezahlung eine Mahlzeit, ein Bad und ein Bett für die Nacht bekommen können. Stattdessen durchquerten sie ein Dorf nach dem anderen, ohne einer Menschenseele zu begegnen, wanderten hungrig durch die leeren Straßen, vorbei an Schenken und Läden, deren Fenster und Türen mit Brettern verschlagen waren. Orlan jammerte leise vor sich hin, während Bueralan die Strapazen mit Fassung ertrug. Hätte Orlan ihn gefragt, er hätte ihm erklärt, dass er den Hunger nicht spüre. Die Trauer habe ihm den Appetit verdorben. Aber Orlan fragte nicht. Er sprach nicht viel und schon gar nicht mit Bueralan. Auch als sie drei Tage lang nach Norden gegangen waren, bevor sie die Grenze überquerten, hatte er ihn nicht vorgewarnt, dass er einen Umweg machen wollte. Bueralan hatte überlegt, ob er ohne ihn weiterziehen sollte, aber er fühlte sich innerlich leer und fand es einfacher, dem Alten einfach zu folgen. Der blieb schließlich am Rand eines ausgedehnten Sumpfgebietes stehen.

»Er ist nicht hier«, sagte Orlan nach einer Weile.

»Hier ist niemand.« Weit vor ihnen am Horizont war als dünne schwarze Linie Leviathans Blut zu erkennen. »Wenn du in dieser Richtung weitergehst, landest du an der Küste des Irrsinns.«

»Die Küste interessiert mich nicht«, sagte Orlan. Er sprach in kurzen Sätzen, seine Kehle war immer noch nicht ganz verheilt. »Hier ist die Stelle, wo der Gott Maika zu Boden stürzte. Wo die Göttin Taane ihn tötete. Seitdem lag er flimmernd unter dem Wasser. Als wäre er zwischen zwei Welten gefangen. Was er natürlich auch war. Er herrschte über die Stadt der Toten mit seinen …«

»… mit seinen Schwestern Maita und Maiza«, schloss Bueralan. »Ich kenne den Stammbaum. Aber ich wusste nicht, dass er hier lag. Ich dachte, er wäre weiter draußen im Sumpf gewesen.«

»Nein.«

»Und jetzt ist er nicht mehr da?«

»Jetzt ist er tot.« Orlans Worte klangen rau und gequält. »Aber wie lange ist er schon tot? Fünfzig, sechzig Jahre? Hat sie ihm schon in jenen ersten Tagen das Leben ausgesaugt oder erst später?«

Er meinte das Götterkind. Bueralan fuhr sich mit der Hand durch das Haar, das allmählich wieder nachwuchs. »Was kümmert es dich, alter Mann?«

»Du trägst einen Toten um deinen Hals.« Im Sumpf schoss ein langbeiniger Vogel mit grau-weißem Gefieder so jäh aus dem Wasser, als hätten sie ihn aufgeschreckt. »Was glaubst du, wie es dazu kam? Meinst du etwa, alle Götter können einem Menschen die Seele rauben?«, fragte er. »Nein, das konnten nur der Wanderer und die Götter, die aus seinem Leib entstanden waren. Aber das Götterkind ist weder der Wanderer noch einer von den anderen. Sie ist unvollkommen. Und das liegt nicht etwa daran, dass sie noch nicht erwachsen ist. Ihr Aussehen ist ohne Bedeutung. Wie sie sich selbst bezeichnet, spielt dagegen durchaus eine Rolle – und bisher hat sie sich noch keinen Namen gegeben.«

Bueralan spürte den kalten Kristall auf seiner Haut. »Wenn du dich mit den Göttern so gut auskennst – dann sag mir doch, was daran so wichtig ist.«

»Kein Gott ist alles.« Der Kartograf sah ihn empört an. »Einst gab es achtundsiebzig Götter in unserer Welt, *Baron*. Das war keine willkürliche Zahl. Genauso viele Körper konnten das Göttliche in unserer Welt in sich aufnehmen. Hast du dir nie überlegt, warum es jetzt so viele Menschen gibt, die übernatürliche Macht in sich tragen, wenn es im Vergleich dazu so wenige Götter gab? Menschliche Körper können noch weniger von dieser Macht fassen, deshalb sehen wir so viele tragische Gestalten. Menschen wie du und ich sind nicht für die Göttlichkeit gemacht.«

»Ein Gott aber schon?«

»Nur nicht für das Ganze.«

»Bis jetzt.«

»Du solltest hoffen, dass das nicht wahr ist.«

»Mir ist es egal, alter Mann.« Draußen im Sumpf schwang sich der große, hässliche Vogel in die Luft. Bueralan berührte den Stein um seinen Hals. »Ich kehre nach Hause zurück.«

»Man hat dich in die Verbannung geschickt!«

Er drehte sich um, aber Orlan sprach weiter. Seine Stimme steigerte sich zu einem heiseren Aufschrei, der über den Sumpf schallte. »Das weiß sie auch! Warum schickt sie dich dann dorthin zurück? Denk nach! Du trägst jetzt etwas von einem Gott in dir. Sie hat es selbst gesagt! Sie will selbst zu einem Gott werden, und du bist ihr neuester von einem Gott berührter Soldat! Das ist kein Zufall! Ein Mensch, der von einem Gott berührt wurde, ist der Diener eines Gottes! Er ist kein Priester! Er ist kein Gläubiger! Er ist kein treuer Gefolgsmann! Er ist das sterbliche Instrument eines Gottes! Verdammt! Willst du nach Ooila rennen, ohne von alledem eine Ahnung zu haben?«

Danach sprachen sie kaum noch ein Wort, bis sie Jeil erreichten.

Der Hafen lag an der Nordspitze der Reiche von Faaisha. Risse und Schimmelflecken verunstalteten die weißen Mauern. Vor zehn Jahren hatten mehrfach Seuchen in den ungepflasterten Straßen und hinter den hölzernen Hafenanlagen gewütet und die Bevölkerung dezimiert. In den Jahren darauf hatten die Lords Menschen aus aller Welt angelockt, um die Reihen wieder aufzufüllen. Infolgedessen zeigte Jeil von allen Häfen Faaishas die größte kulturelle Vielfalt. Entlang der Straßen sahen Bueralan und Orlan Stände mit Waren, die in verschiedenen Sprachen angepriesen wurden. Speisen aus Nord, Süd, Ost und West verströmten ihre Gerüche. Ringsum tummelten sich Menschen mit tiefschwarzer, sandbrauner, weißer und auch mit olivfarbener Haut, wie sie für die im Inland Geborenen typisch war. Bueralan spürte, wie die Mattigkeit, die ihn seit Leera lähmte, allmählich von ihm wich – und wie sein Zorn zurückkehrte. Sein Groll richtete sich gegen sich selbst und Orlan gleichermaßen. Sie waren beide mit verantwortlich für den Tod der Truppe Nacht. Nur mit halbem Ohr vernahm er, was sich die Menschen über die Geschehnisse im Anschluss an seinen letzten Einsatz erzählten, über den Fall von Mireea, die Flucht der Herrin des Rückens nach Yeflam und General Waalstans Einmarsch in Faaisha. Celp sei gefallen, sagten sie. Das ließ den Söldner in Bueralan überrascht aufhorchen. Die Ostgrenze zum Hochland wurde von Marschall Faet Cohn gehalten, einem erfahrenen Krieger aus einer alten Familie. Dennoch hatte er die Hälfte seiner Truppen verloren und war mit dem kläglichen Rest nach Vaeasa zurückgehumpelt. Die Zahl der Überlebenden wurde immer kleiner, je öfter die Geschichte weitergegeben wurde. Nun befand sich diese Ecke von Faaisha offenbar in den Händen der Leeraner.

Doch für Bueralan war der Krieg – *dieser* Krieg – vorbei. Ein wenig stand er noch in Heasts Schuld, aber er war ihm nicht mehr verpflichtet als dem Andenken seiner eigenen Soldaten und schon gar nicht mehr als seinem Blutsbruder Zean. In Ooila konnte er den Kristall einer Hexe übergeben und wenigstens etwas von dem Unrecht wiedergutmachen, das in Ranan geschehen war. Bei dem Gedanken meldete sich eine mahnende Stimme in seinem Inneren, wiederholte Orlans Fragen und äußerte Zweifel, ob das *Geschenk der Mutter* für Zean tatsächlich das Richtige sei. Aber Bueralan schenkte ihr keine Beachtung. Im Hafen lag ein Schiff, das ihn zu einem anderen Hafen in Ooila bringen würde. Von dort schlängelten sich viele Straßen durch die Provinz der Ersten Königin. Alle endeten sie in Cynama, der Stadt seiner Geburt, aus der man ihn verbannt hatte.

Er konnte für die Überfahrt bezahlen, denn Orlan hatte in einer von Jeils Straßen von einem Geldverleiher, der noch Schulden bei ihm hatte, einen kleinen Beutel mit Gold bekommen. Ohne das Schweigen zu brechen, mit dem er Bueralan seit jenem Streit bei den Sümpfen bestrafte, hatte der Kartograf in einem Gasthaus zwei Zimmer gemietet und für eine Woche im Voraus bezahlt. Den Rest des Goldes hatte er wortlos mit Bueralan geteilt, obwohl der Saboteur nicht vorgehabt hatte, ihn darum zu bitten. Er hatte sogar überlegt, ihm den Beutel zurückzuwerfen und das Haus zu verlassen. Aber er selbst besaß seit Langem nichts mehr, sein eigenes Geld war beim Fall von Mireea und in dem Käfig verloren gegangen, in dem ihn die Leeraner gefangen gehalten hatten. Wenn er nach Ooila zurückkehren wollte, brauchte er Orlans Gold. Und als er zum ersten Mal seit Ranan allein in einem Zimmer war, wurde ihm klar, dass die Zeit gekommen war, sich von Samuel Orlan zu trennen.

14

Als Ayae mit ihren beiden Freunden kam, saß Zaifyr auf den Stufen vor Aelyns Haus und genoss die letzte Wärme der Nachmittagssonne. Er hielt ein dünnes Buch in der Hand – ein Tagebuch, wie er später erklären sollte –, legte es aber beiseite und stand auf, um sie zu begrüßen.

»Wie schön, dich zu sehen«, sagte er.

Sie umarmte ihn. »Das klingt ja so, als hätte dich seit zwei Monaten niemand mehr besucht.«

»Nur Kaqua.«

Der Bettler kam jede Woche einmal. Angeblich erlaubten es ihm seine anderen Verpflichtungen nicht, mehr Zeit mit Zaifyr zu verbringen, aber in Wirklichkeit ging es ihm wohl vor allem darum, den Beginn des Prozesses so lange wie möglich hinauszuzögern. Bei jedem Besuch wollte er ein anderes Detail erörtern. Dass Zaifyr hartnäckig behauptete, er stehe nicht wegen des Mordes an Fo und Bau vor Gericht, machte ihm besonders zu schaffen, denn die Enklave war ohne Zweifel genau dieser Ansicht. Wahrscheinlich hatten Kaqua und Aelyn die Hoffnung, er wäre irgendwann so frustriert, dass er von sich aus aktiv wurde oder sich schließlich gezwungen sah, Yeflam zu verlassen. Aus dieser Überlegung heraus hatte er sich Kaquas Plan, die Geschworenen aus der Bevölkerung der Schwimmenden Städte zu wählen, geduldig angehört. »Wir können nicht alle Bewohner von Nale dazu nehmen«, sagte der alte Hüter. »Aber zehn- oder zwanzigtausend Menschen, das wäre zu schaffen. Es wäre sogar ziemlich spektakulär. Wir müssen zwar noch ein Verfahren für die Abstimmung finden, nachdem alle Plädoyers gehalten sind, aber wenn uns das gelingt, sollten wir so vorgehen. Es sei denn, du hättest etwas dagegen.« Er versprach, ihm in der nächsten Woche eine seiner Ideen vorzutragen, wie die Stimmen für oder gegen ihn zu zählen seien.

Zaifyr hatten die Verzögerungen nicht weiter belastet. Er hatte an die übrigen drei Mitglieder seiner Familie – Jae'le, Tinh Tu und Eidan – geschrieben und sie gebeten, dem Prozess beizuwohnen. Die Briefe hatte er den Krallen kleiner Vogelgespenster anvertraut. Jedem der Geister hatte er genügend Macht für die Reise über Leviathans Blut in die Heimat seiner Geschwister verliehen. In Jae'les Fall war das ein Haus in den dicht bewaldeten Randgebieten von Gogair, Tinh Tu war in den Sümpfen von Faer zu finden, aber bei Eidan, dem letzten Bruder, musste Zaifyr sich eingestehen, dass er nicht wusste, wo er sich aufhielt. So hatte er dem toten Vogel ein Bild von einem kräftigen Körper, unscheinbaren Zügen und großer Kraft ins Gedächtnis gepflanzt und ihn dann losgeschickt. An sich war Eidan wohl in Yeflam zu Hause, aber sein Bruder hatte seit

Langem keinen festen Wohnsitz mehr. Eidan suchte am liebsten Ruinen auf, Teile der Welt, die als verloren galten, und baute sie wieder auf. Wenn er dazu dreißig oder auch hundert Jahre brauchte, kümmerte ihn das nicht. Er lebte in jeder Ruine, bis die Arbeiten abgeschlossen waren. Wenn ihn der Vogel nicht finden konnte, wusste Aelyn sicher, wo er war, und wenn erst Jae'le und Tinh Tu hier wären, bliebe ihr kaum noch etwas anderes übrig, als sich mit ihm in Verbindung zu setzen.

Nun hatte Zaifyr nur noch eine Aufgabe, während er auf seine Familie wartete.

»Das Tagebuch gehörte einem alten Piraten«, antwortete er auf Ayaes Frage. Inzwischen waren alle vier ins Haus gegangen und hatten sich durch die staubigen Räume in das Hinterzimmer begeben, wo sich die Bücher allmählich stapelten. »Er hieß Kapitän Dlar und lebte in der mittleren Epoche der Fünf Reiche. Vor allem ist mir von ihm in Erinnerung geblieben, dass er von sich behauptete, ein Abkömmling der Priester Leviathans zu sein. Er wollte König des Meeres werden, und seine Herkunft sollte seinen Anspruch begründen. Leviathans Priester lebten in riesigen Schiffen, die so groß waren wie kleine Länder. Ich hoffte, er könnte mir – wenn er die Wahrheit gesagt hatte – die Namen von einigen Priestern nennen, die am Krieg der Götter beteiligt waren.«

»Hat er die Wahrheit gesagt?«, fragte Ayae.

»Nein«, antwortete Zaifyr. »Wie so oft war alles gelogen, was er über seine Herkunft erzählte.«

»Du suchst also nach toten Menschen, die dich verteidigen könnten?« Der Gedanke war Ayae nicht geheuer, und das wusste Zaifyr. »Gibt es denn keine andere Möglichkeit?«

»Ich könnte mich natürlich auf meine Schwester verlassen«, sagte er heuchlerisch. »Schließlich hat sie das Gesetz gemacht. Dann wird sie mich damit wohl auch verteidigen.«

»Wozu benötigen Sie denn die Namen?« Ayaes Freunde waren ein Paar. Zineer und Faise. Die Frage hatte Zineer gestellt. Er blätterte in einem dicken Buch und sah sich die alten Schwarz-weiß-Zeichnungen an. »Ich meine, ist es nicht so, dass Sie die Toten einfach nur zu rufen brauchen?«

»Ich will sie nicht alle sehen«, sagte Zaifyr und legte eine Hand auf das Amulett an seinem linken Handgelenk. »Wenn man sie alle vor sich hat, kann man sie nicht mehr unterscheiden. Sie sind nur eine einzige Masse: Generation auf Generation drängt sich zusammen, ein heilloses Durcheinander ohne Anfang und Ende. Es sind auch nicht nur Menschen. Alles ist noch vorhanden, was seit dem Krieg der Götter gelebt hat und gestorben ist. Auch Vögel, Wale oder Hunde. Was einmal gelebt hat, ist im Tod gefangen. Wenn ich mich dort zurechtfinden will, brauche ich einen Namen, den ich rufen kann. Weniger gebräuchliche Namen sind günstiger. Sie würden sich wundern, wie viele Zineers es da draußen gibt.«

»Es war der Name meines Vaters.«

»Und auch der Name von dessen Vater?«

Ein bedauerndes Lächeln. »Ich fürchte schon.« Zaifyr mochte Faise und Zineer, doch hinterher, nachdem Ayae ihm erklärt hatte, warum sie sie mitgebracht hatte, kamen ihm Bedenken. »Es sind meine Freunde«, sagte sie, als die beiden nach oben zu Bett gegangen waren. »Meine ältesten Freunde. Was sie tun, spielt keine Rolle, ich würde immer zu ihnen stehen. Ich lasse nicht zu, dass ihnen etwas geschieht.«

»Muriel Wagan ist nicht dumm«, wandte er ein. »Sie benutzt die beiden auch, um dich an sich zu binden. Wenn sie nicht mehr sind, wird sie jemand anderen finden.«

»Mireea ist immer noch meine Heimat.«

Er bedrängte sie nicht weiter. Achselzuckend sagte er nur: »Ich bin zu alt, um eine Heimat zu haben.«

»Und zu alt für neue Schuhe.« Sie saß ihm gegenüber, der Schein der Kerzen erhellte ihr schmales Gesicht. Wenn sie lächelte, fiel ihm jedes Mal wieder auf, wie jung sie noch war, was sie alles noch nicht erlebt hatte. »Glaubst du, Aelyn wird sich entgegenkommend zeigen, wenn ich morgen zu ihr gehe?«, fragte sie, als hätte sie gespürt, wie nachdenklich er geworden war. »Die Mireeaner haben es nicht verdient, auf Wila eingesperrt zu werden.« Er antwortete, das bleibe zu hoffen.

Am nächsten Morgen begleitete er Ayae zusammen mit Faise und Zineer zur Enklave, ging aber nicht mit hinein. Sie hatte dagegen protestiert, dass er mitkam, aber er hatte seine Stiefel mit den verbrannten Sohlen angezogen und ihr erklärt, er würde auf der Straße niemandem auffallen. Die Enklave habe sich nach Kräften bemüht, nichts über ihn an die Öffentlichkeit durchsickern zu lassen. Er war nicht sicher gewesen, ob sie ihm glaubte, aber als sie durch die Straßen gingen, blieb tatsächlich niemand stehen, um ihn anzustarren oder ihm eine Frage zu stellen. Auch als er hinterher mit Faise und Zineer weiterging, wurden sie nicht behelligt. Allerdings sah er zwei Männer in dunkelblauen Umhängen, die ihnen ganz offensichtlich auf Schritt und Tritt folgten. Gerade als er überlegte, ob er Faise darauf hinweisen sollte, erblickte er zum ersten Mal einen leeranischen Priester.

Es war eine junge weiße Frau, hochgewachsen, mit schlanken Gliedern und dunklem Haar, die mit ihren ernsten schwarzen Augen aufmerksam die Vorübergehenden musterte. In der linken Hand hielt sie ein Buch. Damit deutete sie wie mit einem Zeigestab in die Menge und fragte immer wieder, ob »der Herr« oder »die Dame« nicht den Wunsch hätten, dass die Welt wieder heil gemacht würde. Und obwohl sie bei Männern wie bei Frauen wenig Gehör fand, predigte sie unverdrossen weiter.

»Die Gläubigen«, sagte Faise und blieb neben ihm stehen. »Das ist der Name des leeranischen Heeres und auch der Name der leeranischen Priester.«

»Ist das erlaubt?«, fragte er.

»Man hört, dass einige von der Yeflam-Garde aufgegriffen werden, aber die meisten sind sehr höflich. Sie gehen weiter, wenn sie dazu aufgefordert werden. Ich glaube, die Hüter sind nicht sehr glücklich darüber, aber nachdem man den Mireeanern Zuflucht gewährt hatte, wurde Gerüchten zufolge mit den Leeranern vereinbart, dass auch die Priester kommen dürfen.«

Zaifyr war aufrichtig überrascht. Er konnte sich nicht vorstellen, dass Aelyn dem zugestimmt haben sollte. »Und was hält sie da für ein Buch in der Hand?«

»Es hat den Titel ›*Das Ewige Königreich*‹«, antwortete Zineer. »Das habe ich jedenfalls gehört.«

»Gelesen hat es niemand?«

Er schüttelte den Kopf. »Jeder dieser Priester erklärt, er würde lieber sterben, als es den Blicken eines Ungläubigen auszusetzen. Aber wenn man darum bittet, lesen sie einem Ausschnitte daraus vor.«

Zaifyr hatte noch eine Frage, doch in diesem Moment hatte ihn die Gläubige entdeckt. Sie starrte ihn kurz an, dann nahm sie den

Hocker, auf dem sie gestanden hatte, und verschwand rasch in der Menge.

»Ich glaube, sie mag Sie«, sagte Faise.

15

Ayae stand am Fenster von Aelyn Meahs Arbeitszimmer und beobachtete, wie Faje mit einer kleinen Gruppe von Arbeitern den Garten neben der Enklave betrat. Dort wuchsen weiße Bäume mit überlangen Ästen. Die Arbeiter hatten Schaufeln, Äxte und lange Sägen mitgebracht, und ein brauner Ochse, der einen leeren Karren zog, trottete so langsamen, stetigen Schrittes hinter ihnen her, als wüsste er bereits, welche Last auf ihn wartete.

»In dem Garten stehen fünfundzwanzig Bäume«, sagte Aelyn Meah. Sie hatte Ayae an der Tür begrüßt und sie dann schweigend ans Fenster geführt. »Sie wachsen aus Leviathans Gebeinen. Die meisten gibt es in Leviathans Ende, aber sie sind auch in anderen Teilen der Welt zu finden. Vielleicht hast du die Seeleute schon von Inseln aus Knochen reden hören. Von dort kommen diese Bäume. Manche Seeleute behaupten sogar, sie könnten sich bewegen, aber das ist nicht wahr. Wenn jemand wie du oder ich zum Hüter des Göttlichen wird, muss er zu einer dieser Inseln reisen und sich einen Baum holen. Damit wird vor allem unsere Standhaftigkeit auf die Probe gestellt, denn auf einem Teil von Leviathan zu stehen bereitet Qualen, die mit nichts zu vergleichen sind.« Sie schwieg einen Moment. »Heute lässt Faje die beiden Bäume ausgraben, die Fo und Bau gehörten.«

Die Arbeiter und der Ochsenkarren setzten ihren Weg ins Herz des Gartens fort. »Bekommen sie jemals Blätter?«, fragte Ayae. »Oder stehen sie in Blüte?«

»Sie werden blühen, wenn wir Götter sind.«

Also nein.

Seit Ayae Wila hatte verlassen dürfen, hatte sie mehrmals um eine Audienz bei Aelyn und der Enklave nachgesucht, war aber immer wieder abgewiesen worden. Als sie Xrie darauf ansprach, hatte er gesagt, sie müsse einfach warten. »Fo und Bau waren unsere Brüder«, sagte er. »Geben Sie uns Zeit, bis die Trauer nachlässt.«

Man konnte nicht so recht glauben, dass die Trauer von Herzen kam. Sie hatte mit verschiedenen Leuten gesprochen, aber niemand hatte besondere Zuneigung zu Fo oder Bau erkennen lassen. Sogar die Trauerfeier für die beiden hatte nur im engsten Kreis stattgefunden. Doch alle ihre Zweifel hatten nichts daran geändert, dass sie von Aelyn Meah nicht empfangen worden war. Bis heute. *Heute* war sie durch die gewundenen Gänge der Enklave zu einer Privataudienz geführt worden. Dass am selben Tag Fos und Baus kahle Bäume aus der Erde gerissen werden sollten, überraschte sie nicht. Im Laufe der letzten zwei Monate hatte sie den Eindruck gewonnen, dass alles, was die Enklave tat, zugleich auch von symbolischer Bedeutung sein musste. Die Szene, der sie jetzt beiwohnte, glich dem weißen Steinpfeiler, auf dem Nale ruhte. Er war achtmal so dick wie all die anderen, die aus dem schwarzen Ozean ragten, ein einzigartiges, geradezu widernatürliches Gebilde. Die Hüter sagten, die ersten Risse in diesem Pfeiler würden das Ende der Nation einläuten.

Unten im Garten hielt der Karren an, und die Männer mit den Äxten und Sägen bildeten einen Kreis um zwei Bäume. »Wann wollen Sie den Mireeanern gestatten, Wila zu verlassen?«, fragt Ayae.

»Bis jetzt«, antwortete Aelyn Meah, »habe ich keine Pläne.«

»Bis jetzt?«

Aelyn lächelte, aber es war kein freundliches Lächeln. »Wie ich höre, sprichst du mit meinem Bruder«, sagte sie. »Meine Gardisten melden, dass du ihn regelmäßig besuchst.«

»Bisher hat mir das niemand verboten«, sage Ayae.

»Das wird auch nicht geschehen.« Der dumpfe Schlag einer Axt drang zu ihnen herauf. »Du weißt, was er in Asila getan hat, nicht wahr?«

»Er hat es mir erzählt. Er hat aber auch gesagt, dass er nicht mehr derselbe ist wie damals.«

»Zumindest ist er nicht mehr derselbe Mensch.« Aelyn wandte sich vom Fenster ab. Ihr Arbeitszimmer war nicht groß und ziemlich überfüllt. Ayae hatte den Verdacht, es sei der kleinste Raum in der ganzen Enklave. Es schmiegte sich in die oberste Spirale, die auch die engste war, Decke und Wände waren stark nach innen gewölbt. Den meisten Platz nahmen Bücher und Dokumente ein. Sie stapelten sich in Zweier- oder gar Dreierreihen vor den Wänden und ließen nur die beiden Türen frei. Die erste war die dunkle Holztür, durch die Ayae eingetreten war; die zweite, etwas hellere, führte in einen Schlafraum. »Aber an ihm offenbart sich eine wichtige Tatsache über das Wesen von Gräueltaten.«

»Nämlich?«

»Je weiter man sich von ihnen entfernt, desto leichter werden sie vergeben und vergessen. Nimm doch Platz.« Aelyn wies auf einen Polstersessel, der zwischen den Büchern kaum zu sehen war. »Du hast schon Menschen getötet, nicht wahr?«

Ayae trat vom Fenster zurück. »Bei der Belagerung.«

»Im Zorn.« Die andere Frau strich ihre Robe glatt und ließ sich ihrerseits auf einen Stuhl sinken. »So habe ich meinen ersten Menschen getötet. Damals war ich noch jung und der Unterschied zu anderen Menschen noch nicht so groß. Ich arbeitete als Schankdirne in einem Gasthaus, denn ich wollte lesen lernen, um zur Schule gehen zu können, und dazu musste ich Geld verdienen. Zu jener Zeit war Bildung noch nicht für jeden selbstverständlich. Der Mann, den ich tötete, kam mit vier anderen in die Kneipe. Sie glaubten, uns überfallen und sich einfach nehmen zu können, was sie wollten. Sehr viel Fantasie bewiesen sie dabei nicht, sie hatten es nur auf Geld und Frauen abgesehen. Als mir der erste zu nahe kam, stieß ich ihm ein Messer in den Bauch. Hinterher konnte ich tagelang nicht aufhören, mir die Hände zu waschen.«

Ayae dachte an den ersten Mann, den sie getötet hatte. Sie sah die abgefeilten Zähne und die leere Augenhöhle vor sich. »Wissen Sie noch, wie er aussah?«

»Nicht mehr«, antwortete Aelyn. »Früher hatte ich ihn noch sehr lebhaft vor Augen. Einige Monate nachdem ich ihn getötet hatte, hörte ich auf, von ihm zu träumen, aber bis ich aufhörte, überall nach ihm Ausschau zu halten, mussten Jahre vergehen. Bis zum heutigen Tag habe ich seit … mindestens zweitausend Jahren nicht einmal mehr an ihn gedacht.«

»Ich werde ihn nie vergessen«, sagte Ayae. »Ich glaube nicht, dass ich dazu fähig bin.«

»Du wirst ihn vergessen.« Eine nüchterne Feststellung. »Und du wirst schon bald froh darüber sein. Andernfalls wirst du wie Qian.

Du hörst die Stimmen aller Männer, Frauen und Kinder, die jemals gestorben sind, und sie werden dein Bild von der Welt verfälschen. Ich glaube, vor Asila hat das keiner von uns bis ins Letzte verstanden. Er hatte darüber gesprochen, was er sah, und wir haben ihm zugehört, aber verstanden haben wir es wohl erst, als die Fünf Reiche zerstört werden mussten. Ich hatte befürchtet, dass er die Welt auch nach seiner Freilassung noch so sehen würde, aber er predigte, jedenfalls bis vor Kurzem, eine Form der Untätigkeit ähnlich der, auf der Yeflam beruht.«

»Dafür hat er gute Gründe«, sagte Ayae. »Eben sagten Sie noch, Sie würden ihn verstehen.«

»Das ist auch so. Aber wir beide sind nicht wie er. Und auch die Bewohner von Yeflam nicht. Es ist nicht schwer zu vergessen, es braucht nur seine Zeit. Tatsächlich sehen wir jeden Tag über Todesfälle hinweg. Wenn wir den Verstand nicht verlieren wollen, müssen wir das tun. Unser Verstand vermag nicht zu fassen, dass Hunderte, ja Tausende von Menschen in Kriegen, durch Armut oder durch Krankheiten zugrunde gehen. Dabei geschieht es jeden Tag. Wenn wir nicht eiskalt die Augen davor verschließen, können wir nicht überleben. Etwas von dieser Haltung muss Yeflam in Bezug auf die Mireeaner noch lernen. Die Menschen müssen den Tod von Fo und Bau vergessen, aber solange die Zeitungen Hetzartikel drucken, ist das schwierig.«

»Die Zeitungen gehören Ihnen«, sagte Ayae. »Sie könnten dafür sorgen, dass sie aufhören, über Hauptmann Heast und Lady Wagan zu schreiben. Und Sie könnten die Berichte über die leeranische Gefahr verbieten – denn die hat *nichts* mit Fo und Bau zu tun.«

»Nicht alle Blätter gehören mir«, sagte Aelyn. »Ich persönlich besitze gar keines. Sie gehören anderen Hütern – und reichen Bürgern in den Städten. Nicht alle von ihnen sind mit dieser Art von Berichterstattung einverstanden und tun das auch kund. Ich will die Mireeaner nicht auf Wila festhalten. Je eher ich sie von dort wegschaffen kann, desto eher werde ich auch die Priester in meinen Straßen los. Ich hoffe, du hilfst mir dabei. Ich habe übrigens veranlasst, dass man dir einen Arbeitsraum in einem der unteren Stockwerke einrichtet.« Ayae setzte zum Sprechen an, um das Angebot abzulehnen.

»Du solltest dich nicht dagegen sträuben«, sagte Aelyn. »Ich bin nicht dein Feind, Ayae«, fügte sie müde hinzu. »Ich bin auch nicht der Feind meines Bruders. Ich will nur den Frieden bewahren.«

Hatte denn jemals wirklich Frieden geherrscht? Ayae hielt Aelyns letzten Satz für naiv. Wie konnte sie daran glauben? Der Gedanke verfolgte sie noch lange, nachdem sie die Enklave verlassen hatte und wieder auf den Straßen von Nale stand. Dort trottete der Ochse an ihr vorbei, sein Karren war voll beladen mit weißem Holz. Die Männer, welche die Bäume gefällt hatten, beachteten sie kaum, doch Faje, der als Letzter kam, nickte ihr höflich, wenn auch distanziert zu.

Nachdem sie in Zaifyrs einsames Haus zurückgekehrt war und ihm berichtet hatte, wie das Gespräch mit Aelyn verlaufen war, wies auch er das Gerede vom Frieden zurück. »Der Krieg hat Yeflam bereits erreicht«, sagte er. »Und das weiß sie genau. Deshalb sind die Priester hier. Sie sind die Kundschafter, die erste Welle, wie damals in Mireea die Todeskrieger. Aber das Götterkind weiß, dass es hierher keine Kannibalen schicken kann. Man reitet nicht bewaffnet und gepanzert in Yeflam ein und zwingt der Stadt seinen Willen auf. Stattdessen bestreitet man den Anspruch der Hüter, als Götter zu gelten, und zählt alles auf, was sie nicht heil machen können.«

Ayae hatte die Priester auf den Straßen reden hören. »Zum Beispiel die Sonne und den Ozean«, sagte sie. »Aber Faise sagt mir, dass die Hüter genau das andauernd versprechen.«

»Es war immer Aelyns Ziel«, stimmte er zu. »Aber sie wird es nicht den Leeranern überlassen – das versichere ich dir.«

16

Am Tor wandte sich einer der Gardisten aus Wind an Zaifyr. »Lady Aelyn bittet Sie, nicht auszugehen.« Seine Stimme klang wie tausendfaches Geflüster. »Sie meint, Sie hätten bei Nacht draußen nichts verloren.«

»Ich muss mich um die Priester kümmern«, sagte er und ging an dem Gardisten vorbei. »Bestelle ihr das von mir, aber sie weiß es ohnehin.«

Vor ihm lagen Nales nächtliche Straßen im Schein der Laternen. An Ecken und Kreuzungen standen zarte, kalte Gespenster und wiesen ihm den Weg zu der Priesterin, die er am Morgen gesehen hatte. Nur für ihn sichtbar, führten sie ihn durch die Menge der Nachtschwärmer, drängten ihn ab in Straßen mit schwach besetzten Kneipen und Speiselokalen und brachten ihn schließlich, dem Rauschen der Wellen folgend, zum Stadtrand von Nale. Von hier aus spannte sich die Brücke hinüber zu den Türmen von Alati, wo die Universitäten und Schulen lagen. Doch so weit führten ihn die Gespenster nicht. Die Frau, nach der er suchte, hatte Nale nicht verlassen. Genau wie er war sie in eine schmale Gasse eingebogen. Dann war sie zu einem kleinen Hotel an deren Ende gegangen, das nur von zwei Lampen beleuchtet wurde. Die dritte weiter oben war ausgegangen.

Die Priesterin stand draußen, aber sie war nicht allein. Bei ihr waren ein männlicher Priester und drei Männer, die nicht die braunen Kutten trugen. Zaifyr hatte nicht erwartet, die beiden in solcher Gesellschaft anzutreffen.

Die fünf waren in ein Gespräch vertieft. Ihre Stimmen schallten weit durch die nächtliche Stille, hallten aber zugleich in der schmalen Gasse von Wand zu Wand wider, sodass sie sich überlagerten.

»Nein, wir sind nicht hier, um …«

»… verabscheuen es, wenn Menschen leiden.«

»Bald wird es Winter …«

»… jahrelang in Gogair im Schnee geschlafen …«

»Nein, nur Feldzüge mit vielen Toten. Die Erfrierungen …«

»… die Schmach einer Amputation sollte man nicht …«

»… ein klein wenig Magie, ein Geschenk von unserem Gott …«

»… für unsere Freunde.« Zaifyr hatte noch nicht alle Sprecher erkennen können, als neben der Priesterin ein Gespenst aufschrie. Nur Zaifyr konnte die Stimme hören. Die Priesterin hatte ein Messerchen in der Hand und schnitt sich in den Daumen, um mit ihrem Blut den Toten so viel Macht zu entziehen, dass sie einem der Männer die Finger nachwachsen lassen konnte.

Zaifyrs Macht reagierte ohne sein Zutun. Schlagartig wurden zwischen den fünfen die flimmernden Umrisse einer jungen Frau sichtbar. Sie mochte einst hübsch gewesen sein, doch nun war ihr Gesicht von Schmerzen verzerrt, und ihrer Kehle entrang sich ein schriller Schrei. Sie packte die Hand des Mannes und riss ihm die erst zur Hälfte entstandenen Finger ab. Sein Schrei mischte sich mit dem ihren, und seine beiden Freunde packten ihn am Hemd, um ihn mit sich zu ziehen. Einer rief sogar die beiden Priester zu Hilfe.

Doch die waren ins Hotel geflüchtet.

Zaifyr rannte an der Geisterfrau vorbei. Ihr Schrei war in ein wildes Geheul übergegangen, als der Mann von seinen beiden Freunden weggerissen wurde, doch schon wenige Augenblicke später fiel sie abermals über die drei her. Zaifyr stieß die Tür des Hotels auf und eilte über die matten Holzdielen zur Treppe.

Dort wartete ein anderer Toter und deutete mit der Hand nach oben, um ihm zu zeigen, wohin die Priester verschwunden waren. Als er den Fuß auf die unterste Stufe setzte, stand plötzlich eine Gardistin vor ihm. Doch bevor sie nach ihrem Schwert greifen konnte, sprang der Tote vor, der ihm den Weg gewiesen hatte. Zaifyr übertrug ihm etwas Macht, und er riss der Frau die Klinge aus der Scheide. Dabei wurde er gerade so lange sichtbar, dass er als Kind zu erkennen war.

Im schmalen Flur des oberen Stockwerks warteten zwei Gespenster. Beide deuteten auf eine Tür am Ende, die soeben zugeschlagen wurde.

Zaifyr drückte die Klinke. Die Tür war nicht versperrt. Drinnen standen die beiden Priester einander gegenüber. Der Mann hatte sich die Kutte um den Arm gewickelt und das Fenster eingeschlagen. Die Frau befand sich auf der anderen Seite und hielt zwei Ledertaschen in den Händen, die nicht allzu voll zu sein schienen. Als Zaifyrs Blick sie streifte, stieß der Mann die Glasreste aus dem Rahmen und trat ans Fenster. In diesem Augenblick rief die Frau: »*Los!*«, und wollte ihm eine der Taschen zuwerfen. Doch sie hatte den Arm erst halb erhoben, als das Gespenst eines älteren Mannes die Arme um sie schlang, und sein jüngerer Liebhaber den anderen Priester am Fenster festhielt.

»Jetzt seid ihr dran.« Zaifyr zog leise die Tür hinter sich zu.

»Wir wissen, wer du bist«, zischte die Frau. »Ich habe dich heute Morgen gesehen, Irrer! Wir fürchten dich nicht!«

Die Tasche fiel zu Boden. Zaifyr hob sie auf und kippte den Inhalt auf eines der beiden Betten im Zimmer.

Ein paar Münzen, ein Messer und ein Buch fielen heraus.

»Das ist nicht für dich bestimmt!«, rief der Mann. »Das lässt sie nicht zu.«

»*Sie* ist nicht hier.« Das Buch war mittelgroß, in Leder gebunden, aber ohne Angabe von Titel oder Autor auf dem Einband. Zaifyr streckte die Hand danach aus, um es aufzuschlagen und zu sehen, ob es sich um *»Das Ewige Königreich«* handelte, doch sobald er es mit den Fingerspitzen berührte …

… brach es auseinander und zerfiel.

Der Priester lachte. »Sie lässt es nicht zu«, wiederholte er. »Sie lässt nicht zu, dass du ihre Worte liest.«

»Wolltest du nicht eben aus dem Fenster springen?« Das Gespenst stieß den Priester durch die zerbrochene Scheibe. Sein Schrei verklang, als er hinunter auf die Straße fiel. Der Sturz war nicht tödlich, aber der Aufprall war schmerzhaft, er brach sich das Bein und konnte nicht schnell genug aufspringen – jedenfalls nicht schnell genug, um dem Frauengespenst zu entkommen, das Zaifyr auf der Straße zurückgelassen hatte.

»Hast du auch ein Buch in deiner Tasche?«, fragte er die Priesterin, als von unten neue Schreie zu hören waren. »Habt ihr beide ein Exemplar?«

»Du …« Die Schreie rissen jäh ab und ließen auch sie verstummen. »Du bist ein Ungeheuer«, sagte sie dann. »Warum musstest du ihn töten?«

»Was hattest du da draußen eigentlich vor?«, fragte Zaifyr und trat auf sie zu. »Glaubst du, dein Blut besitzt Macht? Glaubst du, dass diese Macht aus dir selbst kommt? Weißt du nicht, dass du sie den Seelen der Toten stiehlst?« Das Gespenst, das sie umschlungen hielt, packte noch fester zu und flüsterte, es sei hungrig. »Nein, du weißt genau, was du tust. Vor fast dreitausend Jahren habe ich wegen solcher Verbrechen die Blutmagie verboten. Ich habe dafür gesorgt, dass Hexen und Hexer heute so gut wie ausgestorben sind. Mit ihnen bin ich ebenso verfahren wie eben mit deinem Freund. Aber sie haben ihr Tun wenigstens nicht verheimlicht. Sie haben offen zugegeben, dass ihre Macht aus Schmerz und Leid entstanden war, und sie wussten auch, dass man sie ihnen dereinst unter Qualen entziehen würde.«

»Das wird nicht geschehen«, zischte die Priesterin. »Wir gehören zu *ihr*. Sie ist der letzte, der einzige Gott. Wir sind ihr eigen. Aber das könntest du nur verstehen, wenn du an sie glaubtest.«

»Ich verstehe es ja.« Die zweite Tasche lag zu ihren Füßen. Er hob sie auf, und gerade als sie mit seinen Amuletten in Berührung kam, erfüllte weißes Licht den Raum. »Von allen Menschen in Yeflam bin ich wahrscheinlich der Einzige, der das so gut versteht wie du.«

Der Schein, den das Gespenst auf der Straße ausstrahlte, fiel auf das Gesicht der Priesterin. »Du bist kein Gläubiger«, flüsterte sie. »Wissen und Verstehen genügen nicht.« Das Frauengespenst war blutbefleckt und bot einen grauenvollen Anblick, aber wenigstens hatten die Schreie aufgehört. »Nimm das Buch für mich heraus«, sagte Zaifyr.

Die Priesterin schüttelte den Kopf.

»Das Blut auf ihrem Gesicht ist nicht von dir«, sagte Zaifyr. »*Noch* nicht.«

Langsam sickerte die Angst vor der kalten, toten Frau in die Priesterin ein. Sie griff in die Tasche und entnahm ihr das Buch.

Zaifyr stieß die Tasche beiseite. »Schlag es auf!.«

Sie zögerte, doch dann gehorchte sie. Die Seiten waren leer.

»Du kannst es nicht berühren, und du kannst es nicht lesen«, flüsterte sie. »Aber mein Gott weiß, dass ich es in Händen halte. Sie weiß, dass mein Leben ihr gehört und dass ich es ihr aus freien Stücken schenke.«

Ohne einen Laut, ohne eine sichtbare Verletzung sank die leeranische Priesterin zu Boden.

Zaifyr wollte nach ihr greifen und in ihren Geist eindringen, doch seine Macht hatte noch kaum zu wirken begonnen, als ihm die Priesterin entzogen wurde. Eben hatte er sie noch gespürt – und plötzlich war sie nicht mehr da.

An ihrer Stelle erblickte er ganz kurz nur einen großen dunklen Schatten, so gewaltig und allumfassend, dass er dagegen wehrlos war.

17

Im Lauf der Woche erschienen zwei weitere Artikel über Heast und die Truppe Zuflucht. Er las sie beide in seinem Zimmer im *Verfressenen Wal.* Die Autoren schilderten, wie Zuflucht in Illate gescheitert war: Beim Kampf um zwei Dörfer seien zweihundert Soldaten gefallen. Aber die Angaben zu einzelnen Personen waren nicht korrekt, die Daten stimmten nicht überein. Es gab Anspielungen auf Fälle von Verrat, die völlig aus der Luft gegriffen waren, und ohne jeden Grund sprach man von Feigheit vor dem Feind. Heast las ungerührt weiter. Das ooilanische Heer war zweimal so groß gewesen wie hier beschrieben, und keiner der beiden Autoren erwähnte den Sklavenhandel, der in Illate ganze Generationen ins Verderben gestürzt hatte; auch von Illates Wunsch nach Befreiung war nicht die Rede; die völlige Vernichtung der dortigen Streitkräfte wurde nur gestreift, den Massengräbern widmete man nicht mehr als zwei Sätze. Aber beide Texte erwähnten, dass Heast bei den Kämpfen dort sein Bein verloren hatte. Deshalb, so hieß es, sei er in den letzten Tagen der Schlacht wie vom Erdboden verschwunden gewesen. Heast hörte das nicht zum ersten Mal: Das Gerücht war in den Monaten nach der Niederlage der Truppe von Mund zu Mund gegangen. Verglichen mit den anderen Lügen in den Artikeln war es bedeutungslos, aber er begriff, dass es in beiden Fällen nicht um Zuflucht, Illate oder Ooila ging, sondern um Mireea. Die Autoren wollten letztlich darauf hinaus, dass sowohl der Rückzug von Gers Rücken wie das Eintreffen der Mireeaner auf Wila auf sein Versagen zurückzuführen waren. Und zwischen den Zeilen war zu lesen, dass noch Schlimmeres bevorstünde. Sehr überzeugend waren die Machwerke nicht, aber Gaerls falsche Darstellung und die Erinnerung an die letzten Tage von Zuflucht führten Heast schließlich zurück zu dem Moment in Leviathans Ende, als Onaedo auf dem Schiff, das ihre Heimat war, Bnid Gaerl ihr Urteil verkündet hatte.

Onaedo herrschte über Leviathans Ende, seit der erste Söldner die Seilbrücken überquert hatte. Das war lange vor Heasts Geburt gewesen. Es hieß, sie hätte das Schiff eigenhändig aus dem Ozean gehoben, und als sie an jenem Tag an den Ketten zog, die es an seinen Platz in Leviathans Ende hievten, habe ein Name auf seinem Rumpf gestanden. Wenn dieser Name inzwischen erwähnt wurde, geriet er mit den Namen anderer Schiffe durcheinander – mit berühmten wie der *Cilea* und mit berüchtigten wie der *Glafanr* –, doch Onaedo selbst sprach ihn niemals aus. Für sie war er längst Vergangenheit. Das Schiff war ihr Zuhause geworden, es trug jetzt den Namen *Leviathans Ende.* In seinen Tiefen hatte sie Zellen für diejenigen eingerichtet, die gegen ihre Gesetze verstießen, und sie drohte Bnid Gaerl, ihn dort einzusperren, wenn er ihr Urteil nicht annahm.

»Ich habe geduldig gewartet. Ich habe alle unsere *Formalitäten* beachtet.« Gaerl wandte sich von ihr ab und beschwor die Menge, die sich an Deck versammelt hatte. »Es ist doch nur eine einfache Bitte.«

»Die hiermit abgelehnt wird«, sagte sie.

»*Abgelehnt.*« Er wiederholte das Wort für die Menge, deren Köpfe die Morgensonne umstrahlte. »Man verweigert mir ein Wort. Ein *Wort!* Wir sind Soldaten. Krieger. *Wir* sind diejenigen, die den Worten ihre Kraft, ihre Bedeutung verleihen. Wir bestimmen, wofür sie stehen. Aber ihr hört, was man mir sagt. Ihr hört es so gut wie ich. Könnt ihr mir erklären, wie diese Frau dazu kommt, einem Krieger ein einfaches Wort zu verweigern?«

Die Söldner an Deck schwiegen, aber Heast sah deutlich, dass sie nicht auf seiner Seite waren. Gaerl hatte natürlich wie jeder Söldnerführer seine Anhänger. Aber der neue Verband, den er gründen wollte, wäre sein dritter gewesen. Die beiden ersten hatten sich vor allem durch ihre hemmungslose Brutalität einen Namen gemacht. Gaerl übernahm nur einfache Aufgaben und hatte inzwischen den Ruf, sich gerade um solche Aufträge zu bemühen, bei denen er rücksichtslos über andere Truppen hinwegtrampeln konnte, die sich erst noch ihre Sporen verdienen wollten. Bei seiner letzten Truppe – sie hatte, wenn Heast sich recht erinnerte, Beaz geheißen – war er damit gescheitert. Als Gaerls eigene Leute sahen, dass sie gegen eine unerfahrene, schlecht ausgebildete Einheit marschieren sollten, hatten sie ihn seines Kommandos enthoben. Selbst die abgebrühten Veteranen hatten es nicht ertragen, »Kinder mit rostigen Messern« abzuschlachten, wie Gaerl sich ausdrückte.

»Seit wann sind wir zu Schwächlingen geworden?« Er hatte voller Abscheu die Hand ausgestreckt. »Eine Nation von Mördern. Nichts anderes sind wir! Wir nehmen uns, was wir wollen! Wir lassen nur zurück, was wir nicht wollen! Warum folgen wir einer Königin, die nur durch Worte regiert?«

»Hauptmann Gaerl!« Onaedos Stimme besaß so viel Autorität, dass der Mann zu ihr herumfuhr. »Ich mache die Regeln in Leviathans Ende, weil ich es war, die Baar, den Gott des Krieges, fallen sah. Ich sah, wie töricht er handelte, ich erkannte das Ausmaß seines Scheiterns. Ich habe uns ein Gesetz gegeben, damit wir seine Fehler nicht wiederholen.«

Sein langes Gesicht verzerrte sich vor Hass, aber er sagte nichts.

»Wenn Sie meine Entscheidung anfechten wollen«, fuhr sie fort, und ihre Worte beschworen die Bilder von Schwertern und Schlachtfeldern herauf, die sich in ihren Augen spiegelten, »dann lassen Sie sich nicht abhalten – ziehen Sie Ihr Schwert.«

»Ich fechte gar nichts an.« Gaerl wollte sein Schwert nicht gegen sie erheben. Er hatte ebenso wie Heast erlebt, wie es jungen Söldnern erging, die sich auf einen Kampf mit ihr einließen. »Aber ich möchte um den Namen Zuflucht kämpfen. Ich möchte den Gebrechlichen und den Alten zum Zweikampf fordern.« Er deutete erst auf Heast, dann auf Baeh Lok, einen untersetzten, über sechzigjährigen Mann mit olivfarbener Haut, der links von Heast stand. »Leider ist keiner von beiden in der Lage, gegen mich anzutreten.«

»Anemone nimmt im Namen von Zuflucht alle Herausforderungen an«, sagte Onaedo.

»Dieses Recht würden Sie einer Hexe zugestehen?«, fragte Gaerl wütend.

»Ja.«

»Warum behandelt man mich so? Warum hat man sich gegen mich verschworen? Keine Hexe war dazu jemals befugt!«

»Die Hexe von Zuflucht hatte dieses Privileg von Anfang an«, sagte Anemone. Sie stand an Heasts rechter Seite. »Und sie hat es für Zuflucht in jeder Inkarnation.«

Anemone war alt, aber das war sie schon immer gewesen. Heast hatte sie kennengelernt, als er nicht älter als zehn Jahre war, und schon damals war sie eine kleine, dicke alte Frau gewesen. Ihr eisengraues Haar war kurz geschnitten, und wo ihre olivbraune Haut nicht verborgen war unter den Falten der schwarzen und weißen Gewänder und den verfärbten weißen Leinenstreifen um ihre Hände, war sie von einem so dichten Netz von Falten durchzogen, als hätten ein halbes Dutzend Leben ihre Spuren hinterlassen. Doch was sich den Menschen am tiefsten einprägte, war Anemones Stimme, denn ihr Tonfall ließ nie einen Zweifel daran, dass sie jeden für einen Dummkopf hielt.

»Du stehst hier vor uns und willst Hüter von Zufluchts Ruf und Namen sein, aber du hast keine Ahnung, was mit diesem Namen verbunden ist«, zeterte die Hexe nun. »Du glaubst, man könnte damit reich und berühmt werden, aber das kommt daher, dass du dumm und gierig bist. Niemand bei Zuflucht hat jemals Geld verdient. Warum glaubst du, dass unser Hauptmann von Auftrag zu Auftrag hetzt und für Leute arbeitet, die ihm nicht das Wasser reichen können? Warum spielt Baeh Lok den Feldwebel für einen faaishanischen Marschall, der in weniger Schlachten gekämpft hat, als Lok Zähne hat? Zuflucht arbeitet nicht für Geld. Zuflucht sorgt für Sicherheit, wo es nötig ist. Zuflucht geht dahin, wo sich kein anderer Soldat hinwagt. Zuflucht gibt denen ein Schwert, die selbst keines haben.«

»Ich habe dich in den Kneipen und Gasthöfen reden hören«, sagte Baeh Lok und rieb sich mit seiner schweren Hand die Nase. »Du sagtest, wir würden in Illate unsere Kräfte vergeuden. Wir hätten uns von diesem Land fernhalten sollen. Aber die Menschen dort wollten Freiheit. Sie wollten keine Sklaven mehr sein.«

»Deshalb kannst du den Namen nicht bekommen.« Zum ersten Mal ergriff Heast das Wort. »Weil du ein Mann bist, der diesen einfachen Grundsatz nicht begreift.«

Gaerl spuckte auf das Deck. »Wer sich seinen Tod nicht bezahlen lässt, ist ein Narr.«

»*Das reicht!*«, sagte Onaedo. In diesem Augenblick schien sie zu wachsen. Das war natürlich nur Schein, aber sie füllte mit ihrer Persönlichkeit das ganze Deck und die ganze Stadt. Bnid Gaerl fiel vor ihr auf die Knie, zu Boden geworfen von ihrer urwüchsigen, kraftvollen Ausstrahlung. »Du bist in Leviathans Ende nicht mehr willkommen«, sagte sie, und außer ihrer Stimme war kein Laut zu hören. »Du verlierst deinen Rang und deine Verbindungen, und du wirst mir nicht mehr unter die Augen treten. Deine neue Truppe soll deine letzte sein. Suche dir Soldaten, die in unserer Welt ihre Ehre verloren haben, denn kein Söldner, der eine Zierde von Leviathans Ende sein will, wird sich dir jemals mehr unterstellen.«

Als Heast jetzt den *Verfressenen Wal* verließ, folgten ihm diese Worte wie Rauch. Gaerls Gang vom Deck hinunter zu den Anlegestellen umwehte ihn in den Straßen von Zanan. Jeder Augenblick war ein

Vorspiel zu den Artikeln, die er gelesen hatte. »Feldherr« Gaerl hatte in Yeflam keine Erklärungen abzugeben brauchen. Onaedo überwachte ihren Bannfluch nicht über Leviathans Ende hinaus. Tatsächlich war er jenseits der Knochenstadt kaum bekannt.

Erst später am Tag bemerkte Heast, dass sich die Menschen um ihn herum anders verhielten als bisher.

Er stand an einem Straßenstand in Zanan und hatte sich eine Mahlzeit bestellt. Als sie nicht kam, fragte er nach. Der junge Mann hinter der Theke schüttelte nur missmutig den Kopf. Irgendwann wurde sie doch serviert, doch während Heast darauf wartete, spürte er, dass alle Augen auf ihm ruhten. Erst als er in sein kleines Zimmer zurückkam, verstand er, warum. Jemand hatte einen Artikel über ihn unter der Tür durchgeschoben. Ein einzelnes Blatt nur, auf einer Seite Text, auf der anderen eine Karikatur. Sein Stahlbein war überlang gezeichnet, sodass es hässlich und bedrohlich aussah. Eine Kette aus Knochen war daran befestigt. Sie lag um die Knöchel seiner gesichtslosen Untergebenen und führte weiter zu Gers Bergen, die im Hintergrund angedeutet waren. Dort stand auch der Titel: »Hauptmann der Geister«.

Dass man ihn nach dieser Schmähschrift so mühelos erkannt hatte, war die letzte Bestätigung, dass er schon zu lange in Yeflam geblieben war. Zwei Nächte später nahm er das Bündel, mit dem er gekommen war, und trat damit auf die Straßen. Noch bevor die Morgensonne aufging, wollte er Yeflam verlassen haben. Er hatte vor, sich zunächst nach Ghaam und in ein Bordell mit Namen *Sins Hand* zu begeben. Von dort sollte ihn die Kutsche einer stadtbekannten Prostituierten heimlich über die Grenze bringen. Doch zuvor begab er sich noch nach Mesi zum Haus von Faise und Zineer Kanar.

18

In den späten Abendstunden traf er dort ein. Er war in einer der großen vierspännigen Kutschen gefahren, die um diese Stunde nahezu leer waren. Seine einzige Gesellschaft waren zwei junge betrunkene Soldaten sowie eine Söldnerin des Leeren Himmels gewesen. Die hatte noch so viel Anstand besessen, dass es ihr peinlich war, sofort entdeckt zu werden, und hatte entschlossen einige Reihen hinter Heast Platz genommen. Als die Kutsche in Ghaam anhielt, war er ihr entwischt und allein in eine andere Kutsche gestiegen, die ihn nach Mesi brachte.

Ayae öffnete ihm die Tür zu Faises und Zineers Haus. Als sie ihn erkannte, schenkte sie ihm ein halbes Lächeln, wie er es von Zaifyr kannte, und ließ ihn ein.

»Ist es schon so weit gekommen«, fragte er, als er das Schwert in ihrer Hand sah, »dass du dich bewaffnest, bevor du die Tür öffnest?«

»Erst seit Kurzem«, antwortete sie. »Heute Morgen hat jemand rote Farbe an die Fassade gespritzt.«

Das hatte er im Dunkeln nicht gesehen, aber er erkannte die Bedrohung und sah ihre Vorsicht als berechtigt an. »Wie geht es den beiden?«

»Sie halten sich besser als ich«, sagte sie. »Aber sehen Sie selbst.«

Faise und Zineer saßen in der Küche an einem kleinen Tisch mit mehreren Kerzen und Gläsern und erhoben sich, um Heast zu begrüßen. Hätte ihn Ayae nicht mit dem Schwert empfangen, er hätte nichts Ungewöhnliches feststellen können. Sie waren höflich, freundlich und zeigten bisweilen einen trockenen Humor. »Ich kann in Yeflam immer weniger tun«, sagte er, nachdem er sich gesetzt, ein Glas Wein abgelehnt und ein paar Minuten mit ihnen geplaudert hatte. »Jetzt will ich nach den Anwesen sehen, die wir gekauft haben. Ich möchte wissen, was an Erzeugnissen und an Saatgut vorrätig ist. Von dort kann ich auch Kontakt zu verschiedenen Leuten aufnehmen. Aber hauptsächlich möchte ich Le'ta und Gaerl eine Weile damit beschäftigen, nach mir zu suchen.«

»Wir haben noch eine Menge zu tun«, sagte Zineer. »Es genügt nicht, Land und Gebäude nur zu besitzen. Man muss sie auf dem Markt auch sinnvoll einsetzen.«

»Ich versuche sie schon die ganze Zeit zu überreden, sich etwas mehr zurückzuhalten«, sagte Ayae.

»Das wäre tatsächlich ratsam«, nickte Heast. »Muriel hat im Moment genug beisammen. Das Ziel ist ja, möglichst viel Einfluss auf die Kaufmannsgilde zu gewinnen – oder wenigstens damit drohen zu können. Danach kann sie mit etwas Hilfe von Ayae alles bekommen, was sie haben will. Sie beide sollten daran denken, was Essa und ich Ihnen über Gaerl erzählt haben.«

»Noch hat man uns nicht entdeckt«, sagte Faise und lächelte ihrer Freundin zu. »Ayae hat das Thema auch nur angesprochen, weil sie jedes bisschen Farbe für ein getarntes Messer hält.«

»Man muss sich aber doch fragen, warum das Haus bespritzt wurde.«

»Lian Alahn ist diese Woche nach Yeflam zurückgekehrt«, antwortete Zineer. »Deshalb die Farbe. Le'ta befürchtet, wir könnten wieder mit ihm zusammenarbeiten.«

»Alahn ist wirklich wieder da?« Heast hatte angenommen, der dicke Kaufmann hätte ihn belogen. »Hast du mit ihm gesprochen?«

Der Buchhalter setzte zu einer Antwort an, hielt sich aber zurück, als er merkte, dass die Frage nicht an ihn gerichtet war.

»Alahn und ich haben uns nichts zu sagen. All die Bosheiten, die ich mir von Illaan anhören musste, kamen von seinem Vater.«

Der scharfe Ton überraschte Heast nicht. Illaan hatte es nicht anders verdient, dachte er, er hatte sie zu schlecht behandelt. »Sie sollten nicht leichtsinnig werden«, wandte er sich wieder an Zineer und Faise. »Schließlich wollen Sie das Ende der Geschichte erleben. Das wollen wir schließlich alle. Sollten Sie mich brauchen, wenn es gefährlich wird, können Sie mich über Sinae Al'tor erreichen.«

»Dem Besitzer von *Sins Hand*?«, fragte Faise. »Dem berüchtigten Bordell in Ghaam?«

»Dort hat alles seinen Preis außer Al'tor selbst.« Heast erhob sich, nickte den beiden kurz zu und ging, von Ayae begleitet, zur Tür. »Du hast recht, vorsichtig zu sein«, sagte er leise. »Wenn es dazu kommen sollte, dass die beiden aus Yeflam fortmüssen, kann euch Al'tor dabei behilflich sein. Ich werde ihn darauf vorbereiten, wenn ich ihn heute Abend sehe.«

Sie dankte ihm, und als er ihr die Hand schüttelte, war sie warm, aber nicht glühend heiß.

Heasts Gedanken drehten sich weiter um Ayae, während er mit der Kutsche nach Ghaam zurückfuhr. Die Laternen an den Straßen und auf der Brücke brannten wie bei einer Lichterprozession. Ein einsamer Laternenanzünder drehte seine Runden und sorgte dafür, dass sie nicht ausgingen. Als Heast an dem Mann vorüberfuhr, wurde ihm plötzlich klar, wie sehr Ayae gereift war, seit er sie in

Samuel Orlans Werkstatt zum ersten Mal gesehen hatte. Sie hatte ungeheuer gewonnen, nicht unbedingt an Weiblichkeit, aber an Selbstbewusstsein. Als er sie kennenlernte, hatte sie nervös gelächelt und nicht gewusst, wie sie auf andere Menschen zugehen sollte. In und um Mireea hatte es viel Gerede gegeben, als sie, die Waise, die Lehrstelle bei Samuel Orlan bekommen hatte. Orlan, mit dem sonst nicht so leicht auszukommen war, hatte sie jedoch weitgehend abgeschirmt. Als nach dem Brand in der Werkstatt ihre Macht – Heast sprach nie von einem Fluch – offenbar geworden war, hatte der Kartograf das Mädchen allerdings der Willkür ihrer Mitmenschen überlassen. Heast hatte fast erwartet, dass Ayae sich verkriechen würde, nachdem Illaan die Beziehung beendet hatte, aber Muriel hatte gemeint, das müsse nicht sein, und sie würde es auch zu verhindern wissen. Er hatte nicht geglaubt, dass ihr das gelingen würde, denn er hatte diese Reaktion schon bei stärkeren Frauen erlebt: Onaedo zum Beispiel hatte sich nach dem Scheitern der Götter, ihres Gottes, hinter hohen Mauern verschanzt. Als dann ihre eigene Macht zutage trat, hatte sie sich in die Einsamkeit zurückgezogen und sich eine Festung errichtet. Seither hatte sie die Knochenwände von Leviathans Ende nie mehr verlassen. Doch bei Ayae hatte Heast sich getäuscht, Muriel hatte recht behalten. Inwieweit die Herrin des Rückens dabei eine Rolle gespielt hatte, wusste er nicht, jedenfalls hatte Ayae sich nicht abgeschottet.

Faise und Zineer Kanar, dachte er, hatten allen Grund, dafür dankbar zu sein.

19

»Weißt du, was ich ihm immer gern sagen würde?«, fragte Faise, nachdem Ayae Heast zur Tür gebracht hatte und in die kleine Küche zurückgekehrt war. »Ich möchte ihm sagen, wie sehr ich die Söldnerromane liebe. Er erinnert mich an Hauptmann Cahelo, die Hauptperson in einer meiner Lieblingsserien. Er hat sogar diesen stählernen Blick! Ich könnte schwören, dass er die Vorlage für die Figur war. Aber das wird er niemals zugeben.«

»Du solltest lieber auf ihn hören, wenn er euch zur Vorsicht mahnt«, sagte Ayae und nahm ihren Platz wieder ein. »Er findet, ihr beide hättet genug getan.«

Zineer, der neben seiner Frau saß, lachte gutmütig. »Ich habe recht behalten«, sagte er zu Faise. »Jetzt bist du mir etwas schuldig.«

Sie ließ die Schultern hängen und seufzte theatralisch. »Warum konntest du nicht etwas anderes sagen?«, fragte sie Ayae. »Zum Beispiel: ›Ich habe diese Bücher nicht gelesen, kannst du sie mir mal leihen?‹«

»Ich habe genug zu lesen«, sagte Ayae.

»Aber dabei verlierst du deinen Humor.«

»Das Leben raubt mir meinen Humor.« Sie griff nach ihrem Weinglas und deutete damit auf die beiden. »Ihr seid mir keine Hilfe«, klagte sie.

Wieder lachten sie. Ayae war nicht überrascht. Seit sie an die Tür geklopft hatte, bemühte sie sich vergebens, Faise und Zineer die Augen für die Gefahr zu öffnen, in der sie schwebten. Bis zu einem gewissen Grad verstand sie ihre Sorglosigkeit sogar: Die Soldaten, die ihnen folgten und die Front ihres Hauses mit roter Farbe bespritzt hatten, waren zwar eine Bedrohung, hatten sich aber bisher nur als lästiges Ärgernis erwiesen. Kein Vergleich zu dem, was das Paar vor einigen Monaten hatte erleben müssen.

Ayae hatte nicht gewusst, dass Faise und Zineer völlig mittellos gewesen waren, bevor Muriel Wagans Brief eintraf. Faise hatte ihr erzählt, sie hätten nicht einmal mehr zu essen gehabt und damit rechnen müssen, in wenigen Wochen ihr kleines Häuschen zu verlieren, um danach in einer Baracke zu hausen. Als Ayae ihr versichern wollte, sie hätte ihnen Geld gegeben, und ohne Zweifel hätte ihnen Samuel Orlan und vielleicht auch Olcea geholfen, hatte Faise nur gelächelt und gefragt: »Wann wäre das gewesen? Bevor die Gläubigen Mireea belagerten oder danach?« Richtig schlimm sei es erst nach dem Fall von Mireea geworden. Benan Le'ta hatte die Gläubiger aufgehetzt, und am Abend, bevor sie Lady Wagans Brief erhielten, waren zwei von ihnen erschienen und hatten dem Paar eine letzte Zahlungsfrist von zwei Wochen eingeräumt.

Aus Faises Stimme klang immer noch der Zorn über diese Behandlung, doch Zineer hörte man an, dass er sich schämte. Bevor die Schwierigkeiten anfingen, hatte er für Lian Alahn die Bücher einiger kleinerer Unternehmen auf Mesi und Neela geführt. »Nichts Besonderes«, sagte er, und Ayae nickte. Illaan hatte ihm zu den Aufträgen verholfen, er hatte die beiden seinem Vater empfohlen, und der hatte sich, wenn man Illaan glauben konnte, ziemlich widerwillig für sie eingesetzt. »Es lief nicht schlecht«, fuhr Zineer fort, »bis Le'ta sich anschickte, die Kaufmannsgilde unter seine Kontrolle zu bringen. Er brach in das Kontor ein, das sich Zineer und Faise in Neela eingerichtet hatten, und stahl die Unterlagen von einem Dutzend Kaufleuten. Binnen einer Woche wurden die Betreffenden von »unbekannten« Meuchelmördern getötet, und als Lian Alahn im Zuge der öffentlichen Empörung aller seiner Ämter enthoben wurde, weil er seine Untergebenen nicht ausreichend überprüft hatte – Zineer wurde beschuldigt, die Unterlagen verkauft zu haben –, war der kleine Betrieb am Ende. »Zwar blieb ich im Gegensatz zu den armen Kaufleuten am Leben, aber niemand wollte mir mehr Arbeit geben«, sagte er. »Faise und ich haben bei der Kaufmannsgilde eine Beschwerde wegen Verleumdung eingereicht, aber damit haben wir nur Le'tas Zorn auf uns gezogen.«

Lady Wagans Angebot war ihre Rettung gewesen.

Da sie so nahe am Rand des Abgrunds gestanden hatten, nahmen sie die neuen Bedrohungen wohl nicht so recht ernst. Sie ignorierten Xries Warnung, obwohl sie einräumten, dass er ihr Vorgehen durchschaut hatte. Ayae hatte mit eigenen Ohren gehört, wie Hauptmann Essa ihnen sagte, der Leere Himmel würde schon bald noch mehr Leute auf sie ansetzen, doch sie hatten ihn nur gebeten, sich keine Sorgen zu machen. Nachdem die Bruderschaft Yeflam verlassen und Essas Prophezeiung sich bewahrheitet hatte, war es Ayae immerhin gelungen, die beiden dazu zu bringen, sie nach Nale zu begleiten, als sie Zaifyr besuchte.

Faise hatte recht, die Umstände raubten Ayae den Humor. Sie empfand die Last der Verantwortung als drückend, ja, überwältigend. Für Politik hatte sie kein Talent. Nach dem Treffen mit Aelyn Meah hatte sie erklärt, keinen Schritt weitergekommen zu sein, und Zaifyr, Zineer und Faise hatten sich den ganzen Abend lang bemüht, sie vom Gegenteil zu überzeugen. Schließlich hatte sie eingesehen, dass das Arbeitszimmer, das Aelyn ihr zugestanden hatte, eine echte Vergünstigung darstellte. »Sie verschafft dir damit die Gelegenheit, mit den anderen Hütern zu sprechen und sie auszuhorchen«, sagte Faise. »Im Grunde genommen hat sie dir zu verstehen gegeben, dass du für dein Anliegen Unterstützung sammeln musst, und das ermöglicht sie dir auf diese Weise.«

Auch Zaifyr hatte sich dieser Sicht der Dinge angeschlossen. Dann hatte er ihr geraten, mit einem Lächeln, das in Spott abzugleiten drohte, sie solle außerdem anfangen, sich mit Ger zu beschäftigen. »Einiges von seinen letzten Worten ist noch erhalten«, sagte er. »Vieles ist verloren gegangen, aber in der Enklave bist du genau am richtigen Ort, um mit der Suche zu beginnen.«

Am nächsten Tag hatte sie dort die Bibliothek aufgesucht. In einem Raum, der sich über die gesamte Höhe des Turms erstreckte, hatte sie Aelyn Meah entdeckt. Die Hüterin schwebte so hoch oben vor den Regalen, dass sie nur noch verschwommen zu erkennen war. Als Ayae eintrat, sank Aelyn, zwei Bücher in den Händen, sachte zu Boden. »Die Fünf Reiche haben es mit der Geschichtsschreibung nicht allzu gut gemeint«, sagte sie, nachdem sie Ayae zu einem Tisch in der Mitte geführt und mit ihr dort Platz genommen hatte. »Wir vervollständigen die Aufzeichnungen allmählich wieder – aus Dokumenten von Geschichtsschreibern und Gelehrten, aus eigenen Erinnerungen und vor allem mit dem Wissen meiner Schwester Tinh Tu, aber es ist nicht einfach. Was Ger betrifft, so machen es uns die Ger-Städte besonders schwer, denn sie hatten nur eine mündliche Überlieferung. Lediglich einige wenige Auserwählte lernten lesen und gaben die Geschichten dann weiter. Doch alles, was wir haben, steht dir zur Verfügung, und auch ich werde dir helfen, wo ich kann.«

»Vielen Dank, aber …« Dass Aelyn bereits bekannt war, wonach sie suchte, verwirrte Ayae. Wieder sah sie die Frau mit dieser unnatürlichen Ruhe vor den Regalen schweben. »Aber ich komme schon zurecht.«

»Ger war der Wächter der Elemente«, sagte Aelyn, als hätte sie Ayaes Worte nicht gehört. »Er hielt sie an der Kette: Ohne seine Einwilligung gab es keine Brände, keine Überschwemmungen, keine Erdbeben und keine Stürme. Aber er war nicht Herr über den Himmel oder das Meer. Der Himmel war Juls Reich. Er gab der Welt das Geschenk des Fliegens, und an seine Stelle werde ich eines Tages treten. Wenn ich dir helfen kann, dich von den Lüften tragen zu lassen, wie ich es tue, bin ich dazu gerne bereit.«

Ayae erinnerte sich, wie sie in Mireea vom Turm gefallen war, wie der Wind an ihr gerissen hatte. »Ich …« Sie stockte. »… danke Ihnen«, sagte sie endlich.

»Noch ein letzter Rat«, sagte Aelyn und stand auf. »Auf Ghaam gibt es eine Druckerei, die von Eira, einer Hüterin des Göttlichen geleitet wird. Sie gehört zu den Stimmen unter uns, die sich am lautesten dagegen aussprechen, dass die Mireeaner Wila verlassen. Du tätest gut daran, sie vor dem nächsten Treffen der Enklave aufzusuchen.«

»Man nennt sie die ›Kalte Hexe‹«, sagte Faise später. »Ich glaube nicht, dass sie sich sehr entgegenkommend zeigen wird. Sie war Fos Gefährtin, und das seit fast zweihundert Jahren.«

Nachdem Faise und Zineer zu Bett gegangen waren, saß Ayae noch lange allein am Tisch und starrte auf den Rest Wein in ihrem Glas. Wenn sie das Glas fest umschloss, konnte sie darin Blasen erzeugen, diese aber nicht kontrollieren.

Darüber dachte sie auch am nächsten Morgen noch nach.

20

Als Kaqua das Gespräch auf die toten Priester brachte, erwähnte er weder Ayae noch das Götterkind. »Fünf Menschen sind ums Leben gekommen, und es gibt ein halbes Dutzend Zeugen«, sagte er. Zaifyr saß im vordersten Raum an seinem gewohnten Tisch und hatte eine Kollektion von roten und weißen Steinen vor sich liegen. »Es hat viel Mühe gekostet zu verhindern, dass die Geschichte in die Zeitungen kam. Unmengen von Anträgen mussten gestellt und viele Versprechungen gemacht werden.«

»Das war nicht nötig.« Zaifyr griff nach einem roten Stein. Der Bettler hatte die Steine aus seiner Mappe geschüttet, bevor er sich setzte. »Ihr habt doch nichts zu verbergen.«

»Wir wollen gewährleisten, dass der Friede erhalten bleibt«, sagte Kaqua. »Es geht dabei nicht um dich. Auch nicht um Leera und Yeflam, wie ich hinzufügen möchte. Es geht uns darum, dass man sich auf unseren Straßen sicher fühlen kann. Dass unsere Gesetze beachtet werden. Dagegen kannst wohl auch du nichts einzuwenden haben.«

»Eure Straßen sind nicht sicherer als zuvor.« Der Stein hatte keine natürliche Form, sondern war glatt und kreisrund; doch die Farbe war nicht nachträglich aufgetragen worden. Zaifyr schloss die Finger darum und sah Kaqua fest in die Augen. »Warum hat Aelyn die leeranischen Priester hereingelassen?«

»Nicht deine Schwester herrscht über Yeflam«, erinnerte ihn der Bettler. »Das hast du offenbar noch immer nicht verstanden, Qian. Yeflam wird von der Enklave regiert.«

Ein schwaches Lächeln. »Und warum hat die Enklave sie hereingelassen?«

»Weil wir den Frieden zu unserem obersten Ziel erklärt haben«, sagte Kaqua. »Wie oft muss ich dir das eigentlich noch sagen? Entweder glaubst du mir nicht, oder du bist anderer Meinung.«

»Ich bin nie einem der Priester begegnet, die nach dem Krieg der Götter noch geblieben waren«, begann Zaifyr nach einer Pause. Zu Kaquas Feststellung äußerte er sich nicht. »In dem Dorf, wo ich geboren wurde, gab es eine Schamanin, aber das war nicht das Gleiche. Sie hatte ihren Glauben verloren. Aelyn, Eidan und Tinh Tu ergeht es genauso wie mir, denn sie wurden nach dem Krieg geboren. Da waren die Priester bereits nicht mehr am Leben. Aber Jae'le, mein Bruder, er hat sie noch gesehen. Er kannte sie. Als wir uns das erste Mal begegneten, erzählte er mir von ihnen, etwa von einem alten Priester, der Leviathan diente. Nachdem die Göttin gestorben war und der Ozean sich schwarz gefärbt hatte, und nachdem auch der letzte Gott das Zeitliche gesegnet hatte, setzte dieser Priester sein Schiff vor dem späteren Sooia auf Grund. Es war ein riesiges Schiff, sagte Jae'le. Vielleicht das größte, das er jemals gesehen hatte. Doch als er es entdeckte, lag es nicht am Rand des Ozeans auf dem Sand. Nein, es schwebte am Himmel. Da er mein Bruder ist, konnte er es nicht lassen und kletterte hinauf. Als er sich über die Reling zog, stand er vor einem Blutbad. Tausende von Leichen lagen auf den Decks und in den Kabinen. Männer, Frauen und Kinder. Doch auffallend war, sagte Jae'le, dass keiner eines gewaltsamen Todes gestorben war. Es war vielmehr, als hätte man ihnen kurzerhand das Leben entzogen, während sie unterwegs waren, aßen oder schliefen. Er bahnte sich einen Weg durch die Leichenmassen, bis er die Kapitänskajüte erreichte. Dort fand er den Priester in einem Sessel sitzend. Sein langes graues Haar war in seinen

Bart hineingewachsen. Sein Gesicht war eingefallen, und man sah deutlich, dass er sich lange nicht mehr bewegt hatte. Jae'le hielt es für möglich, dass er zwanzig, dreißig Jahre so gesessen hatte. Seit Leviathans Tod, sagte er. Als Jae'le näher trat, schlug der Priester die Augen auf. Angst hatte er nicht. Er sagte: ›*Das Land und der Ozean sind ebenso unrein wie die Luft. Rein ist nur noch das Leben derer, die stets an die Götter glaubten, und sie werden mich am Leben erhalten.*‹«

»Hat er ihn getötet?«, fragte Kaqua.

»Natürlich.« Zaifyr warf den roten Stein auf den Tisch. Er hüpfte einmal in die Höhe, dann rollte er zu den anderen. »Welche Geschichte über meinen Bruder endet nicht mit einem Toten?«

»Die deine.« Bevor Zaifyr antworten konnte, griff der Bettler nach einem von den weißen Steinen. »Dich hat er nicht getötet. Dich hat er nur eingesperrt. Glaubst du, er wäre erfreut über das, was du jetzt tust?«

»Ihr habt nicht auf mich gehört«, sagte Zaifyr. »Ihr habt die Priester in euer Land gelassen. Priester, denen ebenso wenig an irgendeiner Form von Frieden gelegen ist wie ihrem Gott.«

»Du bist vollkommen sicher, dass sie den Krieg wollen.«

»Jeder Glaube wird durch den Krieg verbreitet. Du bist alt genug, um das zu wissen.«

»Der Krieg verbreitet so vieles«, sagte Kaqua. »Das habe ich erlebt, als die Fünf Reiche geschaffen wurden. Ich möchte es nicht noch einmal erleben.«

»Wer will das schon!«

Er öffnete die Hände: Der weiße Stein lag in seiner Linken, die Rechte war leer.

Zaifyr stöhnte, dann wechselte er das Thema. »Sind das die Steine für den Prozess?«, fragte er.

»Ja«, antwortete Kaqua. »Wir haben sie angefertigt. Das Rot kommt von einem Farbstoff, den wir vor dem Brennen in den Ton gemischt haben. Ich habe sie heute mitgebracht, um dir zu zeigen, dass wir die Absicht hatten, den Prozess stattfinden zu lassen, aber nach dem Tod der Priester und jener Männer … könnte es sein, dass sie nicht zum Einsatz kommen. Wenn auf den Straßen Panik ausbricht, werden wir sie sicherlich nicht verteilen.«

»Du hast gesagt, ihr habt verhindert, dass die Sache in die Zeitungen kommt.«

»Ja, aber du kannst Yeflam nicht wie dein Eigentum behandeln und damit verfahren, wie es dir beliebt«, sagte der Bettler. »Es gibt Gesetze. Wir sind eine Gemeinschaft. Das musst du begreifen, Qian.«

»Das ist nicht mein Name.«

»Aber du verstehst doch, was ich sagen will?«

Zaifyr verstand durchaus. Nachdem er zu Aelyns Haus zurückgekehrt und an den Wachen aus Wind vorbei durch die Tür gegangen war, hatte er die Räume durchstreift und war die Treppen hinaufgestiegen, bis er schließlich auf einem der Türme ins Freie getreten war. Dort hatte er in der kühlen Nachtluft gestanden und voller Zorn auf sich selbst den Aufgang der Morgensonne betrachtet. Im Geist hörte er das Flüstern des Frauengespensts, dem er Macht verliehen hatte, ihr Flehen, als er ihr die Macht wieder entzog, sie machtlos machte und in das Grauen ihres Todes zurückjagte. Beim Verlassen des Hotels hatte er die drei Männer gesehen, die sie getötet hatte. Auch sie hatte er flüstern hören. Wütend auf sich selbst war er jedoch, weil er so grandios gescheitert war. Völlig umsonst hatte er das Gespenst auf diese Menschen gehetzt. *O nein, nicht umsonst*, dachte er voller Hass auf sich selbst. Er hatte das Götterkind daran erinnert, dass er noch da war, dass er sein Gegner war, und dass er gegen es kämpfte.

»Ich verstehe«, sagte er endlich.

21

Eiras »Kalte Presse« befand sich im Herzen von Ghaam in einem prächtigen zweistöckigen Gebäude mit Mauerwerk aus braunem Stein und Balken aus dunklem Holz. Die hohen Mattglasfenster im oberen Stockwerk reflektierten das Licht und warfen es zurück auf die Straße mit ihrem halben Dutzend Buchläden, zwei weiteren Druckereien und einer Reihe von Restaurants und Cafés, so als wäre die Druckerei das einzige ernst zu nehmende Unternehmen im ganzen Viertel.

Ein kalter Hauch schlug Ayae entgegen, ein Hauch, den außer ihr niemand spüren konnte. Zu Faise oder Zineer sagte sie nichts davon, doch als die drei auf der anderen Straßenseite vor dem Haus standen, bot Faise ihr an, mit ihr hineinzugehen. Einen Augenblick später schloss Zineer sich an. Ayae lehnte ab. Die beiden waren nur mitgekommen, um ihr moralische Unterstützung zu geben. Als die Kutsche die Brücke von Mesi nach Ghaam überquerte, war sie zwar kurz in Versuchung gewesen, um ihre Begleitung zu bitten, doch jetzt, nur ein paar Schritte von der Glastür mit dem Holzrahmen entfernt, entschied sie sich dagegen. »Ihr kommt doch hier ohne mich zurecht?«, fragte sie.

»Das Café ist sehr beliebt«, sagte Faise.

»Wir kommen schon klar«, versicherte ihr Zineer. »Es sei denn, du möchtest uns doch lieber dabeihaben?«

Sie schüttelte den Kopf und überquerte die Straße.

Als sie die »Kalte Presse« betrat, läutete eine Glocke, und als die Tür wieder ins Schloss fiel, läutete sie noch einmal. Drinnen erwartete sie ein Arbeitszimmer von schlichter Eleganz.

Ayae hatte mit einer Druckerpresse gerechnet, doch stattdessen stand sie vor einer Reihe von dunkelvioletten Sofas und glänzenden Couchtischen. Auf dem Tisch, der ihr am nächsten stand, lag eine Kollektion von Zeitungen. Die oberste zeigte auf der Titelseite eine Karikatur von Aned Heast und Lady Wagan. Der Hauptmann wurde durch sein Stahlbein charakterisiert, die Lady durch ihr Gewicht und offenbar auch durch ihr Alter. Beide standen im Kadaver eines Wals mit einem Segel aus zerbrochenen Schwertern und einer Fahne, die aus Umhängen zusammengestückelt war – vermutlich Umhängen der Yeflam-Garde. Darunter stand: »Wie der Hauptmann und die Herrin der Geister die Schwimmenden Städte verließen.«

»Eine der Zeitungen, die wir heute gedruckt haben«, sagte eine scharfe, präzise Stimme. »Sie heißt *Ghaam-Tagblatt.* Recht populär.«

Die blasseste Frau, die Ayae jemals gesehen hatte, kam die Treppe vom ersten Stock herunter. Nicht nur ihre glatte Haut vermittelte diesen Eindruck, sondern auch ihr langes, schlichtes weißes Kleid. Sie hatte fahlblondes, fast weißes Haar. Außer einem einfachen Silberarmband, das locker um ihr linkes Handgelenk lag, trug sie keinen Schmuck. Sie war schlank und langgliedrig, und neben ihr kam Ayae sich in ihrer Lederhose, ihrer schwarzen Bluse, den abgewetzten Lederstiefeln und natürlich mit dem Schwert an der Seite ziemlich schäbig vor.

»Du bist vermutlich Ayae?« Eira lächelte, aber ohne jede Wärme. »Deinen Namen hatte ich schon gehört, bevor du hier angekommen bist. Du warst bis vor nicht allzu langer Zeit Samuel Orlans Lehrling. Für jemanden, der nicht einmal einen Nachnamen sein Eigen nennt, eine ungewöhnliche Ehre.«

So sollte es also laufen. »Sie haben ja auch keinen«, gab Ayae ohne Zögern zurück.

»Ich heiße Santano. Meine Familie stammt aus Nmia. Sie lebt sogar immer noch dort. Aber seit ich vor vierhundert Jahren eine Hüterin des Göttlichen wurde, benutze ich diesen Namen nicht mehr.«

Ayae drehte sich um und ging zur Tür.

»Du willst schon gehen?«, fragte Eira.

»Vielleicht haben Sie mich verwechselt«, sagte Ayae und legte die Hand auf die Klinke. »Jedenfalls bin ich nicht hergekommen, um mich beleidigen zu lassen.«

»Nein, du wolltest dich für die Mireeaner einsetzen.«

Ayae ließ die Türklinke los und drehte sich zögernd wieder um. »Das ist richtig.«

Eira schnalzte mit der Zunge. »Du hättest gehen sollen.« Sie stand nur ein paar Schritte von der Tür entfernt neben einem Glaskasten. »Damit hättest du dir vielleicht meinen Respekt erworben.«

»Die Menschen haben es nicht verdient, auf dieser Insel zu leben«, begann Ayae, obwohl sie wusste, dass sie kein Gehör finden würde.

»Und ob sie das verdient haben.«

Eine Pause trat ein.

»Ich möchte«, sagte Eira weiter, »dass du mir von den letzten Augenblicken meines Geliebten erzählst. Du warst ja anwesend, wie ich höre. Er musste sogar deinetwegen sterben. Er und Bau.«

»Warum fragen Sie nicht Zaifyr?«, gab Ayae zurück. »Seinetwegen mussten sie sterben, nicht wegen mir.«

»Mir ist es verboten, mit Qian zu sprechen. Das gilt für alle Hüter.« Sie legte ihre blasse Hand oben auf den Glaskasten. Er enthielt zwei große aufgeschlagene Bücher. Dazwischen lagen schwere, gewölbte Holzblöcke mit Griffen auf der einen und Löchern für Drucklettern auf der anderen Seite; die Lettern aus großen Metallstücken waren davor ausgelegt. »Er hat eine gewisse

Ähnlichkeit mit dieser Presse hier. Eine Reliquie, die man unter Glas aufbewahrt. Aber bald wird die Glasglocke zerbrochen, und er wird vor Gericht gestellt.«

»Das will er auch selbst«, sagte Ayae. »Aber die Mireeaner stehen nicht vor Gericht.«

»Sie bleiben auf Wila, oder sie schwimmen an Land«, sagte die andere. »Sie haben einige Dinge über Fo gesagt, die einfach nicht wahr sind. Er wäre nicht so töricht gewesen, eine Seuche zu verbreiten, die er selbst entwickelt hatte. Und er hätte niemals die Anweisungen der Enklave missachtet. Nicht gerade jetzt, wo wir so viel in Erfahrung bringen könnten.«

»Und doch hat er es getan.«

Eira starrte sie böse an, und die Temperatur im Raum sank spürbar.

»Sie wollen also wissen, wie er gestorben ist?«, fragte Ayae. »Die Toten haben ihn zerrissen.« Unter Eiras Hand zerbrach das Glas. »Die Toten sind überall, wussten Sie das? Generationen über Generationen dicht zusammengedrängt. Jeden Tag gehen Sie und ich durch Tausende von ihnen, ohne es zu merken. Jeder tut das. Mit Ausnahme von Zaifyr. Er kann sie sehen. Er hat ihnen lediglich so viel Leben gegeben, dass sie vor Fo und Bau erscheinen, ihnen die Haut aufreißen und ihr Inneres verschlingen konnten. Das müssen Sie unbedingt in einer Ihrer Zeitungen drucken, damit jedermann es lesen kann.«

Im nächsten Moment war sie aus der Tür und floh die Straße hinunter. Ihre Hände fühlten sich an, als wollten sie gleich Feuer fangen.

Faise und Zineer waren sofort bei ihr, doch erst später, als sie ihren Zorn unter Kontrolle hatte, konnte Ayae ihnen in zusammenhängenden Worten erzählen, was sich abgespielt hatte. Inzwischen waren sie nach Mesi in das kleine Haus zurückgekehrt, und die Nachmittagssonne war untergegangen. »Nächsten Monat findet ein Treffen der Enklave statt, und ich bin dazu eingeladen«, sagte Ayae, als sie geendet hatte. »Ich hatte gehofft – ich dachte, ich käme heute einen Schritt weiter damit, sie von dieser Insel herunterzuholen.«

»Es tut mir leid«, sagte Faise und setzte sich ihr gegenüber.

»Du kannst doch nichts dafür.«

»Nein, aber … weißt du, was ich mir wünsche?«, fragte ihre Freundin. »Ich wäre gern wieder der Lehrling einer Hexe. Für die Blutmagie hatte ich nicht die Nerven, aber als ich für Olcea arbeitete, hatte niemand je ein böses Wort für mich. Wäre ich wie diese Kriegshexe gewesen, dann hätte ich mit dir in dieses Haus gehen und diesem eiskalten Miststück gründlich die Meinung sagen können.«

Ayae musste unwillkürlich lachen. »Das hätte nichts geändert.«

»Und danach hätte ich Benan Le'ta und sein Söldnerpack durch die Gegend geprügelt.«

Jetzt wurde Ayae hellhörig. »Immerhin hast du bemerkt, dass sie da waren. Das freut mich.«

»Heute waren es mindestens fünf.« Faise zuckte die Achseln. »Sie stören mich nicht weiter. Ich weiß, dass wir einigermaßen sicher sind. Aber es wäre schön, wenn man … nun, wenn man Macht hätte«, sagte sie nach kurzem Zögern. »Wenn man einfach deshalb in Sicherheit wäre, weil alle Angst vor einem hätten.«

22

Als Bueralan an Bord des Schiffes ging, das ihn nach Ooila bringen sollte, hatte er Samuel Orlan seit mehr als zwei Wochen nicht gesehen. Er hatte das Gasthaus gewechselt, nachdem die Zeit abgelaufen war, für die der Kartograf sein erstes Zimmer bezahlt hatte, und einen Tag bevor er über die Holzplanke ging, um die *Bounty* zu besteigen, hatte er das noch einmal getan.

Knapp drei Wochen hatte es gedauert, bis er eine Möglichkeit gefunden hatte, nach Ooila zu gelangen. Ein Schiff, das auf direktem Wege dorthin fuhr, war schwer aufzutreiben gewesen, teils wegen der Kämpfe im Osten, aber auch, weil aus Ooila zunehmend erschreckendere Gerüchte kamen. Aela Rens Schiff, die *Glafanr* sei auf dem Meer gesichtet worden. Der Unschuldige sei gelandet. Sein Heer schicke sich an, ihm zu folgen. Die Gerüchte waren nicht neu, aber zusammen mit den Nachrichten über das Götterkind, den General Waalstan und einigen der Geschichten über Geister auf Gers Rücken, die allmählich die Runde machten, ließen sie den Eindruck einer weltweiten Krise entstehen. Mehrere Kapitäne boten ihm an, ihn bis nach Gogair oder Nmia zu bringen, aber auf eine halbe Reise wollte Bueralan sich nicht einlassen. In seiner finanziellen Lage musste er die ganze Fahrt auf einmal buchen. Nach einer Woche lief plötzlich die *Bounty*, ein ooilanisches Gewürzschiff, in den Hafen ein, und ihr junger Kapitän nahm Bueralans Geld, ohne weitere Fragen zu stellen. Der Saboteur musste zwar neun Tage warten, bis das Schiff die Segel setzte, aber das störte ihn nicht. Er nutzte die Zeit, um den Abstand zu Samuel Orlan weiter zu vergrößern. Tatsächlich hatte der Alte offenbar den gleichen Entschluss gefasst, denn nach einigen Nächten hörte er auf, an Bueralans Tür zu klopfen, und als Bueralan in einen anderen Gasthof zog, fiel Orlan das offenbar gar nicht auf, oder es war ihm egal.

So war Bueralan einigermaßen überrascht, als ihn der Kartograf an Deck des Schiffes erwartete.

»Du bist hier nicht willkommen«, sagte der Saboteur schroff. »Ich habe mehr als genug von deiner Gesellschaft.«

»Das kann ich wirklich gut verstehen.« Die Würgemale an Orlans Hals waren verblasst, und seine Stimme klang wieder wie zu dem Zeitpunkt, als Bueralan ihn kennengelernt hatte. Orlan war es in diesen Wochen in Jeil offensichtlich besser ergangen, der Alte stand mit sauber gestutztem Bart, frisch geschnittenem Haar und neuen Kleidern vor ihm. In den teuren Hosen aus schwarz gefärbter Wolle, der schwarzen Weste über dem roten Seidenhemd und den brandneuen Stiefeln wirkte er wie ein angesehener und reicher Mann. »Aber wenn wir jetzt nach Hause zurückkehren, ist das ein schwerer Fehler.«

»Es ist nicht dein Zuhause.«

»Deines auch nicht. Glaubst du wirklich, Zean wäre dir dankbar?«

»Tu nicht so, als würdest du ihn kennen«, sagte Bueralan leise. Ein Zittern durchlief die *Bounty*, als sie von der Hafenmauer ablegte. Du hast keine Ahnung.«

»Ich weiß, was ein Blutsbruder ist«, erwiderte der Kartograf. »Ich weiß, was es heißt, einen anderen zu besitzen.«

»Zean war niemandes Besitz.«

»Deine derzeitige Situation ist nicht so viel anders.«

»Auch mich besitzt niemand.« Er trat einen Schritt näher an Orlan heran. »Und du schon gar nicht.«

»Ich spreche nicht von mir.« Orlan wich nicht zurück. »Ich spreche davon, was es heißt, von einem Gott berührt zu sein.«

»Ger hat mir nur beigestanden, damit ich helfen konnte, ihn zu retten. Das war alles.« Ein einziger kräftiger Stoß würde genügen, um den alten Mann in Leviathans Blut zu befördern. Dann wäre er ihn ein für alle Mal los. »Du und das Götterkind, ihr könnt mir vieles nachsagen, aber deshalb muss es noch lange nicht wahr sein.«

»O doch.« Die Ruder tauchten ein und wühlten die spiegelglatte schwarze Fläche auf. Die *Bounty* drehte sich langsam. »Du hast das Wort sicherlich schon gehört. Es wird in Yeflam gebraucht und auch in Gogair. Früher war es ein beliebter Ausdruck für all jene, die wir heute als Verfluchte bezeichnen. Aber in dem Sinn hat ihn das Götterkind nicht verwendet, sondern in seiner ursprünglichen Bedeutung, so wie er einst von den Göttern geprägt worden war. Er war respektvoll gemeint.«

»In Ranan hatte sie vor keinem von uns Respekt.«

»Und dann hat sie dich zu einem anderen geschickt, der ebenfalls von einem Gott berührt wurde«, schloss Orlan.

Bueralan runzelte die Stirn. »Sie hat nicht …«

»*Wenn die Unschuld auf dem Spiel steht.*«

Bueralan überlief es eiskalt. »Aela Ren«, flüsterte er.

»Der Unschuldige.«

»Dich hat sie auch so bezeichnet.«

»Gewiss doch«, nickte Samuel Orlan, »aber es ist nicht wahr. Sie sagt es nur, weil sie weiß, dass der allererste Samuel Orlan das Angebot der Göttin Aeisha ablehnte, ihn unsterblich zu machen.«

»Wieso?«

»Weil sie ihn damit an sich ketten wollte. Einen Tag später hat er sich selbst das Leben genommen, weil er glaubte, sich nur auf diese Weise befreien zu können.« Orlan streckte die Hand aus und berührte den Beutel, den Bueralan um den Hals trug. »Alle, die von den Göttern berührt wurden, bekamen dieses Angebot, nur du nicht. Du hast jetzt mehr mit deinem Blutsbruder gemein, als du glaubst. Du bist nicht frei. Ger hat den Zeitpunkt deines Todes festgelegt, du wirst in zehn, vielleicht auch erst in fünfzig oder in tausend Jahren sterben, genau in dem Moment, wenn sich damit für den Gott ein bestimmter Zweck erfüllt.«

»Ger ist tot«, sagte Bueralan. »Seit mehr als zehntausend Jahren.

Was in der Tiefe unter Mireea geschehen ist – ich kann es nicht erklären, aber es war nicht so, wie du eben sagtest. Dafür reichte die Zeit nicht aus.«

»Die Welt eines Gottes ist nicht wie die unsere.« Orlan trat nun doch einen Schritt zurück. »Der erste Samuel Orlan hat das erkannt, und er hat dafür gesorgt, dass jeder Orlan nach ihm es ebenfalls weiß. Die Götter denken, was ihnen gefällt, und wollen, was ihnen gefällt. Für sie sind wir nur Vieh, Mittel zum Zweck. Schon die Vorstellung, dass einer von ihnen zurückkehren könnte …« Er schüttelte den Kopf. »Warum, glaubst du, bin ich das Risiko eingegangen, nach Ranan zu gehen und einen erst halbgaren Gott töten zu wollen?«

»Und was bringt dich dazu, stattdessen mit mir nach Ooila zu fahren?«, fragte Bueralan. »Der Gott, den du töten wolltest, befindet sich in der entgegengesetzten Richtung.«

»Aber du bist hier«, sagte der Kartograf. »Schon bald wird sich herausstellen, was dir tatsächlich widerfahren ist. Vielleicht bekommt das Ganze dann allmählich einen Sinn.«

Damit verschwand er unter Deck in seiner Kabine. Bueralan blieb allein zurück. Ringsum weitete sich Leviathans Blut.

23

Die Mittagssonne stand hoch über fünfhundert Morgen frisch gepflügten Ackerlandes. Heast hielt die hellblauen Augen unverwandt auf die Piste gerichtet und beobachtete die Reiter.

Er verweilte auf der Veranda eines kleinen Bauernhauses. In dem Raum hinter ihm stand ein rechteckiger Tisch. Auf dem schmalen Bett hinter einer zweiten Tür lag sein Schwert. Doch er machte keine Anstalten, es sich zu holen, obwohl die Reiter in ihren blauen Harnischen immer näher kamen. Gegen die vierzig Söldner des Leeren Himmels, die Bnid Gaerl geschickt hatte, konnte er damit nichts ausrichten. Das war ihm schon klar, bevor die Kolonne in den Hof vor dem Bauernhaus donnerte und der Anführer seinen Rappen mit festem Griff zum Stehen brachte.

Er war noch jung, wahrscheinlich kaum über dreißig. Das dichte braune Haar war kurz geschnitten und umrahmte ein hübsches sonnengebräuntes Gesicht, das einen deutlich verschlagenen Zug hatte.

»Hauptmann der Geister.« Er mochte erwartet haben, dass Heast gegen diesen neuen Spottnamen aufbegehren würde, doch als die Reaktion ausblieb, zeigte er sich nicht enttäuscht. »Sie waren nicht leicht zu finden.«

»Ich bin seit einem Monat hier, Feldwebel …«

»Menan.« Menan saß ab, und die übrigen Gardisten in den dunkelblauen Harnischen folgten ihm prompt. »Gibt es hier niemanden, der meinen Männern helfen kann?« Menan hielt die Zügel seines Pferdes in der Linken, mit der Rechten umfasste er das Schwert, das er vom Sattel genommen hatte. »Sie sind doch sicherlich nicht allein hier draußen, Hauptmann?«

»Leider doch«, log Heast. »Hier ist niemand außer mir.«

Der andere entblößte in einem humorlosen Lächeln ein ebenmäßiges weißes Gebiss. Er reichte einem seiner Männer die Zügel und ging langsam die Treppe hinauf. Seine Sporen klirrten bei jedem Schritt. »Ich will Ihnen nicht zu nahe treten«, bemerkte er, »aber dass vierzig gut ausgebildete und schwer bewaffnete Soldaten vor Ihnen stehen, scheint Sie nicht allzu sehr zu beunruhigen.«

»Diese Beschreibung passt auf niemanden, der unter Gaerl dient«, gab Heast zurück.

Der Feldwebel blieb zwei Schritte vor Heast abrupt stehen. »Hauptmann, Sie haben keine Veranlassung, ausfallend zu werden. Lassen Sie uns in Ruhe miteinander reden.« Er zeigte durch die offene Tür auf den langen Holztisch. »Wir sollten uns wie erfahrene Söldner benehmen.«

»Sie sind derjenige mit den vierzig Soldaten.«

»Genau.« Menan hatte sein Selbstbewusstsein wiedergefunden und drängte sich an Heast vorbei. Im Haus legte er eine Hand auf den Stuhl, der am nächsten an der Tür stand, und wartete darauf, dass der Hauptmann eintrat. »Bitte, nehmen Sie Platz.« Menan legte sein Schwert auf den Tisch. »Längere Zeit zu stehen ist doch bestimmt schmerzhaft für Sie.«

Du warst nie in Leviathans Ende, dachte Heast. Wortlos ging er zu dem Stuhl am Ende des Raumes. Menans Schwert zeigte mit der Spitze auf ihn.

»Aned Heast, Hauptmann der Geister, Hauptmann des Rückens, Hauptmann der Garde von Wisal und der Behani-Garde, aber vor allem der berühmte letzte Hauptmann der Truppe Zuflucht. Ich muss zugeben, als ich noch ein Kind war, erzählte mein Vater mir unaufhörlich Geschichten von Zuflucht und seinen Söldnern. Er war selbst Soldat gewesen, und ich glaube, er hätte gern bei Zuflucht gedient, falls man ihn genommen hätte. Wenn man Familie hatte, war das natürlich nicht möglich. In meinen Träumen nahm ich selbst an den Kämpfen teil, die Zuflucht ausfocht. An Ihren Kämpfen. Ich sah mich immer als einen der tragischen Helden, der sein Leben für andere hingab.« Er ließ sich, anders als Heast, mit einer schnellen, fließenden Bewegung auf dem Stuhl nieder. »Kinderkram. Heutzutage kennt kaum noch jemand den Namen Zuflucht, und die Namen der Männer und Frauen in der Truppe sind erst recht in Vergessenheit geraten. Nur Männer wie mein Vater, die in Kneipen sitzen und ihren Hungerlohn vertrinken, erinnern sich noch daran.«

»Wenn man nach Ruhm strebt, kann ein solches Leben sehr grausam sein«, sagte Heast.

»Das ist wahr. Aber der Gedanke, fast die ganze Welt gesehen zu haben, verschönt Ihnen doch sicherlich den Lebensabend.«

»Es gibt immer noch Orte, wo ich nicht gewesen bin.« Bei dem Wort *Lebensabend* legte er die Hände dort auf den Tisch, wo unter der Platte ein langer Dolch versteckt war. »Aber es sind nicht viele.«

»Sooia?«

»Ich war in Sooia.«

Menan beugte sich vor. Seine Neugier schien aufrichtig – zum ersten Mal verschwand die Verschlagenheit aus seinem breiten Gesicht. »Wie ist es dort?«

»Schrecklich.«

»Mehr wollen Sie nicht sagen?«

»Das Land ist von Feuer und Wasser verwüstet, der Boden durchsetzt mit Gebeinen und Salz.« Heast warf einen Blick durch die Tür. Die Soldaten in den dunkelblauen Harnischen schwärmten aus, um das Bauernhaus und die leeren Felder zu durchsuchen. »Die Spur der Verwüstung, die Aela Ren und sein Heer durch das Land gezogen haben, ist nicht so leicht zu beseitigen.«

Menan berührte mit den Fingerspitzen den Griff seines Schwerts.

»Dazu braucht es viele Hände, die so zusammenarbeiten, wie Sie und Muriel Wagan es in den letzten drei Monaten mit der Kaufmannsgilde getan haben. Sie haben Lebensmittel und Kleidung nach Wila geschickt und Ihre Leute nicht nur vor den Leeranern, sondern vor der Feindseligkeit in Yeflam geschützt. Das ist zunehmend schwieriger geworden, seit die Priester in die Städte strömen und genau zu dieser Frage ihre Predigten halten. Manchmal vergeht kein Tag, ohne dass eine neue Schreckensvision über Leera und Mireea die Runde macht. Dennoch haben wir Ihnen beigestanden. Wir haben uns vor Sie gestellt. Auch als Sie und Lady Wagan immer mehr Yeflam-Land aufkauften.« Heast hörte ein Pferd mit dem Huf aufstampfen. Ein anderes schnaubte. Die Stimmen des Leeren Himmels wurden lauter. Die Soldaten kehrten mit leeren Händen zum Haus zurück.

»Ich muss zugeben, die Kaufmannsgilde hat lange gebraucht, um Ihnen auf die Schliche zu kommen«, fuhr Menan fort. »Soviel ich weiß, fielen die Landkäufe erstmals vor zwei Monaten auf. Den entscheidenden Hinweis lieferten die zweihundert Morgen der Familie Galan. Galan konnte die Summe, die man ihm angeboten hatte, nicht für sich behalten. Von der Bank in Zoum war nicht viel zu erfahren, und wenn man seine Konten nicht verlieren will, kann man den Dreckskerlen nichts anhaben. Dennoch gab es eine Spur, der man folgen konnte, und das hat man getan. Quer über Leviathans Blut und wieder zurück.« Menan lächelte säuerlich. »Zineer und Faise Kanar. Benan Le'ta bekam einen Wutanfall, als er es hörte, aber er war nicht wütend genug, um auf meinen Vorschlag einzugehen, den beiden die Kehle durchzuschneiden und sie in den Ozean zu werfen.«

»Klingt vernünftig.« Heast wandte sich wieder dem Feldwebel zu. »Was hat Le'ta davon abgehalten?«

»Bei den beiden wohnt noch eine junge Frau.« Er klopfte auf das Schwert, das vor ihm lag. »Eine Verfluchte.«

Der Hauptmann der Geister hatte immer noch die Hände über dem versteckten Dolch auf dem Tisch liegen. »Und vierzig Soldaten reichen nicht aus, um sie zu töten?«

»Was für ein herzloser Vorschlag.«

»Sie haben meine Frage nicht beantwortet.«

»Man weiß ja nie.« Menan ließ sein verschlagenes Lächeln aufblitzen. »Verfluchte – sind immer ein Problem. Aber sie ist kein Soldat. Man kann sie in die Flucht schlagen. Man kann sie dazu bringen, mit ihren Freunden unterzutauchen. Man kann sie zwingen, alles aufzugeben.«

»Und stattdessen wollen Sie mich töten?«

»Wirklich bewundernswert, wie ruhig Sie das aufnehmen.«

Weit draußen auf den leeren Feldern brach ein Soldat des Leeren Himmels zusammen, der Erste in einer ganzen Welle.

»Mir scheint, Sie verkennen die Situation«, sagte Heast.

»Ich bin kein Dummkopf«, gab Menan ungerührt zurück. »Es wird nicht einfach sein. Das weiß auch Benan Le'ta. Er weiß, dass er das, was aufgekauft wurde, nicht so ohne Weiteres zurückholen kann. Außerdem weiß er, dass er auch Muriel Wagan töten muss.«

»Auf die Habgier ist doch immer Verlass, nicht wahr? Muriel sagte mir das schon vor Jahren, und ich habe nie daran gezweifelt. Ich hatte sie gefragt, warum sie nicht reicher sei.« Heast hatte in ihrem unordentlichen Arbeitszimmer gesessen, nachdem er mit Lord Wagan von Balana zurückgekehrt war. Sein Bericht war kurz und knapp ausgefallen. Es hatte keine besonderen Vorkommnisse gegeben. Bemerkenswert war seiner Meinung nach nur gewesen, dass Elan Wagan eine Reihe von guten Gewinnchancen einzig und allein deshalb links liegen gelassen hatte, weil sie ihn nicht interessierten. »Sie erklärte mir, Reichtum sei kein Ziel für sich, sondern gleich einem Schwert lediglich ein Werkzeug, um ein Ziel zu erreichen. Sobald man anfange, ein solches Werkzeug um seiner selbst willen zu schätzen, würde es stumpf und könne niemanden mehr verletzen. Ich glaube, auch Sie werden schon bald begreifen, wie das gemeint ist.«

»Wohl kaum.« Menan erhob sich. Jetzt hielt er das Schwert in der Hand. »Reichtum bedeutet Macht, Hauptmann. Sie, mein Vater und Muriel Wagan, Sie sind alle gleich. Sie wollen nicht einsehen, dass unsere Welt auf Reichtum beruht.«

Wieder schaute Heast durch die Tür nach draußen. Auf dem Feld war ein kleiner, stämmiger Mann in Harnisch und Kettenhemd erschienen. In der Hand hielt er eine hässliche Stachelkeule. Hätte sie ihn getroffen, sie hätte ihm durchaus das halbe Gesicht aufreißen können. Doch das Blut auf seiner Wange war nicht sein eigenes.

Die Soldaten, die das Bauernhaus umringten, schrien laut auf. Menan drehte sich um, und in diesem Moment raste wie bei einem Dammbruch eine Welle von gepanzerten Menschen mit schweren Waffen auf das Haus zu.

»Was geschieht mit meinen Männern?«, wollte der Feldwebel wissen.

»Sie sterben.« Heast griff mit der Hand unter den Tisch und umfasste den Dolch.

Ein neuer Aufschrei trieb Menan an die offene Tür. Er wollte einen Befehl geben, aber es war zu spät. Immer mehr Soldaten von Kal Essas Bruderschaft tauchten vor ihm auf, alle hielten schwere Armbrüste in den Händen. Nach einem kurzen, erbitterten Kampf waren von den vierzig Soldaten nur noch zwölf übrig. Die Überlebenden warfen ihre Waffen zu Boden und erklärten sich lauthals für besiegt.

Menan glitt das Schwert aus den Fingern. »Ich will nicht sterben«, sagte er. »Ich ergebe mich, wir alle erge…«

Dann war nur noch ein Gurgeln zu hören. Heast hatte ihm den Dolch in den Nacken gestoßen.

Gefangene wurden nicht gemacht. Der Hauptmann der Geister konnte sie nicht brauchen und hatte auch kein Verlangen danach.

»Eine Menge Leichen für einen Tag.« Essa säuberte seine Keule mit einem Stück Stoff, während er die zwei Stufen heraufstieg. »Wird nicht leicht sein, sie lange unter der Erde verborgen zu halten.«

»Ich weiß.« Heast wischte den Dolch an seinem Bein ab. »Wenn man sie ausgräbt, müssen wir bereit sein.«

Ein Vogel flog ihm voran

Wo die ersten Exemplare von »*Das Ewige Königreich*« gedruckt wurden, weiß niemand. Aber in der Stadt Xanoure in Gogair erzählen die Einwohner von einem kleinen Haus, das jeder Besucher heute kahl und verlassen vorfinde. Einst habe es Druckmaschinen enthalten, Fässer mit Tinte, Stapel von Papier, Leder und Faden für die Einbände. Doch eines Morgens war es leer.
Wenn man der Geschichte glauben darf, legte in jener Nacht ein Schiff von Xanoure ab und steuerte, so wird berichtet, einen Hafen in Leera an, der allmählich eine traurige Berühmtheit erlangte, weil das Elend dort so groß war. An sich ist an der Geschichte nichts Besonderes – es handelt sich einfach um einen Diebstahl, und Diebstähle gibt es öfter in Xanoure –, aber sie ist dennoch erzählenswert, denn die Einheimischen behaupten, dass nicht etwa die Druckerpressen, die Tinte oder das Papier gestohlen worden seien. Die Diebe waren vielmehr der Drucker und seine Familie – sie stahlen das Schiff.

Tinh Tu,
»*Geheimes Tagebuch*«

24

Bueralan Le stand auf dem glatten Deck der *Bounty* und sah im Regen den Hafen Dyanos näher kommen, ein dunkler Schatten, von flackernden Laternen erhellt.

Die kleine Stadt lag, im nächtlichen Nieselregen kaum zu erkennen, im Schutz schroffer Felsen und steiler, rußgeschwärzter Klippen am Ostrand von Ooila. Die Besatzung der *Bounty* steuerte das Schiff durch das unruhige schwarze Wasser, indem sie vom Bug aus mit langen Stangen die Tiefe auslotete. Das war ratsam, denn dieser Teil des Meeresbodens war mit Felsbrocken übersät, und die *Bounty* wäre nicht das erste Schiff gewesen, dem sie den Rumpf aufgerissen hätten. Tatsächlich hatte Dyanos es einer langen Reihe von Schiffsunglücken zu verdanken, dass der kleine Hafen zur Anlaufstelle für verzweifelte Menschen geworden war, für Händler mit Schmuggelware, für arme Familien auf der Suche nach einer billigen Passage, für entlaufene Sklaven, für Not leidende Söldner und natürlich für verbannte Barone.

Bueralan war noch nicht bereit, nach Hause zurückzukehren. Als er die nassen Hafenmauern auf sich zukommen sah, war ihm auch klar, warum er zögerte. Er hatte sich nie durch seine Volkszugehörigkeit definiert: Der erbliche Adelstitel war ihm nach der Verbannung als Spottname erhalten geblieben, und er hatte ihn nicht abgelegt, aber von den damit verbundenen ooilanischen Traditionen hatte er nichts beibehalten. Er hatte weder nach den Kleidern gesucht, die er einst getragen, noch nach den Speisen, die er einst gegessen hatte. Er hatte keine Verbindung zu alten Freunden aufgenommen und nichts getan, um an alte Beziehungen anzuknüpfen. Kaum jemand ahnte, wie weit ihn die Verbannung von seinem früheren Ich weggeführt hatte, und von den wenigen Vertrauten wusste nur Zean, wie groß der Abstand tatsächlich war. Doch Zean hatte nie ein Wort darüber verloren, sonst wäre auch zur Sprache gekommen, wie viel er selbst hinter sich gelassen hatte. Es hätte die Erinnerung an sein mit Blut besiegeltes Sklaventum heraufbeschworen, und an den langen, beschwerlichen Weg, der ihn schließlich in die Unabhängigkeit führte, allerdings erst, nachdem er Ooila verlassen hatte.

Bueralan hatte fast während der ganzen Fahrt auf der *Bounty* darüber nachgegrübelt, wie es weitergehen sollte, wenn er in Ooila festen Boden betrat. Lange würde er nicht unerkannt bleiben, das war ihm klar. Mit seinem glatt rasierten Kopf und den weißen Tätowierungen war er zu auffällig, um untertauchen zu können. Das war ihm sogar schon nach der Hälfte der Reise vor Augen geführt worden. Die *Bounty* hatte soeben die Meerenge zwischen Gogair und Kakar passiert, als der Kapitän in seine Kabine kam, die im Schein der Nachmittagssonne leuchtete wie das Innere eines Edelsteins, und fragte, ob sein Bootsmann recht habe und er tatsächlich der verbannte Baron sei.

»Der bin ich«, bestätigte Bueralan.

»Ich weiß, dass Sie keinen Ärger wollen.« Po Danal, der Kapitän der *Bounty*, hatte das Schiff von seinem Vater geerbt und war fest entschlossen, ihm seinen alten Glanz zurückzugeben. »Ich kann auch keinen Ärger brauchen«, sagte er deshalb schroff. »Die Fracht, die ich befördere, sollte nicht allzu genau in Augenschein genommen werden.«

»Deshalb fahren wir beide ja auch nach Dyanos.«

»Schon, aber wie ich höre, ist das *Auge der Königin* ebenfalls dort. Ich will nicht, dass es sich auf mich richtet, wenn wir in den Hafen einlaufen.«

»Pueral?« Bueralan erinnerte sich an seine letzte Begegnung mit ihr. Sie hatte ihn mühelos ausfindig gemacht. »Ich werde mich in Acht nehmen«, versprach er.

»Vielleicht haben Sie Glück«, sagte der Kapitän, bevor er das Schiff verließ. »Vielleicht ist sie mit dem Unschuldigen zu beschäftigt.«

Bueralan wollte sich darauf lieber nicht verlassen, aber Aela Ren hatte tatsächlich dafür gesorgt, dass die Leute auf der *Bounty* aufhörten, über ihn zu tuscheln. Was war schon ein verbannter Baron, wenn man womöglich auf eine Nation zufuhr, die mit dem gefürchteten Kriegsfürsten im Streit lag? Was über den Unschuldigen die Runde machte, war Bueralan nicht neu: Als er noch in Ooila lebte, hatte er regelmäßig Schauergeschichten über ihn gehört. Doch die Besatzung, die selbst aus Ooilanern bestand, tat so, als hätte sie das alles noch nie gehört. Man sprach nur noch über den Unschuldigen, beim Abendessen und beim Frühstück, auf Deck und unter Deck und sogar dann, wenn wilde Stürme tobten. Man erging sich in Spekulationen zu seiner Person. Man pries seine Stärke im Kampf. Man schwärmte von seinen Schwertern. Man rühmte die Größe und die Erfolge seiner Streitmacht. Bueralan lauschte mit halbem Ohr, weil er sonst wenig zu tun hatte. Es gab nur zwei Fakten, die unter der Besatzung der *Bounty* unumstritten waren: Ein Mann namens Aela Ren existierte, und er hatte ein Heer und ein Schiff – ein riesiges Ungetüm mit roten Segeln mit Namen *Glafanr*, das sein ganzes Heer aufnehmen konnte, wie groß es auch sein mochte.

Bueralan glaubte nichts von alledem, aber auch Samuel Orlan bestand darauf, mit ihm über den Unschuldigen zu sprechen. Bueralan hatte zunächst nur die Achseln gezuckt und erklärt, das alles kümmere ihn nicht, doch die Worte des Götterkindes – *Rufe mich erst, wenn die Unschuld auf dem Spiel steht* – gingen ihm nicht aus dem Sinn. Mit der »Unschuld« konnte alles Mögliche gemeint sein. Ein bedrohter Mensch. Ein Kind sogar. Das Wort musste sich nicht zwangsläufig auf Aela Ren beziehen.

»Er nennt sich selbst der Unschuldige«, erklärte Orlan, nachdem das Fieber, von dem die ganze *Bounty* erfasst schien, schließlich auch auf Bueralan übergegriffen hatte. »Und er begründet es damit, dass es keine Götter mehr gibt. Niemand könne über ihn richten, und er brauche keinem Gesetz zu gehorchen. Folglich könne er sich in der heutigen Welt keines Verbrechens schuldig gemacht haben.«

Das hatte ihm Orlan schon vor Wochen erklärt. Doch als die *Bounty* nun langsam durch die gefährlichen Gewässer steuerte und das regenverschleierte Dyanos vor Bueralan auftauchte, verschmolzen diese Worte und die leere, dunkle Nacht im Geist des Saboteurs miteinander.

Er sah den Kartografen wie ein Gespenst neben sich stehen. »Seine Streitmacht ist wie er«, fuhr der Alte fort. »Die Krieger tragen diesen Namen nicht, aber sie könnten es tun, denn sie sind seinesgleichen. Sie wurden alle von einem Gott berührt. Einst stand jeder Einzelne von ihnen an der Seite eines Gottes, und wenn er dessen Worte vernahm, schwelgte er in Glückseligkeit. Schließlich wurde kein Sterblicher dieser Welt so geliebt. Er war die sterbliche Hand seines Gottes, auch wenn der Zeitpunkt seines Todes noch tausend Jahre in der Zukunft liegen mochte. Ich weiß nicht, wie es ihnen nach dem Krieg der Götter erging, als ihnen all das genommen wurde.«

»Du sagst, jeder Gott hatte einen Diener«, erkundigte sich Bueralan. »Aber mehr als einer war keinem Gott gestattet. Das hieße ja, die Streitmacht des Unschuldigen bestünde nur aus achtundsiebzig Soldaten.«

»Vierundsiebzig mit ihm.«

»Sind einige bereits tot?«

»Nein.«

»Wo sind dann die anderen?«

»Nicht bei ihm.«

»Gehörst du zu ihnen, alter Mann?«

Orlan seufzte. »Wie oft muss ich es dir noch sagen? Ich trage nichts von einem Gott in mir. Ich werde sterben wie die meisten anderen Menschen in unserer Welt.«

Unter Schmerzen, durch Dummheit, schnell und gelegentlich auch glücklich, ging es Bueralan durch den Sinn. Den Satz hatte er zum ersten Mal als Kind von seiner Mutter gehört. Damals hatte er nicht gewusst, dass es sich um ein Zitat aus einem berühmten Stück handelte, das Kritik am *Geschenk der Mutter* übte. Als er Jahre später in Yeflam eine Aufführung davon sah, hatte er nicht gelacht wie die meisten anderen Zuschauer, sondern zustimmend genickt. Er hatte in seinem Leben mehr als genug Menschen sterben sehen, und alle waren sie mehr oder weniger so gestorben, wie es der Dramatiker beschrieb.

»Die *Glafanr* war einst ein Totenschiff«, nahm Samuel Orlan den Faden wieder auf. »Sie soll auf den Flüssen des Schicksals gefahren sein und die Menschen in die Stadt der Toten gebracht haben. Nach dem Tod des Wanderers fand seine Dienerin Ai Sela das Schiff im Ozean. Sie selbst fuhr auf einem anderen Schiff, das fast zerstört war. Während des Krieges waren verheerende Wirbelstürme mit gewaltigen Flutwellen über den Ozean hinweggegangen, und Ai Sela war in einen solchen Sturm geraten. Sie hatte gedacht, nun sei ihr Ende gekommen, doch stattdessen war die *Glafanr* vor ihr erschienen. Sie hatte nicht gewusst, warum; auch hatte sie die *Glafanr* nie zuvor betreten. Manche schreiben dem Schiff ein eigenes Bewusstsein zu, aber dafür gibt es keinen Beweis. Fest steht nur, dass Ai mit einem Mal ihr Kapitän war. Sie fand auf der

Glafanr eine neue Heimat und lud alle dorthin ein, die ihresgleichen waren. Jahrtausende lang lebten die Diener der Götter auf dem Schiff. Sie ließen es steuerlos auf dem Meer treiben. Wohin sie fuhren, kümmerte sie nicht. Sie kannten keine Heimat und kein Ziel, bis Aela Ren sie fand. Das war vor siebenhundert Jahren, bevor sie anfingen, in Sooia zu wüten.«

»Dafür, dass du angeblich keiner von ihnen bist, weißt du wirklich eine Menge über diese Götterdiener«, stellte Bueralan fest.

»Ich lese viel, Baron.«

Seither war ihm der Kartograf nicht mehr von der Seite gewichen. Es war, als hätten sie stillschweigend einen Waffenstillstand geschlossen. Bueralan hatte sich noch nicht in sein Schicksal gefügt, und dass der Alte so fest davon ausging, er sei von einem Gott berührt, gefiel ihm nach wie vor nicht. Aber *wenn* Ger ihn unterhalb Mireeas irgendwie verändert hatte – dann war es besser, den Alten um sich zu haben, als sich von ihm zu trennen und andauernd von seinen Worten verfolgt zu werden. Außerdem, das gestand Bueralan sich nun ein, als die regennassen Hafenmauern näher kamen, war Orlan ohnehin nicht aufzuhalten. Das hatte ihm der Kartograf seit ihrer ersten Begegnung immer wieder bewiesen. Da war es schon besser, den Alten in seiner Nähe zu behalten und sich auf das zu konzentrieren, wozu er hergekommen war.

Der Lederbeutel mit dem Kristall lag kalt an seiner Brust. Sein ganzes Leben lang hatte er das *Geschenk der Mutter* verschmäht, doch jetzt würde er es nicht mehr ablehnen. Er würde die von den Hexen geschaffene schwarze Flasche in beide Hände nehmen und spüren, wie das dicke Blut träge darin hin und her schwappte. Seine Mutter hatte dieses Verfahren barbarisch genannt, und damit hatte sie zweifellos recht. Doch jetzt ging es ihm nur noch darum, das Ritual zu vollziehen.

Als die *Bounty* gegen die Hafenmauern stieß und alsbald gut vertäut war, beschloss Bueralan Le, an Land zu gehen. Er konnte nicht anders.

25

Die Hüter trafen sich in einem großen, in der Mitte des Spiralturms gelegenen Raum. Er war nach Osten und Westen hin mit schweren dunklen Eichentüren verschlossen, dazwischen, vor weißen Wänden mit schmalen Fenstern, stand ein langer Tisch auf sechs mächtigen Beinen. Er war aus einem Holz gezimmert, das noch dunkler war als die Türen, und mit einer Politur versehen, die den Farbton noch weiter vertiefte. Die satte Mischung aus Braun und Schwarz spielte ins Rötliche, wenn wie jetzt die Nachmittagssonne durch die Fenster schien. Um den Tisch standen fünfundzwanzig Stühle von gleicher Farbe mit hohen Lehnen.

Ayae war zusammen mit Xrie frühzeitig gekommen. Auf dem Weg zur Enklave hatten sie sich zufällig getroffen. Er hatte sich nach Faise und Zineer erkundigt und ihr mitgeteilt, dass am Ende der Woche eine neue Lieferung nach Wila abgehen sollte. Bevor sie den Turm betraten, machte er sie noch darauf aufmerksam, dass sie von zwei Soldaten des Leeren Himmels verfolgt wurde. Sie antwortete höflich, das sei ihr bewusst. Die beiden Soldaten hatten sich nicht um Unauffälligkeit bemüht, das hatten alle ihre Verfolger inzwischen aufgegeben. Sie erschienen neben ihr auf der Straße, überholten sie und Faise auf dem Markt und fuhren in Kutschen mit, wo einer von ihnen oder auch alle drei saßen. Die Eskorte war so unübersehbar geworden, dass Faise und Zineer keinen Schritt mehr ohne Ayae taten.

Das erzählte sie Xrie jedoch nicht. Wahrscheinlich wusste der »Soldat« ohnehin bereits Bescheid – so wie er auch Kenntnis von ihrem Besuch bei Eira hatte. Nachdem sie den Sitzungssaal betreten hatten, verdrängte Ayae die Gedanken an ihre Freunde. Der Leere Himmel war im Augenblick nicht so wichtig. Jetzt galt es, unter den Hütern weitere Bundesgenossen für die Freilassung der Mireeaner zu finden. Mit der Kalten Hexe war sicherlich nicht zu rechnen, also taxierte sie im Hinblick darauf die anderen Eintretenden.

Die würdigten sie dagegen kaum eines Blickes. Stattdessen starrte jeder Einzelne auf den leeren Stuhl an ihrer Seite. Der unterschied sich mit seiner hohen Lehne und dem grauen Sitzpolster kaum von den anderen, und so verstand sie diese neugierigen Blicke erst, als Xrie sich vorbeugte und ihr zuflüsterte, er sei für einen weiteren neuen Gast in Yeflam bestimmt. Sie dachte sofort an Zaifyr, doch als Aelyn Meah und die restlichen Hüter den Saal betreten hatten, ohne dass Zaifyr aufgetaucht wäre, kam sie zu dem Schluss, dass sie sich geirrt hatte.

»Wir haben heute ein volles Programm.« Aelyn nahm an der Stirnseite des Tisches Platz. Neben ihr saß, kerzengerade, Kaqua der Bettler. Ayae war ihm noch nicht begegnet, aber sie wusste, dass er mit der Vorbereitung von Zaifyrs Prozess betraut war. »Es gibt viele Neuigkeiten, und wir haben eine ganze Menge zu besprechen«, fuhr sie fort. »Wir haben einen ereignisreichen Monat hinter uns.«

»Ich möchte über Qian reden.« Eira hatte sich zu Wort gemeldet. Sie saß vier oder fünf Plätze von Ayae entfernt, hatte sie aber bisher kein einziges Mal angesehen. »Sein Prozess sollte der erste Punkt auf unserer Tagesordnung sein.«

»Zu meinem Bruder kommen wir noch.«

»Warum müssen wir warten? Das ist das einzige Thema, das eine Diskussion erfordert.«

»Eira.« Kaquas Stimme war weich und ruhig. »Wir werden darüber sprechen. Aber du weißt ebenso gut wie ich, dass andere Dinge Vorrang haben. Paelor, würdest du bitte beginnen?«

Neben Eira erhob sich ein weißer Mann mit dunklem Haar im Lederzeug eines Fallenstellers. Er verströmte einen Geruch nach feuchtem Laub. Beim Sprechen strich er beständig über seinen leicht angegrauten Bart. »General Waalstan hat in den Reichen von Faaisha Erfolge erzielt«, begann er zögernd. »Seine Gläubigen sind förmlich durch den östlichen Teil der Reiche gefegt. Der strahlendste Sieg war die Eroberung Celps, der größten Stadt in jenem Gebiet. Sie stand unter dem Schutz von Marschall Faet Cohn. Ich hätte erwartet, dass er Waalstan mehr Widerstand entgegensetzen würde, aber er hat nur fünf Tage durchgehalten. Als ich eintraf, war die Schlacht vorüber, und von der Stadt stand nicht mehr viel. Die Zustände im Inneren waren grauenvoll. Was wir über Kannibalismus und Sklaverei gehört hatten, bestätigte sich leider sehr deutlich.«

»Die Priester hier bestreiten es«, warf Kaqua ein. »Sie tun diese Vorwürfe als Lügen der Mireeaner ab.«

Der andere zerrte verlegen an seinem Bart. »Was den Kannibalismus betrifft – die Knochen lügen nicht. Und was die Behauptung angeht, dass sie ihre Gefangenen als Sklaven verkaufen, nun, ich habe mit eigenen Augen gesehen, wie ein Zug nach Leera geführt wurde. Demzufolge lässt sich nicht gänzlich ausschließen, dass diese Menschen anderweitig eingesetzt werden sollten, aber was ich den Gesprächen der Soldaten und der Gefangenen entnehmen konnte, lässt kaum Zweifel daran, dass sie verkauft werden sollten. Zwar sind die Gläubigen keine eingefleischten Sklavenhalter wie etwa die Bewohner von Ooila oder Gogair, aber sie brauchen das Geld. Ihr Heer wurde aus dem zusammengestellt, was vorhanden war. Es gibt keinen Handel, auf den sie ausweichen könnten, und keine Bodenschätze. Sie haben Beute gemacht – damit können sie zunächst für ihre Soldaten Proviant und Waffen bezahlen und ihre Wanderpriester versorgen, aber auf Dauer wird es nicht ausreichen. Wir werden, denke ich, schon bald hören, dass sie ins Hochland einmarschieren und die Stammesleute verschleppen, um sie zu verkaufen. Deshalb hat Waalstan im Osten so hart zugeschlagen, bevor er seine Streitmacht aufteilte.« Er schüttelte den Kopf und nahm die Hand von seinem Bart. »General Waalstan ist kein Dummkopf. Wir sollten ihn nicht unterschätzen. Wenn er nur eine einzige Streitmacht behält, werden ihn die Marschälle in eine Belagerung zwingen und ihn aushungern, das weiß er genau. Deshalb hat er seine Truppen bereits geteilt …«

»Das reicht, Paelor.« Eira legte ihm die Hand auf den Arm. »Ich werde nicht länger hier sitzen und mir Neuigkeiten anhören, die keine sind. Wir haben mit Leera einen Waffenstillstand geschlossen. Wir erlauben, dass die Priester auf unseren Straßen ihre Lehren verkünden. Darüber wurde einstimmig entschieden, wir brauchen also nicht weiter zu debattieren, ob die Leeraner unsere Wertvorstellungen teilen oder nicht. Schon gar nicht, wenn wir stattdessen über einen Mann sprechen könnten, der für uns alle eine Gefahr darstellt.«

»Die Welt um uns geht uns durchaus etwas an«, sagte Kaqua ruhig. »Wir wissen alle, welchen Verlust du erlitten hast, Eira, aber das heißt nicht, dass wir den Rest der Welt und unsere Stellung darin einfach ignorieren können.«

»Wer sagt dir, dass er mit uns nicht genauso verfährt wie mit Fo und Bau?«

»Das wird er nicht tun.«

»Ich glaube dir nicht. Ich habe nämlich inzwischen gehört, *wie* mein Liebster gestorben ist!« Sie erhob sich und rief wütend: »Weißt du das auch? Hast du dieses Flämmchen gefragt, was er getan hat?«

»Ich weiß, was er getan hat. Hast du vergessen, dass ich jede Woche mit ihm spreche?«

»Hast du vergessen, dass du einer von uns bist?«

»Eira«, mahnte Kaqua. »Du willst doch wohl meine Loyalität nicht in Zweifel ziehen?«

»Warum gibt es keinen Prozess?!« Jetzt schrie sie fast. Die anderen Hüter zuckten zurück, als hätte ihre Wut sie körperlich getroffen. »Warum zögern wir seine Hinrichtung hinaus?«

»Eira.« Das war Aelyn. »Du weißt nicht, was du verlangst.«

»Ich verlange Gerechtigkeit, und ich finde, die habe ich auch verdient. Wir alle haben sie verdient. Wir haben geduldig gewartet, während du und Kaqua euch bei Qian erkundigt habt, wie er seinen Prozess denn gerne haben würde. Wir haben zugesehen, wie ihr vor ihm Kratzfüße macht, um ihn nur ja nicht zu verärgern. Wir waren geduldig, aber jetzt sind wir mit unserer Geduld am Ende. Er ist des Mordes schuldig. Er *muss* für seine Tat bestraft werden.«

»Sei nicht töricht, Kind.« Sosehr Aelyn auch beteuerte, dass sie die Enklave nicht beherrschte, es entging Ayae nicht, dass Eira sich unter ihren Worten duckte. »Mein Bruder wird sich von dir nicht töten lassen«, fuhr sie fort. »Ich weiß, du willst Gerechtigkeit für Fo und Bau, und du bist enttäuscht, weil du sie nicht bekommst. Aber du musst verstehen, dass er nicht hier ist, um sich richten zu lassen. Er kann nicht gerichtet werden. Vielleicht war es ein Fehler, dass Kaqua und ich ihn von euch allen ferngehalten haben. Sonst hättet ihr selbst gesehen, was er ist. Vielleicht ist auch mein Verhalten daran schuld. Ihr glaubt alle, er sei euresgleichen, aber das ist er nicht. Er steht über euren Gesetzen.«

»Du hast ihn schon einmal gefangen genommen«, sagte Eira.

»Damals war ich nicht allein.«

»Du könntest es wieder tun«, beharrte Eira. »Wir könnten alle zusammenarbeiten. Zumindest könnten wir ihn für seine Verbrechen wieder in seinen schiefen Turm sperren.«

»Das wird er nicht zulassen«, sagte Ayae. Sie wusste selbst nicht, warum sie das Wort ergriffen hatte. Sie hätte schweigen und es den beiden Hütern überlassen sollen, den Streit zu beenden, falls das möglich war. »Er wird nie wieder dorthin zurückkehren. Aber warum hören Sie sich nicht an, was er zu sagen hat? Ihm geht es nur darum, Ihnen von dem Götterkind zu erzählen. Deshalb will er diesen Prozess. Er will Ihnen schildern, was sie ist. Er möchte, dass Sie mit ihm gegen sie kämpfen. Er hat sogar an den Rest seiner Familie geschrieben.«

»Was uns zu dem Stuhl bringt, den alle die ganze Zeit anstarren«, sagte Aelyn. »Ihr redet über Qian, als wäre er allein, aber das ist er nicht. Er hat Brüder und Schwestern. Ich gehöre dazu, aber ihr werdet feststellen, dass ich die Einzige bin, die sich auf eure Seite stellt. Die anderen – nun, die anderen werden euch nicht unterstützen, ganz gleich, wie sie zu mir stehen. Schon gar nicht der eine, der heute eingetroffen ist. Tatsächlich ist er bereits seit Tagen in der Stadt, er hat jeden von euch belauscht, seine Schlüsse gezogen und seine eigenen Pläne geschmiedet. Seine kleinen Vögel umschwirren die Enklave. Ein Hund ist in die Kaserne der Yeflam-Garde spaziert. Ein Ochsenwagen stand stundenlang unweit von hier allein auf der Straße. Ja, ich sehe schon, jetzt wisst ihr plötzlich alle, wer da gekommen ist.«

Das Schweigen, das sich über den Tisch senkte, überraschte Ayae. Viele Blicke streiften den Stuhl, so als wäre eine schreckliche Gefahr mit einem Mal Wirklichkeit geworden.

»Ich möchte, dass ihr mir genau zuhört«, fuhr Aelyn ohne einen Funken Mitleid in der Stimme fort. »Denn eines sollte euch allen klar sein. Ihr müsst euch damit abfinden, dass wir nicht gleich sind. In dieser Hinsicht darf es keine Missverständnisse geben. Jae'le ist hier, hier in Yeflam. Ihr kennt seinen Namen. Ihr habt Geschichten über sein Leben und seine Taten gehört. Nichts davon ist erlogen. Nichts davon ist übertrieben. Und eines steht fest: Jae'le wird niemals zulassen, dass ihr Qian hinrichtet.«

26

»Wer hat das hier geschrieben?«, fragte Faise, als Zaifyr eintrat. »Ich kann den Namen nicht lesen – und die Sprache kenne ich auch nicht.«

Zaifyr blieb in der Tür stehen und blickte angestrengt auf das dünne, alte Buch in ihrer Hand nieder. Es hatte in dem Raum an der Rückseite von Aelyns Haus auf einem Stapel vor den Fenstern gelegen, durch die der Schein der Nachmittagssonne fiel. In ihrem grellen Licht war die verblasste Schrift auf dem Ledereinband noch schlechter zu erkennen. »Schwester Meliana«, sagte er endlich. »Sie war vor dem Krieg der Götter eine Priesterin der Göttin Linae. Das ist eine ooilanische Übersetzung ihres Tagebuchs.«

»Möchten Sie es behalten?«

»Nein.« Er deutete auf den Stapel neben der Tür. Dort lagen die Bücher, die ihm keine brauchbaren Namen geliefert hatten. »Das Tagebuch war bereits beschädigt, als es aufgefunden wurde«, sagte er und griff nach einem anderen Buch. »Es hatte nur durch das Wetter gelitten, aber die Dörfer in den Zerklüfteten Bergen galten nach Linaes Tod als verflucht, und so dauerte es Jahrhunderte, bis jemand dieses Gebiet wieder betrat. Ich dachte, ich könnte in den Aufzeichnungen einen Namen finden, der sich verwenden ließe, aber es enthält hauptsächlich eine Liste von Geburten und Todesfällen, außerdem ist genau vermerkt, wie viele Eier die Hühner gelegt haben.«

»Melianas eigener Name ist nicht zu gebrauchen?«

»Nein, sie starb noch vor dem Wanderer.«

»Vielleicht wurde sie wiedergeboren.« Faise legte das Buch auf den Stapel zurück. »Könnten Sie denn nicht nach ihr suchen?«

»Nach einer Wiedergeburt wäre sie nicht mehr dieselbe. Das neue Leben hätte sie geprägt – und nur an dieses Leben würde sich ihr Geist erinnern.«

Er ging zu den Stapeln auf der anderen Seite von Faise. Zaifyr hatte Aelyns Haus nicht mehr verlassen, seit er die Priester getötet hatte. Stattdessen hatte er in den vergangenen Wochen Bücher aus Bibliotheken und Buchläden zusammentragen lassen und sich ganz auf seine Suche konzentriert. Doch er musste zugeben, dass dabei wenig herausgekommen war. Was draußen geschah, ließ er sich von Ayae und ihren Freunden und in geringerem Maße auch von Kaqua berichten. Ayae war dabei seine gewissenhafteste Quelle. Wenn sie die Stapel musterte, die er angelegt hatte, war ihm bewusst, dass er sich in ihren Augen in diese intensiven Nachforschungen flüchtete, um sich nicht mit dem Tod der Priester auseinandersetzen zu müssen. So hatte es ihn auch nicht überrascht, als sie tags zuvor den

Vorschlag machte, die Bücher zu sortieren, um den dreien eine Aufgabe zu geben. Als sie vor einer Weile gegangen war, hatten Faise und Zineer damit begonnen.

»Was ich Sie fragen wollte«, sagte Faise und griff nach einem anderen Buch. »Haben Sie eigentlich eigene Kinder?«

»Nein.« Es war nicht die erste private Frage an diesem Tag. Bevor er das Hinterzimmer betrat, wo Faise zugange war, hatte er oben in seinem Schlafraum die Bücher durchgesehen, die auf dem Boden verstreut waren. Dort hatte Zineer wissen wollen, wie viele Frauen er gehabt hatte. Er nahm es in beiden Fällen mit Humor, denn er war gern mit Faise und Zineer zusammen. Die beiden waren aufgeweckt und tüchtig, und in den ersten Tagen, nachdem er die Priester getötet hatte, waren vor allem sie es gewesen, die verhinderten, dass er von seinen Schuldgefühlen überwältigt wurde. »Ich habe nie gehört, dass einer von uns Kinder gehabt hätte«, sagte er nun. »Nicht einmal die Götter hatten Kinder. Und wenn doch, dann waren sie wohl nur Teile, die sie von sich selbst abspalteten, sozusagen Metaphern des Originals. Die meisten von uns gehen davon aus, dass wir dazu nicht fähig sind.«

»Aber es funktioniert doch noch alles? Ich meine, Sie sind nicht …« Sie wackelte zur Illustration mit dem Finger.

Er verdrehte die Augen. »Sollten Sie nicht vielleicht etwas mehr Schamgefühl zeigen?«

»Nein. Ich schreibe nämlich gerade ein Buch über die pikantesten Details der Unsterblichkeit«, sagte sie mit Unschuldsmiene. »Zin und ich wollen es beim Prozess verkaufen.«

»Wir werden an Ihnen ein Vermögen verdienen«, sagte Zineer, der gerade mit einem Bücherstapel in den Händen eintrat. Auf seiner Schulter saß ein Vogel. »Dieses hässliche Kerlchen hat ans Fenster geklopft, bis ich es einließ. Man möchte es nicht glauben.«

Es war eine Sturmschwalbe, ein kleiner grauschwarzer Seevogel, wie er überall in Yeflam zu finden war. Sturmschwalben waren eine der wenigen Seevogelarten, die sich so weit angepasst hatten, dass sie die vergifteten Meeresfische fressen konnten, doch mit ihrer Ernährung hatte sich auch ihr Aussehen verändert. Der Schnabel war hart und messerscharf geworden, und die schwarzen Augen waren blutumrandet. Einen solchen Vogel zu essen war ebenso tödlich wie der Verzehr von Fischen aus dem Ozean.

Die Vögel galten im Allgemeinen nicht als zahm, doch als der Kleine Zaifyrs ansichtig wurde, hob er von Zineers Schulter ab, flog lässig einmal um den Raum und ließ sich dann gemächlich vor ihm auf dem Tisch nieder.

»Niedlich«, sagte Faise. »Ob er wohl Kunststücke kann?«

»Was ist?«, fragte Zaifyr den Vogel. »Kann uns ein misstrauischer Vogel wie du zum Zeitvertreib ein paar Kunststücke zeigen?«

»Einige schon.« Jae'les Vogelstimme klang unmenschlich und grausam. »Ich grüße dich, Bruder.«

»Das ist Faise.« Die Amulette an Zaifyrs Handgelenk blitzten, als er auf sie deutete. »Ihren Ehemann Zineer hast du bereits kennengelernt. Faise, das ist mein ältester Bruder Jae'le. Er hat mich nach Mireea geschickt, ohne mir ein Wort davon zu sagen, dass sich dort ein Gott befindet.«

Die dunklen Vogelaugen achteten nicht auf den Silberschmuck. »Bist du mir böse?«

Zaifyr verschränkte die Arme. »Du hättest mich warnen können.«

»Du hättest doch nicht auf mich gehört. Nach dem Turm hattest du für solche Mysterien nichts übrig. Wie hast du sie damals genannt? Kindische Rätselspiele.« Der Vogel flatterte auf den Ledereinband von Schwester Melianas Tagebuch, das unweit von Faise lag. Sie trat unwillkürlich einen Schritt zurück. »Verbittert. Das warst du, Bruder. Du warst nur deshalb bereit, nach Mireea zu reisen, weil du sonst nichts zu tun hattest. Du warst mit allem einverstanden, was dich beschäftigte und dir die Zeit vertrieb. Die Gründe waren dir egal.«

»Hoffentlich haben Sie nicht vor, sich bei Ihrem Prozess von ihm verteidigen zu lassen«, sagte Faise. »Der Galgen wäre aufgerichtet, bevor er sein Plädoyer beendet hätte.«

»Ja, dein Prozess.« Die Stimmbänder des Vogels zogen das Wort qualvoll in die Länge. »War es wirklich nötig, Fo und Bau zu töten?«

»Das hatte ich dir bereits erklärt«, antwortete Zaifyr. »Mir blieb kaum eine andere Wahl. Entweder die beiden oder Ayae und ich. Wenn du mir eine Strafpredigt halten willst, musst du dich schon persönlich herbemühen. Ich weiß, dass du irgendwo in Yeflam auf einer Bank sitzt. Du brauchst dich nicht zu verstecken. Außerdem wird ein Prozess euch alle hierher locken, und dann kann ich euch erläutern, wofür dieses Götterkind verantwortlich ist. Ich werde euch allen – auch Aelyns Hütern – zeigen, welches Grauen sie geschaffen hat.«

»Du hast recht, ich bin in Yeflam.« Daraufhin herrschte Schweigen. Die Stille dehnte sich ins Unerträgliche. »Aber du solltest wissen, dass es nicht so sein wird, wie du glaubst. Ein Prozess …«

»… ist die einzige Möglichkeit.«

»Bruder.« Zaifyr hörte die Sorge, den Schmerz in der Vogelstimme. »Bruder, du hast einen Fehler gemacht. Dein Prozess wird uns nicht alle hierher locken. Das ist nicht möglich. Aelyn und ich sind hier, gewiss, und vielleicht kommt auch Tinh Tu. Aber Eidan …«

Der Vogel legte eine lange Pause ein, bevor er fortfuhr: »Bruder, Eidan ist bei dem Götterkind.«

27

Zaifyr nahm einen tiefen Atemzug. Zum ersten Mal seit Monaten schmeckte die Luft nach Salz und Blut, nach Leviathans Blut. »Wann …?« Der Geschmack war kein Vorzeichen, er durfte so nicht denken. »Wann hast du das erfahren?«

»Als ich in Mireea war.« Die Stimme der Sturmschwalbe hatte mit dem Namen der Stadt zu kämpfen, sie zog ihn kreischend in die Länge. »Ich fand ihn, als ich mich auf die Suche nach den Priestern machte. Er war in Ranan. Ich weiß noch, dass ich nicht überrascht war, seine Gegenwart zu spüren. Ranan lag in Trümmern. Das sah man von hoch oben – und du weißt wie ich, dass mein Bruder sich schon immer von Ruinen angezogen fühlte. Aber das waren nicht die Schäden eines Krieges. Diese Zerstörung war gezielter, bewusster. Für mich sah es so aus, als wäre die Stadt ausgeschlachtet worden. Vermutlich von den Soldaten, um Belagerungsmaschinen zu bauen und Material für den Krieg zu beschaffen. Doch ein Gebäude war unversehrt. Eine riesige Kathedrale, wie ich sie noch nie gesehen hatte. Keiner der Priester, die ich kannte, hätte ein solches Bauwerk ersinnen oder gar beginnen können, es zu errichten. Ich wagte jedoch nicht, in der Stadt zu landen. Dort spürte ich eine Präsenz, der ich nicht gewachsen war, aber ich reizte sie. Ich kreiste immer tiefer über den Ruinen, bis ich einen Mann entdeckte. Einen einzelnen, einsamen Mann, der Steinblöcke aus der Erde ausgrub und sie in die Stadt schleppte.«

»Eidan«, flüsterte Zaifyr.

»Deshalb bin ich hier. Unser Bruder …«

»Hat sich auf *ihre* Seite gestellt.«

»… braucht uns«, verbesserte Jae'le. »Er weiß sicherlich genau wie du und ich über das Götterkind Bescheid. Aber möglicherweise wird er dort gefangen gehalten.«

»Das muss Aelyn erfahren«, sagte Zaifyr.

»Richtig«, stimmte Jae'le zu. »Die beiden haben sich immer sehr nahe gestanden.«

Zaifyr dachte daran, was Aelyn über die Verträge mit den Leeranern und den Wunsch nach Frieden gesagt hatte. Er dachte an die Priester auf den Straßen. Aelyn hatte also bereits von dem Götterkind gewusst, bevor er nach Yeflam kam. Was er ihr zu sagen hatte, war nicht überraschend gekommen. »Weißt du …«, begann er, dann hielt er inne. Er wusste nicht mehr, was er hatte sagen wollen. War Eidan ein Gefangener? War das der Grund, warum Aelyn so begierig auf Frieden war? Und wenn es nicht so wäre? Zaifyr drängte auf Krieg. Er hatte kein Heer, aber er gedachte eines aufzustellen. Er wollte seine Familie um sich sammeln, wollte jeden um sich sammeln, der über irgendeine Form von Macht verfügte, und mit ihnen allen gegen das Götterkind marschieren. Er vertrat eine gerechte Sache. Die gebrochenen Gespenster, die ihn verfolgten, waren nichts als ein endloser Zug von Opfern, die ihm das Recht gaben, ihr Leiden auch unter Blutvergießen zu beenden. Zaifyr fand, angesichts der tragischen Situation der Toten könne ihm das niemand verwehren. Aber wenn seine Familie nicht vollzählig war – wenn Eidan ein Gefangener war oder sich auf die Seite des Götterkindes gestellt hatte –, dann wäre die Einigkeit zerstört. Er könnte kein schlagkräftiges Heer mehr aufstellen. Aelyn würde niemals gegen Eidan Partei ergreifen. Die Hüter des Göttlichen würden auf seinen Plan nicht eingehen; stattdessen würden sie nach ihren eigenen Wünschen und Bedürfnissen handeln und das tun, was ihnen am Herzen lag.

»Alles in Ordnung?«

Ayaes warme Hand berührte ihn an der Schulter.

»Faise sagte mir, du hättest den ganzen Tag hier gesessen.« Die Nachmittagssonne war untergegangen. Zaifyr stellte überrascht fest, dass er allein in einem dunklen Zimmer saß. »Sie erzählte auch, dass du Besuch von einem Vogel hattest.«

»Jae'le.« Er berührte ein Amulett an seinem linken Handgelenk. »Seit wann ist er fort?«

»Als ich kam, war er nicht mehr hier.« Sie kniete vor ihm nieder und legte die Hände auf seine Schenkel. »Die Enklave weiß aber, dass er in Yeflam ist. Aelyn hat den Hütern erklärt, er würde nicht zulassen, dass sie dich des Mordes an Fo und Bau schuldig sprechen. Offenbar hatten sie gewaltig Angst vor ihm.«

»Mit gutem Grund.« Er holte tief Luft, doch diesmal schmeckte er nichts. »Ayae«, sagte er nach einer Pause. »Eidan ist bei dem Götterkind.«

Sie runzelte die Stirn. »Dein Bruder?«

Nach Asila hatte ihn Eidan zum schiefen Turm getragen. Das hatten die Gespenster erzählt, die Zaifyrs Geschwister hatten kommen sehen und geblieben waren, während diese den Turm bauten. Eidan war ein Hüne, stärker als alle anderen. Er hatte Zaifyr gehalten und dabei den anderen Anweisung zur Fertigung und zum Vermauern der Steine gegeben. Jahre später hatte ihm Jae'le erzählt, dass Eidan über dem Turm fast verzweifelt wäre. Er war zuvor Baumeister gewesen, hatte Brücken und Belagerungsmaschinen entworfen. Der Turm war eine Beleidigung für sein kaltes, logisches Denken.

»Ja«, sagte er. »Und Aelyns Liebhaber.«

»Aber ...«

»Das war schon immer so. Mag sein, dass hundert Jahre zwischen ihnen liegen, aber das ist nur körperlich. Im Geist, in der Seele sind sie niemals getrennt.«

Ihre Hand krallte sich in sein Bein. »Sprich mit ihr.«

»Ich kann nicht mehr zurück.« Er hörte selbst den verzweifelten Unterton in seiner Stimme. »Ich kann nicht mehr zurück. Ich kann nicht zulassen, dass dieser neue Gott weiterexistiert. Sie wird nicht von mir hören, dass ich bereit bin, von diesem Krieg Abstand zu nehmen.«

Ihm war, als hätte sich der Boden unter seinen Füßen bewegt. Als hätte der Pfeiler, auf dem Nale stand, Sprünge bekommen, und nun könnte er nicht mehr aufrecht stehen. Ayae beschwor ihn noch einmal, zur Enklave zu gehen, aber er schüttelte den Kopf. »Wenn ich dorthin gehe«, sagte er, »wenn ich all die vielen Treppen hinaufsteige und an die Tür ihres Arbeitszimmers klopfe, was dann? Dann sagt sie mir, dass Eidan bei dem Götterkind ist, dass er dort gefangen gehalten wird. Vielleicht sagt sie auch, dass er ein Abgesandter ist. Dass sie auf seinen Rat hin Fo und Bau nach Mireea geschickt hat, damit sie sich die Streitmacht von General Waalstan ansehen. Aber zum Schluss würde sie sagen: ›Deshalb brauchen wir Frieden.‹ Oder: ›Wir können jetzt nicht in den Krieg ziehen, weil wir noch so manche Pläne schmieden und vieles lernen müssen.‹ Dann würde sie mich bitten zu gehen. Sie würde sagen, ich hätte alles nur noch schwieriger gemacht und tue das auch weiterhin.« Er nahm Ayaes Hand in die seine. »Und ich würde nicht sagen: ›Du hast recht.‹ Ich würde nicht sagen, die Toten spielten keine Rolle. Ich würde nicht sagen, wir könnten noch warten oder ich wolle fortgehen, in der Ferne meine Pläne schmieden und später mit einem Heer zurückkehren. Stattdessen würde ich ihr sagen, dass ich die Toten sehen kann und weiß, was sie hier festhält, was sie in unserer Welt gefangen hält. Aber das würde sie nicht hören wollen.«

Ayae redete noch eine Weile auf ihn ein, doch er kam immer und immer wieder auf den gleichen Punkt zurück. Schließlich ließ sie ihn allein. Er konnte sie, Faise und Zineer in anderen Teilen des Hauses hören, doch bei jedem Geräusch kehrten seine Gedanken unweigerlich zu Eidan, zu Aelyn und zu dem Götterkind zurück.

In den frühen Morgenstunden verließen sie alle Aelyns Anwesen. Zaifyr brachte die drei anderen zu einer Kutsche, die von zwei Ochsen gezogen wurde, und ging dann zum Haus zurück. Kühl und salzbefleckt breiteten sich die Straßen nach allen Seiten aus. Bevor die Morgensonne aufging, lagen sie für kurze Zeit im Dunkeln, denn die flackernden Lampen in den Schwimmenden Städten begannen bereits zu erlöschen.

Einen Straßenzug von Aelyns Haus entfernt glitt ein Schatten vom Himmel, und eine Sturmschwalbe ließ sich auf seiner Schulter nieder.

»Wo bist du gewesen?«, fragte Zaifyr.

»Dieser Körper wurde hungrig, und du wolltest nicht mit mir sprechen«, antwortete sein Bruder. »Bist du jetzt bereit?«

»Bereit wozu?«

»Mir zu erklären, wie du deinen Prozess gewinnen willst.«

»Ich weiß es nicht«, sagte Zaifyr und starrte in die Dunkelheit. Er konnte nur die Umrisse des Tors sehen und die beiden Wächter aus Wind. »Vielleicht ist es ein Fehler.«

»Es ist ein Fehler.«

Zaifyrs Lachen klang hohl.

»Aber wenn wir Eidan retten wollen«, fuhr Jae'le fort, »müssen wir gewinnen.«

28

Die *Bounty* verschwand im Dunkel der Nacht und im niederprasselnden Regen.

Bueralan und Samuel Orlan waren bis auf die Haut durchnässt, bevor sie noch den Hafen von Dyanos verlassen hatten und das schwach erleuchtete Straßenlabyrinth erreichten. Der Kartograf übernahm mürrisch die Führung und klagte dabei unentwegt über seinen Mantel, der zu schwer war und ihn doch kaum vor den Unbilden der Witterung schützte. Von Bueralan erwartete er offenbar keine Antwort, und der Saboteur, der beide Seesäcke trug, unterließ es auch, sich auf ein Gespräch einzulassen. Hätte er geantwortet, so hätte er wohl erklärt, er sei froh darüber, dass sie dank des schlechten Wetters kaum zu erkennen waren.

Bueralan hätte Ooila gern so betreten, wie er es verlassen hatte, nämlich über die Grenze zu Qaaina, doch das war nicht mehr möglich. Qaaina, das fast das gesamte nördliche Viertel des Kontinents bedeckte, war vor acht Jahren von den Fünf Königinnen erobert worden. Die tiefen Bergwerke in seiner Mitte hatte man unter den fünf Provinzen aufgeteilt. Als Bueralan vor Jahren diese Nachricht erhielt, hatte ihn leise Trauer überkommen, und er hatte sich daran erinnert, wie er und Zean auf den Pferden der Sklavenhändler dort über die Hauptstraße in die Freiheit geritten waren. Sie hatten kaum Geld und wenig Proviant gehabt und deshalb im nächsten

Hafen die Pferde verkauft, um sich eine Fahrt nach irgendwohin leisten zu können. Überrascht hatte ihn die Nachricht jedoch nicht. Die Fünf Königinnen hatten schon lange mit gierigen Augen auf ihren Nachbarn geschaut, und so schnell wie Qaaina einem Friedensschluss zugestimmt hatte, hatte man wohl auch dort den Einmarsch längst erwartet.

Doch das nützte ihm jetzt nichts.

»Eine Straße weiter links gibt es ein Gasthaus, wenn ich mich recht erinnere«, sagte Orlan. »Dort können wir angemessen unterkommen.«

»Wann warst du zum letzten Mal hier?«

»Vor acht Jahren«, antwortete Orlan und fuhr fort, als könnte er Bueralans Gedanken lesen: »Die Erste Königin hatte mich nach der Eroberung von Qaaina eingeladen.«

Bueralan brummte nur.

Das Gasthaus *Zum Spottpfeil* lag eineinhalb Straßenzüge entfernt, aber der Regen war jetzt so heftig geworden, dass es ihnen doppelt so weit vorkam. Auf dem Schild vor dem zweistöckigen Gasthof war eine Narrenkappe zu sehen, die von einem Pfeil durchbohrt wurde. Das Haus war hell erleuchtet und warm, und es war gut besucht. Die Besitzerin, eine stattliche, nicht mehr ganz junge Frau, die sich den Kopf kahl geschoren hatte, erkannte Orlan sofort. Als sie sich hinter der Theke erhob, richteten sich alle Augen auf die beiden Neuankömmlinge. Bueralan umklammerte die beiden nassen Seesäcke und wartete darauf, dass der Kartograf ihn vorstellte. *Wie dumm*, dachte er. *Ich hatte mir das ganz anders ...* Doch Orlan vermied ein längeres Gespräch. Nach wenigen Worten wies er darauf hin, dass sie nass waren und froren, und bald darauf fand sich Bueralan im oberen Stockwerk in einem Zimmer mit zwei Betten und einem rechteckigen Tisch mit zwei Stühlen wieder.

»Du schaffst es, dass ich in Ketten liege, noch bevor ich Cynama erreiche«, sagte er und schloss die Tür. »Da unten waren mindestens dreißig Gäste.«

»Wie lange ist es her?« Orlan zögerte. »Fünfzehn Jahre?«

»Siebzehn.«

»Hattest du diese Tätowierungen denn vor siebzehn Jahren auch schon?« Der kleine Mann schälte sich aus seiner Jacke. »Du solltest mehr Vertrauen haben, Baron.«

Zu mir selbst, dachte Bueralan. »Orlan ...«

Er wurde unterbrochen, weil jemand an die Tür klopfte.

Bueralan ließ seine Hand auf den nassen Ledergriff seines Schwerts fallen.

»Das ist wohl für mich«, sagte Orlan vorwurfsvoll. »Ich habe in allen Teilen der Welt Männer und Frauen, die gegen Bezahlung für mich die Ohren offen halten. Sie berichten mir, was in der Politik vorgeht, bringen mir Nachrichten und Klatsch, alles, was mich interessieren könnte. Du wirst es kaum glauben, aber eine gute Landkarte ist nicht das Werk eines Einzelnen, sondern entsteht durch die Zusammenarbeit von vielen. Wir alle ziehen die Linien in dieser Welt.«

Wortlos öffnete er die Tür einen Spaltbreit. Im Flur stand ein hagerer älterer Mann. Wäre er nicht so gebückt gegangen und hätte sich auf einen langen, vergilbten Stock gestützt, er wäre größer gewesen als Bueralan. Das Alter machte seinem Körper schwer zu schaffen, doch in seinem Blick war davon nichts zu bemerken. Unter den Krähenfüßen und den silbrigen Stoppeln blitzte hellwache Intelligenz hervor. Bueralan umfasste sein Schwert fester.

»Mein Name ist Tawain.« Die tiefe Stimme schien zu einem anderen Körper zu gehören. »Ich möchte Samuel Orlan sprechen.« Der Alte trat ein und schüttelte dem Kartografen kräftig die Hand. Ob ihn Bueralans Schwert oder das leise Klicken störte, als hinter ihm die Tür verriegelt wurde, war nicht zu erkennen. »Sieh dich nur an«, sagte Tawain zu Orlan. »Wenn ich nicht wüsste, dass du in den Vierzigern noch schwarzes Haar hattest, würde ich schwören, dass du in zehn Jahren um keinen Tag gealtert bist.«

»Ich glaube, ich bin sogar noch schöner geworden«, sagte der andere. »Was man von dir nicht behaupten kann.«

»Das ist hart.«

»Du *hattest* einst Haare.«

»Läuse.« Mühsam schleppte er sich zu dem Tisch und den Stühlen. Sein Stock schlug auf den Boden wie ein dritter Fuß. »Der ganze Hafen war letzten Monat davon befallen. Dem bist du immerhin entgangen.«

»Man hört oft, dass ich ein Glückspilz bin.«

Tawain brummte mürrisch: »Diesmal aber nicht.«

»Ach ja?«

»Du hast doch sicher gehört, dass der Unschuldige hier ist? Die Flotte, die vor der Küste der Fünften Provinz liegt, ist angeblich die seine.«

»Er hat keine Flotte.« Orlan lächelte nachsichtig. »Er hat nur ein einziges Schiff.«

Tawain grinste seinerseits und entblößte dabei schiefe, verfärbte Zähne. »Du hast recht, aber es geht hier nicht um die Wahrheit, sondern um Politik. Und dabei hast du Pech.«

»Die Königin von Cynama ist doch immer noch die Erste Königin?«

»Schon, aber allmählich wird sie alt, wie wir alle. Ihre Kinder werden dreister.« Er hielt inne. »Warum ziehst du dich aus?«

»Keine Sorge, ich will unsere Freundschaft nicht auf eine neue Stufe heben.« Orlan nahm ein Handtuch, das neben seinem Bett lag, und trocknete sich die weiche, weiße Brust ab. »Mir ist einfach nur kalt. Was tut sich sonst noch?«

»Du kannst dich freuen. Morgen bleibt es bei den feuchten Dämpfen.« Tawain wandte sich an Bueralan. »Ob der Unschuldige vor der Küste liegt oder nicht, spielt keine Rolle. Die Menschen verlassen Ooila. Noch ist es keine Massenflucht, aber es sind so viele, dass es auffällt. Und nicht nur in der Fünften Provinz, sondern im ganzen Land. In allen Häfen sitzen die Spione und lauschen auf jedes verzweifelte Flüstern. Weißt du, mit wem du unterwegs bist, Samuel?«

Bueralan sah dem anderen fest in die Augen, sagte aber nichts.

»Er ist nur ein Mensch«, sagte Orlan nach einer Pause. »Ein Mann ohne Geschichte, ohne Titel und ohne Land.«

Der Alte hielt Bueralans Blick fest. »Ist das wahr?«

»Ja«, antwortete Bueralan. »Und Sie werden es nicht vergessen.«

29

Heast ritt allein über die Steinbrücke nach Ghaam.

Es würde nicht mehr lange dauern, bis die Leichen Menans und seiner Soldaten gefunden wurden. Heast hatte keine hohe Meinung von Bnid Gaerl, aber der Feldherr von eigenen Gnaden würde es sicherlich nicht für Pflichtvergessenheit halten, wenn seine Leute sich nicht zurückmeldeten, sondern mit Fragen und mit der Schaufel dafür sorgen, dass sie wieder auftauchten. Heast war bei verschollenen Freunden, Angehörigen und Soldaten ähnlich vorgegangen. Nach seiner Schätzung hatte er nicht viel mehr als drei Tage Zeit, um sich auf Gaerls Gegenschlag vorzubereiten.

Aus der kalten Dunkelheit tauchte im Schein einer Laterne *Sins Hand* auf, ein weitläufiges Gebäude mit fleckigen Mauern. Über der Tür prangte eine rote Hand. Darunter standen zwei Männer: ein Schwarzer und ein Weißer, beide deutlich größer und breiter als Heast. Sie nickten ihm kurz zu, und er nickte müde zurück, bevor er in eine schmale Gasse einbog und langsam zu den Stallungen an der Rückseite des Bordells ritt. Eine ältere Frau saß auf einem Hocker und drehte sich aus fleckigem Papier eine dünne Zigarette. Sie hatte an der linken Hand nur drei Finger, hielt aber die Zügel von Heasts Pferd sicher fest, als der Hauptmann sein heiles Bein unbeholfen über den Sattel schwang und absaß. Hinter dem Stalltor misteten zwei Kinder die Verschläge aus und verteilten frisches Stroh; das müde Tier wurde zum Absatteln zu ihnen geführt.

In *Sins Hand* selbst war es weder so ruhig, noch ging es so ordentlich zu. Als Heast die Lederriemen seiner Schwertscheide löste, drang gedämpfter Lärm durch die Hintertür, vor der zwei weitere imposante Männer standen. Heast reichte gerade sein Schwert dem Mann zur Linken, als die Tür aufging und der Tumult lauter wurde. Ein schmaler Pfad, von roten Kerzen beleuchtet, wurde sichtbar. Unter der Decke schwebte parfümierter Rauch. Doch anstatt einzutreten, wartete Heast, um einen hochgewachsenen grauhaarigen Mann in teurer, in Grün und Rot gehaltener Kleidung vorbeizulassen.

»Hauptmann Heast«, sagte der Mann und blieb in der Tür stehen. Er war von weißer Hautfarbe, und sein Gesicht war so länglich, als hätte ein besonders mürrischer Ausdruck es im Lauf der Jahre nach unten gezogen. »Wir haben uns lange nicht gesehen. Wenn ich den Gerüchten glauben kann, sind Sie schwer beschäftigt.«

Lian Alahn. Heast verbarg seine Überraschung. »Die Kaufmannsgilde versteht sicher, dass Muriel Wagan sich um ihre Leute kümmern muss«, sagte er.

»Aber gewiss doch.« Der Mann trat heraus. Ein dunkelhaariger junger Bursche in einem leichten Lederharnisch folgte ihm. Einer von Sins Wächtern reichte dem Jüngeren ein langes Schwert. Eine wertvolle Waffe, stellte Heast fest. »Ich habe Sie zu erreichen versucht, als ich vor einigen Monaten nach Yeflam zurückkehrte. Ich hatte gehört, Sie würden nach mir suchen, aber ich konnte Sie nicht ausfindig machen. Darf ich fragen, worum es ging?«

»Es ging um Ihren Sohn«, antwortete der Hauptmann.

Der andere nickte. »Natürlich. Bitte kommen Sie doch kurz mit mir nach draußen.« Alahn ließ seinen Begleiter bei den beiden Wächtern im Dienst von *Sins Hand* zurück und entfernte sich zusammen mit Heast, bis sie außer Hörweite waren. »Ich hatte schon erfahren, dass Illaan nicht aus Mireea zurückgekehrt ist. Ich bitte vielmals um Entschuldigung, Hauptmann. Dass mein eigen Fleisch und Blut seinen Verpflichtungen nicht nachkommt, ist für mich unvorstellbar.«

Heast war verblüfft. Er hatte geglaubt, alle möglichen Reaktionen von Eltern auf den Verlust eines Kindes zu kennen. »Er ist gefallen wie so viele«, sagte er. »Ich wollte Ihnen nur schildern, wie es zuging, damit Sie mit seinem Tod abschließen können. Ich halte das immer so, wenn ein Untergebener von mir ums Leben kommt.«

»Mir genügt, dass er tot ist, Hauptmann. Mit seinem Versagen möchte ich mich nicht länger beschäftigen. Aber Sie könnten mir einen Gefallen tun«, fuhr der Kaufmann fort. »Würden Sie für mich eine Nachricht überbringen? Sie ist für die junge Frau bestimmt, mit er mein Sohn eine Beziehung hatte. Ich glaube, ihr Name ist Ayae. Ich bin ihr vor längerer Zeit zwar einmal begegnet, kenne aber leider ihren Familiennamen nicht.«

»Sie ist Waise«, sagte Heast. Seine Stimme war deutlich kälter geworden. »Sie kam ohne einen Familiennamen aus Sooia, und ich glaube nicht, dass sie die Absicht hat, sich einen käuflich zu erwerben.«

»Schon eher durch Heirat.« Wenn Lian Alahn die Veränderung in Heasts Stimme bemerkt hatte, so fühlte er sich dadurch lediglich in seiner Meinung über Ayae bestätigt. »Ich erwähne sie jedenfalls nur, weil ich denke, sie könnte mich womöglich besuchen und meinem Sohn an dem Grabmal, das wir für ihn gekauft haben, ihren Respekt erweisen wollen. Ich möchte nicht, dass sie sich von unserer

Familie ausgegrenzt fühlt. Wenn schließlich jemand die Schuld an Illaans Tod trägt, dann bin ich es. Ich habe dafür gesorgt, dass er unter Ihnen dienen konnte. Ich dachte, es wäre gut für ihn, es würde ihm Halt geben, ein Ziel. Der jungen Frau, derentwegen er geblieben ist, mache ich keinen Vorwurf.«

Illaan war verwöhnt und hochmütig gewesen, aber Heast hatte geglaubt, einen Funken von Charakter in ihm zu erkennen, der seinem Vater verborgen geblieben war. »Die beiden machten eine schwierige Zeit durch, bevor er starb«, sagte er. »Ich denke, dass sie sich deshalb von Ihrer Familie fernhalten wird.«

»Ich hatte gehört, sie sei verflucht.«

»Diesen Ausdruck verwende ich nicht.«

»Ich bitte um Verzeihung.« Alan lächelte. »Soviel ich weiß, wohnt sie jetzt bei den Hütern.«

Heast verbesserte ihn nicht.

»Wenn ich Sie dennoch damit belästigen dürfte, Hauptmann?«, fuhr Alahn fort, als wäre das Schweigen des Hauptmanns ebenso wie dessen Kälte nicht gegen ihn selbst gerichtet. »Ich wäre Ihnen sehr dankbar, wenn Sie die Nachricht für mich weitergeben könnten. Richten Sie ihr aus, ich würde sie gerne sehen. Ich habe einiges mit ihr zu besprechen, und ich möchte vermeiden, dass in Zukunft böses Blut zwischen uns herrscht.«

30

Nachdem Lian Alahn gegangen war, betrat Heast ohne Waffe den rot erleuchteten, rauchigen Flur des Bordells. Den dumpfen Rhythmen der Musik folgend, gelangte er in einen großen, nach oben hin offenen Saal. An den Wänden und auf den Tischen standen viele dicke Kerzen, die aber so angeordnet waren, dass sie mit ihren Schatten für Anonymität sorgten. Nur die Bühne in der Mitte lag voll in hellem rötlichem Licht. Dort spielte die Kapelle, bestehend aus drei verschiedenen Schlagzeugen und einer Reihe von Celli und Blasinstrumenten, für ein Publikum, das ihr kaum Beachtung schenkte. Das Interesse galt vielmehr den Frauen, die mehr oder weniger entkleidet, ein Glas in der Hand und ein Lächeln im

Gesicht, von einer halbdunklen Nische zur anderen schlenderten. Der Mann hinter der Theke zog Heasts Blick auf sich und deutete nach oben.

Die Musik begleitete Heast bis zur scheinbar unbewachten Tür eines Arbeitszimmers, war aber nur noch gedämpft zu hören, nachdem er eingetreten war. Ein langes, halbrundes Sofa beherrschte das Zentrum, dahinter sah man durch eine Wand aus dickem Glas auf die Bühne hinab, an der Heast soeben vorbeigegangen war. Auf dem Sofa saßen zwei Personen. Die erste, ein Mann Mitte zwanzig, lang und schmal, mit olivfarbener Haut, war Sinae Al'tor, der Besitzer von *Sins Hand.* In Schwarz und Orange gekleidet lehnte er in den Kissen, jeder Zoll der wohlhabende, gut aussehende Vertreter der Unterwelt, den er darstellen wollte. Ein hübsches schlankes Mädchen von weißer Hautfarbe schmiegte sich an ihn. Das hellblonde Haar fiel ihr bis weit über die Schultern, wenn auch nicht bis zu den schlanken Beinen und den nackten, mit Ringen geschmückten Füßen. Pose und Kleidung waren darauf angelegt, den Eindruck schwüler Lüsternheit zu betonen, und das hatte auch so lange Erfolg, bis einen der unergründliche Blick ihrer dunkelgrünen Augen traf.

Sie zog die Füße an, als Heast sich unbeholfen auf das Sofa fallen ließ. »Darf ich?«, fragte er und deutete auf die Flasche und die Gläser, die davor auf einem niedrigen Tisch standen. »Oder hat etwa Lian Alahn daraus getrunken?«

»Die Gläser sind sauber«, antwortete Sinae. »Deine Hände auch?«

»Wie steht's mit den deinen?«

Das Mädchen lächelte.

»Auch einen Schluck?« Heast griff nach dem Whisky. Unter der Flasche lagen zwei Zeitungen mit der Titelseite nach unten.

Das Mädchen schüttelte den Kopf, aber Sinae nickte. »Wenn ich gewusst hätte, dass du heute kommst«, sagte er, »hätte ich es so eingerichtet, dass du meinem spannenden Gespräch mit dem ehrenwerten Lian Alahn hättest beiwohnen können.«

»Ich habe mich lange genug mit ihm unterhalten.«

»Er erregt einen gewissen Abscheu, nicht wahr?« Sinae griff nach dem Glas, das Heast ihm zuschob. »Ich sollte hinzufügen, dass er mir mitteilte, Bnid Gaerls Männer seien hinter dir her. Natürlich wusste ich das bereits. Nachdem du saubere Hände hast, bist du ihnen wohl nicht begegnet?«

Der Hauptmann der Geister – der Schimpfname würde ihm wohl ebenso erhalten bleiben wie Muriel – hob das Glas und trank seinem Gastgeber zu. Sinae hatte vor fünf Jahren als billiger Strichjunge in einem Bordell in Mireea gearbeitet. Er hatte Heast gegen kleine Summen Informationen verkauft, aber sie waren nie wirklich ins Gespräch gekommen, bis Sinae übel zugerichtet im Haus eines reichen Mannes aufgefunden wurde. Man hatte ihn fast einen Monat lang an die Wand gekettet und missbraucht. Eine Woche zuvor hatte der junge Mann seinen Peiniger eines Nachts erwürgt, doch erst als der Gestank des verwesenden Leichnams nach draußen drang, waren die Nachbarn auf die Idee gekommen, dort einmal nachzusehen. Heast hatte sich danach nicht weiter um Sinae gekümmert, doch als der Junge langsam wieder zu Kräften kam, hatte Muriel Wagan Interesse an ihm gefunden und einen Menschen kennengelernt, der zwar hochintelligent, aber haltlos und ohne Ziel im Leben war.

»Hat Alahn für diesen Hinweis etwas verlangt?«, fragte Heast. »Oder sollte er nur eine Gefälligkeit sein, bevor er dich fragte, ob du Muriel eine Nachricht überbringen könntest?«

Sinae lächelte träge. »Ein ziemlich durchsichtiges Manöver.«

»Subtiles Vorgehen ist nicht seine Stärke.« Nach Sinaes Genesung hatte Muriel ihm Arbeit in Yeflam angeboten, in einem neuen, ihm bis dahin unbekannten Gewerbe. Ein Jahr später hatte sie ihm das Kapital für *Sins Hand* zur Verfügung gestellt und ihm damit den Weg in die Unabhängigkeit geebnet.

»Außerdem ist er eiskalt«, sagte Heast und lehnte sich in die Polster zurück. »Du hättest hören sollen, wie er über seinen Sohn gesprochen hat.«

»Es war sein dritter Sohn«, entgegnete Sinae. »Die gelten immer am wenigsten.« Heast brummte nur, und der Spion deutete auf den Tisch. »Er hat auch diese Blätter hiergelassen. Sie kommen aus einer Druckerei hier in Ghaam, die einem Hüter gehört, und einer zweiten in Burata, die im Besitz der Kaufmannsgilde ist.«

Heast ließ die Zeitungen unberührt. »Ich habe genug von den Dingern gelesen«, sagte er entschieden.

»Aber die nicht«, widersprach Sinae. »Sie brechen zum ersten

Mal die Nachrichtensperre, die über einen Mann namens Qian verhängt wurde. Er war der Gefangene, und ich gebrauche das Wort in einem sehr weiten Sinn, den Lady Wagan gegen die Unterbringung auf dieser gottverlassenen Insel eintauschte.«

Heast war neugierig geworden, beugte sich vor und drehte die Zeitungen um. Auf der Titelseite der ersten stand in riesigen schwarzen Lettern:

GERECHTIGKEIT VERWEIGERT!!!

Die zweite zeigte ein Bild von Zaifyr, wie er sich, ausgehungert und, wie Heast fand, viel bösartiger als in Wirklichkeit, über ein Grab beugte.

MÖRDER UNTER UNS,

lautete hier die Schlagzeile. Er schlug beide Blätter auf und sah die langen Textblöcke im Inneren. »Sie haben eine Menge zu sagen«, bemerkte er. »Können sie mit der üblichen Hetze mithalten?«

»Laut Alahn will die Presse einen Prozess erzwingen. Die zweite Zeitung – die mit dem Bild – gehört ihm. Er sagt, die Hüterin Eira, bekannt als die Kalte Hexe oder die Kalte Hure, je nachdem, welche Erfahrungen man mit ihr gemacht hat, hätte ihm persönlich anvertraut, dass man bemüht sei, der Öffentlichkeit bewusst zu machen, was seit Qians Ankunft hier geschehen ist. Er verhindere, dass Yeflam sich in diesem Teil der Welt zu einer eigenständigen Macht entwickeln könne. Sobald der Prozess beendet sei, würde man sich mit der leeranischen Gefahr befassen, sagte sie weiter. Das ist nicht die offizielle Meinung der Enklave, aber Alahn hat alles geschluckt wie einen Leckerbissen. Er ist der Ansicht, von Leera komme die wahre Bedrohung. Allerdings vertreten andere Mitglieder der Kaufmannsgilde einen abweichenden Standpunkt.« Sinae schwenkte den restlichen Whisky in seinem Glas. »Man munkelt sogar, Benan Le'ta dränge auf ein Bündnis mit den Leeranern. Das passt zwar eher zur Haltung der Enklave, aber Le'ta behauptet, ›*Das Ewige Königreich*‹ sei gegen die Hüter gerichtet und würde letztlich dazu führen, dass Leera Seite an Seite mit der Kaufmannsgilde die Kontrolle über Yeflam übernimmt.«

»Wie kann ein Mann nur so dumm sein?« Heast erwartete auf diesen Seufzer keine Antwort. »Bevor das alles überstanden ist, wird ihn die Schlange beißen.«

»Die Schlange macht bereits Jagd auf ihn. Missgünstige Stimmen unterstellen ihm, er sei ein Anhänger des neuen Gottes. Man versucht, ihn mit dem Druck von ›*Das Ewige Königreich*‹ in Verbindung zu bringen, aber bisher mit geringem Erfolg. Jedenfalls witterte Lian Alahn eine Schwäche und hat angefangen, seinerseits säckeweise Schlangen zu sammeln, um sie bei passender Gelegenheit auf Benan Le'ta loszulassen.«

»Das wird Muriel hören wollen. Hat er dir einen Brief für sie gegeben?«

Sinae zog ein zusammengefaltetes Blatt unter seiner Kleidung hervor. »Er hat ihn von seinem Leibwächter schreiben lassen, für den Fall, dass er in falsche Hände gerät.« Das Mädchen gab den Brief an Heast weiter. »Dieser Prozess«, sagte Sinae, nachdem ihn der Hauptmann der Geister entgegengenommen, geöffnet und gelesen hatte. »Alahn glaubt, die Hüter wollen Qians Tod.«

In dem Brief stand nur, dass Lian Alahn die Herrin des Rückens willkommen heiße.

»Sie wissen es eben nicht besser«, meinte Heast.

Das Mädchen stieß den Hauptmann mit ihren nackten Zehen in die Seite. »Jeder muss sterben« sagte sie leise.

»Du und ich schon«, sagte er, berührte sie aber nicht. »Ich bin früher mit einer Hexe namens Anemone geritten. Das war noch vor eurer Geburt. Sie war eine faaishanische Hexe. Die bekommt man heutzutage nicht mehr oft zu sehen; nicht viele Hexen sind bereit, den Bund mit ihren Vorfahren einzugehen, und vor allem scheuen sie das Ritual. Eine faaishanische Hexe – eine echte faaishanische Hexe, die von Generationen früherer Hexen umgeben ist – speist diese mit ihrem eigenen Blut. Anemone war eine alte Hexe mit einem langen Stammbaum. Sie sagte oft, bei der Truppe Zuflucht habe es immer eine Hexe gegeben, und Zuflucht reichte weit zurück – nach Aussagen einiger Soldaten bis in die Zeit vor dem Krieg der Götter. Anemone hat nie behauptet, die Verbindung zu den Hexen aus jenen Zeiten aufrechterhalten zu haben, aber sie war noch an so viele ihrer Vorfahrinnen gebunden, dass sie einem Furcht einflößen konnte. Große Furcht. Sie selbst fürchtete niemanden. Nur vor Zaifyr – dem Mann, den man in Yeflam Qian nennt –, vor ihm hatte sie Angst. Als ich ihn kennenlernte, waren wir beide in Faaisha, und sie vermittelte uns einen kleinen Auftrag. Es war nichts Besonderes. Die Sache nahm ihren Lauf, und am Ende waren wir alle noch am Leben. Aber hinterher sagte sie mir, neben ihm zu stehen sei das Schrecklichste gewesen, was sie jemals erlebt habe. Ich hatte sie vor Kriegsfürsten stehen sehen. Sie hatte Schwertkämpfer getötet, als wäre es nichts. Ich war sogar mit ihr zusammen in Sooia. Anemone hatte ich gekannt, seit ich zehn Jahre alt war, und nie zuvor hatte ich diese Angst in ihrer Stimme vernommen. Verstehen konnte ich sie erst, als ich hörte, wie Zaifyr von Aelyn Meah als seiner Schwester sprach.«

Sinae schob sein leeres Glas zu Heast zurück. »Und doch hast du ihn in Ketten hierher gebracht?«

»Er hat es zugelassen.« Heast nahm das Glas. »Ich würde dir raten, den Kopf unten zu halten, bis dieser Prozess vorüber ist. Dennoch habe ich eine Bitte an dich.«

»Ich tanze nicht.«

Heast schenkte beide Gläser nach. »Ich möchte, dass du Bnid Gaerl sagst, wo ich bin.«

»So sauber sind deine Hände offenbar doch nicht, Hauptmann.«

»Das waren sie noch nie.« Er gab ein Glas zurück. »Aber ich möchte, dass du dem Hauptmann der Yeflam-Garde ebenfalls sagst, wo ich bin.«

»Soll ich dir auch gleich eine kleine Armee besorgen?«

»Nein«, sagte er. »Aber danach sollst du Faise und Zineer Kanar an einen sicheren Ort bringen.«

31

Leises Pochen weckte Bueralan.

»Es ist immer noch herrlich anzuschauen«, sagte Samuel Orlan. Der alte Kartograf stand zwischen den Betten am Fenster in der Morgensonne. Kleine Schattenflecken tanzten auf ihm. »Ich weiß noch, wie ich es zum ersten Mal sah. Man hatte mir natürlich davon erzählt. Man erzählt jedem, der nicht hier geboren ist, von den

Morgenstunden in Ooila. Dennoch ist man nicht auf den Anblick vorbereitet. Bevor ich hierherkam, hörte ich die Geschichte, wie die Göttin Maita sterbend zu Boden fiel und in Stücke zerbrach. Tausende, ja Millionen Stücke, alle so klein, dass sie durch Spalten und Risse und Löcher im Boden tief hinab in die Erde fielen, immer weiter bis zur Lava im Herz der Vulkane, wo die Göttin im Leben gebadet haben soll. Es hieß, nach ihrem Tod seien die Flaschen in den Händen der Hexen erkaltet. Bis dahin waren sie warm gewesen, aber nun hätten sie sich angefühlt, als wären sie aus Eis. Das Gleiche galt für die Vulkane. Eine Nacht lang trauerte ganz Ooila, denn die Menschen dachten, sie hätten nicht nur einen Gott verloren, sondern auch die Seelen ihrer Brüder und Schwestern, ihrer Mütter und Väter, ihrer Liebsten und Freunde. Sie weinten bis zum nächsten Morgen. Dann stiegen die Schmetterlinge auf, doch im Lauf des Tages sah man sie sterben. Erst nur einige wenige, dann immer mehr und schließlich so viele, dass sie unter den Füßen der Menschen zertreten wurden. Wieder wurde am Abend geweint, doch am nächsten Morgen stiegen neue Schmetterlinge auf. Nur stellten die Menschen diesmal fest, dass sie Lava aus den Vulkanen mitbrachten.«

»Und die Lava kühlte erst wieder ab, als alle Schmetterlinge tot waren.« Bueralan hatte als Kind die gleiche Geschichte gehört. »Bis ich zehn Jahre alt war, dachte ich, es sei ein Mythos.«

In Orlans Lachen schwang Bitterkeit mit. »Die Ooilaner leben tagtäglich mit dem Tod und kommen kein einziges Mal auf die Idee, den Göttern die Schuld zu geben.«

»Wozu Tote anklagen?« Bueralan schlug die Bettdecke zurück. Das Pochen an den Fenstern hielt an, während er den Nachttopf unter dem Bett hervorzog. »Heute Morgen werde ich uns ein Paar Pferde besorgen.«

»Haben wir es eilig?«

Bueralan schob nach dem Entleeren seiner Blase den Nachttopf wieder zurück und schnürte seine Hosen zu. »Tawain hat dem *Auge der Königin* inzwischen sicherlich verraten, wo wir uns aufhalten«, sagte er und griff nach Wams und Schwert.

»Von dieser Seite hast du wirklich nichts zu befürchten.«

Bueralan brummte nur, stieß die Tür auf und verließ das Haus.

Auf der Straße stiegen bereits die Dämpfe auf. Bei jedem Schritt, den er machte, stoben die Schmetterlinge auseinander und umschwirrten ihn von allen Seiten. Sie waren rot und orange, grün und blau, schwarz und weiß und hatten so viele Muster, dass keine zwei gleich zu sein schienen. Zählen konnte man sie nicht. Bueralan sah, dass es Tausende und Abertausende waren, aber nicht alle flatterten in der Luft. Viele hingen an den Glas-, Holz- oder Ziegelflächen von Gebäuden, während andere, einfarbig braun geworden, bereits tot auf der schlammigen Straße lagen.

Weiter im Landesinneren hatte er noch mehr gesehen, aber nur im Umkreis der Vulkane traten sie in solchen Massen auf, dass man sich in Acht nehmen musste. Am Horizont zeichneten sich schwach die Umrisse des Karaanas ab, des größten Gipfels in der Bergkette zwischen der Ersten und der Dritten Provinz. Dort verdüsterten die Schwefelwolken den Himmel, bis die Mittagssonne ihren höchsten Stand erreichte und sie nach oben entwichen.

In dieser Gegend konnte man in den Morgenstunden ums Leben kommen, wenn man nicht vorsichtig war.

Er kaufte zwei Pferde, beide grau mit schwarzen Flecken. Die Händlerin war schon älter und hatte sich den Kopf kahl geschoren. Sie sagte, es seien Soldatenpferde, mit neun und zehn Jahren zu alt für den Kriegsdienst, aber noch kräftig. Beide waren vom Kopf bis zum Schweif mit Narben von Trense, Peitsche und Schwert übersät, und das größere der beiden hatte einen tückischen Blick, der Bueralan seltsam ansprach. Die Händlerin wollte nur beide zusammen verkaufen: »Sie sind miteinander gekommen, sie sollen auch miteinander gehen«, sagte sie. Zum Ausgleich hatte sie beide frisch beschlagen lassen und gab die Sättel billig ab.

»Sie wollen sie wohl nicht unbedingt behalten?«

Da wusste sie bereits, dass der Handel perfekt war. »Der Große wollte erst neulich ein kleines Mädchen beißen«, sagte sie. »Und der Kleinere hat zwei Stallburschen getreten.«

Er ließ zwei von Mireeas runden Essr-Goldmünzen mit dem Loch in der Mitte in ihre Hand fallen.

»Die muss ich einschmelzen.« Ein ooilanischer Gold-Raq wog so viel wie zwei Essr. »Aber damit sind wir quitt. Ich hoffe, Sie sind mit den beiden zufrieden.«

Zwar konnte er die Pferde zum Gasthof zurückführen, ohne behelligt zu werden, doch vor dem schmalen Eingang krampfte sich sein Magen zusammen. Der Stallbursche war nirgendwo zu sehen, und drinnen waren viele der Verschläge mit Heu und Sätteln belegt, nur in der Mitte gab es noch zwei freie Plätze. Er streichelte die Nase des kleineren Pferdes und führte die beiden Tiere hinein. Nur das Trommeln seiner Stiefelabsätze war zu hören.

Kaum hatte er beide Pferde angebunden, als neue Schritte ertönten, Schritte von schweren Stiefeln, die sich langsam und vorsichtig von entgegengesetzten Seiten des Stalles näherten.

Bueralan legte die Hand an sein Schwert, trat auf die Stallgasse hinaus und schaute nach beiden Seiten.

Drei Männer: erst zwei von links, dann ein weiterer von rechts.

Alle waren kahl geschoren. Er kannte keinen, aber ihre Absicht war eindeutig. Die beiden Männer, die von links kamen, hatten Kurzschwerter in den Händen, der von rechts trug einen schweren Stab. Es waren keine Soldaten: Der Rost auf den Klingen war schon alt, und sie umklammerten sie mit beiden Händen wie eine Axt. Bei dem Mann mit dem Stab war das anders: Er hielt seine Waffe mit leichter Hand, und sie war so gut ausbalanciert, dass er sie wohl nicht einfach von der Straße aufgelesen hatte.

»Die Läuse haben euch alle abstoßend hässlich gemacht.« Er zog sein Schwert, sein Magen beruhigte sich. »Und das sage ich, der ich mir aus freien Stücken den Schädel rasiere.«

Zuerst nahm er sich das linke Paar vor. Er sprang mit einem Satz auf die beiden zu. Darauf war der Mann mit dem Stab nicht gefasst, sodass er ein paar Schritte hinter ihm zurückblieb. Die beiden Männer vor ihm wichen zurück, Bueralan parierte einen ungeschickten Stoß des einen und nützte seinen Schwung, um an dem zweiten vorbeizukommen. Dann fuhr er herum und drängte sie gleichzeitig mit einem raschen Hieb zurück. Damit hatte er sie genau zwischen sich und den Mann mit dem Stab gebracht.

Einer der Schwertkämpfer spuckte aus. Plötzlich wirbelten stahlbeschlagene Hufe durch die Luft.

Beide Pferde schlugen mit den Hinterbeinen aus, ohne Rücksicht auf Schwert oder Harnisch zu nehmen. Die zwei Schwertträger wurden zuerst an Brust und Schulter getroffen. Die nächsten Tritte erwischten beide am Schädel. Nur der Mann mit dem Stab entkam dem unerwarteten Angriff. Er wich einen Schritt zurück, wollte wegrennen, aber dazu kam es nicht mehr. Bueralan stürzte sich auf ihn und stieß ihm sein Schwert so tief in die Brust, dass es auf der anderen Seite wieder austrat. Dann setzte er ihm den Fuß auf den Bauch, zog die Klinge heraus und wandte sich wieder den beiden anderen zu. Einer war noch am Leben und wollte aufstehen – doch das verhinderte Bueralans herabsausendes Schwert.

Sie hatten nur ein paar Münzen bei sich, aber darum ging es Bueralan nicht. Er wusste, wie sie ihn gefunden hatten – und wenn Tawain nicht verantwortlich war, dann eben jemand anders, der ihn vergangene Nacht erkannt hatte. Er zerrte die Leichen in einen der Verschläge und deckte sie mit Stroh zu. Über das Blut in der Stallgasse streute er Sägemehl. Jemand, der genauer hinsah, würde sich nicht täuschen lassen, aber damit konnte er die Zeit gewinnen, die er brauchte.

Oben war Orlan am Packen. »Wie ist es gegangen?«, fragte der Kartograf, als die Tür zufiel.

»Genau so, wie ich es mir dachte«, lautete die Antwort.

Steinerne Barrieren

Doch was ist mit dem Inhalt?
Man darf »*Das Ewige Königreich*« erst in Händen halten, nachdem man diesem neuen namenlosen Gott den Treueschwur geleistet hat. Aber man darf hören, was darin geschrieben steht – wenn auch nur in Ausschnitten. In seiner Gesamtheit ist das Buch denen vorbehalten, die gläubig sind.
Die Stellen, die laut vorgelesen werden, versetzen einen in Erstaunen. Offenbar handelt es sich weniger um ein religiöses Traktat als um eine historische Abhandlung. Der Text behauptet zunächst, Klarheit darüber zu schaffen, welche Ereignisse zum Krieg der Götter führten, um dann wie ein Zauberkünstler den Vorhang für ein billiges Spektakel zu heben, die Behauptung nämlich, die Götter hätten einander beim Liebesakt getötet. Sie hätten jahrtausendelang nichts anderes als eine Form des rituellen Selbstmords praktiziert, um ihr einziges Kind zu segnen und damit unsere Welt besser zu machen.

Tinh Tu,
»*Geheimes Tagebuch*«

32

Zaifyr hinterließ Bücher, wo er ging und stand. Faise und Zineer hatten versucht, eine gewisse Ordnung in das Chaos zu bringen. Das war ihnen zwar bei den Werken gelungen, die er gelesen und verworfen hatte, nicht aber bei denen, die er nicht gelesen hatte, oder bei denen, die er zwar gelesen hatte, aber noch zurückbehalten wollte. Sie lagen überall im Haus herum, auf dem Tisch, im Weinregal oder auf der Treppe. Scheinbar achtlos fallen gelassen, zeichneten sie doch seine Gedankengänge nach. Sie lagen da aufgeschlagen, wo er zu lesen aufgehört hatte, mit dem Rücken nach oben oder unten, manchmal auch durch ein zweites Buch verdeckt. Es gab alte Bücher mit rissigen Ledereinbänden und dünnen Pergamentseiten und neue, in Yeflam hergestellte Werke mit sauber gedruckten, schnurgeraden Zeilen auf dickem Papier. Es gab Originale, Kopien von Originalen und Übersetzungen von Originalen in Sprachen, die ihm geläufig waren, und in Sprachen, die ihm Mühe bereiteten. Als Faise einen Band aufhob, der offenbar unter einen Stuhl gerutscht war, hatte sie ihn gefragt, ob er sich überhaupt an den Inhalt der Werke erinnere, die er noch behalten wolle. Die Antwort lautete, er kenne sie alle.

Die meisten Bücher stammten aus der Bibliothek der Enklave. Einige davon hatte Kaqua für ihn ausgeliehen, andere Ayae. Aber er hatte sich auch außerhalb der Bibliothek umgesehen. Die greise Besitzerin eines Antiquariats in Nale hatte eine Reihe von Bestellungen von ihm erhalten und sah sich daraufhin gezwungen, in die Tiefen ihrer Bestände einzutauchen und sich so lange mit ihrem Stock durch schmale Gassen zwischen dicken Bücherstapeln zu tasten, bis sie zu den verborgenen Schätzen vorstieß, die Zaifyr durch die Augen eines toten Gelehrten dort entdeckt hatte.

»Ich habe mir von Faise Geld geliehen, um sie kaufen zu können«, sagte Zaifyr, während er Jae'le entlang der nur schemenhaft erkennbaren Stapel durch Aelyns dunkles Haus führte. »Ich habe darin zwei Namen gefunden, die ich beim Prozess verwenden kann, aber keinen Zeugen für den Krieg der Götter. Danach suche ich immer noch.«

»Schuld sind wir selbst.« Die Sturmschwalbe schwebte von einem Stapel zum anderen, von halb und fertig gelesenen bis zu ungelesenen Titeln. »Wir haben die Berge verlassen, nachdem wir dich eingekerkert hatten, und uns wieder mit Aufruhr und Revolution beschäftigt.«

»Der größere Schaden war aber bereits vorher entstanden.« Zaifyr betrat das Hinterzimmer und riss ein Streichholz an. »Vieles von dem, was verloren ist, haben *wir* verbrannt.«

»Ich weiß. Wegen dieser Verbrechen verbringt Tinh Tu ihr Leben damit, das Zerstörte neu zu erschaffen. Durchaus möglich, dass sie dich noch einmal bittet, ihr bei der Rekonstruktion der verlorenen Bücher behilflich zu sein, wenn alles vorüber ist.«

Zaifyr erinnerte sich, wie sie ihn beim ersten Mal persönlich darum gebeten hatte. Es war ein schwül-warmer Tag gewesen, und sie hatten sich in den krummen Ästen von Jae'les Baumhaus getroffen. »Es ist grausam, dafür die Toten zu missbrauchen«, hatte er damals zu ihr gesagt. Die gleichen Worte wiederholte er nun gegenüber seinem Bruder. »Es ist immer noch grausam«, fügte er hinzu, als der Docht der ersten Kerze Feuer fing.

»Ist das, was du jetzt vorhast, nicht noch grausamer?«

»Ich tue es für die Toten.«

»Diesen Satz habe ich schon einmal gehört.« Die Flamme spiegelte sich in den schwarzen Vogelaugen. »Er erinnert mich an die alten Zeiten in Asila, Bruder.«

»Dann höre nicht hin.«

»Die Angst ist bereits da.«

»Ich dachte, du wolltest mir helfen, stattdessen machst du mir Vorhaltungen.« Er drückte das Streichholz mit dem Daumen aus und spürte den scharfen Schmerz. »Dabei hast *du* mich doch nach Mireea geschickt.«

Die Sturmschwalbe schlug gereizt mit den Flügeln. »Ich mache mir nur Sorgen um dich.«

»Es gibt viele Gründe, sich Sorgen zu machen.« Zaifyr nahm die Kerze und hielt die Flamme an eine zweite. »Deshalb sind hier so viele Bücher.«

»Wonach suchst du eigentlich genau?«

»Nach Stellen, in denen von dem Götterkind die Rede ist, vom Streit der Götter und von Linaes Tod.« Auch die nächste Kerze flammte auf. »Letzteres ist am mühsamsten, einfach deshalb, weil ich das meiste noch einmal lesen muss. Wir haben bereits vor langer Zeit nach Gründen gesucht, warum die Götter anfingen, sich zu bekriegen, aber damals fanden wir keine eindeutigen Belege, und daran hat sich nichts geändert. In jener Zeit dachten wir noch, sie wären uns zu fremd, und wir würden sie niemals verstehen. Wir glaubten, worüber die einzelnen Götter in Streit geraten waren, würde auf ewig unbekannt bleiben. Aber wenn es nun doch Hinweise gäbe? Wenn es in einer Geschichte, von der wir glaubten, sie handle von jemandem wie dir oder mir, in Wirklichkeit um das Götterkind ginge?« Er zuckte die Achseln. »Auch beim zweiten Lesen bin ich nicht viel weitergekommen.«

»Hast du auch die neueren Belege mit einbezogen?«, fragte die Sturmschwalbe. »Du könntest anführen, wie Ger auf dich reagierte.«

»Eine Argumentation, die auf einem Gott aufgebaut ist, kann nicht besonders überzeugend sein.«

»Man wird alles anfechten, was du vorbringst.«

»Nicht, wenn ich den richtigen Toten finde.«

»Man wird trotzdem Zweifel anmelden, Bruder.«

»Ich habe gesehen, wie sie eine Seele zerstört hat.« Zaifyr hatte die letzte Kerze entzündet, die siebte im Raum. »Ich brächte das nicht über mich. Als Mensch aus Fleisch und Blut hat man seine Grenzen, gewiss, aber das ist es nicht allein. Sie war so mächtig und dabei von einer so unbekümmerten Grausamkeit. Die Zerstörung dieser Seele bedeutete ihr nichts. Sie betrachtete sie lediglich als einen Gegenstand in ihrem Besitz. Wenn das sichtbar gemacht werden kann, wird niemand mehr Zweifel haben.«

»Wir waren in einem gewissen Stadium nicht anders«, sagte Jae'le leise. »Seele, Geist, Fleisch, Land und Luft, wir glaubten, alles gehöre uns. Wie haben wir damals reagiert, wenn uns jemand widersprach?«

Zaifyr sah dem Vogel in die Augen. »Uns *hat* niemand widersprochen.«

»Du meinst, bevor dein Buch erschien?«

Zaifyr nahm die Spitze wortlos hin. Verfolgt von Jae'les Vogelblick ging er zu einem der Stapel mit ungelesenen Büchern und begann zu blättern. »Hast du vor, mir zu helfen?«, fragte er und zog ganz unten einen dicken Band heraus: »*Gegen die Finsternis – die Lebensgeschichte des edlen und gottgläubigen Ritters Alric Caloise, geschrieben von seinem Knappen.*«

»Vögel können nicht lesen.« Die Sturmschwalbe hüpfte auf eine Stuhllehne. »Mehr als einen solchen Titel zu entziffern bereitet mir Mühe.«

»Das meinte ich nicht.«

»Ich werde dir helfen, aber ich bin eben erst am Nordtor von Yeflam eingetroffen. Ich brauche ein paar Tage, um zu dir zu kommen. Vielleicht sehe ich mir sogar vorher noch das Land an, das unser Bruder und unsere Schwester geschaffen haben.«

Der Scherz verfehlte seine Wirkung. Zaifyrs Bruder hatte seit der Fertigstellung des Turms, in dem man Zaifyr eingesperrt hatte, die mächtigen Äste seines Hauses nicht mehr verlassen. Er hatte seinen Körper versteckt, ihn in die Einsamkeit verbannt, war nur noch in Tiergestalt gereist und hatte mit fremden Stimmen zu seinen Geschwistern gesprochen. Dass er nun in eigener Person nach Yeflam gekommen war, bewies mehr als alles andere, wie tief beunruhigt er war.

»Du bist dem Götterkind nach Leera gefolgt«, sagte Zaifyr. »Das hat sie mir selbst gesagt.«

»So ist es.« Er schwieg einen Moment. »Aber ich dachte, sie sei eine von uns. Ich hatte nicht die leiseste Ahnung, was sie wirklich war.«

Zaifyr hatte es sofort gespürt. Sie war in gewissem Sinne wie er, aber doch nicht ganz. Es fiel ihm schwer zu glauben, dass Jae'le das nicht erkannt, ja nicht einmal geahnt haben sollte.

»Bevor ich hierherkomme, will ich mit Aelyn sprechen«, sagte die Sturmschwalbe. »Das gebietet schon der Respekt, aber es verschafft mir auch die Gelegenheit, mich nach unserem Bruder zu erkundigen. Eidan ist nach Asila gewissermaßen zum Vagabunden geworden. Er reiste von einer Ruine zur anderen und ließ jede, die er wiederaufgebaut hatte, leer zurück. Aber an Aelyn schickte er jede Woche einen Brief. Sie weiß ganz bestimmt mehr, als sie zugeben will.«

Zaifyr berührte das Amulett an seinem Handgelenk. »Aber sie wird es dir nicht unbedingt sagen.«

»Mag sein.« Ein heiserer Ton – ein Seufzer vielleicht – drang aus der Vogelkehle. »Unsere Treffen sind immer schwierig. Dies war einst mein Land. Ich erhebe keinen Anspruch mehr darauf, aber es hat immer zwischen uns gestanden, dass sie es übernommen hat. Wir hätten eigentlich verschwinden sollen, abgleiten in die Geschichte, damit alle Welt unsere schrecklichen Taten vergessen konnte. Es war nicht vorgesehen, dass sie als überlebende Herrscherin der Fünf Reiche eine Stadt errichtete. Dennoch hat sie es getan.«

»Warum haben die Menschen sie nicht verjagt?«

»Nach uns gab es dunkle Jahre, und neue Tyrannen standen auf«, sagte Jae'le. »Und es gab immer noch einige, die uns verehren wollten. Für Aelyn war es nicht leicht, sich diesem Ruf zu verweigern.«

»Ich vermisse es nicht, über andere zu herrschen«, sagte Zaifyr. »Ganz und gar nicht.«

Die Sturmschwalbe sträubte ihr Gefieder und schlug mit den Flügeln, sagte aber nichts.

33

Die Rückfahrt von Nale nach Mesi dauerte lange, und als Ayae, Faise und Zineer vor dem kleinen Haus ankamen, war der Vorgarten mit Karikaturen von Muriel Wagan und Aned Heast bepflastert. Bis sie die Schmähschriften entfernt hatten, war es spät geworden. Doch obwohl Ayae in der Nacht zuvor wenig Ruhe gefunden hatte, konnte sie nach der Säuberung des Gartens nicht länger als fünf Stunden schlafen. Wie in den meisten Nächten hatte sie schlimme Träume: Bilder von den Kämpfen auf Gers Rücken und von den Frauen und Männern, die sie getötet hatten, verfolgten sie nach wie vor. Sie sah Illaan in seinem Spitalbett, und auch Fo und Bau tauchten immer wieder auf. Sie träumte von dem Kampf im Turm. Wieder spürte sie die kraftlose Hand der sterbenden Queila Meina auf ihrer Schulter und sah sie wenig später als Geist aufsteigen. Und wenn sie von den Zelten auf Wila träumte, verwandelten die sich unversehens in die rauen Holzwände eines namenlosen Flüchtlingslagers in Sooia. Jede Nacht erwachte sie, weil sie sich in den Laken verfangen hatte, und dann war ihre Haut so heiß, dass sie befürchtete, das Bettzeug in Brand zu stecken.

Meistens las sie dann im fahlen Kerzenschein, bis die Morgensonne aufging. Gelegentlich experimentierte sie mit ihrer eigenen Wärme und versuchte sie nach außen zu leiten, aber ohne Erfolg. Sosehr sie sich auch bemühte, vieles von dem, was sie in Mireea vermocht hatte, wollte ihr nicht mehr gelingen. In ihren Träumen mochte sie brennende Schwerter sehen, aber sie konnte keine Flamme dazu bewegen, am Stahl entlangzuzüngeln. Sie konnte sich selbst erhitzen, Wasser zum Kochen bringen und sich übernatürlich schnell bewegen, aber das war auch alles. Allmählich hatte sie den Verdacht, dass sie ihre Emotionen freisetzen müsste, um mehr zu erreichen – aber diese Vorstellung war ihr nicht geheuer.

Sie war so in ihre Gedanken vertieft, dass sie das Licht im Untergeschoss erst bemerkte, als sie die Küche betrat. Am Tisch saß Faise in einem lose gegürteten orangefarbenen Morgenrock. Als sie Ayaes ansichtig wurde, schenkte sie ihr ein müdes Lächeln. »Ich wollte dich nicht wecken«, sagte sie.

»Das hast du auch nicht.« Auf dem Tisch lagen die Zeitungen und Flugblätter, die sie bei ihrer Rückkehr im Garten vorgefunden hatten. »Und du brauchst dich auch nicht zu entschuldigen. Du kannst nichts dafür.«

»Möchtest du etwas trinken?«, fragte Faise. »Ich war dabei, mir einzureden, dass nichts dabei wäre, wenn ich allein trinke. Nachdem du jetzt hier bist, brauche ich mich nicht mehr zu belügen.«

Ayae lächelte schwach. »Klar.«

Schon standen eine klobige Flasche mit bernsteinfarbenem Waer und zwei Gläser auf dem Tisch. Der billige Fusel verbreitete einen schauderhaften Geruch, als der Holzstöpsel herausgezogen wurde, aber Ayae schenkte sich dennoch ein Glas ein und setzte sich damit ihrer Freundin gegenüber.

»Ich sollte allmählich von diesem grässlichen Zeug die Finger lassen«, sagte Faise. »Aber damit fange ich ein andermal an.«

»Reue?«

»Wenn wir damit fertig sind, sicher.«

»Ich meinte, ob du bereust, was du tust.«

»Ich habe schon verstanden.« Faise hob das Glas. »Die Hetze

wird wohl jeden Tag schlimmer werden. Ich weiß nicht, ob ich noch lange die Nerven dafür habe.«

»Euch wird nichts geschehen.« Ayae nahm einen Schluck von dem säuerlichen Getränk ihrer frühen Jugendjahre. »Dafür werde ich sorgen.«

»Ich hätte Lady Wagan nicht zusagen sollen.« Faise schenkte beide Gläser noch einmal voll. »Aber wir haben so viel verloren. Zineer hatte recht: Es war eine Chance für einen Neuanfang. Wir konnten alles zurückgewinnen und zudem den Menschen auf Wila dazu verhelfen, ihre Verluste wieder hereinzubringen.«

»Und du konntest Rache nehmen.«

»*Und* ich konnte Rache nehmen.« Sie lächelte. Der rötliche Schein der Kerze fiel auf ihr Gesicht. »Das war der Zuckerguss auf dem Kuchen. Diesem fetten Dreckskerl zeigen zu können, was ich von ihm hielt. Ihm so wehzutun, wie er Zineer und mir wehgetan hatte.«

»Macht Zineer sich keine Sorgen?«

»Nur wenn ich wach bin.« Zineer, in weiten Hosen für die Nacht, war eingetreten und zog sich den Stuhl neben Faise heran. Die andere Hand legte er ihr auf den Arm. »Wenn ich schlafe, ist es ganz anders, denn dann denken meine Träume für mich.«

»Es tut mir leid«, sagte Ayae leise.

»Was tut dir leid?« Er beugte sich vor und griff nach der Flasche. »Benan Le'ta? Er wurde lange vor uns allen geboren, und die Kaufmannsgilde ist noch älter als er.«

»Mir tut alles leid.«

»Wir sind keine Kinder mehr«, sagte Faise. »Manchmal wünsche ich mir, es wäre noch so. Dann könnte ich behaupten, ich hätte nicht gewusst, worauf ich mich einließ, als ich Lady Wagans Plan zustimmte. Ich könnte sagen, du hättest mich zu etwas überredet, was ich nicht wollte. Und auch Zineer hätte es nicht gewusst. Wir wären vollkommen ahnungslos gewesen. Aber wir sind keine Kinder mehr. Wir müssen für alles, was wir tun, auch die Verantwortung übernehmen. Wir haben Entscheidungen getroffen. Erwachsene Entscheidungen. Jetzt können wir nicht heimgehen und uns einreden, wir hätten es nicht getan.«

»Ich wünschte, ich könnte heimgehen.« Ayae schwenkte ihr Glas, der bernsteinfarbene Likör leuchtete im schwachen Licht. »Ich vermisse mein Häuschen. Dort wusste ich, wer ich war. Wenn ich die Tür zumachte, blieb die Welt draußen. Jetzt scheint es mir unendlich weit weg zu sein. Ich weiß gar nicht, wie ich es so recht beschreiben soll: Sobald ich am Morgen die Augen aufschlage – und das wiederholt sich gewissermaßen täglich –, sehe ich …«

»… wie der Berg zerfällt«, vollendete ihre Freundin. »Zeichnest du noch?«

»Nein.« Ayae stellte das leere Glas auf den Tisch. »Ich habe es ein paarmal versucht, hier und in der Enklave. Dann setze ich mich mit Bleistift und Papier an einen Tisch, aber ich bringe die Geduld nicht auf. Ich schaffe es kaum, die Bücher zu lesen, die ich gefunden habe – sobald ich sie aufschlage, muss ich an all die Menschen auf Wila denken, denen ich nicht helfen kann. Es nützt mir nichts, dass alles, was von Gers Welt überlebt hat, Gedichte und Geschichten sind, Allegorien, die davon handeln, wie er sich die Herrschaft über die Elemente sicherte, um ihre Zerstörungswut zu bändigen.«

»Hier bei uns zu sein, das macht es dir auch nicht leichter«, bemerkte Zineer.

»Das hat damit nichts zu tun.«

»Du hast so viel um die Ohren«, fuhr Faise fort. Sie hatte über ihre Bedenken offenbar schon unter vier Augen mit Zineer gesprochen. »Du solltest dich nicht noch unseretwegen ängstigen müssen.«

»Ich würde mich in jedem Fall ängstigen, ob ich hier bin oder nicht. Vielleicht sollten wir anderswohin gehen.«

»An einen sicheren Ort?«

»Nach Leviathans Ende.« Zineer schenkte ein weiteres Mal nach. »Dort würde ich mich sicher fühlen.«

Faise holte sich ihr Glas zurück. »Vielleicht sind wir zu Söldnern geworden«, sagte sie. »Zu Auftragsbuchhaltern. Vielleicht sollten wir uns auch noch Schwerter zulegen.«

»Sinae Al'tor würde euch helfen«, sagte Ayae.

»Das bezweifle ich.«

»Hauptmann Heast hat es versprochen. Er sagte, Sinae kann euch aus Yeflam hinausbringen.«

»Hinaus?«, wiederholte Faise. »Und wohin?«

»Das hat er nicht gesagt.« Ayae hob ihr Glas. »Nicht zu fassen, dass wir das Zeug immer noch trinken.«

»Wir haben damit angefangen, weil es billig war und schnell Wirkung zeigte.«

»Immerhin. Etwas haben wir in unserer Jugend also doch gelernt.«

34

Wenn man von der Küstenstraße kam, wirkte Cynama wie eine Platte, die auf dem Boden zerschellt war. Die Stadt lag weit über das flache Land hingebreitet und wurde von einem Ende zum anderen von fünf mächtigen, mit Steinen ausgekleideten Kanälen durchschnitten. Die waren angelegt worden, um Regenwasser in einen tiefer gelegenen See zu leiten. Diesen Zweck erfüllten sie auch, doch zugleich – und das war unvermeidlich – unterteilten sie die Stadt wie symbolische Barrieren.

Auf der langen schlammigen Straße, über die Bueralan und Orlan auf Cynama zuritten, waren nur wenige Reisende unterwegs. Die ersten waren ihnen begegnet, als die Morgensonne ihren Höchststand erreichte. Während den beiden Reitern in der feuchten Wärme der Schweiß in Bächen über den Rücken lief, ging ein älterer Mann mit einem großen Rucksack scheinbar unbeeindruckt von der drückenden Schwüle seines Weges. Wenig später folgten ihm zwei Frauen mit einem hoch beladenen Maultierkarren. Sie würdigten die beiden Reiter keines Grußes. Danach hatten Bueralan und Orlan nur noch die Schmetterlinge gesehen, die über dem hohen Gras und in den Bäumen schwebten, bevor sie in den Schlamm fielen. Gegen Mittag kam ihnen ein Wagen entgegen. Vater und Sohn saßen vorne auf dem Bock, während die Ladefläche mit Männern, Frauen und Tieren besetzt war. Auch diese Menschen hatten sie nicht angesehen, geschweige denn mit ihnen gesprochen. Als schließlich die Nachmittagssonne aufging und die Feuchtigkeit allmählich verdunstete, sahen sie die größte Gruppe dieses Tages an sich vorüberziehen. Diese Menschen trugen ihre Habseligkeiten in Bündeln an langen Stangen.

»Sie sind auf der Flucht«, sagte Bueralan, als sie vorüber waren. Die letzten sechs Männer und Frauen hatten Ketten um die Knöchel getragen. »Die Reichen ebenso wie die Armen.«

»So ist es«, stimmte ihm Samuel Orlan zu. »Nicht viele Länder werden jedoch zulassen, dass sie sich Sklaven halten. Vorausgesetzt, die sechs überleben die Reise oder werden nicht noch in Dyanos verkauft, können sie mit deutlich besseren Zukunftsaussichten rechnen. Vielleicht mit besseren als wir.«

»Die Straße führt auch wieder zurück, wenn du umkehren willst.«

»Grund genug hätten wir.«

»Du redest, als wüsstest du schon, wie alles enden wird«, gab Bueralan verdrießlich zurück.

»Du brauchst nur die Flüchtlinge von Sooia zu fragen, die könnten es uns genau sagen.«

Bueralan trieb den großen Grauen wortlos vorwärts. Er hatte die Geschichten wahrhaftig oft genug gehört. Letztlich erzählten sie alle von einem einzigen Mann, der mit seinem Heer einen ganzen Kontinent verwüstet und dessen menschliche Bewohner abgeschlachtet hatte. Und immer ging es um schreckliche Gräueltaten. Seit siebenhundert Jahren gab es diese Berichte, aber bisher hatte er stets das Gefühl gehabt, sie gingen ihn nichts weiter an. Da Aela Rens Gründe undurchschaubar waren und Sooia immer weit entfernt gewesen war, hatten ihn die Schilderungen gleichgültig gelassen. In seiner Kindheit war der Unschuldige eine Art Buhmann gewesen, mit dem ihm seine Eltern gedroht hatten. Dieses Bild hatte er mehr oder weniger unbewusst bis weit ins Erwachsenenalter hinein beibehalten. Was immer er entweder von Flüchtlingen oder von den Besatzungen auf den Hilfsschiffen gehört hatte, die Sooia verließen, war so schwer zu fassen gewesen wie ein Albtraum aus Kindertagen.

»Hast du das Gefühl, nach Hause gekommen zu sein?«, fragte Samuel Orlan.

»Nein«, lautete die prompte Antwort. »Ich weiß nicht, ob ich überhaupt noch irgendwo zu Hause bin, aber ganz bestimmt nicht hier. Wir müssen uns eine Unterkunft suchen.«

»Ich habe in der Stadt eine Werkstatt auf der anderen Seite des Pereeth-Kanals.«

Eine teure Gegend. »Wie viele Werkstätten hast du eigentlich?«, fragte Bueralan.

»Einige.« Orlan, der auf dem kleineren der beiden Pferde saß, beugte sich vor und klopfte dem Tier den Hals. »Oder hattest du andere Pläne?«

Die hatte er nicht. Das Anwesen seiner Mutter war beschlagnahmt worden, als ihn die Erste Königin in die Verbannung schickte. Doch selbst wenn es noch sein Eigentum gewesen wäre, wusste er nicht, ob er sich dort hätte niederlassen wollen. Nach mehr als siebzehn Jahren war der Besitz wohl ziemlich heruntergekommen, und außerdem lag er so weit außerhalb der Stadt, dass man zu Pferd eine Stunde brauchte, um ihn zu erreichen. Das Anwesen lag mit vielen anderen auf der Ebene vor den schroffen, zerklüfteten Felshängen, die zum Karaanas hinaufführten.

»Wie weit ist deine Werkstatt vom Palast entfernt?«, fragte Bueralan.

»Zwei oder drei Straßenzüge, wenn ich mich recht erinnere.« Orlan sah ihn neugierig an. »Hast du immer noch vor, dort vorstellig zu werden, sobald es hell wird?«

»Du hast das Blut im Stall gesehen.«

»Das ist richtig«, nickte der andere. »Hoffst du auf Gnade?«

»Wenn man mich in der Stadt erwischt, kann ich diese Hoffnung begraben.« Er nahm die Zügel des großen Grauen von der rechten in die linke Hand. Unterwegs hatte er den Kampf noch einmal an sich vorüberziehen lassen. Es war das erste Mal, dass er hatte kämpfen müssen, seit er sich über Ger gebeugt und der Gott ihn als Werkzeug benutzt hatte. Anders als in dem unterirdischen Tempel hatte er sich weder stärker noch schneller gefühlt, aber es war auch nicht alles wie früher gewesen. Gleich hinterher hatte er kurz überlegt, ob er mit Orlan darüber sprechen sollte, und auch jetzt dachte er wieder daran, ließ es aber dann bleiben. Er wollte den Kartografen nicht ermuntern, sich noch weiter über die Götter auszulassen. »Außerdem«, sagte er, »kann ein Verbannter nicht damit rechnen, das *Geschenk der Mutter* zu erhalten.«

»Ein Toter auch nicht. Wir können immer noch umkehren und uns diese Torheit aus dem Kopf schlagen, Hauptmann.«

»Wie gesagt, die Straße führt auch wieder zurück.«

Vor ihm auf dem Boden lagen die letzten Schmetterlinge des Tages. Die Nachmittagssonne war untergegangen, und langsam tauchten Cynamas Lichter auf, so als wäre die Stadt soeben erwacht und hätte die beiden Besucher entdeckt.

35

Ayae, Faise und Zineer schlenderten im Schein der Morgensonne über den Wochenmarkt von Mesi.

Es herrschte reger Betrieb. Ayae fühlte sich an Mireea erinnert, obwohl sie wusste, dass die beiden Märkte wenig gemeinsam hatten. Auf Mesi gab es nur einen Bruchteil der Stände, die Mireeas kopfsteingepflasterte Straßen gesäumt hatten. Die winterliche Kälte und der schneidende Wind, der vom Meer her wehte, hatten wahrscheinlich weitere Händler ferngehalten. Das meiste, was hier verkauft wurde, kam auf den von Yeflam kontrollierten Handelswegen über das Meer, und wenn Gogair und Faer im Winter keine Lebensmittel mehr schickten, halbierten sich die Lieferungen. Auch wurden auf dem Markt von Mesi nur Esswaren verkauft: Es gab kein Spielzeug für die Kinder, keine Form von Glücksspiel, und auch keine Scharlatane beiderlei Geschlechts, die sich als Kartenleger, Handleser oder Hellseher betätigt hätten. Zwar schallte manchmal von Mesi Musik herüber, aber nur um die Mittagszeit, und die Musikanten waren Anfänger und hatten nichts weiter als äußerst primitive Instrumente. Auch das aufdringliche Anlocken der Kunden und das leidenschaftliche Feilschen waren auf dem Markt von Mesi nicht üblich, während beides von Mireeas Märkten nicht wegzudenken gewesen war. Ayae führte diesen Unterschied darauf zurück, dass hier die Kaufmannsgilde die Preise festsetzte. Sie waren umso höher, je weiter der Stand von Burata entfernt war.

»Bald brauchst du nicht mehr mitzukommen«, sagte Faise. Sie gingen durch eine der breiten Gassen, die von Holzkisten mit grünen, gelben und roten Früchten und verschiedenen Gemüsesorten gesäumt waren. Faise trug als Einzige von den dreien einen Beutel aus Segeltuch, in dem sich bereits die ersten Früchte befanden. »Irgendwann können wir auch allein hier einkaufen.«

Ayae zuckte die Achseln. »Das ist der Tag, an dem ich keine Äpfel mehr bekomme.«

»Diese schrecklich sauren Dinger – du wirst mir dankbar sein.«

Früher hätte Ayae gelacht, ihrer Freundin die Zunge herausgestreckt oder mit einer schlagfertigen Antwort gekontert, doch heute begnügte sie sich mit einem kleinen Lächeln. Ihre Aufmerksamkeit galt den Menschen in ihrer Umgebung.

Sie war angespannt. Seit sie das Haus verlassen hatten, lagen ihre Nerven blank. Auch Faise und Zineer waren unruhig. Ayae hatte auf halbem Weg zum Markt umkehren wollen, sich aber dann dagegen entschieden. Faise und Zineer hatten es in den frühen Morgenstunden abgelehnt, sich an Sinae Al'tor zu wenden. Zineer fand, sie sollten sich nicht verstecken müssen, und Ayae gab ihm recht. Sie widersprach auch nicht, als Faise sagte, sie müssten nach wie vor den Mireeanern helfen, und könnten deshalb nicht untertauchen. Aber sie war sich bewusst, dass sie sich schneller als sonst bewegte und dass ihre Haut ungewöhnlich warm war. Und dass sie unentwegt Ausschau hielt nach jemandem, der nicht hierher gehörte, der ein auffallendes Interesse an ihr, Faise oder Zineer bekundete oder seinen Umhang krampfhaft geschlossen hielt. Doch alles, was sie entdeckte, war ein leeranischer Priester, der am Ende des Marktes vor einer mehr oder weniger teilnahmslosen Menschenmenge predigte. Gelegentlich hielt er mit ausgestrecktem Arm ein Buch in die Höhe.

Faise legte Ayae die Hand auf die Schulter.

Ayae erschrak. »Wie bitte?«

»Du hörst mir nicht zu.«

Ayae schnitt eine Grimasse. Links von Faise erstand Zineer gerade mehrere große, dickschalige Orangen. »Ich dachte nur – spielt keine Rolle. Was hast du gesagt?«

»Ich habe gefragt, ob du eines von diesen Büchern für Zaifyr haben willst.« Auch Faise drehte den Kopf in Richtung des Priesters. Der hatte seinen Arm wieder gesenkt, und Ayae konnte ihn nicht sehen. Es war, als hätte ihn eine Welle verschluckt, und er wäre auf den Grund des schwarzen Meeres gesunken. »Wahrscheinlich würde er sich darüber freuen.«

»Bestimmt«, sagte Ayae. »Aber – diese Bücher können nur die Priester berühren. Das hat er mir selbst gesagt.«

Zineer drehte sich um, einige Orangen in den Händen. »Was glaubst du, wer für diese Bücher bezahlt?«, fragte er. »Ich meine, wer für die Druckkosten aufkommt.«

»Warum nicht die Priester selbst?«, fragte Faise zurück.

»Weil sie behaupten, kein Geld zu haben.« Langsam suchten sich die drei einen Weg durch die Menge. Zineer nahm Faise den Beutel ab und steckte seine Orangen hinein. Dann fuhr er fort: »Sie kommen ganz offen nach Yeflam. Neulich hörte ich einen sagen: ›Wir sind auch nur Menschen aus Fleisch und Blut.‹ Ich glaube, das waren sogar die genauen Worte. Nur das verkaufen sie als die Wahrheit.«

»Die Enklave glaubt, das Geld kommt von Benan Le'ta«, sagte Ayae. »Das hat zwar niemand ausdrücklich zugegeben, aber er wurde mit den Priestern zusammen gesehen, es wäre also nur logisch.«

»Es gibt in Yeflam nicht viele Druckereien, die ganze Bücher drucken können.« Zineer schob sich den Beutel über die Schulter. »Die meisten beschränken sich auf Zeitungen und Flugblätter – wenn ich mich recht erinnere, sind nur fünf von ihnen darauf ausgelegt, ganze Bücher herzustellen.«

»Und eine davon gehört Le'ta«, ergänzte Faise.

»Damit bleiben vier …«

Ayae verstummte. Vor ihr stand Feldherr Bnid Gaerl. Hochgewachsen, das Gesicht von tiefen Falten durchzogen, in denen die glanzlosen dunklen Augen fast verschwanden. Er hatte sich ein langes Zweihandschwert auf den Rücken geschnallt und vertrat den dreien so lässig den Weg, als spürte er dessen Gewicht gar nicht.

»Damit bleiben nur noch vier«, äffte er sie nach. Seine Stimme klang heiser, als hätte er sich einmal die Kehle verletzt. »Unerfreuliche Begegnung, nicht wahr?«

»Sie sind allein.« Ayae stellte sich vor Faise und Zineer. »Auch für Sie keine reine Freude.«

»Man sagt, du brennst nicht, Mädchen.« Beim letzten Wort wurde Gaerls Ton schärfer. »Aber blutest du auch nicht? Ich denke doch. Ihr Verfluchten blutet doch all…«

Sie trat einen Schritt auf ihn zu.

»Glaubst du wirklich, ich will mit dir kämpfen?« Er lachte höhnisch. »Ich bin hier, um dir Angst einzujagen. Um dich betteln zu hören.«

»Dazu leben Sie nicht lange genug.«

»Du wirst betteln«, sagte er. »Du wirst betteln, sobald du hörst, dass der Hauptmann der Geister gefangen genommen wurde.«

»Er ist doch nicht einmal in Yeflam.«

»O doch. Er hat mir ausrichten lassen, wo er sich aufhält. Dem ›Soldaten‹ hat er es ebenfalls mitgeteilt. Er glaubt, er kann sich sicher fühlen, wenn er uns gegeneinander ausspielt.« Um den Söldner herum war es still geworden, und die Stille breitete sich immer weiter aus. »Aber man wird ihn einfach nach Wila bringen und dort verschimmeln lassen.«

»Sie lügen.«

»Meine Kleine.« Wieder lachte er. »Soll ich dir die Zukunft weissagen? Das tue ich manchmal, wenn mir ein Mädchen gefällt.«

»Wozu?« Der Zorn in ihrer Stimme überraschte sie nicht. Sie trat noch einen weiteren Schritt auf ihn zu. »Ich weiß, was auf mich zukommt.«

»Dann weißt du ja wohl auch, dass hinter deinen Freunden zwei Männer stehen.«

Ayae hielt inne.

»Du bist kein Soldat, mein Kind.« Gaerls Stimme klang hart. »Wenn Heast erst auf dieser Insel ist, kann er dir nicht mehr helfen. Er wird weder Wunder wirken noch irgendwelche Fäden ziehen können. Von Wila aus muss er einfach zusehen, wie du blutest. Und er wird wissen, dass er nicht unschuldig daran ist. Er wird wissen, dass er versagt hat, weil ich eure Verräterköpfe zu ihm hinunterwerfe, bevor ich mir seine Spione und seine gekauften Soldaten vornehme.«

Damit war das Gespräch unvermittelt beendet. Gaerl trat zurück. Eine kleine Welle ging durch die reglos lauschende Menge, als er Ayae, Faise und Zineer den Rücken mit dem Langschwert zuwandte und verschwand.

»Ich glaube, du hast einen Freund gewonnen«, sagte Faise endlich.

»Ich habe bloß meinen Charme spielen lassen.«

»Das sehe ich.«

»Es tut mir …«

»Wenn du jetzt noch ›leid‹ sagst«, rief Faise empört, »kaufe ich dir keine Äpfel.«

Ayae lachte, aber ihre Heiterkeit war nicht echt. Gaerls Worte *Der Hauptmann der Geister wurde gefangen genommen* klangen ihr in den Ohren. Sie wusste, sie hätte den Mann auf der Stelle töten müssen, bevor er verschwinden konnte.

36

»Lässt du beim Schlafen immer die Hosen an?«

Er hielt die Augen geschlossen. »Nur im Bordell.«

»Das ist witzig.« Aber sie lachte nicht, sondern strich nur leicht über sein linkes Hosenbein und das kranke Bein darunter. »Draußen wartet ein Mann auf dich«, sagte sie.

»Ein dicker Mann?« Der Hauptmann der Geister schlug die Augen auf. Die Morgensonne fiel schräg durch das kleine Fenster an der Rückseite des Raums und überstrahlte das blonde Haar des Mädchens. Sie murmelte: »Ja«, und fuhr den blutigen Streifen nach, der sich um sein Bein zog. »Ein Hüter ist auch dabei«, sagte sie. »Der ›Soldat‹.«

»Gut.«

Er erhob sich langsam. Sein Stahlbein schlug hart auf die Holzdielen.

»Tut das weh?«

Sie hatte sich auf die warmen, zerwühlten Laken fallen lassen, auf denen er gelegen hatte. Ihre bloßen Füße mit den Ringen berührten die Stelle, wo sein Kopf gewesen war. »Man gewöhnt sich daran«, antwortete Heast und griff nach seinem Wams. »Wie an alle Schmerzen.«

Ein leises Lächeln. »Möchtest du ein Messer?«

Er fuhr sich mit der Hand durch das graue Haar und schüttelte den Kopf.

»Ich habe zwei.«

»Die beiden sind keine Gefahr für mich.«

»Und wenn sie dich für eine Gefahr halten?«

»Dafür braucht man kein Messer. »Willst du mit hinunterkommen?«

Sie schüttelte den Kopf und wickelte sich in seine Laken. Er ließ sie allein zurück.

In *Sins Hand* war alles still. Die Morgensonne fiel auf die schwarzen Rußflecken von den Kerzenflammen und auf die Spuren des vergangenen Abends mit seinen Exzessen und seinen Hinterzimmergeschäften. Unten säuberte ein Mann die Theke, und eine Frau fegte den Boden. An der Eingangstür warteten zwei hünenhafte Türsteher auf ihn. Sie waren unbewaffnet, doch einer hielt die

Scheide mit Heasts Schwert in den Händen und reichte sie ihm wortlos.

Draußen standen Sinae Al'tor und zwei weitere unbewaffnete Türsteher vor Benan Le'ta und Xrie. Ein halbes Dutzend Männer in blauem Harnisch flankierten die beiden. Le'ta stand unbekümmert zwischen ihnen. Er trug teure Kleidung in Braun und Schwarz, ein dicker Umhang schützte ihn vor dem kalten Wind, der vom Meer her wehte. Doch Heasts Aufmerksamkeit richtete sich auf den zweiten Mann.

»Hauptmann Heast.« Die kräftige Stimme des »Soldaten« klang entschieden. »Ich muss Sie leider nach Wila zurückbringen.«

»Mit welcher Begründung?«

»Natürlich zu Ihrer eigenen Sicherheit«, schaltete Le'ta sich ein. »Feldherr Bnid Gaerl und ich machen uns große Sorgen, weil sich einige seiner Männer nicht zurückgemeldet haben. Wir befürchten das Schlimmste, und es ist nicht auszuschließen, dass die Bevölkerung die Mireeaner beschuldigt.«

Damit hatte Heast nicht gerechnet. »Was hat das mit mir zu tun?«

»Wir machen uns lediglich Sorgen, dass jemand das Gesetz in die eigenen Hände nehmen könnte.«

Heast warf dem »Soldaten« das Schwert samt Scheide zu. »Sie können es gerne auf Blutspuren untersuchen«, sagte er. »Aber Sie werden nichts finden. Ich kaufe mir inzwischen, was ich brauche.«

»Ja«, antwortete Le'ta spöttisch. »Das habe ich gehört.«

»Genug.« Xrie verzichtete auf eine Untersuchung, gab die Waffe aber auch nicht zurück. »Ich habe für solche Spielchen weder Zeit noch Lust. Hauptmann Heast, Benan Le'tas Erklärung war nicht ganz zutreffend. Bnid Gaerl wirft Ihnen vor, für das Verschwinden seiner Männer verantwortlich zu sein. Ich nehme an, Sie wissen das bereits, sonst hätten Sie mir nicht ausrichten lassen, dass Sie sich in Ghaam aufhalten.«

»Ich hatte erwartet, dass Gaerl mit seinen Vorwürfen selbst zu mir kommt.«

»*Feldherr* Gaerl«, Benan Le'ta war der Erste, der den Titel besonders betonte, »ist ein gesetzestreuer Bürger. Er möchte, dass die Gerechtigkeit ihren Lauf nimmt. Die vermissten Soldaten sollten im Auftrag der Kaufmannsgilde gewissen Landkäufen nachgehen, die Yeflams wirtschaftliche Stabilität zu untergraben drohen.«

»Ich besitze kein Land«, sagte Heast. »Ich habe noch nie Land besessen.«

»Hauptma…«

»Der *Hauptmann*«, schaltete Xrie sich ein, »wird einsehen, dass er nicht nur wegen dieser Vorwürfe nach Wila gebracht werden soll, sondern dass diese Maßnahme ebenso seiner eigenen Sicherheit dient.«

Heast fügte sich und ließ sich zu einer Kutsche führen. An der Tür wartete er, bis Benan Le'ta sich gesetzt hatte. Dann sah er sich nach Sinae um. Der nickte leicht, und Heast stieg ebenfalls in die Kutsche. Der »Soldat« folgte ihm. Der Schlag wurde geschlossen, eine Peitsche knallte, die Kutsche setzte sich ratternd in Bewegung. Reiter in blauen Harnischen schwärmten aus und eskortierten das Gefährt auf seiner langsamen Fahrt zur Insel.

»Sie sind so schweigsam, Hauptmann«, bemerkte Benan Le'ta nach einer Weile. »Könnte es sein, dass Ihnen allmählich dämmert, in welcher Lage Sie sich befinden?«

»Ich dachte gerade an eine mir bekannte junge Frau«, sagte Heast. »Der ›Soldat‹ kennt sie vielleicht ebenfalls.«

»In Yeflam wohnen viele Menschen«, antwortete Xrie. »Aber ich glaube, ich weiß, wen Sie meinen.«

»Könnten Sie ihr dann eine kurze Nachricht von mir übermitteln?«

Das Lächeln des Kaufmanns vereiste, aber er sagte nichts mehr, auch nicht, als die beiden anderen ihr Gespräch beendet hatten. Und als sie die Rampe erreichten, die nach Wila hinunterführte, ließ er Heast ohne ein Wort des Abschieds gehen.

37

Seit Ce Pueral den Rang eines Hauptmanns in der Garde der Ersten Königin aufgegeben hatte, waren siebzehn Jahre vergangen. Sie war gerade zweiundvierzig Jahre alt gewesen, und das Gewicht des Harnischs mit dem Goldrand war ihr damals sehr beschwerlich geworden. Sie brauchte zwei Jahre, um zusammen mit vielen anderen die Königin davon zu überzeugen, diese Uniform zu ersetzen. Die

Goldränder und der Stahl wurden eingeschmolzen, und eine leichtere, aber dunklere Kombination aus Platten- und Kettenpanzer wurde eingeführt. Auch dieser Harnisch war ihr zu schwer und zu unbequem, aber sie trug ihn in stoischem Schweigen. Es war nicht die Schuld des Plattners, es lag an ihrem Körper. Mit zunehmendem Alter bevorzugte sie Stoff anstelle von Leder, Leder anstelle von Kettenringen und Kettenringe anstelle von Panzerplatten, und als sie aus dem regulären Dienst ausschied, konnte sie endlich zu einer Uniform übergehen, die nur noch aus Stoff bestand.

Man hatte sie schon *Richtschwert der Königin*, *Faust der Königin* und *Zähne der Königin* genannt. Jedes Jahr brachte einen neuen Beinamen – abwechselnd schmeichelhaft oder beleidigend – sie selbst hatte sich jedoch immer als das *Auge der Königin* gesehen.

Diesen Titel hatte ihr die Erste Königin nach dem Tod des verbannten Hundertsten Prinzen Jehinar Meih verliehen. Der war unerwartet nach Cynama zurückgekehrt, und Pueral hatte ihren früheren Fehler rasch korrigiert. Schließlich war sie es gewesen, die den Prinzen samt Gefolge an den Sklavenhändler übergeben hatte. Sie hätte es nicht für möglich gehalten, dass er fliehen könnte, doch als man ihr die Geschichte erzählte, hatte diese ihr ein Lächeln entlockt. Der Hundertste Prinz war ausgerechnet von einem Blutsklaven gerettet worden. Meih hatte die Ironie nicht zu würdigen gewusst – er hatte keinerlei Sinn für Ironie –, vielleicht war es Pueral gerade deshalb so leichtgefallen, seine Getreuen dazu zu bringen, dass sie ihn für das vage Versprechen einer Begnadigung verrieten.

»Ihre Stellung ist Ihren Fähigkeiten nicht angemessen.« Die Erste Königin hatte sich, schon damals gebrechlich, über die Leichen des Prinzen und seiner Anhänger gebeugt. »Das hat man Ihnen sicherlich schon öfter gesagt, Hauptmann.«

»Hoheit«, hatte Pueral geantwortet. »Ich bin nur eine einfache Frau aus kleinen Verhältnissen.«

Die Königin hatte über den Goldrand ihres Harnischs gestrichen. »Ich brauche Augen wie die Ihren. Wenn Sie wollen, können Sie sich von morgen an eine andere Herkunft verdienen, eine Herkunft, in der dieses Metall nicht nur Zierrat sein wird.«

Sie hatte Wort gehalten.

Siebzehn Jahre später stand Ce Pueral in dunkelroten Hosen, einem rot-schwarzen Hemd und weichen Lederstiefeln von dunkelstem Rot vor dem Schlafgemach der Ersten Königin und klopfte zweimal an die Tür. Dann trat sie ein.

Ein großer Raum mit vielen Tischen, Stühlen und Büchern. Zumeist waren es dicke, in Leder gebundene Tagebücher, in denen die Erinnerungen der Ersten Königin aus mehr als drei Jahrhunderten enthalten waren, niedergeschrieben von einer wiedergeborenen Hand. Und doch war es immer ihre Hand gewesen: Ihre Form mochte sich ändern, die Länge der Finger, aber die Königin selbst war wie alle Fünf Königinnen ewig. Wenn sie starb, würde sie wiedergeboren werden; desgleichen ihre Kinder. Die würden so lange herrschen, bis sie die Macht wieder übernehmen konnte. Bis sie imstande war, die Bücher in diesem Zimmer aufzuschlagen. Pueral hatte keines der Bücher je gelesen: Sie waren ausschließlich der Königin vorbehalten, aber sie hatte sich oft gefragt, wie die Worte darin wohl aussahen. Zitterte die Hand beim Schreiben, wechselte sie zwischen dicken und dünnen Strichen, zwischen Schreibschrift und Druckbuchstaben? Schaute die Erste Königin sich ihre eigenen Worte später an und fragte sich, wer sie wohl geschrieben hatte? Oder erinnerte sie sich an alle Umstände, unter denen sie entstanden waren?

Die Erste Königin hatte es ihr nie verraten, aber das würde Zeala Fe auch niemals tun. Mit fünfundsechzig hatte sie einmal bemerkt, sie habe schon vor langer Zeit gelernt, dass man geistige Schwäche teuer bezahlen müsse.

Sie hatte auch für ihre körperliche Schwäche bezahlt, aber diese Last trug sie nun schon seit Jahrzehnten. Die Erste Königin saß ganz hinten im Raum in einem tiefen Sessel mit roten Polstern; neben ihr brannte ein Feuer, und über ihren knochigen Knien lag eine dicke Decke. Als Pueral eintrat, schlug ihr die Wärme schon an der Tür entgegen, und als sie vor der Königin stand, war es unangenehm heiß. Im Schein des Feuers war überdeutlich zu sehen, wie dünn sich die Haut der Greisin über den Schädel mit dem spärlichen weißen Haar spannte.

»Ce Pueral.« Die Stimme war leise, aber bislang noch kein Flüstern. »Sie kommen spät.«

»Ich bitte um Vergebung, Hoheit. Eine bestimmte Angelegenheit erforderte mein Eingreifen. Möchten Sie hören, worum es ging, oder sollen wir wie üblich vorgehen?«

»Wie üblich.« Die Erste Königin hatte eine Kollektion von Schmuckstücken auf dem Schoß liegen. Als junge Frau hatte sie die massiven Geschmeide aus Gold und Silber geliebt, doch inzwischen waren sie ihr zu schwer geworden, und sie hatte sich angewöhnt, sie stattdessen im Schoß zu halten. »Welche Intrigen haben meine Töchter sich heute ausgedacht?«

Pueral ließ sich ihr gegenüber in einen Sessel sinken. Vor der Königin zu sitzen war ihr immer noch peinlich. Als sie zum *Auge* der Ersten Königin bestellt worden war, hatte sie ihre Berichte meistens im Stehen erstattet, aber in den letzten Jahren war es ihr zunehmend schwerer gefallen, drei oder vier Stunden ununterbrochen auf den Beinen zu bleiben. Schließlich hatte sie sich gezwungen gesehen, die Königin zu fragen, ob sie sich setzen dürfe. Die alte Frau hatte genickt und gesagt: »Wenn Sie es noch ein weiteres Jahr durchgehalten hätten, drei Stunden vor mir zu stehen, hätte ich Sie womöglich hinrichten lassen.«

»Ihre Töchter setzen ihre Vorbereitungen fort«, begann Pueral. »Der Kapitän eines Schiffes mit Namen *Barmherzigkeit* hat Geena, Ihre Älteste, aufgesucht. Das Schiff selbst konnte ich noch nicht ausfindig machen, es liegt vermutlich in einer der Buchten vor der Küste und wird so lange dort bleiben, wie Ihre Tochter den Kapitän und die Mannschaft dafür bezahlt. Dem mutmaßlichen Heimathafen des Kapitäns nach zu schließen, hat sie wahrscheinlich vor, schon bald nach Zoum zu fliehen.« Pueral hielt kurz inne, doch die Königin äußerte sich nicht, und so fuhr sie fort. »Hiala versucht weiterhin, mit der Zweiten und der Dritten Königin ein Bündnis zu schließen, doch bislang war noch keine von beiden bereit, sie anzuhören.«

»Sie glauben nicht, dass sie die Nachfolge erleben wird«, sagte die Königin traurig. »Damit haben sie nicht unrecht, aber als Mutter sollte man nicht so denken. Was ist mit meiner Jüngsten?«

»Sie plant ein Fest.«

»Werde ich eine Einladung erhalten?«

»Nein«, antwortete Pueral ruhig. »Dafür wird Usa Dvir, der Kundschafter der Saan-Familie Dvir dabei sein.«

»Sie ist so ehrgeizig wie eh und je.« Die Erste Königin drehte einen dunkelblauen Schmetterling in ihren dünnen Fingern. »Was mag sie den Saan wohl dafür bieten, dass sie mich und ihre Schwestern töten? Heirat, Land oder Geld?«

»All das und außerdem Sklaven.«

»Das sollte mich eigentlich nicht überraschen.« Die Königin nickte. »Nun zu wichtigeren Dingen: Was hört man von Aela Ren?«

»Natürlich weitere Gerüchte, dass er eingetroffen sei.« Die Geschichten kursierten seit Jahren. Als Kind hatte Pueral von früh bis spät mit anhören müssen, wie die Freunde ihres Vaters, betrunken wie nüchtern, beteuerten, er würde in den nächsten Tagen vor den Toren stehen. »Glaubwürdig sind nur sehr wenige, aber ein Brief von Dalau Vi, der Fünften Königin, verdient vielleicht Beachtung. Es geht darin um ein Dorf an der Küste, das bei einem Überfall zerstört wurde. Bemerkenswert ist lediglich, dass das Dorf gegenüber der Stelle, wo man das Schiff des Unschuldigen – wahrscheinlich waren es sogar mehrere – gesichtet hatte, im schwarzen Ozean Fischerei betrieb.«

Die Königin nahm den Brief und löste behutsam das Siegel, das Pueral bereits erbrochen hatte. »Sie hat diese Nachricht an alle Königinnen geschickt«, murmelte sie.

»Wollen Sie sie ignorieren?«

»Nein.« Sie legte ein silbernes Medaillon auf eine Ecke, um das Blatt zu beschweren. »Sie werden sich an die Küste begeben und diese Schiffe in Augenschein nehmen. Dalau berichtet von einem Mann, der den Unschuldigen gesehen haben will. Wenn das wahr ist, lohnt sich die Reise. Sollte der Mann lügen, dann haben sie wenigstens gesehen, was sich in der Fünften Provinz so tut. Wir beobachten schon jetzt, dass die Zahl von Menschen, die von dort über die Grenze kommen, stark ansteigt. Auch die Zahl der Reisenden von hier zu verschiedenen Häfen hat sich erhöht. Dalaus Generäle wollen nicht auf sie hören, was dieser Entwicklung ohne Zweifel Vorschub leistet. Sie ist sehr jung und hat sich bisher in ihrem Amt noch kaum hervorgetan, aber es kann nicht schaden, sich Gewissheit zu verschaffen, inwieweit sie ihr Reich unter Kontrolle hat.«

Pueral nickte. »Natürlich, Hoheit.«

»Sie brauchen sich nicht zu bedanken«, sagte die Erste Königin. »Wir sind beide zu alt, um so lange im Sattel zu sitzen. Und wie lautet nun die letzte Neuigkeit?«

»Bueralan Le ist zurückgekehrt.« Pueral konnte immer noch kaum fassen, was sie da sagte. »Und zwar in Begleitung von Samuel Orlan.«

Die Erste Königin ließ ein heiseres Lachen hören. »Das ist nun wirklich interessant. Glauben Sie, Samuel hat ihn mir mitgebracht?«

38

Obwohl Deran Caloise »*Gegen die Finsternis*« erst in den letzten Jahren seines Lebens geschrieben hatte, also lange nach dem Krieg der Götter, hielt Zaifyr das Buch für vielversprechend, denn der Autor hatte dem Edlen Alric Caloise, der den Beinamen »der Geliebte« trug, mehrere Jahre als Knappe gedient. Der Text war eine einzige späte Treueerklärung an den Ritter. Wenige Wochen nach dessen Tod hatte Jae'le die Gebiete erobert, denen er später den Namen Kuinia gab. Von da an umfasste sein Reich auch Gogair, das Saan und die Kontinente von Yeflam.

Der »Geliebte« hatte keine bedeutende Rolle in der Geschichte gespielt. Der Edle Alric Caloise war nicht der Erste und nicht der Letzte, den man so nannte. Mindestens sieben Männer und zwei Frauen trugen diesen Beinamen, und Zaifyr vermutete, dass ihn bisher noch keiner der Träger wirklich verdient hatte. Aber darum ging es ihm nicht. Während die Morgensonne ihrem Zenit entgegenstieg, suchte er nach jenem Abschnitt in »*Gegen die Finsternis*«, in dem beschrieben wurde, wie Alric Caloise in die Zerklüfteten Berge ritt. Die Expedition, von Deran sehr ausführlich geschildert, war eine einzige Katastrophe gewesen. Der Trupp war nicht darauf vorbereitet, verseuchtes Gelände zu durchqueren. Doch Alric – das hatte Zaifyr in Batianos »*Verschollene Ritter*« gelesen – war einer der wenigen, die behaupteten, mit den letzten Priestern der Göttin Linae gesprochen zu haben. Das Gespräch hatte lange nach dem Krieg der Götter stattgefunden, und aus Deran Caloises Bericht war wenig über den Inhalt zu erfahren. Deran erzählte die Geschichte mit Alrics Worten nach. Er beschrieb eine alte Frau, die in einer elenden Hütte dahinsiechte, und erwähnte ein Versprechen, das sie dem Ritter gegeben hatte. Über den Wortlaut des Versprechens wusste der Knappe nichts Genaueres, fest stand nur, dass Alric nach diesem Treffen von einer Idee besessen war. Mehr als einmal sollte er sich darauf berufen haben, einen göttlichen Auftrag erfüllen zu müssen. Dieser geheimnisvolle Auftrag veranlasste den Ritter, die letzten Reste seines einst beträchtlichen Vermögens für einen Feldzug gegen angebliche »Falsche Götter« zu vergeuden.

Bei jenem Feldzug war er, wenn auch nur kurz, mit Zaifyr und seiner Familie aneinandergeraten. Das Heer, das von Alric angeführt oder begleitet wurde, war binnen eines Jahres aufgerieben worden. Die letzten Überlebenden flüchteten in die Berge, die das Saan von Gogair trennten, und dort hatte Alric Caloise versucht, die Reste seines Heeres durch enge, vielfach gewundene Tunnel ins Saan zu bringen. Seinem Knappen zufolge glaubte er, dort einen größeren Aufstand anführen zu können.

Zaifyr erinnerte sich noch gut an diese Zeit, wenn auch nicht wegen der Taten des »Geliebten«. Seine Geschwister hatte damals eine seltsame Müdigkeit überkommen, die sich zu einer allumfassenden Erschöpfung auswuchs und schließlich dazu führte, dass sie ihre Eroberungszüge beendeten, bevor sie auch die restlichen Kontinente der Welt in ihren Besitz gebracht hatten. Die Halbherzigkeit, mit der Jae'le und Eidan die kleine Truppe des Ritters verfolgten, bescherte dem Geliebten jedoch nur einen grausamen Tod. Deran Caloise schilderte dies folgendermaßen:

Unsere Gegner in diesen Gängen waren keine Menschen aus Fleisch und Blut. Solcher Feinde wäre Alric mit seinem Schwert, das er so meisterhaft führte, rasch Herr geworden. Er, der beste Schwertkämpfer von uns allen, wäre in die Tunnel gegangen und hätte aus dunklen Ecken und geheimen Gängen heraus ein Blutbad angerichtet. Als einer der wenigen kannte er die Pfade, auf denen man durch die unwirtlichen Berge hinüber ins Saan und damit wieder ans Tageslicht gelangte. Mit diesem überlegenen Wissen und seinen außerordentlichen Fähigkeiten hätte er allen gewöhnlichen Menschen den Garaus gemacht. Doch wir hatten es nicht mit Sterblichen zu tun. Stattdessen erbebte um uns herum unablässig die Erde, als schlügen mächtige Fäuste darauf ein. Der Boden tat sich auf, Risse erschienen in den Wänden, die Decke stürzte herab. Unzählige Male wurden wir durch schwere Verluste gezwun-

gen, bekannte Tunnel zu verlassen und uns ins Unbekannte zu wagen.
Wir kamen nicht mehr zur Ruhe. Wir konnten nicht schlafen, fanden weder Wasser noch Nahrung. Hunger und Durst trieben uns schließlich zu Handlungen, deren wir uns schämten. Wir tranken unsere eigenen Ausscheidungen. Wir aßen das Fleisch der Gefallenen. Nach einer Woche weckte das Beben unterirdische Kreaturen – von einigen war bekannt, dass sie tief in Höhlen leben, von anderen nicht –, die über uns herzufallen drohten. Weder Aufstampfen mit den Füßen noch Um-sich-Schlagen mit den Händen half, und gegen solche Feinde boten auch Schwert und Harnisch keinen Schutz. Auch konnten wir kein Feuer anzünden und mussten unsere grausige Kost roh und im Stehen verschlingen. Wer sich setzte oder hinlegte, wurde angegriffen und gebissen. So widerfuhr es mir in einem Augenblick der Schwäche. Mein Arm schwoll an, im Fieberwahn wurde ich von Alric und den anderen getrennt, und wie ich diesen Bergen entkam, weiß ich nicht mehr.

Seiner eigenen Rechnung nach hatte Deran Calois bis hoch in die Siebzigerjahre hinein gelebt. Den angeschwollenen Arm hatte er verloren, doch mit dem Rest seines Körpers war er zum Erben dessen geworden, was von Alrics Anwesen noch geblieben war.

Immerhin hatte Zaifyr dem Buch entnommen, wo Alric seine letzte Ruhe gefunden hatte. Leider befand sich diese Stätte in den Gängen, die durch die Berge ins Saan führten. Jae'le würde über diese Nachricht nicht erfreut sein. Sobald Zaifyr das Gespenst gefunden hatte, musste sein Bruder sich in diese Gänge begeben und Alrics Gebeine nach Yeflam bringen. Doch dazu musste er erst den richtigen Durchgang zum Saan finden. Viele der Gänge endeten im Nichts und waren mit seltsamen Tieren bevölkert. Wer dort vom rechten Weg abkam, konnte Jahrzehnte umherirren, bis er wieder das Licht einer der Sonnen sah. Wenn es Zaifyr gelang, Alrics Gespenst zu finden, bevor Ja'ele sich auf den Weg machte, konnte er diese Zeit erheblich verkürzen. Dennoch hörte er im Geiste, wie ihn sein Bruder für diese Zumutung verwünschte …

»Qian«, sagte Kaqua hinter ihm. »Es ist an der Zeit, Yeflam zu verlassen.«

39

»Sie bewegen die Hände zu schnell«, stellte Xrie fest. »Darin liegt das Problem.«

»Das höre ich nicht zum ersten Mal.« Ayae fing die drei angeschlagenen Äpfel auf, mit denen sie zu jonglieren versucht hatte. Ein vierter und fünfter lagen aufgeplatzt auf dem Boden, zwei weitere warteten hinter ihr auf einem kleinen Schemel. Es waren die Äpfel, die sie mit ihren Freunden auf dem Markt in Mesi gekauft hatte. Auf dem Rückweg hatten alle drei geschwiegen, bis Zineer die Tür hinter ihnen geschlossen hatte. Dann hatte er gesagt: »Wir sollten nach Wila gehen.«

»Um Flüchtlinge zu werden?«, fragte Faise. »In unserer Heimat?«

»Wir wären in Sicherheit.«

»Zin…«

»Es *ist* so«, beharrte er. »Was können wir von Sinae Al'tor erwarten? Nichts. Gar nichts. Auch Heast ist auf Wila. Er weiß, dass man dort sicher ist.«

»Liebling.«

»Das hat – das ist – Faise, sie sind auf allen *Straßen*.«

»Liebling.« Faise schloss ihren Mann in die Arme. »Wir würden die Menschen auf der Insel nur in Gefahr bringen. Sie haben keine Waffen. Gaerl hat gelogen. Der Hauptmann wird nicht auf die Insel gehen.«

Ayae flüchtete nach draußen und ließ sich vorsichtig auf einem Stuhl nieder. Was sie soeben erlebt hatte – auf dem Markt wie hier im Haus –, lag ihr schwer auf der Seele. Sie wusste nicht, was sie tun oder wie sie sich verhalten sollte. Die Drohung war unmissverständlich gewesen, und sie wollte nicht warten, bis sie in die Tat umgesetzt wurde. Doch bevor sie sich über ihr weiteres Vorgehen klar werden konnte, kam Faise heraus und riss sie aus ihren Gedanken. Die Freundin legte ihr den Beutel mit den Äpfeln auf den Schoß und flüsterte: »Wir brauchen nur ein paar Minuten.« Ayae nickte, die Tür wurde wieder geschlossen, und sie hörte, wie die beiden drinnen miteinander redeten, wie sie erregt auf und ab gingen und wie sie sich bemühten, langsam ihre Fassung und ihre Zuversicht wiederzufinden. Da sie ihnen dabei nicht helfen konnte, hatte sie den Beutel geöffnet und mit wenig Erfolg versucht, mit den Äpfeln zu jonglieren.

Damit war sie beschäftigt, als der »Soldat« erschien.

Er blieb auf der verlassenen Straße stehen und legte die Hand an die Pforte, durch die man zum Haus gelangte. Die andere Hand ruhte auf dem Griff seines Schwerts.

»Ich versuche die Früchte zu steuern«, erklärte sie. »Ich möchte sie mithilfe der Luft bewegen. Aelyn sagte, ich müsse mich in die Strömungen einfühlen, müsse ihre Struktur ebenso spüren wie die Früchte selbst. Das versuche ich mit meinen Händen, aber ich gleiche immer mit Bewegungen aus und werde dabei schneller und schneller. Es ist, als könnte ich mich nicht mehr zurückhalten.«

»Aelyn hat Ihnen das gesagt?«

»Ja.«

»Sie spricht selten über ihre Kräfte.«

»Sie hat es nur nebenbei erwähnt. Aber ich … muss wohl mehr Disziplin entwickeln«, fuhr sie fort. »Und was führt Sie hierher, Xrie?«

»Bedauerlicherweise Hauptmann Heast.«

Ihr Magen krampfte sich zusammen. »Ist er …?«

»Er ist auf Wila.« Xrie stieß die Pforte auf. »Er hatte mir gestern Abend ausrichten lassen, dass ihn Bnid Gaerl wohl bald angreifen würde. Wenig später meldete mir einer meiner Gardisten, Gaerl mobilisiere seine Männer, außerdem habe er gehört, dass Hauptmann Heast eine Reihe von Gaerls Untergebenen ermordet habe. Es dauerte nicht lange, dann stand Le'ta vor meiner Tür und versicherte mir, er hätte Gaerl daran gehindert, ein Blutbad anzurichten. Aber es wäre besser, wenn wir beide den Hauptmann zu seiner eigenen Sicherheit nach Wila brächten.« Xrie verzog das Gesicht. »Die Sache gefiel mir nicht, und als ich ohne Gaerl vor *Sins Hand* erschien, war auch Heast nicht erfreut. Er hat mich gebeten, Sie aufzusuchen – genauer gesagt soll ich Sie und Ihre Freunde warnen. Von diesem Mann droht Ihnen große Gefahr.«

»Ich bin Gaerl heute auf dem Markt begegnet«, erzählte Ayae.

»Ein reizender Mensch, nicht wahr? Es wäre das Beste, wenn Ihre Freunde Yeflam verließen. Haben sie schon irgendwelche Pläne?«

Er hielt inne. Der Mann, der soeben die Straße überquerte, zog nicht nur seinen, sondern auch Ayaes Blick auf sich. Ayae wusste zunächst nicht, was ihr an ihm aufgefallen war. Sie begegnete vielen Menschen, und gewöhnlich stutzte sie nur, wenn jemand innehielt oder wenn ihr einer der braungewandeten Priester ins Auge fiel, die immer zahlreicher auf Yeflams Straßen ihre Stimme erhoben. Doch dieser Mann war anders: Er wirkte in einer Weise derb, als wäre seine lange, hagere Gestalt aus der Erde gewachsen. Die dunkle Haut spannte sich so straff über die Knochen, als wäre er dem Hungertod nahe. Ein langer krauser Bart umrahmte sein Gesicht. Dass er nicht reich war, sah man auf den ersten Blick, aber seine sorgsam gepflegte Lederscheide war einmal von jemandem gekauft worden, der nicht zu sparen brauchte. Auch sein Schwert war zwar schlicht, aber von solider Qualität. Er trug einen Umhang aus dichten grünen Federn, die sie noch an keinem Vogel gesehen hatte.

Der Mann war ihr noch nie unter die Augen gekommen, aber sie kannte ihn, es war …

»Jae'le.«

Es war nur ein Flüstern, aber er hatte es gehört. »Ich wusste, du würdest mich erkennen.« Er lächelte und entblößte dabei spitz zugefeilte Zähne. »Auch du erscheinst mir sehr verändert.«

»Ich kann Sie kaum wahrnehmen«, sagte Xrie. »Kein Wunder, dass ich Sie in Yeflam nie gespürt habe.«

»Und doch war ich schon oft hier.«

»Was willst du, Jae'le?« Ayae drehte den Apfel wie einen Stein in der Hand hin und her. »Bist du gekommen, um mir und meinen Freunden zu helfen? Ich weiß, dass du unser Gespräch mit angehört hast.«

»Nein.« Sein Lächeln erlosch. »Nein, mein Kind, ich fürchte, ich muss vielmehr dich um Hilfe bitten. Ich werde heute gegen Abend meine Schwester besuchen und sehe dem Gespräch mit einer gewissen Beklommenheit entgegen. Aber geführt muss es werden. Wenn wir meinen Brüdern beistehen wollen, muss Frieden zwischen uns herrschen.«

»Von Aelyn hast du nichts zu befürchten.« Sie umklammerte den Apfel so fest, dass ihre Finger Druckstellen hinterließen. »Sie will keinen Prozess.«

»Aber andere Hüter der Enklave drängen darauf«, sagte Xrie.

»Damit machen sie einen Fehler«, hielt Jae'le dagegen. Ayae

spürte, wie ihr der Saft über die Finger lief. »Euer Urteil ist Zaifyr gleichgültig – aber auch das ist jetzt nicht mehr wichtig.«

»Warum nicht?«

»Eidans wegen.«

»Er ist in Leera«, erklärte Ayae. »Du selbst hast ihm das zugetragen.«

»Ich habe nur gesagt, dass unser Bruder bei dem Götterkind ist«, schränkte er ein. »Das ist so weit auch richtig. Aber er ist nicht in Leera. Auch das hatte ich Zaifyr noch sagen wollen, aber schon die Nachricht, dass Eidan bei *ihr* ist, hat ihn so erregt, dass ich lieber schwieg. Ich bekam es mit der Angst zu tun. Er ist dabei, in den gleichen Zustand abzugleiten wie einst in Asila. Er sieht genauso aus, wie ihn mir der damalige Samuel Orlan vor seinem Tod in einem Brief beschrieben hatte. Darin war von Zimmern voller Bücher und Geister die Rede. Und jetzt sitzt mein Bruder wieder in solchen Zimmern, blättert Seiten um und sucht nach Toten, die ihn verteidigen sollen. Wie wird er wohl reagieren, wenn er erfährt, dass Eidan und das Götterkind auf dem Weg nach Yeflam sind?«

»Sie kommt hierher?« Jetzt hatte Ayae den Apfel vollends zerdrückt. »Warum kommt sie hierher?«

»Zaifyr hat seinem Bruder geschrieben.« Jae'le bewegte sachte seine Finger auf und ab, als wären es Flügel. »Ein toter Vogel hat nach ihm gesucht und den beiden von dem Prozess berichtet.«

»Deshalb würde das Götterkind doch nicht kommen.« Ayae ließ die Apfelreste zu Boden fallen. »Das ist Wahnsinn. Das …« Ihr fehlten die Worte.

»Es riecht nach Unheil«, vollendete Jae'le den Satz.

40

»Ich habe mich bemüht, Geduld mit dir zu haben«, sagte Kaqua und trat ein. Seine Stimme klang leise und angespannt. Seine abgehackten Bewegungen, der steife Gang verrieten, dass er Angst hatte. Zaifyr konnte sich diese Angst zunächst nicht erklären, er begriff nicht gleich, was der Bettler plante. Erst als er den langen Dolch mit der dunklen Klinge sah, dämmerte ihm, dass ihn der Hüter bedrohen oder gar töten wollte. »Ich habe wochenlang hier gesessen und auf dich eingeredet. Ich habe alle meine Macht in meine Worte einfließen lassen. Ich habe dir immer wieder erklärt, dass du die öffentliche Bühne, die du verlangst, nicht haben kannst. Dass du nicht das Recht hast, von Yeflam aus einen Krieg anzufangen. Ich habe wiederholt versucht, dich auf den Weg des Friedens zurückzuführen.«

»Und jetzt willst du mich mit einem Messer überzeugen?«, fragte Zaifyr. »Dafür sind wir doch wohl beide zu alt.«

»Ich würde es vorziehen, wenn es nicht dazu käme.«

»Dann lege die Waffe weg.«

»Es wäre die Aufgabe deiner Schwester, zu dir zu kommen«, sagte der Bettler. »Aelyn ist für dich zuständig. Deine ganze geliebte Familie ist für dich verantwortlich, und deshalb sollte Aelyn hier vor dir stehen, um dich aus der Stadt zu weisen.«

»Weiß sie, dass du hier bist?«

»Nein, sie würde mir sagen, dass ich töricht bin. Dass es ein Fehler ist, dich zu bedrängen. Aber ich kann nicht wie sie jedes Mal zurückzucken, wenn das Thema angesprochen wird.«

»Du solltest dich nach ihr richten.« Zaifyr spürte keine Gefahr, noch nicht. Er sprach ganz ruhig und sah sein Gegenüber offen an. »Wenn sie dir einen Rat gibt«, fuhr er fort, »solltest du auf sie hören.«

»Ich habe fast mein ganzes Leben nichts anderes getan.« Der Bettler hielt inne. Nur ein Stuhl trennte die beiden jetzt noch voneinander. »Von all deinen Geschwistern ist sie die beste. Sie ist ein Mensch geblieben, während ihr alle eure Menschlichkeit verloren habt. Sie war an keiner eurer Gräueltaten beteiligt. Sie hat immer gewusst, was es heißt, ein Gott zu sein. In Maewe hatten wir eine friedliche Gesellschaft aufgebaut, in der Auseinandersetzungen intellektuell ausgetragen wurden. Es gab keine Diskriminierung, keinen Hass, keine Gewalt. Aelyn wurde verehrt. Für jene Menschen war sie bereits ein Gott, ebenso wie ich. Doch als Maewe nach der Katastrophe von Asila fiel, war alles verloren. All die Schönheit, all der Fortschritt, nur weil du die Lösung für deine Probleme nicht in dir selbst finden konntest. Weil du nicht imstande warst, den Toten den Frieden zu geben, den sie in deinen Augen verdienten.«

»Es geht nicht darum, ob ich glaube, dass sie ihn verdienen«, sagte Zaifyr immer noch ruhig. »Oder fragst du dich nicht, warum deine Macht, das Denken zu beeinflussen, den Willen zu lenken, auf mich keine Wirkung hat?«

»Meine Macht.« Kaquas Hand spannte sich um den Dolchgriff, er hob die Klinge. »Meine Macht sind Worte, und ich sorge damit für Gerechtigkeit. Ich setze sie nur selten ein, um andere zu verletzen.« Unversehens warf er das Messer in die Luft. »*Fang auf!*«, befahl er.

Zaifyrs Hand zuckte unwillkürlich nach vorne.

»Ich brauche mir nicht den Mund zuzunähen, weil meine Worte wie Gift sind.« Kaqua sprach leise, aber in zwingendem Ton. »Ich setze meine Macht nicht als Waffe ein – ich laufe nicht wie du und deine Geschwister auf die Straße und gebiete über andere. Aber du, Qian, du hast mich zum Äußersten getrieben. Du zwingst mich, dass ich deinen Arm hebe und dich dazu bringe, dir selbst das Messer an die Brust zu setzen. Du lässt mir keine andere Wahl.«

Die Klinge war durch Zaifyrs Hemd gedrungen, die Spitze berührte seine Haut. »Du willst das nicht tun«, sagte er und hob den Blick. »Du willst dich nicht auf einen Kampf mit mir einlassen, Kaqua.«

»Sie kommt hierher.«

»Sie?«

»Dein Götterkind«, sagte er. »Das Wesen, gegen das du zu Felde ziehen willst. Aber das wirst du nicht in *dieser* Nation tun.«

»Kaqua …«

»*Stoß zu!*«, zischte der Bettler. »Wenn du Yeflam nicht verlassen willst, dann stoße dir die Klinge in die Brust, dahin, wo das sitzt, was du ein Herz nennst.«

Der Dolch bewegte sich nicht.

Eine junge Frau trat aus dem Schatten und legte ihre kalten Hände um Zaifyrs Arm; eine zweite von gleichem Aussehen gesellte sich zu ihr, umfasste den Dolchgriff und hielt ihn fest.

»Du kannst mir nicht widerstehen«, zischte Kaqua. »Du wirst dir diesen Dolch ins Herz stoßen. Du wirst verbluten wie ein Sterblicher. Du wirst …«

Ein drittes Gespenst packte ihn an der Kehle.

»Wie ein Sterblicher?«, wiederholte Zaifyr. »Der Sterbliche, der jetzt deinen Hals umklammert, hat diese beiden Frauen getötet. Er war von ihnen besessen. Er konnte nicht ertragen, dass ein anderer sie bekam. Nachdem er sie getötet hatte, tötete er sich selbst. Er wollte für immer bei ihnen sein.« Langsam zogen die beiden Schwestern den Dolch von seiner Brust weg und lösten ihn aus seinem Griff. »Natürlich wusste er nicht, ob es dazu kommen würde. Er war einfach nur besessen.«

Ringsum erschienen Gespenster, schwache Umrisse der Toten, die ihm beim Lesen Gesellschaft geleistet hatten oder wenn er von Zimmer zu Zimmer ging. Sie ließen ihre schaurig hohlen Stimmen ertönen, das Geflüster von Hunger und Kälte vereinigte sich mit dem Rauschen der Wellen, die sich an Yeflams Fundamenten brachen, keine einzelne Stimme tönte heraus, keine war losgelöst von den anderen. Wie eine Flut füllten die Worte den Raum, Zaifyrs Macht, sein *Wille* durchströmte sie und weckte die Toten überall in Aelyn Meahs Haus, weckte die Toten auf dem langen Weg zum Tor, wo die beiden Wachen ohnmächtig am Boden lagen, und schickte sie hinaus auf Nales Straßen, zu den Menschen dort.

»Aber er muss sie mit allen anderen teilen, die gestorben sind.« Zaifyr teilte die Gespensterscharen, die körperlosen Gestalten, und spürte dabei den Hauch einer Berührung auf der Haut. »Du willst also, dass ich gehe, richtig?«

Die Toten säumten jetzt die Brücke, die im Norden nach Burata führte, die Brücke im Osten nach Rje, die Brücke im Westen nach Fiys und die im Süden nach Quo'Theme.

Sie erschienen in Teilen, zuerst eine Hand, ein Bein, ein Rumpf, bekleidet und nackt, als schwache Umrisse von Individuen, die schon vor langer Zeit oder erst jüngst verstorben waren.

Sie erschienen im hellen Tageslicht neben Männern, im Schatten neben Frauen, an den Betten von Kindern.

Sie erschienen neben den weißen Bäumen der Enklave der Hüter, in bewohnten und in leeren Häusern, in Fabriken, in Amtsstuben, in winzigen Kammern und großen Sälen.

»Aber ich finde, du bist es, der gehen sollte. Du solltest dein Messer nehmen und zu meiner Schwester zurückkehren. Ihr solltest du sagen, dass das Götterkind hier ist.«

Sie erschienen mit weit aufgerissenem Mund, als wollten sie schreien vor Schmerz.

»Sag ihr, dass das Götterkind dem Prozess beiwohnen will.«

Und schlagartig waren die Toten wieder verschwunden.

41

Als die Morgensonne über Cynama aufging, fand sich der verbannte Baron Bueralan Le unbewaffnet im Palast der Ersten Königin ein.

Der Palast lag im Zentrum der Stadt zwischen dem Pareeth- und dem Battar-Kanal. Er war aus schweren aschgrauen Steinblöcken erbaut und bestand aus zwei Flügeln, die wie die Arme eines Riesen ausgebreitet waren. So musste jeder Besucher einen riesigen mit Steinen gepflasterten Hof überqueren, bevor er den Eingang erreichte. Inmitten der morgendlichen Schmetterlingsschwärme stellten hier die Händler ihre Stände auf. Ihre Waren und ihre Schilder verschwanden fast unter den bunten Flügeln. Schon standen Reinigungstrupps bereit, um die kleinen Leichname von den nassen Steinen zu fegen und aus den Becken der drei Springbrunnen zu schöpfen.

In der Nacht zuvor hatten Bueralan und Orlan vor der Werkstatt des Kartografen gestanden, doch die Tür war mit einer Kette verschlossen gewesen. Das schmale zweistöckige Steinhaus unterschied sich in nichts von den anderen Häusern in den engen Straßen, seine Fenster waren jedoch mit Brettern vernagelt, und das Schloss zeigte Spuren von Rost. Orlan hatte, leise über die Unzuverlässigkeit seiner Angestellten murrend, einen Satz Diebeshaken hervorgeholt und die Tür geöffnet. Drinnen roch es muffig, überall lagen Landkarten mit Schimmelflecken herum. Mäusekot war auf dem Boden verstreut, lange Spinnweben zogen sich von Regal zu Regal. Ein riesiger Tisch in der Mitte war mit einem verblichenen Tuch abgedeckt. Über die Tische, Stühle und Schreibpulte in anderen Räumen hatte man ebenfalls Tücher geworfen. Alle waren mit der Zeit steif geworden und ließen sich nur schwer abziehen.

»Bist du sicher, dass es nur acht Jahre waren?«, fragte Bueralan. »Man könnte meinen, das Gebäude wäre seit hundert Jahren nicht mehr betreten worden.«

»Eigentlich sollte eine Frau hier wohnen.« Der alte Mann zog Karten von den Regalen, wobei ihm die meisten zu Boden fielen. »Sie bekam einen angemessenen Lohn und hat alle vier Monate neues Material bestellt.«

»Hier hat sie jedenfalls nichts verkauft.«

Im oberen Stockwerk befanden sich drei Zimmer, das größte war eine Werkstatt mit einem langen, ebenfalls abgedeckten Tisch. In einem der zwei Schlafräume standen ein bezogenes Bett mit einer dicken Staubschicht auf den Laken und ein Schrank mit mottenzerfressenen Kleidungsstücken. Im anderen Raum waren Bett und Schrank leer. Keine Spur von der Frau, die Orlan dafür bezahlt hatte, dass sie seine Werkstatt führte. Auf Bueralans Gesicht erschien ein trauriges Lächeln: Nun war auch der Kartograf einmal betrogen worden.

Am nächsten Morgen war Orlan nicht in der Werkstatt zu finden. Fast die ganze Nacht hatte Bueralan gehört, wie er vor sich hinmurmelnd von einem Regal zum anderen ging, Schränke öffnete und die Treppen hinaufschlich. In den frühen Morgenstunden waren die Schritte und die Stimme allmählich leiser geworden, und der Saboteur war eingeschlafen. Als er erwachte, war alles still gewesen, und er hatte sich Sorgen gemacht. Allmählich war seine Unruhe immer weiter gewachsen, obwohl ihm die Stimme der Vernunft sagte, dass der Alte sicher nur ausgegangen war, um unbrauchbares Material zu ersetzen und in Erfahrung zu bringen, was aus der Frau geworden war, die hier arbeiten sollte. Doch als er nun das Ende des von Schmetterlingen wimmelnden Palasthofs erreichte und ein Dutzend Gardisten in schwarz-roten Harnischen zu beiden Seiten des Eingangs stehen sah, verstummte diese innere Stimme.

Ein Mann trat aus der Reihe nach vorne. Wie bei allen anderen war sein Gesicht unter einer schwarzen Maske verborgen.

»Sie werden erwartet, Bueralan Le.«

Fast wäre ihm ein bitteres Lachen entfahren.

Stattdessen nickte er nur und ließ sich durch eine Reihe von leeren, mit glänzend schwarzem Quarz gepflasterten Gängen führen. Alsbald stand er vor einer Tür aus massivem Onyx, die von zwei Gardisten flankiert wurde.

Dahinter befand sich ein großer, ebenfalls mit Quarz gefliester Raum. Die riesige schwarze Fläche mit den hellen Einsprengseln erinnerte an einen nächtlichen Sternenhimmel. Viele Höflinge standen in stillen Ecken oder zwischen gepanzerten Gardisten. Der Hofstaat der Ersten Königin schien vollzählig angetreten zu sein. Hier herrschte immer reger Betrieb, ein ständiges Kommen und Gehen, doch die meisten Besucher fanden sich um die Mittagszeit ein. Dass der Saal schon vorher so gut gefüllt war, kam selten vor. Das war nur der Fall, wenn die Erste Königin den ganzen Hof einbestellt hatte. Bei dem Gedanken schloss Bueralan kurz die Augen.

Als er sie wieder öffnete, herrschte immer noch Schweigen. Die Erste Königin saß auf ihrem großen schwarzen Steinthron und sah ihm entgegen. Sie erschien ihm noch kleiner und gebrechlicher als bei ihrer letzten Begegnung, aber sie tat ihm nicht leid. Er wusste nur zu gut, dass es ein Fehler war, Mitleid mit der Königin zu haben. Es verführte dazu, sie für schwach zu halten und ihr nicht zuzutrauen, ihre Herrschaft angemessen auszuüben. Dieser Gedanke hatte so manchen auf einen Irrweg geführt, der in Rebellion und Revolution endete. Er selbst war den gleichen Weg gegangen, allerdings aus sehr viel hässlicheren Motiven.

Zwei Frauen standen zu beiden Seiten des Throns. Zur Linken, dicht hinter der Ersten Königin, hatte sich Hauptmann Pueral postiert. Hoch aufgerichtet stand sie da, im gleichen schwarzen Harnisch wie die Gardisten, die Bueralan umringten. Sie erschien ihm kaum verändert, aufrecht, athletisch, die dunkle Haut von der Sonne gegerbt, das graue Haar kurz geschoren.

»Der letzte Verbündete des Hundertsten Prinzen kehrt zurück.« Das kam aus dem Mund der zweiten Frau, die zur Rechten des Thrones stand, aber eine Stufe tiefer, sodass ihr die Erste Königin ins Ohr flüstern konnte. Sie war jung und schön, von noch dunklerer Hautfarbe als Bueralan. Gekleidet war sie in Rot und Orange. An Handgelenken und Knöcheln blitzten Gold und Edelsteine. Die *Stimme* der Ersten Königin fuhr fort: »Was führt den letzten von diesen Verrätern zu mir?«

Bueralan spürte die Blicke des ganzen Hofes und die Blicke der Gardisten auf sich. Er fiel auf die Knie und senkte den Kopf. »Ich komme, um Vergebung zu erflehen.« Die oft geprobten Worte schmeckten wie Asche. Ihm war bereits klar, dass seine Bitte vergeblich sein würde, dennoch sprach er weiter. »Ich flehe Sie an, meine Verbannung aufzuheben und mir meinen Namen, meine Titel und mein Land zurückzugeben.«

Die Erste Königin flüsterte ihrer *Stimme* etwas zu.

»Sie verlangen viel. Nennen Sie mir einen Grund, warum ich Ihnen diese Gunst gewähren sollte?«, wiederholte die *Stimme.*

»Eine persönliche Angelegenheit.« Er zögerte. »Ein Todesfall in der Familie.«

»Haben Sie in der Verbannung Kinder gezeugt, Bueralan Le? Oder sich eine Frau genommen?«

»Weder das eine noch das andere, Hoheit.«

Schweigen.

»Erheben Sie sich«, sagte die *Stimme.*

Langsam stand er auf. Von den Höflingen war kein Laut zu hören.

»Sie haben keine Eltern mehr, und weder Weib noch Kind«, stellte die *Stimme* fest. »Die einzige Familie, die Sie noch haben, ist eine, die keine ist.«

»Ich bin wegen meines Blutsbruders zurückgekehrt, seinetwegen bitte ich darum, meine Verbannung aufzuheben.«

»Wegen eines Sklaven?«

»Wegen meines Bruders«, verbesserte er.

Die Höflinge schnappten hörbar nach Luft. Einer Königin widersprach man nicht, ob es nun die Fünfte oder die Zweite war, ob ihr Hof anwesend war oder sich am anderen Ende von Ooila befand. Man trat nicht vor eine Königin hin und wies sie zurecht, schon gar nicht, wenn es um Sklaverei ging. Dennoch bereute Bueralan seine Worte nicht. Auch wenn er selbst verraten worden war – und er *war* verraten worden, die Verbitterung darüber saß tief –, *er* würde weder Zean noch einen von den anderen verraten. Hinter ihm wurden mit leisem Scharren Schwerter aus der Scheide gezogen. Er wappnete sich für den Hieb, wollte sich umdrehen und sah fassungslos, wie die Erste Königin ihre magere Hand hob und den beiden Soldaten Einhalt gebot.

»Gibt es jemanden, der für Sie bürgen kann?«, fragte die *Stimme.*

»Nein.«

»Ich bürge für ihn.«

Samuel Orlans Stimme kam von links, er hatte hinter einer Gruppe von Höflingen gestanden. Nun trat er langsam vor und lächelte erst den Versammelten, dann der Ersten Königin und schließlich Bueralan zu. Der Kartograf war prächtig gekleidet, Bart und Haupthaar waren sauber gestutzt. In der Hand hielt er ein zartes, langstieliges Kristallglas mit dunkelrotem Wein. Er hatte noch nicht getrunken.

»Sie wollen sich für diesen Verbannten verbürgen?«, fragte die *Stimme*. Von der Überraschung, die die Erste Königin empfunden haben musste, war ihr nichts anzuhören. »Wissen Sie, was das bedeutet, welches Risiko Sie damit auf sich nehmen?«

»Natürlich.« Er hob das Glas wie zu einem Trinkspruch. »Ich verbürge mich sehenden Auges für ihn. Ich werde ihn unterstützen und Lohn wie Strafe mit ihm teilen.«

Die Stille dehnte sich ins Unerträgliche und wartete darauf, gebrochen zu werden.

»Warum«, fragte die *Stimme*, »wollen Sie das tun?«

»Weil ich eine Schuld auf mich geladen habe, die nicht getilgt werden kann«, antwortete Samuel Orlan.

Dein Bruder, deine Schwester

In »*Das Ewige Königreich*« wird unterstellt, Mireea sei angegriffen worden, weil es die letzte Ruhestätte des Wächters der Elemente geschändet habe, des Gottes Ger, den *sie* ihren Vater nennt. Einen von vielen, wie ich hinzufügen möchte.

Doch das Buch erklärt nicht, warum das Götterkind nach dem Fall von Gers Rücken ihr Heer – die Gläubigen – gegen die Reiche von Faaisha ziehen ließ, wo keine Überreste irgendeines Gottes liegen.

Tinh Tu,
»*Geheimes Tagebuch*«

42

Aelyn traf ein, nachdem Zaifyr Kaqua den Bettler in der Enklave abgeliefert hatte. Die Gespenster der beiden Schwestern hatten den Hüter zwischen sich durch Nale geführt wie eine kalte Flamme, die über die Straßen schwebte. Die beiden waren wie ein neues Wesen in die Welt gekommen, Zaifyrs Macht ließ ihre Körper erstrahlen. Am Eingang zur Enklave entzog ihnen Zaifyr diese Macht, und für die Menge, die sich eingefunden hatte und später zusehen konnte, wie Aelyns Wind die Pferde und die Kutsche bis zum Fenster ihres Arbeitszimmers emporhob, schien es, als hörten die beiden jungen Frauen einfach zu existieren auf. In Wirklichkeit kehrten sie mit der Menge zu Aelyns Haus zurück. Kalt und einsam schwebten sie unter vielen anderen Unsichtbaren durch die Stadt. An der Pforte passierten sie die sechs Soldaten der Yeflam-Garde, die sich neben den Gardisten aus Wind postiert hatten. Sie gingen den Weg hinauf, wo Aelyns leere Kutsche wartete, und betraten durch die offene Tür den Eingangsbereich, wo Zaifyr mit seiner Schwester stand.

»Bruder«, sagte Aelyn. »Qian. Was hast du getan?« Sie sprach langsam und bedächtig und hatte ihre Gefühle vollkommen unter Kontrolle – ein ruhender Pol inmitten all der Ängste. »Du kannst doch Kaqua nicht durch die Straßen zerren. Du kannst die Toten nicht aufmarschieren lassen. Yeflam ist in …«

»Ich wurde angegriffen«, sagte er. »Dein Bettler wollte mich töten.«

»Er würde niemals …«

»Er sagte, das Götterkind sei auf dem Weg hierher.«

Über Aelyns Gesicht flackerte ein Kaleidoskop von Gefühlen, Resignation, Enttäuschung und Angst. »Das ist richtig«, sagte seine Schwester endlich. »Es hat den Anschein, als müsste ich mich für Kaqua entschuldigen. Er hat einen Fehler begangen, aber nicht aus Hass gegen dich, sondern weil er sieht, dass Yeflam seine Belastungsgrenze erreicht hat. Die Angst, was geschehen wird, wenn du dem Götterkind auf unseren Straßen begegnest, hat ihn zu seiner Tat getrieben.« Ihre bislang so feste Stimme geriet ins Wanken. »Wenn ich gewusst hätte, was er vorhatte, hätte ich es ihm verboten.

Aber du musst verstehen, dass wir seit fast einem Jahr von deinem Götterkind wissen. Eidan ist bei ihr. Er beobachtet für uns, was in Leera geschieht.«

»Hast du deshalb ihre Priester hereingelassen?«

»Sie stellen keine Gefahr für uns dar, und sie ermöglichen es, dass Eidan an ihrer Seite bleibt. Diesen Plan gefährdest du seit dem Moment, als du vor unseren Toren erschienen bist.«

»Mit dem Götterkind sind keine Verhandlungen möglich.«

»Solche Urteile können wir nicht mehr fällen«, hielt sie dagegen. »Wir sind keine Götter. Noch hat man uns diese Stellung nicht gewährt.«

Darauf sagte er nichts.

»Qian.« Nun war die Ruhe vollends dahin, ihre Stimme klang verzagt. »Bedenke, was hier auf dem Spiel steht. Yeflam ist nicht Asila. Ich bin für die Menschen hier verantwortlich. Sie sind *meine* Welt.«

»Was hast du von Eidan erfahren?« Seine Stimme war hart, ohne Mitgefühl. »Was weißt du über sie, dass es dir solche Angst macht?«

»Es geht nicht um *sie.*« Sie machte ihrer Niedergeschlagenheit mit einem tiefen Seufzer Luft. »Es geht um *dich.* Du bedrohst genau das, wogegen du dich auflehnst. Du wirst uns alle in dem Grauen einschließen, das du siehst.«

Als die Nachmittagssonne unterging und der Tag sich dem Ende zuneigte, hatte die Yeflam-Garde in allen dreiundzwanzig Schwimmenden Städten Aufstellung genommen. Jae'le, der zunächst nach Aelyns Weggang in Gestalt einer Sturmschwalbe gekommen war, kehrte nach Einbruch der Dunkelheit in seiner eigenen Gestalt zurück und berichtete Zaifyr, dass eine Ausgangssperre verhängt worden sei. Auf den Straßen sei Panik ausgebrochen. Auf Neela hatte eine Gruppe versucht, Wila zu stürmen, weil man die Mireeaner für die Ursache hielt. Der »Soldat« hatte persönlich eingegriffen. Bis zum Morgen hatte die Yeflam-Garde auch die Menge auseinandergetrieben, die sich vor Aelyns Haus zusammengerottet hatte. Als der Pöbel zurückkehrte, wurde er abermals verjagt. Später kamen Ayae, Faise und Zineer und erzählten, die Zeitungen hätten den Tag, an dem die Gespenster in Yeflam erschienen waren, als den »*Tag der Millionen Geister*« bezeichnet. Sie zeigten ihm einige der Bilder, die man von ihm gedruckt hatte, und er las zur Hälfte eine Geschichte, in der er als Irrer beschrieben wurde, den man vor Gericht stellen müsse. Dann verlor er die Geduld und riss die Zeitungen in Streifen, um sie bei seinen Nachforschungen als Lesezeichen zu verwenden.

Zwei Wochen später wurde bekannt gegeben, dass der Prozess stattfinden würde.

Zaifyr erfuhr es von Jae'le, der in den frühen Morgenstunden mit dieser Nachricht von der Enklave kam.

»Sechs Tage«, wiederholte Zaifyr. »Das reicht nicht. Ich brauche mehr Zeit. Einer der Toten, die ich suche, befindet sich in den Höhlen, durch die man ins Saan gelangt. In sechs Tagen kann man ihn nicht herbeischaffen.«

»Mehr bekommst du nicht. In sechs Tagen ist das Götterkind hier.«

»Aelyn will, dass das Götterkind dem Prozess beiwohnt?«

»War das nicht auch dein Wunsch?« Vor dem Fenster lag die Welt im Dunkeln und roch nach Salz und Blut. »Aber du solltest wissen, dass an den Prozess eine Bedingung geknüpft wurde. Und ich habe ihr zugestimmt.«

»Warum hat man mich dazu nicht gehört?«

»Weil es um dich geht«, lautete die Antwort. »Wenn du am Ende des Prozesses für schuldig befunden wirst, bringt man dich nach Eakar in den Turm zurück.«

Im Geiste sah Zaifyr den kleinen Raum vor sich und spürte, wie sich die Mauern um ihn schlossen. »Ich gehe nicht wieder dorthin«, sagte er.

»Nicht freiwillig«, räumte Jae'le ein. »Es wird deine Strafe sein. Und wenn es nötig ist, werde ich Aelyn und ihre Hüter des Göttlichen bei der Vollstreckung unterstützen.«

»Ich werde nicht scheitern«, versicherte ihm Zaifyr. »Und das weißt du auch. Du spürst ebenso wie ich, wie das Götterkind näher kommt. Du spürst es wie einen Sog, der dich verschlingen will.«

»Ja, du hast recht«, gestand sein Bruder. »Es fühlt sich an wie die erste Berührung von Zähnen, bevor ein Riesenmaul vollends zuschnappt.«

»Sie darf nicht weiterexistieren.« Tiefe Überzeugung sprach aus seiner Stimme. »Was immer sonst zur Sprache kommt, sie muss vernichtet werden. Zumindest das musst du doch einsehen.«

Die Schatten der Nacht zeichneten die Züge seines Bruders schärfer, als sie tatsächlich waren. Der Schein der Lampen geriet ins Flackern, wenn er auf ihn traf, sodass sein Gesichtsausdruck nicht immer zu erkennen war. »Ja«, sagte er endlich, »das sehe ich ein.«

43

Bueralan hatte die Nachmittagssonne im Rücken, als er den großen Grauen durch das Steintor auf das Anwesen seiner Mutter führte. Die Oberseite des Bogens glich gesplitterten Zähnen, und das rostige Torgitter schnappte nicht mehr ein. Der Weg, auf dem er sein Pferd zum Haupthaus führte, war mit Steinen und Schmetterlingskadavern bedeckt und von Unkraut überwachsen. Obwohl seine knirschenden Schritte und die Hufschläge des Pferdes deutlich zu hören waren, ließ sich niemand blicken, um ihn zu begrüßen oder von der Schwelle zu weisen. Zu beiden Seiten erstreckte sich der Park, einstmals sorgsam gepflegt, jetzt ein Dschungel aus wucherndem Grün, durchsetzt mit bunten Wildblumen unter einer Ascheschicht, die ihre Farben dämpfte.

»Warum wurde der Besitz nicht verkauft?«

Die Frage hatte er Ce Pueral zwei Wochen zuvor in Orlans Haus gestellt. Sie war inzwischen kein Hauptmann mehr, und ihr Besuch in der Werkstatt des Kartografen am Morgen nach seinem Auftritt bei Hofe hatte ihn nicht überrascht. Sie erschien in ihrem schwarzroten Harnisch, das Langschwert hing locker an ihrer Seite, und draußen auf der Straße wartete eine Gruppe von Männern und Frauen.

»Die Königin war eine enge Freundin Ihrer Mutter.« Pueral behandelte ihn mit eisiger Gleichgültigkeit. »Sie war in jüngeren Jahren oft hier draußen.«

»Sie hat das Anwesen aus Sentimentalität behalten?«

»Gelegentlich, Herr Le, ist die Antwort ganz einfach.« Die Anrede entging ihm nicht. »Seit Sie verbannt wurden, wohnt dort niemand mehr. Jedenfalls nicht offiziell. Man hat für die Ländereien keinen Verwalter bestellt, aber ich könnte mir denken, dass sich

Hausbesetzer eingenistet haben. Möglicherweise müssen Sie nicht nur das Unkraut beseitigen.«

Das Haupthaus war riesig. Es war aus schweren Felsblöcken erbaut, die man Jahre vor der Herrschaft der Fünf Königinnen aus der Erde geholt hatte. Seine Mutter hatte es mit viel Umsicht erweitert, sie hatte Grundrisse gezeichnet, sich mit Baumeistern beraten und ein Vermögen dafür ausgegeben, ähnliche Steine ausgraben zu lassen. In seiner Kindheit hatte er viel Zeit damit verbracht, sich ihre Pläne anzuhören. Hauptsächlich deshalb betrachtete er das weitläufige Gebäude nicht als Eigentum seiner beiden Eltern, für ihn gehörte es seiner Mutter allein.

»Wieso ist man so großzügig zu mir?«, fragte er Pueral.

»Ein weiteres Geschenk der Ersten Königin.« Sie nahm endlich die behandschuhte Hand vom Schwert und beugte und streckte die steifen Finger. »Nur wenigen wurde eine Gunst gewährt, wie Sie sie gestern erfahren haben.«

»Ich bin dankbar.«

»Nein, das sind Sie nicht«, widersprach sie, aber er hörte weder Bosheit noch Verbitterung in ihrer Stimme. »Sie waren einst ein nassforscher Jüngling, Bueralan. Im Umgang mit dem Schwert zeigten Sie ein beachtliches Geschick, Sie standen in der Politik Ihren Mann und scheuten kein Risiko. Sich mit dem Hundertsten Prinzen einzulassen, das war keine gute Entscheidung. Damit enttäuschten Sie ihre früheren Wohltäter. Ich hatte es immer als Jugendsünde betrachtet. In gewissem Sinne sahen Sie das wohl auch selbst ein. Die Verbannung konnte Ihr Selbstbewusstsein nicht brechen, Sie blieben risikofreudig und bewahrten sich Ihre Ausstrahlung. Ich habe Ihren Weg in den letzten zehn Jahren nicht mehr allzu aufmerksam verfolgt, aber in der ersten Zeit hatte ich Sie im Auge behalten. Sie sind mit Ihrer Verbannung offen umgegangen und haben sich bei wohlhabenden und einflussreichen Leuten verdingt – das konnte mir natürlich nicht entgehen. Manche Ihrer Taten bewundere ich sogar.«

»Vielen Dank«, sagte er.

»Nichts zu danken.« Sie wandte sich der Tür zu, vor der ihre Soldaten auf sie warteten, und ballte die Hand zur Faust. »Ich will Ihnen nicht schmeicheln, ich will Sie nur warnen. Vor mir steht nicht der Mann, an den ich mich erinnere und den ich in meinen Berichten beschrieben habe. Vor mir steht ein gebrochenes Wrack, jemand, der kein Risiko mehr eingehen will. Sie haben den Blick eines Toten, kommen aber dennoch zurück, um wieder in die Politik einzugreifen. Sie treten vor die Erste Königin hin und verlangen das *Geschenk der Mutter* für einen toten Sklaven. Mit solchen Augen werden Sie Ihr Ziel nie erreichen. Sie werden einen Fehler machen. Einen Fehler, der Sie Ihr Leben kostet – und das Ihres Blutsbruders dazu.«

Das Schloss der Haustür war aufgebrochen worden, dahinter lag der Boden voller Glasscherben, Schmetterlingskadaver und anderer toter Tiere.

Bueralan durchquerte den Vorraum. Die Nachmittagssonne zeichnete Muster aus Licht und Schatten an die Wände und machte die Verwüstung sichtbar. Im großen Wohnraum war das Mobiliar zertrümmert worden, an der Rückwand hatte jemand ein Feuer angezündet. Bueralan scharrte mit dem Fuß in der Asche, scheuchte mehrere Spinnen auf und förderte ein paar Tierknochen zutage. Nichts wies darauf hin, dass das Haus in letzter Zeit bewohnt gewesen war. Niemand hatte die toten Schmetterlinge auf den Fliesen zertreten, die in den Gängen hinter dem Wohnraum neben anderen Insekten massenhaft herumlagen. In den Ecken hatte sich Asche gesammelt, die Familiengemälde hingen nicht mehr an den Wänden. Man hatte sie wohl als Brennmaterial verwendet.

»Sie gefällt mir«, hatte Samuel Orlan bemerkt, als Pueral gegangen war.

»Das wundert mich nicht.« Der Kartograf war in alten Kleidern voller Farb- und Tintenflecken und mit einem riesigen Vergrößerungsglas in der Hand aus dem oberen Stockwerk heruntergekommen. Er hatte fast den ganzen Vormittag an seinem Arbeitstisch verbracht, nachdem sie vom Palast zurückgekehrt waren, und sich erst sehen lassen, als Pueral fort war. Bueralan war jedoch überzeugt, dass ihm kein Wort des Gesprächs entgangen war. »Hattest du bei der Rückgabe des Anwesens die Hand im Spiel?«

»An das Anwesen hatte ich nicht einmal gedacht.« Orlan zuckte die Achseln. »War die Erste Königin wirklich eine so enge Vertraute deiner Mutter?«

»Sie waren Jugendfreundinnen.«

»Ich habe mich gefragt, warum sie nicht mehr von mir wissen wollte.«

Bueralan antwortete nicht. Puerals Worte klangen ihm in den Ohren: ihr Urteil über ihn, ihre Bilanz seines Lebens. Er hatte nicht darüber gelächelt, wie er es einst vielleicht getan hätte, weil er nicht glaubte, dass ihre Einschätzung falsch war. Als sie die Straße hinunterritt, hatte er ihr schweigend nachgesehen. Ringsum erwachte Cynama, bunte Schmetterlinge stoben auseinander, wenn ihr die Menschen Platz machten. Er erinnerte sich an die Worte des Götterkindes – *Rufe mich erst, wenn die Unschuld auf dem Spiel steht* – und dachte einmal mehr an ihren Namen, jenen Namen, den er nicht kannte.

»Willst du das Anwesen heute noch aufsuchen?«, fragte Orlan.

»Nein«, antwortete er.

»Du solltest nicht zu lange warten«, mahnte der Kartograf und stieg die Treppe wieder hinauf. »Früher oder später müssen wir alle in das Heim unserer Kindheit zurückkehren.«

44

Jeden Tag, bevor die Morgensonne aufging, begann Lord Elan Wagan zu schreien.

Heast lag in dem Zelt, das er mit Jaerc, dem jungen Bäckerlehrling teilte, und wartete darauf, dass es wieder anfing. In den ersten Nächten hatten ihn die lauten, schrillen Töne, die sie schon auf dem Weg über Gers Berge begleitet hatten, noch geweckt, aber sein Körper hatte sich bald wieder daran erinnert, und seither erwachte er wie alle anderen auf Wila, bevor Lord Wagans Schreie einsetzten. Dann lag er mit offenen Augen in der salzduftenden Dunkelheit, bis Reila, die Heilerin, für Abhilfe sorgte und nur noch ein Wimmern zu hören war. Danach lauschte er der einsetzenden Stille und verspürte einen gewissen Stolz auf die Menschen um sich herum. Kein einziges Mal hatte er eine Klage gehört, kein einziges Mal waren ihm Zorn oder Groll entgegengeschlagen, wenn er aus seinem Zelt trat, obwohl er beides gut verstanden hätte. Doch die Menschen hatten unendlich viel Nachsicht mit dem Mann, der dem Wahnsinn verfallen war und nicht einmal im Tod Erlösung finden durfte.

Letzten Endes gab es einen Grund für die Geduld. Als Lord Wagan mit zerfleischtem Gesicht und gestörtem Geist aus Leera zurückgekehrt war, nur von Stricken auf dem Rücken seines Pferdes gehalten, hatte Heast den Wunsch verspürt, den Mann zu erlösen: ein einfacher Stoß mit dem Dolch, ein Akt der Menschlichkeit, und Lord Wagans grausames Leiden wäre zu Ende gewesen. Heast hätte eine solche Tat nicht bereut: Er hatte diese Gnade schon anderen Soldaten erwiesen, deren zerstörtes Leben nur noch an einem Faden hing.

Doch er hatte es nicht getan. Nun schlug er leise die Zeltklappe zurück und wanderte im kalten Wind durch die schmale Gasse zwischen den Zelten. Ob es die beste Entscheidung gewesen war, sich zurückzuhalten, wusste er immer noch nicht. Er hatte Muriel Wagan das Wissen ersparen wollen, dass der Geist ihres wahnsinnigen Gatten in den Trümmern von Mireea umging, andererseits hatte sie die traurige Last, die sie jetzt zu tragen hatte, auch nicht verdient. Unter den Tausenden von Menschen, die sich in Wilas Zelten drängten, stand er mit seinem Mitgefühl ebenso wenig allein wie sie mit ihrem Los. Keiner der Menschen auf der Insel hatte Mireea verlassen, ohne dass ein Angehöriger als Geist aus den Trümmern auferstanden war, ohne dass ein Freund zurückgekehrt wäre, den man bereits betrauert hatte, und keiner dieser Menschen konnte sich der furchtbaren Erkenntnis entziehen, dass ihn womöglich ein ähnliches Schicksal erwartete. Doch bei den meisten verteilte sich die Bürde auf mehrere Schultern. Freunde und Angehörige, soweit noch vorhanden, konnten einander beistehen. Man war nicht isoliert wie Muriel, die ganz allein an der Spitze stand und sich nicht einmal auf ihre Tochter stützen konnte.

Am nassen Strand der Insel hielt Heast an, um zu urinieren, und ließ dabei den Blick über den schwarzen Ozean schweifen. Weit draußen sah er kleine Lichtpünktchen. Schiffe der Marine vielleicht, oder einer der Türme auf den Inseln rings um Nale, die gleichzeitig als Leuchttürme und Kasernen dienten. Die Lichter waren so weit weg, dass er sie nicht mit Sicherheit zuordnen konnte, und darüber war er froh. An jenem Tag, an dem zuerst die Geister erschienen waren und dann der Mob die Insel stürmen wollte, hatte er schon befürchtet, dass die Marine Schiffe um die Insel auffahren lassen würde. Anstelle des »Soldaten« hätte er diese Sicherheitsmaßnahme ergriffen, auch weil zu befürchten war, dass Gaerl hierherkommen würde. Doch in den darauffolgenden Wochen war weiter nichts geschehen, außer dass man die Wache verstärkt hatte. Aus den wenigen Zeitungen und Flugschriften, die noch den Weg auf die Insel fanden, nachdem die massenhaften Abwürfe unterbunden worden waren, hatte er erfahren, dass für Yeflam eine Ausgangssperre galt und dass Zaifyrs Prozess nun doch stattfinden würde. Beides hatte jedoch keinen Einfluss auf die Lage der Mireeaner. Sie dümpelten dahin wie die schweren Abfallsäcke, die an langen Seilen neben ihm auf den Wellen schaukelten.

Plötzlich hörte er das leise Klatschen eines Ruders, und gleich darauf entdeckte er die Umrisse eines Bootes.

Es war ein kleines Boot, nicht mehr als eine Jolle, und darin saßen zwei Gestalten, eine große und eine kleinere, soweit er das erkennen konnte. Sie kamen im Schutz der Dunkelheit vom Nordufer, um von den Gardisten auf der Brücke nicht gesehen zu werden. Lord Wagans Schreie hatten das Geräusch der Ruder übertönt – bis auf die letzten Schläge in der Totenstille. Schließlich konnte Heast die Gesichter erkennen. Der kleinere Schatten entpuppte sich als Kal Essa mit seinem Narbengesicht. Bei ihm war ein Mann in staubiger Kleidung, den Heast nicht kannte.

Das stinkende Wasser spritzte geräuschvoll auf, als er dem Boot entgegenwatete, mit einer Hand das Dollbord umfasste und es auf den Strand zog.

»Umdrehen und anheben«, flüsterte er. »Hier kann es nicht liegen bleiben.«

»Verstanden«, antwortete Essa leise.

Hätte ein Gardist in diesem Moment auf Wila hinabgeschaut, er hätte ein umgedrehtes Boot gesehen, das schnell und lautlos zwischen den Zelten hindurchglitt. Ein grotesker Anblick.

Heast hatte die vordere Ruderbank auf die Schultern genommen. »Hauptmann Essa«, sagte er leise. »Ich nehme an, du hast gute Gründe dafür, ein solches Risiko einzugehen?«

»Der Stammesmann wollte unbedingt zu dir. Ich habe mich lange gesträubt, aber er sagte, ein Zug komme den Berg herab. Hauptsächlich sind es Priester, aber einige sehen aus wie Soldaten.« Essa stemmte die mittlere Bank mit den Armen in die Höhe, weil er zu klein war, um sie auf den Schultern zu tragen. »Der Stammesmann berichtete, die leeranischen Führer seien dabei. Ich hielt ihn so lange hin, bis ich mich selbst davon überzeugt hatte.«

Heast war nicht überrascht. »Haben Sie auch einen Namen, Stammesmann?«

Der Dritte im Bunde war größer und schwerer als Heast und Essa. Er sah aus wie ein Raufbold, der mit den Fäusten und der Axt umzugehen wusste, aber der Hauptmann der Geister wusste, dass er nichts davon jemals einsetzen würde. Er trug braune Beinkleider aus schwerem Stoff und darüber einen langen dunkelgrünen Kittel. Beides war stark verschmutzt. Einen schwarz-braunen Schal hatte er sich mehrfach um den Hals gewickelt, um ihn über sein gebräunte Gesicht mit dem dichten rotbraunen Bart und das rotbraune Haar schieben zu können, wenn er über die weiten Ebenen des Hochlandes zog; denn über den Grasflächen, wo die friedliebenden Stämme seit dem Krieg der Götter lebten, wehte ein rauer Wind.

»Ich heiße Kye Taaira«, sagte der Mann. »Und ich habe eine Nachricht für Sie, Hauptmann Heast.«

45

Ayae fand keinen Schlaf.

Nachdem sie in der vergangenen Woche mit Faise und Zineer in deren Haus zurückgekehrt war, waren ihre gewohnten Schlafperioden von fünf Stunden allmählich zerronnen zu kurzen, unruhigen Schlummerphasen, immer wieder unterbrochen von Minuten der Verwirrung und einzeln gezählten Sekunden. Nun saß sie bereits die dritte Nacht in Folge allein in der Küche, nachdem Faise und Zineer zu Bett gegangen waren, eine Tasse in den Händen, einen Kupferkessel mit heißem Wasser neben sich auf dem Feuer, und versuchte zu lesen. Das dünne Buch, das sie vor sich hatte, enthielt Gedichte von einer der Frauen, die Gers erste Stadt mit aufgebaut hatten. Sie handelten von den Elementen und beschrieben sie als eigensinnig, kindisch, spröde und störrisch. Es waren grauenhaft schlechte Zeilen, dennoch konnten sie weder die Müdigkeit noch der Tee von dem seltsamen Gefühl ablenken, dass etwas mit scharfen Zähnen an ihrer Haut zerrte, um sie zu verschlingen.

»Das ist der leeranische Gott. Sie kommt näher«, hatte ihr Zaifyr an dem Tag erklärt, an dem sie Aelyns Haus verließ. »Es fühlt sich anders an, wenn man vor den Überresten toter Götter steht.«

Ayae hatte die Stirn gerunzelt. »Warum sollte sie anders sein?«

»Weil wir etwas haben, das sie als ihr Eigentum betrachtet.« Die beiden waren auf den rechten Turm des Hauses gestiegen. Die Nachmittagssonne stand hoch über den wogenden Massen von Leviathans Blut, und vom Wasser stieg ein kalter Wind auf, den Ayae kaum spürte. Die Amulette in Zaifyrs Haar und an seinen Handgelenken blitzten im Licht. »In dieser Hinsicht ist sie so wie alle Götter waren. Sie glaubt, sie hätte Anspruch auf die ganze Welt.«

Ayae wollte das nicht glauben, doch nachdem sich die Gespenster über die Stadt ausgebreitet hatten, nachdem sie die Angst in den Augen der Menschen gesehen hatte, waren ihr erste Zweifel an Zaifyrs Plänen gekommen. Und als sie von Jae'le erfahren hatte, dass der Mann mit den Amuletten am Ende des Prozesses womöglich in sein Gefängnis zurückgebracht würde, hatte sie sogar Angst um ihn bekommen. Zaifyrs Bruder hatte sie überrascht. Seit dem Erscheinen der Geister auf den Straßen saß er inmitten von Büchern in den unteren Zimmern und half bei der Suche. Dabei blätterte er die Seiten mit seinen langen, dünnen Fingern so langsam und sorgfältig um, als wollte er ein Tier sezieren.

Sie schob den Gedanken von sich und fragte: »Warum hat das Götterkind keinen Namen?«

»Es ist Aufgabe eines Sterblichen, den Namen eines Gottes zu wählen.« Zaifyrs Achselzucken ließ die Amulette in seinem Haar aufblitzten. »Wenn dieser Name zum ersten Mal ausgesprochen wird, muss der Gott zu dem betreffenden Menschen gehen und ihm ein Geschenk machen. So ist es jedenfalls überliefert.«

Vor ihnen wogte der Ozean, die schwarzen Wellen krachten gegen die Pfeiler, auf denen Yeflam ruhte. »Was wird geschehen, wenn sie hier eintrifft?«

»Sie wird uns die Chance geben, diesen Krieg zu beenden, ohne ein Heer aufzustellen und ein Blutbad anzurichten.« Die Antwort kam ohne Zögern.

»Was ist, wenn die anderen sie nicht als Bedrohung sehen?«

»Ich gehe nicht in den Turm zurück.« Das klang endgültig. »Wie geht es Faise und Zineer?«

»Seit dem Erscheinen der Geister ist alles ruhig.« Sie ließ zu, dass er das Thema wechselte. »Seit einer Woche habe ich keine Verfolger mehr gesehen. Die Zeitungen sind voll von Geschichten über dich, aber es gibt auch Berichte über Illaans Vater und einen Machtkampf innerhalb der Kaufmannsgilde. Man hat ihnen für Ende der Woche einen Platz auf einem Schiff besorgt, das nach Zoum fährt. Zumindest damit sind sie einverstanden.«

»Fährst du mit ihnen?«

»Nur bis zur Grenze«, sagte sie. »Es gibt noch so viel zu tun.«

Wenig später hatte sie den Turm verlassen und war die Treppe hinuntergestiegen. Faise und Zineer warteten auf sie. Die beiden wollten nicht aus Yeflam fortgehen und hatten sich wortreich gegen die Reise nach Zoum gewehrt, aber Ayae hatte sie an Bnid Gaerl erinnert. Er würde sie nicht vergessen. Vielleicht würde er sie in Ruhe lassen, solange sich die Ereignisse überstürzten, aber das würde nicht von Dauer sein. Außerdem gestand ihnen Ayae, dass sie das fürchtete, was nach dem Eintreffen des Götterkindes geschehen könnte. Es mochte selbstsüchtig sein, aber sie konnte sich kein Szenarium vorstellen, bei dem es nicht zu Toten und Verletzten kam. Wenn sie an den Prozess und seine Folgen dachte, spürte sie wieder Queila Meinas Hand auf ihrer Schulter und sah ihr eingefallenes Gesicht vor sich. Fos Seuche hatte ihr das Leben geraubt, als wäre sie ein Nichts.

In solchen Ängsten befangen und weil sie diese Gefahr für größer hielt als jede andere, öffnete sie, als kurz vor dem Morgengrauen an die Tür von Faises und Zineers Haus geklopft wurde.

Draußen stand ein Priester.

Ein hochgewachsener Mann mittleren Alters von weißer Hautfarbe. Ayae hatte in letzter Zeit viele Priester gesehen, doch der war irgendwie anders, glatt rasiert, das schwarz-graue Haar militärisch kurz geschnitten. Diese Haartracht – sie registrierte sie nur flüchtig und analysierte die Beobachtung erst viel später – rettete Ayae das Leben. Als sie die Tür aufzog, riss der Priester die Augen auf, stieß einen Schrei aus und sprang zur Seite. Hinter ihm wurde ein zweiter Mann sichtbar. Er war kleiner, stämmiger, und hielt eine schwere Armbrust in den Händen. Der hölzerne Spannhebel wurde ausgelöst, ein lautes Schwirren war zu hören, und Ayae spürte einen heftigen Schmerz im Arm. Im gleichen Moment fuhr ihre freie

Hand – die linke – nach unten, und ihre Finger rissen den Pfeil unter Schmerzen heraus.

Sie schleuderte ihn zurück, folgte seinem Flug mit ihrem Körper, und entriss dem kleineren Angreifer mit der Rechten die nutzlos gewordene Armbrust. Zugleich hob sie die Linke und drehte die Handfläche nach oben. Ihr Handballen krachte mit voller Wucht gegen die Stirn des Mannes.

Sein Kopf flog nach hinten, und er brach zusammen. Wie als Reaktion darauf wurde mit lautem Splittern die Tür an der Rückseite des Hauses eingetreten. Der falsche Priester – der dunkelblaue Harnisch des Armbrustschützen hatte ihn verraten – stürzte sich mit einem unartikulierten Schrei auf Ayae. Sie verlagerte ihr Gewicht und nützte seinen Schwung, um ihn gegen den Holztisch zu schleudern, auf dem bei ihren Jonglierversuchen die angeschlagenen Äpfel gelegen hatten. Der Tisch brach auseinander, der Mann landete auf dem Boden, doch nun strömten mindestens ein halbes Dutzend Gestalten durch die Hintertür, und von oben ertönte ein lauter Schrei.

Mit wenigen Schritten war sie durch die Tür in die Küche, sprang dort auf den Tisch und schlitterte über die Platte. Der heiße Kessel flog ihr wie von selbst in die Hand.

Zuerst traf sie damit einen Mann mitten ins Gesicht und verbrühte ihn mit dem Wasser, das inzwischen kochend heiß geworden war. Als Nächstes erwischte sie mit dem Fuß eine Frau und zertrümmerte mit der Ferse die Knochen unter ihrem Lederstiefel. Die Frau ächzte dumpf und stieß mit ihrem Kurzschwert nach ihr. Doch als sie Ayae mit der anderen Hand zu greifen versuchte, schmetterte die ihr den Wasserkessel gegen den Unterkiefer. Wieder knackten die Knochen – und Ayae drehte sich zur Seite und fing mit der Hand einen Schwerthieb ab. Sie spürte, wie ihr die Klinge ins Fleisch schnitt, doch zugleich lehnte sie sich gegen den ausgestreckten Arm des Angreifers, schwang den heißen Kessel und schlug damit nach einem weiteren Söldner. Dann zog sie den Kessel in spitzem Winkel zurück und ließ ihn gegen die Schläfe des Mannes krachen, dessen Arm ihr Halt gab. Der Mann ging zu Boden, sein Schwert blieb in ihrer Hand zurück.

Der Feuerschein spiegelte sich in dem blanken Kessel. Das Licht fiel auf vier Gestalten, die noch aufrecht standen. Eine davon war die Frau mit dem gebrochenen Kiefer.

»Zineer!«

Keine Antwort.

Ayae rief lauter: »*Faise!*«

Einer der Männer grinste höhnisch.

Sie schwenkte den Kessel und traf ihn damit ins Gesicht. Ein Stoß mit dem erbeuteten Schwert folgte. Die Klinge bohrte sich in seinen Unterleib. Ayae ließ den Griff los und trat zurück, als zwei Schwerter auf sie einschlugen. Wieder hob sie den schweren Kessel, der jetzt schon einige Dellen aufwies, und ehe sichs die beiden Männer versahen, war sie bei ihnen. Ihre Füße hämmerten gegen die schweren Stiefel des einen, mit der freien Hand hieb sie auf den Kettenpanzer. Sie spürte, wie er nachgab, und hörte einen Schrei. Der Kessel schoss abermals nach vorne, schlug ein Schwert beiseite und brach einem weiteren Mann den Arm.

Nun war nur noch die Frau mit dem gebrochenen Kiefer übrig. Ihrem unsicheren Stoß wich Ayae mühelos aus. Die Attacke war so langsam, dass sie Zeit fand, die Hand um das Handgelenk der Gegnerin zu schließen und es zu drehen …

Das Schwert fiel zu Boden, der Kessel krachte ein letztes Mal gegen ihren gebrochenen Unterkiefer. Beim Aufprall gab das Kupfer endgültig nach und wölbte sich nach innen.

Ayae hob die Klinge auf und rannte, zwei Stufen auf einmal nehmend, die Treppe hinauf. Als sie die letzte Stufe erreichte, sah sie die ersten Strahlen der Morgensonne durch das zerbrochene Fenster dringen, spürte den Wind vom Meer und wusste, *wusste*, dass sie viel zu spät kam.

Faise und Zineer waren nicht mehr da!

46

Zaifyr schloss behutsam den brüchigen Einband von »*Gefallene Pyraten*«, als der weiße Rabe eintraf. Der Vogel landete am offenen Fenster, ließ seine blauen Augen durch den Raum wandern und sah erst ihn, dann Jae'le an.

Der ehemalige Herr der Tiere erhob sich, ging auf den Raben zu und strich ihm mit der Linken über den Kopf, während er mit der

Rechten die Nachricht von seinem Bein löste. Der Vogel hielt still und genoss die Berührung geradezu verzückt. Sein Vorfahr, ein großes, schweres, zottiges Ungeheuer von einem Vogel, war ein Geschenk Jae'les an seine Schwester Tinh Tu gewesen. In Samar hatten die Nachkommen des unsterblichen ersten weißen Raben in den legendären Bibliotheken gehaust. Die Vögel waren bis zum Frühling weder männlich noch weiblich, dann hatten sie zwei Wochen lang das eine oder das andere Geschlecht. Nach dem Fall der Fünf Reiche hatte die Jagd auf die weißen Raben begonnen, und die wenigen Überlebenden hatten sich im Umkreis der Festung eingenistet, die Tinh Tu nach ihrem verlorenen Reich benannt hatte. Seither waren die Vögel nur noch zu sehen, wenn sie Verbindung zu ihrer Familie aufnehmen wollte, und das war, wie Zaifyr wusste, ebenso selten wie die Raben selbst.

Zaifyr erhob sich. »Du brauchst es gar nicht erst zu lesen«, sagte er halb hoffend, dass er sich irrte, obwohl er wusste – *wusste* –, dass er recht hatte. »Sie kommt nicht nach Yeflam.«

»Nein«, antwortete sein Bruder. »Sie kommt nicht.«

Er reichte ihm das dünne, zusammengerollte Blatt.

Brüder,

ich werde nicht nach Yeflam kommen, nicht zu einem Prozess und auch nicht zu einem Krieg. Ich werde auch nicht lügen, indem ich behaupte, ich schriebe diese Zeilen mit Bedauern, denn dem ist nicht so.

Die Familie, so schrieb einst die sagenumwobene Königin von Taln, ist ein Hort der Liebe und ein Hort der Scham. Für unsere Familie trifft das genau zu, denn wir beschämen einander mit unserer Liebe, indem wir gedankenlose Taten zulassen. In Yeflam einen Prozess anzusetzen ist eine solche Tat. In Yeflam zum Krieg aufzurufen ebenfalls.

Als die beiden Ältesten von uns, die ihr euren Schwestern und eurem Bruder als Vorbild dienen solltet, leidet ihr sowohl unter der Verschlossenheit wie der Arroganz älterer Geschwister. Ihr handelt in dem Glauben, als Erstgeborene allen anderen überlegen zu sein, und seid überzeugt davon, dass sich die Jüngeren dieser Meinung schon bald anschließen werden. Sie werden

einsehen, so glaubt ihr, dass sie im Irrtum sind und ihr im Recht seid. Nach der Katastrophe von Asila bewog Jae'le seine Schwestern, ihre geliebte Heimat aufzugeben, und seinen letzten Bruder, zum Vagabunden zu werden. Aus diesem Grund werde ich nicht zu euch reisen, denn ich will nicht miterleben, wie ihr unserer Schwester ein weiteres Mal eine solche Entscheidung aufzwingt.
In eurer Einsamkeit, meine Brüder, habt ihr wohl nicht begriffen, wie sehr ihr euren Geschwistern geschadet habt und wie ihr Aelyn schaden werdet, wenn ihr sie zu diesem Prozess und zu diesem Krieg nötigt. Ich erkenne zwar an, dass etwas getan werden muss, sollte dieses Götterkind tatsächlich für all das verantwortlich sein, was Zaifyr ihr vorwirft, doch angesichts unseres schon so langen Lebens können wir auch einen Monat, ein Jahr oder auch ein Jahrzehnt warten, bis gewährleistet ist, dass unserer Familie kein Leid geschieht.

Eure Schwester
Tinh Tu

Der Brief schmerzte ihn besonders, weil er die Zähne, die ihm die Haut aufreißen wollten, immer deutlicher spürte. Er hielt Tinh Tus Anschuldigungen nicht für ganz gerechtfertigt – seine Schwester wusste offensichtlich nicht, dass Eidan sich bei dem Götterkind aufhielt, und sie wusste nichts von der Übereinkunft, die Jae'le mit der Enklave getroffen hatte –, dennoch musste er zugeben, dass sie ein Körnchen Wahrheit enthielten, und das tat weh. In Tinh Tus Worten war *immer* Wahrheit enthalten. Er hörte darin ein Echo von Aelyns Vorwurf, er kümmere sich nicht um ihre Wünsche und Bedürfnisse, und war sich bewusst, dass auch sie damit nicht unrecht hatte. Er hatte nicht vor, das Götterkind aus Yeflam fortgehen zu lassen. Wenn er die Kontrolle ein wenig lockerte, sah er die Gespenster, die ihn in dichten Scharen umdrängten, Generation um Generation von Toten, die flüsternd nach Wärme und Nahrung verlangten. Dann war er überzeugt, im Recht zu sein und Aelyn im Unrecht.

Am Fenster schüttelte sich der weiße Rabe, breitete seine Flügel aus, schwebte zu dem Exemplar von »*Gefallene Pyraten*« und stieß mit seinem kräftigen Schnabel an den Einband. Es war die erste historische Abhandlung von Bele Ferna, einem alten Gelehrten, der eine streng wissenschaftliche Sprache mit dem leichteren Stil verschiedener Söldnerromane mischte. Zaifyr wusste, dass Ferna in seiner Jugend ernsthafte Abhandlungen verfasst hatte, aber der Wert dieses Buches wurde durch das hässliche gelbe, an abenteuerliche Piratengeschichten angelehnte Titelbild und die Zitate eines im Ruhestand befindlichen Söldnerhauptmanns im Klappentext sehr beeinträchtigt. Doch da der Autor in Yeflam gestorben war und sein Leichnam noch in den steinernen Krypten ruhte, hatte Zaifyr gehofft, sein Werk würde sich als nützlich erweisen. Leider schrieb Ferna, der als Erzählerin eine junge Frau auftreten ließ, die in Leviathans Blut nach Schätzen tauchte, hauptsächlich über die Wracks im Umkreis von Eakar und über die Reichtümer, die dort noch lagerten, und betrachtete die Geschichte über eine Sirene, die Schiffe an die Küste lockte, lediglich als eine Metapher für die Sünde der Habgier.

Doch Zaifyr sah nun für einen Moment, wie Aelyn, angesteckt von seinen Wünschen, an eine felsige Küste gezogen wurde, an der sie nur Trümmer finden konnte …

47

Ayae sprang aus dem Fenster.

Unten war der Garten von vielen schweren Stiefeln zertrampelt. Die Spuren im Erdreich führten zu einem Loch im Zaun und weiter in einen schmalen Durchlass zwischen Faises und Zineers Haus und dem Haus ihrer Nachbarn. Von dort waren die Stiefel auf die leere Straße gegangen. Die Morgensonne fiel durch die Schatten und beleuchtete den Schmutz, den sie hinterlassen hatten. *Nach links.* Ayae rannte so schnell, dass ihre bloßen Füße kaum den Boden berührten. Immer wieder erschien das Schlafzimmer vor ihrem inneren Auge: die zerrissenen Laken, der zerbrochene Tisch und das Blut auf den Dielen bis hin zum Fenstersims.

Sie hatte sich kaum noch unter Kontrolle, Hände und Füße waren warm und bewegten sich fast wie von selbst. Die Morgenkälte spürte sie nicht. Sie wusste, dass sie noch schneller laufen konnte, aber sie verzichtete darauf, denn sie fürchtete sich davor, was dann geschehen mochte. Unterschwellig war ihr zwar bewusst, dass ihre volle Macht erst dann zum Einsatz kommen konnte, wenn sie sich nicht mehr zügelte, aber das schob sie von sich. Sie musste die Kontrolle bewahren, musste bei klarem Verstand bleiben! Sie konnte sich keinen Fehler erlauben, nicht gerade jetzt! Faise und Zineer waren keine angeschlagenen Äpfel, die sich ersetzen ließen, kein Saft an ihren Fingern, den sie abwaschen konnte, kein Fruchtfleisch auf dem Boden, das man nur aufzuwischen brauchte. Sie musste die Herrschaft über sich behalten und hoffen, dass sie dennoch schneller lief als jeder gewöhnliche Mensch, schnell genug, um eine Gruppe mit zwei Gefangenen einzuholen.

Als die Morgensonne höher stieg, entdeckte sie vor sich zwei Kutschen.

Diese befanden sich unmittelbar vor der nächsten Straßenbiegung, und als die Männer in den dunkelblauen Harnischen sie entdeckten, hörte sie laute Rufe.

Sie zählte fünfzehn, nein, sechzehn Mann und zehn Pferde, von denen sechs nicht vor die beiden Kutschen gespannt waren.

Das Schwert in ihrer Hand streckte sich wie von selbst nach vorne, und entlang der Schneide züngelten kleine Flämmchen auf. Jetzt konnte sie die Rufe verstehen. »*Weiter!*«, gefolgt von »*Da ist sie!*«. Keiner von ihnen trug den hellblauen Harnisch der Yeflam-Gardisten. Die überwachten nur die Ausgangssperre, die seit dem *Tag der Millionen Geister* für Ruhe auf den Straßen sorgte. Als Ayae näher kam, vermischten sich die Stimmen, die Warnrufe bekamen einen Unterton von Panik. Eine lange Peitsche wurde geschwungen und knallte durch die morgendliche Stille, die größere Kutsche polterte schneller dahin, und vier Männer und zwei Frauen sprangen hastig auf ihre Pferde.

Ayae rannte zwischen ihnen hindurch.

Ein kurzer Stoß mit ihrem brennenden Schwert genügte, um die Pferde scheuen zu lassen, aber sie waren zu gut ausgebildet, um ihre Reiter abzuwerfen, und zu gehorsam, um zu fliehen. Ayae steuerte auf eine schmale Lücke zwischen den Tieren zu, aber dort blitzten Schwerter, und sie musste Hiebe parieren, ausweichen und sich ducken, ohne dabei langsamer zu werden. Ihre bloßen Füße knickten immer wieder um, der raue Boden riss ihr die Haut auf. Sie bückte sich ein letztes Mal, unterlief eine schwere Axt …

… und sah sich einer geschlossenen Front von Fußsoldaten gegenüber!

Die Formation zerfiel auf der Stelle. Sie schmetterte mit ihrem Flammenschwert die erste Waffe beiseite und zerschnitt ihrem Träger das Gesicht bei dem Versuch, sich an ihm vorbeizudrängen. Als ihr das nicht gelang, sprang sie dem gestürzten Soldaten mit einem Satz auf die Brust, stieß sich ab, erhob sich in die Luft und flog über die Barriere hinweg. Sie blockierte einen zweiten Hieb, schlug mit ihrem Schwert wild um sich und hätte es beinahe geschafft – als sie landete, war der Weg zur Kutsche frei –, doch dann stürmten die Berittenen hinterher, und eine Klinge drang ihr in die Schulter.

Sie fuhr mit unnatürlicher Schnelligkeit herum, holte mit ihrem Schwert weit aus und stach den Verfolger von seinem Pferd. Das verängstigte Tier stellte sich auf die Hinterbeine, und sie musste zurückweichen. Weitere Reiter drängten nach, und als Ayae den Stoß einer Frau abwehrte, spürte sie, wie ihr die Kontrolle entglitt. Sie entwand der Angreiferin die Waffe, packte sie am Arm und wollte sie aus dem Sattel ziehen. Die Wärme in ihrem Körper stieg an, drohte übermächtig zu werden. Die Soldatin zuckte vor der Hitze ihrer Hand zurück. Der Ärmel ihres Kettenpanzers begann zu glühen und brannte sich in ihre Haut ein. Das Pferd spürte, wie sein Fell zu glimmen begann, wich entsetzt zurück und stellte sich ebenfalls auf die Hinterbeine. Die Frau stürzte auf das Steinpflaster, und Ayae griff nach ihrem Schwert, das länger war als die erste Waffe, die sie erbeutet hatte. Sofort schlugen Flammen aus dem Stahl.

Der nächste Angriff kam von einem Fußsoldaten, der sich so langsam und unbeholfen bewegte, dass ein Schritt zur Seite genügte, um ihm auszuweichen. Ihre beiden Schwerter zerhackten das Gesicht des Mannes erschreckend mühelos. Nun stürmten zwei Pferde auf sie zu, aber ihr schien es, als kämen sie nur im Schritt daher. Sie wich beiden aus, und ihre Klingen fraßen sich durch die Gegner, die sich jetzt nur noch träge wie schlechte Schauspieler bewegten. Aus ihren offenen Mündern spritzte Blut. Ihre Blicke zeugten von Angst und Wut, ihre Arme hoben sich und wurden zu Stümpfen. Die Säume ihrer Umhänge fingen Feuer, flackerten aber nur zögerlich, als müssten sie sich erst entscheiden, ob sie nun, da sie keinen

Kontakt mehr zu ihr hatten, überhaupt brennen wollten. Kurz stieg die alte Angst in ihr auf, das Feuer könnte sie selbst erfassen, ein eisiger Schock, der die Flammen an den Umhängen auflodern ließ. Ein Geruch nach Rauch und verbranntem Fleisch stieg ihr in die Nase. Der verzweifelte Aufschrei der Reiterin von vorhin, die ihren verrenkten Arm an den Körper drückte und um Gnade flehte – der letzte Gegner, *der allerletzte* –, ließ Ayae endlich innehalten. Sie wandte sich der Brücke zu, hinter der die Kutsche mit Faise und Zineer verschwunden war.

Dort wartete eine einzelne Gestalt.

Sie ließ die weinende Frau zurück und ging auf den Mann zu. Sie hatte das Gefühl, ihn schon einmal gesehen zu haben. Doch erst als sie am Fuß der Brücke anlangte, erkannte sie den falschen Priester. »Keinen Schritt weiter.« Er hatte seine Kutte abgeworfen und trug nun den gleichen dunkelblauen Harnisch wie die anderen Soldaten. Auf seinem rechten Arm prangte das Zeichen des umgedrehten Himmels. »Du wirst diese Brücke nicht überqueren«, sagte er. Trotz der Wut in seiner Stimme war seine Angst nicht zu übersehen und kam jedes Mal wieder zum Vorschein, wenn sein Blick die Toten und Sterbenden hinter Ayae streifte. »Du wirst hier in Mesi bleiben, Verfluchte. Solltest du Mesi verlassen, wird Zineer Kanars Frau getötet.«

»Wo ist sie?«, wollte Ayae wissen.

»Hier ist der Beweis, dass wir es ernst meinen«, stieß er mit zusammengebissenen Zähnen hervor und hob die Hand. Ein blutiger Stofffetzen hing zwischen seinen Fingern. »Feldherr Gaerl lässt dir ausrichten, wenn du diese Brücke nicht überquerst, wird ihr nichts weiter geschehen.«

Am Saum seiner Hose züngelte wie eine einzelne Note ein Flämmchen auf.

»Zineer Kanar wird sich für seine Verbrechen verantworten müssen«, fuhr der Mann fort. »Er wird mit dem Schwert oder mit dem Strang für seine Taten büßen, doch wenn seine Frau als schuldlos befunden wird, kann sie zurückkehren ...«

Die Worte endeten in einem gellenden Schrei.

Aus dem einen Flämmchen waren viele geworden, sie liefen mit rasender Geschwindigkeit an seinen Hosenbeinen und seinem Harnisch empor und erfassten sein Haar. Weglaufen konnte er nicht, denn das Feuer hatte sich in seine Beine gefressen, die Haut warf Blasen, platzte auf und wurde schwarz. Er rief um Hilfe, aber Ayae hob, ohne ihn zu beachten, den blutigen Fetzen auf, den er hatte fallen lassen. Das Feuer hatte ihn nicht einmal angesengt.

In dem Tuch befand sich ein Finger.

Ayae ging damit zu der schluchzenden Überlebenden der Truppe, die Faise und Zineer entführt hatte. Sie hatte ihr einige Fragen zu stellen.

48

»Sie müssen verstehen«, sagte Kye Taaira, »dass im Hochland nur Gewaltlosigkeit als Stärke gilt.« Er saß Heast gegenüber an dem großen Tisch in Lady Wagans Zelt. Die Morgensonne schien auf die straff gespannten Stoffwände und erwärmte sie. »Schon als Kinder lernen wir, im Einklang zu leben mit dem Gras der Ebenen, mit ihren Bäumen, Vögeln und Insekten. Man lehrt uns, die Pferde und die Büffel zu schützen und zu hegen. Und man schärft uns ein, kein Blut zu vergießen. Unsere Frauen tragen die Last, mit der sie geboren werden, und wenn sie bluten, werden sie von den Männern auf Sänften getragen. Unsere Kinder werden hoch über dem Boden auf hölzernen Betten geboren, die hinterher verbrannt werden müssen. Unsere Gärten legen wir mit Erde an, die wir auf den Märkten von Mireea kaufen, Gemüse und Obst pflanzen wir auf der Ladefläche von Karren. Unser Trinkwasser gewinnen wir vom Regen, den wir in Türmen auffangen. Wir kleiden uns in Stoffe, die mit Sorgfalt gewebt wurden. Das Blut unserer Toten füllen wir in Gefäße, und unsere Schamanen achten darauf, dass dabei kein Tropfen verschüttet wird. Dies alles und noch mehr tun wir ohne Gewalt. So verlangen es unsere Ahnen.«

»Wir sind aber nicht im Hochland.« Heast hatte sein Stahlbein vor sich ausgestreckt. Auf dem Tisch zwischen ihnen war ein karges Frühstück aufgetragen. »Ihre Ahnen haben hier nichts zu sagen.«

Der Stammesmann zog sich Finger für Finger die alten Lederhandschuhe ab. »Die Ihren sprechen schon laut genug.«

»Sie meinen die Geister in Mireea?« Muriel Wagan saß neben

Heast. Er sah ihr die Erschöpfung deutlich an. An ihrer anderen Seite saß Reila, die stille, grauhaarige Heilerin. Am Eingang hielt die hochgewachsene, hagere Caeli Wache und verfolgte mit einem Auge und einem Ohr, was hinter ihr vorging, während sie die sandige Zeltlandschaft von Wila beobachtete. »Ich kann mir nicht vorstellen, dass sich die Stämme oder ihre Ahnen für sie interessieren.«

»Was Ihnen widerfährt, widerfährt auch uns, Lady Wagan.« Kye nahm eine dünne Scheibe altbackenen Brotes in die Hand. »Das leeranische Heer ist auch zu uns gekommen.«

»Wie ging das zu?«

»Zuerst ist es auf einen kleinen Stamm mit Namen Entia gestoßen«, sagte der Mann und brach das Brot mit seinen dicken Fingern in Stücke. »Die Entia hießen die Soldaten willkommen und boten ihnen Proviant und Wasser an, doch die Eindringlinge hatten es auf ihr Hab und Gut abgesehen. Sie nahmen die Entia gefangen, obwohl die dreifach in der Überzahl waren. Die Stammesleute verhielten sich richtig: Sie wendeten keine Gewalt an, ließen sich aber mitschleppen wie eine schwere Last. Schließlich zerstörten die Leeraner den Proviant und luden die Gefangenen auf Karren. Dass sie damit die Aufmerksamkeit aller Stämme auf sich zogen, war ihnen ohne Zweifel bewusst.«

»Sie waren nicht etwa auf der Suche nach Sklaven?«, fragte Muriel Wagan. »Als sie Gers Berg erstiegen, wollten sie keine Gefangenen machen.«

»Damals noch nicht«, pflichtete ihr Kye Taaira bei. »Die Entia nahmen Sie allerdings mit, als sie abzogen. Wir glaubten, dass sie nicht eigens deshalb gekommen waren, um Sklaven zu machen, sondern nur die Gelegenheit dazu genützt hätten. In Wirklichkeit hatten die Leeraner ganz andere Absichten. Sie standen unter dem Befehl einer schönen jungen Frau, die weder Rüstung noch Schwert trug. Wir konnten von ferne genau beobachten, dass sie wie ein göttliches Wesen verehrt wurde.« Er tauchte ein Stück Brot in gesalzenes Wasser und aß es. Dann fuhr er fort. »Von den vierzig Soldaten, die bei ihr waren, fiel nur einer aus dem Rahmen, und das war ein Mann, der ihr niemals von der Seite wich. Dem Aussehen nach war er nicht älter als ich, aber viel stärker. Er trug viele Eisenspeere auf dem Rücken, die so schwer waren, dass kein gewöhnlicher Mensch sie hätte heben können. Unsere Schamanen sagten, er sei uralt und mächtig, schon unsere ältesten Ahnen hätten ihn gekannt und gefürchtet.

Alsbald spießte dieser Mann mit seinen Speeren vierzig Stammesleute der Entia auf. Das geschah ganz mühelos, und als die Menschen in Panik ihre Gelübde vergaßen und sich zur Wehr setzten, trug er keinen einzigen Kratzer davon. Nichts konnte ihn davon abhalten, den Entia seine Speere durch die Brust bis tief in die Erde zu stoßen, um ihre Seelen zu unseren Ahnen zu schicken.«

Schweigen trat ein. Heast beobachtete aufmerksam, wie der Stammesmann weitere Brotstücke eintunkte und aß, und nach einer Weile fragte er: »Ihre Ahnen sind auferstanden, nicht wahr? Sie wurden zu Geistern wie die Toten in Mireea.«

»Sie sind auferstanden, aber es war nicht wie in Mireea, Hauptmann«, verbesserte Kye Taaira. »Die schöne junge Frau ging, gefolgt von ihren Soldaten, zu einem Speer nach dem anderen, riss jedem Entia die Brust auf und ließ das Blut in die Erde fließen, wo es die Seelen unserer Ahnen weckte. Dann zog sie diese Seelen heraus und hielt sie in den Händen. Sie war so mächtig, dass unsere Schamanen vor ihr erzitterten. Unsere ältesten Weisen berichten, dass sie sodann von ihren Soldaten verlangte, Teile des jeweiligen Körpers zu verzehren, um die Ahnen an sie zu binden. Nachdem sie die Stätte des Frevels verlassen hatte, konnten wir in den folgenden Tagen beobachten, wie sich die Soldaten veränderten. Einige quollen auf, andere schrumpften ein; dass unsere Ahnen sich in ihren Körpern festsetzten, war nicht zu übersehen. Die Tat war so grauenvoll, dass sich zum ersten Mal seit tausend Jahren alle unsere Schamanen an einem Ort versammelten, um darüber zu beraten, wie die Stämme sich verhalten sollten. Sie müssen wissen, dass unsere Ahnen keine sanftmütigen Geister sind. Sie waren Krieger, als Ger sich auf dem Höhepunkt seiner Macht befand, die Elemente in Ketten hielt und jeden, der ihm zu nahe kam, mit blankem Stahl empfing. Sein Tod versetzte sie in Aufruhr, und sie waren nicht einig mit unseren Weisen, die erkannt hatten, dass sich die Gewalttätigkeit der Götter nicht in der Gewalttätigkeit der Welt widerspiegeln durfte. Sie haben stets darum gekämpft, ins Leben zurückzukehren. Sie sind wütend und heulen seit Jahrtausenden nach unserem Blut, doch wir enthalten es ihnen vor, indem wir unsere Toten verbrennen. Sie gieren nach dem Leben, das sie einst hatten. Die junge

Frau scharte vor unseren Augen vierzig von den Schlimmsten, nämlich General Zilt und seine unmittelbaren Untergebenen, um sich und führte sie aus dem Hochland fort.«

»Und Sie hat man ausgeschickt, um sie zurückzuholen?«, fragte Lady Wagan.

»So ist es.«

Reila fragte leise: »Sind Sie ein Leeres Gefäß?«

»Ja«, lautete die schlichte Antwort.

Heast betrachtete den Mann nachdenklich. Leere Gefäße waren im Hochland selten. Den Gerüchten nach wurde ihnen bei ihrer Geburt das eigene Blut von Schamanen entnommen und in einem Totem verwahrt. Dieses Totem konnte, wie er gehört hatte, die Gestalt eines Tieres, eines Kruges oder auch eines Zwillings haben. Der Hauptmann war jedoch noch nie einem Menschen begegnet, der zugab, ein Leeres Gefäß zu sein. Diese Menschen waren gefürchtet und hielten sich verborgen. Sie waren die einzige Verteidigung eines friedliebenden Landes, aber sie handelten nur, wenn Feinde ins Hochland eindrangen. Kaum jemals überschritten sie die Grenzen, um solche Feinde zu verfolgen.

»Sie sind nicht zuerst zu uns gekommen, nicht wahr?«, fragte Muriel Wagan weiter. »Zweifelsohne haben Sie sich vorher an die Reiche von Faaisha gewandt. Sie liegen näher am Hochland, und inzwischen wird auch dort gekämpft.«

»Sie haben recht.« Der Stammesmann legte das Brot auf den Tisch, griff in die Falten seiner Kleidung und zog einen Brief hervor. »Nachdem ich das Hochland verließ, nahm ich Verbindung zu den Lords von Faaisha auf. Das leeranische Heer war dort eingedrungen und hatte den Marschall Faet Cohn in die Flucht geschlagen. Das Land war in einer Weise verwüstet, die mir unbegreiflich war, und man sagte mir, das sei das Werk der leeranischen Soldaten. Leider muss ich berichten, dass sie bei Marschall Cohns Truppen ganze Arbeit geleistet haben. Alle Gefangenen wurden gekreuzigt, und auch Teile ihrer Körper wurden von den Soldaten verzehrt. Sie können sich vorstellen, dass seither in anderen Teilen des Landes helle Panik herrscht.«

»Und deshalb hat man Sie zu mir geschickt?« Muriels Stimme war scharf geworden. »Glauben die Lords von Faaisha wirklich, ausgerechnet bei mir Mitleid mit ihrer Lage zu finden?«

»Das wohl nicht.« Taaira schob den Brief über den Tisch. »Deshalb habe ich Anweisung, den Brief nicht Ihnen, sondern dem Hauptmann auszuhändigen.«

Heast nahm den Umschlag entgegen, und der Stammesmann widmete sich wieder seinen eingeweichten Brotstücken.

Das Siegel ließ sich leicht erbrechen. Der Brief umfasste nur eine einzige Seite mit einer einfachen Zeichnung in der Mitte. Es war ein Quadrat in zwei Farben, die obere Hälfte rot, die untere schwarz. Darüber befand sich die Skizze eines Planeten mit schwarz umrandeten Kontinenten.

Wortlos gab Heast den Brief an Muriel weiter.

»Wissen Sie, was dieses Bild bedeutet?«, fragte er den Stammesmann.

»Man sagte mir, es sei das Zeichen von Zuflucht.« Taaira tauchte ein weiteres Stück Brot ein. »Ein Mann namens Baeh Lok verriet mir, er habe es für Lord Tuael gezeichnet.«

»Wo ist Lok jetzt?«, fragte Heast.

»Er ist tot.«

49

In den dunklen Ecken des verwahrlosten mütterlichen Anwesens lauerte immer noch Bueralans Kindheit.

Vor einer Weile war der Saboteur in den verwilderten Garten hinausgegangen und hatte im schwachen Licht der untergehenden Nachmittagssonne nach dürrem Holz, trockenem Laub und sonstigem Brennmaterial gesucht, um das Feuer im Haus wieder in Gang zu bringen. Am Abend würde er es brauchen, um kochen zu können und – besonders, wenn es wieder zu regnen anfing – nicht zu frieren. Es war ein berechtigtes Anliegen, außerdem war seine Mutter seit mehr als zwanzig Jahren tot. Dennoch spürte er draußen und auf dem Weg zurück ins Haus, wo er einen Haufen Anmachholz auf den Boden warf, auf Schritt und Tritt ihr Missfallen. Sie hätte die Diener sofort angewiesen, es wieder hinauszuschaffen, und wenn sie ihn als Schuldigen ausgemacht hätte, wäre ihr Zorn nur durch die Überzeugung gemildert worden, dass das

Haus, der Garten und ihr einziger Sohn ohne sie nicht existieren konnten.

»*Du.*« Neben ihrem Totenbett hatte ein großes Feuer gebrannt, größer als er es jetzt entfachte. Sie hatte die gebrechliche Hand gehoben und auf die Tür gezeigt, wo Zean im Schatten stand. »Du sorgst mir dafür, dass er unter den Augen der Königin keine Dummheiten macht.«

»Ja, Herrin.«

Das Verhältnis zwischen seiner Mutter und Zean war stets distanziert gewesen. Nachdem er gekauft worden war, hatte er von ihr wenig Freundlichkeit erfahren. Bueralan konnte sich nicht erinnern, dass sie ihn jemals mit seinem Namen angesprochen hätte, nicht einmal an dem Abend, an dem man die beiden Jungen miteinander bekannt gemacht hatte. Er war damals erst vier Jahre alt gewesen, Zean sechs. Sein Vater, an den der nunmehr erwachsene Bueralan keine klare Erinnerung hatte, außer dass er ein dicker, fast fetter Mann gewesen war, hatte die rituellen Worte gesprochen, die den Sklaven an seinen Sohn banden. Erst Jahre später, nach dem Tod des Vaters, hatte Bueralan erfahren, dass seine Mutter eine Gegnerin der Sklaverei war und nichts davon hielt, Jungen und Mädchen aus Ilatte mit Blutsbanden an adelige ooilanische Kinder zu ketten.

Der Saboteur hatte keine Ahnung, wie sein Vater sie dazu gebracht hatte, dass sie das Ritual dennoch erlaubte. Als er erstmals an den Hof kam, von dem sich seine Mutter aus freien Stücken für immer fernhielt, hatte er oft gehört, wie sehr sie ihren Gatten geliebt habe. Der widerwillige Respekt, mit dem Fremde ihm dies beteuerten, und die Verbitterung in den Stimmen ihrer Freunde waren ihm ein Rätsel gewesen. *Sie hat ihn geliebt*, pflegte der Satz zu beginnen, bevor er in verlegenem Schweigen endete. Erst jetzt begriff er, dass mit dieser Liebe ein Opfer verbunden gewesen war, den Grund dafür kannte er immer noch nicht.

Er rief sich in Erinnerung, wie sie an jenem ersten Abend ausgesehen hatte, an dem man ihn mit Zean zusammenbrachte. An der Decke des Raumes, in dem er jetzt saß, hatten die Lampen geleuchtet, und die Anwesenden hatten mit jeder Bewegung ein gruseliges Schattentheater aufgeführt. Er sah die riesige Gestalt seines Vaters vor sich, daneben ein Tischchen mit einer Steinschale und einem

Messer. Doch am deutlichsten stand ihm das Gesicht seiner Mutter vor Augen, als hätte das flackernde Feuer diese starre Maske heraufbeschworen, die versteinerten Züge, die niedergeschlagenen Augen. Es war das Gesicht einer Frau, die das, was sich vor ihr abspielte, zutiefst verabscheute.

»Dieser Junge, Bueralan, wird bis zu seinem Tod dein Bruder sein.« Später hatte er seine Mutter gefragt, ob auch sein Vater einen Blutsbruder gehabt habe, doch sie hatte verneint. »Du übernimmst eine große Verantwortung für ihn«, fuhr sein Vater fort, »denn er wird für deine Fehler einstehen, er wird deine Schande tragen, und er wird an deiner Stelle bestraft werden. Was immer mit ihm geschieht, es fällt auch auf dich zurück.«

Bueralan schaute ins Feuer und berührte den Beutel um seinen Hals.

Er hätte sie alle retten müssen. Nicht nur Zean. Auch für Kae, Ruk, Liaya und Aerala hatte er die Verantwortung getragen.

Wäre seine Mutter jetzt hier, sie würde ihm widersprechen. Kein Mensch sei verantwortlich für das Leben eines anderen, würde sie sagen. Niemand könne entscheiden, wer lebe und wer sterbe. Das hatte er unzählige Male von ihr gehört, und auch jetzt würde sie es wiederholen. Sie würde nach dem kalten Stein an seiner Brust greifen und ihn in ihrer Hand hin und her rollen. Dann würde sie ihn fragen, warum er glaube, für Zean verantwortlich zu sein. Und er würde schlicht antworten, weil er ihn im Stich gelassen habe. Er habe alle seine Soldaten im Stich gelassen und würde sie zurückholen, wenn er nur könnte.

Bueralan griff nach einem Ast und legte ihn ins Feuer. Seine Mutter würde dieser Begründung nicht folgen, sondern ihn daran erinnern, dass er schon früher Soldaten verloren hatte, und nicht nur Soldaten, sondern auch Freunde. Es war nicht zu bestreiten: der Tod war ein Teil des Gewerbes, das er vielleicht nie wieder ausüben würde. An dieser Wahrheit war nicht zu rütteln.

»Was ist mit deiner Familie?«

Diese Frage hatte er Zean eine Woche nach dem Ritual gestellt. Die vernähte Wunde hatte die Hand des älteren Jungen so steif gemacht, dass er sie kaum gebrauchen konnte, und das sollte noch einen Monat lang so bleiben. Zean saß vor ihm und hielt sich die linke Hand. Beide hatten Spielsachen zwischen sich liegen, Bueralan wusste nicht mehr, welche. Wahrscheinlich Pferde. Oder Soldaten aus Holz, wie sie viele Eltern ihren Kindern schenkten. Ganz deutlich war ihm dagegen in Erinnerung geblieben, dass Zean geflissentlich gewartet hatte, bis er, Bueralan, nach einem Spielzeug griff. Er hatte ihm den Vortritt gelassen.

Zean hatte kurz überlegt. »Ich weiß nicht«, hatte er dann gesagt. »Sie haben mich weggegeben, als ich noch ganz klein war.«

Beide waren zu jung, um verstehen zu können, wieso die Eltern auf Ilatte ihre Kinder so einfach weggaben, aber der kleine Bueralan hatte gesagt: »Ich könnte dir helfen, wieder nach Hause zu kommen.«

Zean hatte verlegen die Achseln gezuckt, es aber nicht über sich gebracht, das Angebot abzulehnen.

Bueralan hatte sich bemüht, zu seinem Wort zu stehen. Er hatte unter Mithilfe des anderen Jungen Lebensmittel aus der Küche gestohlen, ihm eine Tasche besorgt und ihn hinten in die Kutsche seines Vaters geschmuggelt. Er war entsetzt gewesen, als Zean, obwohl unentdeckt, wieder zurückkam. Er habe nicht gewusst, wohin, sagte er. Daraufhin hatten die beiden aus Büchern in der Bibliothek seiner Mutter Karten abgezeichnet und noch mehr Lebensmittel gestohlen. Beim dritten Versuch hatte Bueralan Kleidung zum Wechseln eingepackt – nach der zweiten gescheiterten Flucht hatte Zean über Kälte geklagt – und ihm Gold gegeben, das nicht gestohlen war, sondern ihm selbst gehörte.

»Wo hätte ich hingehen sollen?«, hatte der ältere Zean ihn gefragt, nachdem sie aus Ooila geflüchtet waren: »Ich hatte außerhalb dieser Kutsche keine Familie, niemanden, der mir helfen konnte. Du warst der einzige Angehörige, den ich hatte.«

50

Zaifyr sah dem weißen Raben nach, bis er, ruhig und ohne einen Brief an seinem Bein, in der Morgensonne verschwand. Sowohl Jae'le wie er selbst hatten versucht, eine Antwort zu verfassen, aber es war ihnen nicht gelungen.

Inzwischen hatte Zaifyr einige Namen gefunden, um damit Tote zu beschwören, doch er hatte noch von keinem die sterblichen Überreste nach Yeflam schaffen können. Die Gebeine lagen alle zu weit entfernt, verschollen in den Bergen, in Städten, die es nicht mehr gab, oder gar auf einem anderen Kontinent. Er musste nach anderen Namen suchen, nach Männern und Frauen, deren Leichname in seiner Nähe beigesetzt worden waren, aber er hatte nicht die nötige Ruhe, um sowohl die Bücher wie die Toten danach zu befragen. Wenn er die Augen schloss, sah er den Turm vor sich, in den man ihn gesperrt hatte, die engen Mauern und den Schmutz unter seinen Füßen. Die Drohung, dorthin zurückgeschickt zu werden, hatte ihm Angst eingeflößt, nicht vor dem, was er plante – er wusste, dass Jae'le nur zugestimmt hatte, weil er fürchtete, Yeflam könnte ein zweites Asila werden –, sondern davor, die Hüter und seine Familie nicht von der Gefährlichkeit des Kindes überzeugen zu können. Tinh Tus Antwort erschien ihm wie eine Prophezeiung, ein Echo aus einer Zukunft, in der sein Prozess bereits beendet war und man ihn für zu leicht befunden hatte. Dennoch wusste er, dass er diese Angst überwinden und seine Suche fortsetzen musste. Er musste Yeflam den Beweis liefern, dass das Götterkind für Schmerz und Leid in einem unvorstellbaren Ausmaß verantwortlich war.

Er stieg die Treppe zum Turm hinauf. Oben angelangt, atmete er in tiefen Zügen die kalte Luft ein und bemühte sich, seine Frustration zu beherrschen. Etliche Gespenster umschwebten ihn: Männer, Frauen und Kinder, wie mit einem Silberstift in die Luft gezeichnet. Tiere mischten sich darunter: Mäuse, Katzen, Vögel und Insekten, zunächst nur als leichtes Flimmern, das sich zusehends verdichtete. Immer mehr Generationen von Toten schoben sich übereinander und drohten sich zu einer Endlosspiegelung auszuwachsen.

Als Bruder hatte er versagt. Er hatte sich zu sehr auf seine Geschwister verlassen, ihnen aber keinen Grund geliefert, warum sie ihm helfen sollten. Oh, er hätte darauf verweisen können, dass sie sich nicht um ihn gekümmert hatten, als er halb blind aus dem schiefen Turm gestolpert war; er könnte darauf verweisen und feststellen, dass ihn bis auf Jae'le alle seine Geschwister im Stich gelassen hatten, aber auch er hatte nichts dazugetan, um das Verhältnis zu verbessern. Er hatte die Jahre vergehen lassen, ohne auch nur mit halbem Ohr ihren Gesprächen zu lauschen oder zumindest mit einem Auge ihre Briefe zu überfliegen, stattdessen hatte er sich still verhalten und sich hinter Jae'le versteckt. Von Aelyns Yeflam hielt er nicht viel, von ihren Hütern noch weniger. Tinh Tus neue Bibliothek hatte er sich nie angesehen. Ihre Einladungen hatte er wiederholt abgelehnt, auch jenes eine Mal, als sie sogar ihre Festung verlassen hatte, um persönlich mit ihm zu sprechen. Er hatte sich kaum um Eidan und seine Projekte gekümmert und hatte nicht die leiseste Ahnung, welche Pläne dieser Bruder jetzt verfolgte.

Noch immer müde, rieb er sich die Stirn. Er hatte nicht mehr geschlafen, seit er zum letzten Mal zusammen mit Ayae hier auf dem Turm gestanden hatte, aber das ging ihm nicht allein so. Jeder, der das Nahen des Götterkindes spürte, lag jetzt wach.

Zaifyr blickte über Yeflam hinweg, die Brücken, die kreisförmigen Steinkontinente, die vielen Straßen, die nach Nale führten und dort endeten. So bemerkte er die Gestalt auf der Turmmauer nicht gleich.

Die Erscheinung war schwarz, aber nicht pigmentiert wie die Haut eines Menschen. Dieses Schwarz war glatt und dunkel wie der Ozean und bedeckte das Wesen so vollständig, als wäre es ohne Licht geschaffen, ja aus Finsternis geformt. Es war nicht höher als seine Hand, nicht breiter als seine Handfläche. Seine Augen waren so fest geschlossen, als würden sie niemals geöffnet.

Es verströmte eine Kälte, die Zaifyr vertraut war.

»Qian.« Die tiefe Stimme eines erwachsenen Mannes. »Ich grüße dich.«

»Das ist nicht mein Name«, gab er zurück. »Nicht mehr.«

»Ich bitte um Entschuldigung.«

»Entschuldigung? Um deine Entschuldigung anzunehmen, müsste ich erst wissen, wer oder was du bist.«

»Dann sollte vielleicht ich eine Entschuldigung von dir verlangen.« Das Lächeln war ein zynisches Kräuseln der tintenschwarzen Lippen. »Könntest du dich ein wenig sputen? Ich habe nicht viel Zeit.«

Zaifyr trat näher an die schwarze Gestalt heran, spürte ihre beißende Kälte auf der Haut. »Wie kommt ein Toter dazu, sich Gedanken um die Zeit zu machen?«

»Aha, als Toten kennst du mich also.« Das Lächeln wurde breiter. »Wie bedauerlich, dass ich bei unserer ersten Begegnung einen so schlechten Eindruck hinterlassen habe.«

»Ich habe dich noch nie gesehen.«

»O doch.«

Zaifyr streckte die Hand aus und schloss sie um die reglose schwarze Gestalt. Die Kälte durchdrang seine Finger. »Nein, das habe ich …« Er gab das Wesen plötzlich wieder frei. »Du bist der Soldat aus Mireea. Der, in dem sich das Götterkind befand.«

»Ja«, flüsterte das Wesen, »genau der.«

»Sie hat dich zerstört.«

»Sie hat mich neu geschaffen.«

Zaifyr verstand durchaus, was das bedeutete.

»Sie wird bald hier sein«, fuhr das Männchen fort. »Und wenn sie erst hier ist, werde ich nicht mehr so frei mit dir sprechen können. Deshalb flehe ich dich an, mich jetzt anzuhören.«

Angst, die im Herzen und im Kopf sitzt, ist eine reale Angst

Auf dem Kontinent, den sich Leera, Mireea, die Reiche von Faaisha und das Hochland teilen, gibt es drei Götter: Ger, den Wächter der Elemente, Maika, den Gott der Erhöhung, und Taane, die Göttin der Erinnerung. Die Ruhestätte der beiden Letzteren ist in Leera. Vor zweihundert Jahren wollten die Reiche von Faaisha das Gebiet an sich bringen, unter dem die Göttin Taane liegt, doch die Soldaten verfielen dem Wahnsinn wie alle anderen, die ans Ende des nördlichen Sumpflands reisen, und niemand unternahm jemals einen zweiten Eroberungsversuch. Das Land blieb in den Händen der Leeraner.

Im Hochland gibt es keine Götter, doch als Ausgleich dafür findet sich dort etwas anderes. Am besten betrachtet man diesen ganzen Landesteil als ein Gefängnis, das von den Bewohnern verwaltet wird. Dennoch scheint es mir, als könnten wir gerade hier eine wahrheitsgetreuere Darstellung des neuen Gottes erwarten.

Tinh Tu,
»*Geheimes Tagebuch*«

51

Vor Pueral lag die Küste im knochenweißen Licht des Mondes. Der Strand schmiegte sich an den schwarzen Ozean wie an ein leeres Versprechen.

Acht Tage zuvor war sie unangemeldet in Oetalia, der Hauptstadt der Provinz der Fünften Königin eingetroffen. Ihre Eskorte, bestehend aus zwanzig erfahrenen Soldaten, einem Fährtensucher und einer Hexe, hatte sie wie ein stummes schwarz-rotes Band über die Pisten bis zu den gepflasterten Straßen der Provinzhauptstadt hinter sich hergezogen. Oetalia war größer als Cynama und lag auf einem unebenen Felsplateau vor einem zerklüfteten Berg. Die Stadt wurde von einem halben Dutzend breiter Steinkanäle zerschnitten, die so weit in die finsteren Tiefen reichten, dass man nicht einmal dann, wenn die zerbrochenen Sonnen genau darüber standen, bis auf den Grund sehen konnte. Kunstvolle Stahlbrücken spannten sich über diese Schluchten von einem Viertel zum anderen, und von der ersten dieser Brücken aus sah Pueral zu beiden Seiten Felsen am Horizont aufragen. Oetalia war ursprünglich die Hauptstadt der Ersten Provinz gewesen, und die schmalen Straßen, die steilen Gassen, die langen Treppen und die hohen Steinhäuser atmeten immer noch etwas vom Glanz und der Pracht jener Zeit.

Zudem war es die bevölkerungsreichste Stadt in Ooila, doch davon war nichts zu bemerken, als Pueral mit ihren Begleitern durch die Straßen schritt. Zwar sah sie Männer, Frauen und Kinder, doch diese drückten sich verstohlen in den Gassen, im Schatten von Türen und Fenstern herum und wirkten wortkarg und verstockt. *Die Angst hat erreicht, was keinem Heer gelungen ist*, dachte sie, als sie die dritte Brücke überquerte, ohne sich darum zu kümmern, dass sie schwankte. *Sie hat die Stadt gebrochen und ihre Menschen zu Flüchtlingen gemacht.*

Die Burg der Fünften Königin, eine abweisende Festung auf dem Gipfel des Berges, passte so gar nicht zu der jungen hübschen Frau, die darin wohnte.

Nachdem Pueral sich an den mächtigen Eisentoren gemeldet hatte, wurde sie – immer noch bewaffnet (was, wie sie wohlwollend feststellte, von ihren Soldaten mit Geringschätzung vermerkt wurde) – durch die Korridore geführt und noch vor dem Untergang der Nachmittagssonne von Königin Dalau Vi empfangen. Als die Dämmerung einsetzte und die letzten Schmetterlinge zu Boden fielen, holte die Königin selbst sie im Vorzimmer ab und führte sie, vorbei an schmalen Fenstern, von denen sie sich beobachtet fühlte, in einen kleinen, intimen Raum mit einem langen Tisch und zwei hohen Stühlen.

»Bitte«, sagte die Fünfte Königin. »Setzen Sie sich.«

Pueral schnallte den Waffengürtel ab und legte ihr Schwert in der Scheide neben die silberne Teekanne auf dem Tisch. Dann nahm sie dankbar auf einem der Stühle Platz. Zu ihrer Überraschung goss die Königin eigenhändig Tee in zwei Tassen. Die hübsche Frau hielt die dampfende Kanne mit leichter Hand. »Vor drei Generationen«, begann sie, »wurde ich von einem freundlichen Besucher getötet, den eine andere Königin entsandt hatte. Sie ist heute die Dritte Königin, doch damals war ich die Erste und sie die Zweite. Um in der nächsten Generation keinem solchen Verrat zum Opfer zu fallen, empfing ich niemanden mehr. Nachdem ich nun seit zwei Lebensspannen mit keinem Menschen gesprochen habe, sehne ich mich nach Unterhaltung. Wie sich jedoch gezeigt hat, habe ich nur alte Generäle, die mir ständig befehlen wollen, mich außerhalb meiner Stadt zu verstecken, weil das angeblich für meine Sicherheit unumgänglich ist.«

»Brauchen Sie diese Generäle denn?«, fragte Pueral, nachdem sie sich für den heißen Tee bedankt hatte.

»Ja.«

»Dann töten Sie ihre Kinder.«

»Und wenn sie zu dem Schluss kommen, ich werde nicht mehr gebraucht?«

»Dann töten Sie sie ebenfalls«, lautete die schlichte Antwort.

Dalau, die Fünfte Königin, lächelte schwach und ließ sich anmutig gegenüber von Pueral nieder. Die zierliche, feingliedrige Frau hatte sich zwar von ihrer Kindheit verabschiedet, vermochte sich aber von ihrer Jugend nicht zu trennen. Man konnte leicht den Eindruck gewinnen, sie verfüge weder über die nötige Erfahrung noch über genügend Intelligenz für eine Herrscherin und müsse mit fester Hand geführt werden. Auch wenn man sie sprechen hörte, blieb diese Illusion erhalten. Ihre Stimme klang stets so weich und sanft, als spräche sie mit einer vertrauten Freundin oder einem Geliebten.

»Sie haben hier einen Mann, der den Unschuldigen gesehen hat?« Pueral blies auf den Tee. »Deshalb hat mich meine Königin zu Ihnen geschickt«, fuhr sie dann fort.

»Natürlich.« Die Fünfte Königin klatschte zweimal laut in die Hände. »Die Erste Königin hat als Einzige auf meinen Brief geantwortet. Ich möchte Sie bitten, ihr das von mir auszurichten.«

Pueral nickte.

Dann schwiegen sie beide. Als Puerals Tasse fast leer war, klopfte es an der Tür, und zwei Gardisten in grauen Harnischen mit weißen Rändern traten ein. Sie führten einen nicht mehr ganz jungen Mann zwischen sich. Er trug weiche Kleidung, und um seine Hände lagen enge Eisenfesseln, obwohl er weder erregt noch gewalttätig wirkte. Doch Pueral genügte ein Blick in sein verwüstetes Gesicht, um zu wissen, dass das nicht immer so gewesen war; er hatte sich mit den Fingernägeln Wangen, Kinn und Lippen aufgerissen, und quer über sein Gesicht zog sich eine dicke Narbe, die von einem Messer stammte. Jemand hatte ihm unverkennbar in voller Absicht die Augen ausgestochen.

»Ya Nuural kann weder sehen noch sprechen«, sagte die Fünfte Königin. »Man hat ihm nicht nur die Augen, sondern auch die Zunge entfernt. Könnte er sprechen, dann würde er Ihnen erzählen, dass er einem Dorf an der Küste vorstand und eine Forschungsgruppe leitete, mit der Absicht, genießbare Fische zu züchten. Ich habe dieses Projekt mit finanziellen Zuwendungen unterstützt. Ziel ist es, die Fische aus Leviathans Blut von den Giftstoffen und Krankheitserregern im Ozean zu befreien.«

Pueral erhob sich und ging auf den blinden und stummen Mann zu. Aus der Nähe sah sie, dass Ya Nuural nicht nur im Gesicht, sondern auch an den Füßen verletzt war. Sohlen und Zehen waren mit blutigem Schorf bedeckt. »Ist er von der Küste bis hierher zu Fuß gegangen?«

»Ja.« Die Fünfte Königin trat neben sie. »Wir bemühen uns, ihn gesund zu pflegen, doch unsere besten Hexen und Hexer können wenig ausrichten. Sobald er allein ist, kratzt er an seinen Wunden. Zuerst reißt er sich die Füße auf, dann das Gesicht, als könnte er sich nicht entscheiden, was ihn mehr quält. Wir lassen seine Hände möglichst lange gefesselt, aber nach einigen Stunden fängt er an zu schreien und hört erst wieder auf, wenn wir ihm die Ketten abnehmen. Dann kratzt er von Neuem an seinen Wunden.«

Der Mann bot einen grauenvollen Anblick. Pueral hatte Mitleid mit ihm. »Woraus schließen Sie, dass ihn der Unschuldige so zugerichtet hat?«

»Er brachte einen Brief mit.«

Diesen Brief trug Pueral nun bei sich, als sie ihr Pferd an der geschändeten Küste entlangführte.

Seit zwei Tagen waren sie und ihre Soldaten keinem lebenden Wesen mehr begegnet. Ein Fährtensucher mit Namen Ae Lanos, mit einigen Jahren Abstand vor Pueral der Älteste der Gruppe, hatte sich als Erster einen schwarzen Stein um den Hals gehängt, ein unscheinbares Ding mit Glaseinschlüssen. Wie unter einem Zwang taten es ihm die anderen nach, sogar die schweigsame Hexe, die mit ihnen ritt, und als sie am nächsten Morgen vom Geruch nach Blut und Salz und vom Rauschen des Meeres geweckt wurden, war Pueral die Einzige, die keinen Stein um den Hals trug, um darin ihre Seele einzufangen.

Sie konnte es den Leuten nicht verdenken. An ihrer Brust, unter der Polsterung und dem schwarzen Stahl ihres Harnischs ruhte der fleckige, zerschlissene Brief, den ihr die Fünfte Königin überlassen hatte. Er war mit fester Hand geschrieben und trug keine Unterschrift. Nicht der Mann, der beide Augen und seine Zunge verloren hatte und nicht der Verfasser, sondern der Brief selbst hatte ihr eine tiefe und sehr reale Angst eingeflößt.

»Ich bin keineswegs unschuldig«, stand darin.

52

»Können Sie mir sagen«, bat Heast, wie Lok gestorben ist?«

»Natürlich.« Der Stammesmann war mit dem Essen fertig und zog sich langsam die Handschuhe wieder an. »Ursprünglich«, begann er, »hatte nicht ich den Auftrag, Ihnen diese Botschaft zu überbringen. Vom Kriegsrat blieb ich in Faaisha zumeist ausgeschlossen. Lediglich die Geschichte von der schönen jungen Frau musste ich in Anwesenheit von Lord Tuael zweimal erzählen. Beim ersten Mal hörten sie nur er und sein Stab, beim zweiten Mal waren alle Lords von Faaisha, ihre Marschälle und Baeh Lok anwesend. Ich wunderte mich, dass er dabei war, denn er war nur ein einfacher Feldwebel in Lord Tuaels Garde, zuständig für die Ausbildung junger Damen und Herren in der Kunst des Kämpfens. Doch im Laufe der Geschichte wurde offenbar, dass ich nicht zu den Lords sprach, sondern zu ihm. Ihm galt der Bericht. Am Ende erklärte er sich bereit, Ihnen einen Brief von Lord Tuael zu überbringen. Das waren seine einzigen Worte.« Der Stammesmann öffnete und schloss seine linke Hand, aber der Lederhandschuh machte keinerlei Geräusch. »Als Lok seine Reise antrat, gab man ihm ein halbes Dutzend Männer als Eskorte mit. Ich glaube, sie sollten vor allem sicherstellen, dass er Lord Tuaels Botschaft auch tatsächlich ablieferte – ich hörte einen der Soldaten sagen, Baeh Lok sei Faaisha gegenüber nicht unbedingt loyal. Doch das war erst, nachdem ich gebeten hatte, ihn begleiten zu dürfen. Ich hoffte, dabei die Spur meiner Ahnen aufnehmen und mit der mir gestellten Aufgabe beginnen zu können, doch das behielt ich natürlich für mich. Ich bot mich nur als Führer durch das Kampfgebiet an, und Lord Tuael stimmte zu. Baeh Lok ahnte, dass ich noch andere Absichten verfolgte, deshalb erwähne ich es überhaupt, aber wir vereinbarten, uns an der Grenze zwischen Faaisha und Mireea zu trennen. Danach könnte jeder für sich seinen Pflichten nachgehen.«

Heast glaubte dem Stammesmann jedes Wort. Baeh Lok blickte auf die Erfahrung von siebzig oder mehr Lenzen zurück, und er hätte Kye Taaira sofort durchschaut. Wie Heast hatte er von den Leeren Gefäßen gehört und wusste, wie selten es vorkam, dass einer von ihnen das Hochland verließ. Daran hätte er den Ernst der Lage erkannt.

»Das Vorhaben stand unter keinem guten Stern«, fuhr Kye Taaira fort. »In der vierten Nacht wurden wir entdeckt.«

»Hat man Sie verraten?«, fragte Muriel Wagan.

»Nein, wir hatten Pech. Wir hinterließen keine deutlichen Spuren, aber Baeh Lok bestand darauf, in weitem Bogen nach Osten auszuweichen, um die Ruinen von Celp zu umgehen, und dann einige von den noch nicht zerstörten Dörfern und Städten zu durchqueren. Sein besonderes Interesse galt Maosa, und er ließ sich davon nicht abbringen, obwohl ich ihm sagte, es gebe einen einfacheren Weg zur Grenze. Schließlich glaubte ich, eine Route durch die leeranischen Truppen gefunden zu haben, die dort weit über das Land verstreut waren. Doch leider hatte ich mich getäuscht, und wir wurden entdeckt.«

»Von der jungen Frau und ihrem Begleiter?«

»Nein, lediglich von Soldaten. Ihren Gläubigen.«

»Gläubige?« Reila, die alte Heilerin, fiel ihm jäh ins Wort. Ihre Stimme klang scharf. »Gläubige der jungen Frau, die Sie beschrieben haben?«

Der Stammesmann nickte. »Die Bezeichnung war allgemein verbreitet, als ich nach Faaisha kam. Die Leeraner behaupteten, die junge Frau sei ihr Gott.«

»Uns hat man berichtet«, sagte Muriel Wagan vorsichtig, »sie sei jünger. Ein Kind noch.«

»Nein.«

»Kein Irrtum möglich?«

»Ich habe sie noch einmal gesehen«, sagte Taaira. »Auf unserer Flucht wurde ich von Feldwebel Lok und seinen sechs Begleitern getrennt. Ich erreichte mit einiger Mühe die Grenze zwischen Faaisha und Mireea. Damit war meine Abmachung mit dem Feldwebel erfüllt, aber ich stand dennoch vor der Entscheidung, ob ich nach den Männern suchen sollte, die für kurze Zeit meine Weggefährten gewesen waren, oder nicht. Ich muss gestehen, dass ich mich dem Feldwebel und seinen Leuten in gewisser Weise verpflichtet fühlte. Zugleich war mir klar, dass ich die Suche nach meinen Ahnen mit der Suche nach ihnen verbinden konnte, und so wagte ich mich zwischen die Linien und in die Feldlager des leeranischen Heeres. Vier von den Gardisten des Feldwebels hatte ich ziemlich bald gefunden. Man hatte sie mit Pfeil und Schwert getötet, ihren Leichen das Blut entnommen und sie an Bäume genagelt. Sie hatten weder Uniformen noch Rangabzeichen getragen, doch die Botschaft war unmissverständlich. Ich musste befürchten, den Feldwebel in ähnlicher Verfassung anzutreffen. Doch als ich ihn tatsächlich entdeckte, lag er an einer Furt neben zwei toten Streifensoldaten. Er war noch am Leben, aber er hatte eine schwere Bauchwunde und wusste, dass er daran sterben würde. Also bat er mich, Ihnen diesen

Brief zu übergeben. Ich wollte mich weigern – was ging mich sein Auftrag an? Ich glaubte auch nicht, dass dieser Brief viel ausrichten würde, und das sah er mir offenbar an, denn er lachte. Dieses Lachen gab den Ausschlag. Ich schämte mich, dass ich einem Sterbenden die letzte Bitte hatte verweigern wollen, und so bot ich ihm an, ihn so weit zu tragen, wie ich könnte. Stattdessen bat er mich um den Gnadenstoß.«

»Sie haben ihn getötet?«, fragte Lady Wagan. »Ich dachte, das wäre Ihresgleichen verboten?«

»Selbst wenn ich kein Leeres Gefäß wäre«, lautete die Antwort, »dürfen Sie Friedensliebe nicht mit Grausamkeit verwechseln. Baeh Lok litt solche Schmerzen, dass es dagegen nur ein einziges Mittel gab.«

»Was war mit dem letzten Soldaten?«, fragte Heast.

»Ich fand ihn neben einem Pfad, der zu *ihr* führte.« Taairas Stimme bekam einen unheilvollen Ton. »Man hatte ihn etwa einen halben Tagesmarsch vom nächsten Lager entfernt an einen Baum gehängt und wie die anderen ausbluten lassen. Das Lager war ein mobiler Außenposten wie so viele andere im leeranischen Heer, eine Handvoll Zelte, vorzüglich getarnt. Ich kann von Glück reden, dass ich nicht versehentlich hineinstolperte. Auf jeden Fall fand ich dort nicht nur meine Ahnen, sondern auch die junge Frau und den Mann, die das Hochland heimgesucht hatten. Bei ihnen waren Männer und Frauen, die ich später als Priester wiedersehen sollte. Etliche von diesen formierten sich in den zwei Tagen, in denen ich das Lager beobachtete, zu Paaren und brachen in Richtung auf Gers Berge auf, vermutlich, um von dort weiter nach Yeflam zu ziehen.« Er hob die behandschuhte Rechte und öffnete und schloss sie ebenso wie zuvor die Linke. »Den gleichen Weg nahm wenige Tage später auch die junge Frau zusammen mit jenem Mann und den restlichen Priestern.«

»Und Ihre Ahnen?«

»Sie folgten ihnen nicht.« Kye Taaira richtete den Blick auf das warme Zeltdach. »Wenn Sie aufmerksam lauschen, können Sie sie kommen hören.«

Es wurde still im Zelt. Anfangs hörte Heast nur das Rauschen der Wellen und die gewohnten Geräusche von draußen, die Schritte der Menschen auf Wilas schmutzigem Sand und ihre Gespräche.

Doch dann vernahm er ein langsames Pochen wie aus dem Leib einer Schwangeren, und allmählich konnte er auch Stimmen unterscheiden, die immer lauter wurden. Was sie sagten, verstand er allerdings nicht, und das verwirrte ihn zunächst, bis er begriff, dass ihm die Sprache unbekannt war. Nicht nur, dass er sie noch nie gehört hatte, sie war zutiefst fremdartig. Die Stimmen wurden lauter und lauter, als wollten sie nicht nur das Zelt, sondern die ganze Welt erfüllen.

53

Die Frau schrie aus Leibeskräften, aber Ayae kannte keine Gnade.

Sie war kein Mensch, der jemals in Gewaltfantasien geschwelgt hätte, doch als sie sich jetzt einfach abwandte, während die Soldatin des Leeren Himmels verzweifelt versuchte, sich den glühenden Harnisch vom Leibe zu reißen, und dabei mit schriller Stimme ihre Panik und ihre Schmerzen hinausschrie, da wurde ihr klar, dass sie mittlerweile zu einer erschreckenden Grausamkeit fähig war. Eine bedeutungslose Erkenntnis, dachte sie, als sie, Faises blutigen Finger in der Hand, die Brücke überquerte. Für nachträgliche Gewissensbisse war es ohnehin zu spät. Sie selbst hatte, getrieben von dem Wissen, dass sie keinen weiteren Verlust ertragen konnte, die eigene Grausamkeit bereits akzeptiert und gerechtfertigt. Der Verlust Mireeas hatte sie zu tief verwundet.

Sie hatte ihre *Heimat* verloren.

Sie durfte nicht auch noch ihre engsten Vertrauten verlieren.

Sie hatte Faise gleich in der ersten Nacht kennengelernt, in der sie nach Mireea gekommen war. Nachdem sich das Rettungsschiff, von Sooia kommend, mit einem Leck mühsam in den Hafen geschleppt hatte, war sie zusammen mit vierzehn anderen Kindern auf die Ladefläche eines Karrens gepackt und aus Yeflam fortgebracht worden.

Mit der Ankunft in Mireea hatte für sie ein neuer Lebensabschnitt begonnen. Bis dahin war sie von mageren, unter Druck stehenden Menschen umgeben gewesen, die jeden Humor verloren hatten. Eine raue Holzwand bildete die Grenze ihrer Welt, die nicht überschritten werden durfte. Natürlich hatte sie es dennoch gewagt, dabei aber stets gefürchtet, wieder eingefangen und getötet zu werden oder, schlimmer noch, *ihn,* Aela Ren, den Unschuldigen, aus dem leeren, verwüsteten Land anzulocken. Hinter der Wand hatte sie als Waise gelebt, in einer Weise schutzlos und verletzlich, wie es ihr erst später vollends zu Bewusstsein kommen sollte. Die Menschen, die sie und die anderen Kinder auf das tief im Wasser liegende Schiff gebracht hatten, waren ihr so lauter und rein erschienen, dass sie in ihrer kindlichen Einfalt alle Menschen mit weißer Haut für rettende Engel hielt. Dass diese Retter den Kindern, deren Namen sie nicht aussprechen konnten, kurzerhand neue Namen gaben, änderte daran nichts. Und als am Ende jener Reise das Waisenhaus vor Ayae aufragte, kam es ihr vor wie ein prunkvoller Palast, das Tor zu einem neuen Leben.

Die dicke Leiterin mit dem roten Gesicht, die bald zu ihrer Feindin werden sollte, hatte die Helfer und die geretteten Kinder in ehrfurchtgebietendem Schweigen durch die hohen Schlafsäle geführt. Sie sprach nur, um die Kinder nach Geschlechtern aufzuteilen. Die Jungen kamen in den ersten Stock, die Mädchen in den dritten. Im zweiten Stock wohnten die Leiterin und die Betreuer, um moralisch wie praktisch über Sitte und Anstand wachen zu können. Als schließlich jeder ein Bett hatte, war es schon spät, und vor dem großen Fenster des Mädchenschlafsaals leuchteten die fremden Sterne so hell, dass die kleine Ayae meilenweit sehen konnte. Diese gewaltige Leere traf sie wie ein Schlag, und sie stand da und starrte in den Himmel, während sich die anderen Kinder miteinander bekannt machten.

Erst als sich eine Hand auf ihre Schulter legte, wurde ihr bewusst, dass sie für alle Versuche, sie anzusprechen, taub gewesen war. Es war eine braune Patschhand, und sie gehörte dem Mädchen, das im Nachbarbett schlafen sollte …

Ayaes bloße Füße setzten sich auf dem harten Boden in Bewegung, ihre Geschwindigkeit steigerte sich immer weiter, die Brücke und die toten Soldaten blieben hinter ihr zurück.

Xeq, hatte die Frau ihr gesagt. *Der Feldherr ist auf Xeq.*

Ringsum füllten sich Yeflams Straßen mit Männern und Frauen, die einen in hellblauer Rüstung, die anderen in Priesterkutten. Ihre

Stimmen wollten Funken schlagen (»Heute! Sie wird – –, – Himmel und Hölle werden wiederkehren«), fanden aber wenig Zunder unter den Passanten. Die Häuser schwankten auf und ab, die Fahnen auf der Brücke kamen in Sicht. Um nach Xeq zu gelangen, musste sie Ghaam durchqueren, womit sie sich von Zaifyr wieder entfernte. Die Morgensonne stand hoch am Himmel und begann die Steine aufzuwärmen, doch Ayae hatte die Kühle zuvor gar nicht gespürt.

Die Kutschen waren anhand der Pferdeäpfel und der Radspuren an der Auffahrt zur Brücke leicht zu verfolgen, aber Ayae konnte sich ohnehin denken, wohin man Faise und Zineer gebracht hatte. Die Söldner von Leerer Himmel versteckten sich nicht. Sie waren stolz auf ihr Tun und handelten ganz offen. Ayae brauchte nur nach einem Anwesen zu suchen, das groß genug war, um Söldner und Kutschen aufzunehmen, groß genug für einen Mann, der sich in Ermangelung eines echten militärischen Ranges Feldherr Bnid Gaerl nannte.

»Ich heiße Faise«, hatte jenes Mädchen vor langer Zeit beim Frühstück zu ihr gesagt.

Sie hatten an langen Tischen im Speisesaal gesessen wie in einer riesigen Höhle. Vor Ayae standen Unmengen von seltsamen Speisen, die ungewohnt rochen. Weiches, weißes Brot, Gläser mit Aufstrichen, deren Beschriftung sie nicht verstand, und sonderbare Früchte, die sie noch nie gesehen, geschweige denn gegessen hatte. Alles war ihr fremd, außerdem hatte sie Mühe zu verstehen, was um sie herum gesprochen wurde. Die meisten Jungen und Mädchen beherrschten die Händlersprache viel besser als sie und die anderen, die sie erst in Sooia gelernt hatten, und redeten viel zu schnell.

Doch trotz dieser Fremdheit fühlte Ayae sich geborgen. Sie wusste ja noch nicht, dass sie der Leiterin schon bald auffallen und von ihr bedroht werden sollte.

Sie hatte neue Kleider bekommen, und das Mädchen neben ihr, das sich ihr vorgestellt hatte – *Faise,* wiederholte sie in Gedanken –, erklärte ihr jetzt ganz langsam, was gut schmeckte und was nicht.

Schon lagen Xeqs Straßen vor Ayae. Sie war schneller gelaufen, als sie es für möglich gehalten hätte, und hatte sich dabei überanstrengt. Nun spürte sie, dass ihr die Füße wehtaten, aber sie blieb nicht stehen.

Vor ihr waren die Männer und Frauen des Leeren Himmels erschienen und kamen unaufhaltsam auf sie zu.

54

»Sie kommt nur nach Yeflam, um dich scheitern zu sehen«, sagte die tintenschwarze Gestalt. »Das ist ihr einziger Wunsch, ihr einziges Ziel.«

Zaifyr beobachtete, wie das Wesen über die Oberkante der Turmmauer hüpfte. Bei jedem Schritt drehte es den Kopf in Richtung des Nordtors, wo das Götterkind die Stadt betreten würde. Dann presste es vorsichtig die langen Hände mit den vier Fingern auf die harten Steine, machte zwei Schritte, drehte sich um, machte einen dritten Schritt und schüttelte sich wie ein nasser Hund. So langsam und zaghaft war es sicherlich nicht an der Außenwand des Turm emporgeklettert, denn das erforderte Trittsicherheit und Geschicklichkeit. »Betrügst du sie?«, fragte Zaifyr endlich.

»Mag sein.« Wieder dieses zynische Kräuseln der Lippen. »Wenn ja, dann hat sie es nie gemerkt.«

»Kannst du deine Gedanken vor ihr verbergen?«

»Was ich denke, interessiert sie nicht.« Das Wesen duckte sich zum Sprung. »Sie sieht durch meine Augen, aber wenn man deinem Bruder glauben kann, besitze ich mehr Selbstständigkeit als ihre anderen Geschöpfe.«

»Du meinst Eidan?«

»Ja.«

»Das muss Jae'le erfahren.«

»Du kannst es deinem älteren Bruder ja erzählen, wenn du ihn triffst.« Das Wesen richtete seine blinden Augen auf Zaifyr, sein Gesicht war so reglos wie bei einer Statue. »Sie ist schon kurz vor dem Tor. Bald wird sie mich zwingen, die Augen zu öffnen, um zu sehen, wo ich bin. Wenn sie mich dann noch hier findet, stecken wir beide in Schwierigkeiten.«

»Wieso weiß sie es noch nicht?«

»Ich bin angeblich in Leviathans Blut gefallen. Das glaubt sie mir aber nur, weil sie auf andere Dinge achtet und weil sie den Ozean nicht mag. So ungeschickt bin ich nämlich nicht.«

»So ungeschickt hat sie dich nicht geschaffen«, verbesserte Zaifyr.

»Ganz recht.«

»Was sagt Eidan noch?«

»Er hat sich nicht auf ihre Seite geschlagen«, antwortete das Wesen. »Anfangs war das vielleicht schwer zu erkennen. Viele sagen, er könnte jederzeit gehen, wenn er nur wollte, doch das ist nicht wahr. Dein Bruder ist ein mächtiger Mann, und alle ihre Geschöpfe fürchten ihn, sie selbst aber fürchtet ihn nicht.«

Zaifyr fiel es schwer, sich seinen Bruder als Gefangenen vorzustellen. »Ich werde mit ihm sprechen, wenn er kommt«, sagte er.

»Das wird nicht möglich sein. Wenn sie erst hier ist, kann keiner von uns mehr sprechen.«

»Wie konntet ihr beide dann in Ranan eine Verschwörung planen?«

Das Tintenlächeln kräuselte sich spöttisch. »Noch ist sie ein Kind.«

Das Götterkind war also nicht allwissend. Sie konnte durch die Augen aller ihrer Geschöpfe sehen und diese Lebewesen ihrem Willen unterwerfen, doch die Kontrolle zu behalten, das fiel ihr wohl schwer. In Leera hatte sich sein Bruder sicherlich Verstecke angelegt, in Tunneln, die er gegraben hatte, hinter Falltüren verborgen, von harter Erde umgeben. Eidan neigte nicht zu fantastischen Höhenflügen, er war systematisch und gründlich in seinem Denken, und auf dem langsamen Vormarsch hätte er gewiss die Schlupfwinkel in Leera ausfindig gemacht, in denen er sich in aller Ruhe von dem Gefühl erholen konnte, verschlungen zu werden. Zaifyr konnte sich den Hünen und dieses kleine Wesen durchaus in einer Höhle tief unter dem schwülen Sumpfland vorstellen. »Was habt ihr beiden für Pläne?«

»Sie kann nicht so weitermachen«, antwortete das Wesen. »Sie kann nicht weiter Schmerz und Leid verbreiten. Sie darf keine Wesen wie mich mehr erschaffen.«

»Ich dachte, sie hätte dich zerstört«, sagte der Mann mit den Amuletten. »Nachdem sie dich benutzt hatte, war nichts mehr von dir übrig.«

»Sie hat mich behalten.« Das Wesen schlang die langen Arme um sich, bis sie vor der glatten schwarzen Haut kaum noch zu erkennen waren. »Ich kann es nicht genauer erklären. Ich erinnere mich an das Gefühl, zusammengedrückt zu werden, als würde meine Seele zermalmt. Ich sah dich, aber du warst nicht die Ursache für die unerträglichen Schmerzen, die ich spürte, als ich in einer Kathedrale erwachte. Als ich zu mir kam, lag ich auf einem harten Boden, und ihr Gesicht schwebte über mir. Sie sah fast so aus wie ich, als ich noch ein Kind war. Unter ihrem Blick konnte ich mich nicht bewegen. Ich war wie mit spitzen Pflöcken an den Boden geheftet. Sie beobachtete meine Qualen und sagte, Qual sei hinfort mein Name. Und seither muss ich auf diesen Namen hören, sosehr ich mich auch dagegen wehre. Anderen erging es noch schlechter. Da gab es einen, der ihre Favoritin tötete. Für ihn schuf sie einen Talisman aus einem Menschen, den er liebte.«

»Wo ist dieser Talisman jetzt?«

Qual schüttelte den Kopf. »Der Mann, der ihre Favoritin tötete, hat ihn mitgenommen, doch wegen dieser Tat ist sie jetzt hier. Sie wollte nicht kommen, doch nachdem jene Favoritin starb, gab es niemanden, der an ihre Stelle treten und die Gläubigen führen konnte. Sie hatte keine andere Wahl. Deshalb darfst du diese Gelegenheit nicht vorübergehen lassen – sonst müssen wir alle dafür büßen.«

»Ich tue, was in meiner Macht steht«, sagte Zaifyr mit einem Hauch von Verzweiflung in der Stimme »Aber es ist schwierig. Es gibt inzwischen zu viele Tote, die uns nahestehen.«

»Dein Bruder nannte mir einen Namen, den ich an dich weitergeben sollte«, sagte das Wesen. »Er meinte, er würde dir nicht gefallen, du würdest dich sogar dagegen wehren. Es ist der Name eines Toten aus der Urzeit.«

Zaifyr erbleichte und war froh, dass Qual auf dem Steinsims herumzappelte und es nicht bemerkte. Er spürte das Götterkind jetzt stärker als vorher – was bedeutete, dass sie die Außenbezirke von Yeflam erreicht hatte. Bald würde sie die Nordbrücke betreten, und dann würde das kleine Geschöpf die Augen aufschlagen. »Die Toten aus der Urzeit sind nicht so wie du. Sie wurden von den Göttern bestraft. Woher sollte Eidan einen solchen Namen haben?«

»Das hat er mir nicht verraten.« Qual drehte sich auf der Mauerkrone und legte die gespreizten Finger auf den Stein, um sich abzustoßen. »Aber dein Bruder sagte mir Folgendes: ›Unter Yeflam liegt einer der Toten aus der Urzeit. Sein Name war Lor Jix, er war der Kapitän der *Vagabund*.‹ Das sind seine Worte.«

Und damit verschwand er.

55

Heast schob die Zeltklappe beiseite und trat ins Freie.

Der Singsang von der Brücke war lauter geworden. Er schwebte über die steinerne Brüstung oberhalb von Wila und wurde mit den flachen Wellen und dem kalten Wind, der vom schwarzen Ozean hereinwehte, ans Ufer gespült. Der Gesang hatte die Mireeaner geweckt. Sie waren zunächst aus ihren Segeltuchzelten getreten, dann hatten sie sich paarweise und danach in Vierer- und Fünfergruppen so weit wie möglich von der Brücke entfernt. Die Gruppen waren immer größer geworden, und nun drängten sie sich alle am verdreckten Rand der Insel im Halbkreis zusammen. »Caeli«, sagte Heast, ohne sich zu der Frau hinter sich umzudrehen, »suchen Sie Leutnant Mills. Sie soll vorsichtshalber veranlassen, dass die Gardisten sich auf der Insel verteilen.«

»Zu Befehl.«

Als sie gegangen war, drehte sich der Hauptmann der Geister um und schaute zur Brücke hinauf.

Die hatte sich so weit gefüllt, dass die Menschen bis an das Ende standen, das am weitesten vom Tor entfernt war. Während der Singsang unaufhörlich anstieg und wieder abschwoll, kletterte ein kleiner olivbrauner Junge auf die Brüstung. Er war sehr mager und trug kein Hemd. Sobald er einen sicheren Stand hatte, richtete er sich zaghaft auf und schaute zum anderen Ende der Brücke. Schon folgte ihm ein zweiter Junge, diesmal ein Weißer. Dann kam ein dritter, hochgewachsen und olivbraun, und schließlich stieg ein schwarzes Mädchen hinauf. Sobald sie alle vier aufrecht standen, begannen sie über die Brüstung zu balancieren. Heast nahm an, sie hätten die Reihen der Priester in braunen Kutten gesehen, die vor dem Brückentor auf den Knien lagen, und wollten sich nun, angelockt von ihrem Gesang, zu ihnen vorarbeiten, ohne auch nur zu ahnen, dass unter den Kutten Messer und Schwerter verborgen waren.

»Glauben Sie, dass diese junge Frau unser Feind ist?« Muriel Wagan war neben ihn in den Zelteingang getreten. »Ist sie das Götterkind, von dem Zaifyr sprach?«

»Ja.«

»Das ist gut.«

Heast wandte sich ihr zu, aber sie sah ihn nicht an, sondern beobachtete die Kinder, die sich langsam, aber sicher ihrem Ziel näherten.

»Seit wir Mireea verlassen haben, quälen mich Albträume, in denen ich ein Kind töte«, sagte die Lady leise. »Sie kommen nicht jede Nacht. Nur ein-, vielleicht zweimal in der Woche. Ich sehe ein kleines Mädchen, das in einem leeren Zimmer spielt. Ihr Haar ist wie gesponnenes Gold, und sie ist sehr hübsch. Jedes Mal, wenn ich sie sehe, schleiche ich mich an, in einer Hand ein Messer, in der anderen ein Tuch. Sobald ich das Zimmer erreiche, verschwindet es, und die Trümmer von Mireea liegen vor mir. Erdbeben erschüttern den Boden unter meinen Füßen, und plötzlich tauchen riesige Knochen auf. Das kleine Mädchen nimmt die ganze Zeit keine Notiz von mir, bis ich auf den Kies trete. Sobald das geschieht, wendet sie sich mir zu und lächelt. Ich strecke die Arme nach ihr aus, aber meine Hände sind alt und verkrüppelt, und es ist zu spät.«

»Und nun?«

»Von schönen jungen Frauen habe ich bisher noch nie geträumt, Aned.«

Er lächelte, wurde aber gleich wieder ernst. »Sie wissen, was man von mir will, nicht wahr?«, fragte er nach einer Pause.

»Lord Tuael ist verzweifelt und wendet sich an Sie«, sagte sie. »Er möchte, dass Sie für ihn kämpfen, obwohl Sie keine Soldaten haben.«

»Auch Baeh Lok war dieser Meinung.«

»Und deshalb werden Sie gehen.« Die Herrin der Geister trat vor ihr Zelt. Ihre weißen Füße waren nackt, das zerknitterte rote Kleid schleifte hinter ihr durch den schmutzigen Sand und verwischte ihre Spuren. »Ich nehme an, Sie würden bleiben, wenn ich Sie darum bäte, aber innerlich würden Sie damit hadern. Schon bald würden Sie mir grollen, und Sie hätten recht. Das ist nicht unsere Art«, fuhr sie fort, als er ihr folgte. »Sie haben in Yeflam mehr als genug für Mireea erreicht. Sie waren viel mehr als nur der Hauptmann des Rückens. Wie es jetzt weitergeht, ist meine Sache. Zaifyrs Prozess wird stattfinden, und Lian Alahn drängt darauf, dass ich zu diesem Anlass freigelassen werde. Er hat mir versichert, dass ich mich noch in dieser Woche in den Schwimmenden Städten frei bewegen kann.«

»Das wird Le'ta nicht so ohne Weiteres dulden. Und Gaerl ebenso wenig«, gab Heast zu bedenken. »Wenn sie herausfinden, dass ich nicht mehr hier bin, könnten sie ...«

»... genau das Gleiche tun, wie wenn Sie hier wären«, unterbrach sie ihn. »Für solche Fälle habe ich Caeli. Das haben Sie mir mehr als einmal gesagt. Aber ich vermute, dass unser Freund Benan Le'ta sich mehr für Lian Alahn und seine Machenschaften interessiert als für mich. Ich rechne sogar damit. Während sich diese beiden befehden, werde ich sehen, inwieweit Aelyn Meah und ich uns in Bezug auf die Leeraner und ihren politischen Einfluss hier einig werden können.«

»Sie wollen sie zum Krieg überreden?«, fragte er.

»Nein, das übersteigt meine Möglichkeiten.« Am Rand des Wassers blieb sie stehen. Über ihr spannte sich solide und unverrückbar die steinerne Brücke mit den vier Kindern in der Mitte. »Es gibt keinen Grund, warum Sie bleiben sollten, Aned«, sagte sie. »Ein Soldat von Zuflucht hat sich an seinen Hauptmann um Hilfe gewandt. Und er hat sein Leben dafür gelassen.«

Der Singsang ging ohne Unterbrechung weiter. Das erste Kind blieb mit ausgestreckten Armen stehen und schaute über die Menge. Eine Stimme rief nach ihm. Heast hatte den Ruf nicht gehört, aber die Haltung des Jungen und der drei anderen verriet Schuldbewusstsein. Was sie da taten, war verboten und gefährlich, und nun hatte man sie ertappt.

»Die Lords von Faaisha werden nicht gern auf mich hören«, sagte er. »Ich kann ihnen lediglich mich selbst anbieten.«

»Sie gehen nicht hin, um den Marschall zu spielen«, entgegnete Muriel.

Auf der Brücke lösten sich zwei Gardisten in blauen Harnischen aus der Menge. Sie wurden von den Kindern verdeckt, und Heast konnte ihre Gesichter nicht erkennen, konnte nicht sehen, ob es Männer oder Frauen waren. Aber er sah ihre Harnische in der Morgensonne blitzen, als sie die Arme nach den Kindern ausstreckten und sie herunterhoben.

»Hören Sie das?«, fragte Muriel.

Der Singsang war leiser geworden, die Worte versanken in einem Schweigen, das sich bald auch über Wila legte.

»Sie ist hier«, sagte Heast.

56

Sie packte das erste Pferd, das sie erreichte, am Zaumzeug. Der Reiter stand bereits in den Steigbügeln, das Schwert hoch erhoben …

Ayae ließ sich mit ihrem ganzen Gewicht fallen, rutschte unter das Pferd und zerrte die Lederriemen mit. Das Tier wurde davon überrascht, verlor das Gleichgewicht und fiel um. Der Reiter stürzte hinter ihr zu Boden. Die nachfolgenden Pferde konnten nicht mehr anhalten und rannten in die beiden hinein. Ayae kämpfte sich durch wild schlagende Hufe, fand mit Händen und Füßen immer wieder Halt, zog sich an Trensen und Fell vorwärts und kam schließlich taumelnd frei. Beim Aufstehen knickte sie mit dem linken Knöchel um und riss sich an einem Stein ein Hosenbein auf, stand aber schließlich wieder auf beiden Beinen.

Vor sich sah sie das offene Tor eines großen Anwesens. Dahinter stand mit offenen Türen die Kutsche, die Faise und Zineer aus Mesi entführt hatte.

Hinter ihr …

»*Du!*«

Das Wort wurde gezischt wie ein Fluch. Sie drehte sich um. An der erbeuteten Klinge flackerten Flämmchen auf.

Sie schätzte, dass aus diesem Tor zehn Reiter auf sie zugestürmt waren, genau konnte sie es nicht sagen, denn die gestürzten Pferde und die dunkelblauen Harnische bildeten noch immer ein heilloses Durcheinander. Vor ihr stand nun der erste Reiter, ein hochgewachsener Weißer mit kurzem braunem Haar. Von dem Sturz hatte er eine tiefe Schramme an der Stirn. Wieder und wieder fauchte er dieses »*Du!*«, als wäre das Wort eine Beleidigung, ja eine Anklage, dabei war es nur Ausdruck seines hilflosen Zorns.

Sein schweres Schwert sauste auf Ayae herab. Sie wich leichtfüßig zur Seite aus, doch der Soldat zog die Waffe so abrupt zurück, dass sie die Klinge abfangen musste. Er setzte nach, bedrängte sie mit seinem Gewicht und seinem Zorn. Sie trat einen weiteren Schritt nach hinten und warf dabei einen kurzen Blick über seine Schulter auf die anderen, die sich soeben mit gezückten Schwertern erhoben.

Der Druck ließ nach, der Soldat holte weit mit seinem Schwert aus – doch nun drängte Ayae vorwärts, schob sich an ihm vorbei und hieb ihm das Schwert von hinten in die Wade. Die Klinge durchschnitt Leder und Fleisch und zertrümmerte den Knochen.

Der Mann schrie aus voller Kehle, zugleich stürmten die anderen vor. Ayae ließ sich abdrängen, gestattete, dass der Gestürzte von seinen Kameraden abgeschirmt wurde und wehrte mit ihrem Flammenschwert die Attacken nur noch ab. Die Gegner waren nicht darauf gefasst, dass sie so schnell zurückwich. Ob sie nun an eine Finte glaubten, sie für verletzt hielten oder an ihrem Selbstvertrauen zweifelten, sie fassten jedenfalls Mut und zogen sich auseinander, in der Absicht, sie einzukreisen und durch das Tor zu treiben.

Sie schenkte dem Mann unmittelbar vor sich ein vages Lächeln und kehrte ihm dann den Rücken zu.

Ihre Füße protestierten gegen die plötzliche Bewegung, stechende Schmerzen zuckten durch ihre Beine, als sie auf das Anwesen zurannte.

Das Schwirren des Armbrustbolzens, der oben auf den mit Stahlspitzen bewehrten Steinmauern abgeschossen wurde, hörte sie erst, als sie ihn schon sah. Sie beugte sich zur Seite und ließ ihn vorbei. Das Geschoss aus dickem Stahl war kaum schneller als die Soldaten in der dunkelblauen Rüstung, die ihm folgten. Bei ihrem Anblick blieb Ayae stehen, trat ihnen entgegen und schwang ihr Schwert. Ihre Gelenke brannten wie Feuer, und sie fürchtete, wenn die Klinge auftraf, könnten ihre Unterarme brechen, die Knochen splittern und das Mark herausquellen. Doch die Klinge sank wie von selbst durch Kettenpanzer und Fleisch, und als sie das Schwert zurückzog, waren die Schmerzen in den Gelenken verschwunden.

Sie spürte ihren sterblichen Körper nicht mehr. Es war, als hätte er sich aufgelöst, als hätte sich unter ihrer Haut eine Ölquelle entzündet. »Wenn ich die Luft verändern, ihre Strömungen umlenken will«, hatte Aelyn vor dem *Tag der Millionen Geister* gesagt, bevor Ayae sie an Zaifyrs Seite zum letzten Mal gesehen hatte, »dann strecke ich einfach nur die Hand aus und greife danach.«

»Das kann ich nicht.«

»Nein, du bist anders. Du bist Gers Kind.« Über ihr schwankten die kahlen, ascheweißen Äste eines dicken, uralten Baumes. »Bei dir läuft alles innerlich ab. Seit du mein Arbeitszimmer betreten hast, brennt ein Feuer in dir, ich spüre eine Wärme, die aus deinem Inneren strahlt. Sie schwillt an und wieder ab wie ein Herzschlag und überwältigt alle anderen Elemente.«

Ayae hatte ihre warmen Finger gegen die Handfläche gedrückt. »Ich kann nichts anderes spüren.«

»Alle vier Elemente sind vorhanden«, erklärte Aelyn. »Sie mögen nicht gleich stark sein, vielleicht sind sie bei dir auch nicht vollkommen im Gleichgewicht, aber das glaube ich nicht. Jedenfalls wollen wir es nicht hoffen. Wenn das Feuer in dir zu stark ist, wird es dich verzehren, von innen heraus auffressen. Die Aufgabe des Wächters der Elemente war es nicht, einem Element den Vorzug zu geben, sondern die Harmonie zu erhalten.«

Um sie herum begann die Luft zu brennen.

Es war, als wäre das Öl unter ihrer Haut in den Himmel eingedrungen, hätte sich dort in versteckten Taschen gesammelt und gewartet, bis ihre Wut so groß wurde, dass ihr inneres Feuer nicht bloß über ihr Schwert flackerte, sondern auch über ihren Kleidern, ihrem Haar, ihrer Haut. Flammen schossen knisternd in die Luft, als wären sie lebendig, und sprangen über auf die verborgenen Lagerstätten des unsichtbaren Öls. In Wirklichkeit war es kein Öl, wie Ayae sich eingestand, während sie zuerst Hiebe blockierte und dann selbst zustieß. Sie selbst war es, die das Feuer in den Himmel schießen ließ. *Sie* war es, die mithilfe der Luft ohne physisches Brennmaterial dafür sorgte, dass ihr inneres Feuer unter der Morgensonne nach oben kletterte. Sie spürte, wie die Luft die Flammen umschloss und immer weiter schürte, bis aus den kleinen Flämmchen, die aus ihrer Haut brachen, ein riesiger Pilz geworden war, der den gesamten Hof des Feldherrn Bnid Gaerl überspannte.

Für einen Moment hing er reglos da, ein so vollkommenes Bild des Grauens, dass er nur Stille um sich verbreitete.

Dann fiel er herab.

In winzigen Silbertröpfchen, die zusehends dicker und größer wurden, regnete das Feuer vom Himmel, und Ayae bahnte sich mit ihrem brennenden Schwert einen Weg.

Der brennende Regen versengte das Erdreich des Hofes und hinterließ kleine Löcher. Er traf die Kutsche und spritzte vom lackierten Dach auf die Pferde, die sich angstvoll aufbäumten. Der Regen fiel auch auf die Soldaten in den dunkelblauen Harnischen, und ihre Schreie verstummten entweder unter Ayaes Schwert oder schallten lang gezogen zum Himmel. Er setzte Haut und Haare in Brand und ließ das Metall der Harnische schmelzen. Die Krieger, die ihr den Eintritt hatten verwehren wollen, konnten diesem Regen nicht standhalten, die Verteidigungslinie zerfiel, Männer und Frauen flüchteten, das Tor zum Anwesen war frei.

Das Tor, hinter dem Ayae den Feldherrn Bnid Gaerl finden sollte.

57

Sie näherte sich auf leisen Sohlen, als hätte Bueralan sie und ihr Pferd nicht längst bemerkt, als hätte das Wasser, das aus den löchrigen Dachrinnen auf den Boden tropfte, nicht nur die Hufschläge übertönt, sondern auch sie selbst verborgen.

Gewarnt hatte ihn der große Graue. Er hatte einmal mit dem Huf auf den Steinboden des Unterstandes geschlagen und dann aufgehört. Bevor das Echo verklungen war, hatte sich Bueralan von seinem Platz neben dem Feuer erhoben. Seine Erinnerungen waren langsam erloschen wie das glimmende Holz, verblassende Bilder, die ihn frösteln ließen. Schon deshalb war er froh, als sich der Graue bemerkbar machte, und froh über den Besuch. Er ging zur Tür und schaute den langen Weg entlang. Am Ende des verwilderten Gartens, wo der heftige Regen Bäume und Sträucher niederdrückte, entdeckte er das Pferd und seinen Reiter. Zunächst dachte er, es sei Samuel Orlan. Der Kartograf habe seine Werkstatt verlassen und sich auf den Weg gemacht, um mit Bueralan einmal mehr über die Götter und die von ihnen berührten Sterblichen zu sprechen und ihn mit Fragen zu bedrängen. Doch dann erkannte der Saboteur, dass das Pferd zu groß und zu dunkel und schließlich, dass der Reiter eine Frau war.

Er blieb im Schatten der Tür, als sie ihr Pferd unter das Dach führte, wo schon der Graue stand, und von dort zum Haus ging.

»Sagen Sie jetzt nicht«, begann sie, als sie vor ihm stand, »dass Sie dafür auch noch Miete bezahlen.«

»Ich wohne ja nicht einmal hier.«

Sie trug einen dunkelgrünen Umhang, der vom Regen triefend nass war, und als sie die Kapuze zurückschlug, kam ein schönes junges Gesicht zum Vorschein.

Ein Gesicht, das er kannte.

»Könnten wir bitte weiter im Regen stehen bleiben und uns unterhalten?« Die *Stimme der Königin* sprach mit einem trockenen Sarkasmus, der ihre Ungeduld kaum verbarg. »Ich *liebe* es, die Wärme von ferne zu bewundern.«

Er trat beiseite.

Der Posten der *Stimme der Königin* war wie viele andere Hofämter während seiner Verbannung geschaffen worden. Ein weiterer Ersatz für einen Körperteil, den die Erste Königin an ihre Krankheit verloren hatte. Zum ersten Mal hatte Bueralan vor mehr als zehn Jahren davon gehört. In einer Kneipe hatten sich zwei Männer über die schwindenden Kräfte der Ersten Königin unterhalten, über ihre Kinder und über die Frau, die jetzt vor ihm herging. Damals war sie fast noch ein Kind gewesen, erst zehn Lenze alt, wunderschön und mit einer herrlichen Stimme gesegnet, ein Mädchen, das für die Oper bestimmt schien.

»Sie müssen mir verzeihen, es ist sonst nicht meine Art, jemanden um diese Zeit zu überfallen.« Vor dem Feuer ließ sie den nassen Umhang von ihren Schultern gleiten. Darunter trug sie Lederhosen in dunklem Orange und dazu passende Reitstiefel sowie ein leichtes rot-gelbes Seidenhemd, das ihre schlanken Arme frei ließ. »Treffen zu später Stunde sind eher dem *Auge der Königin* vorbehalten.«

»Und ich dachte schon, dies wäre ein Freundschaftsbesuch.«

»Sie suchen wohl immer noch nach einer Mutter?« Sie breitete ihren Umhang auf dem Steinboden aus, bevor sie sich ihm zuwandte. »Werden Sie mich in den Trümmern Ihrer Kindheit bewirten?«

»Sind die Trümmer Ihrer Kindheit besser?« Er trat näher ans Feuer. »Haben Sie auch einen Namen?«

»Gewiss.« Sie hatte lange, schmale Hände, an ihrem rechten kleinen Finger steckte ein Goldring, von dem eine Kette zu ihrem Handgelenk führte. Beides blitzte auf, als sie sich über die Flammen beugte, um sich zu wärmen. »Aber für Sie bin ich die *Stimme der Königin*.«

»Und was hat mir die Königin zu sagen?«

»Sie sollen sie in zwei Wochen zu einem Fest begleiten.«

»Nur deshalb sind Sie hier herausgeritten?«

»Ich bewundere Ihre Selbstbeherrschung, Bueralan.« Die *Stimme der Königin* klang unverändert trocken, doch darunter war die Kälte unverhohlener Verachtung zu spüren. »Ich hatte meine Gesichtszüge bei Weitem nicht so gut unter Kontrolle, als die Erste Königin mir mitteilte, dass ich mich heute Abend hierherzubegeben hätte. Ihre Gardisten hätten Anweisung, am vorderen Tor zu warten, ich sollte allein zum Haus reiten, um Ihnen die Einladung zu überbringen. Außerdem erklärte sie mir, dass die Gardisten binnen einer halben Stunde mit meiner Rückkehr rechneten.«

Als er noch jung war, hatten Frauen aus guter Familie mit Kerzen in spiralförmigen Ständern die Zeit gemessen, die er allein mit ihren Töchtern verbringen durfte. Dazu schob man unter der Kerze einen Stein in die Spirale, je nach Bedarf weiter oben oder unten, wobei jede Windung einem Zeitraum von zehn Minuten entsprach. Er überlegte, ob die Begleiter der *Stimme* wohl eine geschützte Stelle gefunden hatten, um eine solche Kerze anzuzünden. »Wer richtet das Fest denn aus?«, fragte er.

»Yoala, die jüngste Tochter der Königin.«

Bueralan brummte verdrießlich.

»Sie ist Ihnen nicht unbekannt, wie ich sehe«, sagte die *Stimme der Königin*. »Um diesen Abend ist niemand von uns zu beneiden. Ich soll Ihnen auch mitteilen, dass die Königin zu diesem Fest nicht geladen wurde.«

»Könnte ich ablehnen?«

Sie zog eine fein gezeichnete Augenbraue hoch.

»Verstehe.« Er ging um das Feuer herum, hob ein paar von den Ästen auf, die er hereingetragen hatte, und legte sie auf die Glut. »Was hat Yoala denn neuerdings für Pläne?«

»Sie hat immer noch zwei Schwestern.«

»Weil sie immer noch eine Mutter hat.« In Ooila war man weithin der Meinung, die Töchter der Ersten Königin seien in der falschen Reihenfolge zur Welt gekommen. Die Seelen der Tanten und der Mutter der Königin seien in den falschen Nächten getrunken worden, und deshalb hätten die richtigen Kinder in der falschen Familie das Licht der Welt erblickt. Safeen Re, die Hexe, die das *Geschenk* verabreicht hatte, bestritt das energisch, und in den dunkelsten Ecken des Hofes munkelte man, die Flaschen seien gar nicht erst zum Einsatz gekommen. »Aus welchem Anlass findet das Fest eigentlich statt?«

»Offiziell ist das nicht bekannt.« Die *Stimme der Königin* bückte sich und griff nach ihrem nassen Umhang. »Aber ich hörte gerüchteweise von einer bevorstehenden Hochzeit.«

Bueralan schob noch einen Ast ins Feuer. »Ist dieses Gerücht ähnlich vertrauenswürdig wie die Geschichte, dass der Unschuldige an der Küste gesichtet worden sein soll?«

»Man sagte mir, Sie wären ein Spion, ein Saboteur.« Sie hielt den Umhang ans Feuer und ließ das Wasser auf die gesprungenen Fliesen tropfen. »Ist das wahr?«

»Ja.«

»Falls Sie es noch nicht bemerkt haben, werden Sie feststellen, dass die Augen der Ersten Königin nicht gut sind, ihre Stimme ist schwach, und bei lauten Geräuschen lässt ihr Gehör sie im Stich. Ihre Kräfte sind rasch erschöpft«, fuhr die *Stimme* fort, »deshalb werden Sie ihr aus der Kutsche helfen müssen. Sie will keine Gardisten mitnehmen, damit man ihr Kommen nicht als Bedrohung wertet, aber ich werde dabei sein. Die physische Unterstützung wird allerdings Ihre Aufgabe sein. Sobald die Erste Königin die Kutsche verlassen hat, wird sie in einem Stuhl sitzen, den Sie schieben müssen, und der ist sperrig und schwer. Aber glauben Sie ja nicht, ihre körperliche Schwäche hätte auch ihren Verstand beeinträchtigt, Bueralan. Ihr Geist ist in allerbester Verfassung, auch wenn gelegentlich etwas anderes behauptet wird – und falls Sie solche Behauptungen weiterverbreiten sollten, werde ich es erfahren.«

»Das liegt mir fern«, sagte er.

»Das hoffe ich.« Sie wendete den Umhang, um auch die Innenseite zu wärmen. »Ich möchte meinen Gardisten nicht sagen müssen, Sie wären kein Kavalier.«

58

In Bnid Gaerls Haus wurde Ayae von Soldaten erwartet.

Sie standen in einem großen Raum mit Holzboden. Rauchschwaden zogen zur hohen Decke empor und verhüllten weitgehend die Galerie im ersten Stock. Die Wände waren mit Gemälden geschmückt, aus denen Flammen schlugen. Die Ölfarben hatten sich entzündet, als Ayae die Mitte des Raums erreichte. Bevor das Feuer alles überdeckte, hatte sie Szenen gesehen, die das Grauen des Krieges schilderten, gewaltige Schlachten und verwundete Feinde. Außerdem wurden die Taten eines tapferen Helden verherrlicht, der sowohl als Jugendlicher wie als gestandener Krieger dargestellt war. Als junger Mann hatte er rostrotes Haar, und diese Farbe spiegelte sich in der Klinge des Schwertes, das er triumphierend über seine besiegten Feinde hielt.

Dasselbe Schwert schwebte jetzt über den Köpfen von Zineer und Faise, die oben auf der Galerie knieten.

»*Ayae!*«

Als die Leiterin des Waisenhauses ums Leben kam, war die fünfjährige Ayae auf die Straßen Mireeas gelaufen.

Sie war geflüchtet, als man die Kinder aus dem Waisenhaus wegbrachte. Sie hatten sich noch einmal nach dem Gebäude umgedreht, das ihr Heim gewesen war, und das mittlere Stockwerk hatte ihnen ein zahnlückig feuriges Lächeln zugeworfen. Später sollten die älteren Kinder von den mireeanischen Gardisten zu hören bekommen, sie hätten unglaubliches Glück gehabt. Das Feuer, in dem die Leiterin verbrannt war, habe sich noch weiter ausgebreitet, nachdem ihre Öllampe umgefallen und zerbrochen war. O ja, die Flammen hatten sofort mit grausamer Gleichgültigkeit die Bettlaken wie die Schläferin erfasst, und danach hatten drei Männer den üppigen Leib der Leiterin nur noch in einer qualmenden Decke aus dem zerstörten Gemäuer bergen können. Bei diesem Anblick waren Ayaes Schuldgefühle so übermächtig geworden, dass sie schließlich noch vor dem Morgengrauen im Dunkeln verschwunden war.

»*Ayae!*«

Schweigend trat sie den Soldaten im unteren Stockwerk entgegen.

Sie hatten sich nasse dunkelblaue Tücher um die Gesichter gebunden und kämpften in Paaren. Einer parierte jeden Hieb ihres

Flammenschwertes, und der zweite hieb auf sie ein. Obwohl die Bewegungen langsam waren, geriet sie in Bedrängnis, ihre brennenden Füße trugen sie statt nach vorne wie von selbst rückwärts, und dort traf sie auf weitere Gegner, die ebenfalls gut aufeinander eingespielt waren. Irgendwann war sie von Soldaten umgeben wie von der Schale eines Apfels, den man in einem Stück geschält hatte. Sie rückten immer näher, beschnitten ihren Freiraum immer mehr. Schließlich trat sie in einer verzweifelten Aktion mit einem Fuß die Klinge eines Gegners hinunter, schnellte sich durch die unnatürlich verdichtete Luft und landete außerhalb des Ringes, nur um sich mit ihrem brennenden Schwert abermals auf die Gruppe zu stürzen.

»Du bist verflucht«, hatte die Leiterin gesagt. »Denk an meine Worte, mein Kind. Es ist nicht deine Schuld, aber du bist eine Missgeburt.« Im Speisesaal herrschte Totenstille, die anderen Kinder rissen angstvoll die Augen auf, nicht so sehr wegen der Worte, sondern weil sie in so wütendem Ton und mit hassverzerrtem Gesicht gesprochen wurden. »Sobald du einen Raum betrittst, wird es wärmer. Man beginnt zu schwitzen. Die Kleider kleben am Körper. Würde man dich aufschneiden, dann schlügen einem Flammen entgegen.«

Ayae tauchte als Flammengestalt zwischen den Soldaten auf. Ihr Schwert fuhr in einem langen, feurigen Bogen auf einen Mann herab und durchtrennte Kettenhemd, Haut und Knochen.

Sie wurde sich bewusst, dass sie ihren Körper nicht mehr als feste Form wahrnahm, die sie in der Welt der Sterblichen verankerte. Ihr Ichgefühl hing nur noch an einem hauchdünnen Faden, das Bewusstsein, wer sie war und was sie tat, war bloß noch rudimentär vorhanden. Alle Sinneseindrücke blieben verwaschen, schwer fassbar, durch einen Zorn verzerrt, der sich gegen die Privatarmee vor ihr richtete. Sie blockierte und parierte Attacken, die sie abermals in den Ring locken wollten, aber ihre Klinge prügelte in mörderischer Absicht auf jeden ein, der vor ihr war, ohne Rücksicht darauf, wie geschickt er seine Waffe führte.

Bei einem der letzten Schläge verlor ihr Schwert seine Form. Das Metall hatte unter der Hitze, die nun in ihrem Inneren im Takt mit ihrem Herzschlag pulsierte, einfach nachgegeben.

»Ayae!«

Vor all den Jahren war es Faise gewesen, die nach dem Tod der

Leiterin die Straßen abgelaufen war und ihren Namen gerufen hatte. Niemand sonst hatte nach ihr gesucht. Und Faise hatte sie schließlich aus ihrem Versteck gelockt.

»Ayae!«

Doch diesmal war es nicht Faise, die nach ihr rief.

»Sieh mich an, Mädchen! Mich kannst du nicht einschüchtern!«

Bnid Gaerl hob sein mit Ruß beflecktes Schwert …

… und Ayae konnte mit all ihrer Schnelligkeit, all ihrer Kraft nicht verhindern, dass die Klinge mit einem schweren Hieb Zineers Hals durchschnitt.

Als Gaerl das Schwert nun über Faises Kopf hob, spürte Ayae, wie die letzten Fäden rissen, die sie mit der Realität verbanden. Sie stieß einen unartikulierten Schrei aus, und ihre Gefühle gewannen eine so unbändige Kraft, dass sie auch den letzten Rest von Kontrolle über ihren Körper, über das Feuer in ihrem Inneren verlor. Ein Hitzeschwall brach aus ihr heraus wie aus einer explodierenden Sonne und riss sie von den Beinen. Sie suchte Faises Blick und hielt ihn fest. Aus den Augen der Freundin sprach Todesangst, Angst vor der Klinge, die über ihr schwebte und in der Hitze zu schmelzen drohte, bevor sie herabsausen konnte. Ayae sah, dass Zineers Blut über ihre rechte Wange gespritzt war, und sie sah Faises fassungsloses Entsetzen über den grausamen Tod ihres Mannes. Sie wollte die Arme nach ihr ausstrecken, sie an sich ziehen und sie beschützen vor dem alles vernichtenden Feuersturm, aber dazu war sie nicht mehr fähig. Sie hatte die Kontrolle verloren. Was sie befürchtet hatte, war eingetreten. Ihre Knochen brachen, die Haut platzte auf, ihr Körper ging in Flammen auf, und sie konnte nichts dagegen tun. Die Flammen schossen nach oben, ließen Bnid Gaerls Schwert schmelzen und seinen Arm verbrennen. Das Feuer wälzte sich über ihn und Faise hinweg und erfasste in einem letzten grauenvollen Inferno auch ihr Haar und ihre Haut. Der Schrei aus Faises Mund war das Einzige, was Ayaes Verzweiflung über ihren Verlust durchdringen konnte.

59

Zaifyr stand auf dem Turm, als die gewaltige, Tod und Zerstörung verheißende Feuersäule zum Himmel emporschoss. Aus ihrem Zentrum drang ein Schrei so voller Qual, dass er kaum zu ertragen war.

Als Zaifyr die Säule erblickte, drohte er das Gleichgewicht zu verlieren und trat von der Turmkante zurück. Die Säule stieg höher und höher, emporgetragen von Ayaes Trauer – er wusste, dass das Feuer von ihr kam, es konnte nicht anders sein –, und brach schließlich auseinander. Ein Feuerregen ging auf Yeflam nieder, auf Fabrik- und Wohngebäude, auf breite wie schmale Straßen und auf die Menschen, die hinaufgeschaut hatten in diesen Sturm, auf den nichts sie vorbereitet hatte.

Im nächsten Augenblick war sein Bewusstsein auf Nales Straßen unterwegs.

Als Ersten entdeckte er dort einen alten Mann, der auf den Knien lag. Sein Herz holperte und zuckte, ein Anfall, von dem er sich nicht mehr erholen sollte. Die Nächste war eine junge Frau, die sich unweit der Brücke das Leben genommen hatte. Dann stieß er auf das Gespenst eines Hundes, der von einer der langen neunspännigen Kutschen auf der Brücke überfahren worden war.

Sein Körper, den er auf dem Turm zurückgelassen hatte, spürte, wie Jae'le zu ihm trat.

Er brauchte seinem Bruder nicht zu erklären, was geschehen war; er konnte es auch gar nicht. Je weiter sich sein Bewusstsein entfernte, je mehr er die Verbindung zu seinem Körper dehnte, desto weniger handlungsfähig war der Teil von ihm, der noch in der Realität verankert war. Dennoch empfand er so etwas wie Überraschung, als sein Bruder sich nicht sofort umdrehte und zu den Büchern in den unteren Räumen zurückkehrte. Zaifyr wusste zwar, dass er Ayae gern hatte, aber für Jae'le bestand eine tiefe Kluft zwischen Freundschaft und Verwandtschaft, und diese Kluft vergrößerte sich noch, je näher das Götterkind der Stadt kam. Inzwischen war Jae'le geradezu besessen auf der Suche nach Namen, die Zaifyr beschwören konnte. Den Grund dafür hatte er ihm vor einer Woche erklärt. »Die Hüter haben deinen Prozess mit großem Aufwand vorbereitet, Bruder. Es wird ein Verfahren ohne Beispiel werden. Nicht nur du, die ganze Welt hat so etwas noch nie gesehen. Es wird dir nicht leichtfallen, dich gegen den Vorwurf des Irreseins zu verteidigen.«

Zaifyr drang in einen alten Mann ein, der in seinem Haus an einem Messerstich in die Kehle gestorben war. Dann führte ihn ein kleiner Junge, dessen erstes Opfer, das unter demselben Haus begraben war, weiter durch Fiys. Der Junge war durch einen dünnen Faden mit einer älteren Frau verbunden, seiner Mutter. Sie war Jahre später verschieden, nachdem sie den Alten gefunden hatte. Diesem Faden folgend, gelangte Zaifyr schließlich zu der Brücke nach Ghaam.

Auf Ghaam schwebte er in das Gespenst eines Yeflam-Gardisten, der durch einen Hammerschlag auf den Kopf ums Leben gekommen war. Dann begegnete ihm ein Spieler, den das Glück verlassen hatte, bevor ihm der Alkohol ausging. Zaifyr schickte sein Bewusstsein auch in ihn hinein und ließ es aufflammen wie ein angerissenes Streichholz. Für einen Moment erhellte das Licht das Bewusstsein des Toten, seine letzten Augenblicke, dann erlosch es, und nur die dumpfe Trauer aller längst Verstorbenen blieb zurück.

Auf Xeq trat jedoch eine dramatische Veränderung ein. Die neuen Toten erschienen als schmale Lichtstreifen, als hätte der Regen in der Luft innegehalten. Zaifyr schickte sein Bewusstsein zunächst in einen alten Mann und dann in einen Jungen, der Jahre zuvor ausgerutscht und von einer Brücke gestürzt war. Dabei bemerkte er, wie sich die neuen Toten nach ihm umwandten. Mit seiner Präsenz zog er die noch in ihrem Schmerz und ihrer Verwirrung Verhafteten zu sich so wie alle Toten, die ihm begegneten, wohin er auch ging. Doch ihre Emotionen waren frischer, quälender, sie zwangen ihn, sich fester an das Gespenst des Jungen zu binden. Er spürte, wie dieser in höchster Verzweiflung darum gerungen hatte, an die Oberfläche von Leviathans Blut zu gelangen, spürte auch den brennenden Schmerz bei der Berührung mit dem vergifteten Wasser. Zaifyr ließ sich von der Angst der neuen Toten tragen, bis er sie beiseiteschieben konnte und sie in den Hintergrund traten. Danach konzentrierte er sich nur noch auf den ertrunkenen Jungen. Nun erst konnte er die Brände sehen, die durch ganz Xeq rasten. Die Flammen erreichten, von Trauer und Leid gespeist, eine unnatürliche Höhe, sprangen von Dach zu Dach und zurück auf den Boden und fanden sogar Halt in Steinen, er hatte so etwas noch bei keinem Feuer gesehen. Vom Boden aus griffen sie wie ein riesiges Meeresungeheuer nach den Umstehenden. Sie leckten sogar an dem Gespenst, das Zaifyr über die Straße an die Stelle lenkte, von der die Zerstörung ausging.

Die Mauern des Anwesens waren aus Stein und Metall, aber die Hitze hatte sie so ausgeglüht, dass er sich in seinem Körper nicht hätte heranwagen können. Doch als er nun ins Innere trat, wurde ihm klar, dass die verformten Mauern sogar als Barriere dienten und einen schwachen Schutz vor noch weit größerer Hitze boten. In dem einstmals prächtigen Haus loderte ein Hochofen. Teile des Gebäudes schienen sich einfach aufgelöst zu haben; andere Teile waren auseinandergesprengt worden, und auf dem Boden lagen geschwärztes Holz und Steintrümmer wie Konfetti verstreut.

Im Zentrum der Verwüstung lag Ayae.

Sie hatte sich wie ein Fötus zusammengerollt. Ihre Kleider waren angesengt, ansonsten aber war sie unversehrt.

Vor ihr stand ein Gespenst, das er kannte.

»Kalt«, flüsterte Faise. »Mir ist kalt.«

Die Frau war von der Explosion erfasst worden. Sie sah grauenhaft aus. Die Haut hing ihr in Fetzen herab, die Eingeweide quollen als ekelerregende Masse heraus, alle Knochen waren schwarz verbrannt. Zaifyr sah die Wunden flimmern; sie kämpfte darum, ihre frühere Gestalt wiederherzustellen.

Zaifyr spürte, wie seinem Körper auf dem Turm in Nale die Tränen aus den Augen rannen.

In der Ruine hob der ertrunkene Junge, den er kontrollierte, Ayae behutsam auf. Zaifyr achtete sehr darauf, dass sich das Gespenst in seiner Gier nach Wärme und Nahrung nicht über seine Befehle hinwegsetzte. Als Ayaes Kleidung unter den Händen zerfiel und geronnenes Blut und tiefe Verletzungen zum Vorschein kamen, musste er die Kontrolle noch weiter verstärken.

Vor der zerstörten Mauer wartete ein Karren mit einem riesigen Ochsen davor. Der braune Koloss störte sich nicht an den Bränden, die ihn und den Wagen von allen Seiten bedrohten.

»Danke, Bruder«, sagte Zaifyr mit dem Mund des Gespensts zu dem Mann, der neben ihm stand.

Der Ochse schnaubte, dann machte er sich, geführt von unsichtbarer Hand, auf den Weg nach Nale.

60

Es war ein heißer Tag vor einigen Jahren, ein ganz bestimmter Tag. Als die Mittagssonne hoch am wolkenlosen Himmel stand, hatte sie Faise geholfen, ihre Habseligkeiten auf einen kleinen Karren zu laden. Gezogen wurde er von einem Ochsen, den Zineer gekauft hatte. Faises künftiger Ehemann war an jenem Tag sehr schweigsam, er lächelte nur selten, seine Stärke waren freundliche, aber stumme Gesten. Er nahm ihr jede Kiste mit einem Dankeschön ab, ganz gleich, ob sie Teller oder Kleider, Ziergegenstände oder Kinderspielzeug enthielten. Drinnen in dem Haus, das sie mit Faise geteilt hatte, fragte die Freundin immer wieder, ob sie das auch wirklich wolle. »Du brauchst doch Messer. Du brauchst Gabeln. Du brauchst Stühle.« Aber sie hatte stets den Kopf geschüttelt und Nein gesagt, sie könne das alles entbehren. Es war eine tapfere Antwort, denn an sich hätte sie alle die Dinge gerne behalten, zum Andenken an Faise, als Talismane, um sie in ihren Räumen aufzustellen, wenn sich die Tage zu Wochen und Monaten dehnten und die Arbeit und die angespannten Beziehungen zwischen Mireea und Yeflam Besuche schwieriger machten. Sie würde Faise wiedersehen, gewiss, aber es würde nicht mehr sein wie vorher. Mit diesem Gedanken im Kopf umarmte sie Faise und drückte sie fest an sich.

Wie sehr sie sich geirrt hatte, sollte ihr erst später klar werden.

61

Der Feuerregen hatte aufgehört, aber die schwarzen Aschewolken standen noch am Himmel, und eine Reihe von kreisrunden Brandherden konnte jeden Moment von Neuem auflodern.

Der Schrei, der mit der Explosion über Yeflam hinwegschallte, hatte die Menschen auf der Brücke und auf der Insel aufgeschreckt und das entsetzte Schweigen durchbrochen. Heast war ebenso betroffen gewesen wie alle anderen. Als er zum Himmel aufschaute und die ersten Feuertropfen fallen sah, war ihm angst und bange geworden. Wenn dieser Regen Wila erreichte, wären ihm die Menschen hilflos ausgeliefert. Sie hätten kaum eine andere Wahl, als zu dem schwarzen Ozean zu laufen und an den seichten Stellen im vergifteten Wasser Schutz zu suchen. In die Zelte zu flüchten wäre nutzlos. Doch bevor er etwas unternehmen konnte, hatte er bereits gesehen, wie Leutnant Mills ihre Befehle erteilte. Ein Dutzend Angehörige der mireeanischen Garde waren zu den nächststehenden Zelten gerannt, hatten die Planen von den Stangen gerissen und waren damit zum Meer gelaufen, um sie mit Wasser zu tränken.

Nun lagen die nassen Planen am Strand, sie waren nicht zum Einsatz gekommen, doch bis sie wieder als Zelte zu gebrauchen waren, konnten Tage, wenn nicht Wochen vergehen.

Oben an der steinernen Rampe, die nach Yeflam führte, und auf der Brücke standen eine Handvoll Gardisten in himmelblauen Harnischen. Das Götterkind – der leeranische Gott, verbesserte sich Heast – war eingetroffen und wieder verschwunden. Kurz bevor das Feuer in den Himmel schoss, hatte Heast eine Gestalt auf dem steinernen Weg erkannt … eine kurze Vision, die sich rasch in nichts aufgelöst hatte, als der gellende Schrei ertönte und in der Menge Panik ausbrach. Die Yeflam-Garde hatte schnell gehandelt und alle von der Brücke gedrängt und in die Straßen auf der anderen Seite getrieben.

Der Regen war nicht bis hierhergekommen. Er war nur auf eine der Schwimmenden Städte gefallen, auf Xeq, wenn Heast richtig gesehen hatte, dort war der Himmel noch rot vom Feuerschein.

»Fühlen Sie sich nicht auch an die Burg des Rückens erinnert?« Reila und Muriel standen neben ihm. Die Heilerin war während der Schlacht um Mireea sichtlich gealtert, die Spuren der Strapazen waren immer noch sichtbar. Doch sie war sofort aus dem Zelt gelaufen, als der Schrei ertönte, dicht gefolgt von Kye Taaira, dem Stammesmann. »Noch Wochen nach Fos und Baus Tod hing dort die Asche in der Luft.«

»Jetzt ist davon nichts mehr zu sehen« sagte der Hauptmann. »Die letzten Reste sind schon vor Monaten verschwunden.«

»Ich fürchte, dass Ayae und ihre Freunde im Zentrum des Geschehens stehen.«

Heast hatte, was das Schicksal von Faise und Zineer betraf, inzwischen resigniert. Dass Ayae umgekommen war, glaubte er nicht, und Muriel und Reila dachten ebenso. Als schließlich klar wurde, dass der Feuerregen nicht auf Wila niedergehen würde, hatte die

Herrin der Geister »Armes Kind« geflüstert. Heast war nicht überrascht gewesen, als Reila zustimmend nickte. Wenig später waren die beiden gegangen und hatten sich unter die Mireeaner gemischt. Muriel würde Hände schütteln, mit den Menschen sprechen und ihnen versichern, dass ihnen nichts geschehen würde.

Heast blieb allein zurück und überlegte, dass die beiden wohl tot waren und inwieweit er daran mitschuldig war. Sinae Al'tor hatte sie nicht in Sicherheit gebracht, und der »Soldat« hatte Ayae nicht eindringlich genug gewarnt. Solchen Gedanken hing er allerdings nicht lange nach. Es war nicht seine Art, anderen die Schuld an seinen Fehlern zu geben, und er pflegte sich auch nicht allzu lange mit dem Tod zu beschäftigen.

Vor ihm stand der Stammesmann allein am Strand. Er hatte sich von Leviathans Blut abgewandt und beobachtete nun, wie sich die Mireeaner um Muriel Wagan scharten.

Heast ging mit steifen Schritten durch den Sand auf ihn zu. »Heute Abend brechen wir auf«, sagte er, als er Kye Taaira erreichte. »Kal Essa, ich und Sie, wenn Sie wollen.«

»Danke«, sagte der Stammesmann leise. »Wird Ihr Söldnerhauptmann Sie mit seinen Männern bis über den Berg begleiten?«

»Nein.« *Kal Essa und die Bruderschaft werden hier gebraucht. Auch wenn Essa es mir anbieten wird.* »Ich werde auch nicht verlangen, dass Sie mich führen. Sie haben eine eigene Aufgabe zu erfüllen.«

»Nein, Hauptmann. Ich bringe Sie nach Faaisha.«

»Dafür bin ich Ihnen dankbar.«

Der Stammesmann starrte weiterhin auf die Menge. Ganz in seiner Nähe standen die Zelte, von denen man die Planen abgenommen hatte. Zwischen den hölzernen Stangen konnte man die schmalen Betten und die bescheidene Habe der Bewohner sehen. Der Anblick raubte einem auch die letzten Illusionen. »Kein Heim zu haben, ist schrecklich«, sagte er unvermittelt. »Ich habe das schon in jungen Jahren erfahren. Als Leeres Gefäß wird man von den Schamanen schon bei seiner Geburt ausgewählt. Sobald man entwöhnt ist, wird man seinen Eltern weggenommen. Man bekommt eine gewaltige Verantwortung aufgebürdet und wird zum heimatlosen Nomaden. Ich habe mein ganzes Leben in solchen Zelten verbracht, und ich glaube, mit allen Zelten, die ich aufgestellt und in denen ich geschlafen habe, könnte ich diese Insel ebenso füllen, wie Ihr Volk es nach dem Verlust seiner Stadt getan hat.«

»Ich hätte nicht gedacht, dass jemand mit Ihrer Vergangenheit solche Gedanken hegt.«

»Jeder Mensch weiß, was Neid ist.«

»Und Sie sind ein neidischer Mensch?«

»Eine Schwäche, auf die ich nicht stolz bin.« Er sah Heast an. »Halten Sie ein Heim nicht auch für erstrebenswert?«

»Dafür habe ich in zu vielen Zelten geschlafen.«

»Das Gleiche hat Baeh Lok an einem unserer gemeinsamen Abende zu mir gesagt.«

»So ist das Leben eines Söldners nun einmal.«

»Aha!« Der Stammesmann nickte nachdenklich. »Sie werden ein interessanter Reisegefährte sein, Hauptmann.«

Nachdem Kye gegangen war, blieb Heast noch eine Weile am Strand. Er beobachtete weder die Zelte noch den Himmel mit seinen schwarzen Aschewolken oder das schwarze Wasser, das nach Blut und Salz schmeckte. Vielmehr betrachtete er die Männer, die Frauen und die Kinder. Die einen scharten sich um Muriel, die anderen nicht. Sie bemühten sich, den Anschein einer Gemeinschaft aufrechtzuerhalten, sicherzustellen, dass sie weiterbestand, auch auf diesem kleinen Flecken Erde, auf dem sie sich gefangen halten ließen, nur um überleben zu können.

Lange betrachtete er das Bild, das er vom nächsten Morgen an nicht mehr würde sehen können.

62

Am Ende des Strandes fanden sie siebenunddreißig Kruzifixe.

Die Luft war so unbewegt, als wüsste der Wind über Leviathans Blut, auf welches Grauen er zuwehte, als wüsste er, welche grausige Tat dort begangen worden war, und fühlte sich schuldig, weil er den Verantwortlichen dabei geholfen hatte. Pueral glitt von ihrem Pferd, ohne wegzusehen. Sie konnte nicht glauben, dass diese rohen Holzgestelle aufgerichtet worden waren, während die Menschen unter dem Blick eines Mannes reglos auf ihren Tod warteten. Sie konnte nicht glauben, dass ein einziger Mann die Macht besaß, andere Menschen zu zwingen, dieses Warten geduldig zu ertragen.

Dennoch hatten sie es getan.

Die aufgedunsenen Körper wurden von dicken Eisennägeln, die man durch Handgelenke und Schienbeine getrieben hatte, an den Kreuzen festgehalten. Niemand war verschont worden, nicht einmal die Kinder. Pueral und ihre Soldaten blieben mit ihren Pferden vor elf Kindern stehen, die sie mit leerem Blick anstarrten. Das jüngste war ihrer Schätzung nach nicht älter als fünf Jahre. Unter diesen Augen fühlte sich der schwarz-rote Harnisch schwerer an als zuvor, und Pueral nahm sich vor, die Kinder als Erste abzunehmen, sobald ihre Soldaten das Gebiet abgesucht hatten. Die Toten sollten ein möglichst würdiges Begräbnis erhalten, nachdem man ihnen, angefangen mit diesen Kindern, die Nägel aus dem Fleisch gezogen hatte.

Als sie näher trat, sah sie, dass man allen siebenunddreißig Gekreuzigten die Köpfe mit Draht festgebunden hatte. Zwei dünne Streifen, einer über der Stirn, der zweite über dem Unterkiefer, sorgten dafür, dass die Gesichter, an denen sich bereits die Aasfresser gütlich getan hatten, zum Meer hin zeigten. In diese Richtung ging nun auch Puerals Blick.

Da war nichts.

Oder …?

Sie ließ die Zügel ihres Pferdes fallen und ging näher an das schwarze Wasser heran. Ganz kurz hatte sie etwas gesehen. Eine Spiegelung im Wasser, die sofort wieder verschwunden war, und sie konnte nicht …

Da.

Ein Lichtfleck.

Ein Blitz, da war er wieder.

Nur eine Lampe, entschied sie. Aber eine Lampe tief in der Finsternis des Ozeans, ein einzelnes schwankendes, halb geschlossenes Auge, das sie vom Deck eines Schiffes her beobachtete. Ein einsames Schiff weit draußen auf dem Meer – ein riesiges Schiff.

Die *Glafanr.*

Etwas weiter links lag nicht weit von ihr ein kleines Ruderboot am Strand. Es war auf den Sand geschoben worden, die beiden Ruder lagen darin. Das Holz war voller Kratzer und Schrammen.

»Lady Pueral.«

Ae Lanos, der Fährtensucher, trat neben ihr aus der Dunkelheit.

»Sagen Sie mir«, bat sie leise, »dass das nicht das Werk eines einzelnen Mannes ist.«

»Ich wünschte, ich könnte es«, gab der Alte ebenso leise zurück, als würde ein Heben der Stimme dem Ganzen eine Realität verleihen, mit der sie sich bislang beide nicht abfinden wollten. »Das Licht auf dem Meer kommt wohl von dem Schiff, das ihn hierherbrachte, doch die letzte Etappe der Reise hat er mit diesem Boot zurückgelegt. Er kam allein, ich finde keine weiteren Spuren, die von Leviathans Blut wegführen, und auch keine anderen Boote. Ein Mann hat ihn empfangen. Dieser Mann wurde auf der Stelle niedergeschlagen. Im Anschluss trug der Mann aus dem Boot sein Opfer zum Dorf.«

Der Fährtensucher drehte sich um, und Pueral sah im Geiste, wie Ya Nuural bewusstlos über einer Schulter hing und den Strand hinaufgetragen wurde. Dort standen mehrere Holzhütten wie eine Reihe von kräftigen Wachen, denen man den Harnisch abgenommen hatte. Darunter hatten sie schwarze Löcher im Fleisch. »Er wurde zweimal angehalten, hier und hier. Jedes Mal kam es zu einem kurzen, sehr heftigen Kampf. Das Blut, das dabei vergossen wurde, ist nicht von ihm. Bemerkenswert ist auch, dass er beide Angreifer tötete, ohne den Mann abzulegen, der ihn empfangen hatte. Dann erreichte er das Dorf. Dort traf er nicht auf Widerstand. Er legte den Mann auf den Boden und riss ihm die Zunge heraus. Danach ließ er die Kruzifixe aufstellen. Das Holz stammt aus den Häusern und wurde auf seinen Befehl zum Strand getragen.«

»Haben Sie …?« Die Soldaten hatten sich schweigend, mit finsteren Gesichtern um Pueral geschart. Sie räusperte sich und setzte noch einmal an: »Haben Sie die Zunge des Mannes gefunden?«

Lanos wickelte wortlos ein halb verwestes Stück Fleisch aus, das voller Sand war.

»Wohin ist er danach gegangen?«, fragte sie.

»Nach Norden«, antwortete der Fährtensucher. »Zu Fuß, ohne Proviant oder Wasser.«

Sie nickte, drehte sich um und wollte zurück zu den Kruzifixen und zu ihrem Pferd.

»Lady Pueral«, sagte Lanos noch einmal.

»Wenn er es ist«, sagte sie, nicht nur zu ihm, sondern zu all ihren Soldaten. »Wenn er es ist, dann ist jetzt nicht die Zeit, um Angst zu haben. Die Spur ist kalt, aber sie ist nicht tot. Wir können und werden ihr folgen und dabei vermutlich auf Dinge stoßen, die noch schlimmer sind als dies.« Bei ihrem Pferd angekommen, klopfte sie dem Tier kurz den Hals, dann löste sie den Klappspaten, der zusammen mit ihrem Zelt und dem Kochgeschirr quer über die Satteltaschen geschnallt war. »Aber wir werden nicht umkehren. Wir werden diesen Mann stellen, wie er auch heißt und wer er auch sein mag. Wir werden ihn töten, und wenn uns das nicht gelingt, werden wir unser Leben so teuer verkaufen, dass er sich hüten wird, seinen Soldaten von uns zu erzählen.«

Sie klappte den Spaten auf und drehte die Schrauben fest. »Zuerst werden wir die Toten begraben«, sagte das *Auge der Königin*. »Dann nehmen wir die Verfolgung auf.«

Ein Glas mit Sprüngen

Vor der Belagerung Mireeas hatte niemand jemals etwas von General Waalstan gehört. Es geht das Gerücht, der General sei, bevor ihn das Götterkind zu sich rief, ein Lehrer für Sprachwissenschaft gewesen, ein Mann, für den die Menschen, die er vor sich hatte, mit den Worten auf einer Buchseite um seine Aufmerksamkeit buhlen mussten. Wenn das der Wahrheit entspricht, hat Ekar Waalstan den Federkiel gegen eine schwerere Waffe eingetauscht, um damit gegen Aned Heast, den berüchtigten Hauptmann des Rückens und Anführer der Gruppe Zuflucht, zu Felde zu ziehen. In jener Schlacht errang er keinen Sieg, aber er unterlag auch nicht, und das allein war für viele Zeitgenossen schon eine beachtliche Leistung.

Nach dem Fall von Mireea fiel Waalstan in die Reiche von Faaisha ein. Nach einem ersten großen Erfolg bei Celp nahm er Abschied von bewährten Manövern und verteilte seine Gläubigen überall in den Reichen. Wie um sich den Beifall des Mannes zu sichern, den er eben noch bekämpft hatte, begann er einen grausamen Guerillafeldzug. Er fiel unvermittelt über Dörfer und Städte her, verübte mit seiner Horde schreckliche Gräueltaten, führte die Bewohner in die Gefangenschaft und hinterließ eine Spur der Verwüstung. Eine Überlebende, eine junge Frau mit Namen Jiqana, wurde beispielsweise in die leeranischen Lager, genauer gesagt in Waalstans Hauptquartier verschleppt, bevor man sie nach Gogair in die Sklaverei verkaufte.

Zuvor hatte man sie geblendet. »Das geschah«, sagte sie, »nachdem ich mich zum dritten Mal geweigert hatte, mich zu ihrem Gott zu bekennen.«

Tinh Tu,
»Geheimes Tagebuch«

63

Als Ayae nach drei Tagen erwachte, saß Zaifyr an ihrer Seite.

Sie lag auf einem breiten Bett in einem großen Raum, der nach Staub und Asche roch. Er saß in einem verblichenen roten Polstersessel, um seine Füße stapelten sich Bücher, aber in der Hand hielt er keines. Seine Augen waren geschlossen, als schliefe er oder wäre tief in Gedanken versunken. Ein Krug mit warmem Wasser stand mitten im Raum, daneben ein Glas. Ayae war nackt, ihr Körper war schweißnass und verbreitete einen schalen Geruch. Jemand hatte sie zugedeckt. Die Decke hatte sich zwischen ihren Beinen verfangen, und das raue Gewebe scheuerte an ihrer Haut. Außerdem spürte sie den Ruß, den Schmutz und die groben Stiche, mit denen man ihre Wunden genäht hatte. Diese Empfindungen waren so stark, dass später, wenn sie an Faise und Zineer dachte, auch die Erinnerung an ihren Körper wiederkam, an die tiefe Erschöpfung, den Geschmack von Asche im Mund. Sie vergaß auch nicht, dass sie als Erstes versucht hatte, zu dem Wasserkrug auf dem Boden zu gelangen, um daraus zu trinken oder ihn vielleicht auch an die Wand zu werfen. Als sie sich aufsetzte, glaubte sie entzweizubrechen. Ihr Rücken war so steif, als wären die Wirbel miteinander verschmolzen. Für einen Moment wurde sie von Panik erfasst. Sie dachte, genau das sei geschehen – durch ihr inneres Feuer sei ihr Rückgrat weich geworden und anschließend zu einem festen Stab erkaltet. Schließlich rutschte sie von dem laut knarrenden Bett und berührte mit ihren gefühllosen bloßen Füßen den Boden. Dann verließen sie die Kräfte.

Sie taumelte, aber Zaifyr fing sie auf und schob sie auf das Bett zurück. Dann schenkte er wortlos das Glas voll und brachte es ihr.

Auch das Wasser schmeckte nach Asche. »Hast du sie gesehen?«, fragte sie. »Hast du Faise gesehen?«

Er nickte.

»Es war meine Schuld.«

»Ich weiß.«

Du hättest auch lügen können.

»Du hast schwere Zeiten vor dir.« Er kauerte sich vor ihr nieder und legte ihr die linke Hand auf das nackte Knie. Die Kante eines silbernen Amuletts berührte ihre Haut – aber es fühlte sich so dumpf an, als wäre nicht sie diejenige, die es spürte. »Der nächste Monat, das nächste Jahr und vielleicht die nächsten zehn Jahre werden hart für dich sein.«

»Und was ist mit der nächsten Stunde?«

»Die wird unerträglich.«

Darauf hatte sie keine Antwort.

»Wenn ich dir die Last abnehmen könnte, würde ich es tun«, sagte er leise.

»Nein.« Ayae sah in seine grünen Augen und verstand zum ersten Mal, wieso sein Blick gebrochen war und woher sein sorgsam beherrschter Zynismus kam. »Nein«, wiederholte sie. »Das – die muss ich allein tragen.«

»So ist es.«

Bald darauf ging Zaifyr. Er kam wieder, um seine Bücher zu holen, brachte ihr Essen und Wasser und sprach mit ihr, aber meistens ließ er sie in Ruhe. Jae'le hielt es ähnlich. Er kam leise herein und sprach mit sanfter Stimme, aber er machte nur ungern Krankenbesuche und interessierte sich mehr für das, was draußen vor der Tür geschah. Ayae konnte ihn verstehen. Obwohl sie in den ersten Tagen, nachdem sie zu sich gekommen war, ihr Zimmer nicht verließ, war sie sich stets bewusst, dass die beiden Männer sich im unteren Stockwerk aufhielten. Sie bereiteten sich auf Zaifyrs Prozess vor, ohne sie weiter damit zu behelligen. Dafür war sie ihnen dankbar. Wenn ihre Stimmen durch die Dielenbretter drangen, vermischten sich in ihren Träumen Zaifyrs bevorstehendes Verfahren und ihre Schuldgefühle, und Faise und Zineer verschmolzen mit Fo und Bau. Beim Aufwachen war sie überzeugt, sie selbst sollte vor Gericht stehen und die Strafe auf sich nehmen, der sich Zaifyr entziehen wollte.

Vielleicht hätte sie aus diesen Grübeleien noch länger nicht herausgefunden, doch am fünften Tag nach dem Tod von Faise und Zineer bekam sie Besuch von Aelyn Meah.

Ayae war nicht in ihrem Zimmer, als sie kam, sondern war schon am frühen Morgen auf den Turm gestiegen, um sich die schwelenden Ruinen von Xeq anzusehen. Das hatte sie sich vorgenommen, seit sie zum ersten Mal aufgewacht war. Die Stadt war ihr in ihren Träumen erschienen, doch als sie die letzten Stufen nahm, fiel ihr sofort auf, dass die Wirklichkeit ganz anders war. Von Xeq stieg kein Rauch auf, und das schwarze Meer lag so reglos da, als duckte es sich angesichts der erkalteten Trümmer vor der Zerstörung, die sie angerichtet hatte.

»Es wird Xeqs wegen keine Anklage geben«, sagte Aelyn Meah, als sie durch die Turmtür trat. Auf einen Gruß verzichtete sie. Sie trug ein blaues Gewand mit weißen Streifen aus dickerem Stoff um die Taille und am Saum, sodass es aussah, als bestünde es aus mehreren Teilen. »Mag sein, dass du mit der Wahl des Zeitpunktes Glück hattest, aber hauptsächlich liegt die Verantwortung bei der Politik.«

»Politik.« Ayae wiederholte das Wort, als wäre es eine Beleidigung. «Was ich getan habe, war schrecklich.«

»Bnid Gaerl hatte nichts anderes verdient.«

»Ich meinte nicht ihn.«

»Ich weiß.« Aelyn sah sie nicht an, sondern blickte unverwandt auf Yeflam hinab. »Innerhalb der Enklave gab es kaum eine Diskussion darüber, aber ich könnte mir denken, dass außerhalb der Ruf nach Gerechtigkeit laut wird. Lian Alahn hat das bisher verhindert. Er hat gegenüber der Kaufmannsgilde und den Überlebenden von Xeq die Meinung vertreten, du hättest in berechtigter Notwehr gehandelt.«

Ayae war überrascht, aber nicht erleichtert. Das hatte Illaans Vater sicher nicht ihretwegen oder im Gedenken an seinen Sohn getan.

»Er bat mich, dir auszurichten, dass er dich sprechen möchte«, fuhr Aelyn fort. »Angeblich, um dir sein Mitgefühl auszudrücken. Aber vielleicht will er sich auch dafür bedanken, dass du die Truppe Leerer Himmel ausgelöscht hast. Seit sie nicht mehr besteht, haben Le'tas Anhänger die Freundschaft zu Lian Alahn erneuert, und Le'ta selbst ist untergetaucht. Der Dicke wurde seit Tagen nicht mehr gesehen, obwohl viele nach ihm gesucht haben. Sein Verschwinden stützt den Verdacht, dass er sich auf die Seite des leeranischen Gottes geschlagen hat und auch *›Das Ewige Königreich‹* drucken ließ. Le'tas Anhänger sind unter anderem deshalb so schnell wieder zu Alahn übergewechselt, um nicht mit ihm über einen Kamm geschoren zu werden.«

»Ich habe das Gefühl, als würde etwas an mir ziehen«, murmelte Ayae. »Als könnte ein Teil von mir jeden Moment abreißen.«

»Das geht uns allen so«, sagte die Hüterin. »Je näher man ihr ist, desto schlimmer wird es.«

»Sie sind ihr begegnet?«

»Ja.« Endlich sah ihr Aelyn ins Gesicht. »Sie ist nicht mehr das Kind, von dem Qian sprach. Inzwischen ist sie fast erwachsen, und sie ist eine Schönheit. Wenn sie auf der Straße erscheint, laufen ihr die Menschen in Scharen zu.«

»Vielleicht handelt es sich nicht um dieselbe Person«, gab Ayae zu bedenken.

»Sie kann ihr Aussehen verändern. Das könnte erklären, warum sie für die Leeraner und für meinen Bruder als Kind aufgetreten ist. Ein Kind kann sich selbst nicht schützen und überträgt diese Aufgabe den Menschen in seiner Umgebung. Aber außerhalb von Leeras Grenzen nützt ihr das Aussehen eines Kindes nichts mehr. Dort wird man sie in dieser Gestalt weder verehren noch anbeten. Dazu ist mehr erforderlich. So wie sie sich jetzt zeigt, wirkt sie kaum noch schutzbedürftig. Zwar wird es weiterhin Menschen geben, die sich als Beschützer fühlen, doch andere werden in ihr die Verkörperung der Reinheit sehen, ein Objekt der Begierde oder der Besessenheit.«

»Und was sehen Sie in ihr?«

»Ich bin noch unschlüssig.«

»Warum?«

»Weil ich gesagt habe, ich würde eines Tages selbst ein Gott sein.« Aelyn legte die Hände auf die Steinbrüstung des Hauses, in dem sie nicht lebte. »Mag sein, dass es den Weg dorthin für mich, für dich oder all die anderen in Yeflam nicht gibt. Vielleicht steht er nur dem Götterkind offen, das vor Yeflam steht – aber diese junge Frau übt auf mich eine andere Wirkung aus als die Überreste eines Gottes. Wie dem auch sei, letzten Endes habe ich die zu treffende Entscheidung auch zu verantworten. Ich habe den Bewohnern von Yeflam erklärt, ich verfügte über mehr Weisheit und Wissen als sie. Das Gleiche habe ich vor der Enklave behauptet. Wenn ich nun beiden Gruppen mitteile, ich wolle in den Krieg ziehen oder ich wolle Frieden halten, dann meine ich mit ›ich‹ ein ›wir‹, und die Folgen treffen *uns* alle.«

64

»Wie zieht man einen Gott zur Rechenschaft für seine Verbrechen?« Zaifyr hörte seine Schwester zu der Menge sprechen, bevor er sie sah. »Das ist die zentrale Frage in dem Prozess, der heute beginnt. Sie werden zu Gericht sitzen über einen Mann, der nicht sterblich ist. Einen Mann, der sich einst selbst für einen Gott hielt und der auch von anderen für einen Gott gehalten und verehrt und gefürchtet wurde. Sie werden vor ihm stehen und über ihn richten, obwohl kein Einziger unter Ihnen ihm gewachsen ist. Niemand unter Ihnen könnte ihn im Kampf besiegen, niemand unter Ihnen kennt die Geschichte so wie er, und niemand unter Ihnen hat so viele Leben hinter sich. Nur wenn Sie gemeinsam entscheiden, als Vertreter Ihrer Familien, Ihrer Freunde und aller anderen, die Ihnen nahestehen, haben Sie das Recht, über sein Schicksal zu bestimmen.«

Sie stand unter dreiundzwanzig Bäumen mit krummen, knochenweißen Ästen wie unter einer Krone, die viel zu groß für sie war. Rechts und links hinter ihr klafften Lücken, wo Baus und Fos Bäume gestanden hatten. Die aufgerissene Erde war glatt gewalzt wie bei frischen Gräbern. Dazwischen saßen auf einem riesigen Podium aus dunkelrotem, fast schwarzem Holz ein Dutzend Männer und Frauen getrennt nach Sterblichen und Unsterblichen – die Richter. Alle beobachteten aufmerksam, wie Zaifyr durch die Menge geführt wurde. Er war nicht in Ketten, wurde aber von zwei Bewachern flankiert. Der eine war Xrie, der »Soldat«, der zweite eine Frau namens Oake, die mit ihrem kurz geschorenen schlohweißen Haar an eine Eisskulptur erinnerte.

Vor den Richtern stand ein kleiner quadratischer Glaskasten, der versiegelt war. Für die Abstimmung der Geschworenen hatte man überall in der Menge Dutzende von hohen Glaszylindern aufgestellt.

»Der Mann, der soeben an Ihnen vorbeigeführt wird, hat viele Namen«, fuhr Aelyn fort. »Heute werden wir ihn mit dem Namen ansprechen, den er bisher am längsten getragen hat. Dieser Name lautet Qian. Für einige von Ihnen wird er eine Saite zum Schwingen bringen, viele andere werden nichts damit verbinden. Ob Sie ihn nun kennen oder nicht, wichtig ist zu wissen, dass Qian vor Ihnen steht, weil er ein Verbrechen begangen hat. Er hat Fo und Bau getötet, zwei Hüter des Göttlichen. Das geschah in Mireea, der Stadt auf Gers Rücken, die jetzt in Trümmern liegt. Mit dieser Tat hat er ein Gesetz gebrochen, das von anderen Unsterblichen erlassen wurde, um zu verhindern, dass der Krieg der Götter von Neuem ausbricht. Qian hat dieses Gesetz in vollem Bewusstsein gebrochen, er leugnet das auch nicht. Aber er wird beteuern, dass die Tötung von Fo und Bau nicht von Belang war. Für ihn ist ihr Tod deshalb ohne Bedeutung, weil er uns von einer anderen Gefahr bedroht sieht, einer Gefahr, der wir vereint entgegentreten müssen, wenn sie uns nicht vernichten soll.

Deshalb verteidigt er sich nicht wie ein Sterblicher, sondern wie ein Unsterblicher.«

In den letzten Tagen waren die Richter benannt worden, und anschließend hatte man auch Zaifyr davon in Kenntnis gesetzt. Sie waren ihm also nicht fremd.

Dass Kaqua der Bettler als Hauptvertreter der Enklave auftreten sollte, hatte ihn nicht überrascht. Auch wenn eine gewisse Voreingenommenheit nicht auszuschließen war, musste entweder er oder Aelyn diese Rolle übernehmen. Die Menge würde niemand anderen akzeptieren. Jae'le hatte berichtet, dass Kaqua sich gesträubt hatte, er könne nicht als Richter auftreten, nachdem alle Welt wisse, wie er zum *Tag der Millionen Geister* beigetragen habe. Aber niemand wollte sich dafür einsetzen, dass Aelyn zur Richterin bestellt wurde. Kaqua hatte nach anfänglichem Widerstand nur grimmig und empört seine Einwilligung gegeben, aber Jae'le hielt das zum Teil für Schauspielerei. Immerhin musste Zaifyr ihm zugestehen, dass er ihm gegenüber halbwegs unparteiisch war. Ganz anders die Hüterin, die neben ihm saß. Eira, die Kalte Hexe, hatte ihn nicht aus den Augen gelassen, seit er vor dem Podium erschienen war.

»Sie bestimmt, was über dich in den Zeitungen zu lesen steht«, hatte ihm Jae'le erklärt. »Und sie hat einige böswillige Behauptungen über dich verbreiten lassen.«

»Ich bin ihr nie begegnet.«

»Sie war Fos Geliebte.«

Den Platz neben Eira hatte Kalesan der Schöne inne, ein dunkelhäutiger Androgyner, der den Unterschied zwischen weiblichen und männlichen Geschlechtsmerkmalen durch eine auffallend fremdartige Hässlichkeit betonte. Zaifyr hatte gehört, dass er an verschiedenen Tagen verschiedene Geschlechterrollen einnahm. An diesem ersten Prozesstag trug er schwarze Hosen und ein dunkelblaues Hemd und war seinem Körper nach ein Mann. An seiner Seite saß eine schlanke Frau mit olivbrauner Haut. Sie hieß Resao der Schwarm und war gefürchtet bei den Bauern, weil sie imstande war, nach Heuschreckenmanier schwere Verwüstungen auf ihren Feldern anzurichten – und das gelegentlich auch tat.

Hinter ihr saß, aufs Prächtigste herausgeputzt, Mequisa der Barde. Er war der Vorkämpfer für Yeflams legendäre Druckereien gewesen und hatte die erste Zeitung gegründet. An seiner Seite befand sich als letzter Vertreter der Enklave Fiel der Grausame, ein stämmiger Mann mit rotem Haar und rotem Bart. Er hatte sich Hienka, den Gott der Wildnis aus Zaifyrs Kindertagen, zum Vorbild genommen und vertrat nun die Anarchie und den Widerstand gegen die bestehende Ordnung.

Auf der anderen Seite des Bettlers hatten sich die sterblichen Vertreter Yeflams aufgereiht. Ihr Anführer war als hochrangiges Mitglied der Kaufmannsgilde Lian Alahn. Sein Sohn Illaan Alahn war Ayaes Lebensgefährte gewesen und hatte eine ausgeprägte Abneigung gegen Zaifyr an den Tag gelegt, die er vermutlich von seinem engstirnigen Vater übernommen hatte.

»Darüber wurde in der Enklave heftig debattiert«, sagte Jae'le mit grimmigem Spott, als Zaifyr auf diesen Umstand hinwies. Er fand die endlosen Debatten der Enklave ermüdend. Zaifyr wusste, dass er es gern gesehen hätte, wenn Aelyn sie einfach unterbunden hätte. »Er will angeblich erreichen, dass die Macht über Yeflam an die Sterblichen übertragen wird, aber wenn es um den Krieg geht, ist er eher einer von den Gemäßigten. Er soll ein Gegengewicht zu den Bertan-Brüdern schaffen.«

Fean und Gall Bertan waren die größten Grundbesitzer im Süden von Yeflam, zwei Kolosse von Männern mit grauem beziehungsweise silberweißem Haar und weißer Haut. Bis vor Kurzem waren sie noch enge Verbündete Benan Le'tas gewesen.

Neben den beiden saß die kleine, tiefschwarze Saliense Ma'Laar, eine ältliche Gelehrte von einer der kleinen Inseln, die über Leviathans Blut verstreut waren. Sie war inzwischen eine überzeugte Vertreterin der Theorie, dass die Hüter, die über die Schwimmenden Städte herrschten, sich in einem Entwicklungsprozess befänden, dessen natürlicher Endzustand die Göttlichkeit sei. Ein weiterer Gelehrter, Gaarax Gaarax, stammte aus Zoum. Er war ein jugendlich aussehender Mann, dessen helle Haut mit verschnörkelten schwarzen Tätowierungen geschmückt war. Jae'le zufolge vertrat er eine ähnliche Auffassung wie Ma'Laar, nur sah er das Ziel des Entwicklungsprozesses nicht als natürlichen Abschluss, sondern als universelle Notwendigkeit an.

Ganz am Ende saß Olivia Raz, eine Frau in mittleren Jahren, die allmählich in die Breite ging. Sie war zuständig für einen großen Teil der billigen Flugblätter und Zeitungen, die überall in den Städten verteilt wurden. Mit ihrer Hilfe hatte die Enklave der Bevölkerung erklärt, wozu die aufgestellten Glaszylinder dienten.

Aelyn setzte ihre Ansprache fort.

»Sie sind die tausend Geschworenen, sorgfältig dazu ausgewählt, die sterbliche Bevölkerung in diesem Verfahren zu vertreten.« Sie hob die Hände und zeigte zwei Steine, einen roten und einen weißen. »Die Anklage wird man Ihnen aus sterblicher Sicht, die Verteidigung vom Standpunkt der Unsterblichen aus vortragen. Sie werden die Argumente der Männer und Frauen hören, die vor Ihnen sitzen, und das Plädoyer der Verteidigung. Um gerecht abzuwägen, sollten Sie sich freimachen von allen Vorurteilen. Hören Sie auf Ihren Verstand und Ihr Herz. Seien Sie bescheiden, obwohl Sie auch stolz sein dürfen, heute hier zu sein. Sie werden Geschichte schreiben. Wir alle werden Geschichte schreiben.«

Gegen Ende spürte Zaifyr, wie sich das Götterkind dem Podium näherte. Die Schmerzen, die an ihm zerrten, wurden stärker, aber er sah sie erst, als man sie zu den Richtern führte und sie sich zu ihrer Rechten aufstellte. Er hatte zwar gehört, dass sie nicht mehr als Kind in Erscheinung trat, doch als er sie in der Menge entdeckte, sah er nicht die Frau, zu der sie geworden war, sondern nur den geschundenen Körper, den sie übernommen hatte, als sie noch ein Gespenst war. Und als er sich an Qual erinnerte, wurde ihm bewusst, was sie diesem Körper angetan hatte. Das Bild verschwand nach wenigen Sekunden, und als er wieder hinschaute, sah er eine schöne junge Frau. Das blonde Haar fiel ihr in Wellen bis auf die Schultern. Die Augen waren grün – ein Grün, das er zum ersten Mal im Bewusstsein eines Gespensts gesehen hatte –, und sie erwiderte seinen Blick über die Menge hinweg mit unerschütterlicher Gelassenheit und ohne eine Spur von Angst.

Bei ihr standen etliche Priester in braunen Kutten und sein Bruder Eidan. Er hielt sich etwas hinter ihr, ein Hüne, der nur zuzupacken brauchte, um ihr mit einem einzigen Ruck den Hals umzudrehen, das aber nicht konnte – oder nicht wollte.

Du hast mir einen Namen geschickt, Bruder, Lor Jix, Kapitän der Vagabund. *Ein Toter aus der Urzeit. Was weißt du, das ich nicht weiß?*

»Jeder von Ihnen hat einen roten und einen weißen Stein bekommen. Einen Stein für den Schuldspruch und einen für den Freispruch. Nur ein Stein darf am Ende dieses Prozesses in eine der Glasröhren gelegt werden«, fuhr Aelyn fort. »Sie haben dafür Ihr Blut gegeben, auf diese Weise wird sichergestellt, dass nur ein Stein abgegeben werden kann. Der andere wird in Ihrer Hand zu Staub zerfallen, sobald Sie Ihren Spruch gefällt haben. Am Ende des Prozesses werden die Stimmen gezählt, das Urteil wird verkündet – und dann werden die Männer und Frauen hinter mir, die Richter dieses Tribunals, zur Tat schreiten.

Ich habe Vertrauen zu Ihnen allen, aber ich kann Ihnen bei Ihrer Entscheidung nicht zur Seite stehen. Qian ist mein Bruder. Wir waren miteinander auf jedem Kontinent dieser Welt. Wir haben gemeinsam gekämpft und gemeinsam getrauert. Gemeinsam haben wir auch regiert. In den Fünf Reichen war er der Herrscher von Asila, man kannte ihn als den Sprecher für die Toten und nach dem Sturz der Fünf Reiche als den Irren. Er hat große und schreckliche Taten vollbracht. Wird er aus sterblicher Sicht dieses Verbrechens für schuldig befunden, so wird man ihn in die verseuchten Gebiete auf Eakar bringen und dort in einen kleinen Turm sperren, den ich und meine Familie einst gebaut haben. Er wird weder Proviant noch Wasser erhalten, und kein Sterblicher oder Unsterblicher wird ihn besuchen. Dort wird er bleiben, bis künftige Generationen beschließen, ihn freizulassen. Denn wenn Qian aus sterblicher Sicht für schuldig befunden wird, wenn seine Verteidigung aus der Warte eines Unsterblichen Sie nicht dazu bewegen kann, über seine Taten hinwegzusehen, dann wird es Ihnen und Ihresgleichen überlassen sein, ob und wann er freigelassen wird. Schon einmal haben Unsterbliche den Schlüssel zu seinem Kerker in Händen gehalten, und wenn er schuldig gesprochen wird, dann war unsere damalige Entscheidung falsch. Wenn er für schuldig befunden wird, darf der Schlüssel nicht mehr in denselben Händen liegen wie damals. Dann ist, wie wir finden, ein Wechsel angebracht.«

65

Ayae verließ das Haus mit steifen Schritten. Die Trauer lastete immer noch schwer auf ihr, aber das hielt sie nicht davon ab, mit Jae'le in eine kleine Kutsche zu steigen und sich zur Enklave fahren zu lassen.

Die Kutsche hatte sich mühsam einen Weg durch die belebte Stadt gebahnt. Drei Querstraßen vor der Enklave wurde sie von Yeflam-Soldaten angehalten, die den Verkehr regelten. Ayae hatte zwar bemerkt, dass die Menge immer dichter wurde, je näher sie ihrem Ziel kamen, aber auf die Menschenmassen, die sich beim Aussteigen vor ihr drängten, war sie nicht gefasst. Alleine hätte sie Mühe gehabt, sich zur Enklave durchzukämpfen. Zum Glück wurden sie und Jae'le bereits von Faje und einem halben Dutzend Soldaten erwartet, doch selbst mit ihrer Hilfe kamen sie nur langsam voran. Wenigstens machte Ayae die Wärme inmitten der vielen Menschen nicht so sehr zu schaffen wie anderen Schaulustigen. Unter dem wolkenlosen Himmel regte sich, sehr ungewöhnlich für die Jahreszeit, kein Lüftchen. Nicht einmal die Fahnen über der Kaserne der Yeflam-Gardisten bewegten sich. Die hohen Glasröhren blitzten in der Morgensonne. Essensverkäufer priesen mit lauter Stimme ihre Waren an. Man hatte Stapel von Flugblättern und Zeitschriften ausgelegt, an denen sich jeder bedienen konnte, nun lag viel Papier auf der Straße herum. Einzelne Stimmen ließen sich vernehmen, aber nicht zuletzt die vielen blauen Harnische sorgten dafür, dass sich die Menge weitgehend ruhig verhielt. Doch mit der wachsenden Präsenz der Yeflam-Soldaten wuchs auch die Zahl der leeranischen Priester. Sie erschienen paarweise oder in größeren Gruppen, viele nahmen um die Glaszylinder herum Aufstellung. Wäre die Menge nicht so laut gewesen, sie hätte Jae'le darauf hingewiesen – es wären die ersten Worte gewesen, die einer von ihnen gesprochen hätte, seit sie Aelyns Haus verlassen hatten.

Faje führte sie an eine Stelle, wo sie sich der größten Gruppe leeranischer Priester gegenübersahen. Dort hatte Ayae so stark wie noch nie das Gefühl, dass scharfe Zähne an ihrer Haut zerrten. Es war auch anders als sonst, denn sie spürte die Gier des Götterkindes nicht mehr nur auf der Haut, sondern darunter, in Muskeln, Adern und Sehnen. Ayae versuchte das Gefühl zu unterdrücken und sah hinüber zu der schönen jungen Frau – dem Götterkind – mit der Gruppe von Gläubigen im Gefolge. Ihr Blick war unverwandt auf die Männer und Frauen auf dem Podium gerichtet. Doch hinter ihr stand eine größere Gestalt: Eidan, und Zaifyrs Bruder hatte, anders als das Götterkind, kein Interesse an den zwölf Richtern. Sein Blick huschte über die Menge, vorbei an den Hütern, die ihn aufmerksam beobachteten, vorbei an Jae'le, der ihn ignorierte, und heftete sich auf Ayae.

Erst als Aelyn einen Augenblick später das Podium betrat und mit klarer, kräftiger Stimme zu sprechen begann, wanderten Eidans Augen weiter. Die Menge teilte sich, Zaifyr wurde nach vorne geführt und stand während ihrer ganzen Rede schweigend neben dem Podium. Die Amulette in seinem kastanienbraunen Haar blitzten im Schein der Morgensonne, und an seiner Reglosigkeit war nichts Bedrohliches. Er wirkte eher verschlossen, in sich versunken, die Worte seiner Schwester schienen ihn nicht zu berühren. Erst als Xrie ihn leicht am Ellbogen berührte, ließ er sich zu einem Käfig ziehen, der hinter ihm, etwas abseits vom Podium, aufgestellt war und nur einen einzigen Sitz enthielt. Zaifyr nahm darin Platz, und Xrie und Oake bezogen Posten zu beiden Seiten. Danach wandte sich Aelyn an die Richter und sagte: »Wir können beginnen.«

Die Richter sahen sich an, Papiere gingen hin und her, ein paar Worte wurden so leise gewechselt, dass Ayae sie nicht hören konnte, dann erhob sich Kaqua der Bettler.

»Wir rufen Hüter Paelor auf«, sagte er.

Paelor der Waldläufer trug einen teuren Lederharnisch, der eher zur Zierde als zum Schutz diente, und hatte sich das Haar straff nach hinten gekämmt. Er bestieg ein zweites, kleineres Podium, das so stand, dass er in die Menge schauen musste.

»Du bist einer der wenigen Menschen, die seit dem Fall der Stadt nach Mireea gereist sind. Deshalb bist du auch einer der wenigen, die gesehen haben, wo Hüter Fo und Hüter Bau zu Tode kamen«, sagte Kaqua. »Würdest du uns erklären, was mit ihnen geschah?«

»Sie wurden im Hof der Burg des Rückens ermordet.« Jae'le, der neben Ayae stand, murrte bei dem Wort *ermordet*, und auch durch die Menge ging ein Raunen. »Etwas hatte ihre Körper aufgerissen, allem Anschein nach mit Händen und mit Zähnen. Die Verletzungen waren so schwer, dass sie nicht mehr zu überleben waren. Letzten Endes war wohl der Blutverlust die Todesursache. Sie hatten keinen Tropfen Flüssigkeit mehr in sich. Die Adern waren verklebt, die inneren Organe, insbesondere die Herzen, völlig ausgetrocknet.«

»Welche Lebewesen töten auf diese Weise?«

»Nur Spinnen und Wespen.« Der Waldläufer hob die rechte Hand, um zu zeigen, dass die Tiere nicht größer waren als ein Fingernagel. »Aber sie stellen keine Gefahr für einen Menschen dar.«

»Womit wären die Wunden sonst zu erklären?«

»Nur mit den Toten, die Qian beschworen hatte.«

»Könntest du das genauer erläutern?«, rief Eira, die Kalte Hexe, ohne sich zu erheben. »Hier in Yeflam wurden die Toten beschworen, ohne dass es zu Gewalttätigkeiten kam.«

»Das ist richtig«, räumte der Zeuge ein. »Die Verletzungen stimmen jedoch mit den Beschreibungen überein, die sich in den Traktaten des Hüters Fo zum Fall Asilas finden.«

Weitere Fragen folgten, alle mit dem Ziel, das Bild, das Paelor skizziert hatte, noch anschaulicher zu gestalten. Fiel fragte nach Fos Verbindung zu Asila, Kalesan erkundigte sich nach dem Alter des Hüters und stellte den Bezug zum Zeitpunkt der Katastrophe von Asila her. Alle sechs Hüter schmückten ihre Schilderungen wortreich aus, und von den anderen hatte niemand etwas dagegen einzuwenden. Gaarax Gaarax wollte wissen, wie es in der Burg des Rückens sonst ausgesehen habe, und Paelor sprach von den Resten des verbrannten Turms und der aufgerissenen Erde – »Der Turm war so schwer beschädigt, dass er einstürzte« –, und Ayae nahm frustriert zur Kenntnis, dass niemand zur Sprache brachte, was außer dem Tod der Hüter dort noch geschehen war. Sie hatte das Gefühl, mit jeder Antwort Paelors schwerer zu werden, und das verstärkte sich noch, als Kaqua, nachdem die Richter endlich keine

Fragen mehr an den Waldläufer hatten, sich an Zaifyr wandte und sich erkundigte, ob er seinerseits eine Frage an den Hüter zu stellen habe.

»Nein«, sagte Zaifyr. »Keine Fragen.«

Wieder ging ein Raunen durch die Menge, das jedoch sofort verstummte, als sich Lian Alahn von seinem Platz erhob. »Wir rufen Faje Metura in den Zeugenstand.«

Der alte Mann löste sich aus der Menge. Er trug immer noch dasselbe verblichene hellblaue Gewand wie damals, als Ayae ihm zum ersten Mal auf der Straße nach Yeflam begegnet war. Nun schritt er sehr würdevoll zum Podium und nahm den Platz ein, auf dem eben noch Paelor gesessen hatte.

»Sagen Sie uns«, bat Alahn, »mit welchen Anweisungen die Hüter Fo und Bau nach Mireea geschickt wurden.«

»Die Herrin des Rückens, Muriel Wagan, hatte uns um Hilfe gegen die Leeraner ersucht«, antwortete Faje prompt. »Die Enklave trat im Monat Deuan zusammen, um über diese Bitte zu beraten. Im Anschluss daran fassten die Hüter der Enklave den Beschluss, Fo und Bau als Beobachter nach Mireea zu entsenden. Alle waren sich einig, dass Yeflams Neutralität dadurch nicht verletzt würde. Fo und Bau hatten Anweisung, die Stadt zu verlassen, bevor die Kämpfe begannen.«

»Im Deuan«, überlegte Alahn laut. »War das nicht, kurz nachdem auf Xeq die Seuche ausgebrochen war?«

»Das ist richtig.«

»Wie hatte die Enklave darauf reagiert?«

»Die Epidemie auf Xeq konnte nie zweifelsfrei auf die Hüter Fo und Bau zurückgeführt werden. Doch da sie beide als Heiler tätig waren, behaupteten Olivia Raz' Zeitungen, sie seien dafür verantwortlich, und das löste in der Öffentlichkeit Empörung aus.« Bei Fajes Worten ging eine Welle des Zorns durch die Menge, und Ayae hörte mehr als eine Stimme protestieren, nicht die *Zeitungen* hätten die Öffentlichkeit in Rage versetzt. »Da keine Beweise für Schuld oder Unschuld der Hüter zu erbringen waren, sprachen sich einige Mitglieder der Enklave unter Führung von Hüter Kaqua und Hüterin Aelyn dafür aus, die beiden nach Mireea zu schicken, bis sich der Aufruhr in der Bevölkerung wieder gelegt hätte.«

Lian Alahn wartete, bis die nächste Zorneswelle verebbte. »Und was hielten die beiden davon?«, fragte er, als über Nale Ruhe eingekehrt war.

»Sie sahen in der Entscheidung ein Zeichen politischer Schwäche.«

Der neue Führer der Kaufmannsgilde lächelte zufrieden, als daraufhin ein Sturm der Entrüstung losbrach.

Sobald wieder Ruhe eingekehrt war, meldete Mequisa der Barde Zweifel an, was die Charakterisierung von Fo und Bau betraf, aber sein Argument, die beiden seien bereitwillig nach Mireea gegangen, obwohl sie dies für einen Fehler hielten, fand in der Menge keine Resonanz. Alahn war es gelungen, Paelors Aussage zugunsten von Zaifyr ein wenig abzuschwächen, und Ayae freute sich, als Faje von Fean Bertan nach weiteren Epidemien befragt wurde. Es gebe keine stichhaltigen Beweise, lautete Fajes Antwort, doch als Gall Bertan zwei Ausbrüche in den letzten dreißig Jahren anführte, musste Aelyns Stellvertreter einräumen, dass die beiden Hüter auch nicht vollständig entlastet werden konnten. Damit waren Fo und Bau zwar in ein moralisch zweifelhaftes Licht gerückt worden, und es fehlte nicht mehr viel, um diesen Eindruck abzurunden, doch Zaifyr rührte sich nicht von seinem Platz.

Auch diesmal wandte Kaqua sich an den Angeklagten, als die Richter ihre Befragung beendet hatten, und wollte wissen, ob er noch Fragen an Faje habe.

»Nein«, sagte der Mann mit den vielen Amuletten. »Ich habe keine Fragen.«

»Was denkt er sich eigentlich?«, flüsterte Ayae Jae'le zu. »Man gibt ihm die Gelegenheit, den Zeugen ins Kreuzverhör zu nehmen – warum tut er es nicht?«

»Er sucht noch nach seinem Zeugen«, antwortete ihr Begleiter. »Er sucht schon die ganze Woche nach dessen Überresten – und hat sie noch immer nicht gefunden.«

Ihr Körper schien noch schwerer zu werden. »Er kann aber die anderen Zeugen doch nicht einfach ignorieren.«

»Ihm bleibt keine andere Wahl.«

66

Nachdem sie die geschändete Küste verlassen hatten, verzichtete Ce Pueral darauf, die Toten begraben zu lassen.

Lanos folgte einer Spur, die manchmal in die Irre führte, fand aber immer wieder auf den rechten Weg zurück. In Enalan, dem ersten Dorf nach der Küste, verriet ihm die Fährte, dass der schreckliche Aela Ren zweimal um die Häuser geschlichen war. Danach hatte er sich in der Nachmittagssonne auf den langen Ast eines Baumes gesetzt und zugesehen, wie die Menschen ihr Tagewerk beendeten und ihre Tore schlossen. Er hatte weder gegessen noch getrunken, auch keine Notdurft verrichtet, aber die dicken Sohlen seiner Stiefel hatten Schrammen am Baumstamm hinterlassen, und beim Zählen der Dorfbewohner hatte er mit den Fingernägeln Striche in die Rinde gekratzt. Als er heruntergesprungen war – dem einzigen zertretenen Schmetterling nach zu urteilen am späten Nachmittag –, hatte er sich zu den Ställen und zu den Lagerschuppen begeben; die Fährte war deutlich zu erkennen. Schweine und Hühner scharten sich um den alten Lanos, als er ihr mit tief gefurchter Stirn zu den offen stehenden Scheunen und Speichern folgte. Dort fand er verstreutes Futter und daneben große Blutlachen. »Er hat sie alle hier drin getötet«, murmelte der Fährtensucher. »Es war nicht wie am Strand: Hier haben sie sich gewehrt. Sie haben heftigen Widerstand geleistet. Sie haben sich in den Scheunen verschanzt, aber das hat ihnen nichts genützt. Er hat gewartet – er hat die Tiere freigelassen, und dann hat er gewartet. An den Exkrementen ist zu erkennen, dass sie mindestens eine Woche hinter den Toren ausharrten. Irgendwann muss ihnen der eigene Gestank zu Kopf gestiegen sein, es kam zu kleinen Reibereien, dann hörten sie die Tiere schreien, und die Kinder wollten zu ihnen, und schließlich sagten die Erwachsenen, er sei gar nicht draußen oder er sei gar nicht der, für den sie ihn gehalten hätten.«

Die Leichen lagen überall. Sie waren mit den Händen erwürgt oder mit Forke, Rechen und Axt erstochen und erschlagen worden, aber kein Einziger war durch ein Schwert ums Leben gekommen, obwohl im Dorf einige Schwerter zu finden waren.

»Warum hat er die Schwerter nicht benutzt?«, hatte Lanos gefragt.

»Weil er sie nicht braucht.« Pueral schob den Fuß unter die Klinge und drehte sie um. Sie war wie neu. »Damit schickt er uns eine Botschaft.«

Pueral fand das ebenso wenig schmeichelhaft wie ihre Soldaten. Die Hexe Tanith, die womöglich noch schweigsamer geworden war, fing an, das Blut von den Dorfbewohnern einzusammeln. Sie kratzte es mit einem alten, stumpfen Messer zusammen und streifte die Krusten in ein gesprungenes Glas. Vermutlich musste es Sprünge haben, damit der Zauber wirkte, dachte Pueral, aber sonderlich gut zu gebrauchen war es damit wohl nicht. Der Unschuldige hatte weder hier noch an der Küste einen persönlichen Gegenstand zurückgelassen und würde das wahrscheinlich auch in Zukunft nicht tun – Tanith musste dem Blut aber etwas geben, woran es sich festmachen konnte. Pueral hatte ihr den Brief angeboten, den ihr die Fünfte Königin überlassen hatte, aber die Hexe hatte nur den Kopf geschüttelt und gemurmelt: »Er hat ihn nicht selbst geschrieben.« Dann hatte sie wieder mit ihrem Messer in den Wunden der Toten gestochert, und Pueral hatte nichts mehr gesagt. Soldaten schärften vor einer Schlacht ihre Schwerter und besserten ihre Harnische aus, und so hatten wohl auch die Hexen ihre Rituale. Tanith vollzog sie an der Seite der Soldaten. Alle wussten, dass die Botschaft nicht an sie persönlich gerichtet war: Wenn sie den Strand mit seinen Kruzifixen nicht als Erste entdeckt hätten und danach nicht in das Dorf gekommen wären, dann wäre es eben später jemand anders gewesen. Die Botschaft wäre dieselbe geblieben, wer immer sie auch fand. Sie war ein Ausdruck der Verachtung, hinterlassen von einem Wesen, das sich seinen Opfern so turmhoch überlegen fühlte, dass es sie nicht einmal eines Schwertes für würdig befand.

Nach Enalan führte die Spur in westlicher Richtung landeinwärts, weitab von der Hauptstraße, auf der Pueral und ihre Soldaten zur Küste geritten waren. Es war, als wüsste Aela Ren, dass sie ihm folgten. Er führte sie gezielt in eine abgelegene Gegend, wo der Boden mit Steinen übersät war und nur hier und dort ein kümmerlicher Baum nachdenklich himmelwärts blickte. Morgens stiegen außer Vulkanasche die Schmetterlinge auf, abends fielen sie wieder herab. Dennoch führte der Unschuldige sie nicht zu den Vulkanen; Pueral und ihre Soldaten waren nie gezwungen, sich die Gesichter zu verhüllen, um leichter atmen zu können. Stattdessen zog sich die Spur von einem Dorf zum anderen, ohne dass sie das Gefühl hatten, in die Irre geleitet zu werden. Doch dann stießen sie zum ersten Mal auf ein Dorf, das unzerstört war, und Lanos glaubte, er habe Aela Ren verloren, der Unschuldige sei einfach verschwunden. Der alte Fährtensucher war so fest überzeugt, einer Lüge, einer Täuschung aufgesessen zu sein, dass er einen halben Tag lang die Spur zurückverfolgte, um die Stelle zu finden, wo er vom Weg abgekommen war. Pueral hatte indessen so viel Vertrauen in seine Fähigkeiten, dass sie ins Dorf weiterritt; und sie war nicht überrascht, von einem Fremden zu hören, der dort die Nacht verbracht hatte.

»Er hatte viele Narben«, erzählte die stämmige Dorfvorsteherin, »aber er war sehr höflich. Am Abend war ein Hühnerstall zusammengebrochen, und er brachte uns die Hühner zurück.«

»Nein, gesprochen hat er nicht viel«, sagte ihnen zwei Tage später ein junger Mann, der in einer winzigen Hütte hauste. »Er trank Wasser von unserem Brunnen und wollte wissen, welcher Gattung die Schmetterlinge angehörten, die er zertreten hatte.«

»Haben Sie es ihm gesagt?«

»Soweit ich es selbst wusste.« Der Mann zuckte die Achseln. »Er ist nicht lange geblieben.«

Das klang harmlos, dennoch zweifelten weder Pueral noch ihre Soldaten, dass sie der richtigen Spur folgten. Sie wussten, dass der Unschuldige nur sein Spiel mit ihnen trieb, und sie verstanden auch, dass die Regeln in diesem Spiel sich geändert hatten.

In stillen Momenten dachte Pueral an den Strand und an die Scheunen in Enalan zurück, aber nur selten an die Dörfer, in die sie danach gekommen waren. Es war, als hätte sie nach den ersten beiden Funden den Bereich ihres Bewusstseins, in dem Erinnerungen gespeichert wurden, einfach ausgeschaltet, um sich die immer wiederkehrenden Bilder des Grauens zu ersparen. Sie wunderte sich über sich selbst, denn sie hatte ihr ganzes Leben lang mit Grausamkeit zu tun gehabt und auch selbst nicht wenige Gewaltakte begangen. Doch was sie am Strand erlebt hatte, war nicht nur in seiner Brutalität beispiellos gewesen, beispiellos war auch die Willensstärke, die aus solchen Taten sprach. Nun, so glaubte sie, wolle ihr derselbe Mörder demonstrieren, wie leicht es ihm fiel, nicht zu morden, wie wenig er zwischen Leben und Tod unterschied. Und nach seinen Gräueltaten wirkte es seltsamerweise noch bedrohlicher, dass er die Menschen nun verschonte.

Nach einer Woche führte Ae Lanos sie zu einer halb verfallenen Hütte mitten im Ödland. Es war eine elende Behausung. Acht Ziegen tummelten sich in der Nähe; auf dem derben Schilfdach saß ein schwarzer Hahn, der sich auch nicht von der Stelle rührte, als die Tür aufging und ein magerer alter Mann heraustrat. Seine Haut war dunkelbraun, und seine Augen waren hart wie Feuersteine. Er hatte nur noch wenige Zähne im Mund und stützte sich schwer auf einen langen Stock aus rissigem schwarzem Holz.

»Ihr kommt seinetwegen, nicht wahr?«, fragte er und blieb vor den Pferden stehen. »Er hat gesagt, ihr würdet kommen.«

»Er?«, fragte Pueral.

»Der Mann mit den Narben.«

Die Soldaten wurden unruhig und schwärmten aus wie aufgescheuchte Vögel.

»Ja«, bestätigte Pueral, »wir sind seinetwegen hier. Was hat er sonst noch gesagt?«

»Nicht viel.« Der Alte spuckte aus. »Wenn jemand zu mir käme und nach ihm fragte, sollte ich sagen, er sei in die Berge gezogen, er wolle zur Burg.«

»Dort gibt es keine Burg.« Pueral schaute zu dem Vulkan empor, wo sich die Rauchschwaden mit den letzten Schmetterlingen des Tages mischten. »Nur eine Ruine.«

»Er sagte, er wolle hinaufsteigen, um einem untergegangenen Imperium die letzte Ehre zu erweisen.«

67

Am Abend des Festes lehnte Bueralan eine große Scherbe vom Spiegel seiner Mutter im Freien an einen Baum, stellte sich nackt davor und rasierte sich. Neben ihm stand ein Eimer mit kaltem Wasser, in das er das lange, gerade Rasiermesser immer wieder eintauchte, um es zu säubern. Die weißen Tätowierungen zuckten, als er mit der Klinge zuerst über den Kopf und dann, vorsichtig vorbei an dem Lederriemen mit dem Beutel, über Gesicht und Hals schabte. Danach färbte er seinen Spitzbart mit weißer Farbe nach, um die schwarzen Ansätze zu verbergen. Anschließend schnitt er sich die Fingernägel. Von einem Ast über sich nahm er eine Lederscheide, schnallte sie an die Innenseite seines linken Unterarms und schob ein Messer mit dünner Klinge hinein. Erst ganz zum Schluss holte er von einem anderen Ast die teuren schwarzen Hosen, das schwarze Hemd und die schwarze Jacke herunter und kleidete sich an. Freude empfand er dabei nicht.

Seit dem Besuch der *Stimme der Königin* war eine Woche vergangen, in der er wenig Grund zur Freude gehabt hatte. Er hatte einen Teil des mütterlichen Anwesens wieder bewohnbar gemacht – auch wenn das vielleicht nicht jeder so bezeichnet hätte –, aber es lag zu weit von Cynama entfernt, um mit dem großen Grauen jeden Tag dorthin und wieder zurück zu reiten. Als er Anfang der Woche in die Stadt gekommen war, um bei verschiedenen Hexen vorzusprechen, hatte er sich daher vor Samuel Orlans schmaler Werkstatt eingefunden, als die Nachmittagssonne aufging und die Schmetterlinge zu Boden fielen. Gern hatte er es nicht getan, aber er hatte nicht einmal genügend Geld, um sich eine Mahlzeit zu kaufen, geschweige denn um sich ein Zimmer zu mieten. Nachdem er den Alten begrüßt hatte, der an einer großen Karte arbeitete und den Gruß erwiderte, ohne aufzustehen, hatte er sein Bündel in dem Zimmer von Orlans verschwundener Angestellter abgestellt. Auf dem Tisch lag ein Säckchen mit Geld.

»Ach, das hatte ich ganz vergessen, die Frau hat mir einen Brief geschickt.« Ohne Bueralans erhobene Hand mit dem Lederbeutel zu beachten, trat Orlan an die andere Seite des Tisches, der das ganze untere Stockwerk beherrschte. Er war mit seiner Arbeit fast fertig. Auf dem Tisch lag eine detaillierte Karte von Ooila inmitten von Bergen und Vulkanen, die alle aus den Panzern toter Schmetterlinge bestanden. Bueralan hatte das zunächst übersehen: Das Material war geschickt angeordnet und fügte sich so nahtlos in die feine Zeichnung ein, dass es nicht auffiel. Doch nachdem er es bemerkt hatte, schienen ihn die toten Augen der leeren Hülsen geradezu zu verfolgen. »Sie hatte nach meinem letzten Besuch vor einem Jahr geheiratet und mit ihrem Mann die Stadt verlassen. Was für eine Überraschung! Sie ist in meinem Alter, und ich bin viel zu alt und zu vernünftig, um zu heiraten. Einen Bauernhof zu kaufen und dorthin zu ziehen, käme mir erst recht nicht in den Sinn. Was für ein elendes Dasein! Wie kann man nur so etwas tun! Allerdings liegt der Hof in Gogair, kann also durchaus sein, dass sie damit recht behält.«

»Sie war eben wie viele andere auf der Suche nach einem besseren Leben«, sagte Bueralan.

»Von meiner Werkstatt hätte sie besser leben können als von einem Bauernhof.«

»Aber nicht gut genug, um die Stimme der Liebe zum Schweigen zu bringen.«

Orlan tauchte einen Pinsel in ein Töpfchen mit grüner Farbe. »Du redest wie jemand, der nie für mich gearbeitet hat.«

»Das ist wahr.« Bueralan stellte den Sack mit den Münzen behutsam auf den Rand der Karte. »Ich arbeite auch nicht für dich.«

Der Kartograf setzte den Pinsel an. »Nimm das Geld.«

»Ich bin nicht käuflich.«

»Deshalb bist du auch blank.« Orlan trat nach links, ließ aber den Beutel, wo er war. »Du bist versessen auf das *Geschenk der Mutter* und wirst nicht auf mich hören, bevor du es nicht bekommen hast.«

»Auch dann werde ich nicht auf dich hören.«

»O doch.« Zum ersten Mal hob Orlan seine blauen Augen von der Karte und richtete sie auf Bueralan. »Dann wirst du nämlich sehen, was es mit diesem neuen Gott auf sich hat. Du wirst begreifen, was sie dir Schreckliches um den Hals gehängt hat. Ich wünschte, das ließe sich vermeiden, doch da du nicht davon abzubringen bist, muss es wohl sein. Unser Aufenthalt hier ist sehr begrenzt, und ich möchte ihn nicht noch verlängern.«

»Du hast dir wieder das Gerede über den Unschuldigen angehört.« Als Bueralan durch das Tor von Cynama geritten war, hatten sich zwei der Gardisten über ein Gerücht unterhalten, wonach die Fünfte Königin in ihren Verliesen einen Mann gefangen hielt, der Aela Ren in Ooila gesehen hatte. »Ich habe dir schon einmal gesagt, du brauchst nicht hierzubleiben«, erinnerte er den Kartografen.

»*Keiner* von uns braucht hierzubleiben«, gab Orlan zurück. »Nimm das Geld und bestich oder kauf dir damit die Leute, die du brauchst. Aber mach schnell.«

Bueralan nahm den Beutel.

Er hatte die ganze Woche lang Hexen aufgesucht, um eine zu finden, die ihm das *Geschenk der Mutter* verkaufte. Es war nicht einfach. Obwohl es inzwischen Unmengen von Seelensammlern gab, wurden nur wenige Männer und Frauen wiedergeboren. Das *Geschenk* war schier unbezahlbar, und zu Bueralans Lebzeiten waren die Kosten noch weiter gestiegen. Obwohl immer wieder von Behinderungen und Wahnsinn in den Reihen der Wiedergeborenen die Rede war, gehörte das *Geschenk der Mutter* zu den begehrtesten Statussymbolen in der ooilanischen Gesellschaft.

Am ersten Tag suchte er zwei Hexen auf, und beide lehnten höflich, aber entschieden mit der Begründung ab, er habe dafür nicht genügend Geld. Am zweiten Tag erkannte er, dass seine Mittellosigkeit – auch wenn er Samuel Orlans Namen fallen ließ – ein willkommener Vorwand war, um ihm die Tür zu weisen. Damit konnte man sich auch jemanden, der möglicherweise ein Günstling der Ersten Königin war, ohne Risiko vom Halse schaffen.

Erst am vierten Tag fand sich eine Hexe bereit, wenigstens mit ihm zu sprechen. Safeen Re, eine tiefschwarze Frau mittleren Alters, empfing ihn als erster Mensch in dieser Woche mit einem aufrichtigen Lächeln am Eingang ihres Anwesens.

Sie bewohnte ein schönes großes Gebäude auf einem riesigen Grundstück im Westen von Cynama. In den Wandnischen der langen gefliesten Gänge standen teure Behälter aus dunklem Glas, manchmal lagen Gebeine daneben, manchmal auch allerlei goldene und silberne Amulette. Doch in jedem Glas bewegte sich etwas, und Bueralan spürte, wie ihm ein kalter Hauch entgegenschlug. Erleichtert sah er, dass Safeen Res geräumiges Arbeitszimmer nur Bücher und Knochen enthielt.

Die Hexe nahm Platz und sagte: »Sie haben schon mehrfach gehört, dass Sie nicht über die nötigen Mittel verfügen, Bueralan Le. Wieso glauben Sie, bei mir mehr Erfolg zu haben?«

»Ich kann auf Samuel Orlans Vermögen zurückgreifen.« Das sagte er nur höchst ungern, und es fiel ihm mit jedem Mal schwerer. »Genügt das nicht?«

»Für Sie nicht.«

»Und die Begnadigung der Königin ist nicht von Bedeutung?«

Safeen Re ließ ein lautes, herzliches Lachen hören. »Waren Sie wirklich so lange weg, oder sind Sie bloß verzweifelt, Bueralan?«, fragte sie. »Auch wenn Sie den Namen der Königin so selbstverständlich im Munde führen, wissen wir doch beide, dass Sie nicht allzu viel Unterstützung von ihr erwarten können. Sonst hätte sie Ihnen Geld gegeben und Sie zu mir geschickt. Die Königin hat in meiner Gegenwart aus meinen Gläsern getrunken, insofern bin ich über jeden Zweifel erhaben. Das wissen wir beide. Darüber müssen wir ebenso Gewissheit haben wie die Frauen, die zu mir kommen. Schließlich wollen sie etwas von mir, das sehr selten und sehr schwierig ist.«

»Das ist mir bekannt.«

»Für das Risiko, das eine Hexe dabei eingeht, haben Sie nicht genug zu bieten.« Bueralan setzte zum Sprechen an, aber Safeen Re ließ ihn nicht zu Wort kommen. »Auch das ist Ihnen bekannt«, fuhr sie fort. »Sie haben keinen Titel und keine Familie, und die Seele um ihren Hals ist die Ihres Blutsbruders.«

Bueralan erhob sich. Er war nicht gekommen, um sich beleidigen zu lassen. Ein einfaches Nein hätte genügt. Schließlich gab es andere, wenn auch weniger erstrebenswerte Möglichkeiten …

»Aber dafür sind Sie in anderer Beziehung einmalig«, fuhr Safeen fort. »Sie müssen nur Geduld aufbringen.«

Er blieb stehen. »Ich kann Ihnen keine Vergünstigungen verschaffen.«

»Ich spreche nicht vom Hof der Königin, glauben Sie mir, sondern davon, dass immer mehr Menschen daran denken, sich außerhalb Ooilas ein Leben aufzubauen.« Zu ihrer Linken öffnete sich eine Tür, und ein junger Mann in einem Gewand mit gelben, orangefarbenen und blauen Streifen trat ein. Er hielt ein silbernes Teetablett in den Händen. »Ich bin nicht töricht. Ich höre, was man sich zuflüstert, und meine Kunden hören es ebenfalls. Wenn aus dem Flüstern ein Schrei wird, kann niemand mehr die Ohren verschließen, auch die Königin nicht. In dieser Situation ist das, was Sie zu bieten haben, insofern einmalig, als Samuel Orlans Vermögen ebenso wenig an dieses Land gebunden ist wie Sie selbst. Falls Sie bereit sind, Ihre Besuche für eine Weile auszusetzen und sich ein wenig zu gedulden, wird man in Ihnen mit der Zeit einen jener seltenen Menschen erkennen, die die Möglichkeit haben, auch außerhalb unserer Grenzen beim Aufbau einer Existenz behilflich zu sein. Ich könnte mir denken, dass Sie dann schon in kurzer Zeit zwischen mehreren Müttern und ihren Geschenken werden wählen können.«

Bueralan ging in seinen alten schwarzen Lederstiefeln den verwilderten Weg des mütterlichen Anwesens hinunter. Vor dem verfallenen Tor wartete eine prächtige Kutsche. Nach seinem Besuch bei Safeen Re hatten ihm die Worte des Götterkindes in den Ohren geklungen – »Rufe mich erst, wenn die Unschuld auf dem Spiel steht« –, und ihm war klar geworden, dass er trotz seiner abfälligen Worte zu Orlan inzwischen selbst nicht mehr glaubte, in diesem Land Frieden finden zu können. Schon bald würde ein Mann an Ooilas Gestaden erscheinen und einen Krieg beginnen, dem er sich nicht würde entziehen können, so gern er das auch wollte.

Ein Gardist in rot-schwarzem Harnisch öffnete den Kutschenschlag. Drinnen saßen im Halbdunkel zwei Frauen.

68

Gers Rücken war ein Trümmerhaufen.

Für den ehemaligen Hauptmann des Rückens entfaltete sich das Ausmaß der Zerstörung erst im Laufe von mehreren Tagen und Nächten voll und ganz. Im Geiste setzte er langsam Steinchen für Steinchen zu einem Mosaik zusammen, bis es sein früheres Bild verdrängt hatte. Heast erreichte Mireea erst spät, denn weder er noch Kye Taaira hatten die Hauptstraße benützen wollen. Die Gefahr, dort auf leeranische Priester und Soldaten zu treffen, erschien ihnen zu hoch. Unterwegs verlor Heast den Rücken oft aus den Augen, denn die geheimen Pfade, auf denen sie ritten, waren mit hohen Bäumen gesäumt, doch jedes Mal, wenn der lange Steinwall wieder auftauchte, waren die Schäden deutlicher zu erkennen. An den Teilen, die noch standen, waren tiefe Risse zu sehen. Die derben Holzwände, die er hatte aufrichten lassen, waren teilweise zersplittert und ragten einsam in den Himmel. Gebäude waren eingestürzt, während noch die Vögel auf den abgedeckten Dächern saßen. Doch erst als Heast im Schein der Morgensonne das aufgebrochene Stadttor erreichte und die leeren Straßen mit dem schadhaften Pflaster betrat, die ins Innere führten, wurde ihm endgültig klar, dass von Mireea nichts mehr übrig war.

Er hatte Wila vor etwas mehr als einer Woche mitten in der Nacht verlassen. Nachdem er in den Ozean hinausgewatet war, bis ihm das kalte, schwarze Wasser zu den Hüften reichte, hatte Kal Essa mit seinen starken Armen ihn und den Stammesmann in das kleine Boot geholt. Sobald sie saßen, hatte der Söldner leise die Ruder eingetaucht und begonnen, sie durch das Wasser zu ziehen. Sie waren so knapp vor der Ebbe aufgebrochen wie nur möglich, aber die erste halbe Stunde war ein einziger Kampf gegen die letzten Reste der Flut gewesen, nicht weil sie so stark gewesen wäre, sondern weil sie fürchten mussten, mit dem Klatschen der Ruder die Aufmerksamkeit der Gardisten auf der Brücke auf sich zu ziehen. Doch sie hatten die Küste noch vor dem Aufgang der Morgensonne unbehelligt erreicht und waren von einem halben Dutzend Söldnern aus der Bruderschaft an Land geholt worden. Sobald die drei Männer festen Boden unter den Füßen hatten, wurde das Boot von zwei kräftigen Männern auf einen Wagen geladen und mit einer Plane zugedeckt. Dann zog der Ochse das Gefährt in die Hügel hinauf.

»Willst du nicht doch ein paar von meinen Leuten mitnehmen?«, fragte Kal Essa. Er saß neben Heast auf dem Wagen. »Zwischen hier und Faaisha liegt viel unsicheres Gelände.«

»Nur ein paar Vorräte und Pferde.« Das Stahlbein des Hauptmanns wurde schmerzhaft an das nasse Boot gedrückt, dennoch fand er die Aussicht, den Wagen mit einem Sattel zu vertauschen, nicht gerade verlockend. »Ihr wisst doch, was ihr zu tun habt.«

»Du willst aus meinen Männern Bauern machen.«

»Das Land darf nicht so aussehen, als wäre es verlassen.«

In den Monaten, seit Heast mit den Landkäufen begonnen hatte, waren ihm Essa und seine Söldner eine unersetzliche Hilfe gewesen. Andere Soldaten – Untergebene wie Kameraden von Heast – hätten es entrüstet abgelehnt, hinter einem Pflug herzugehen, anstatt eines Schwerts eine Sense in die Hand zu nehmen oder in langer, mühevoller Arbeit Ernten einzubringen, wo sie nicht gesät hatten. Die Söldner der Bruderschaft hatten dies alles willig getan, ohne erkennen zu lassen, dass solche Tätigkeiten eigentlich unter ihrer Würde waren. Heast war mehr als zufrieden gewesen.

Der Ochse hielt vor dem großen Gehöft an, in dem sich die Truppe einquartiert hatte. Der Söldnerhauptmann mit den vielen Narben sprang noch vor Heast oder Taaira vom Wagen und gab Anweisung, Reiseproviant und zwei Pferde herbeizuschaffen. Danach verschwand er im Haus und kam mit zwei fleckigen Ledertaschen und zwei Schwertern zurück. Die eine Waffe war ein schwerer Zweihänder mit einem abgewetzten Ledergriff.

Dieses Schwert gab er Kye Taaira.

»Ich dachte, nicht einmal Leere Gefäße benutzen Schwerter«, bemerkte Heast.

Taaira befestigte das Schwert mit einem alten, breiten Lederriemen auf seinem Rücken. »Es ist nicht verboten«, sagte der Stammesmann. »Außerdem gehörte diese Waffe einem meiner Ahnen.«

»Einem von denen, die das Hochland verlassen haben?«

»Nein, einem, der dafür sorgte, dass sie blieben.«

»Unser Zauberer wollte das Schwert vergraben«, sagte Essa. Er reichte Heast die zweite Waffe, ein einfaches Langschwert in einer Lederscheide. »Wie ich höre, hat er in unserer Abwesenheit niemanden in seine Nähe gelassen.«

»Eine weise Entscheidung.« Taaira nickte zustimmend.

Mehr wurde über das Schwert nicht gesprochen. Essas Söldner packten den Reiseproviant in die beiden Taschen, führten dann die beiden Pferde heraus, sattelten und beluden sie.

Heast war sich bewusst, dass der Stammesmann ohne ihn schneller vorangekommen wäre. Er war als junger Mann kein schlechter Reiter gewesen, obwohl er kein eigenes Pferd besessen hatte. In jenen mageren Jahren hatten die Tiere stets den Leuten gehört, in deren Diensten er stand, wenn allerdings eines umkam, hatte er den Verlust aus eigener Tasche zu ersetzen gehabt. Auf diese Weise pflegten gewisse Auftraggeber ihre Söldner durch Schulden an sich zu binden. Irgendwann hatte er eigene Pferde gehabt, doch nach dem Verlust seines Beins war das Reiten mühsam geworden. Er hatte es zwar nicht verlernt, aber die Tiere abgegeben. Kye Taaira war dagegen ein glänzender Reiter, der mit Begeisterung im Sattel saß. Bei seinem gewohnten Tempo hätte er auf der Strecke einen vollen Tag einsparen können – und vielleicht noch einen zweiten, wenn er nicht vorgeschlagen hätte, bis zum Morgen zu warten, um lieber bei Tageslicht durch Mireea zu reiten.

Der Hauptmann schlug die Augen nieder, um nicht vom kalten Licht der Sonne geblendet zu werden, und rutschte steif aus dem Sattel.

»Ich bin auf dem Weg hierher durch die Stadt gekommen«, sagte der Stammesmann. Er stand vor seinem Pferd und hielt die Zügel in der linken Hand; im Morgenlicht leuchteten sein Haar und sein Bart wie rotes Gold. »Ich hatte zwar gehört, dass Mireea in der Hand der Geister war, aber ich hatte mir darüber weiter keine Gedanken gemacht, bis ich sah, dass sich die Priester, die vor mir kamen, davor hüteten, die Stadt bei Nacht zu betreten. Ich ging davon aus, dass ihre Sorgen berechtigt waren, und folgte deshalb ihrem Beispiel.«

Heast widersprach nicht, bestand aber darauf, auf der Hauptstraße durch Mireea zu gehen, anstatt sich wie die Priester am Stadtrand vorbeizudrücken. Nachdem sie sich darauf verständigt hatten, betraten sie die holprige, schwer beschädigte Straße. Unter ihren Füßen erzitterte immer wieder die Erde, jeden Moment war ein größeres Beben zu befürchten, aber die Männer beachteten weder das Grollen, noch kümmerten sie sich darum, wenn sich ein Gebäude an der Straße bewegte. Die Erde war schon seit Tagen unruhig, mehr als einmal hatte sich vor ihnen eine Spalte aufgetan, wo der Berg in sich zusammengebrochen war. Heast hatte von Ayae wie von Zaifyr gehört, dass Ger während der Schlacht mit den Leeranern gestorben sei und nicht länger als Fundament des Rückens dienen könne. Die Zeit, so hatte Zaifyr hinzugefügt, habe den verletzten Gott schließlich eingeholt.

Heast neigte nicht zu philosophischen Grübeleien über das Wesen der Götter. Für ihn waren sie schlicht und einfach tot. Doch als er nun über die aufgerissenen Straßen ritt, eingefallene Häuser passierte und vor schwarzen Löchern von unergründlicher Tiefe anhielt, da konnte er zum ersten Mal in seinem Leben wirklich nachvollziehen, was die Menschen während des Kriegs der Götter empfunden haben mussten.

Es war nicht nur ein Angriff gegen die physikalischen, sondern auch gegen die geistigen Gesetze dieser Welt gewesen. Neben ihm tauchte das »*Fahle Haus*« auf, eines der höchsten Gebäude in der Stadt. Noch vor wenigen Monaten hatte er auf dem Dach gestanden und die Schlacht gegen die Leeraner befehligt. Nun waren die

Mauern so tief im Boden versunken, dass er von der Straße aus auf dieses Dach hätte treten können. Das Hotel würde nie wiederaufgebaut und seinem früheren Zweck zugeführt werden; es war ebenso verloren, wie die Spendensammlungen zur Unterstützung der mireeanischen Garde ein Ende gefunden hatten, die von den Bewohnern organisiert worden waren. Niemand hatte jemals verlangt, dass er an einer dieser Veranstaltungen teilnahm. Nach dem *Fahlen Haus* kam er zu den Märkten. An der Ecke, wo früher eine Frau aus Faaisha an einem kleinen Stand belegte Brote verkauft hatte, waren Steine tief in den Boden eingesunken. Nie wieder würde er am letzten Tag einer Woche hier stehen und das Brot mit dem saftigen Rindfleisch und der würzigen Soße und die gebackenen Kartoffelscheiben essen, die es in einer kleinen Tüte dazu gab. Die Händlerin war nicht mehr da, das Ritual fand nicht mehr statt. Punkt! Vor ihm erhob sich die Burg des Rückens. Sie stand immer noch, aber der Teil des Berges, in den sie hineingebaut war, hatte Risse bekommen, Steine waren herabgefallen und hatten die Korridore zerstört, durch die er gegangen war, und die Räume, in denen er gesessen hatte.

So ging es Bild für Bild weiter, bis der Hauptmann der Geister die Stadt wieder verließ, um weiter in die Berge zu reiten.

69

Die ersten Worte im Inneren der Kutsche kamen von der *Stimme der Königin.*

»In diesem Aufzug, Bueralan Le, könnte niemand Sie für einen Diener halten.«

»Sollte ich denn wie ein Diener aussehen?« Die Kutsche war niedrig, und er musste den Kopf einziehen, bevor er gegenüber der *Stimme der Königin* Platz nahm. Gleich darauf knallte eine Peitsche. »Habe ich noch Zeit, um zurückzugehen und mir ein Halsband zu holen?«

»Wieso sind Sie so sicher, dass ich keines hier habe?«

»Ich würde Ihnen Ihre Goldkette doch niemals streitig machen.«

»*Kinder.*« Die Stimme Zeala Fes, der Ersten Königin, klang

brüchig, doch trotz ihrer Krankheit und ihres Alters gebieterisch. Sie saß in einem langen schwarzen Gewand vor Bueralan, der reiche Faltenwurf verbarg ihren mageren Körper, doch wenn sie sich bewegte, blitzte es unter dem Schwarz rot auf, als hätte sich eine Wunde geöffnet. Ihr spärliches Haar umgab ihr Gesicht wie ein durchsichtiges Leichentuch, was den makabren Eindruck noch verstärkte. »Ich bin auf dem Weg zu meiner dritten Tochter, die euch beide mit Vergnügen abschlachten und beim Festschmaus servieren lassen würde, wenn sie nur könnte. Bis zu unserem Eintreffen ersuche ich um einen höflichen Umgangston.«

»Verzeihen Sie mir.« Die *Stimme der Königin* senkte anmutig den Kopf. Sie wirkte ruhig und gefasst, aber sie ließ Bueralan nicht aus den Augen. Ihr Gewand war von einem dunklen Orange mit roten Besätzen am Ausschnitt und am Saum. Dazu trug sie dunkelrote Schuhe mit flachen Absätzen. Eine schmale Kette aus Rotgold mit einem grauen Glaseinsatz, ein kostspieliges Stück, ruhte über ihren sanft gerundeten Brüsten. Das Glas war aus einem ähnlichen Behältnis geschnitten, wie Bueralan sie in Safeen Res Haus gesehen hatte. An den Handgelenken trug sie Armbänder aus Rotgold, an den Fingern steckten Ringe aus dem gleichen Material. Jedes Schmuckstück war durch feine Ketten mit ihrem Körper und ihrem Gewand verbunden. »Ich habe mich offenbar hinreißen lassen.«

»Mein Charme.« Auch er nickte kurz. »Ich bitte um Entschuldigung, meine Königin.«

»Sie sind wie Ihre Mutter«, antwortete sie spöttisch. »Sie konnte mich auch nie ›ihre Königin‹ nennen, ohne dass es sich wie eine Beleidigung anhörte.«

Er konnte sich nicht erinnern, dass seine Mutter sich jemals so geäußert hätte. »Ich bitte um Entschuldigung«, wiederholte er.

»Genau wie sie.«

Nach diesen leisen Worten schwankte die Kutsche ein wenig, und der Kutscher knallte mit der Peitsche. Bueralan fragte sich, warum er sich überhaupt die Mühe machte. Da die Königin so gebrechlich war, konnte die Kutsche ohnehin nicht sehr schnell fahren und wurde vor jeder Unebenheit langsamer. Wozu also die Kutschpferde mit der Peitsche traktieren?

»Ich habe eine persönliche Frage, bevor wir unser Ziel erreichen«, flüsterte die Greisin. »Dieser Kristall, den Sie in Ihrem Beutel um den Hals tragen – glauben Sie wirklich, dass das Ihr Blutsbruder ist?«

»Ja.«

»Kein Zögern?«

»Zögern Sie, wenn Sie an etwas glauben?«, fragte er zurück.

Die Erste Königin trug eine hauchdünne goldene Kette, deren Ende in den Tiefen ihres Gewandes verschwand. »Ich zögere nicht, meine Meinung kundzutun.« Ihre Hände tasteten nicht nach dem Amulett. »Ihre Mutter hielt nichts von meiner Offenheit. Sie fand, ich schade unserer Kultur damit mehr, als ich ihr nütze. Und ich hörte immer wieder, Sie teilten die Ansichten Ihrer Mutter.«

»Früher einmal.« Wieder dachte er an das Götterkind, sah die Augen vor sich, die seinen Blick festhielten, Augen, wie er sie noch nie gesehen hatte. »Nachdem ich in Leera den Kristall bekommen hatte, glaubte ich die Gelegenheit zu haben, ein Unrecht wiedergutzumachen.«

»Sie haben eine feste Beziehung zu Samuel Orlan.«

Das war keine Frage, und Bueralans Antwort galt auch nicht ihr. »Ja.«

»Aber was ist mit Leera?«, fragte die Erste Königin. »Bis vor einem Monat hätte ich nie daran gedacht, den Namen auch nur auszusprechen, doch jetzt stoße ich in den Berichten immer wieder darauf.«

»Sie werden ihn noch öfter hören«, prophezeite er. »Ich glaube nicht, dass die Leeraner es bei ihren unmittelbaren Nachbarn bewenden lassen.«

»Das dachte ich mir.« Die *Stimme der Königin* zog eine fein gezeichnete Augenbraue hoch, sagte aber nichts. »Doch heute Abend geht es um das Fest meiner Tochter«, flüsterte die alte Frau. »Ein ausländischer Diplomat wird daran teilnehmen, Herr Le. Sein Name ist Usa Dvir.«

Bueralan musste fast darüber lachen. »Ich kenne ihn.«

»Das hatte ich schon vermutet«, sagte sie. »Standen Sie einmal in seinen Diensten?«

»Das Saan heuert keine Söldner an.« Usa Dvir war kein einfacher Bürger des Saan, er war der Kundschafter der Dvir, der größten Sippe des Landes. Von den Geschehnissen im Saan drang nur sehr wenig durch die gewundenen Tunnel, die das Land vom Rest der Welt trennten, doch dass die Dvir das Saan vor mehr als zehn Jahren erobert hatten, war bekannt geworden. Sie hielten das Land durch die Kraft ihrer Soldaten zusammen, aber im Gegensatz zu anderen Familien war ihr Blick nicht nur nach innen gerichtet. »Ich kann mir nicht vorstellen, dass die Dvir durch eine Heirat mit Yoala viel zu gewinnen hätten.«

»Da irren Sie sich.« Die Kutsche neigte sich sacht nach links, und die Königin hielt inne, bis sie sich wieder aufgerichtet hatte. »Meine Tochter bietet den Dvir den ooilanischen Sklavenhandel an, damit bekommt Miat Dvir Zugriff auf den Reichtum Gogairs.«

»Sie könnten diesem Handel auch ein Ende machen.« Bueralan wurde gewahr, dass ihn die *Stimme der Königin* aufmerksam beobachtete. Sie hatte die goldenen Ketten zwischen ihren Fingern zu einem festen Knäuel zusammengedreht. »Sie könnten ihn noch vor Tagesanbruch gesetzlich verbieten, dann hätte sie ihm nichts mehr zu geben.«

»Das wäre töricht«, stellte die Erste Königin schlicht fest. »Solche Überlegungen haben zu Illates gescheiterter Revolution geführt. Darunter hatten wir alle zu leiden, und ich werde nicht den gleichen Fehler machen. »Ich werde in der Zeit, die mir noch bleibt, darauf dringen, dass Ooila den Sklavenhandel aufgibt, aber ihn heute Nacht zu verbieten, würde nur bewirken, dass sich die Bevölkerung erst recht darauf versteift. Wenn ich diese Hürde überspringe, muss Ooila mit mir einer Meinung sein, und dazu fehlt nicht mehr viel. Die Menschen werden sich erst recht auf meine Seite schlagen, wenn ich die Namen aller bedeutenden Gäste kenne, die heute Abend hier sind, all der Persönlichkeiten, die meine Tochter unterstützen.«

Dem Saboteur war jetzt klar, dass er nur deshalb heute Abend der Begleiter der Ersten Königin war, und er verstand auch, was er zu tun hatte. Er sollte Namen sammeln, sollte feststellen, wer sich von der Königin fernhielt, und sollte sich einprägen, wer an der Seite ihrer Tochter stand. »Aber Sie brauche ich nicht auf die Liste zu setzen, denn Sie waren ja nicht eingeladen.«

Die Erste Königin lachte spöttisch. »Wir waren alle nicht eingeladen, Herr Le.«

»Und wir kommen vielleicht auch nicht mehr weg«, fügte die *Stimme der Königin* hinzu. »Die Möglichkeit besteht durchaus.«

Bueralan pflichtete ihr bei, versuchte aber erst gar nicht, gegen den Plan Einspruch zu erheben oder die Kutsche zu verlassen, und dafür klopfte ihm die Erste Königin anerkennend auf das Knie. Sie machte ihm keine Versprechungen – was er an diesem Abend tun würde, hing ohnehin vom Verhalten ihrer Tochter ab –, und wenn die Morgensonne aufging und die Schmetterlinge die Luft erfüllten, würde er weder reicher sein noch höher in ihrer Gunst stehen. Er hatte nichts anderes erwartet. Wenn der Sklavenhandel wieder die Bedeutung bekäme, die er vor seiner Geburt gehabt hatte, dann hätte Zean nach seiner Wiedergeburt keine Aussicht, sich seinen Lebensunterhalt zu verdienen. So wie eine Königin immer eine Königin blieb – selbst wenn sie als dritte Tochter erst ihre Schwestern töten musste, um auf den Thron zu kommen –, so blieb ein Sklave immer ein Sklave.

Yoalas Schloss erschien am Horizont. Es war mit unzähligen Laternen beleuchtet. Auf den ersten Blick sah es aus, als hätten eine Million Schmetterlinge Feuer gefangen und versuchten nun in Panik zu fliehen.

Bueralan wünschte, er hätte mehr als nur ein Messer mitgenommen.

70

Bevor Pueral die Ruine erreichte – aber nachdem sie ihr Pferd an einem Pflock angebunden hatte, der im felsigen Boden steckte –, band sie sich ein schwarzes Tuch vor Nase und Mund. Es ging ihr nicht darum, unbemerkt zu bleiben, obwohl der Vollmond hoch am Himmel stand und in seinem klaren Licht alles deutlich zu erkennen war. Vielmehr wickelte sie sich den alten Lappen wegen des Schwefelgeruchs vors Gesicht. Die Dämpfe kamen aus dem Schatten von Maalikanos und Beeintor, zwei großen Vulkanen, die wie uralte Ungeheuer am Horizont dräuten. Anfangs hatte sie den Geruch ignoriert, aber er war immer stärker geworden. So hatte sie das Tuch ganz unten aus der Satteltasche geholt, bevor sie ihr Pferd zurückließ. Sie hatte es nicht gerne im Gesicht – es war seit mehr als zwanzig Jahren nicht mehr in Gebrauch gewesen und hatte den

Geruch von Leder, von Esswaren und allem anderen angenommen, was sich in den Nähten ihrer abgewetzten Satteltaschen festgesetzt hatte. Trotzdem band sie es sich um und ging dann mit ihren Soldaten zu der Ruine, die seit Jahrhunderten verfiel und nun wie ein morsches Gebiss mit verfaulten, abgebrochenen Zähnen vor ihnen lag.

Pueral kannte den Namen der Ruine nicht, sie wusste nur, dass sie uralt war und aus den Fünf Reichen stammte, aus der Zeit, als Ooila noch Mahga geheißen hatte. Die Kinder lernten schon in der Schule, von welcher Bedeutung die alte Geschichte für die Entstehung von Ooila war, aber Pueral hatte erst davon erfahren, nachdem sie zum *Auge der Königin* ernannt worden war. Damals war die Erste Königin mit ihr in die Kellergewölbe ihrer Burg hinabgestiegen, wo eine Reihe von Gemälden lagerten. Auf den riesigen uralten Schinken ragten Burgen aus schwarzem Stein mit silbernen Einfassungen um Türen, Dächer und Schornsteine aus dem Boden. Am Fuß jeder Burg – es waren zwölf an der Zahl – glitzerten Teiche aus flüssigem Gold, in denen Fische aus edlen Metallen schwammen. Die Erste Königin hatte Pueral erklärt, diese Gemälde zeigten, was die Fünf Königinnen bewogen hatte, eine Revolution auszurufen und Ooila in ihre Gewalt zu bringen.

Pueral hatte pflichtschuldig genickt, doch für sie sprach aus den riesigen Gemälden nur unersättliche Habgier, auch wenn inzwischen die Farbe abblätterte, die Ecken feucht geworden waren und die Rahmen Schäden aufwiesen.

Zeala Fe schien Puerals Gedanken lesen zu können. »Was Sie hier sehen, ist der Reichtum, den wir verloren haben«, sagte sie leise mit einer Stimme, die noch nicht von der Krankheit angegriffen war. »Die Königinnen wollten ihn zurückgewinnen, obwohl die Bergwerke längst erschöpft waren.«

»Deshalb begannen sie mit dem Sklavenhandel?«

»So ist es.«

Nach diesem Tag hatte Pueral aufmerksamer auf die Gespräche der Adeligen über Mahga geachtet. Gehört hatte sie darüber schon früher, aber die alten Geschichten als bedeutungslos abgetan. Nun entdeckte sie in den Reden ähnliche Gefühle, wie sie aus den Gemälden im Keller sprachen. Die Höflinge wussten weder, wie dieses Mahga ausgesehen hatte, noch kannten sie seine Gesellschaftsstruktur, aber sie wussten ganz genau, welche Rechte sie daraus ableiten konnten, und kümmerten sich ebenso wenig um die Folgen wie um das Grauen, das sie selbst im Namen jenes Reiches geschaffen hatten.

Die Wege durch die Ruine waren voller Risse, aber Aela Ren hatte deutlich sichtbare Spuren hinterlassen. Die Soldaten waren, die Hände an den Schwertgriffen und an den Spannhebeln ihrer Armbrüste, fächerförmig ausgeschwärmt. Nur Pueral konnte sich nicht auf die anstehende Aufgabe konzentrieren. Sie überlegte, ob der Unschuldige diese Ruine gewählt hatte, weil sie eine Botschaft enthielt. Er konnte doch nicht wissen, dass sie für sie eine ganz besondere Bedeutung hatte? Ausgeschlossen erschien ihr auch, dass er das Bedürfnis verspürte, seine Taten zu rechtfertigen.

Sie nahm sich zusammen. Vor ihr zeichneten sich im fahlen Licht die Umrisse eines überdachten Gebäudes ab. Die Spur führte dorthin, gleich würde es zum Kampf kommen. Sie spürte ein flaues Gefühl im Magen. Aela Ren würde bestimmt nicht in diesem Gebäude sein. Es bot nur wenig Deckung und hatte den Nachteil, dass er sich nicht daraus zurückziehen, sondern nur vorwärtsstürmen konnte. Und selbst nach den grauenvollen Szenen am Strand und in den Dörfern konnte sie sich nicht vorstellen, dass der Unschuldige blindlings auf dreiundzwanzig erfahrene Soldaten losgehen würde.

Er wollte sie zu dem Gebäude führen, es diente ihm als Köder. Er unterschätzte sie und ihre Soldaten.

Sobald sie es betraten, würde er schnell und lautlos zuschlagen.

Aber …

Kein einziger Soldat fand eine neue Spur.

Kein einziger Soldat entdeckte Hinweise auf einen Hinterhalt.

Und ein Angriff blieb aus.

Das Gebäude ragte auf wie ein gesunder Zahn in einem zerstörten Gebiss. Es war aus schwarzem Stein erbaut, doch seine ursprüngliche Form war nicht mehr zu erkennen. Die Wände waren eingestürzt, die Balken morsch. Das steinerne Gewölbe war nur deshalb noch erhalten, weil jemand – vielleicht Aela Ren, vielleicht ein Bandit – die Steinquader wieder mühsam auf die Überreste der Mauern gehievt hatte.

Drinnen hatte jemand ein Lager aufgeschlagen, aber es war verlassen. Pueral zog ihr Schwert und trat ein.

»Es führen keine Spuren mehr hinaus.« Ae Lanos trat leichten Schrittes hinter sie, und er sprach leise, doch jede seiner Bewegungen, jedes Wort hallte ihr in den Ohren. »Wenn er hier war, weiß ich nicht, wie er wieder weggegangen ist.«

»Er war hier«, sagte sie.

Sie fand die gleichen Stiefelspuren wie an dem Baum vor Enalan. Sie führten um die kalte Feuerstelle herum. Die Asche hatte sich noch nicht gesetzt, in der Mitte lag ein einzelner Stein.

Und auf dem Stein lag eine Nachricht.

Ein alter Freund von mir ist angekommen, stand da. *Er hat einen neuen Freund mitgebracht. Ich muss unser Treffen leider verschieben.*

»Das verstehe ich nicht«, sagte der Fährtenleser und gab ihr das Blatt zurück.

»Er ist nach Cynama gegangen«, erklärte sie mit heiserer Stimme. »Um Samuel Orlan zu suchen.«

»Den Kartografen?«

Sie verließ das Lager. Lanos blieb die Frage im Halse stecken. Auch er hatte begriffen, dass es in Ooila nur einen Mann gab, der ebenso berühmt wie Aela Ren berüchtigt war. Nur einen Mann, dessen Name schneller über die Straßen und zu den Dörfern nach der Küste geflogen sein konnte, als sie geritten waren.

»Tanith.« Die Hexe starrte über die mondbeschienene Ruine. Pueral reichte ihr den Zettel hin. »Ist das genug?«

Die Frau nahm das alte, vergilbte Papier vorsichtig entgegen. Es rollte sich um ihre Finger. »Er hat es mit seinem eigenen Blut geschrieben.« Ihre Stimme zitterte vor Aufregung. »Es ist mehr als genug.«

71

Unter Ayaes Füßen bekamen die Steine Sprünge. Sie selbst hörte es nicht, doch als der vierte Sprecher – Pyo Sen – das Podium verließ und Zaifyr zum vierten Mal erklärte, er habe keine Fragen, senkte sie frustriert den Kopf. Dabei sah sie peinlich berührt die dünnen Linien, die strahlenförmig von den Kanten ihrer Stiefel ausgehend eine Art Spinnennetz bildeten.

»Man hat die erste Verhandlungspause angeordnet«, sagte Jae'le. Sie hob den Fuß. Von der Stiefelsohle fielen Steinsplitter ab.

»Ayae, hast du nicht gehört?«

»Ja.« Ihre Verzweiflung war immer tiefer geworden, je länger sie zuhörte. Pyo Sen, ein dunkelhäutiger Geschichtsschreiber, war von Hüterin Eira aufgerufen worden. Er sollte sich zur Aussage von Hüterin Ialee äußern, die ausführlich über Asila gesprochen hatte. Die kleine Frau mit der olivfarbenen Haut hatte mit leiser, zögernder Stimme geschildert, unter welchen Umständen Fo zur Welt gekommen war. Sie war nach Aelyn und Kaqua die älteste der Hüter und hatte Asila sowohl vor wie auch nach der Zerstörung gekannt. Ialee hatte sich nach eigenem Bekunden nach dem Zusammenbruch Asilas jahrzehntelang um die Überlebenden gekümmert. Ihre sehr lebendige Schilderung des Grauens – Selbstmord, Selbstverstümmelung, eine schier endlose Liste von Verletzungen an Menschen aller Altersklassen – hatte die Umstehenden tief beeindruckt. Pyo Sen hatte Ausgrabungen in Kakar geleitet – der Name Asila wurde nur von den Hütern verwendet. Er beschrieb die Knochen, die er gefunden hatte, die Opferwerkzeuge und noch mehr, bevor er das Podium verließ. »Jae'le?«

»Ich hoffe, mein Bruder weiß, was er tut, aber allmählich bekomme ich Zweifel«, fuhr er leise fort. »Er sollte dich und mich sprechen lassen …« Ayaes Hand fiel auf seinen Arm, er hielt inne und wandte sich ihr zu. »Warum schlägst du mich?«

Sie hatte ihn nur ganz leicht berühren wollen. »Jae'le.« Sie lenkte seinen Blick auf ihre Füße. »Es geschieht etwas mit mir.«

Wo er zuvor leise gesprochen hatte, flüsterte er jetzt nur noch. »Die Erde.«

Bevor Ayae etwas sagen konnte, umfasste er mit seinen langen, harten Fingern ihren Arm und zog sie durch die Menge.

Sogar Jae'le kam nur mit Mühe voran. Vor dem Aufruf zur Pause hatten sich noch schmale Gassen durch die Massen gezogen, doch jetzt strömten die Menschen in Scharen zu den Straßenhändlern und den mit Vorhängen versehenen Toiletten am Straßenrand. Ein dumpfes Dröhnen lag über allem, die Rufe der Essens- und Getränkeverkäufer wurden übertönt von den Stimmen der mehr als tausend Besucher. Die Menschen mit den Steinen in den Händen wirkten wie aus einem Würgegriff befreit – denn während des Verfahrens hatte tiefe Stille geherrscht, niemand wollte sich auch nur ein Wort entgehen lassen, das vom Podium kam. Ayae versuchte, Jae'le etwas zuzurufen, doch der zog sie unbeirrt weiter, und erst als er sich durch die Türen der Enklave drängte, konnte sie sich endlich Gehör verschaffen.

»Was meintest du mit ›die Erde‹?« Sie senkte rasch die Stimme, als sie ein Grüppchen von Menschen am Ende des Ganges bemerkte. »Was geschieht mit mir, Jae'le?«

»Ger war der Wächter der Elemente«, antwortete er sanft. »Feuer, Ayae, Wasser, Luft und Erde. Er kontrollierte sie *alle.*«

»Was willst du damit sagen?«

»Berühre deine Haut.« Er hob die Hand und zeigte ihr seine Handfläche. Sie war voller Sandkörner und hatte tiefe Kratzer, die zu bluten anfingen. »Du bist dabei, dich in Stein zu verwandeln.«

»Ich kann doch nur …« Sie brach ab. Sie wusste ja selbst, dass es nicht stimmte. »Mein Element ist doch das Feuer«, schloss sie endlich.

»Trauer ist eine starke Kraft«, sagte Jae'le. »Wenn du nicht aufpasst, kann sie dich verzehren.«

Wie benommen betastete sie ihre Arme, aber sie konnte nicht einmal ihre Haut spüren. Sie drückte fester zu, um bis auf den Knochen zu kommen, aber die Haut gab nicht nach. »Erinnerst du dich an Tsi?«, fragte sie. »Zaifyr hat ihn kurz erwähnt. Er war jemand wie ich – aber ich kann hier in der Bibliothek nichts über ihn finden.«

»Das wirst du auch nicht.«

»Aber du erinnerst dich an ihn?«

»Es ist lange her«, sagte er und seine Stimme klang müde. »Ich weiß nicht mehr genau, wann Tsi geboren wurde, ich jedenfalls lernte ihn in den ersten Jahren des ersten Krieges kennen, den Zaifyr und ich führten. Tinh Tu, Aelyn oder Eidan kannten wir damals noch nicht. Sie stießen erst viele Jahre später dazu. Tsi kam als Soldat zu uns, aber die Macht war anfangs sehr stark in ihm – man konnte ihn spüren, sobald er das Lager betrat, denn unter seiner Haut brannte er.«

»Das Feuer hat ihn verzehrt.« Viel mehr hatte ihr Zaifyr nicht sagen können: Als er ihr den Namen nannte, hatten sie im Garten seines Hotels gesessen. Er hatte eingeräumt, Tsi nur kurze

Zeit gekannt zu haben. »Zaifyr meinte, Tsi habe es an Disziplin gefehlt.«

»Er war nicht wie du. Er hatte nichts als das Feuer.«

Ayae hätte am liebsten die Augen geschlossen und sich die Ohren zugehalten. Sie wollte weg von Jae'le, aber sie konnte sich nicht bewegen. Jetzt erkannte sie die Personen am Ende des Ganges. Lady Muriel Wagan sprach mit Aelyn Meah, und Caeli stand ein paar Schritte von ihnen entfernt.

»Bei Tsi waren die Elemente nicht im Gleichgewicht, deshalb konnte ihn das Feuer ungehindert verzehren. Er spürte weder Erde noch Wasser oder Luft. Ihm mangelnde Disziplin vorzuwerfen ist nicht gerecht, denn er war von Anfang an nicht vollständig.«

Ayae hörte, wie Caeli ihren Namen rief.

»Du musst deine Trauer mäßigen«, fuhr Jae'le fort, und seine Stimme wurde noch leiser, als die Gardistin näher kam. »Wenn du das nicht tust, könnte es sein, dass du vollends versteinerst.«

Dann hatte Caeli den hochgewachsenen, dünnen Mann in seinem Umhang aus grünen Federn erreicht und erfasste mit einem Blick die Lage. »Alles in Ordnung, Ayae?«

»Ja«, antwortete sie. »Das ist Jae'le ...«

»Qians Bruder, ich weiß.«

»Mein schlechter Ruf.« Er zeigte lächelnd seine zugefeilten Zähne. »Sie müssen mich entschuldigen. Ich sehe, dass auch meine Schwester mit mir sprechen will.«

Als er fort war, bemerkte Caeli trocken: »Du hast eine grässliche Vorliebe für ältere Männer.«

Ayae war so verblüfft, dass ihr keine schlagfertige Erwiderung einfiel. Die Ältere wandte sich ihr mit einem Lächeln zu, wurde jedoch sofort wieder ernst, als sie Ayaes Gesicht sah. Sie legte ihr eine Hand auf die Schulter. »Was ist passiert?«, fragte sie.

»Faise und Zineer.« Wenn sie Faises Namen aussprach, anstatt ihn nur zu denken, schnürte es ihr die Brust zu. »Es – es tut mir leid.«

Caelis Hand packte fester zu.

»Ich höre einen Namen und eine Stimme, die nicht glücklich klingt.« Muriel Wagan lächelte nicht; sie streckte Ayae auch nicht die Hand entgegen, sondern nickte ihr nur kurz zu. »Ich wusste es. Als das Feuer zum Himmel schoss und ich deine Stimme hörte, wusste ich Bescheid. Ihr Verlust trifft uns alle, Ayae.«

Ayae brachte kein Wort heraus.

»Lass uns ein paar Schritte gehen.« Lady Wagan stieß die Tür der Enklave auf. Die Mittagssonne stand hoch am Himmel, und der Boden strahlte die Hitze zurück, aber Ayae konnte sie nicht spüren. »Aelyn Meah hat mir bestätigt, dass man mich nach dieser Pause als Zeugin aufrufen wird«, sagte Muriel Wagan. »Ich glaube, ich habe einen Fehler gemacht, als ich mich bereit erklärte, an diesem Prozess von Sterblichen und Unsterblichen teilzunehmen.«

Ayae war verwundert über ihren Tonfall. »Was hat sie gesagt?«, fragte sie.

»Es geht eher darum, was sie nicht sagte.« Nach einem Dutzend Schritten blieb Lady Wagan stehen. Vor ihr bewegten sich die Menschen mit den Steinen in den Händen wie ein großes, träges Tier. Die großen Glasröhren ragten aus der Menge wie Speere, die den Körper dieses Tieres durchbohrten. »Du musst vorsichtig sein, Ayae. Das gilt zwar für uns alle, aber du musst ganz besonders auf dich aufpassen.«

72

Zaifyr wusste sehr wohl, dass der Prozess nicht gut für ihn lief, aber das feuerte ihn bei seiner Suche nach Lor Jix nur noch weiter an.

Kaqua hatte ihn überrascht. Die übrigen – von den Hütern bis zu den Sterblichen – hatten mehr oder weniger gesagt und getan, was er erwartet hatte, aber der Bettler hatte ihn kalt erwischt. Er hatte nicht damit gerechnet, dass man Fo und Bau als Opfer darstellen würde. Dennoch konnte er nur einen kleinen Teil seiner Aufmerksamkeit für das Verfahren erübrigen. Das Sprechen fiel ihm zunehmend schwerer, und wenn man das nächste Mal das Wort an ihn richtete, könnte er vielleicht nicht mehr antworten. Bis dahin musste er Lor Jix gefunden haben.

Er schickte sein Bewusstsein durch Nales steinernes Fundament zu dem Gespenst eines ertrunkenen Kindes dicht unter der Oberfläche von Leviathans Blut. Das Mädchen erschrak, als er sie berührte, und ihre Panik brandete gegen ihn wie die Wellen gegen Nales Steinpfeiler. Sie war noch so klein, dass sie keine Worte formulieren und keine Wünsche äußern konnte, und er spürte tiefes Mitleid mit ihrer wortlosen Angst. Doch er blieb nicht bei ihr. Er hätte ihr ein wenig Trost spenden können, aber der wäre nicht von Dauer gewesen. Also tauchte er tiefer unter die Wellen und suchte die Verbindung zum Gespenst einer jungen Frau. Ein Mann in mittlerem Alter folgte. Danach eine Greisin. Die fahlen flimmernden Körper bildeten eine Kette, an der sich sein Bewusstsein immer weiter von ihm fortbewegen konnte, bis er den Grund des Ozeans erreichte, wo er Lor Jix vermutete.

Seit dem Gespräch mit Qual hatte er kaum Hinweise auf den Mann gefunden. Er hatte in Büchern nach ihm gesucht, weil er so viel wie möglich über den Toten aus der Urzeit in Erfahrung bringen wollte, aber die Ausbeute war gering. Das hatte ihn nachdenklich und, er leugnete es nicht, ein wenig beklommen gemacht, aber dass er eine ganze Menge über die *Vagabund* herausgefunden hatte, hatte ihn ein wenig versöhnt. Das Schiff wurde in einer Reihe von Büchern als eines der großen Wracks aus dem Krieg der Götter aufgerührt. Es war bei einem der schlimmsten Stürme untergegangen, die jemals durch Leviathans Kehle getobt waren. Sein Rumpf hatte, beladen mit Gold und Silber aus sechzehn Nationen, zu tief im Wasser gelegen. Der Mehrheit der Schriftsteller zufolge hatte man die *Vagabund* dafür angeheuert, den Göttern ein Opfer darzubringen, damit sie ihren Krieg beendeten. Über den genauen Wert ihrer Ladung gingen die Angaben weit auseinander, doch der verlorene Schatz hatte die *Vagabund* berühmt gemacht. Noch spannender wurde ihr Schicksal dadurch, dass ihr Kapitän ein Angehöriger von Leviathans heiligem Orden gewesen war.

Während seiner Nachforschungen hatte Zaifyr immer wieder an Meihir denken müssen, die Hexe, die ihn an jenem Morgen empfangen hatte, als seine Eltern umgekommen waren. Sie war die erste Tote aus der Urzeit gewesen, der er begegnet war. In den Jahren, nachdem der Gott Hienka sie bestraft hatte, war sie allmählich dem Wahnsinn verfallen, doch mussten erst Jahrhunderte vergehen, bis Zaifyr wirklich verstand, wie entsetzlich grausam der Gott mit ihr verfahren war.

Im schwarzen Ozean schwamm er auf das Gespenst eines Kabinenjungen zu, das so alt war, dass es den Hunger und die Kälte nicht mehr spürte.

Als Zaifyr und seine Geschwister schließlich ihren Krieg beendet hatten und er nach Kakar zurückgekehrt war, um mit der Errichtung seines Reiches Asila zu beginnen, war die Zahl der Toten, die er gesehen hatte, so groß, dass er bisweilen von tiefer Trauer überwältigt wurde. Freunde wie Feinde waren durch seine Hand umgekommen, und wer immer sie zu Lebzeiten gewesen sein mochten, im Tod waren sie vor seinen Augen zerfallen. Sie hatten ihr Ichgefühl verloren und waren nur noch leere Hüllen, die aber für immer in der Welt gefangen blieben. Selbst in den Tiefen seiner Depression hatte er gewusst, dass Meihir dieses Leid nicht hatte ertragen müssen.

Er erinnerte sich noch gut an den alten Pfad, der zu seinem Dorf geführt hatte, jenen Pfad, der ihm einst so breit erschienen war, mit seinen Stufen, die durch den geschmolzenen Schnee an manchen Stellen besonders gefährlich waren. Bei seiner Rückkehr nach Kakar hatten auf jedem Schritt die Erinnerungen an die Anfänge seines Lebens gelastet. Die Amulette, die ihm seine Angehörigen umhängten. Das Schwert mit der neu geschmiedeten, geraden Klinge und dem fest mit Leder umwickelten Griff, das sein Vater ihm gab. Die Steinbären, die durch den Wald streiften. Als er endlich an die Lichtung kam, wo einst sein Dorf gestanden hatte, war er so in diesen Erinnerungen versunken gewesen, dass er nur den lebendigen, atmenden Schauplatz seiner Kindheit und die alte Hexe in der Mitte sah, nicht aber die Trümmer und die Handvoll zerbrochener Steinöfen, die als Einziges noch übrig waren.

Dann hatte sie sich zu ihm umgewandt, und durch ihren gebrechlichen Körper hatte das Licht geschienen. *Zaifyr. Hallo*, hatte er geantwortet. *Du bist meine Schmach, Zaifyr, du bist die andere Hälfte meines Fluchs, in dir sehe ich mein Scheitern.* Mit jedem Wort war ihre Stimme wütender geworden, und dann war sie plötzlich verstummt, *Zaifyr*, hatte sie noch einmal geflüstert und war weggegangen.

Stunden später war sie zurückgekommen, um mit ihm zu reden, doch das war nicht leicht. Der Unterschied zu den anderen Gespenstern wurde deutlicher mit jedem Tag, den er mit ihr verbrachte, und mit jedem Tag bekam er ein klareres Bild ihres gestörten Geistes. Sie war nicht nur daran zerbrochen, dass ihr Gott sie verraten hatte, vielmehr hatte sie sich selbst verraten, indem sie den

Glauben verlor. Manchmal war sie bei klarem Verstand und erkannte, wie sehr sie litt. Dann wieder wurde sie gewalttätig, und wenn ihr Zorn übermächtig wurde, konnte sie ihn sogar berühren, aber das geschah nur selten. Meistens war sie so, wie er sie kannte, eine gebrochene Frau. Er hätte ihr gerne zur letzten Ruhe verholfen, und während er nun auf dem Weg zu einem weiteren Gespenst durch den schwarzen Ozean trieb, erkannte er, dass zuerst dort, in den Ruinen seiner Kindheit, der Wunsch entstanden war, allen Toten die Ruhe zu schenken. Letztlich hatte dieser Wunsch im Bau der Stadt Asila und der gleichnamigen Nation Ausdruck gefunden. Selbst in den letzten Tagen dort hatte er nichts anderes gewollt, als die Toten von ihren Qualen zu erlösen.

Zaifyr drang noch tiefer in den Ozean vor und griff nach dem Gespenst einer anderen Frau.

So wie Hienka einst Meihir bestraft hatte, so hatte auch Leviathan ihre Ketzer zu einer Vorhölle verdammt. Die Ärmsten hatten keine Aussicht, ihrem wässrigen Gefängnis jemals wieder zu entkommen. Nur undeutlich erinnerte er sich an Geschichten, in denen die Göttin einige Schiffe selbst in die Tiefe gezerrt hatte. Andere sollten von ihren Kapitänen versenkt worden sein. In den Büchern, die er gelesen hatte, wurde angedeutet, die *Vagabund* sei deshalb gesunken, weil das Opfer aus Gold, Silber und anderen Reichtümern in ihrem Laderaum die Götter gekränkt habe. Mehrfach wurde der Kapitän auch als heiliger Mann bezeichnet und festgestellt, dadurch sei die Kränkung noch sehr viel schlimmer geworden. So sei auch der Sturm zu erklären, der die ganze Umgebung verwüstet hatte.

Zaifyr schwebte dem Gespenst eines alten Seemanns entgegen. Sein Bewusstsein war zum Zerreißen gespannt, als wäre er am Ende angekommen und könnte nicht mehr weiter. Doch nun füllte sich der Ozean mit den schwachen Umrissen der Toten.

Und eine Stimme sprach zu ihm.

Du wagst dich gefährlich weit in die Tiefe, Götterling.

Es war eine tiefe Männerstimme mit einem gurgelnden Echo. Sie war nicht freundlich, verriet aber auch keine Feindseligkeit.

Ich bin kein Gott, antwortete Zaifyr.

Ich habe dich auch nicht so genannt.

Die schemenhaften Umrisse eines Schiffswracks erschienen am

Rand von Zaifyrs Bewusstsein, der Rumpf entzweigebrochen, der Mast geknickt. Hässliche lange Fische glitten zwischen den Holzteilen umher wie dicke weiße Schnecken. Dort kam auch der Tote aus der Urzeit zum Vorschein, mit den Händen voraus, als könnte er das Holz tatsächlich packen. Es folgte ein breites, bärtiges Gesicht, ein Auge war deutlich heller als das andere. Das Gespenst trug ein langes, zerschlissenes Gewand und um die Hüfte die Reste eines einstmals kunstvoll gearbeiteten Gürtels.

Ich habe dich zu mir herunterflattern sehen, Götterling, sagte der Tote aus der Urzeit. *Hier unten bist du für mich nicht viel mehr als ein schlechter Gedanke.*

Aber du bist Lor Jix, nicht wahr?

Das ist ein echter Name.

Wenn es der deine ist, ziehe ich dich mit mir an die Oberfläche.

Ein derbes, brutales Lachen. *Ich mache keine Geschäfte.*

Nicht einmal gegen den letzten Gott?

73

Ayae ging langsam zu der Stelle zurück, wo sie vorher gestanden hatte.

Sie war wie betäubt. Was sich in Nale abspielte, lief so schnell und lautlos vor ihr ab wie ein Daumenkino mit unverständlichen Zeichnungen. Es kam zum Stillstand, als ein Tisch auftauchte. Er stand auf einem Podium, und dahinter saß die hochgewachsene Gestalt Lian Alahns.

Doch im Geiste sah sie nicht das Podium, sondern den Tisch aus glänzend poliertem Holz im obersten Stockwerk des *Ciree*, eines der besten Restaurants in Mireea. Lian Alahns dunkle Augen musterten sie, als sie auf dem Stuhl Platz nahm, den Illaan für sie herauszog. Obwohl schon älter, war er nicht alt genug für sein grauweißes Haar. Er musste es wohl gefärbt haben. Später sollte sie sich überlegen, dass dies ein Geheimnis über ihn verriet und auch erklärte, warum er ihr und seinem dritten Sohn mit solcher Kälte begegnete. Beim Essen sprach er kaum ein Wort mit ihr, seine Lippen waren fast auf allen Seiten des Daumenkinos ihrer Erinnerung zu einer schmalen Linie zusammengepresst. Am deutlichsten war ihr im Gedächtnis geblieben, dass er mitten unter dem Essen ein weiteres Mal nach ihrem Namen gefragt hatte. Er hatte sich bereits einmal danach erkundigt, bevor sie sich setzte, und nachdem sie ihm ein zweites Mal geantwortet hatte, war die Frage noch ein drittes Mal gekommen. Als er sie nun noch einmal stellte, hatte sie Messer und Gabel abgelegt und erklärt: »Es gibt zu dem, was ich bereits gesagt habe, nichts hinzuzufügen.«

Die Fragen hatten natürlich den Zweck, seinen Sohn daran zu erinnern, dass sie nur einen einzigen Namen hatte. Als wäre ein Mädchen, das bei Samuel Orlan in die Lehre ging, auf das Gold und den Status eines Vertreters der Kaufmannsgilde in Yeflam angewiesen. Allerdings hatten Tatsachen und Standesdünkel wenig miteinander zu tun. Wäre Lian Alahn nur sechs Monate später nach Mireea gekommen, er hätte bei seinem Sohn ein offeneres Ohr gefunden. Zu dieser Zeit war ihre Beziehung bereits brüchig gewesen, obwohl sie sich das noch nicht hatte eingestehen können und Illaan vielleicht auch nicht. Hätte sich Lian Alahn allerdings ein zweites Mal von der Kaufmannsgilde losgerissen, um seinem Sohn seine rassistischen Ängste vorzutragen, er hätte ihn anders in Erinnerung behalten. In jenem Restaurant hatte Illaan ihm dagegen sehr steif und förmlich erklärt, er habe die Grenzen der Höflichkeit überschritten.

Nun erhob sich Illaan Alahns Vater auf dem Podium und bat mit ausgebreiteten Armen um Ruhe. Angehörige der Garde von Yeflam wiederholten die Aufforderung mit dröhnender Stimme.

»Danke«, sagte Lian Alahn. »Die Bevölkerung von Yeflam wird nun den Prozess gegen Qian fortsetzen. Kurz vor dem Aufgang der Nachmittagssonne beginnen wir mit der zweiten Sitzung des Tages. Die Richter bitten Lady Muriel Wagan mit allem Respekt, in den Zeugenstand zu treten.«

Die Menge murrte. Ayae konnte nur die Stimmen in ihrer unmittelbaren Nähe deutlich hören. »Wieso hat man sie von der Insel gelassen?«, fragte ein Mann. »So bald schon!«, wunderte sich ein anderer. Sie wandte sich mit dem Rest der Menge um und schaute zur anderen Seite von Nale. »Könnt ihr sie sehen?«, fragte eine Frau in die Runde. Ayae musste die Frage verneinen. Sie war zu klein, um über die Köpfe hinwegzuschauen. Immerhin konnte sie Caelis blondes Haar erkennen, das in der Sonne fast weiß leuchtete. Sie drückte die Frau, die eben gesprochen hatte, ein wenig zur Seite, drängte sich nach vorne durch und kam genau in dem Moment in der ersten Reihe an, als die Herrin der Geister vortrat.

Nachdem in Yeflam monatelang, spontan oder gegen Bezahlung, Zeitungsartikel wie auch Flugblätter und Gerüchte die Runde gemacht hatten, wäre es kein Wunder gewesen, wenn die Bevölkerung Muriel Wagan unterschätzt hätte. Respekt hatte die Menge vor ihr jedenfalls nicht, denn ihr Gang zum Podium wurde von Spottrufen begleitet.

Doch die schienen an Lady Wagan einfach abzuprallen. Sie war nicht sehr groß, deshalb blieb es ihr verwehrt, durch ihre Haltung Überlegenheit und Macht auszudrücken. Sie war auch nicht jung genug, um unschuldig und schutzbedürftig zu erscheinen und so die Menge für sich zu gewinnen. Nein, Muriel Wagan hatte die Mitte ihres Lebens bereits hinter sich, und in den Monaten auf Wila war ihre Figur zusehends erschlafft. Da sie also die Bewohner der Stadt weder durch ihre Erscheinung noch durch ihre Hilflosigkeit beeindrucken konnte, schenkte sie ihnen keine Beachtung. Der Saum ihres grün-weißen Gewandes schleifte über das Pflaster, verfing sich immer wieder an einem Stein und franste aus. Dann stand sie endlich auf dem Podium, wo schon andere vor ihr gestanden hatten, und warf den Richtern einen verächtlichen Blick zu, als wüsste sie bereits, was sie zu sagen hatten.

»Lady Wagan.« Lian Alahn bat abermals mit erhobenen Händen um Ruhe und wartete, bis die Menge verstummt war. »Muriel«, fuhr er schließlich fort. »Würden Sie uns bitte erzählen, was zwischen Ihnen und den Hütern Fo und Bau vorgefallen ist?«

»Die Hüter Fo und Bau wurden nach Mireea geschickt, nachdem ich um Hilfe gebeten hatte«, antwortete sie ruhig. »Wir hatten mit Yeflam vor langer Zeit einen Beistandspakt geschlossen, der unterzeichnet wurde, bevor die erste Stadt fertiggestellt war. Ohne auf alle Einzelheiten einzugehen, wurde darin festgelegt, dass im Falle eines Angriffs gegen eine Partei die jeweils andere bei der Verteidigung des Landes und seiner Bewohner helfen sollte. Ein ähnliches Abkommen gab es mit den Reichen von Faaisha und mit Leera. Die Stämme des Hochlandes haben keine solchen Verträge mit irgendeiner anderen Nation, aber es gibt Absprachen über den Handel und die Anerkennung der Grenzen. Bis dahin hatten wir noch keinen Anlass gehabt, uns auf diese Verträge zu berufen, doch nun konnten wir nicht mehr sicher sein, ob sich Leera in Zukunft auf wenige kleine Grenzverletzungen beschränken würde. Wir hatten in den sechs Monaten zuvor erleben müssen, wie sich die Übergriffe häuften, und ich selbst und Hauptmann Aned Heast waren überzeugt, dass eine größere Streitmacht im Anmarsch sei. Die Entsendung der Hüter Fo und Bau war eine direkte Reaktion auf diese Situation.«

»Darf ich kurz unterbrechen?« Gall Bertan erhob sich, ohne eine Antwort abzuwarten. »Ich sehe den Hauptmann hier nicht – wird auch er uns zur Verfügung stehen?«

»Dazu kann ich nichts sagen«, lautete die Antwort.

»Wieso nicht?«

»Weil er nicht länger in meinen Diensten steht«,

»Sie haben Aned Heast gefeuert?« Aus der Stimme von Olivia Raz klang trockener Zynismus. »Lady Wagan, Sie müssen uns schon für sehr töricht halten, wenn Sie uns das weismachen wollen.«

»Es gab schwerwiegende Anschuldigungen gegen ihn«, antwortete Lady Wagan ohne Zögern. »Ich sah darin eine ernst zu nehmende Bedrohung der bis dahin harmonischen Beziehungen zwischen Yeflam und Mireea, und deshalb war ich gezwungen, ihn aus meinen Diensten zu entlassen.«

»Er befindet sich aber doch noch auf Wila?«

»Nein.«

»Nein?«, wiederholte Gall Bertan hörbar entrüstet.

»Dazu kann ich nur feststellen«, gab Lady Wagan ruhig zurück, »dass Aned Heast sein eigener Herr ist. Er hat Wila verlassen, wie es das Recht eines freien Mannes ist.«

»Ich danke Ihnen.« Lian Alahn legte Bertan eine Hand auf die Schulter, um ihn zum Schweigen zu bringen. »Muriel, Sie sind nicht hier, um Fragen nach Ihrem Hauptmann zu beantworten.«

»Wie gesagt, er steht nicht mehr in meinen Diensten.«

»Wir wollten über die Hüter Fo und Bau sprechen«, erinnerte er sie.

»Natürlich.« Ein Lachen ging durch die Menge, aber die Herrin der Geister tat so, als hätte sie es nicht gehört. »Sie kamen mit dem Auftrag nach Mireea, sich ein Bild von der Lage zu machen. Zunächst hatte ich gehofft, sie würden mir beim Aufbau einer Verteidigung gegen die Leeraner behilflich sein. Die beiden hätten mir manches erleichtern können, aber sie hatten strikte Anweisung, nicht einzugreifen. Damit musste ich mich schließlich abfinden. Wie es ihrem Stand entsprach, überließ ich ihnen einen der Türme meiner Burg als Wohnung und gewährte ihnen Zutritt zu allem, was sich auf Gers Rücken tat. Abgesehen von reinen Staatsgeschäften gab es nur sehr wenig, was man ihnen vorenthielt, und sogar von manchen Staatsangelegenheiten wurden sie in Kenntnis gesetzt. Beide nahmen an mehreren öffentlichen Sitzungen teil, meistens blieben sie jedoch in ihrem Turm. Später hörte ich zu meinem Entsetzen, dass sie von den Dienern verlangt hatten, ihnen kleine Tiere zu besorgen. Deren Vorgesetzte meldeten, die Leute, die in den folgenden Tagen die Überreste dieser Tiere zu beseitigen hatten, seien tief erschüttert darüber gewesen, was man mit ihnen angestellt hatte.«

»Ich wüsste nicht, was die Studien der Hüter Fo und Bau mit diesem Prozess zu tun haben.« Eiras Stimme klang kalt. »Der Forschungseifer der beiden ist allgemein bekannt.«

»Das kann man wohl sagen«, bestätigte die Herrin der Geister. »Die Nachricht von der Seuche auf Xeq, der wir ihr Kommen verdankten, war bis zu uns nach Mireea gedrungen. In einem besonderen Fall war es uns möglich, über die Arbeit von Hüter Fo eine Verbindung zwischen den von ihm getöteten Tieren und der Seuche herzustellen, die er in Mireea entfesselt hatte.«

Jetzt klang das Murren in der Menge um Ayae anders als zuvor. Links von ihr rief eine Frauenstimme: »Xeq«, und sie hörte den Namen der Stadt immer und immer wieder. Im Geiste sah sie wieder das Feuer vom Himmel regnen und schloss die Augen, um das Bild zu verdrängen. Hinter ihr murmelte ein Mann: »Entschädigung für die Familien …«, während ein anderer verbittert bemerkte: »Wir alle waren seine Ratten.«

Der Bettler erhob sich von seinem Platz. »Das ist eine schwere Anschuldigung, Lady Wagan«, sagte er über die Stimmen der Menge hinweg. »Haben Sie dafür Beweise?«

»Hüter Fo kam aus dem Spital, als alles anfing«, antwortete sie.

»Die Heilerin Reila Juloya hat einen Bericht angefertigt, der allen Anwesenden zur Verfügung steht. Kurz zusammengefasst stellt sie eine Verbindung zwischen verschiedenen Vorgängen im Körper der Seuchenopfer und einer Reihe von Krankheiten her, die Hüter Fo als sein Werk bezeichnet hat. Besonders bemerkenswert ist ihre Vermutung, dass es sich um eine Abart einer Seuche mit Namen ›Götterfassade‹ handelt. Der Name ist in Yeflam sicherlich nicht unbekannt. Wir fanden die Erreger in den Kadavern von Vögeln, die Feldwebel Illaan Alahn als Haustiere hielt, und später auch in seinem Körper. Auf diese Weise konnte Reila Juloya den Zusammenhang leicht feststellen.«

»Wir werden den Leichnam des Feldwebels untersuchen …«

»Die Überreste meines Sohnes«, schaltete sich Lian Alahn prompt ein, »sind in Mireea geblieben, Hüter.«

»Aber der Vogel ist hier«, hielt Lady Wagan dagegen. »Benan Le'ta hat ihn an sich genommen.«

Nun geriet die Menge außer sich, und die Garde von Yeflam musste sehr lautstark Ruhe fordern.

»Warum haben Sie uns den Vogel nicht mitgebracht?«, fragte der Bettler, als wieder Stille eingekehrt war.

»Ich musste ihn als politisches Druckmittel einsetzen, um die Sicherheit meiner Leute zu gewährleisten«, antwortete Muriel Wagan, und jetzt klirrte ihre Stimme wie Stahl. »Die Hüter hatten mich auf Gers Rücken im Stich gelassen, und mir wurde sehr deutlich gemacht, dass wir bei einer Flucht in ihrer Stadt keine Aufnahme finden würden. Die Gilde der Kaufleute war jedoch anderer Meinung. Benan Le'ta hatte vor, den Vogel bei seinem Propagandafeldzug gegen die Enklave einzusetzen, sobald er ihn in Händen hätte. Doch innerhalb der Gilde gab es Widerstand gegen seine Vorgehensweise – das sehe ich doch richtig, nicht wahr, Herr Alahn?«

»Ich bin nicht als Sprecher der Kaufmannsgilde hier«, wich Alahn in düsterem Ton aus. »Ich sage nur, dass ich nicht damit einverstanden war, wie mein Sohn in dieser Angelegenheit benutzt wurde.«

»Sie haben …« Kaqua musste die Stimme heben, um sich verständlich zu machen. Die Menge wurde zusehends aufgebrachter, und von ganz hinten ließen sich die ersten zornigen Stimmen vernehmen. Die Unmutsäußerungen brandeten jetzt in Wellen auf das Podium zu. »Sie haben uns Qian übergeben«, wiederholte er, nachdem die Gardisten ein weiteres Mal für Ruhe gesorgt hatten. »Deshalb führen wir diesen Prozess. Dass Sie unter den Hütern Fo und Bau zu leiden hatten, wird hier nicht bestritten. Sie brauchen die Hüter also nicht zu diffamieren, es sei denn, Sie wollten damit zu Qians Verteidigung beitragen.«

»Qian ist aus freien Stücken nach Yeflam gekommen«, sagte Lady Wagan. »Mag sein, dass er in Ketten hierher gebracht wurde, aber gegen seinen Willen hätte ich sie ihm ebenso wenig anlegen können, wie mir das bei Fo und Bau möglich gewesen wäre.«

»Jagt sie aus dem Zeugenstand!«, ertönte Eiras scharfe Stimme. »Sie ist keine glaubwürdige Zeugin. Sie stellt Fo und Bau als gewöhnliche Verbrecher dar!«

»Nein«, widersprach Muriel Wagan freundlich. »Ich stelle sie als tollwütige Hunde dar, die den Tod verdient haben. Ich selbst habe zuvor schon versucht, diese Hunde zu töten.«

Jetzt begann die Menge zu toben.

Ayae befiel eine leise Unruhe, als die Stimmen über ganz Nale schallten. Die Garde von Yeflam bemühte sich abermals nach Kräften, die Ordnung wiederherzustellen, aber ihre Befehle gingen im Lärm unter. Auf dem Podium verließen Xrie und Oake ihren Platz neben Zaifyr, um den zunehmend ratloseren Gardisten Anweisungen zuzurufen. Ayae sah, wie Kaqua die Hände hob, aber auch er konnte sich kein Gehör verschaffen. Sie trat unbeholfen einen Schritt vor. Ihre Beine waren überraschend steif, aber sie zwang sich zu einem zweiten Schritt, um sich aus der Menge zu lösen. Sie musste Lady Wagan oder, sollte die Menge sich gegen Zaifyr wenden, auch ihm helfen. Beim dritten Schritt hatten sich alle Richter auf dem Podium erhoben, aber auch gemeinsam konnten sie sich gegen die Menge nicht durchsetzen.

»*GENUG!*« Die Stimme des Bettlers donnerte mit solcher Wucht über Nale hin, dass tatsächlich Ruhe einkehrte. »Lady Wagan, ich verlange eine Erklärung!«

»Tatsächlich?« Die Herrin der Geister saß ungerührt auf dem Podium. »Zwei Männer haben in Mireea eine Seuche entfesselt, und ich habe darauf so reagiert, wie es meiner Stellung entsprach. Soldaten meiner Garde wurden zusammen mit Angehörigen der

Söldnertruppe Stahl und einer Ihnen bekannten jungen Frau namens Ayae ausgeschickt, um beide Hüter zu töten.« Als Ayae ihren Namen hörte, fühlte sie sich schutzlos preisgegeben. »Die Verluste waren sehr hoch, aber das hatte ich vorher gewusst. Nicht gewusst hatte ich dagegen, ob es überhaupt Überlebende geben würde. Aber mir blieb kaum eine andere Wahl, vor meinen Toren stand ein feindliches Heer, für Barmherzigkeit war keine Zeit mehr. Als ich die Soldaten ausschickte, um die Hüter Fo und Bau zu töten, war Qian dem Tode nahe. Er war im Spital Fos Angriff zum Opfer gefallen – wir nehmen an, er ist der Frau, die der erste Träger der Krankheit war, in das Gebäude gefolgt. Meine Heiler waren nicht sicher, ob er genesen würde.«

»Aber er ist genesen«, sagte Kaqua. »Und wenig später ließ er die Toten in Ihrer eigenen Stadt als Geister wiederauferstehen, ganz ähnlich wie einst in Asila.«

»Doch anders als in Asila hat er damit die Bevölkerung von Mireea gerettet«, entgegnete sie. »Das sollte auf keinen Fall vergessen werden. Danach bot er mir an, sich in Ketten nach Yeflam bringen zu lassen, um damit für die Bürger von Mireea eine sichere Zuflucht zu erkaufen. Das überraschte mich, aber ich willigte ein. Das leeranische Heer war immer noch vor Ort. Der Berg selbst war dabei, zu zerfallen. In Mireea herrschten Angst und Verwirrung. Ich hatte keine andere Wahl, außerdem war ich nach wie vor der Meinung, in Yeflam wären ich und meine Leute am besten aufgehoben. Hätte ich gewusst, dass man uns wie Gefangene behandeln würde, hätte ich Qians Angebot vielleicht abgelehnt.«

»Sie sind hier sicher, Lady Wagan«, beteuerte ihr der Hüter. »Alle Mireeaner sind hier sicher. Es betrübt mich zu hören, dass Sie daran zweifeln.«

»Ich zweifle daran, weil mein Feind sich frei bewegen kann und ich nicht.«

Lady Wagans Worte wurden von der Menge mit Schweigen aufgenommen, und dieses Schweigen, dachte Ayae, war schlimmer als die Schreie zuvor. Sie wandte sich den Richtern zu, doch das Unbehagen der Menge spiegelte sich in ihren Gesichtern nicht wider. Als ihr Blick auf die Hüterin mit dem Beinamen ›die Kalte Hexe‹ fiel, sah sie vielmehr, dass der Zorn der Frau, der sich bisher einzig und allein gegen Zaifyr gerichtet hatte, nun in gleichem Maße ihr galt.

»Ich danke Ihnen, Lady Wagan«, sagte Lian Alahn. »Wenn Qian keine Fragen an Sie hat, können Sie den Zeugenstand verlassen.«

»Nein«, sagte Qian. Seine Stimme klang seltsam hohl, als spräche er aus großer Entfernung. »Ich habe keine Fragen. Aber ich glaube«, fuhr er fort, und es war, als wäre seine Stimme aus der Ferne zurückgekehrt, um zu der Menge sprechen zu können, »ich werde mich nun doch zur Sache äußern.«

Was Leviathan sah

»Dreimal bekommt man die Gelegenheit, den leeranischen Gott anzunehmen«, berichtete mir Jiqana. Als ich sie fand, war sie im Besitz einer reichen Familie in der Stadt Xanoure in Gogair. Dort musste sie in einem privaten Gästehaus für Diplomaten aus anderen Nationen putzen und in der Küche arbeiten. Bevor man Jiqana geblendet hatte, war sie eine Meisterköchin gewesen, und wegen dieser Fähigkeiten in Verbindung mit ihrer Behinderung erzielte sie einen guten Preis. Ihr Besitzer versprach seinen Gästen, dass in dem neuen Haus, in dem er selbst nicht wohnte, niemand ein Gesicht in Erinnerung behalten würde. Dieses Versprechen fand großen Anklang, doch an dem Abend, als ich Jiqana kennenlernte, hielt sich dort außer ihr niemand auf. Ich kochte in der Küche Tee, und wir redeten bis tief in die Nacht hinein miteinander. »Das erste Mal wird man aufgefordert, sich zu ihrem Gott zu bekehren«, fuhr sie fort, »wenn man ins Lager gebracht wird, aber da ist noch niemand dazu bereit. Alle wissen, wer gleich beim ersten Mal zustimmt, der gilt als Lügner. Solche Gefangenen töten die Gläubigen und verfüttern ihr Fleisch an ihre Tiere.«

Jiqana sah noch andere Gräuel, bevor man ihr das Augenlicht nahm. Menschen beiderlei Geschlechts waren aufs Grässlichste verstümmelt worden. Danach hatten leeranische Soldaten auf deren eigenen Wunsch die Körper dieser Bedauernswerten verändert. »Sie hatten darum gebeten, für immer mit Stacheln, Knochen oder Fell versehen zu werden«, sagte sie. »Von diesen Menschen gab es jedoch nicht viele: Ich selbst sah zum Beispiel nur zwei, aber aus Gesprächen entnahm ich, dass es noch weitere gab. Sie hatten alle zwei Namen, einen für die Vergangenheit, den anderen für die Gegenwart. Der Name der Vergangenheit wurde mit großer Achtung ausgesprochen, der Name der Gegenwart dagegen mit Angst.«

Tinh Tu,
»*Geheimes Tagebuch*«

74

»Sie reden über uns, Herr Le«, flüsterte die Erste Königin mit ihrer schwachen Stimme. »Hinter unserem Rücken. Die Dunkelheit in den Ecken verbirgt, wie sie mit den Fingern auf uns zeigen. Sie reden über mich. Sie reden über Sie. Gelegentlich reden sie auch über uns beide. Es heißt, Sie hätten nicht genügend Reue gezeigt, als Sie um Vergebung baten, und ich hätte Ihnen zu leicht verziehen.«

Bueralan schob ihren Stuhl an den Rand des Balkons. Der Lärm von Yoala Fes Fest drang nur gedämpft durch die Glastüren nach draußen. Die Königin ruhte in ihrem schweren, reich verzierten Rollstuhl, eine dunkelrote Decke lag über ihren schwachen Beinen. Sie bot das Bild einer Frau am Ende ihres Lebens, der die Macht allmählich aus den Händen glitt. So hatte sie sich auch vor den Gästen im Schloss ihrer Tochter präsentiert. In den ersten Stunden hatte sie kein Wort gesprochen und allen, die sie begrüßten, nur lächelnd zugenickt. Dann hatte sie sich, scheinbar zögernd, in Gespräche ziehen lassen. Vorwiegend waren es Ooilaner, die auf sie zukamen, doch auch ein paar braunhäutige Saan, darunter Usa Dvir, machten ihr ihre Aufwartung. Der große, dünne Mann hatte sich leicht verneigt und Bueralan lange mit deutlichem Unbehagen angesehen, den Saboteur aber nicht begrüßt. Wie bei den meisten anderen galt Dvirs Aufmerksamkeit vor allem der *Stimme der Königin*, die neben der alten Frau stand und alle Fragen mit leisem Humor, schlichter Herzlichkeit und gelegentlich mit Kälte beantwortete. Sie war auch jetzt noch im Saal und hielt dicht vor den geschlossenen Glastüren Hof.

»Sie hören mehr als ich«, gestand der Saboteur der Ersten Königin.

»Meistens höre ich gar nichts, aber die Lippenbewegungen sind sehr deutlich.« Sie stieß ein heiseres Lachen aus. »Was schätzen Sie, wie lange es dauert, bis man Sie hängt, nachdem meine Tochter mich getötet hat?«

Als die Kutsche vor dem Eingang von Yoala Fes Schloss anhielt, waren sie von der jüngsten Tochter der Ersten Königin empfangen worden. Yoala Fe, die Dritte Prinzessin, hatte mit eigener Hand den

Wagenschlag geöffnet. Ihre Hände, Handgelenke und Arme waren ohne jeden Schmuck. Nur in das lange Haar, das um die Krone auf ihrem Kopf gewunden war, hatte man Gold und Kupferfäden eingeflochten. Ähnlich schlicht, wenn auch elegant war Yoalas in Gelb und Orange gehaltenes Gewand, doch trotz des vorteilhaften Schnitts konnte es nicht verbergen, dass sie gealtert war, seit Bueralan sie zum letzten Mal gesehen hatte. Sie näherte sich der Lebensmitte, und die Jahre hatten ihr viel von ihrer jugendlichen Schönheit geraubt und ihre Züge hart gemacht. Diese Härte sprach nicht nur aus ihren schwarzen Augen, als er aus der dunklen Kutsche stieg. Sie wurde auch verkörpert durch zwei braunhäutige Männer hinter ihr, an deren verschränkten Armen dicke Kupferarmbänder wie klirrende Schwerter gegeneinanderschlugen.

»Vielleicht würde man mich am Leben lassen«, sagte Bueralan, »wenn ich etwas mehr Reue bekundete.«

»Saan-Krieger mit so vielen Armbändern wissen nicht, was Reue ist.«

»Männer mit derart vielen Armbändern sind gewöhnlich keine Gardisten, es sind Soldaten, Veteranen aus den Kriegen der Saan.« Hinter der hölzernen Balkonbrüstung steckten Fackeln an langen Stangen im Boden und drängten mit ihren Flammen die Dunkelheit zurück. »Die Fahrt in Ihrer Kutsche hat mir gefallen. Sie wird mir in besserer Erinnerung bleiben als meine Erlebnisse mit dem Hundertsten Prinzen.«

»Sie schmeicheln mir.«

Er lächelte.

»Ich kann mich nur schwach an ihn erinnern, aber ich hoffe doch, dass ich mich sehr von Jehinar Meih unterscheide.« Die zarten Hände der Ersten Königin lagen ein Stück voneinander entfernt in ihrem Schoß, als hielte sie zwischen den Fingern die Erinnerung an eine Gestalt, die sie einst geliebt hatte. »Zum Beispiel habe ich nicht meinen Familiennamen geändert, um ihn dem Namen von Aelyn Meah ähnlicher zu machen. Wie konnte er nur so töricht sein zu glauben, damit ginge etwas von ihrer Macht auf ihn über? Ich habe ihm einmal gesagt, das Recht zu herrschen hänge nicht vom Namen ab, sondern von dem Schoß, aus dem man einst kam. Es muss der richtige Schoß sein.«

»Das hat er oft zitiert.«

»Ich sagte es im Scherz, aber es hat sich als wahr erwiesen.«

»Das habe ich auch festgestellt.« Weit draußen erlosch eine der Fackeln. »Nach meiner Erfahrung entstehen auf diese Weise eher schlechtere als bessere Herrscher, aber Jehinar wäre nicht besser gewesen als Sie. Vielleicht hätte ich mir als junger Mann die Welt ansehen sollen, bevor ich ihm begegnete und nicht erst hinterher.«

»Sie waren wie so viele junge Menschen«, sagte die Erste Königin leise. »Sie wollten die Veränderung sofort und nicht erst später. Sie wollten nicht warten, bis unser Volk mit der Langsamkeit eines Gletschers die Ecke erreichte, um die Sie bereits gebogen waren. Wären Sie älter gewesen, Sie wären wahrscheinlich in Illate gefallen. Aber Sie waren noch jung, und so hielten Sie sich an den Prinzen.«

»Ich glaube heute nicht mehr, dass Jehinar den Sklavenhandel abgeschafft hätte.« Zean hatte das schon immer gesagt, doch erst nachdem er Bueralan und den Hundertsten Prinzen vor dem Sklavenhändler gerettet hatte, war Bueralan klar geworden, wie recht er gehabt hatte. »Immerhin bleiben Sie nicht vor der Ecke stehen.«

»Ihre Mutter würde sich über Ihren Zynismus freuen.« Auf der Straße erschien der Schatten eines Mannes und strebte der erloschenen Fackel zu. »Ich würde gerne sagen, ich hätte Ihnen ihretwegen verziehen. Hätte Samuel Orlan nicht für Sie gebürgt, dann hätte ich auf ihr Andenken verwiesen, um Ihre Rückkehr zu rechtfertigen, aber das wäre nicht die ganze Wahrheit gewesen. Wenn ich ehrlich bin, Bueralan, hilft mir der Grund für Ihre Rückkehr sehr dabei, um die besagte Ecke zu biegen. Ich hatte damit nicht gerechnet, und ich hoffe um Ihretwillen, dass Sie sich keine Lüge um den Hals gebunden haben, doch selbst wenn dem so wäre, könnte Ihr Blutsbruder stolz darauf sein, was mit dieser Lüge erreicht werden wird.«

Zean würde es für eine Dummheit halten. Laut sagte er: »Sie glauben nicht daran, dass eine Seele wiedergeboren werden kann?«

Die Erste Königin, selbst eine Wiedergeburt einer der fünf Königinnen, die Ooila vor drei Jahrhunderten mit Stahl und Blut neu gestaltet hatten, lachte trocken in sich hinein. »O doch, das ist durchaus möglich. Wenn Sie so viele Bücher darüber gelesen hätten wie ich, würden Sie nicht zweifeln«, sagte sie dann. »Aber ich fühle mich nicht, als wäre ich mehrere Hundert Jahre alt, und ich kann mich auch nicht an jedes kleine Detail dieser Leben erinnern. Gelegentlich blitzen einzelne Bilder auf, und jedes Mal handeln sie von Revolutionen und Umbrüchen, bei denen alte, verkrustete Machtstrukturen weggefegt wurden, die so sehr an einen Käfig erinnerten. Gelegentlich habe ich das Gefühl, dass dieser Käfig immer noch existiert und mich und meine Töchter eisern festhält.«

Weit draußen flackerte ein Flämmchen auf und wurde größer. »Die beiden Saan, die hinter Yoala standen«, bemerkte er, »sind Brautgeschenke.«

»Sie sollen sicherstellen, dass auch wirklich ein Dvir-Sohn neben meiner Tochter auf dem Thron sitzt«, sagte sie. »Die Verlobung wird noch heute Abend verkündet werden.«

»Nach den Vorstellungen der Saan ist sie zu alt, um ein Kind zu bekommen.«

»Sie ist auch zu alt, um noch Prinzessin zu sein.«

Darauf erwiderte Bueralan nichts.

»Sie hätten sie heiraten sollen«, sagte die Erste Königin traurig. »So wie Ihre Mutter und ich es vor langer Zeit geplant hatten.«

75

Als die Nachmittagssonne aufging, sagte Kye Taaira: »Wir werden verfolgt, Hauptmann.«

»Wir werden auch beobachtet«, erwiderte Heast und nahm die Zügel an. Vor ihm war die Straße, der er und der Stammesmann folgten, die Straße, die aus Gers Bergen hinausführte, zu Streifen aus Erde und Fels zerborsten. Die Risse sahen anders aus als die Schäden nach den Erdbeben, sie waren glatter und durchgängiger. Hauptsächlich hatte man Seile an Baumstämme gebunden und sie von Ochsen umreißen lassen, aber zwischen den Stämmen mit den Seilspuren und den grob umgepflügten Erdschollen waren auch Axthiebe und Brandspuren zu erkennen. Diese Verwüstungen hatte das leeranische Heer bei seinem Rückzug aus den Bergen angerichtet. Wobei Rückzug wahrscheinlich ein zu starkes Wort war, dachte Heast. General Waalstan und die Leeraner hatten sich in Mireea eine blutige Nase geholt, aber sie hatten keine Niederlage erlitten – an dieser Tatsache kam man ebenso wenig vorbei wie an den Wurzeln der riesigen umgestürzten Bäume. »Es hat schon in Mireea angefangen.«

»Eine seltsame Unterscheidung. Ich dachte immer, wenn man verfolgt wird, wird man auch beobachtet«, sagte der Stammesmann. »Übrigens ziehen sich die Schäden noch eine ganze Weile hin. Oberhalb der Bäume gibt es einen neuen Weg, aber wir müssen erst das Trümmerfeld hier überwinden, um ihn zu erreichen.«

Heast schwang mühsam sein rechtes Bein über den Pferderücken und bemühte sich, den Schmerz zu unterdrücken, der ihm dabei durch das linke fuhr. Er wusste, dass da, wo Stahl und Fleisch aufeinandertrafen, das Narbengewebe aufgebrochen war – diesen scharfen Schmerz spürte er nur, wenn es besonders schlimm war. Als er auf dem Boden stand, fasste er unwillkürlich mit der linken Hand an die wunde Stelle, ohne die Zügel in der Rechten loszulassen. »Ist der Verfolger einer Ihrer Ahnen?«

»Ich denke schon«, antwortete Kye Taaira. »Er hält großen Abstand, und er ist vorsichtig, aber ich kann ihn dennoch spüren.«

»Wird er alleine angreifen?«

»Vielleicht.« Das Sonnenlicht fiel auf den Griff seines schweren zweihändigen Schwertes, aber die Waffe blitzte nicht auf, sondern blieb ein sprödes, fleckiges Stück Metall. »Wie er sich verhält, wird davon abhängen, welcher Ahne es ist. Und wer, glauben Sie, beobachtet uns, Hauptmann?«

»Ich bin mir nicht sicher.« Heast kehrte dem anderen Mann und seinem Schwert den Rücken zu. Ein langer, abgebrochener Ast führte hinauf zu den umgestürzten Bäumen. Dort war andeutungsweise so etwas wie ein Pfad zu erkennen, den jemand mit einem Schwert oder einer Axt freigeschlagen hatte. Er stieg mit dem guten Bein auf den Ast, und sein Pferd folgte ihm willig. »Waren Sie überrascht, dass die Leeraner die Straße zerstört haben?«

»Als ich zum ersten Mal hier durchkam, fand ich es schon merkwürdig«, gab Taaira zu. »Ich dachte zunächst, man hätte den Weg abschneiden wollen, der ins Feindesland führt. Doch dann wurde mir klar, dass damit auch Feinden der Weg abgeschnitten wurde.«

»Das hätte ich von General Waalstan nicht erwartet.«

»Ich hatte nicht den Eindruck, dass Sie beide sich schon einmal begegnet sind.«

»Sind wir auch nicht.«

Langsam stieg Heast über einen dicken Stamm weiter nach oben. Man hatte darauf verzichtet, kleinere Äste und Blätter abzuschneiden, um den Pferden das Durchkommen zu erleichtern, und ehe er über einen dicken, abgerundeten Astknorren einen noch dickeren Stamm erreichte, musste er zweimal anhalten und spitze Zweige abbrechen, bevor sie sich ins Fleisch des Pferdes bohren konnten. Doch während er sich weiter vortastete, kehrte er in Gedanken zu der Nacht zurück, in der er die Mireeaner aus ihrer Stadt geführt hatte. Er hatte damit gerechnet, dass ihnen die Leeraner folgen und die Todeskrieger mit ihren leichten Rüstungen sie von beiden Seiten in die Zange nehmen würden. In der ersten Woche hatte er jeden Morgen erwartet, beim Aufwachen die Meldung von einem Angriff durch Männer und Frauen mit spitz zugefeilten Zähnen zu bekommen, doch diese Meldung blieb aus. Irgendwann hatte er sich dies damit erklärt, dass die Stadt in der Hand der Geister war. Kein General hätte seine Soldaten so ohne Weiteres durch die zerstörten Straßen schicken können. Die Erdbeben waren ein weiteres Hindernis. Waalstan waren beim Angriff auf Gers Rücken einige Fehler unterlaufen. Heast hatte ihn zwar als besonnen und gründlich planenden General kennengelernt, aber auch festgestellt, dass er auf unerwartete Veränderungen auf dem Schlachtfeld nur langsam und wenig gezielt reagierte. Dieses Urteil war in sein Bild von Waalstan eingeflossen, und deshalb hatte ihn der Verzicht auf eine Verfolgung nicht überrascht. Dies hingegen …

»Die Zerstörung dieser Straße würde die Soldaten von Yeflam zwingen, zu Wasser zu reisen«, sagte Heast. »Immer vorausgesetzt, sie wollten in den Krieg ziehen.«

»Andererseits befindet sich der leeranische Gott in Yeflam«, gab der Stammesmann zu bedenken. »Sie wäre doch sicherlich nicht dorthin gegangen, wenn sie befürchtet hätte, sich damit in Gefahr zu bringen.«

»Die Teilnahme am Prozess könnte ihr ein gewisses Risiko wert gewesen sein, aber vielleicht übersehen wir das Offensichtliche.«

»Und das wäre«?

»Wo sind die Geister von Mireea?« Vor Heast erschien ein dicker Ast, der erste in einer ganzen Reihe, die an den Bäumen entlangführte. »Unsere Vorsicht war unnötig. Wir hätten auch bei Nacht durch die Stadt gehen können, ohne etwas anderem zu begegnen als bei Tag. Wir wollten die Gefahr umgehen, aber wie sich herausstellte, haben wir damit nicht mehr gewonnen, als dass wir die zerstörte Straße zu sehen bekamen. Die Priester, denen Sie gefolgt sind, glaubten offensichtlich an eine Gefahr, sie waren so sehr davon überzeugt, dass sie am Stadtrand blieben. So verhält man sich nur, wenn man der Gefahr bereits einmal ins Auge gesehen hat.«

Der Stammesmann hinter ihm schwieg. Vor Heast tat sich eine Lücke auf. »Sie glauben, der leeranische Gott hat die Geister vertrieben«, sagte Taaira endlich.

Heast stieg unsicher über die Lücke hinweg. »Ist das nach allem, was Sie in Ihrer Heimat erlebt haben, so schwer vorstellbar?«

»Nun, das nicht«, sagte Kye. »Man könnte sich auch vorstellen, dass sie die Geister gar nicht vertrieben, sondern sich untertan gemacht hat.«

»Wenn das zutrifft, stecken wir beide in Schwierigkeiten.« Heast hatte wieder festen Boden unter den Füßen und führte die Pferde zu einem schmalen Pfad, der ebenfalls mit Axt und Schwert frei gehauen worden war. »Die Geister von Mireea beobachten uns, Taaira. Und das tun sie schon seit einer ganzen Weile.«

76

Als Zaifyr das Wort ergriff, kam seine Stimme wie aus weiter Ferne und schien nach Blut und Salzwasser zu schmecken. »Nein, ich habe keine Fragen«, sagte er. Die Worte hallten in seinem Kopf wider und vermischten sich mit den letzten Sätzen, die Muriel Wagan und der Bettler gewechselt hatten. Die Worte des Hüters, seine Beteuerung, die Herrin der Geister sei in Yeflam in Sicherheit, klangen in dieser Verbindung noch hohler als in Wirklichkeit. Das Echo schwächte sich ab, als er sich erhob, seinen Käfig verließ, als tauchte er aus den schwarzen Wellen von Leviathans Blut auf, und sagte: »Ich glaube, ich werde mich nun doch zur Sache äußern.«

»Sie müssen warten, bis Sie aufgerufen werden.« Lian Alahns Stimme klang wie das Knallen einer Peitsche. »Es gibt hier eine Verfahrensordnung, Qian …«

»Das ist nicht mein Name.« Er hatte immer noch diesen Salzgeschmack auf der Zunge und spuckte aus. »Nicht mehr.«

Unheilvolles Schweigen trat ein. Die Gefühle der Menge waren noch aufgeheizt von Muriel Wagans Zeugenaussage, ihre Anschuldigungen gegen Fo und Bau hatten den schon vorhandenen Groll noch weiter verstärkt. Zaifyr erkannte, dass er besser nicht ausgespuckt hätte. Damit hatte er herausgefordert, dass sich diese Gefühle nun gegen ihn richteten und die Arroganz der beiden Hüter nur wie ein Echo seiner eigenen Überheblichkeit erschien.

»Ihr unübersehbarer Mangel an Respekt vor diesem Gericht«, sagte Alahn kalt, »und vor den hier versammelten Menschen wurde vermerkt. Setzen Sie sich wieder auf Ihren Platz und warten Sie, bis Sie aufgerufen werden. Sie müssen sich an die Regeln halten.«

»Sonst?«

»Dieser Prozess kann jederzeit beendet werden«, drohte Alahn. »So wie dieser Tag enden wird. Sie haben hier nicht zu bestimmen.«

»Dieser Prozess ist nichts als ein billiges Spektakel.« Zaifyr schmeckte immer noch das Salz auf der Zunge, aber er wusste jetzt, dass es nicht real war, und spuckte nicht noch einmal aus. »Ich weiß das, denn ich habe mitgeholfen, es zu inszenieren.«

»Qian, du musst damit aufhören.« Wieder hob Kaqua die Hände, diesmal nicht, um die Menge zu beruhigen, die ohnehin schwieg, sondern um die Richter zu beiden Seiten zu beschwichtigen. »Wir wollen untersuchen, welche Rolle du beim Tod der Hüter Fo und Bau gespielt hast. Wir haben außergewöhnliche Anstrengungen unternommen, um dieses Verfahren, auf das du selbst gedrungen hattest, auf die Beine zu stellen. Die damit verbundenen Schwierigkeiten waren uns durchaus bewusst, und deshalb haben wir ein Reglement geschaffen, das beispiellos demokratisch ist. Tausend Männer und Frauen aus Yeflam haben das Recht, für oder gegen deine Unschuld zu stimmen. Die Personen, die rechts und links von mir sitzen, sind lediglich Helfer und sollen die Diskussion leiten. Zugegeben, nicht alle sind völlig neutral, aber deine Handlungen hatten auch weitgehende Auswirkungen. Wir haben uns bemüht, dafür zu sorgen, dass bei uns Zwölfen ein ausgewogenes Verhältnis besteht. Wer das bestreitet, beleidigt uns und unsere Arbeit. Wenn du findest, dass die vorgelegten Beweise einseitig gegen dich sprechen, dann zeigen sie vielleicht nur, dass dein Leben voller Gewalt und Grausamkeit war und zu Recht Entsetzen hervorruft.«

»Dem widerspreche ich nicht«, sagte Zaifyr und wandte sich vom Podium ab.

Jae'le und Aelyn standen vor der weißen Wand der Enklave und beobachteten ihn gespannt. Jae'le hatte Zaifyr gewarnt, dass dieser Moment – der Punkt, an dem er den Prozess an sich riss und ihm eine neue Richtung gab, um zu zeigen, welche Bedrohung das Götterkind darstellte –, dass dieser Moment voller Gefahren war. Wenn er die Menschen nicht mitnehmen konnte ... nein, er würde nicht scheitern. Nicht hier. Nicht so dicht vor dem Ziel. »Ich hatte mich mit Fos Krankheit angesteckt«, begann Zaifyr. »Es war so, wie Lady Wagan sagte, sie wusste nur nicht, dass es bloß durch einen Zufall dazu kam. Fo hatte beabsichtigt, Mireeas gesamte Bevölkerung zu verseuchen. Es war kein gezielter Angriff gegen mich. Ich stand lediglich neben der Frau, die er zum falschen Zeitpunkt infiziert hatte. Er war überrascht, als er mich fand. Übermäßige Sorgen machte er sich nicht, aber er erkannte immerhin an, dass er meinen Zustand herbeigeführt hatte. Den Männern und Frauen, die mit mir im Spital gewesen waren, bezeugte er so viel Anteilnahme nicht.«

Die Menge lag wie ein glattes Meer vor ihm, nur ganz hinten wogte noch wie eine sanfte Dünung ein Nachhall von Lady Wagans Rede.

»Ich stehe hier, um mich für ein schweres Verbrechen zu verantworten – für den Tod von zwei Männern, die ihrerseits den Tod von mehr als einem Dutzend Menschen verschuldet hatten, aber um die Männer und Frauen in jenem Spital geht es hier ja nicht.« Zaifyr entdeckte Ayae, nur etwa fünf Schritte trennten ihn von ihr. Sie würde den Unterschied verstehen, von dem er gerade sprach. »Um sie geht es hier deshalb nicht, weil sich niemand dafür interessiert, was Fo und Bau getan haben«, fuhr er fort. »Meine Schwester fragt, ob Sie die Entschuldigung eines Unsterblichen für einen Mord hören wollen, aber die Frage erübrigt sich. Sie kennen diese Entschuldigung bereits, denn Sie glauben selbst, dass Unsterbliche mehr wert sind als Sterbliche.«

»Du übernimmst dich, Irrer«, fauchte Eira. »Hättest du sie nicht getötet, sie wären Götter geworden.«

Im hinteren Teil der Menge stieg die Unruhe an wie eine Welle und pflanzte sich in Form eines tiefen Unbehagens durch die Versammelten fort.

»Nein«, widersprach Zaifyr, »wir werden niemals Götter sein.«

Mitten in der Menge stand Eidan, und neben ihm stand das Götterkind. Auf sie fiel Zaifyrs Blick, als er nun das Podium und die Richter verließ und auf die Menschen zuging.

»Das müssen wir uns alle eingestehen, wenn wir die Welt, die von den Göttern zerstört wurde, wieder aufbauen wollen.« Er erhob die Stimme, damit ihn nicht nur die Hüter hinter ihm, sondern auch alle Menschen vor ihm hören konnten. »Wir können die Geschichte nicht mehr ändern, Taten nicht ungeschehen machen, die Moral nicht zurückholen. Wir können die Lüge der Götter nicht fortsetzen, als wären wir ihresgleichen. Wir können ihre Vorurteile und ihren Hass nicht weitertragen. Wir können nicht länger an dem Glauben festhalten, dass alle anderen Geschöpfe im Vergleich zu ihnen unvollkommen waren. Damit sperren wir uns in einen Käfig.«

»Qian.« Das Götterkind schenkte ihm ein Lächeln. Es war ein schönes Lächeln in einem schönen Gesicht, aber er sah nur die Gewissenlosigkeit dahinter. »Nicht mir wird hier der Prozess gemacht.«

»Nein«, sagte er. »Für dich gibt es keinen Prozess.«

Hinter Zaifyr erschien der Geist von Lor Jix auf der steinernen Plattform. Der Mann mit den vielen Amuletten brauchte sich nicht umzudrehen: Er spürte die Eiseskälte, die der Geist verströmte. Sie war anders als der kalte Hauch der verzweifelten Gespenster, die nur er sehen konnte. Diese Kälte drang durch die Kleider der Umstehenden und kroch ihnen bis ins Mark.

»Dies«, sagte Lor Jix, Kapitän der versunkenen *Vagabund*, mit schaurigem Gurgeln, »ist also dein Gott.«

77

Der Tote aus der Urzeit umkreiste das Götterkind.

Seine farblosen Stiefel bewegten sich mit bedrohlicher Zielstrebigkeit, mit jedem Schritt drängte er die Menge zurück, mit jedem neuen Schritt schnitt er das Götterkind und sein Gefolge von Yeflams Bevölkerung ab. Als der Kreis geschlossen war, blieb er neben Zaifyr stehen. »Du sprichst nicht wie ein Gott«, sagte Lor Jix mit kalter, harter Stimme. »Du sprichst mit Hilfe der Luft. Du sprichst aus deiner Sterblichkeit. So spricht kein Gott. Wenn ein Gott in deinem Kopf spricht, hört sich das schrecklich an. Seine Sprache besteht aus Worten ohne Atem. Sie ist endlos. Ein Wort könnte sich über Jahre hinziehen. Ein Absatz kann in einer Sekunde vorbei sein. Wenn ein Gott erst deinen Namen kannte, konntest du ihm nicht mehr entkommen.«

»Willst du damit andeuten«, fragte das Götterkind, »dass ich kein Gott bin?«

Lor Jix lachte.

Es war ein grauenvolles Gelächter ohne jeden Humor, und es hallte wider, als hätten hundert Seelen auf seinen Befehl in sein Lachen eingestimmt.

Die Menge wich noch weiter zurück, und dabei kam die Yeflam-Garde zum Vorschein. Die Gardisten hatten ihre Positionen verlassen und sich in Reih und Glied aufgestellt wie Zähne in einem lächelnden Mund. Ganz vorne standen der »Soldat« und seine Adjutantin Oake. Die beiden hatten ihre Schwerter noch in der Scheide, die sie an der Hüfte hängen hatten, doch die Soldaten, die aus der Menge getreten waren, hielten zum Schutz der Zivilisten von Yeflam die Waffen in den Händen und die Schilde über den Armen. Nur die zwölf Richter auf dem Podium waren ohne Deckung. Sie hatten sich an der Mauer aus Stahl und Fleisch vorbeigedrängt und sich hinter Zaifyr gestellt.

»Auf dem Grund des Ozeans hört man nicht viel von der Welt«, sagte Lor Jix. »Aber ich war nicht immer da unten eingesperrt, Götterkind. Ich kenne dich noch aus meiner Zeit *über* den Wellen.«

»*Qian.*« Aelyn schwebte vom Himmel herab und landete vor ihm. »Was soll das alles?«

»Kapitän Jix wird uns die Wahrheit über dieses Götterkind offenbaren«, sagte Zaifyr. Vor ihm schlüpfte eine glatte schwarze Gestalt aus Eidans Hemd und setzte sich auf seine Schulter. Noch waren Quals Augen geschlossen, doch sein kleiner schwarzer Körper bewegte sich flink und sicher. »Ich kam hierher, um über die Götter zu sprechen«, fuhr Zayfir fort, »aber das ist nicht leicht. Wir haben während der Fünf Reiche so viel zerstört, dass nur noch Bruchstücke geblieben sind. Lug und Trug ist unser Vermächtnis, Aelyn. Wir hielten uns für Götter, obwohl wir wussten, dass wir anders waren als unsere Vorgänger. Wir schwebten nicht über den Wolken. Wir schliefen nicht auf dem Grund des Meeres. Wir konnten unseren Körper nicht verändern. Unser Blut spendete kein Leben. Und wir hatten den Toten kein Paradies zu verheißen. Wir waren die Kinder der Götter, aber neben den Worten unserer Eltern, neben den Geschichten über ihre Macht konnten wir nicht bestehen; durch ihre Macht wurden wir geschwächt. Um das zu verbergen, löschten wir die Worte und die Geschichte der Götter aus dem Gedächtnis der Menschen. Nur wenige gibt es noch, die uns von einem Gott erzählen können.«

»Ich habe dich gebeten, Bruder«, sagte Aelyn. »Ich habe dich angefleht, diesen Weg nicht einzuschlagen.«

»Er muss es tun.« Zum ersten Mal ließ sich Eidan vernehmen, eine Stimme so tief, als käme sie aus dunklen Höhlen. »Unser Bruder lebt seit Langem mit dem Grauen, das die Götter in unserer Welt hinterlassen haben. Er kennt den Schmerz der Toten besser als jeder andere.«

Die Männer und Frauen in braunen Kutten, die das Götterkind umringten, wandten sich Eidan zu, doch es selbst ergriff als Nächste das Wort. »Du willst die Seite wechseln?«, fragte sie kalt. »Hier willst du deine Wahl treffen?«

»Das ist bereits geschehen«, antwortete Eidan.

»Und was ist mit Qual?« Als das schwarzhäutige Wesen seinen Namen hörte, presste es sich gegen Eidans Hals, als könnte es sich dort verstecken.

»Der erste wirkliche Verrat.« Dumpfer Groll sprach aus ihrer Stimme. »Ich werde an euch beiden ein Exempel statuieren.«

»Du hast ihm genug angetan«, antwortete Eidan.

»Nein, ich habe noch kaum begonnen.« Die Menge beobachtete seinen Bruder und das Götterkind, aber Zaifyrs Blick ruhte unverwandt auf dem Toten aus der Urzeit. Der hatte Qual nicht aus den Augen gelassen, seit das Götterkind zu ihm gesprochen hatte, so als hätte er bei seiner ersten Umrundung das bedauernswerte Wesen nicht gesehen oder nicht gespürt. Doch nun wich sein Gespensterblick nicht mehr von Qual, und Zaifyr erinnerte sich an ihr

Gespräch im Wrack der *Vagabund.* Lor Jix hatte sich nicht mehr gesträubt, nachdem er das Götterkind erwähnt hatte. Der alte Kapitän hatte den Kopf gehoben, als könnte er aus den dunklen Tiefen bis an die Oberfläche sehen und das riesige künstlich geschaffene Land Yeflam wie einen Schatten über sich erkennen. *Ich musste länger warten, als ich jemals gedacht hätte, Götterling,* hatte er gesagt, *doch nun bist du endlich gekommen. Sag mir, hat sie schon einen Namen?*

Den hat sie nicht, hatte Zaifyr geantwortet.

Auf Yeflam hob Lor Jix nun die Hand und deutete auf Qual. »Ein Gott muss erschaffen. Der Drang wohnt ihm inne, er ist ein Zeichen seiner Göttlichkeit. Was sagt dieses blinde, aus Schmerz geborene Wesen über dich aus, Götterkind?«

»Du wagst es, mich zu verhören?«, fauchte sie. »Ich dulde es nicht, dass ein alter Geist, der unter einem Fluch steht, in seiner Empörung so zu mir spricht.«

»Ich will nicht leugnen, dass ich Bitterkeit in mir trage«, sagte der Kapitän der *Vagabund.* »Aber aus einem anderen Grund als du glaubst, Götterkind. Ich sitze seit zehntausend Jahren in den Überresten meines Gottes und werde unentwegt an seinen Zorn erinnert. Bis zu dem Tag, an dem du in die Welt kamst, war Leviathan kein zorniger Gott. Ich behaupte nicht, dass alles, was sie zu mir sagte, eine reine Freude war. Wenn ich nicht gehorchte, brannten ihre Worte wie Feuer, war sie jedoch zufrieden … oh, das war ein Glück ohnegleichen. Doch an dem Tag, an dem du in die Welt kamst, war es mit der Zufriedenheit vorbei. Mit einer veränderten Zukunft war ein Wandel eingetreten, der den Lauf der Welt in falsche Bahnen lenkte.

Linae, die Göttin der Fruchtbarkeit, weinte, als sie erkannte, was sie geboren hatte. Sie kam ans Ufer des Ozeans, um Leviathan zu fragen, was sie tun sollte, denn sie hatte das Kind, das sie in sich trug, nicht gewollt. Sie manifestierte zwar in Gestalt einer schwangeren Frau, aber ihr Körper war nur Illusion. Ein Bild. Doch jetzt war in diesem Körper eine echte Schwangerschaft entstanden, es war zu einer Geburt gekommen, die so selten war, dass niemand sie für möglich gehalten hätte. Ich erinnere mich noch gut an den Tag, an dem sie mit Leviathan zusammentraf. Die See war rau, die Wellen gingen hoch, und die Routen, die wir kannten, konnten wir nicht befahren. Worüber die beiden sprachen oder wer die anderen Götter rief, weiß ich nicht, aber bald waren sie alle auf Eakar und redeten Tag und Nacht. Darüber vergingen fünf Jahre.

Am letzten Tag dieser fünf Jahre begann der Krieg der Götter.

An jenem Tag lief ich mit meiner Mannschaft in den Hafen von Eakar ein. Wir hatten schwer geladen, unser Frachtraum war voll mit Lebensmitteln für die Menschen, die dort wohnten. Die Gestalten der größten Götter waren schon von Weitem zu sehen, und Ger war der größte von allen. Wir dachten uns nichts weiter dabei, nur waren sie, nachdem Sei, der Gott des Lichts, Linae tötete, mit einem Mal alle verschwunden. Wir bemerkten das jedoch erst nach einer Woche, denn das Licht, das Linae tötete, war so grell, dass alle, die auf dem Deck der *Vagabund* standen, vorübergehend erblindeten. An dem Tag, an dem unsere Sehkraft wiederkehrte, sahen wir, dass die Gipfel der höchsten Berge abgebrochen waren. Die Reste sahen aus wie eine zerbeulte Krone.

Im Anschluss an diese Katastrophe zogen meine Mannschaft und ich mit den Bewohnern der Küstenstädte von Eakar ins Zentrum des Gebirges. Viele überlebten diese Reise nicht. Der Boden war so verseucht, dass die Hufe unserer Pferde zerfressen wurden. Das Wasser in den Bächen hatte sich in ätzende Säure verwandelt. Ein Mann hielt seine Hände hinein, bevor wir es bemerkten, und ich habe seine Schreie noch immer im Ohr. Unser Proviant und das mitgebrachte Wasser waren innerhalb weniger Stunden verdorben. Obwohl wir oft umkehren wollten, weil jeder Tag neue Schrecken und neue Todesfälle brachte, taten wir es am Ende doch nicht. Irgendwann fanden wir die verfallenen Wege, die in das Becken hinabführten, wo die Götter gestanden hatten. Dort war alles tot. Nur nackte Skelette von Menschen und Tieren und zersplitterte Bäume waren noch übrig. Doch Linaes Anblick war schlimmer als alles, was wir bis dahin an Grauenhaftem erlebt hatten. In ihrem Schmerz hatte sie sich in die Erde eingegraben. Sie hatte schreckliche Verbrennungen, und ihr aufgeschwollener Leib war aufgerissen und blutete.«

Während Jix sprach, ließ Zaifyr das Götterkind nicht aus den Augen. Ihr Zorn, der so jäh aus ihr herausgebrochen war, hatte sich bei den Worten des Toten aus der Urzeit verwandelt; wo sie sich verraten gefühlt hatte, war sie nun gekränkt. Sie hatte Zaifyr erklärt, sie sei nicht aus Linaes Schoß gekommen, sondern im Erdreich geboren worden, ihre Geburt sei ein Werk des Schicksals gewesen. Sie sei der letzte Strang. Sie sei die endgültige Bestimmung. Sie hatte sich damit abgefunden, dass einige Götter sie wegen dieser Geburt im Erdreich fürchteten – schließlich sollte sie an ihre Stelle treten –, aber sie war überzeugt gewesen, dass der Krieg der Götter ein Krieg der Liebe war. Es traf sie tief, dass sie nun hören musste, er hätte stattgefunden, weil jeder einzelne Gott sie als abscheuliches Monstrum betrachtete.

»Ich fragte Leviathan, was geschehen sei.« Lor Jix spann seine Geschichte gnadenlos weiter. »Wir Sterblichen wollten den Krieg beenden, weil nur ein Narr glauben konnte, er wäre in unserem Sinne. Leviathans Antwort traf mich wie ein Schlag und betäubte alle meine Sinne. Sie warf mich aufs Krankenlager. Sprechen konnte ich nur im Traum, und so musste meine Mannschaft aufzeichnen, was ich sagte. Zehn Jahre lag ich so und musste wie ein Säugling gewaschen und gefüttert werden, bis sie zu Ende gesprochen hatte.

Schließlich begriff ich, dass das Schicksal, dem alle folgen mussten, unsere Welt neu zu gestalten suchte. Die Götter waren nicht in den Krieg gezogen, um dieses Schicksal zu besiegen, sondern um es zu zerstören. Was uns Sterblichen als Selbstmord erschien, war nichts anderes als der Versuch der Götter gewesen, sich an diesem Punkt dem Schicksal zu verweigern und seinen Lauf zu blockieren. Das war das Motiv ihres Handelns.« Der Geist trat einen Schritt auf das Götterkind zu. »Als ich alles gehört hatte«, sagte er, »gab mir Leviathan einen Auftrag. Dazu musste ich in ihrem Blut ertrinken. Sie belud mein Schiff mit unvorstellbaren Reichtümern, um es dann zu versenken und alle, die an Bord waren, mit ihm. Sie sagte mir, dieser Auftrag verwehre mir das Paradies, sie würde mich mit einem Fluch zu vollkommenem Stillschweigen verdammen bis zu dem Tag, an dem ich auf dem künstlichen Kontinent stehen könne. An diesem Tag, so sagte sie mir, solle ich Zeugnis ablegen gegen dieses Monstrum, den Rest jenes Schicksalsstrangs in seiner letzten Gestalt, und ihm den Todesstoß versetzen.«

»Ich habe dich unterschätzt«, hörte Ayae das Götterkind sagen.

Sie drängte mit ihren schweren Händen die Menschen beiseite, murmelte Entschuldigungen, wenn sie ihr nur zögernd den Weg frei machten, ließ aber nicht locker, bis sie Zaifyr vor sich hatte. An seiner Seite stand ein Geist, wie er ihr noch nie begegnet war: Er glich weder den Geistern, die Zaifyr in Mireea beschworen hatte, noch den Gespenstern, die sie kannte. Nein, dieser Geist – dieses Wesen mit Namen Lor Jix – trug sein Alter wie eine zweite Haut. Es sprach aus seinen zerschlissenen Gewändern und aus den Falten seiner Stiefel. Die Jahre, die er bei vollem Bewusstsein hatte wartend verbringen müssen, waren ebenso Teil der kalten, bleichen Körperlosigkeit geworden, die ihn ausmachte, wie die Erde nunmehr Teil ihrer selbst war.

So furchteinflößend die Gestalt auch war, das Götterkind dachte nicht daran, sich einschüchtern zu lassen. Sie war sichtlich wütend, ein Zorn, der sie von innen heraus zu verzehren drohte, doch darunter verbarg sich das tiefe Gefühl, im Unrecht zu sein. »Das wird nichts ändern«, sagte sie, als Ayae durch die letzte Reihe trat. »Ich hole mir, was mein ist.«

Hinter sich hörte Ayae eine Frau aufkeuchen und schaute nach oben. Der Himmel hatte sich vorgewölbt wie der Leib einer werdenden Mutter, wenn Hand oder Fuß des Säuglings dagegendrückten.

Die Ursache, die Kraft dahinter, ließ nicht nach, sondern drückte ohne Unterlass weiter. Zunächst war sie nur als riesige formlose schwarze Masse zu erkennen, eher ein Schatten ohne klare Umrisse. Doch dann begann sie den Himmel zu spalten. Ein Riss entstand. Rings um Ayae rangen die Menschen die Hände und riefen immer lauter: »Was ist …?« – »Sieh nicht hin, sieh nicht hin …« – »… meine Hand, nimm meine …« – »Die Hüter! Die Hüter müss…« Dann waren nur noch schrille Angstschreie zu hören. Die schwarze Masse nahm Gestalt an, als hätten sich die brodelnden Dämpfe durch die Berührung mit dem Himmel abgekühlt und wären vor aller Augen zum Albtraum geworden. Zuerst bildeten sich dicke Klauen, krallten sich um die Himmelsränder, ergriffen, was doch nicht zu greifen war, und suchten daran Halt, um einen missgebildeten Kopf nach draußen zu zwängen. Er kam, grauenhafte Parodie auf eine

Geburt, wie ein feuchtes Neugeborenes zum Vorschein. Dampfschwaden stiegen von ihm auf. Sobald der deformierte, stumpfe Schädel vollends sichtbar war, bildeten sich seine Züge aus. Riesige schwarze Zähne wurden erkennbar, als das Wesen seinen ersten Atemzug tat. Dabei zeigte sich eine lange, gespaltene Zunge, die in schwarzen Rauchfäden endete, als hätte sie sich noch nicht vollständig verfestigt.

»Garde!« Xries Stimme übertönte den Lärm. »Hebt die Schilde!«

Die Yeflam-Gardisten hielten sich die Schilde über den Kopf, sodass sie ein ineinandergreifendes Dach bildeten. Aber das versetzte die Menschen nur noch mehr in Panik. Die Schreie wurden noch verzweifelter, und dann begann eine wilde Flucht, jeder versuchte, sich an den anderen vorbeizudrängen und die Gardisten wegzuschieben. Das ging so lange, bis sie merkten, dass die Männer und Frauen um sie herum körperlos und ziemlich kalt waren und sich immer schneller vermehrten. Aus der Erde stieg ein Dröhnen auf, und Ayaes Blick richtete sich auf Eidan. Unter seinen Füßen erbebte der steinerne Untergrund am stärksten, als stünde Nales Fundament ähnlich unter Druck wie zuvor der Himmel. Sie fürchtete schon, dass noch eine Missgeburt in die Welt gestoßen würde …

»*Nein!*«

Ein gewaltiger Windstoß fegte über die Menge hinweg und warf fast alle zu Boden.

»Das wirst du nicht tun.« Ayae, die zwischen Zaifyr, Lor Jix, dem Götterkind und Eidan noch aufrecht stand, sah Aelyn zwischen sie treten. »Du wirst diesen Krieg nicht nach Yeflam tragen.«

»Der Krieg ist bereits hier«, sagte das Götterkind.

»Aber er wird hier nicht *geführt* werden.«

»Sieh deinen Bruder an. Er weiß, dass es Frieden nicht gibt. Ich dachte, er wäre wie du, als ich zum ersten Mal mit ihm sprach. Ich dachte, er würde Vernunft annehmen, die Wahrheit erkennen. Aber nein.« Das Wesen am Himmel hatte sich immer weiter in die Leere vorgearbeitet. Sein mächtiger Körper war jetzt so gewaltig, dass er die Mittagssonne über Nale verdeckte. »Aber ich glaube, ich habe vorher einen Fehler begangen. Und Eidan hat es zugelassen. Er vermittelte mir den Eindruck, du wärst einsichtig. Doch nun scheint mir Qian derjenige zu sein, der zur Einsicht fähig ist. Er weiß, was an geraubter Göttlichkeit in ihm ist und was ich tun werde, um sie mir zurückzuholen. Das weiß auch der verbitterte Geist, den er beschworen hat. Und deshalb erzählt er Lügen und will erreichen, dass sie über dieses ganze unnatürliche Land verbreitet werden – so lange, bis es auf den Grund des Ozeans gedrückt wird.«

»Du vergisst«, sagte Zaifyr mit ruhiger Stimme, »dass ich nicht allein hier stehe.«

»Was deine Macht angeht, bist du sogar sehr allein.«

»Nein«, widersprach er. »Ich habe meine Familie. Mein Bruder …«

»Jae'le?« Das Kind lachte auf wie in hellem Entzücken. »Du hast keine Ahnung, nicht wahr? Nach so langer Zeit weißt du immer noch nicht, was er aufgegeben hat.«

»Das reicht«, sagte Jae'le. Es war kein Aufschrei, aber seine Stimme tönte unüberhörbar durch die Stille. Er hatte hinter Ayae gestanden, nun trat er vor. Der Umhang aus grünen Federn hing zusammengefaltet über seinem linken Arm, sodass er den Schwertgriff verdeckte. »Du hast genug gesagt, Götterkind.«

»Du hast Geheimnisse vor deinen Geschwistern, Jae'le«, hielt sie dagegen. »Du hast ihnen verschwiegen, was du opfern musstest, um jenen Turm zu bauen.«

»Ich habe es aus freien Stücken getan.«

»Wirklich?«

»Wirklich«, wiederholte er. »Und nun sieh dich um.«

Zu beiden Seiten des Götterkindes hatten sich die Hüter der Enklave aufgestellt. »Sie sind nicht deine Verbündeten«, sagte sie, aber Ayae sah, wie sie sich plötzlich zurückhalten, ihren Zorn beherrschen musste. »Mag sein, dass sie hier an deiner Seite stehen, aber sie werden dir nicht folgen. Wenn sie dich nicht mehr fürchten, bin ich die Einzige, die sie noch zu fürchten haben.«

»Du bist so jung«, sagte Jae'le.

Und dann wurde es dunkel über Nale.

In blinder Panik dachte Ayae, Jae'le habe die Welt in Finsternis gestürzt.

Doch dann erkannte sie, dass nicht nur ihr Augenlicht betroffen war. Die Finsternis ergoss sich über sie, stieß in sie hinein und durchbohrte sie wie eine Klinge mit brüchiger, schartiger Schneide. Die Klinge verfing sich, riss ihre harte Haut auf, drang weiter vor in ihr innerstes Wesen, den Kern ihres Seins. Sie spürte, wie sie sich spaltete, wie ihre Identität zerfiel. Vielleicht war diese Ayae gar keine Person, sondern ein Konstrukt, geschaffen aus ihren Erfahrungen in der Welt, in der sie lebte, tief drinnen war sie nichts als ein Geist, ein unbestimmter, undefinierter Geist ohne feste Überzeugungen oder Ideale. Sie spürte, wie die Klinge sie von sich selbst trennte, und versuchte, sich an ihren Namen zu erinnern. Und plötzlich lichtete sich die Finsternis, und die Mittagssonne brach wieder hervor. Sie sah ihren Körper, heil und unversehrt, und sie sah da, wo das Götterkind gestanden hatte, das lange, schmale Ende der schwarzen Kreatur verschwinden – nicht in den Tiefen von Nale, nicht in Leviathans Blut. Nein, die Kreatur stürzte in das Nichts, aus dem sie sich befreit hatte, und nahm das Götterkind und ihre Priester mit sich.

»Suche sie, Götterling«, sagte Lor Jix. Seine Stimme schallte unverändert schrecklich durch die Stille. »Du kannst nur hoffen, dass sie diese steinernen Städte nicht verlassen hat und dass sie rechtzeitig gefunden und vernichtet werden kann. Denn wenn sie erst einen Namen hat, bin ich auf andere Weise an diese Welt gefesselt.«

Damit verschwand auch er.

79

Zaifyr fuhr sich mit der Hand durch das Haar und blieb mit den Fingern in den Amuletten hängen. Sein Atem ging rau. Er hatte – er hatte das Gefühl gehabt, gespalten zu werden, als der schwarze Schatten durch ihn hindurchging und das Götterkind entkam. Er hatte sie in den Klauen gesehen, umgeben von ihren Priestern, hatte die Zähne und die Klauen selbst gespürt. Doch obwohl der Schatten den Himmel aufgerissen hatte und auch ihn aufzureißen schien, war die Kreatur nicht vollständig in dieser Welt gewesen, sondern auch anderswo, einen Schritt außerhalb, eine Winzigkeit nur. *Suche sie, Götterling.* Lor Jix' Worte klangen ihm wieder und wieder im Ohr, ein mahnender Chor am Anfang einer Kette von Ereignissen, die erst enden würde, wenn der Körper des Götterkindes zerstört war. Dabei mussten sie alle mithelfen. Seine ganze Familie. Alle Hüter des Göttlichen. Allein oder auch nur mit der Hälfte von ihnen wäre es nicht zu schaffen. Er brauchte sie alle. Er brauchte sie, um sie zu verfolgen und zu stellen. Die Drohung, sich gegen sie alle behaupten zu müssen, hatte den neuen Gott vertrieben – nicht die Furcht vor ihm, vor Lor Jix oder vor seiner Familie. Als ihm das klar wurde, fiel ihm wieder ein, was das Götterkind über Jae'le gesagt hatte: *Du hast ihnen verschwiegen, was du opfern musstest, um jenen Turm zu bauen.* Diese Worte und das *Suche sie* des Toten aus der Urzeit gingen ihm abwechselnd durch den Kopf, bis er seine Schwester hörte.

»Xrie«, sagte Aelyn. »Du musst Nale räumen.«

»Garde!« Eine Welle des Protests ging durch die Menge. Xrie überschrie die Stimmen. »In geordneten Reihen! Zeigt Verständnis, aber bleibt fest!«

Eine andere Stimme versuchte ihn zu übertönen, doch die Garde von Yeflam folgte seinem Befehl, und bald wurden die Schilde, die eben noch als Schutz gedient hatten, behutsam eingesetzt, um die Menge zu zerstreuen.

»Yeflams Bürger haben Fragen, die eine Antwort verdienen, Lady Meah.« Lian Alahn versuchte ein zweites Mal, die Menge aufzuhalten. »Wir haben alle gehört, was dieses *Götterkind* sagte. Sie sprach zu Ihnen wie zu einer alten Freundin. Ich finde, und damit stehe ich sicher nicht allein – dass eine Erklärung angebracht wäre.« Seine Stimme erreichte eine kleine Gruppe von Umstehenden, die drehten sich zu ihm um und verstellten der Garde den Weg. »Was für ein Abkommen haben Sie mit Leera getroffen, Lady Meah?«, fuhr Alahn noch lauter fort, um auch die zu erreichen, die noch weitergingen. »Wir wollten Frieden, aber was haben wir dafür gegeben?«

»Sie wären gut beraten, Herr Alahn, nicht zu vergessen, wem Sie Loyalität schulden«, gab Aelyn kalt zurück. »Xrie, fahre bitte fort.«

Der Führer der Kaufmannsgilde protestierte noch zweimal aus voller Kehle, aber Zaifyr entging nicht, dass seine Zuversicht mit jedem Mal geringer wurde, und beim dritten Zuruf hatte Lian Alahn sich bereits der Menge angeschlossen, die vom Platz geführt wurde. Zaifyr ging ganz zum Schluss. Hinter dem Politiker zog sich eine Spur aus verfrühten Urteilen über den Boden, die immer breiter wurde und schließlich an einem einsamen Glaszylinder endete, dessen Sockel aufgebrochen und von roten und weißen Steinen umgeben war.

»Jae'le«, sagte er endlich. »Hatte sie …?«

»Recht?« Sein Bruder war geduldig neben ihm stehen geblieben und hatte gewartet. »Ein gewöhnlicher Turm hätte dich niemals halten können.«

Als Zaifyr aus dem Turm trat, hatte ihm die Sonne in die Augen geschienen. Er hatte die freie Hand gehoben, um sich die Tränen abzuwischen, während er sich mit der anderen gegen den Türrahmen stützte. Jae'le hatte zu ihm gesprochen, doch erst als sich seine Augen allmählich an das grelle Licht gewöhnt hatten, war Zaifyr aufgefallen, wie mager sein Bruder geworden war. *Ich habe aufgehört zu essen*, hatte er gesagt, und Zaifyr hatte ihm geglaubt. Er hatte darin ein Zeichen der Zusammengehörigkeit gesehen, der Liebe und Solidarität, das Gegenstück zu seiner Einkerkerung im Turm. Doch auch nach ihrer Ankunft in Jae'les Baumhaus zwischen den verkrümmten Ästen hatte sein Bruder nichts zu sich genommen. Für Zaifyr gab es Obst und Gemüse, und dafür war der Mann mit den vielen neuen Amuletten dankbar gewesen. Sein Bruder lehnte Fleisch nicht ab, und Zaifyr hatte zunächst geglaubt, er esse es insgeheim, um ihm, Zaifyr, den Anblick zu ersparen. Doch als die Monate vergingen und Jae'le immer noch weder aß noch trank, war Zaifyr der Verdacht gekommen, dass sich sein Bruder grundlegend verändert hatte.

»Wir haben den Turm mit unseren Händen gebaut«, sagte Jae'le jetzt. »Wir formten die Ziegel mit vergiftetem Wasser und verseuchter Erde aus den Zerklüfteten Bergen. Wir formten sie, so gut wir konnten, doch vermauert wurden sie von Aelyn, Tinh Tu und mir, nicht von Eidan. Er hielt dich fest, während wir bauten. Doch selbst wenn er die Hände frei gehabt hätte, er hätte keine Tür einsetzen können, die stark genug gewesen wäre, um dir zu widerstehen. Er hätte keine Mauer bauen können, die du nicht eingerissen hättest. Nein, Bruder, wir konnten dich nicht in einen gewöhnlichen Turm sperren. Es musste ein Turm sein, der lebte und atmete, ein Turm, der fähig war, gegen dich und die Toten zu kämpfen.«

»Du gingst also zurück, um ihm Leben einzuhauchen?«, fragte

Eidan. Er überquerte das Pflaster, das sie voneinander trennte. Qual hockte auf seiner Schulter. »Deshalb konnte ich ihn vorher nicht spüren.«

Jae'le nickte.

»Du bist ein großes Risiko eingegangen.« Aelyn ließ ihre Hüter ein paar Schritte hinter sich und trat zu ihnen. »Er hätte in der Zwischenzeit ausbrechen können.«

»Das hätte er.« Jae'le nickte.

»Wie kann man einem Turm Leben einhauchen?« fragte Ayae, die neben Zaifyr stand. »Soviel ich weiß, kann nur ein Gott Leben erschaffen.«

»In der Erde und im Wasser ist Leben«, antwortete Jae'le. »Beides musste nur miteinander verwoben und Stück um Stück verbunden werden.«

»Wie lange hat das gedauert?«

»Zehn Jahre.« Er zuckte die Achseln. »Vielleicht ein Jahr mehr.«

»Wie kommt es, dass niemand etwas davon bemerkt hat?«

Zaifyr wurde plötzlich von tiefer Scham erfasst. Er nahm die Antwort vorweg. »Weil niemand hingesehen hat«, sagte er.

»Aber auch, weil ich mich verborgen gehalten habe«, ergänzte Jae'le. »Im Gegensatz zu unserer Schwester bin ich kein Leuchtturm in meinem Land. Und ich bin auch nicht wie andere.« Er deutete mit dem freien Arm auf die Hüter und die Enklave. »Ich rieche nicht nach der Kälte, ich fühle mich nicht an wie Stahl, und ich habe keine Erde in der Stimme. Als meine Macht in mir erwachte, wandelten die Götter noch auf Erden, und ihre Diener waren überall. Lange bevor ich anfing, meine Fähigkeiten einzusetzen, lernte ich sie zu verbergen. Der Teil meiner Macht, den ich aufgab, war so gering, dass es niemandem auffiel.«

»Aber jemand bemerkte es doch«, sagte Aelyn, ohne ihre Verbitterung zu verhehlen.

»Aelyn«, begann Zaifyr.

»*Nein*«, rief sie, und es klang endgültig, als wäre nun ein für alle Mal die Grenze erreicht. »Sieh nur, was du angerichtet hast, Qian. Was ihr beide angerichtet habt. Hättet ihr auf mich gehört und nicht auf diesem Prozess bestanden, dann hätten wir mehr Zeit gehabt, um uns mit diesem Götterkind auseinanderzusetzen.«

»Wo ist meine Schwester geblieben?«, fragte Jae'le. »Vor mir steht nur ein schwacher Abglanz von ihr. Die frühere Aelyn würde hart und entschlossen durchgreifen. Sie würde sich dafür einsetzen, dass wir zuschlagen, bevor das Götterkind seinen Namen bekommt.«

»Der Name spielt keine Rolle. Wir wissen seit Langem von diesem Götterkind, Bruder. Unsere Pläne stehen seit vielen Jahren.« Ein frustrierter Seufzer entfuhr ihr. »Glaubst du, ich spüre diese Zähne nicht? Sie will uns verschlingen, um sich selbst zu vollenden. Das konnte nicht geduldet werden – aber man konnte auch nicht so dagegen ankämpfen, wie du und Qian einst zu kämpfen pflegten, Bruder. Man konnte dieses Wesen nicht packen und ihm den Hals umdrehen wie einem armen Tier. Dazu ist sie viel zu stark. Deshalb schickten wir Fo und Bau nach Mireea. Sie sollten sie beobachten. Sie sollten lernen.«

»Mireea war ein Experiment.« In Kaquas sonst so gelassener, ruhiger Stimme war die gleiche Bitterkeit wie bei Aelyn zu hören. »Lady Wagan war eine fähige Herrscherin über den Rücken, und Aned Heast machte seinem Ruf alle Ehre. Wir hatten eine Vereinbarung, dass keine Streitmacht aus Leera nach Yeflam kommen würde, und darin war auch enthalten, dass Yeflam keinen Anspruch auf Gers Leichnam erheben würde, wenn Mireea fiele. Aber dahinter steckte noch mehr. Die Vereinbarung gab uns die Möglichkeit, den Feind ungestört zu studieren. Wir konnten alles über den General des Götterkindes, über seine Soldaten, seine Priester und über sie selbst in Erfahrung bringen. Wir sollten nicht heucheln, Qian. Du und deine Geschwister haben den größten Teil der Welt erobert. Ich bin einer der wenigen hier, die noch wissen, wie viel Blut dabei vergossen wurde. Mireea war ein geringer Preis für das, was wir wissen mussten.«

»Aber Sie konnten ihn nicht bezahlen«, sagte Ayae.

»Nein«, gab Aelyn zu. »Keiner von uns wusste, dass Qian dort sein würde. Sonst hätten wir Fo nicht geschickt.«

»Jetzt wird der Preis ein anderer sein«, sagte Ayae mit harter Stimme. »Wie finden Sie das?«

Aelyn beachtete sie nicht, sondern wandte sich ab und trat zu Kaqua und den anderen Hütern. Gemeinsam gingen sie – eine geschlossene Front – auf die Enklave zu.

Zaifyr wollte ihr sagen, dass niemand von ihr verlangte, Yeflam zu opfern, sondern dass sie ganz im Gegenteil die Chance bekäme, ihre Heimat, die Menschen darin zu verteidigen. Aber er blieb stumm und sah ihnen nur nach. *Wenn du doch nur die Toten sehen könntest*, dachte er. *Hättest du doch nur seit tausend Jahren mit angesehen, wie sie leiden, aber damit leben müssen. Dann wüsstest du, dass du nichts Großartigeres tun könntest, als dem Götterkind Einhalt zu gebieten. Du würdest jeden Preis dafür bezahlen.* Aber niemand konnte die Toten so sehen wie er. Niemand konnte die Welt sehen, die Zaifyr sah.

80

Ayaes Arbeitsraum in der Enklave war klein und nur spärlich möbliert. Als sie die Tür aufstieß, um Zaifyr, Jae'le und Eidan eintreten zu lassen, sahen sie zunächst nur drei Schatten. Auf der rechten Seite standen, kaum voneinander zu unterscheiden, ein Tisch und ein Stuhl, links ein zu einem Viertel gefülltes Bücherregal. Dazwischen befand sich ein kleines Fenster, durch das ein wenig fahles Abendlicht in den Raum fiel. Hinter der Tür stand zwar eine Kupferlaterne, doch als Ayae sich bückte und sie aufhob, stellte sie fest, dass sie keine Möglichkeit hatte, sie anzuzünden.

»Tut mir leid«, sagte sie und stellte die Laterne wieder zurück. »Ich hatte noch nie Streichhölzer bei mir.«

»Schon gut«, sagte Zaifyr. »Wir bleiben nicht lange.«

Sie ließen die Tür offen, damit ein wenig Licht vom Flur einfallen konnte. Ayae trat ans Fenster. Tisch oder Stuhl wagte sie nicht zu benützen, aus Angst, sie könnten unter ihrem Gewicht brechen wie das Steinpflaster in Yeflam. Das Fenster hatte auch den Vorteil, dass sie von dort alle drei Brüder im Blick hatte und dennoch eine gewisse Distanz wahren konnte. Zaifyr war ihr am nächsten, er saß auf der Tischkante. Bei dem Gespräch, das sich nun entspann, wandte er sich immer wieder zu ihr um und versuchte, sie mit einzubeziehen. Jae'le hatte den Stuhl genommen und ihn in die Nähe der Tür gestellt. Seinen Umhang aus grünen Federn hatte er über die Lehne gehängt; er war der einzige Farbfleck im Raum. Auch er sah Ayae immer wieder an, aber sein Gesicht lag zur Hälfte im Schatten, und seine Miene war unergründlich. Nur Eidan, der neben der offenen Tür stand, schenkte ihr keine Beachtung. Seine Aufmerksamkeit galt ausschließlich seinen beiden Brüdern und der dunklen Gestalt, die ihm wie ein Vogel auf der Schulter saß.

Eidan war auch derjenige, der am meisten sprach. Er hatte eine tiefe Stimme und schien jedes Wort sorgsam abzuwägen. »Ich bin froh, dass du meinem Rat gefolgt bist«, begann er. »Ich fand die *Vagabund* vor vielen Jahren, als ich Yeflam erbaute. Mehr als einmal war ich nahe daran, das Wrack aus der Tiefe zu holen, doch irgendetwas hielt mich zurück. In letzter Zeit zerbreche ich mir darüber immer wieder den Kopf – genauer gesagt, seit mich ein Mann in Ranan aufsuchte und mir Lor Jix' Namen nannte. Er behauptete, etwas von einem Gott in sich zu tragen, aber ich konnte davon nichts spüren.«

»Kein Wunder«, sagte Jae'le. »Die Gottberührten sind nicht wie wir.«

»Du bist ihnen schon früher begegnet?«

»Als ich noch jung war«, antwortete Jae'le, »und der Krieg der Götter um mich herum tobte. Einer von ihnen kam in den letzten Jahren des Krieges zu mir, weil er von meiner Macht hatte reden hören und glaubte, in mir sei sein Herr zurückgekehrt. Dem war zwar nicht so, doch was ich heute über die Götter weiß, habe ich von ihm erfahren. Er und seinesgleichen grenzten die Götter gegen die Sterblichen ab. Er sagte mir, die Götter seien nur Gestalt gewordene Schicksalsstränge. Den Krieg der Götter betrachtete er als Rebellion gegen andere Stränge. Mit ihrem Kampf, so sagte er, hätten sie jeglichen Begriff von Wahrheit zerstört. Ich dachte kaum noch an ihn, nachdem er gegangen war, denn er war vollkommen dem Wahnsinn verfallen. Der Krieg der Götter hatte ihm das angetan. Aber er sprach genauso wie Lor Jix.«

»Auch der Mann, mit dem ich sprach, war wahnsinnig«, sagte Eidan. »War es womöglich derselbe? Der meine war alt und mager und hatte weißes Haar.«

»Nein, der meine sah anders aus«, sagte Jae'le. »Aber es ist ja möglich, dass sie einfach alle verrückt sind. Ich könnte mir das durchaus vorstellen.«

Ayae ballte die rechte Hand zur Faust, doch Eidan hatte bereits wieder das Wort ergriffen. »Im Schatten eines Gottes den Verstand zu verlieren, wäre leicht möglich. Auch ich habe im Schatten dieses

Götterkindes vieles aufgegeben, worauf ich einst stolz war.« Die dunkle Gestalt glitt an seinem Arm hinab und ließ sich auf der Lehne von Jae'les Stuhl nieder. »Ich hatte meine Gründe, aber die stelle ich oft genug infrage.«

»Vielleicht«, sagte Zaifyr leise, »besteht ein geheimes Bündnis zwischen dem Schicksal und den Göttern.«

»Oder ein Konflikt«, entgegnete Jae'le.

»Falls wir Lor Jix glauben können«, vollendete Ayae. »Ohne dir zu nahe treten zu wollen, Eidan.«

»Der Gedanke ist mir auch schon gekommen«, gab er zu. »Auf Gers Bergen hat sie die Wege aufreißen lassen, um die Überquerung zu erschweren. Das machte mich nachdenklich, und ich überlegte mir, was hier geschehen könnte. Das Götterkind ist nämlich imstande, ein Schicksal zu erkennen. Es ist nur ein einzelner Strang, offenbar ihr eigener, sie hat keine Kontrolle darüber und sieht auch die anderen Stränge nicht, die davon berührt werden. Ich habe sie oft darüber reden hören, was sie sieht, und ich glaube, dass ihre Sicht sehr lückenhaft ist. Sie erkennt ein Ereignis, das zwei Jahre in der Zukunft liegt, und ein anderes, das in zehn Jahren stattfindet. Aber sie kann kein ganzes Jahr oder einen ganzen Monat im Zusammenhang überblicken. Damit hadert sie zwar, hat aber ihre Fähigkeit dennoch gut genutzt. Vor fünf Jahren konnte sie mich damit finden. Ich hatte am Südrand von Leera eine Reihe von Schmugglerverstecken wiederaufgebaut, die in einem Sumpf versunken waren. Wunderschöne Gebäude: Sie waren aus gebrannten Steinen errichtet, in denen sich Löcher für die Schätze befanden. Die Fallen funktionierten noch, eine hätte mir fast die Hand abgeschlagen. Das hatte sie gesehen und bei unserer ersten Begegnung mit mir in Zusammenhang gebracht.«

»Kann sie auch sehen, was hier geschehen wird?«, fragte Jae'le.

»Ich glaube nicht«, antwortete Eidan. »Dass sie keinen Namen hat, ist eine Schwäche, die leicht zu erkennen ist, aber es ist nicht ihre einzige. So lässt sie vieles von Sterblichen erledigen, Männern und Frauen, die sie ihre ›Geliebten‹ nennt. Mutter Estalia war eine davon und diente ihr als Sprachrohr, wenn sie den Gläubigen etwas mitzuteilen hatte, ebenso verhält es sich mit General Waalstan. Dem General hat sie längst geweissagt, wie er ums Leben kommen wird, doch den Tod der alten Frau konnte sie nicht vorhersehen. Als

Mutter Estalia starb, gellte der Aufschrei des Götterkindes durch ganz Ranan. Ich suchte nach ihr, und als ich in die Kathedrale kam, stand sie wie eine Statue mitten im Raum. Sie hatte sich nach Mireea projiziert, um nach der Seele der Frau zu suchen, die sie ›die Mutter‹ genannt hatte. Dort liefst du ihr über den Weg, Qian. Damit hatte sie nicht gerechnet – nicht im Reich der Toten. Es machte ihr Angst, und aus dieser Angst heraus erschuf sie Qual.«

»Sie hatte Angst?« Zaifyr wandte sich an das Geschöpf, das sich die Füße an den grünen Federn rieb. »Davon hatte ich bisher noch nichts gehört.«

Das Wesen wandte ihm sein blindes Antlitz zu. »Ich war von Anfang an ein Lügner.«

Ayae runzelte die Stirn und setzte zum Sprechen an, doch Eidan kam ihr zuvor. »Er meint es nicht so, wie es klingt, das kann ich euch versichern«, beteuerte er. »Er will uns nichts Böses.«

»Es sei denn, er öffnet die Augen«, sagte Zaifyr.

»Sie sind doch geschlossen.«

»Ist sie noch hier in Yeflam?«

»In gewisser Weise wohl schon.« Qual ließ sich von Jae'les Umhang fallen und verkroch sich im Schatten. »Aber ihr solltet euch mehr Gedanken darüber machen, ob sie sich selbst in der Zukunft hier sieht.«

»Er hat recht«, sagte Eidan schroff. »Als ich ihr am Rand jenes Sumpfes begegnete, sagte sie mir voraus, ich würde sie verraten, bevor ein Jahrhundert vergangen sei. Ich spürte ihre Macht – so wie wir sie wohl alle spüren –, und ich weiß noch, dass ich ein langes Stahlrohr in Händen hielt, das ich aus dem Wasser gezogen hatte.« Er deutete mit seinen großen Händen die Dicke des Rohrs an, aber es war so dunkel, dass Ayae nur Umrisse davon sehen konnte. »Ich habe oft an diesen Augenblick zurückgedacht, denn sie war sich nicht sicher, was ich tun würde. Ich hätte ihr das Rohr durch ihre kleine Gestalt stoßen können. Damals hatte sie Angst vor mir, doch nachdem ich ihr nach Ranan gefolgt war, verschwand diese Angst.«

»Wir müssen sie finden«, sagte Zaifyr.

»Deshalb tritt gerade die Enklave zusammen«, antwortete Eidan.

»Aber die Hüter sind untereinander uneins«, sagte Jae'le. »Gerade jetzt sind sie besonders zerstritten. Ob sie dem Götterkind vereint entgegentreten werden, ist nicht sicher.«

»Sie können sie nicht am Leben lassen«, sagte Zaifyr.

Ayae schwieg, aber sie stimmte ihm zu. Soweit sie sehen konnte, blieb Aelyn kaum eine andere Wahl. Sie hatte mit ihrer Vereinbarung Mireea geopfert – dieses Eingeständnis lag Ayae schwer im Magen, seit sie die Enklave betreten hatte –, aber wenn sie nun daran festhielt, legte sie den Keim einer tiefen weltanschaulichen Spaltung in Yeflam, die nie wieder ganz zu beseitigen wäre. Wenn die Hüter diesen leeranischen Gott akzeptierten, taten sie damit kund, dass sie selbst keine Götter waren und es auch niemals sein würden.

Jae'le erhob sich und legte sich seinen Umhang wie ein grünes Band über den Arm. »Wir sollten hinaufgehen«, sagte er. »Vielleicht ist sie ja unserer Meinung, aber wir sollten uns bemühen, ihr den Rücken zu stärken.«

»Einverstanden«, sagte Zaifyr. »Ich komme gleich nach.«

Der andere nickte und ging zur Tür. Eidan folgte ihm. Prompt tauchte Qual wieder auf. Die kleine schwarze Gestalt kletterte flink an Eidans Bein empor und setzte sich auf seine Schulter.

Als die Schritte der beiden verklungen waren, wandte Zaifyr sich an Ayae und sah sie fest an. »Du bist so still«, bemerkte er.

»So ist es«, antwortete sie.

»Alles in Ordnung?«

»Eigentlich nicht.«

Sie legte ihre schwere Hand auf die seine, konnte aber seine Haut nicht spüren. »Ich habe kein Gefühl mehr«, sagte sie. »Was ist, wenn es nicht aufhört?«

Zaifyr strich ihr sanft über den Handrücken. »Du musst die Kontrolle übernehmen«, sagte er und nahm seine Hand in die ihre. »Das Zauberwort heißt Disziplin, weißt du nicht mehr?«

»Ich – ich glaube, die ist mir schon vor einer Weile abhandengekommen.«

Sie wünschte sich, spüren zu können, wie seine Hand sich um die ihre legte und sie drückte, aber sie sah nur, wie sich die Muskeln spannten. »Das passiert uns allen einmal«, tröstete er. »Du wirst sie wiederfinden.«

»Ich glaube nicht, dass ich an diesem Krieg teilnehmen kann«, sagte Ayae nach kurzem Schweigen. »Nicht heute und nicht diese Woche. Ich kann diese Woche nicht gegen einen Gott kämpfen, Zaifyr.«

»Vielleicht in einem Monat?«

»Ein Monat klingt gut.«

Sie sah im schwachen Licht, wie er lächelte. »In einem Monat ist alles vorüber.«

Ayae glaubte nicht daran. Es konnte nicht wahr sein, auch wenn Zaifyrs Blick noch so viel feste Zuversicht ausdrückte. Sie wollte ihn eindringlich davor warnen, diesen Glauben auf die Enklave zu übertragen, aber sie wusste nicht wie. Auch nachdem er seine Hand weggenommen und den Raum verlassen hatte, wusste sie es noch nicht, und die Chance war verpasst, als ein Schatten durch die offene Tür fiel.

»Habe ich es mir doch gedacht: Du willst also nicht zu unserem Treffen kommen.« Eira sprach leise, sie schnurrte förmlich vor Genugtuung. »Eine kluge Entscheidung, nachdem nun alle Welt weiß, welche Rolle du bei Fo und Baus Tod gespielt hast. Aber es gibt kein Loch, das dunkel genug wäre, um dich darin verkriechen zu können.«

»Ich brauche kein dunkles Loch.« Ayaes Stimme klang heiser. »Ich habe nichts getan, wofür ich mich schämen müsste.«

»Du solltest dich reden hören«, sagte die Kalte Hexe mit abgrundtiefer Verachtung in der Stimme. »Es klingt, als hätten sich deine Tränen in deiner Brust angestaut. Als wären sie da unten eingefroren und wollten heraus. Ich weiß, dass diese Tränen nicht mir gelten, aber ich will es einfach glauben. Ich will glauben, dass du begreifst, was ich verloren habe. Ich habe Fo mehr als zweihundert Jahre lang geliebt. Er hatte einen so wundervollen Verstand. Im Gespräch mit ihm sah man plötzlich Verbindungen, die niemand sonst sehen konnte oder wollte. Doch das ist nun für immer vorbei, und damit muss ich leben.«

»Ich will mich nicht mit Ihnen streiten, Eira.«

»Was du willst, interessiert mich nicht.«

Und dann war sie verschwunden, und nur das schwache Licht eines fernen Feuers fiel noch durch die Tür.

81

Die Nachmittagssonne sank dem Horizont entgegen, und in ihrem orangeroten Licht zeichneten sich die Umrisse der abgebrochenen Bäume klar und deutlich ab – ein Brandopfer an die Spur der Gewalt, der Heast und Taaira folgten.

Der Pfad, auf dem die beiden ritten, führte abwechselnd im Sonnenschein und durch die dichten Schatten der Stämme auf einen Bergrücken. Heast hatte nicht damit gerechnet, dass es einen Weg gab, sie waren erst darauf gestoßen, als sie scharf nach Osten abbogen und weg von den Reichen von Faaisha der großen Ebene zustrebten.

»Wenn wir oben auf dem Grat sind«, sagte Kye Taaira am Beginn des schmalen Steiges, »werden Sie sehen, dass ein Teil des Berges eingebrochen und abgesunken ist. So entstand eine weite Fläche, durch die sich Flüsse schlängeln wie die Adern durch Ihren Arm. Noch vor morgen früh macht der Pfad eine weitere Biegung, und dann sind wir wieder in der gewünschten Richtung.«

In einem Jahr, dachte Heast, könnte man es vermutlich nicht mehr wagen, Gers Berge zu überqueren. Durch den Zusammenbruch des Rückens würden die geheimen Tunnel und Gänge offengelegt, die das ganze Massiv durchzogen, und die Städte Gers sowie die Leichen von Menschen mit an die Oberfläche gebracht. Mireea und die anderen Städte auf dem Berg würden dagegen verschüttet. Der Berg würde auch Menschen verschlingen, die sich auf dem unruhigen Land ansiedeln wollten – Heast zweifelte nicht daran, dass sich genügend Verzweifelte und Glücksritter finden würden, die das versuchten. Auch Tiere würden kommen und zusammen mit den Menschen zugrunde gehen.

Heasts Pferd verweigerte zweimal, bevor sie den steilen Anstieg hinter sich gebracht hatten. Beim zweiten Mal klopfte ihm der Hauptmann den Hals und lauschte auf die unheimliche Stille zwischen den abgebrochenen Bäumen, doch erst beim dritten Mal sagte er: »Ihr Ahne ist nicht mehr sehr weit hinter uns.«

»Ich fürchte, er will uns nach Einbruch der Dunkelheit angreifen«, sagte Taaira. »Für allzu gefährlich hält er uns wohl nicht.«

»Können wir nicht einen anderen Weg nehmen?«

»Ich wüsste keinen.«

Heast drückte seinem Pferd die Fersen in die Flanken und trieb es weiter.

Ihn würde der Ahne sicherlich nicht für eine Bedrohung halten. Sein Schwert war zwar aus Stahl, und er verstand auch damit umzugehen, doch nach allem, was ihm Taaira über dieses Wesen erzählt hatte, war er ihm wohl eher nicht gewachsen. Dennoch sah er der Begegnung mit einer gewissen Vorfreude entgegen, denn er hatte noch nie zuvor ein Leeres Gefäß kämpfen sehen. Natürlich machten Geschichten darüber die Runde, dass sie mit Fäusten und mit Stöcken zuschlugen und kein anderer Krieger es mit ihnen aufnehmen konnte. Aber über sein eigenes Leben hatte er im Lauf der Jahre genügend Unsinn gehört, um zu wissen, dass solche Geschichten einem grotesk aufgeblähten Leichnam glichen, so schmeichelhaft sie auf den ersten Blick auch erscheinen mochten.

»Bald sind wir an der faaishanischen Grenze, Hauptmann«, hatte Kye Taaira gesagt, als sie eine Essenspause einlegten. »Und von dort müssten wir Vaeasa rasch erreichen können.«

»Da wollen wir aber nicht hin«, hatte Heast erwidert. »Jedenfalls nicht gleich.«

»Wohin soll es denn dann gehen?«

»Zuerst nach Maosa.« Heast schnitt zwei Scheiben von dem dicken schwarzen Brotlaib ab, den ihm Essa mitgegeben hatte, und belegte sie mit Käse und Speck. »Dort wollte Baeh Lok mit Ihnen hin, bevor Sie vor den Leeranern fliehen mussten.«

»Die Stadt steht vielleicht nicht mehr«, sagte Taaira. »Haben Sie das bedacht?«

»Durchaus.«

»Trotzdem reiten wir nach Maosa?« Er hatte Heast forschend angesehen. »Was gibt es dort, das so wichtig wäre? Ich war schon früher in der Stadt. Allzu viele Vorzüge hat sie nicht aufzuweisen.«

»Anemone lebt dort.«

Der Stammesmann lachte leise in sich hinein.

Heast schmunzelte. »Sie haben sie also kennengelernt?«

»Sie ist eine schrullige alte Frau«, lautete die Antwort. »Unsere Schamanen besuchen sie jedes Mal, wenn sie in der Stadt sind. Ein Zeichen höchsten Respekts, aber wenn man hört, wie sie mit ihnen redet, scheint ihr das nicht bewusst zu sein. Warum sollte sie Ihnen anders begegnen?«

»Weil sie die Hexe von Zuflucht ist«, entgegnete Heast.

Nach dem Essen waren sie weitergeritten, und als sie auf eine Lichtung kamen, sahen sie in der Mitte einen einzelnen Körper liegen.

Die Pferde, die zuvor so nervös gewesen waren, wirkten jetzt ganz ruhig. Heast und Taaira trennten sich und lenkten die Tiere mit sanftem Fersendruck nach beiden Seiten, doch das war eine überflüssige Vorsichtsmaßnahme.

Der Mann – denn ein Mann war es einst gewesen – lag auf dem Rücken und war ganz offensichtlich tot. Sein Körper war von Verletzungen und Missbildungen entstellt. Heast stieg vom Pferd und trat näher heran. Das Gesicht sah aus, als hätte man auf der linken Hälfte weitere Schädelknochen aufgepflanzt und damit Wange und Kinn vergrößert. Unterhalb der Ausbuchtung war die Haut aufgeplatzt, und der Knochen trat hervor. Die Stirn des Mannes war ähnlich misshandelt worden, über dem rechten Auge wölbte sich ein Brauenwulst vor, auf dem ein drittes blindes Auge mit geschlossenem Augenlid saß. Die Deformationen setzten sich an den Gliedmaßen fort. Am rechten Arm war das Ellbogengelenk verdreht angesetzt, und aus dem Handrücken der rechten Hand wuchsen vier Finger, während einschließlich des Daumens nur neun da waren, wo sie hingehörten.

Doch der Mann war nicht daran gestorben.

Jemand hatte ihm mit derben Schnitten, die jedoch nicht von einem Messer oder Schwert stammten, die Haut aufgerissen. Als Heast einen Hautlappen beiseiteschob und die verletzten Organe darunter freilegte, hatte er den Eindruck, der Mann sei mit bloßen Händen so zugerichtet worden.

»Hier war das Götterkind am Werk«, sagte Taaira leise. »Das ist einer meiner Ahnen. Aber wo ist sein Blut?«

»Es gibt keine Spuren.« Heast ging an die Seite der Lichtung, wo sich die Bäume immer noch dicht den Hang hinaufzogen. »Außer seinen eigenen.«

»Er hat sich das aber nicht selbst angetan.«

»Nein«, antwortete der Hauptmann. »Sehen Sie sich die Wunden an seinen Armen und Beinen an. Man wollte ihn zuerst bewegungsunfähig machen.«

Der Stammesmann hatte sich über den Körper seines Ahnen gebeugt. Nun erhob er sich. »Ich kann mir nicht vorstellen, wer so etwas tun könnte, Hauptmann.«

»Ich schon.« Heast wandte sich ab von den Bäumen und den Ruinen auf Gers gebrochenem Rücken, die von hier aus deutlich zu sehen waren. »Es ist, wie ich sagte: Mireeas Geister beobachten uns.«

82

Es war kurz nach Mitternacht, als die Verlobung bekannt gegeben wurde.

Der Bräutigam war der jüngste Sohn von Miat Dvir, ein schmächtiger Junge, nicht älter als dreizehn Jahre, der zwar bereits die Freuden der Masturbation entdeckt hatte, sich aber noch nicht zu rasieren brauchte. Er wurde Yoala Fe von Usa Dvir zugeführt, der den Jungen um mehr als Haupteslänge überragte. Der Kundschafter pries mit kräftiger Stimme den Vater des Knaben, der die Saan, lange bevor Hau, der Sohn, geboren wurde, durch Blutsbande zusammengeschmiedet hatte. Hau war ein legitimer Sohn des alten Kriegers, aber Bueralan hatte Zweifel, dass Miat an dem Jungen wirklich etwas lag. Der Alte hatte fast ein volles Dutzend Kinder gezeugt, und nach allem, was der Saboteur gehört hatte, hegte er nur für seine beiden ältesten Söhne so etwas wie Zuneigung. Doch das spielte keine Rolle, der Junge war ein erbberechtigter Prinz des Saan, und dass er neben Usa Dvir stand, war in Verbindung mit den zwei Dutzend Leibwachen samt Bronzearmbändern eine unmissverständliche Botschaft an die Erste Königin von Ooila: Der Preis für die Braut war eine Veränderung in der Thronfolge.

Yoala hatte kurz vor der Bekanntgabe mit ihrer Mutter gesprochen. Bueralan war an der Seite der Ersten Königin gewesen, als ihre Tochter die Glastür öffnete und die *Stimme der Königin* mit einer Handbewegung wegschickte, bevor sie entschlossenen Schrittes auf den Balkon trat. Als Bueralan sie aus der Nähe betrachtete, fand er, dass die neue Härte gut zu ihrem früheren Ich passte. Als sie beide noch jünger waren, hatte ihn diese Härte immer gestört, doch Zean hatte nur gelacht, wenn er sich bemühte, ihre weichere

Seite zum Vorschein zu bringen. Bueralan und Yoala waren einander schon in sehr jungen Jahren versprochen worden, und er hatte sich lange an dieses Versprechen gehalten. Doch in einem gewissen Alter hatten sich ihre und seine Interessen so weit voneinander entfernt, dass beide Seiten mit der Aussicht auf eine Ehe nur noch unglücklich waren. Die Auflösung seiner Verlobung mit der Dritten Prinzessin hatte bereits drei Jahre zurückgelegen, als er sich dem Hundertsten Prinzen angeschlossen hatte. Seither hatten die beiden kein Wort mehr gewechselt.

»Wenn du nichts dagegen hast«, sagte Yoala mit eisiger Stimme, »würde ich gerne allein mit meiner Mutter sprechen.«

Bueralan warf der Ersten Königin einen fragenden Blick zu, und als sie ihm erklärte, das sei in Ordnung, nickte er und ging. Nachdem er die Tür hinter sich geschlossen hatte, stellte er sich neben die *Stimme der Königin* und beobachtete die Gäste.

»Amüsieren Sie sich?«, fragte sie ihn.

»Das hatte man mir versprochen«, antwortete er trocken. »Ich warte immer noch darauf, dass mich jemand zum Tanzen auffordert.«

»Sehen Sie nicht mich an.«

»Wie käme ich dazu!« Dann schwiegen sie beide. Im Saal standen die Gäste in kleinen Grüppchen beieinander, junge Männer in hellgelben Gewändern trugen Platten mit Speisen und Getränken zwischen ihnen umher. »Möchten Sie etwas trinken?«

»Sehr gerne.« Die *Stimme der Königin* schüttelte den Kopf. »Aber nur Wasser, und es wäre mir lieb, wenn Sie es selbst eingießen könnten.«

»Die Saan töten selten mit Gift«, sagte er.

»Wer sagt, dass ich die Saan fürchte?«

Er ließ sie im oberen Stockwerk zurück und stieg mit langsamen Schritten die große Treppe hinab in einen Saal mit glattem Steinboden. Am anderen Ende reihten sich mehrere lange Tische aneinander, in deren Mitte sich eine Gruppe von Eisskulpturen erhob. Ein halbes Dutzend Krieger kämpften gegen einen einzigen Saan mit zwei abgebrochenen Schwertern. Der Saan überragte seine Gegner, und obwohl er die Schwerter in Verteidigungsposition hielt, gab es keinen Zweifel, dass er sich gegen die Angreifer behaupten würde. Deren Figuren waren bereits stark abgeschmolzen, und das

Wasser sammelte sich in großen Becken, sodass man den Eindruck haben konnte, sie würden gleich in ihrem eigenen Blut ertrinken.

»Imposant, nicht wahr, Hauptmann?«

Bueralan tauchte ein Glas in das kalte Wasser. »Hallo, Usa«, sagte er.

»Sie sehen den Schwertfürsten in der berühmten Schlacht am Jajjar. Er war vom Rest des Dvir-Heeres abgeschnitten worden und allein in einem kleinen Dorf zurückgeblieben. Mehr als hundert Krieger drangen dort ein, um ihn zu töten. Die Schlacht dauerte länger als eine Woche, und er erledigte die Gegner bis auf den letzten Mann. Am dritten Tag sollen ihm die Schwerter abgebrochen sein, danach kämpfte er angeblich noch weitere vier Tage mit den Bruchstücken. Nach meiner unmaßgeblichen Meinung hat er sich eine neue Waffe besorgt, aber Legenden sind schließlich nicht verpflichtet, sich an Tatsachen zu halten.« Der Kundschafter der Dvir stellte sich neben Bueralan, mit dem Rücken zu den Skulpturen, den zerbrechlichen Gläsern und den schön angerichteten Speiseplatten. Sein Blick war auf das obere Stockwerk gerichtet. »Wissen Sie, ich dachte, die Alte lässt Sie nie mehr aus ihren Klauen. Offenbar genießt sie es, mit jemandem von Ihrem Ruf hier aufzukreuzen.«

»Morgen wird man über etwas anderes sprechen.« Er tauchte sich ein zweites Glas ins Wasser. »Das wissen Sie so gut wie ich.«

»Gewiss, aber dank Ihnen wird der Schock über die Verlobung noch größer sein. Dafür müsste ich Sie eigentlich bezahlen.«

»Die Saan heuern keine Söldner an.«

»Das habe ich auch schon gehört.« Er lächelte schwach. »Eine wunderschöne Frau, nicht wahr?«

Bueralan folgte seinem Blick und sah, dass er auf die *Stimme der Königin* gerichtet war. »Ich glaube nicht, dass sie Ihrem Geschmack entspricht.« Er merkte, dass er dabei war, beleidigend zu werden und sich beherrschen sollte, spottete aber dennoch weiter. »Sie hat in zu vielen Dingen eine eigene Meinung, außerdem ist sie viel zu alt für Sie.«

Das Lächeln des Kundschafters erlosch. »Wir sind alle nur aus Fleisch und Blut, Hauptmann.«

»Eine faszinierende Erkenntnis, Usa.« Bueralan hob die beiden Gläser auf, das Wasser lief ihm über die Hände. »Haben Sie noch mehr solcher Perlen der Weisheit aufgeschrieben?«

»Es hieß schon immer, Sie hätten eine Schwäche für Sklaven.«

Bueralan ließ ihn einfach stehen.

Er stieg langsam die Treppe hinauf und kehrte ohne Eile zur *Stimme der Königin* zurück. Wahrscheinlich hatte er sich nun ihretwegen Usa zum Feind gemacht. Er war selbst überrascht. Die Frau war im Laufe der Nacht sehr in seiner Achtung gestiegen. Er hatte beobachtet, wie sie mit irgendwelchen Gästen plauderte, während die Erste Königin schweigend danebensaß, und mit Bewunderung festgestellt, dass sie mit traumwandlerischer Sicherheit alle Anforderungen der Etikette erfüllte, ohne dabei an Charme zu verlieren. Ihm hatte sie seine Aufgabe sehr erleichtert, indem sie ihm half, den Gesichtern Namen zu geben und zu registrieren, wer zu ihr kam und wer nicht. Dass sie ihn allerdings so beeindruckt hatte, dass er den Kundschafter der Dvir-Sippe beleidigte, hätte er nicht gedacht. Wahrscheinlich spielte es keine große Rolle: Sollte Usa auf Rache sinnen, so müsste er dabei die Interessen der Dvir im Auge behalten, und nach dieser Nacht würde der Kundschafter so beschäftigt sein, dass er Bueralans Bemerkung zunächst nicht ahnden konnte.

Doch als die Verlobung verkündet wurde und Yoala Fe den Arm ihres jungen Bräutigams nahm und mit ihm in die Mitte des Saales trat, als der Beifall aufbrandete und orangefarbenes und gelbes Konfetti von der Decke fiel, drehte Usa Dvir sich um und starrte Bueralan feindselig an.

»Sie haben einen Freund gewonnen«, bemerkte die *Stimme der Königin.*

»Ich kann sehr charmant sein.«

Vielleicht hätte sie noch mehr gesagt, doch nun ging der Applaus in ein lautes, rhythmisches Klatschen über, das an den Schlag einer Kriegstrommel erinnerte.

»Ich wusste nicht, dass ich zu einer Verlobung gekommen war«, sagte eine Männerstimme. »Samuel, hattest du eine Ahnung davon?«

Ein braunhäutiger Mann betrat den Saal, ohne eine Antwort abzuwarten. Vom oberen Stockwerk aus konnte Bueralan sein Gesicht nicht erkennen, aber er sah den alten, staubigen Lederharnisch und zwei Waffen mit abgewetzten Griffen, ein Schwert und einen Dolch. Doch was seinen Blick besonders auf sich zog, war die Kette, die der

Mann lose hinter sich herzog. Das andere Ende dieser Kette lag um den Hals von Samuel Orlan.

»Gardisten!«, rief Yoala. »*Gardisten!* Wer hat diesen Mann eingelassen?«

»Ich muss gestehen, sie sind alle bereitwillig beiseitegetreten.« Die Hand mit der Kette war von vielen Narben gezeichnet. »Sie kannten meinen Namen, meine beiden Namen, und legten sofort ihre Waffen nieder. Einer nannte mich sogar Herr Ren, aber ich sagte ihm, so habe mein Vater geheißen. Ich wolle einfach nur als Aela angesprochen werden.

Aela Ren.«

Drei Geschichten über einen Unschuldigen

»Das zweite Angebot«, erzählte mir Jiqana, »machte man uns nach einer Woche im Lager. In den Tagen davor kamen die Soldaten und redeten mit uns. Manche flößten uns Angst ein: Sie hatten sich die Zähne abgefeilt oder sich Schmuckstücke ins Fleisch getrieben, aber andere waren auch ganz normal. Freundlich. Die einen wie die anderen fragten uns jedoch nach unserem Leben aus, wollten wissen, was wir bisher getan hätten und was wir noch tun wollten. Was man uns erzählte, kam mir zwar nicht richtig vor, aber es schien mir auch nicht ganz falsch zu sein. Bei einigen von uns weckten diese Gespräche eine gewisse Zuversicht. Nach zwei oder drei Tagen begannen sie darüber zu tuscheln, was ihnen im Lager auffiel. Sie stellten fest, dass die Leeraner nicht viel zu essen hatten; dass sie keine einheitliche Uniform trugen; dass ihre Belagerungsmaschinen aus Stadtmauern und Gebäuden zusammengeflickt waren. Am sechsten Tag redeten sie ganz offen darüber, dass viele von den Leeranern – den Gläubigen, wie sie sich selbst nannten – eigentlich gar keine Soldaten waren.
Diese Menschen waren es, die das zweite Angebot annahmen. Sie glaubten nicht daran, deshalb weiß ich nicht, warum sie darauf eingingen, aber ich vermute, sie standen unter einem inneren Zwang, der sie dazu trieb, den neuen Gott zu preisen.
Die Gläubigen brieten sie bei lebendigem Leib. Wir übrigen mussten uns um die Feuer setzen und zusehen, wie sie den Menschen, die wir ge-

kannt hatten, das Fleisch von den Knochen rissen und es verschlangen.

Tinh Tu,
»Geheimes Tagebuch«

83

Was seine äußere Statur anging, war Aela Ren nicht gerade ein großer Mann. Er maß etwa einen Meter sechzig und hatte weder einen Stiernacken noch einen athletischen Körper. Das ließ ihn auf den ersten Blick eher harmlos erscheinen. Auf den zweiten Blick bemerkte man, dass er so schlank und drahtig war wie ein Soldat, der jahrelang im Feld gewesen war. Doch erst auf den dritten Blick enthüllte sich zum wachsenden Entsetzen des Betrachters der ganze Schrecken. Vom kurz geschorenen schwarzen Stoppelhaar bis zu den Fingerspitzen sah Bueralan einen Mann vor sich, der übersät war mit Narben, Zeichen schwerster Verletzungen. Die Narben waren schon alt, trocken, runzlig und so verblasst, dass sie sich kaum noch von der Haut abhoben. Sie waren auch nicht gleichförmig, stammten nicht von einem einzelnen Schwert, einer Keule oder einem Pfeil. Vielmehr hatten gezackte Bisswunden und Schnitte mit breiten und schmalen Klingen ihre Spuren an Armen und Hals hinterlassen. Anzahl und Alter der Verletzungen zeigten überdeutlich, dass der Unschuldige einem gewaltsamen Tod denkbar nahe gewesen war und wohl nur mit schierer Willenskraft überlebt hatte. Doch als Aela Ren sich nun umdrehte und sein Blick voller Neugier über die Versammelten schweifte, um sich dann auf Bueralan zu heften, war sein Gesicht weder von Schmerzen noch von Starrsinn geprägt, auch hatten die körperlichen Leiden es nicht verschlossen oder hart gemacht. Nein, dieses Gesicht verriet eine wache Intelligenz und wirkte – ungeachtet der Narben – umgänglich.

»Der Herr Le«, sagte er. »Genau der Mann, den ich kennenlernen wollte.«

Rufe mich erst – Bueralans Hände umspannten das Treppengeländer, als ihm die Worte des Götterkindes wieder durch den Kopf gingen –, *wenn die Unschuld auf dem Spiel steht.*

»Samuel wollte mich nicht hierherführen.« Aela Ren ließ die Kette, die er um Orlans Hals geschlungen hatte, klirrend zu Boden fallen. »Ich kam heute Nachmittag in seine Werkstatt und hatte noch kaum die Tür geöffnet, als er auch schon mit mir zu streiten begann. Da treffen wir uns nach mehr als zweihundert Jahren zum ersten Mal wieder, und sein erstes Wort ist nein. Er meint, er hätte dir genug angetan, Bueralan, und du hättest genug gelitten. Tatsächlich hatte ich nichts anderes erwartet. Samuel Orlan hat schon immer mit mir gestritten – was natürlich an seinem Namen liegt. Der erste Samuel Orlan redete genauso wie der achtundfünfzigste, und der zweiundachtzigste ist auch nicht anders. Sie sind doch alle gleich.«

Nach den Worten des Unschuldigen trat Stille ein. Bueralan hörte, wie der alte Kartograf unter Ächzen und Stöhnen die schwere Kette von seinem Hals löste. Der Rest des Hofes war wie gelähmt. Hau Dvir, Yoalas junger Bräutigam, der nur ein paar Schritte entfernt stand, war das beste Beispiel dafür, wie die Angst die Anwesenden gefangen hielt. Er wirkte wie eine Fliege im Bernstein, unfähig, den Platz zu verlassen, von dem aus er der feierlichen Bekanntgabe seiner bevorstehenden Vermählung beigewohnt hatte. Ganz anders Yoala. Bei ihr überwog allmählich die Empörung über Aela Rens Eindringen. Sie trat ohne Zögern einen Schritt auf ihn zu und begann: »Sie werden nicht …«

Weiter kam sie nicht, bevor sie mit aufgerissener Kehle zu Boden sank.

»Ich hatte nicht zu einer Plauderstunde eingeladen.« Aela Ren schüttelte die rechte Hand. Blut spritzte über den Fliesenboden. »Mit stolzen und ehrgeizigen Menschen hat man doch immer Ärger.«

Der Unschuldige hatte blitzschnell und völlig unerwartet zugestoßen und seine Finger mit beispielloser Brutalität und Kaltblütigkeit durch Yoalas Hals gezogen. *Rufe mich erst, wenn die Unschuld auf dem Spiel steht.* Die Worte des Götterkindes klangen Bueralan abermals in den Ohren, als Aela Ren sich nun anschickte, die Treppe hinaufzusteigen. *Rufe* – die verängstigte Menge teilte sich vor ihm, seine abgetretenen Stiefel hinterließen Spuren – *rufe mich erst, wenn* – auf dem glatten Steinboden, Blut tropfte ihm von der Hand – *rufe mich erst, wenn die Unschuld* – seine Schritte schlugen den Takt zu den Worten des Götterkindes – *rufe mich erst, wenn die Unschuld auf dem Spiel steht.* Worte, von denen der Saboteur überzeugt war, dass sie sich auf den Mann bezogen, der nun unaufhaltsam auf ihn zukam, Worte, die verlangten, dass er einen Namen aussprach, den er nicht kannte.

»Ich bin der Älteste hier.« Der Unschuldige blieb vor der *Stimme der Königin* stehen. Seine rechte Hand war immer noch nass vom Blut. »Dennoch weiß ich große Schönheit immer noch zu schätzen. Fühlst du dich geschmeichelt?«

»Nein«, flüsterte sie.

Aela Ren griff nach ihrem Kleid, zog ihr den Rock bis über die Hüften hoch und wischte sich die blutige Hand daran ab.

»Sie gefällt mir.« Er sprach mit Bueralan, blieb aber noch einen Augenblick länger vor der *Stimme der Königin* stehen. Endlich ließ er ihr orangefarbenes Gewand behutsam fallen, wandte sich dem Saboteur zu und trat zu ihm an das Geländer. »Sie fürchtet sich zu Tode«, fuhr er fort. »Es hat großen Mut erfordert, Nein zu sagen. Diesen Mut würden nicht viele aufbringen. Die meisten sind zu keinem einzigen Wort fähig, wenn sie vor mir stehen. Ich könnte ja auf sie aufmerksam werden und sie töten wie die Frau dort unten. Die Angst vor mir steckt ihnen tief in den Knochen. Angst vor meinem Namen, Angst vor meiner Person und Angst vor meinen Taten. Natürlich schüre ich diese Angst. Mein Meister hat mir vor langer Zeit die Gabe verliehen, mir das zunutze zu machen, was in den Menschen steckt, um sie zu lenken. Samuels Meisterin verlieh ihm die Gabe, die Grenzen der Welt festzulegen. Und du – was hat dein Meister dir geschenkt?« Die Narbenhand griff nach dem Lederband um Bueralans Hals, nach dem Beutel …

Bueralan packte sofort zu und umschloss das Handgelenk des Unschuldigen. »Das ist nicht für dich bestimmt!«, sagte er.

»Nicht?« Aela Ren zog den Arm weg. »Aber du hast es nicht etwa von deinem Meister bekommen?«

»Ich habe keinen Meister.«

»Das ist nicht wahr.« Die heisere Flüsterstimme der Ersten Königin unterbrach ihn. »Und im Gegensatz zu allen anderen in diesem Raum, Aela Ren, habe ich keine Angst vor dir.«

Der Unschuldige wandte sich von Bueralan ab und sah die alte Frau an. »Du liegst ja auch im Sterben«, sagte er schlicht.

»Ich liege seit vielen Jahren im Sterben.«

»Und du glaubst, das hätte dich stark gemacht, du wärst gefeit gegen die Ängste und die Unschlüssigkeit, die andere quälen.« Der Unschuldige wies auf die Menge, hinter der nun die Saan-Krieger mit ihren blitzenden Kupferarmbändern auftauchten. »In Wirklichkeit hat es dich geschwächt. Deshalb stehen Eroberer an deinen Küsten, Zeala Fe. Was glaubst du, wie lange hätte dich deine Tochter nach ihrer Heirat wohl am Leben gelassen?«

»Das ist eine Sache zwischen Müttern und Töchtern, Männer von jenseits des Meeres haben dabei nichts mitzureden.« Die Erste Königin erhob sich langsam aus ihrem Rollstuhl. Ihre Arme zitterten vor Anstrengung. Sie war eine schmächtige Frau, auf ihren Schultern lag eine Last, die keiner der Zuschauer sich auch nur annähernd vorstellen konnte. »Warum lässt du diese Menschen nicht gehen?«

»Nein.«

»Dann töte sie auf der Stelle.«

Die Umstehenden schnappten hörbar nach Luft.

Um Aela Rens vernarbte Lippen spielte ein schwaches Lächeln. Anstelle einer Antwort ging er an ihr vorbei und stellte sich neben Bueralan, sodass er sowohl der Ersten Königin als auch den Saan-Kriegern, die nun näher rückten, den Rücken zudrehte. Auch der Saboteur sah sie nicht an, sondern folgte dem Blick des Unschuldigen nach unten, wo ganz allein Yoalas Leichnam in einem See aus ihrem Blut lag. Ganz hinten hatte Usa Dvir den Arm des Saan-Prinzen genommen und ihn in die Menge geschoben. In der Mitte blieb Samuel Orlan allein zurück.

Der Kartograf war auf die Beine gekommen und ging, befreit von der schweren Kette, an Yoala Fes Leichnam vorbei zu der langen Tafel mit den Eisskulpturen.

Ren hatte sich wieder an Bueralan gewandt. »Mein Meister war der Gott Wehwe«, erklärte er im Plauderton. »Er war der Gott der Wahrheit, und er starb mitten im Krieg der Götter, niedergestreckt von Uditos, dem Gott der Notwendigkeit. Für mich ein schwerer Verlust, wobei mir die Ironie des Geschehens schon damals nicht entging. *Die Wahrheit muss sterben, damit der Krieg fortgesetzt werden kann.* Wehwe hatte das als Erster gesagt. Er ließ mich den Satz sogar niederschreiben. Es war einer der wenigen Texte, die ich nicht zu zerstören brauchte, nachdem ich sie fertiggestellt hatte. In den Tausenden von Jahren, in denen mein Meister zu mir sprach, musste ich ganze Bücher niederschreiben, um sie anschließend zu verbrennen. Er glaubte, wenn die Worte erst einmal gedruckt würden, wären sie nicht länger wahr, doch mir fiel es zu, nach Worten zu suchen, die nicht gedruckt waren.«

An der Eisskulptur des Kriegers mit den zerbrochenen Schwertern tauchte Samuel Orlan die Hände in die Wasserschalen und wusch sich das Gesicht.

»Als Wehwe mich einst fand, war ich ein Mönch«, fuhr Aela Ren fort. Bueralan riskierte einen kurzen Blick über die Schulter und sah, dass sich die Saan-Krieger mit größter Vorsicht immer weiter herantasteten. »Ich weiß, dass es heute nicht mehr so ist, doch in den ersten Jahrzehnten meines Lebens hatte ich mich ganz in den Dienst von Frieden und Harmonie gestellt. Damals hatte ich noch kein Schwert gesehen und noch nie die Hand im Zorn erhoben. Ich lebte auf einem Berg, in einem Kloster, das nicht mehr existiert. Außer der Kutte und den Stiefeln, die ich am Leibe trug, besaß ich nichts; beides hatte ich mit eigener Hand gefertigt. Zu dem Kloster führte ein steiler, gewundener Pfad aus Seil- und Holzbrücken, die Mönche wie ich an den glatten Felswänden befestigt hatten. Die Reise dorthin war so voller Gefahren, dass nur wenige sie auf sich nahmen. Deshalb hatten wir Mönche nur das zu essen, was wir selbst anbauten, und unser Wasser kam aus eigenhändig gegrabenen Brunnen. Zweimal im Jahr verließen wir das Kloster und stiegen über die halsbrecherischen Pfade hinab bis zum Fuß des Berges. Dort tauschten wir Stoffe und Saatgut ein, halfen bei der Krankenpflege und kümmerten uns um elternlose Kinder. Ich war einst selbst ein solches Kind gewesen, meine Eltern hatten mich ausgesetzt, weil sie zu jung und zu arm waren, um für mich zu sorgen. Im Alter von sechs Monaten trug mich ein Mönch auf dem Rücken zum Kloster hinauf. Dort blieb ich vierunddreißig Jahre lang. Ich verrichtete niedere Arbeiten, studierte und führte bis zu dem Winter, in dem Wehwe auf mich aufmerksam wurde, ein zurückgezogenes Leben.

Zuerst kam er als kleines Nagetier zu mir und folgte mir einen Monat lang auf Schritt und Tritt durch die Gärten. Er führte mich zu verletzten Vögeln, hungrigen Mäusen und Insektenkolonien, die um ihr Überleben kämpften, und ich rettete sie alle. Damals wusste ich noch nicht, dass er ein Gott war, ich merkte nur, dass der Nager kein gewöhnliches Tier war, und als er starb, weinte ich. Später erschien mir der Gott in Gestalt einer Frau, die ein Kind im Leibe trug und meine Hilfe brauchte. Ich sah sie zunächst im Traum und fand sie dann – schön, allein und schutzlos – auf dem Berg. Mit ihr führte mich der Gott auf verschiedene Weise in Versuchung, aber ich blieb standhaft. Danach zeigte er sich mir als alter Mann ohne Beine. Er schickte mit einem Vogel einen Brief in das Kloster, in dem er darum bat, ich möge mitten im Winter über unsere Pfade hinabsteigen und ihn hinauftragen. Ich nahm ihn auf den Rücken und erreichte nach fast einem Monat die Stufen des Klosters.

Damit hatte ich die letzte Prüfung bestanden, und Wehwe teilte mir mit, dass ich nun ihm gehörte. Ich hatte dabei nichts mitzureden.«

Samuel Orlan richtete sich auf und streckte langsam die Hand nach einer der Waffen aus, die zur Eisskulptur gehörten. Es war das Schwert eines der schmelzenden Angreifer des Saan-Prinzen. Mit einer raschen Drehung brach er ein faustgroßes Stück ab.

Bueralan deutete auf den Kartografen. »Er sagt, der erste Orlan hätte das Geschenk seines Gottes abgelehnt.«

»Das ist wahr, aber dieser Samuel Orlan war gar nicht befugt, Aeisha ihren Wunsch abzuschlagen oder zu erfüllen.« Der Unschuldige hob die Stimme. »War es nicht so?«

Der Alte hörte nicht auf den Ruf. Er war zu Boden gesunken und drückte sich das Eis auf die Striemen, die von der Kette zurückgeblieben waren.

»Warum erzählst du mir das alles?«, fragte Bueralan.

»Weil seit mehr als zehntausend Jahren kein Mensch mehr von einem Gott berührt wurde«, antwortete Aela Ren. »Von allen anderen weiß ich, wo sie sich in dieser Welt aufhalten, Bueralan Le. Sogar von der traurigen Gestalt, die im Sumpf lebt und Irrsinn faselt, als ob es Wahrheit wäre. Doch jetzt kommst du. Ein Söldner, ein Saboteur, ein Mann, den nur ein Schritt vom Meuchelmörder trennt, der seine Königin und sein Land verraten hat. Kein Gott hat dich auf die Probe gestellt, du hattest keine Aufgaben zu erfüllen, warst keinen Einschränkungen unterworfen. Ein sterbender Gott hat dir mit seinem letzten Atemzug eine undefinierte Macht verliehen und dich in der Welt zurückgelassen. Wenn ich gläubig wäre, würde ich sagen, es war vorherbestimmt.«

»Ich habe nicht darum gebeten.«

»Darum bittet niemand.« Der Unschuldige legte beide Hände leicht auf das Geländer. »Als ich dich fragte, ob Ger dir die Seele geschenkt hätte, die du um den Hals trägst, wusste ich bereits, dass du sie von einem anderen Gott bekommen hast. Einem neuen Gott. Kannst du dir vorstellen, was das für mich bedeutet?«

»Nein.« Er musste das Wort gewaltsam herauswürgen.

»Sag mir den Namen dieses Gottes, Bueralan.«

»Ich weiß nicht …« Er zögerte, hielt inne.

»Das«, sagte Aela Ren, »ist interessant!«

»Ich kenne ihn *nicht*«, beteuerte Bueralan. »Sie hat ihn mir nie genannt.«

»Nein, das kann ich mir denken.«

Ehe der Saboteur sichs versah, war der kleine Mann über das Geländer gesprungen und leichtfüßig auf dem Boden gelandet.

»Krieger des Saan!« Er wandte sich an die Männer, die sich von hinten angeschlichen hatten und nun im Augenblick seines Sprungs auf das Geländer zugestürmt kamen. »Ihr wollt euch auf die Fahnen schreiben, den Unschuldigen getötet zu haben! Ihr giert nach Ruhm! Ihr giert nach Reichtum! Ich biete euch die Gelegenheit, beides zu erringen. Zieht eure Schwerter. Kommt die Treppe herunter. In diesem Raum befindet sich ein Mann, der von einem Gott berührt wurde und nicht weiß, was das bedeutet.

Zeigen wir es ihm!«

84

»Wie lange versetzt dein Name die Menschen schon in Angst und Schrecken, Aela Ren?« Usa Dvir ergriff als Erster das Wort, als Aela Ren verstummte. Er war neben den Eisskulpturen nach vorne getreten. Hinter ihm weinte der Schwertfürst der Saan, doch sonst war er allein. Der junge Prinz war nirgendwo zu sehen, der Kundschafter hatte ihn in den Schutz der Menge gezogen. Nun hielt er ein langes Schwert mit gerader Klinge in der Hand. »Ich habe über dich gelesen, als ich noch ein Kind war, genau wie vor mir mein Vater und sein Vater vor ihm. Deine Taten sind auf einigen unserer ältesten Schriftrollen verzeichnet, Schriftrollen, die so alt sind, dass die Tinte, die die Vorfahren meines Vaters gekauft hatten, bis zur Unleserlichkeit verblasst ist.«

»Ach, Usa«, flüsterte die Erste Königin. »Belügen Sie ihn nicht.«

»Wieso belügen?«, fragte die *Stimme der Königin.*

»Die Männer des Saan können nicht lesen«, sagte Bueralan leise. Die Königin hing schwer an seinem Arm. Er führte sie an das Geländer, damit sie auf den Unschuldigen hinabschauen konnte. Der sah Dvir nur schweigend an, und Bueralan spürte, wie die Hand der Königin zitterte, als wäre dieses Schweigen schlimmer als alles, was er hätte sagen können.

Nun trat der erste Saan-Krieger aus der Menge. Er war groß und athletisch, dicke Kupferbänder umschlossen seine Arme bis zu den Schultern. Er wartete nicht auf die anderen, sondern zog seinen Krummsäbel und ging damit auf den Unschuldigen los.

Sein erster Hieb kam schnell und verriet nicht nur Erfahrung, sondern wahre Meisterschaft im Umgang mit der Waffe. Dennoch traf er nur leere Luft. Aela Ren drehte sich auf dem linken Fuß vor der Klinge weg, sein rechter Fuß setzte die Drehung fort, und als die Waffe schräg von unten zurückkam, war er außer Reichweite, und auch dieser Hieb ging ins Leere. Der Stahl kam dem kleinen Mann jedoch so aufreizend nahe, dass die Menschen in Bueralans Umkreis einen Herzschlag lang glaubten, Ren sei getroffen. Der Saboteur spürte, wie sich die Finger der Ersten Königin hoffnungsvoll und ohne jedes Zittern in seinen Arm gruben, doch sobald ihr klar wurde, dass Ren unversehrt war, kehrte das Zittern zurück.

Unten pfiff das Krummschwert des Saan-Kriegers abermals durch die Luft. Aela Ren wich jeder Attacke aus. Man bekam fast den Eindruck, die beiden führten einen Tanz auf, den sie jahrelang einstudiert hatten, bis sie ihn so vollkommen beherrschten, dass keiner verletzt wurde. Ein Hieb schräg über die Brust, ein Stoß, für den das Krummschwert schlecht geeignet war, ein Schlag gegen die Halsseite: alles in einem Atemzug, während sich der Unschuldige mit blitzschnellen Drehungen und Wendungen aus dem Gefahrenbereich brachte, ohne dass seine Hände sein Schwert oder den Dolch berührten.

Die Krieger des Saan hatten einen Kreis um die beiden Kämpfer gebildet. Nach Bueralans Zählung waren es zwanzig an der Zahl, mit Usa Dvir und dem verschwundenen Prinzen kämen noch zwei dazu. Nur waren diese beiden bei Weitem nicht so gefährlich. Die dicken Kupferbänder an den Armen kündeten von Kampfkraft und Tapferkeit jedes Kriegers. Außerdem hielten die Männer ihre

Krumm- und Langschwerter, die Lederpeitschen und Morgensterne mit einer Selbstverständlichkeit in Händen, die lange Übung verriet.

Keiner von ihnen machte Anstalten, Aela Rens Gegner zu Hilfe zu kommen. Alle verfolgten aufmerksam die Bewegungen der Klinge ihres Kameraden und die flinken Sprünge und Drehungen des Mannes, den er attackierte, und versuchten daraus zu lernen, bis der Saan sein Krummschwert mit einem lauten Schrei auf den Unterleib seines Gegners zusausen ließ.

Aela Ren trat geschickt hinter seinen Gegner, nahm dessen Kopf zwischen seine Narbenhände und drehte ihn um.

Der Krieger sank zu Boden, und aus der Menge ertönte ein Aufschrei, dem unmittelbar darauf ein zweiter folgte. Bueralan konnte nicht sagen, ob der erste Schrei von einem Mann oder einer Frau gekommen war. Er spürte, wie daraufhin bei ihm eine tief sitzende Angst erwachte, aber er blieb stumm. Der Schrei fand ein vielfaches Echo, als hätte er das gleiche Entsetzen auch bei vielen anderen geweckt, doch erst als alle Stimmen sich vereinigten, konnten sie die Reglosigkeit durchbrechen, die das ganze Schloss umfangen hielt. Eine Welle der Bewegung pflanzte sich durch die Menge fort, und bald rannten alle, so schnell sie konnten. Die einen rannten auf den Unschuldigen und den Saan zu, andere rannten von beiden weg. Sie stürmten zu den Türen an der Vorderseite oder an der Rückseite des Schlosses, und für einen Moment verschwanden die Saan-Krieger und Aela Ren in der Masse der Flüchtenden.

Aber nur für einen Moment.

»Ich hoffe«, sagte Aela Ren zu den Verbliebenen, als alle Gäste den Saal verlassen hatten, »ihr haltet euch länger als euer Freund.«

Die Saan griffen an.

Zuerst pfiff eine lange Peitsche durch die Luft und zwang den Unschuldigen nach rechts. Er duckte sich unter einem Krummschwert weg, sah eine zweite Klinge vor sich herabsausen – und hielt sie mit seinem Schwert auf.

Es war eine uralte Klinge von schlichter Eleganz, auch wenn der Stahl längst seinen Glanz verloren hatte und vom Alter und vom vielen Gebrauch matt geworden war. Dazu war jetzt ein Dolch in der Linken des Unschuldigen erschienen. Die beiden ergänzten sich, denn während die Schwertklinge nur eine Schneide hatte und in einer breiten Spitze endete, sich also für Hiebe und Stöße eignete, hatte der leichtere Dolch zwei Schneiden und eine scharfe Spitze, sodass man damit nicht nur zustoßen, sondern den Körper des Gegners aufreißen und die Eingeweide herausquellen lassen konnte.

»Warum gehen wir nicht?«, fragte die *Stimme der Königin* flüsternd. »Das ist doch jetzt die beste Gelegenheit.«

»Wir müssen das Ende abwarten«, antwortete die Erste Königin.

Bueralan durchschaute die Taktik der Saan-Krieger. Sie wollten den engen Kreis um Ren aufrechterhalten, um den Unschuldigen in seiner Bewegungsfreiheit einzuschränken und ihn mit ihrer zahlenmäßigen Überlegenheit in die Klingen ihrer Kameraden auf der jeweils anderen Seite zu treiben. Sie hatten gesehen, wie furchtlos er dem ersten Gegner gegenübergetreten war. Wenn sie ihm Raum gaben, wenn sie sich einzeln oder zu zweit auf einen Kampf mit ihm einließen, konnte er Mann um Mann mit seinem Schwert und seinem Dolch durchbohren, bis ihre Überlegenheit dahin war. Um das zu verhindern, mussten sie ihn einengen, so gut es nur ging.

Doch der Unschuldige spielte dieses Spiel nicht mit.

Er blockierte und parierte binnen eines Lidschlags wie ein trügerischer Schatten am Rand des Blickfelds, und ehe die Saan-Krieger sichs versahen, bestimmte er den Verlauf des Kampfes. Wenn Ren nach rechts ging, folgten sie ihm wie an einer Kette. Bueralan glaubte, selbst das Gewicht der Eisenglieder zu spüren. Ohne Hoffnung sah er, wie die Klingen, die Morgensterne und Peitschen ausholten und ins Leere gingen, wo er eben noch gewesen war, während er sich mit einer Drehung, einer Wendung oder, bereits zweimal, mit einem Überschlag nur aus den Beinen heraus außer Reichweite gebracht hatte. Es war lediglich eine Frage der Zeit, wann einer der Saan-Krieger fallen würde, wann sich in dem Kreis die erste Lücke auftat.

Als es jedoch so weit war – das Gesicht des Mannes klaffte nach einem Hieb quer über Wange und Nase in der Mitte auseinander –, verzichtete der Unschuldige darauf, sich diese Lücke zunutze zu machen.

Eine Peitschenschnur erhob sich über die Saan, als wollte eine große schwarze Schlange herabstoßen, schoss in die sich bereits wieder schließende Lücke und legte sich mit lautem Knall um den Schwertarm des Unschuldigen.

Der Saan-Krieger zog Ren zu sich heran, in der Hoffnung, ihn damit aus dem Gleichgewicht zu bringen und von den Beinen zu holen, doch stattdessen drehte sich der Narbenmann in den Riemen hinein. Sein Dolch fuhr nach oben, durchschnitt das Leder, sein Schwert kam frei, konnte ein herabsausendes Krummschwert aufhalten und es seinem Besitzer aus der Hand schlagen. Immerhin hatte die Peitsche dem Unschuldigen die Kontrolle entrissen. Die Krieger witterten eine Schwäche und stürmten vor – doch schon hob Aela Ren sein Schwert und warf sich zwischen sie.

»Ich bin Usa Dvir einmal begegnet.« Bueralans Stimme klang so unbeteiligt, als gehörte sie einem Fremden. »Es war vor drei Jahren. Die Truppe Nacht war von einem Ort namens Oeissi angeheuert worden. Er liegt am Rand von Gogair, in der Nähe des Saan.«

»Ich habe davon gehört«, antwortete die Erste Königin ruhig. »Oeissi ist nur einen Tagesritt von den Tunneln entfernt.«

»Der Ort und die Saan hatten ein Abkommen.« Unten stoben die Krieger vor der Attacke des Unschuldigen auseinander, doch vorher hatte sein Schwert die Parade eines Mannes beiseitegefegt und war ihm in den Hals gedrungen. »Es war fünfhundert Jahre zuvor geschlossen worden und sicherte den Saan gute Preise bei den Kaufleuten, wenn sie Lebensmittel und Metalle einkauften. Dafür sollten die Saan den Ort verteidigen. Als das Abkommen unterzeichnet wurde, hatte sich Gogair im Bürgerkrieg befunden, und Oeissi war im Vorteil gewesen; doch vor drei Jahren waren alle, die sich noch an einen Angriff auf den Ort erinnern konnten, längst tot, und die Menschen hatten angefangen, sich über die Sonderpreise für die Saan zu empören. Der neue Lord, ein junger Mann mit Namen Buzeur, hatte dafür Verständnis. Er war kein Sohn des alten Lords, sondern einer seiner Gegenspieler, und er war an die Macht gekommen, nachdem der andere auffallend plötzlich gestorben war – es wurde niemals offen ausgesprochen, aber er selbst pflegte seine Scherze darüber zu machen, damit zu prahlen, wie es die Art mancher Männer ist, wenn sie sich als Sieger fühlen.«

Aela Ren fuhr fort, die Saan zu spalten. Seine Waffen stießen unentwegt nach vorne. Er begnügte sich nicht mehr damit, sich zu verteidigen, sondern verwandelte jede Blockade, jede Parade und jeden Schritt zur Seite in einen Angriff. Die Saan-Krieger wurden zurückgedrängt, der Vorteil der größeren Zahl wurde durch die wilde Grausamkeit, die der kleine Mann ausstrahlte, mehr als aufgewogen. Ein Hüne, kahl geschoren, bis auf einen langen Zopf, der ihm über den Rücken fiel, wollte Ren herausfordern. Die Stachelkugel seines Morgensterns pfiff über den Kopf des Unschuldigen hinweg … doch sie kehrte nicht mehr zurück. Seine Finger konnten den langen Stiel nicht halten. Rens Dolch fuhr ihm in den Oberschenkel, wurde sofort nach oben gezogen und schnitt ihm die Genitalien ab.

»Als Buzeur an die Macht kam, erklärte er den Saan, sie müssten künftig nicht bloß die üblichen Marktpreise bezahlen, sondern obendrein die Kaufleute für ihre Verluste unter der Herrschaft seines Vorgängers entschädigen.« Bueralan hätte am liebsten die Augen geschlossen, um das Blutbad nicht weiter mit ansehen zu müssen, doch stattdessen redete er immer weiter. »Nach Aussage von Lady Farlay, die die Truppe Nacht angeheuert hatte, um sich gegen den neuen Lord abzusichern, waren die Saan nicht einmal abgeneigt, die üblichen Marktpreise zu bezahlen. Vermutlich hatten sie nach dem Tod des alten Lords mit einer solchen Forderung bereits gerechnet. Die Gründe für das Abkommen waren längst weggefallen, Gogair war jetzt geeint. Aber die Entschädigung, auf der Buzeur bestand, war schlicht und einfach eine Beleidigung. Außerdem hatte er Dvir das Ultimatum bei dessen Antrittsbesuch in einem Brief überreicht, ohne bei dieser Gelegenheit auch nur ein Wort darüber zu verlieren, was in dem Schreiben stand. Die Geschenke der Saan nahm Buzeur gerne an, und auch das Festmahl, das sie ihm zu Ehren ausrichteten, verschmähte er nicht. Er kränkte die Saan noch häufiger, wie mir Lady Farlay berichtete, denn er ging fest davon aus, dass der Rest von Gogair ihm beistehen würde, sollten die Saan in Oeissi einmarschieren. Sie vermutete sogar, er habe einen solchen Angriff auf Anordnung der Hauptstadt bewusst herausfordern wollen.«

Unten pirschte sich der Unschuldige weiter an die Saan heran. Obwohl er sich so schnell und lautlos bewegte wie ein Raubtier, passte sein Verhalten zu keinem Tier, das Bueralan kannte. Wenn er einen Gegner erledigt hatte, hielt er nicht inne, um seinen Triumph zu genießen oder sich an dem Fleisch gütlich zu tun, das er aufgerissen hatte, und von Blut und Sehnen zu kosten. Für Aela Ren waren die Überreste eines Mannes nichts als Abfall für die Aasfresser, die ihm überallhin folgten, Augen und Zunge für die Vögel, das verwesende Fleisch für alle anderen Tiere. Er war primitiv, aber nicht gierig, und die Männer vor ihm hatten seiner Kraft und Schnelligkeit nichts entgegenzusetzen und bauten immer Verteidigungspositionen auf, die er mühelos durchbrach. Die abgeschlagene Hand eines Mannes hielt noch den Griff seines Krummschwerts umfasst, als die Waffe klirrend zu Boden fiel. Gleich darauf schlug sein Kopf auf dem Boden auf, rollte weiter unter den Tisch mit der schmelzenden Skulptur des Schwertfürsten und kam schließlich vor Samuel Orlan zum Stillstand.

Orlans Blick verriet kein Entsetzen. Er betrachtete den Kopf vor den Spitzen seiner Stiefel eher mit müder Resignation, einem Fatalismus, geboren aus der Unvermeidlichkeit des Geschehens, die auch Bueralan so empfand. Kein anderes Ende war denkbar, diese grausige Mahnung an ihre Sterblichkeit war die einzige, die ihm und den anderen im Schloss präsentiert werden konnte. Als der Kartograf endlich doch den Kopf mit einer Stiefelspitze von sich wegschob, geschah es ohne Abscheu, ohne Widerwillen, sondern eher, als hätte er den Eindruck, er sollte in den Lärm und das Kampfgetümmel zurückrollen, weil dort sein Platz wäre. Schließlich landete er neben einem Saan-Krieger, der am Boden lag und nach Luft rang. Ein tiefer Schnitt zog sich der Länge nach über seinen Hals bis hinauf zum Kinn – ein Schnitt, der die Gesichtshaut zu teilen drohte, als wären das Blut und die Knochen darunter ein Geheimnis, das es zu lüften galt.

»Bueralan?« Die Stimme der Ersten Königin zitterte nun ebenso wie zuvor ihre Hand. »Bitte – bitte fahren Sie mit Ihrer Geschichte fort.«

»Usa Dvir schätzte die Lage zwar genauso ein wie Lady Farlay, aber er wollte die Beleidigung nicht ungesühnt lassen.« Der Saboteur sprach leise, mehr gab seine Stimme nicht her. »Das machte er sehr deutlich, als ich mich einen halben Tagesritt vom Eingang zu den Tunneln entfernt mit ihm traf. Lady Farlay wollte einen Krieg vermeiden, und da sie befürchtete, die Saan könnten in Scharen angeritten kommen, hatte sie mich zu dem Treffen entsandt. Dvir war zu klug, um in die Falle zu gehen, die man aufgestellt hatte, um ihn zum Krieg mit Gogair zu provozieren. Als Kundschafter für die Saan weiß er, dass ein Krieg nicht auf dem Schlachtfeld beginnt, sondern in stillen Korridoren und Hinterzimmern. Er wusste, dass das Gerede darüber viel Ähnlichkeit mit den Echos in den dunklen, gewundenen Tunneln hatte, vor denen wir uns trafen. Es kam von allen Seiten, bis man nicht mehr wusste, wo es seinen Ausgang genommen hatte. Er nahm Lady Farlays Entschuldigung für Buzeurs Beleidigungen an, denn er wusste, dass die Kriegsdrohung aus anderen Teilen Gogairs kam, aber er konnte nicht zulassen, dass sie dafür Vergeltung übte. Das wollte er selbst übernehmen, und die Lady ließ sich rasch überzeugen. Damit blieb der Truppe Nacht nur die Aufgabe, Buzeurs Anhänger zu schwächen, seine Macht zu untergraben und gleichzeitig Lady Farlays Stellung zu stärken. Aber das ist jetzt nicht mehr von Bedeutung.«

Unten im Saal waren noch fünf Saan-Krieger übrig, den Kundschafter nicht mitgerechnet. Usa Dvir stand immer noch neben der schmelzenden Skulptur, und sein Schwert ruhte mit der Spitze nach unten auf dem Pflaster.

»In der Nacht, in der Buzeur gestürzt wurde«, fuhr Bueralan fort, »öffnete unsere Truppe den Saan das Tor. Wir hatten Anweisung, uns danach in unsere Quartiere zurückzuziehen und dort zu bleiben. Dazu waren wir natürlich viel zu neugierig. Wir gingen durch die Straßen und suchten uns einen Platz außerhalb des riesigen Parks um den Palast. Dort warteten wir, bis die ersten Feuer angezündet wurden.«

Aela Ren rückte rasch gegen die fünf Krieger vor, aber die Saan wichen nicht zurück. Der größte von ihnen empfing den Unschuldigen mit einem mächtigen Schwerthieb, der auf seinen Unterleib zielte. Er hatte weit ausgeholt, behielt den Hieb aber gut unter Kontrolle. Ren sah sich gezwungen, ihn mit seinem Schwert abzufangen, während ein zweiter und ein dritter Mann von beiden Seiten auf ihn eindrangen. Doch der Unschuldige entging mit einer ganz leichten Seitwärtsneigung dem schrägen Hieb des zweiten und stieß ihm zugleich seinen Dolch in die Brust. Dann setzte er mit zwei Schritten nach, ließ sein Schwert an der Klinge seines Gegners abgleiten, schwang es danach in weitem Bogen über die Köpfe aller Krieger und ließ es niedersausen.

»Ich kenne alle Arten von Soldaten und alle Todesarten«, erzählte Bueralan weiter. Sein Magen war inzwischen hart wie Stein. »Aber kaum jemand übt so gründlich und mit solcher Grausamkeit

Vergeltung wie die Saan. Kein einziger von Buzeurs Dienern entkam, ganz gleich, ob er in der Küche half, die Betten machte oder den Garten pflegte. Kein einziger von ihnen verließ das Gelände. Sie wurden niedergestreckt, regelrecht abgeschlachtet, denn nur wenige waren bewaffnet. Die Gardisten leisteten etwas mehr Widerstand, aber Dvirs Saan waren keine blutrünstigen Wilden. Sie waren diszipliniert. Kontrolliert. Präzise. Auch als sie Buzeur und seine Familie eine Nacht lang folterten.

Eine Streitmacht wie die Saan«, schloss er, und zum ersten Mal klang Bitterkeit aus seiner Stimme, »gibt es in ganz Ooila nicht.«

Unten schlossen die drei letzten Krieger ihre Reihen und versuchten, Aela Ren mit einer Abfolge von Finten und Blockaden zu täuschen. Sie führten ihre Waffen mit rasender Schnelligkeit, um ihren Gegner zu verunsichern und ihm die gleiche Angst einzuflößen, wie sie in den tiefen Falten ihrer eigenen Gesichter stand. Doch Ren schritt vorwärts, als wären sie gar nicht da. Er schlug das Krummschwert des Linken beiseite, stieß dem Rechten den Ellbogen ins Gesicht und glitt an der Abwehr des Dritten einfach vorbei. Sein blutiger Dolch fuhr dem Mann durch das Bein, wurde herausgezogen und tief in den Schenkel gestoßen. Dann hob Ren den Krieger mit seinen übermenschlichen Kräften hoch und ließ ihn fallen. Noch bevor er auf dem Boden aufkam, sauste das Schwert des Unschuldigen herab wie die Axt eines Henkers.

Der zweite Krieger fiel wenige Augenblicke später, aus einer brutalen Parade heraus fuhr ihm das Schwert tief in die Brust. Den dritten packte nun doch die Angst, er drehte sich um und wollte zu den Tischen laufen. Doch bevor er den ersten Schritt tun konnte, brach er zusammen und landete mit Rens Dolch in der Kehle auf dem Boden.

Der Narbenmann zog langsam die Waffe heraus und nahm sie an sich, ohne sie abzuwischen oder zu säubern. Die Klinge war noch feucht, als er sich Usa Dvir zuwandte.

Der hob sein Schwert.

»Nein.« Der Unschuldige ließ seine beiden Waffen mit lautem Klirren zu Boden fallen und ging auf den Kundschafter zu. »Die brauche ich für dich nicht.«

»Ich bringe dich um«, fauchte Dvir. »Ich spieße dich auf wie ein Schwein.«

Aela Ren antwortete nicht.

Usa Dvir, der Kundschafter der Saan, hatte mit ansehen müssen, wie alle die Männer, die unter seinem Befehl nach Ooila gekommen waren, um einer kranken Königin die Macht zu entreißen, in kürzester Zeit brutal getötet wurden, während er neben der schmelzenden Eisskulptur des berühmtesten Schwertkämpfers der Saan stand, ohne ihnen zu Hilfe zu kommen. Nun machte er seiner hilflosen Verzweiflung und seinem Zorn in einem gellenden Schrei Luft und griff an. Er hielt sein Schwert flach wie einen Speer und rammte die spitze Klinge ohne zu zögern in Aela Rens Brust.

Doch das hielt den Unschuldigen nicht auf.

Er schob sich schweigend an der Klinge entlang. Mit jedem harten Schritt trieb er sich den Stahl weiter durch den Körper, bis er den Rücken erreichte und sich wieder nach draußen bohrte. Eine halbe Armlänge weiter, und Aela Rens Hände schlossen sich um Dvirs Kopf.

Gleich darauf war das grässliche Geräusch brechender Knochen zu hören, und der Kopf des Kundschafters war nur noch eine formlose Masse.

85

Aela Ren umfasste mit seinen Narbenfingern den lederumwickelten Griff von Usas Schwert und zog es sich langsam aus der Brust. Bueralan sah entsetzt zu, wie der kleine Mann die blutige Klinge Zoll für Zoll aus seinem Körper holte. Doch damit nicht genug. Als er den Knauf mit den Händen nicht mehr erreichen konnte, zögerte Ren nicht, den Stahl mit bloßen Händen zu fassen. Als die Klinge endgültig frei war, ließ er sie fallen. Sie schlug mit einem leisen Scheppern auf dem Boden auf, als wäre sie nur ein Spielzeug aus einem Material, mit dem man nicht einmal ein Kind hätte verletzen können.

»Einst«, Aela Rens Stimme klang raubtierhaft heiser, und er hielt inne, als wollte er diese Töne gar nicht hören. »Einst«, begann er noch einmal, und nun klang die Stimme wieder normal, »dachte ich, die Götter seien zurückgekehrt. Es war nicht lange nach dem

Krieg. Der Meeresspiegel war noch nicht gestiegen. Es gab noch Kirchen. Ich hatte meinen Verlust noch nicht betrauert und kannte auch niemanden, der das getan hätte. Für Menschen wie mich war der Krieg schrecklich gewesen, wir hatten mehr darunter zu leiden als alle anderen. Für jeden Menschen, der etwas von einem Gott in sich trug, war der Tod eines Gottes, insbesondere *seines* Gottes ein Schmerz, der mit Körper und Geist nicht zu fassen war, ein Schmerz, der sich mit Worten nicht beschreiben lässt. Der Tod war uns verwehrt. Wir mussten alles miterleben. Einige fanden sich schließlich auf der *Glafanr* wieder, aber nicht alle. Manche flohen mit ihrem Groll in die Welt hinaus.«

Der Unschuldige fasste sich mit der Rechten an die Brust. Wo ihn das Schwert durchbohrt hatte, quoll nun Blut hervor.

»Ich glaubte, die Rückkehr der Götter sei das Einzige, was unsere Qualen lindern könnte. Zu entdecken, dass wenigstens einer noch existierte, einer geboren wurde, während sie sich noch gegenseitig töteten, hielt ich für einen Grund zum Feiern.« Seine Hand ballte sich zur Faust. »Natürlich sollte das nicht sein. Im Sterben der Götter hatte sich ihre Göttlichkeit in unsere Welt ergossen. Gewöhnliche Sterbliche wurden dadurch verändert, wurden zu etwas Neuem. Ich sollte Jahre brauchen, um das zu begreifen, doch eines stand fest, sobald ich auf den ersten dieser neuen Menschen stieß. Ich wusste sofort, dass er kein Gott war.«

Aela Ren wandte sich an Bueralan, und aus seinem Blick sprach eine finstere Wut.

»Er hatte sich den Herrn der Tiere genannt«, fuhr der Narbenmann fort. »Im Lauf der Jahre sollte er noch viele andere Titel bekommen, doch für mich würde Jae'le stets der Herr der Tiere bleiben. Man hatte ihm diesen Beinamen verliehen, weil er stets Tiere bei sich hatte, aber er offenbarte auch eine tiefere Eigenschaft, denn dieser Mann pflegte Jagd auf andere Menschen zu machen. Stärke und Gerissenheit standen für ihn an oberster Stelle, und er war überzeugt, dass nur die Stärksten zu überleben verdienten. Als ich ihm zum ersten Mal begegnete, war er eine primitive Gottheit für einen kleinen Stamm auf der Insel Tuia. Er war dort geboren worden, aber erst aufgeblüht, als die Macht eines Gottes in ihn eingedrungen war. Nun hatte er alles, was er wollte, und war wie ein Tier damit zufrieden, über seinen kleinen Teil der Welt zu herrschen.

Sein Heim lag an der Flanke eines Berges. Wie für die Ewigkeit gemacht, ragte die finstere Felswand am Horizont auf. Ich hatte sieben Lager voll schweigender Menschen zu durchqueren, um es zu erreichen. Jedes Mal musste ich gegen einen Krieger kämpfen, viermal gegen Frauen und dreimal gegen Männer. Sobald ich den ersten Krieger besiegt hatte, griff mich in diesem Lager keiner mehr an. Je näher ich der Höhle kam, in der Jae'le hauste, desto stärker wurden meine Gegner. Mit der Zeit begriff ich, dass es eine Rangordnung gab. Die beiden ersten Krieger brauchte ich nur zu entwaffnen, doch die fünf anderen musste ich töten. Als der letzte von ihnen gefallen war, folgte ich einem schmalen Pfad, der sich um den Berg herumzog, und an seinem Ende fand ich in einer flachen Höhle den Herrn der Tiere.

Wenn man ihn in Ruhe betrachtete, war er eine Furcht einflößende Gestalt. Hager und dunkelhäutig hockte er in zerschlissenen Fellen über mir an der Schwelle seiner Behausung, als wollte er sich jeden Moment auf mich stürzen. Waffen hatte er nicht, aber seine Zähne waren spitz zugefeilt, und später sollte ich erfahren, dass er damit den Menschen, die er getötet hatte, das Fleisch von den Knochen riss. Nur solches Fleisch esse er, so erklärte er mir von seiner hohen Warte herab, doch einen Grund dafür nannte er mir nicht. Ich hätte fast geweint vor Verzweiflung, als ich das hörte, doch stattdessen ließ ich etwas viel Schlimmeres geschehen. Ich gestattete mir, an eine Lüge zu glauben.«

Bueralan durchlief ein Schauer. Im Geiste sah er die Szene deutlich vor sich. Der dunkelhäutige Herr der Tiere hockte über ihm, von der finsteren Höhle dahinter kaum zu unterscheiden, nur die brennenden schwarzen Augen, die blitzenden Zähne und die Felle, die er trug, waren zu erkennen. Als er sich erhob, zeigte sich, dass er groß war. Schwellende Muskeln zeichneten sich an seinem Körper ab, seine Finger waren lang und hart. Plötzlich und ohne ein Wort sprang er herab und landete überraschend geschickt auf dem Boden vor dem Höhleneingang.

»Jae'le hielt sich für einen Gott, und ich gestattete mir zu glauben, dass er eines Tages tatsächlich ein Gott werden könnte.« Aela Ren ließ die Faust sinken. Die Wunde in seiner Brust begann sich bereits zu schließen. »Zwei Jahrzehnte lang war ich sein Weggefährte. Ich lehrte ihn Sprachen, von denen er nie gehört hatte. Ich zeigte ihm die Welt jenseits von Tuia. Ich klärte ihn über die Götter auf. Mein Wunsch, wieder vom Hauch des Göttlichen berührt zu werden, war so stark, dass ich mir einbildete, mehrere Schicksalsstränge zögen sich um ihn herum zusammen, es wäre nur eine Frage der Zeit, bis er danach greifen könne. Doch das war Illusion. Die Schicksalswege, auf denen sich die Götter bewegten, waren Ausgeburten ihrer eigenen Wünsche und Ängste und ihrerseits göttlicher Natur. Sie existierten an sich nur wegen der Götter. Sooft ein Gott einen Strang berührte, entstand aus seinen Wünschen und Ängsten ein neuer, und das ging so lange immer weiter, bis ein Gleichgewicht zwischen allen Göttern erreicht war. Doch da es nun keine Götter mehr gab, konnten auch keine neuen Schicksalsstränge mehr entstehen. Ohne sie gab es keine gültige Wahrheit mehr. Als sich meine Zeit mit Jae'le dem Ende zuneigte, erkannte ich, wie leer unsere Welt war. Der einzige Sinn, den man darin erkennen konnte, war der, den wir selbst ihr gaben. Ohne eine höhere Wahrheit konnten wir alle Worte und Taten dafür missbrauchen, unsere niedrigsten Triebe zu rechtfertigen. Bald wurde offenbar, dass wir in einer einzigen Lüge lebten, in deren Mittelpunkt Jae'le stand.«

»Aber du konntest ihn nicht töten.« Unter Samuel Orlans Stimme zerfiel das Bild, das Ren hatte entstehen lassen. Der alte Kartograf hatte sich aufgerafft und stand nun vor der weinenden Statue des Saan-Schwertfürsten. Die anderen Figuren waren so weit abgeschmolzen, dass sie nicht mehr zu erkennen waren. »Sag über ihn, was du willst, Aela, du konntest ihn nicht töten. Jae'le und seine Geschwister sollten die Fünf Reiche schaffen – und du hast keinem von ihnen die Herrschaft streitig gemacht.«

»Du und deinesgleichen, ihr hattet es zu eilig, euch ihnen anzubiedern, Samuel.« Der Unschuldige hielt den Blick auf Bueralan gerichtet. »Aber er hat recht. Ich konnte den Herrn der Tiere nicht töten.«

»Du warst nicht stärker als er?«, fragte der Saboteur, obwohl ihm die Stimme zu brechen drohte.

»Nein.« Aela Ren breitete die Arme aus. »Die Narben, die du hier siehst, habe ich ihm zu verdanken. So viel Macht hatte er in all unseren gemeinsamen Jahren nie gezeigt – er hatte sie die ganze Zeit verborgen und abgewartet, bis ich ihn verriet. Kannst du dir vorstellen, wie man sein muss, um sich bewusst mehr als zwei Jahrzehnte lang zurückzuhalten? Ich will also nicht behaupten, ich wäre ihm überlegen gewesen. Tatsächlich hatte ich ihn gewaltig unterschätzt, und als ich schließlich mein Schwert zog, war ich schneller besiegt, als ein Herz schlagen kann. Jae'le spießte mich in den Tiefen von Faer auf die Äste eines großen Baums und fesselte mich an den Stamm. Der Baum bewegte sich wie du oder ich, er zog mich an sich und hielt mich fest, während sich die Äste durch meine Haut bohrten. An manchen Stellen stachen sie wie viele Nadeln, an anderen wie Messerklingen, doch Jae'le war damit noch nicht zufrieden, sondern schlug zudem noch Nägel und Haken in mich hinein. Jahrtausende hing ich an diesem Baum, bevor ich mich befreien konnte, aber die Wunden wollten sich nie ganz schließen. An meinen düstersten Tagen dachte ich in meiner Verzweiflung, dies sei die Strafe meines Meisters, er habe dieses Schicksal für mich vorhergesehen und mich an den entsprechenden Strang gebunden – aber ich hatte nichts getan, um eine solche Strafe zu verdienen, ich hatte ihr mit meinem Verrat nur selbst einen Sinn gegeben. Mit dieser Erkenntnis lebe ich nun schon seit vielen, vielen Jahren. Erst als ich von dir hörte, Bueralan, begann ich meine Meinung zu ändern.«

»Du glaubst, es gibt noch einen weiteren Gott«, sagte die Erste Königin. Ihre brüchige Stimme gewann neue Kraft, sie schöpfte Hoffnung. »Bist du deshalb hier?«

»Es würde alles ändern«, lautete die schlichte Antwort.

»Noch ist sie kein Gott«, sagte Orlan, doch Bueralan war nicht so sicher wie er. »Und wenn sie glaubt, es mit Jae'le aufnehmen zu können, wird sie vielleicht auch nie einer werden.«

»Er ist nicht mehr, was er einst war«, gab der Unschuldige zu bedenken. »Das weißt du so gut wie ich, Samuel. Dennoch werde ich heute mehr Vorsicht walten lassen als damals. Ich werde warten, bis ihr Name ausgesprochen wird, und so lange werde ich hier im Haus deiner Tochter bleiben, Zeala Fe. Diese beiden Männer werden mir zusammen mit deiner *Stimme* so lange Gesellschaft leisten, bis wir beide wieder etwas zu besprechen haben.«

Ein Totengräber und ein Name

»Während der Mahlzeit stellten die Gläubigen alle Gespräche mit uns ein«, sagte Jiqana. Sie hatte eine schwarze Binde vor den Augen, und beim Sprechen hob sie immer wieder die Hand, um sich darunter zu kratzen. »Eine unheimliche Stille senkte sich über das Lager. In der letzten Woche machten nicht einmal mehr die Tiere ein Geräusch. Sie schienen auf den stummen Ruf der Soldaten zu lauschen, und auch die Soldaten antworteten einander ohne Worte. Am zweiten Tag in dieser Stille begannen die Soldaten aus einem Buch mit dem Titel *Eine Geschichte des Göttlichen* vorzulesen. Das waren in dieser gesamten Woche die einzigen Laute.

Am Ende der zweiten Woche wurde man zum dritten und letzten Mal gefragt, ob man bereit sei, sich zu ihrem Gott zu bekehren. Mir wurde diese Frage von General Waalstan persönlich gestellt. Er kam am letzten Tag in das Lager, in dem ich mich befand, und nahm einen nach dem anderen von uns mit in sein Zelt. Herauskommen sahen wir niemanden mehr. Als ich das Zelt betrat, hatte ich große Angst davor, die anderen tot auf dem Boden liegen zu sehen, doch in dem Zelt gab es nur viele Tagebücher und Landkarten. Aus einer kleinen goldenen Schale stieg Rauch auf. Der General saß auf einem Stuhl in der Mitte und bedeutete mir, auf dem Stuhl gegenüber Platz zu nehmen. Ich erinnere ich, dass er mit so sanfter Stimme zu mir sprach, dass ich nicht lügen konnte, als er mich fragte, ob ich mich zu seinem Gott bekehren würde. Ich wollte zusagen und brachte es doch nicht über mich. Also sagte ich ihm, ich hätte mit dem Buch nichts anfangen können. Es hätte sich töricht angehört. Dabei begann ich zu weinen. Er zog mich an sich und schloss mich in seine Arme. Zunächst fühlte ich mich an seiner Brust geborgen, doch dann zog mir eine fremde Hand den Kopf nach hinten. Das Letzte, was ich sah, war der Rauch an der Decke des Zelts. Er hatte eine seltsame Form, als zeichnete er die Umrisse einer echten Gestalt nach, die sich in den Schatten verbarg.«

Tinh Tu,
»Geheimes Tagebuch«

86

Im Schein der Morgensonne hob Bueralan das fünfte von vierundzwanzig namenlosen Einzelgräbern aus.

Er hatte noch im Dunkeln inmitten einer endlosen Leere mit dem Graben begonnen. Das fahle Grau des Morgens illustrierte wortlos die Lage, in der er sich befand, und die überall sichtbare Sterblichkeit, die er so schmerzlich spürte. Zuvor war er in tiefer Nacht mit der Kutsche über die lange Straße nach Cynama gefahren. Nur hin und wieder war etwas Licht auf die Fahrbahn gefallen, sonst hatten er und die Pferde kaum etwas sehen können. Die beiden Tiere hatten die Kutsche so mühevoll durch das Tor von Yoala Fes Schloss gezogen, als würden all die Grausamkeiten der vergangenen Nacht auf ihr lasten. Auf der Straße hatte er Scharen von Festgästen in ihren prächtigen Kleidern überholt, einzelne Scherben aus einem viel größeren Trümmerhaufen. Bueralan hatte nicht angehalten, sondern war allein in Cynamas stille Straßen eingefahren. In der Ferne waren die Kanäle nur als schemenhafte Wunden zu erahnen gewesen, und erst als er ausgestiegen war und von Hauptmann Lehana allzu fest am Arm gepackt wurde, war ihm wieder zu Bewusstsein gekommen, dass alles Wirklichkeit gewesen war, und sein Magen hatte rebelliert.

»Wo ist die …?«

»Lassen Sie ihn los, Lehana«, rief die Erste Königin aus der Kutsche. Ihre Stimme war immer noch brüchig, und sie entstieg dem Gefährt in Schatten gehüllt, aber mit der gleichen Kraft, die sie im Schloss ihrer Tochter an den Tag gelegt hatte. »Er muss zurück, bevor die Nacht vorüber ist.« Langsam setzte sie den Fuß auf den Boden. »Auch wenn es klüger wäre, er würde ein Pferd ausspannen und damit aus dieser Stadt und diesem Land reiten. Aber das werden Sie nicht tun, Bueralan Le, nicht wahr?«

»Nein«, sagte er. »Das werde ich nicht tun.«

Die Erste Königin winkte ab, als Hauptmann Lehana ihr den Arm reichen wollte. »Meine Tochter wird doch ihre Seele um den Hals tragen, wenn Sie sie begraben?«

Er nickte nur, weil er seiner Stimme nicht traute.

»Entweder hätte sie mich getötet oder ich sie.« Sie ließ den Kutschenschlag los und ging auf das Palasttor zu. Neben ihm hielt sie an. »Aber sie war immer noch meine Tochter, und ich bin so wütend, wie nur eine Mutter es sein kann. Das werden Sie nicht vergessen, nicht wahr?«

»Nein.«

Als er Yoala Fes Anwesen erreichte, waren die Lampen zur Hälfte erloschen. Dennoch fand er den Weg zum Schloss.

Auf dem Balkon sah er die Silhouette des Unschuldigen, doch Aela Ran nahm keine Notiz von ihm. Unter seinen Blicken schirrte Bueralan die Pferde aus und führte sie in die Ställe. Drinnen rieb er sie ab, fütterte und tränkte sie und verfuhr danach ebenso mit den fünfzehn anderen Pferden. Als er endlich wieder ins Freie trat, war der Balkon leer und dunkel. Bueralan war so aufgewühlt, dass er keine Ruhe fand. Also ging er ins Schloss und schickte sich an, die Leichen ins Freie zu tragen.

Mit dem Aufgang der Morgensonne erschienen die Schmetterlinge aus der rissigen Erde zu Bueralans Füßen und stiegen mit der warmen, feuchten Luft zum Himmel empor. Sie umschwebten ihn und setzten sich auf seinen nackten Rücken und auf die Tätowierungen an seinen Armen. Sie berührten das kalte Ding um seinen Hals, landeten auf dem Messer, das er zu Boden geworfen hatte, und auf dem Hemd, das danebenlag, und drängten sich auf dem Griff der Schaufel, wenn er eine Pause machte. Vor allem aber umschwärmten sie die Leichen, die vor ihm lagen. Viele von ihnen ließen sich darauf nieder und verdeckten die getrockneten Wunden.

Samuel Orlan kam heraus, bevor die ersten Schmetterlinge verendeten. Er brachte zwei Schaufeln mit und legte sie auf den Boden. Dann zog er seine Jacke aus, rollte seine farbfleckigen Hemdsärmel auf und begann wortlos zu graben.

Das Schweigen hielt an, bis die *Stimme der Königin* fragte: »Soll dies nun unser Morgenritual sein?«

Sie hatte sich umgezogen und trat ohne ihre goldenen Ketten und ihr schönes, aber blutbeflecktes Kleid aus dem Schloss. Nun trug sie Hosen aus braunem Leder und ein Hemd in dunklem Orange. Bueralan sah jedoch, dass es viel zu groß für sie war und wohl eher einem Mann mit breiten Schultern gehörte. Ihre Füße steckten in Stiefeln mit umgeschlagenen Schäften, in denen man, wie er wohl wusste, einen Dolch verstecken konnte, ohne sich damit in den Fuß zu schneiden.

»Da liegt noch eine dritte Schaufel«, sagte er.

Sie machte keine Anstalten, sie aufzuheben. »Es ist also das Morgenritual?«

Er wandte sich ab und stieß die Schaufel in den Boden. »Wie heißt du?«

»Ich habe schon gesagt …«

»Die Königin ist nicht hier.« Bueralan stieß die Worte heftig hervor. »Wir sind nur zu dritt, und alles wartet darauf, ob ich einen bestimmten Namen kenne.«

Sie schwieg, während er weitergrub, und er rechnete fast damit, dass sie sich abwandte und ins Haus zurückging, wo der Unschuldige in einem der vielen Zimmer wartete.

»Zi Taela«, sagte sie endlich.

Das war nicht der Name, den er suchte, aber wie sollte er es auch sein? Im Namen eines Gottes würde der Familienname nicht vor dem Vornamen genannt werden, um durch diese einfache Umstellung kenntlich zu machen, dass es sich nicht um einen Angehörigen der reichen Adelsfamilien Ooilas handelte. Ein Gott würde wohl kaum einen Kampf um zwei Buchstaben führen.

»Ein schöner Name«, sagte Samuel Orlan, als der Saboteur wieder zu graben begann. »Von den Frauen, die mich einst heiraten wollten, wäre jede glücklich gewesen, einen solchen Namen zu tragen.«

»Soll das ein Antrag sein?«, fragte sie verschmitzt.

»Aus einem Grab heraus wäre das doch ziemlich morbide.«

»Wenn ihr beiden euch ausgesprochen habt«, sagte Bueralan sehr viel freundlicher als bisher, »liegt hier immer noch eine dritte Schaufel.«

Sie hob sie auf, hielt sich aber von den beiden halb ausgehobenen Gräbern fern. Stattdessen fragte sie: »Samuel, warum ist er nicht gestorben?«

Der Unschuldige. Sie brauchte seinen Namen nicht auszusprechen, und der Kartograf brauchte nicht zu fragen, wen sie meinte. »Weil er etwas von einem Gott in sich trägt«, antwortete er.

»Das hat er von euch beiden auch behauptet.«

»Er hat sich geirrt.« Bueralan drehte sich zu Orlan um, die Antwort hatte ihn überrascht. Der alte Mann stand schweißüberströmt und voller Schmutz in einem flachen Grab, dennoch waren die roten Druckstellen von der Kette, die ihm der Unschuldige um den Hals gelegt hatte, noch immer deutlich zu erkennen. »Ich bin bloß ein fetter alter Narr, der vergessen hatte, dass ein Kartograf nicht die Geschichte zu gestalten, sondern lediglich Zeugnis abzulegen hat. Mein Name ist mehr wert als meine Person, all die adeligen Damen und Herren und auch die Götter schätzen ihn höher als mich selbst. Aber einen Namen kann man nicht auf die Probe stellen, man kann seine Moral nicht messen. Man kann ihn jedoch mit einem Schicksalsstrang verbinden, wie es der Gott der Wahrheit bei Aela Ren getan hat. Man kann ihm einen Sinn geben, und man kann erreichen, dass der Träger des Namens etwas bewirkt. So wird Unsterblichkeit verliehen. Ein Gott schließt den Tod eines Menschen in einen Augenblick ein, der vielleicht bereits stattgefunden hat oder niemals stattfinden wird. Mit eingeschlossen ist alles, was der Mensch einmal gewesen war oder werden wird. Damit wird ihm all die Freiheit genommen, mit der er geboren wurde.«

»Ist das mit Bueralan geschehen?«

»Mit mir ist gar nichts geschehen.« Er stieß die Schaufel so tief in die Erde, dass sie aufrecht stehen blieb. »Lasst mich das klarstellen. Ein toter Gott hat mich für einen Moment benutzt. Ich weiß nicht, wie das zuging, aber es gab weder Prüfungen, noch wurde ich an ein Schicksal gebunden. Danach stürzte sein Berg über ihm ein und hätte fast auch mich begraben. In dem Fall wäre ich gestorben.«

»Du«, sagte sie und sah Bueralan mit ihren schwarzen Augen fest an, »kannst nicht sehr gut mit Veränderungen umgehen, nicht wahr?«

»Ich bin nicht dein Beschützer.«

»Ich brauche keinen Beschützer. Ich bin die *Stimme der Königin.*« Taela wandte sich ab und ging auf eine noch unberührte Stelle zu. Dort stieß sie die Schaufel fest in die Grasnarbe. »Und die Königin wird mich nicht im Stich lassen.«

87

Auf dem Rückweg nach Cynama ritt Ce Pueral zwei Pferde zuschanden, dennoch kam sie eine Woche zu spät.

In der Stadt war alles ruhig, als sie an der Spitze ihrer erschöpften Truppe durch das Tor ritt. Auf den Straßen waren nur Soldaten und Schmetterlinge zu sehen, wobei Letztere an den Wänden und auf den Dächern der Gebäude saßen, an denen sie vorüberritt. Manche Türen waren mit Brettern verschlagen, und an die Fenster waren mit Tierblut bestimmte Symbole gemalt worden. Das war ein altes, in Puerals Augen völlig wirkungsloses Schutzritual, doch wenn eines der Pferde besonders hart auf die Pflastersteine trat oder ein Schwert an den Satteltaschen klirrte, schallte das Geräusch so hart und scharf durch die Stadt, dass sie verstehen konnte, wieso ängstliche Menschen in solchen Zeichen Trost suchten.

Im Zentrum von Cynama waren die Soldaten der Ersten Königin häufiger zu sehen, und damit kehrte ein Anschein von Normalität in die Stadt zurück. Gardisten in schwarz-roten Metallharnischen patrouillierten paarweise, die Hände an den Schwertgriffen, in regelmäßigen Abständen auf den Straßen. Pueral sah, dass viele gewöhnliche Bürger dabei waren, Barrieren und Blockaden zu errichten, um damit die neu geschaffene Verteidigungslinie zu verstärken. Doch auf den letzten zwei Straßenzügen vor dem Palast wurde ihr zunehmend bewusst, dass sie und ihre Soldaten eine Welle der Erwartung ausgelöst hatten. Als sie den Palast schließlich erreichte, waren Scharen von Soldaten zu ihrem Empfang aufmarschiert.

Unter ihren Blicken stieg sie aus dem Sattel und gab zunächst ihren Soldaten mit leiser Stimme den Befehl, sich zurückzuziehen und sich um Ersatz für ihre Pferde zu kümmern. Danach schritt sie durch die Reihen der Soldaten und blieb erst stehen, als Hauptmann Lehana an der Rückseite des Platzes auftauchte. Hinter ihr schloss sich das Palasttor wie ein gitterförmiges Maul.

»Lady.« Die hagere, nicht mehr ganz junge Frau salutierte. »Ich freue mich, Sie zu sehen.«

Der förmliche Gruß überraschte Pueral, aber sie salutierte ebenfalls. »Die Erste Königin?«

»Sie ist im Palast«, antwortete die andere. »Und sie hat Anweisung gegeben, Sie sofort nach Ihrer Ankunft zu ihr zu bringen.«

Als Pueral auf den Palast zuging, spürte sie die Blicke sämtlicher Soldaten auf sich ruhen.

So viel Aufmerksamkeit war ihr unangenehm. Die Erste Königin hatte drei Generäle, die die Oberaufsicht über das Militär führten und nach Puerals Meinung samt und sonders fähig und unverbrüchlich loyal waren. Pueral wusste aber auch, dass sie selbst sich in den letzten fünf bis sechs Jahren bei den Soldaten den Ruf erworben hatte, das Rückgrat des Heeres zu sein. Sie hatte eine Solderhöhung durchgesetzt. Sie hatte eine kleine korrupte Zelle in den höheren Rängen ausgemerzt. Sie hatte die schweren Harnische austauschen lassen – obwohl sie das Gewicht immer noch deutlich spürte, als sie nun über das Steinpflaster schritt – und sie hatte die Ausbildung um Übungen auf dem schwarzen Ozean und an Land ergänzt. Viele dieser Entscheidungen waren im Einvernehmen mit den Generälen der Königin getroffen worden, und sie hatte darauf geachtet, dass deren Anteil daran mehr Anerkennung fand als ihre eigene Leistung. Doch als sie nun die Treppe hinaufstieg, war unverkennbar, in wen der gemeine Soldat sein Vertrauen setzte.

In den Privatgemächern traf Pueral die Erste Königin allein an. Zeala Fe saß auf einem ihrer schweren Stühle vor einem großen Glasfenster. Neben ihr auf dem Tisch stapelten sich Berge von Briefen und Dokumenten um eine einzelne dampfende Teetasse aus zartem Porzellan. Doch was Pueral am meisten beunruhigte, war das Aussehen der Königin: Die dünne Haut spannte sich noch straffer über die Knochen, und die letzten Strahlen der Mittagssonne schienen ihre Hände zu durchdringen, als wären sie durchsichtig.

»Sie haben es sicherlich schon gehört«, begann Zeala Fe mit so kräftiger Stimme, wie Pueral sie seit Jahren nicht mehr gehört hatte. »Er ist hier.«

»Ich dachte, ich hätte ihn in der Fünften Provinz gefunden.« Pueral nahm sich einen Stuhl und zog ihn an die Seite der Königin. »Doch dann hinterließ er einen Brief, in dem er mir mitteilte, dass er hierherkommen würde.«

»Er redet wirklich gern.«

Pueral schnitt eine Grimasse, als sie sich setzte. »Sie sind ihm also begegnet?«

»Er hat mehr als zwanzig Männer und noch dazu meine Tochter

getötet.« Die Erschütterung war der Königin an den Augen abzulesen. »Er ist dabei keinen einzigen Schritt zurückgewichen.«

Pueral hatte bereits von Yoalas Tod gehört. Der Leibwächter eines Adeligen hatte sie auf der Straße angehalten, um ihr die Nachricht zu übermitteln. Als er sie und ihre Soldaten im Galopp auf sich zukommen sah, hatte er seinen Posten verlassen und sich an den Straßenrand gestellt. Hätte Pueral ihn nicht erkannt – er hatte zehn Jahre in der Garde der Ersten Königin gedient, und sie hatte oft genug an seiner Seite gekämpft –, wäre sie vielleicht vorbeigeritten. »Ich habe auch gehört, dass er sich Ihre *Stimme* geholt hat.«

»Ja.« Mit diesem Eingeständnis wurde die Stimme der Königin schwächer. »Meine Generäle meinen, ich sollte fliehen und in einer anderen Provinz oder gar in einem anderen Land Zuflucht suchen.«

Pueral antwortete nicht.

»Aber ich bin die Erste Königin. Ich werde nicht weglaufen. Ich werde mein Volk nicht im Stich lassen, und ich werde *ihm* nicht gestatten, mich mundtot zu machen.« Sie deutete auf die Papiere auf dem Tisch. »Meine *Stimme* wird mit Bueralan Le und Samuel Orlan auf Yoalas Anwesen festgehalten. Bisher hat er sie nicht angerührt. Er unterhält sich manchmal mit ihr und mit Samuel Orlan, aber meistens spricht er mit Bueralan. Er erzählt Geschichten. Er spricht von den Göttern und von Zukunft und Vergangenheit. Manchmal schildert er nur Gräueltaten. Dann wieder gibt er nichts als Banalitäten von sich. Wenn wir ihn töten, lasse ich die *Stimme* hierher zurückbringen.«

Pueral rührte die Papiere nicht an. »Es könnte sein, dass dieser Wunsch nicht zu erfüllen ist.«

»Das könnte sein«, pflichtete ihr die Königin bei. »Aber: Wäre mein *Auge* so töricht wie meine Generäle, würde es verlangen, dass ich meinem Land den Rücken kehre?«

Das hatte das *Auge der Königin* nicht vor.

Pueral blieb bei der Ersten Königin, bis die Nachmittagssonne unterging. Inzwischen spürte sie das Gewicht des Harnischs in allen Knochen und versuchte immer wieder, die Lederriemen zu verschieben, um den Druck zu verlagern. Schließlich wurde sie mit dem Befehl entlassen, am nächsten Morgen wiederzukommen, nachdem sie gebadet, gegessen und geschlafen hatte. Pueral begab sich in ihre Gemächer und ließ sich in ein heißes Bad sinken. Vorher hatten sie noch die drei Generäle aufgesucht. Die Worte ihres Berichts gingen ihr nicht aus dem Kopf, und das Bild der zwei Männer und der Frau, die sich abermals leidenschaftlich dafür einsetzten, dass die Königin das Land verließ, verfolgte sie hartnäckig. Obwohl sie ihren Standpunkt verstehen konnte, war ihr auch klar, dass die Erste Königin nun einmal nicht fliehen konnte. Die Generäle hatten geglaubt, in Abwesenheit der *Stimme* wäre Zeala Fe leichter zu beeinflussen, doch sie hatten die Anforderungen außer Acht gelassen, die an eine Herrscherin gestellt wurden. Sie hatte die Pflicht zu bleiben, sie hatte die Verantwortung für ihr Land, und die grausame Wahrheit war, dass alles, was die Erste Königin vollbracht hatte – alle Veränderungen in der ooilanischen Gesellschaft –, zunichte gemacht würde, wenn sie vor dem Unschuldigen die Flucht ergriffe.

Nach dem Bad schlüpfte Ce Pueral nicht in das weiche Nachtgewand, das unsichtbare Hände für sie bereitgelegt hatten, und sie kroch auch nicht in das Bett, das bereits aufgeschlagen war.

Stattdessen legte sie ihren Lederharnisch an und zog den Schwertgurt um ihre Hüften fest. Als über dem Palast die Nacht hereinbrach, ging sie über den Hof. Sie erwiderte den Gruß der Soldaten, betrat die Kaserne der Garde der Ersten Königin und wanderte durch die langen Flure, bis sie Tanith, die Hexe, gefunden hatte.

»Ich möchte wissen«, Pueral hob das Glas mit dem Brief auf, den der Unschuldige mit seinem Blut geschrieben hatte, »wie das vor sich geht.«

88

Vor dem Aufgang der Morgensonne saß Heast in seinem Umhang an einem erloschenen Feuer und starrte unverwandt auf Gers Berge. Heute sollte er die letzten Höhen verlassen: Der schmale Pfad, dem er und Kye Taaira folgten, würde sie noch vor dem Untergang der Mittagssonne in die Reiche von Faaisha führen. Dort begann ein ausgedehntes Buschgelände.

Nachdem sie den Leichnam von Taairas Ahnen entdeckt hatten, war die Reise über die Berge ohne weitere Zwischenfälle verlaufen.

Der Fund hatte den beiden viel Kopfzerbrechen bereitet, und in der Nacht danach hatte der Stammesmann dem Hauptmann der Geister den Grund dafür dargelegt. »Ich konnte keine Spur von ihm finden«, sagte er. »Nicht von seinem Blut, nicht von seiner Seele.«

»Es könnte sein, dass ihn die Geister geholt haben.« Heast hatte seinen Sattel auf den Boden gelegt, sich mit dem Rücken dagegengelehnt und sein Stahlbein vor sich ausgestreckt. »Falls ein Geist zu so etwas überhaupt fähig ist.«

»Dazu kann ich wirklich nichts sagen.« Kye tastete mit seiner behandschuhten Hand nach dem großen Schwert an seiner Seite. »Aber ich habe einen Auftrag zu erfüllen.«

»Es gibt noch die anderen.«

»Ich muss sie alle zurückbringen, Hauptmann.«

Heast trank einen kleinen Schluck Wasser. Der Tonfall seines Begleiters gefiel ihm nicht, aber er äußerte sich nicht dazu.

»Im Moment haben wir ein dringenderes Problem.« Taaira zog sich die Handschuhe aus, um essen zu können. »Der Ahne, den wir gefunden haben, war vermutlich Myone. Sein Leichnam hatte einige ältere Narben, die wie Ziernarben aussahen. Solche Verletzungen hatten sich nur vier oder fünf der Ahnen beigebracht. Während des Krieges der Götter gehörte diese Praktik zur Kultur, aber nur für höchstens zwei Generationen. Die anderen, die das Götterkind auferweckt hatte und die ähnliche Zeichen trugen, waren keine Einzelgänger. Myone dagegen … Die Schamanen erzählten gern, wie sehr er es liebte, feindliche Krieger zu foltern. In einer Geschichte bestrich Myone die Gefangenen, die er im Hochland gemacht hatte, mit Schweineblut und ließ sie dann frei. Er verwendete so viel von dem Blut, dass die Raubtiere zu den Gefangenen gelockt wurden. Zwei Wochen lang jagten diese Tiere dann die Soldaten, und wenn sie sie erlegt und die Stärksten im Rudel sie aufgefressen hatten, dann machte Myone Jagd auf das Rudel und aß alle Tiere auf.«

»Aber wenn er zu lange ausblieb, machte sich jemand auf die Suche nach ihm«, vermutete Heast. »Das ist Ihr Problem, nicht wahr?«

»Sein Bruder heißt Nsyan. Er ist der weitaus Grausamere von den beiden.«

Als die Morgensonne aufging, war von Nsyan nichts zu sehen, und so blieb es auch in der folgenden Woche. Tatsächlich hatten

Taaira und Heast kaum etwas außer Vögeln und anderen Tieren zu Gesicht bekommen. Selbst die Geister von Mireea hatten sich nicht mehr bemerkbar gemacht.

Der Weg, dem die beiden Männer an jenem Morgen folgten, schlängelte sich unerwartet halsbrecherisch an Gers Bergen entlang. Die Pfade stiegen an, wo sie nach Heasts Meinung hätten abwärtsführen sollen, und bogen nach Süden ab, wo er nach Norden geritten wäre. Das hatte ihn nicht weiter gestört. Die Richtungsänderungen waren eindeutig durch die Risse im Gelände bedingt gewesen, und letztlich waren sie an die Grenze Mireeas gelangt, ohne auf Schwierigkeiten zu stoßen. Bis zu diesem Tag.

Als Heast und Taaira am Morgen ihr Lager abbrachen, hörten sie ein lautes Grollen, und einen Augenblick später wurde der Boden unter ihren Füßen von einem schweren Erdbeben erschüttert. Felsen wurden mit lautem Krachen auseinandergesprengt, der Lärm stieg mit den scharenweise aufflatternden Vögeln zum Himmel empor. Aber es war schnell vorüber. Die beiden Reiter konnten zunächst keine Schäden feststellen, erst nachdem die Nachmittagssonne aufgegangen war, sahen sie, dass sich doch etwas verändert hatte.

Der Weg, dem sie bis dahin gefolgt waren, fiel plötzlich steil ab, und Heast bot sich ein wirklich einzigartiger Anblick.

Die Erde war aufgerissen, als hätten zwei Hände in eine Wunde gefasst und die Ränder auseinandergezogen. Darunter war die Ruine einer Stadt Gers zum Vorschein gekommen.

Es war keine große Stadt. Nur knapp zwei Dutzend höhere Steinbauten, die so alt waren, dass sich die Kanten abgeschliffen hatten. Fast alles Mauerwerk war mit Moos und Flechten bedeckt. Die vielen Grün-, Blau-, Weiß- und Grautöne flossen ineinander und brachten die Stadt in einer überirdischen Weise zum Leuchten, als sollte angezeigt werden, dass sie niemals zur Wohnstatt für Menschen bestimmt gewesen war. Dennoch hatten dort Menschen gelebt, dachte Heast, als er sein Pferd um den Abgrund herumlenkte. Morsche Fensterrahmen und Gardinen waren noch zu sehen, und die Reste der Türen waren ähnlich rußgeschwärzt, wie er es von anderen Häusern überall auf der Welt kannte. Solche Türen wurden von einer Mutter oder einem Vater aufgestoßen, um etwa ein Kind einzulassen.

Er hatte bis dahin selbst noch keine Stadt Gers gesehen. Auf der Suche nach leeranischen Plünderern hatte er es seinen Männern überlassen, in die überfluteten Bergwerksschächte einzusteigen. Ihm wäre das mit seinem Bein schwergefallen, außerdem gehörte dergleichen nicht zu den Aufgaben eines Hauptmanns. Danach hatte er zwar die Berichte gelesen, die man ihm vorlegte, aber die hatten die Fremdartigkeit nicht einfangen können, die ihm hier entgegenschlug. Und sie hatten ihn nicht auf die erschütternde Erkenntnis vorbereitet, dass er vor den Resten einer Gesellschaft stand, die über Generationen unter einem Himmel aus Stein gelebt hatte.

Schweigend trieb er sein Pferd zur Seite und ritt, gefolgt von dem Stammesmann, an der Erdspalte entlang, ohne den Blick von den Ruinen zu wenden.

Doch dann …

Dann hatte sich die Erde aufgetan.

Der Riss im Boden weitete sich zu einem gähnenden Abgrund von solchen Ausmaßen, dass Heast beim ersten Blick in die Tiefe von Schwindel befallen wurde. Die Stadt Gers endete unvermittelt, von einem Steinhaus stand nur noch die Hälfte, während ein anderes sich über die Kante neigte, als wollte es Stein für Stein langsam in die Tiefe stürzen. Wäre Heast früher am Tage hier angekommen, er hätte nur diese beiden Gebäude über der riesigen schwarzen Wunde gesehen; doch da die Nachmittagssonne gerade an ihrem höchsten Punkt stand, fiel ihr Licht weit ins Dunkel hinab.

Auf dem Grund der Spalte, in den tiefsten Tiefen konnte Heast eine Silhouette erkennen. Zunächst war es nur eine geschwungene Linie, ein dunkler Schatten, den man leicht für einen Teil des Berges halten konnte. Doch dann wurde ein zweiter Umriss sichtbar, der sich vom Rand des ersten weiter durch die Licht- und Schattenflecken ins Zentrum des Abgrunds erstreckte, wo sich eine monströse Gestalt abzeichnete. Das waren nicht die Trümmer eines eingestürzten Gebäudes, sondern ein gesplitterter Knochen, der Form nach wohl ein Unterarm, der aber keinem bekannten Lebewesen gehören konnte. Er war so dick und schwer, dass der dazugehörige Körper, hätte er aufrecht gestanden, wohl mit dem Kopf durch die Wolken gestoßen wäre.

»Nur in der Zerstörung wird die Wahrheit offenbar«, sagte Kye

Taaira mit gedämpfter Stimme. »Dann wird das Gerippe aus Glauben und Absichten bloßgelegt, und wir erkennen, was uns zusammenhält.«

Nun saß Heast im Dunkeln da und starrte unverwandt auf das schwarze Gebirgsmassiv. Wenn es ihm eine Wahrheit offenbarte, so sprach er nicht darüber.

89

Einen Tag nach dem Prozess brach über die Schwimmenden Städte von Yeflam ein Unwetter herein, das drei Tage anhielt Am Morgen lichtete sich die Dunkelheit nur wenig, und am bläulich grauen Himmel zog, sehr spät für die Jahreszeit, ein heftiger Sturm herauf. Die Straßen leerten sich, die Brücken wurden geschlossen, und der Ozean krachte in riesigen schwarzen Wellen gegen die Pfeiler, als hätten die Toten begonnen, mit den Händen zornig gegen den Stein zu schlagen. Der Gedanke ließ Zaifyr keine Ruhe – in seiner Vorstellung stand Lor Jix auf dem zerschmetterten Deck der *Vagabund* und führte den Zug an –, doch am vierten Tag war der Himmel wieder klar und der Ozean flach und ruhig.

Zum Ende der Woche lösten böige Winde die Flaute ab, und Yeflam wartete darauf, dass die Enklave zum Krieg aufrief.

Für die Zeitungen, ob sie nun von der Enklave oder der Kaufmannsgilde herausgegeben wurden oder unabhängig waren, war es ein offenes Geheimnis, dass die Kriegserklärung unmittelbar bevorstand. Die Hüter seien beschämt und empört. Die Kaufmannsgilde fügte Karikaturen Leviathans in verschiedenen Posen in ihre Berichte ein. Auf einigen wurden die Hüter von der riesigen Gestalt zermalmt. In anderen legte sich der Leichnam über die Schwimmenden Städte. All das stand in keinem Widerspruch zu Zaifyrs Beobachtungen, dass Yeflam zum Krieg rüstete. Vom Turm in Aelyns Haus konnte er beobachten, wie die Stadt langsam mobilmachte. Auf den Straßen waren immer mehr Soldaten in Harnischen zu sehen. Die ersten hatten während des Sturms die Brücken gesichert, dann marschierten Streifen durch den Regen, und an den Straßenecken wurden Posten aufgestellt. Als der Sturm vorüber war, fuhren zum ersten Mal Patrouillen der Marine von Yeflam auf Leviathans Blut. Das Krachen der Brandung gegen die Steinpfeiler wurde von Trommelschlägen abgelöst, als hätte sich die Natur den Forderungen der Menschheit gebeugt.

Am Tag des Prozesses hatte Zaifyr mit Jae'le und Eidan den Sitzungssaal im Zentrum der Enklave betreten und festgestellt, dass dort vollkommene Einigkeit herrschte.

»Wir werden dieses Kind der Götter finden«, sagte Kaqua der Bettler. »Wir werden sie finden und vor Gericht stellen.« Er hatte die Hände in die Ärmel seines verblichenen Gewandes gesteckt und die Arme verschränkt und strahlte heitere Gelassenheit aus. Bei Aelyn, die neben ihm stand, konnte davon nicht die Rede sein. Ihre Wut steckte auch die Hüter dahinter an. »Allerdings muss euch dreien klar sein, dass die Enklave der Stadt Yeflam gegenüber gewisse Verpflichtungen hat,« fuhr Kaqua fort. »Die kann sie nicht einfach hintanstellen, um einen Rachefeldzug zu beginnen. Wenn ihr das nicht akzeptieren könnt, stecken wir in einer Sackgasse. Schlimmer noch, dann befinden wir uns in einem Konflikt.«

»Qual glaubt, dass sie immer noch hier ist.« Zaifyr wandte sich direkt an seine Schwester. »Wenn du ihr erlaubst, Yeflam zu verlassen, werden dafür Millionen von Menschen mit ihrem Leben bezahlen. Tötest du sie dagegen hier, dann ist der Krieg in einem Tag vorbei.«

»Glaubst du das wirklich?«, fragte Aelyn in bissigem Ton.

»Ja.«

»Dann bist du ein Narr, Bruder«, erklärte sie. »Die Gläubigen werden nicht sofort zur Vernunft kommen, nur weil sie tot ist. Sie stehen nicht unter einem Bann. Sie glauben an sie, und damit werden sie nicht aufhören, wenn ihr Gott stirbt. Wir wissen nicht einmal, wie lange das dauern wird. Vielleicht stirbt sie zehntausend Jahre lang, in diesem Fall werden die Gläubigen behaupten, sie sei noch am Leben. Sie werden sogar einen Namen erfinden, falls sie bis dahin noch keinen hat. Sie werden weitermarschieren. Was hier und jenseits des Berges geschieht, kannst du nicht damit aufhalten, dass du sie zerstörst.«

Zaifyr spürte, dass sie Angst hatte. Alles, was seine Schwester bisher getan hatte – von dem Abkommen mit Leera über die Entsendung Fos und Baus nach Mireea bis zu ihrem Widerstand gegen einen Prozess –, war aus dieser Angst heraus geschehen. Sie hatte durch Asila und die Folgen für ihr Reich einen größeren Schaden davongetragen, als ihm bewusst gewesen war. Für einen Moment glaubte Zaifyr, ihre Erinnerungen sehen zu können, die einstürzenden Spiralbauten von Maewe, die Tumulte auf den Straßen und ihre tiefe Verzweiflung darüber. Dennoch war er überzeugt, dass ihnen *jetzt* eine einmalige Chance geboten würde. Lor Jix mochte während des Sturms nicht an die Oberfläche gekommen sein, aber Zaifyr konnte ihn unter Nales Stein immer noch spüren. Seine Präsenz war untrennbar mit der Aura des Götterkindes verbunden, seine Kälte biss neben ihren scharfen Zähnen in seine Haut. Beides hatte sich mit dem Eishauch und dem Geflüster der Toten vermischt, die ihn umgaben – doch als er anfangen wollte, das Aelyn und ihren Hütern zu erklären, fiel ihm Eidan ins Wort.

»Sie hat recht«, sagte er. »Auch wenn das Götterkind stirbt, wird es für seine Gläubigen die Leitfigur bleiben. Mag sein, dass einige von ihr abfallen, aber gewiss nicht alle. Sie werden über Gers eingestürzte Berge kommen, um sie zurückzuholen, denn sie werden nicht so ohne Weiteres an ihren Tod glauben. Vielleicht haben sie sogar recht. Seht euch doch unsere Welt an. Wird dieses Kind ein weiterer toter Gott werden? Wir kennen die Antwort auf diese wie auf so viele andere Fragen nicht. Wir wissen nicht, welche Kräfte sie mobilisieren kann, welche Ungeheuer ihrem Ruf folgen werden. Ich habe erlebt, was sie in Leera beschworen hat, und wenn sie hier nur einen Bruchteil dessen aufzubieten vermag, dann werden Yeflams Steine am Tag nach unserem Angriff eine andere Farbe haben.«

Zuvor hatte Zaifyr nach Jae'le und Eidan gesucht und sie im dritten Stockwerk der Enklave gefunden. Jae'le hatte allein im Flur gestanden, während Eidan sich in einem dunklen, leeren Raum aufhielt und ohne erkennbaren Grund aus einem offenen Fenster schaute.

»Das Wesen, das er bei sich trägt«, hatte Jae'le leise auf seine stumme Frage geantwortet. »Er sagt, es hat sie gesehen.«

»In der Enklave?«, fragte Zaifyr.

»Draußen.« Eidan verließ den Raum. Er war allein. Die Dunkelheit blieb hinter ihm zurück, das Licht ließ seinen Körper neu erstehen. »Qual sagt, er hätte sie vom Himmel stürzen sehen. In den

Händen jener Riesenkreatur, die sie beschworen hatte. Doch als wir aus dem Fenster schauten, konnten wir sie nicht finden.«

»Und nun ist er fort?«, fragte Jae'le.

»Er wollte auf die Spitze der Enklave klettern, um dort nach ihr zu suchen.«

Zaifyr war über Eidans mitfühlenden Ton ebenso überrascht wie sein zweiter Bruder, der seine Verwunderung ebenfalls nicht verhehlte. Jae'le hatte sein Schwert unter dem Umhang aus grünen Federn verborgen. Eidan stieß einen Seufzer aus und ging den Korridor entlang. »Es wäre besser, ihn zu töten, als ihn in ihre Fänge geraten zu lassen«, sagte er. »Es wäre die intelligentere Lösung, ich weiß, und früher hätte ich auch nicht gezögert. Qual wäre sogar froh darüber, glaube ich. Aber wir wissen ja alle, dass der Tod keine Erlösung bringt.«

An diese letzten Worte musste Zaifyr denken, als er nun vor Aelyn stand. Er glaubte immer noch, dass *dies* der Moment war, dass sie *jetzt* zuschlagen sollten – noch in dieser Nacht. Im Geiste sah er die Gewalttätigkeiten erschreckend deutlich vor sich, und diese Klarheit blieb ihm während des Unwetters und in den Tagen danach erhalten. Doch die Vision diente ihm auch zur Warnung, und er gestand sich ein, sie bedeute nicht mehr unbedingt, dass das Götterkind in aller Eile und ohne Rücksicht auf die Folgen vernichtet werden müsse.

Er berührte mit der rechten Hand das Bronzeamulett an seinem Handgelenk, jenes schlichte, abgegriffene Stück Metall, das er sich nach Anweisung seines Vaters als Erstes umgelegt hatte. »Vielleicht«, sagte er zu Aelyn, »hast du ja recht.«

90

Das Unwetter hatte Teile von Faises und Zineers Haus zu überfluten gedroht. Als es am ersten Tag seinen Höhepunkt erreichte, war der Regen durch das eingeschlagene Fenster im oberen Stockwerk geprasselt, und um zu verhindern, dass der Fußboden aufquoll, hatte Ayae in ihrer Not ein Brett über den Rahmen genagelt. Das Brett hatte sie von der Hintertür genommen, wo jemand – vielleicht

Zaifyr oder Jae'le – damit den aufgebrochenen Eingang verschlossen hatte. Zuvor hatte derjenige wohl auch die Menschen weggebracht, die sie Wochen zuvor getötet hatte. Nun stand stattdessen im Erdgeschoss der Steinfußboden unter Wasser, weil der Regen durch die Hintertür hereingekommen war. Als er aufhörte, hatte sie sich sofort um einen Ersatz für Fenster und Tür gekümmert.

Beides war am gleichen Tag gekommen, an dem Aelyn Meah an die Tür klopfte.

Ayae hatte die Enklave kurz nach Eiras letzten Worten verlassen. Draußen senkte sich bereits die Dunkelheit über Nale, und im Lauf der nächsten Stunden umfing sie auch Ayae. Sie hätte in das Haus zurückkehren können, das Aelyn fälschlicherweise als ihr Heim bezeichnete, in den Raum, wo sie nach Faises und Zineers Tod in einen todesähnlichen Schlaf gefallen war, aber das kam nicht infrage. Sie wollte sich nicht in Zaifyrs und Jae'les Krieg, in ihre Angriffspläne gegen das Götterkind hineinziehen lassen. Sie brauchte jetzt eine Atempause, Zeit zum Nachdenken. Dass sie auf Xeq die Kontrolle verloren hatte, war ihr bewusst, sie hatte sich jedoch nur schwer damit abfinden können, dass sie die Beherrschung auch hinterher nicht wiedergefunden hatte und deshalb nun mit jedem Schritt ein Netz von Sprüngen im Steinboden hinterließ. Auf dem langen Weg zurück zu Faises und Zineers Haus, auf dem sie viele Kutschen vorbeifahren sah, aber nicht wagte, in eine davon einzusteigen, gestand sie sich immerhin ein, dass die Versteinerung ihres Körpers fortschreiten und auch ihre Organe erfassen könnte. Sie war, wie Jae'le gesagt hatte, in akuter Gefahr, von ihrer Trauer verzehrt zu werden.

Als Ayae Aelyn Meah die Tür öffnete, war das noch nicht geschehen, aber ihr Körper war auch nicht in seinen früheren Zustand zurückgekehrt.

»Ich dachte mir, wir sollten uns unterhalten«, sagte die Hüterin. Ayae hatte unter anderem deshalb Mühe, ihren Zorn auf die Frau wegen ihres Verrats an Mireea neu zu entfachen, weil Aelyn auf das würdevolle blaue Gewand verzichtet hatte, in dem sie sich sonst zeigte. In der schlichten Lederhose und dem Leinenhemd sah sie wie eine ganz gewöhnliche und ziemlich müde Frau aus. »Wir werden morgen von der Enklave aus eine offizielle Erklärung abgeben. Es ist die Kriegserklärung.«

Niemand war an die Tür gekommen, seit Ayae in das Haus zurückgekehrt war, nicht einmal jemand von den Nachbarn, und zunächst hatte sie Aelyn gar nicht öffnen wollen. Nun fragte sie nach einer Pause: »Was werden Sie sagen?«

»Natürlich, dass der Krieg unvermeidlich ist.« Die andere schenkte ihr ein kurzes, leeres Lächeln. »Behaupten wir das nicht immer, bevor wir unsere Bürger in den Tod schicken?« Ayae ließ die Hüterin eintreten. »Es ist immer noch die Rede davon, dass *sie* sich in Yeflam aufhält«, sagte sie. Nach dem Prozess waren eine Reihe von Zeitungen kostenlos verteilt worden, jetzt stapelten sie sich vor dem Haus. »Die Menschen sehen sie – einen Schatten von ihr, heißt es. Und sie sehen ihre Priester.«

»Richtig ist, dass die Menschen an ihre Anwesenheit glauben. Aber nicht alles, was die Zeitungen schreiben, ist auch wahr.« Aelyn folgte Ayae in die Küche. Der lange Tisch stand immer noch da. »Wir haben sie jedenfalls nicht gefunden. Nicht einmal Eidan kann in den Steinen eine Spur von ihr entdecken.«

Ayae zog den schweren Stuhl heraus, den sie von unten heraufgetragen hatte, und ließ sich darauf nieder. »Und wie wollen Sie die Menschen von der Notwendigkeit des Krieges überzeugen?«

»Gar nicht. Ich habe keine Argumente dafür.« Die Hüterin nahm sich einen leichteren Stuhl, setzte sich ebenfalls und breitete die Arme aus. »Aber wenn wir mit unseren Schiffen die Küste hinauffahren, wenn wir Leeras Häfen einnehmen und seinem Heer den Nachschub abschneiden, wird sie sich zeigen. Dann kann sie ihre Wut in einem anderen Land austoben und nicht in Yeflam, das ich mit solcher Mühe aufgebaut habe.«

Das klang erschöpft und resigniert. Ayae wusste darauf nichts zu sagen.

»Während des Unwetters muss es hereingeregnet haben«, bemerkte Aelyn mit einem Blick auf die nassen Stellen auf dem Fußboden. »Ich möchte mich entschuldigen. Faje sagte mir schon, er habe die Schäden nur notdürftig beheben können.«

»Ich wusste nicht, dass Sie hier gewesen waren.« Ayae war überrascht. »Vielen Dank!«

»Es war vor allem Faje. Meine Brüder können auf ihre Weise durchaus mitfühlend sein, aber wenn man in Trauer ist, haben sie keinerlei Verständnis. Sie sind der Meinung, man müsse dem Leid ins Auge sehen; wenn man ihm offen gegenübertrete, ginge man gestärkt daraus hervor. Darin steckt durchaus ein Körnchen Wahrheit, aber diese Sätze habe ich schon gehört, als sie zum ersten Mal gegeneinander Krieg führten. Sie haben diese Einstellung wohl nie so richtig hinter sich gelassen.« Aelyn schwieg für einen Moment, es hatte den Anschein, als geriete ihre unerschütterliche Beherrschung kaum merklich ins Wanken. Dann wechselte sie das Thema. »Wo sich Benan Le'ta im Moment aufhält, weiß niemand genau«, fuhr sie fort. »Er hat sich wohl die Verwirrung nach den Geschehnissen auf Xeq und nach dem Prozess zunutze gemacht, um sich aus Yeflam davonzuschleichen. Wenn es so wäre, käme mir das entgegen. Es könnte dich interessieren, dass die Kaufmannsgilde alle entschädigen will, die dort ihr Haus oder einen lieben Menschen verloren haben, damit Frieden herrscht, bevor wir gegen Leera in den Krieg ziehen.«

Ayae fuhr sich mit schwerer Hand durch das Haar. »Ich bin gerne bereit, allen zu helfen, die unschuldig verletzt wurden, soweit ich das kann«, sagte sie endlich.

»Es gibt keine Unschuldigen«, sagte Aelyn. Sie hätte *auf Xeq* hinzufügen können, aber sie unterließ es. »Jeder ist für seine Entscheidungen verantwortlich – vergiss das nicht.«

»Ich wollte nur sagen, dass ich zu dem stehe, was geschehen ist.«

»Du tust so, als hättest du eine Wahl.« Jetzt war Aelyns Lächeln nicht mehr leer, aber sie wirkte ziemlich traurig und einsam. »Es ist wahrscheinlich noch nicht lange her, da warst du nicht anders als die meisten Menschen auf dieser Welt. Wenn etwas geschieht, gibt man irgendeiner Obrigkeit die Schuld. Die da oben hätten doch dieses oder jenes tun können. Wenn man mehr Geld, mehr Einfluss oder bessere Chancen gehabt hätte, wäre alles anders gekommen. Aber für Menschen wie dich und mich gibt es keine derartigen Ausflüchte. Es gibt keine Obrigkeit, an die wir uns wenden können, denn wir sind die Obrigkeit. Wir sind die stärkste Macht in dieser Welt und müssen wohl oder übel die Verantwortung übernehmen für das, was wir tun.«

»Aber das Götterkind ...«

»... ist nicht anders als wir, solange es noch existiert.« Aelyns Lächeln erlosch. »Wenn alles, was bei dem Prozess gesagt wurde, die Wahrheit ist – und vergiss nicht, bis wir darüber Gewissheit haben, wird noch viel Zeit vergehen –, hat sich bisher nicht viel geändert. Wir bemühen uns noch immer, die Welt wieder heil zu machen. Wir haben uns vom Krieg der Götter noch immer nicht erholt. Wir stecken aber nicht mehr mittendrin, auch wenn meine Brüder sich so verhalten. Meine größte Angst ist in der Tat, dass mit solchen Überlegungen nur ein neuer Zyklus in Gang gesetzt wird, und dann wird sich die Geschichte wiederholen, wenn andere diesen Punkt erreichen, wenn Menschen wie du und ich zu Göttern werden. Wenn wir anfangen, über uns hinauszuwachsen und göttliche Eigenschaften zu entwickeln, dürfen wir keinen Krieg mehr führen.«

Auch darauf hatte Ayae keine Antwort, aber das war auch nicht nötig. Dieses Gespräch wurde nicht allein mit ihr geführt. Hier sprach Aelyn Meah zu Aelyn Meah, der Hüterin des Göttlichen und Herrscherin von Yeflam. Sie wollte damit nicht zuletzt ihr Gewissen beruhigen und sich versichern, dass sie und die Enklave in die richtige Richtung marschierten. Sie mochte den Krieg zwar immer für unvermeidlich gehalten haben, aber Ayae sah, dass die Dinge sich schneller entwickelten, als Aelyn es sich gewünscht hatte. Was sie sagte, klang eher wie eine wohlvorbereitete Ansprache mit dem Ziel, das Vertrauen ihrer Hüter zurückzugewinnen.

Die beiden redeten noch eine Weile auf diese Weise weiter über Themen, die sonst nicht berührt wurden, und über Ängste, die Ayae sich noch nicht eingestehen konnte. Dann verabschiedete sich die Hüterin.

An der Tür blieb sie noch einmal stehen. »Bist du sicher, dass du nicht dabei sein willst, wenn wir die Kriegserklärung verkünden?«, fragte sie. »Sie ist auch für dich von Bedeutung.«

»Es tut mir leid«, antwortete Ayae. »Aber ich könnte mir selbst nicht trauen.«

91

Im Dunkeln übten die fertigen Gräber eine schreckliche Anziehung aus, der Bueralan nicht widerstehen konnte. Er hatte seit einer Woche schlecht geschlafen, trotz der körperlichen Arbeit hatte ihm die Erschöpfung nur kurze Ruhephasen beschert, und sobald er erwachte, fühlte er sich von Neuem zu den Gräbern hingezogen. Vor den Erdhügeln, die in den frühen Morgenstunden im Schein des Mondes und der Sterne lagen, legte er die Hand um den Lederbeutel an seinem Hals. Wenn ihm die Kälte die Haut zu verbrennen drohte, ließ er los und spürte alsbald wieder die eisige Berührung an der Brust.

In der dritten Nacht nach Fertigstellung der Gräber spürte Bueralan, wie etwas in ihm danach verlangte, Zeans Seele zu begraben.

Am vierten Tag, nachdem sie das letzte Grab zugeschüttet hatten, war Aela Ren zu ihnen gekommen. »Was für ein seltsames Ritual ohne die Götter«, sagte er und ging zwischen den Hügeln hin und her. »Ursprünglich begruben wir unsere Toten, damit der Wanderer wusste, wo ihre Seelen waren. Er war nur eine Erscheinungsform der Sterblichkeit, und wenn er ein Begräbnis verlangte, so tat er das im Namen von Maika, dem Gott der Erhöhung, Maiza, dem Gott des Vergessens, und Maita, der Göttin der Wiedergeburt. Für Maita war es vor allem wichtig, dass sie in der Erde ruhten, denn sie hatte dafür zu sorgen, dass die Seele schrittweise ins menschliche Leben zurückkehrte, und der erste Schritt fand in der Erde statt, wo die Würmer das menschliche Fleisch verzehrten. Ich staune immer wieder darüber, dass in Ooila nur die Schmetterlinge aufsteigen, nachdem sie in die Erde gestürzt sind, wo ihnen die Reste von Maitas Macht immer und immer wieder zu neuem Leben verhelfen.«

»Gelegentlich stehen auch Menschen wieder auf«, widersprach Samuel Orlan. Der alte Kartograf war von den dreien der Einzige, der sich ohne Scheu auf ein Gespräch mit dem Unschuldigen einließ. »Sie sind in einem schrecklichen Zustand, halb verwest, ohne Sinn und Verstand, aber sie stehen wieder auf.«

»Hast du solche schon gesehen?«

»Ja«, sagte Orlan traurig. »Das habe ich.«

»Und warum hebst du dann Gräber aus?«

»Normalerweise tue ich das nicht.«

Bueralan musste an die Verbrennungsplattformen in Mireea denken, die bis auf zwei Ausnahmen mit kunstvollen Darstellungen der Götter geschmückt gewesen waren, aber er hütete sich davor, sich einzumischen. Ren provozierte Orlan bei jedem Gespräch, und Orlan antwortete immer in vollem Ernst, so als fände unausgesprochen ein zweiter Gedankenaustausch zwischen ihnen statt.

Hinter Bueralan knirschten leichte Schritte auf dem Kies, und eine Mischung aus Seife und Parfüm stieg ihm in die Nase. Dann stand Taela neben ihm.

»Du solltest doch schlafen«, sagte er.

»Das gilt auch für dich.«

Seit sie einen Tag lang gemeinsam Gräber ausgehoben hatten, sprach sie wieder mit ihm. Bueralan hatte sich bemüht, auf Abstand zu bleiben, aber er hatte sich nicht von ihr fernhalten können. Zu viel bedeuteten ihm die Gespräche mit ihr, ihr Verständnis und die Tatsache, dass von den vier Menschen in diesem Haus nur für ihn und Taela die Erkenntnis neu war, Teil eines sehr viel größeren Geschehens zu sein.

»Hast du dich schon entschieden, ob du ihn begraben willst?«, fragte sie.

Er spürte die Kälte des Beutels um seinen Hals noch immer in den Fingern. »Nein«, sagte er. »Ren starrt ihn jedes Mal an, wenn ich einen Raum betrete. Er würde ihn nur wieder ausgraben.«

»Für ihn ist er ein Talisman.«

Bueralan widersprach nicht. Jedes Mal, wenn er mit dem Unschuldigen zusammentraf, kam der Narbenmann auf den Krieg der Götter zu sprechen. Er beschrieb die Welt, wie sie zu jener Zeit gewesen war, und das oft in einer Sprache, die Bueralan überraschte. Sie ließ in seinem Geist Bilder entstehen wie das von Jae'le als dem Herrn der Tiere, und diese Bilder waren von solcher Frische und Vollkommenheit, dass sie ihm eine Sicherheit vermittelten, die er tröstlich fand. Mit der Zeit war er zu der Erkenntnis gelangt, dass Aela Ren sich bemühte, ihn von seiner Stellung als Gottberührter zu überzeugen, als hoffte er, ihm damit einen Namen zu entlocken.

»Wie war es«, fragte Taela, »dieses Götterkind?«

»Grausam.« Die Antwort kam prompt. »Jung und grausam.«

»Als ich noch ein Kind war, riss ich den Schmetterlingen gern die Flügel aus«, sagte sie. »Ich fing sie in einem Netz, das meinem Vater gehörte, und schnitt ihnen die Flügel ab, weil ich sehen wollte, ob sie ohne Flügel wiedergeboren würden.«

»Und?«

»Sie wurden mit Flügeln wiedergeboren. Aber es war grausam von mir – ich habe festgestellt, dass Kinder oft grausam sind.«

»Ich glaube nicht, dass sie wirklich ein Kind in dem Sinne ist, wie wir es verstehen«, sagte Bueralan. »Ich hatte bis zu dieser Woche nicht weiter an sie gedacht. Mir ging es vor allem darum, Wiedergutmachung zu leisten. Ich hatte meine Freunde verloren, und ich hatte mein mir vertrautes Leben verloren. Als ich danach Zeans Seele in meiner Hand hielt ... erinnerte mich das zu sehr an unsere Kindheit. Ich hatte zwar keine Netze, um Schmetterlinge zu fangen, aber einen Jungen, der alle meine Strafen auf sich nehmen musste, und dieses Privileg wollte ich nicht. Es war mir eine unerträgliche Last.«

»Du redest fast so wie die Königin«, sagte sie leise. »Vor einigen Jahren zeigte sie mir die Bücher, die sie geschrieben hatte. Sie waren schwer zu lesen, strotzend vor Gewalt, voller guter Ratschläge und Anweisungen mit dem Ziel, aus Ooila eine Weltmacht zu machen. Als ich damit fertig war, gestand sie mir, was in diesen Büchern stünde, sei eine Last, die sie tagtäglich niederdrücke. Dann stellte sie einen Becher vor mich hin und sagte, er sei mit Gift gefüllt. Sie werde mir jetzt ein Geheimnis verraten, danach läge es bei mir, ob ich es trinken wolle. Ich war damals noch ziemlich jung. Die Königin hatte mich von der Oper geholt, an die mich mein Vater ein Jahr zuvor verkauft hatte, aber ich wusste bereits, dass Geheimnisse etwas Schreckliches sind. Dann vertraute sie mir an, dass keines ihrer Kinder eine Reinkarnation der Frauen in den Büchern sei. Auch sie selbst sei nicht die Königin, die diese Bücher geschrieben hatte.«

Bueralan fragte sich, ob seine Mutter davon gewusst hatte. Vermutlich schon. Dann dachte er an Safeen Re, die er letzte Woche aufgesucht hatte, und an ihren Rat, und zuletzt dachte er an den Hundertsten Prinzen.

»Es ist beinahe zum Lachen, aber nur beinahe«, sagte er.

»Ja.« Taela nickte nach kurzem Zögern. »Man könnte darüber lachen.«

Zean würde *lachen.* Bueralan spürte die Kälte an seiner Hand kaum noch und musste sich beherrschen, um nicht noch einmal nach dem Beutel zu greifen. Seltsam, dass er das Leder an der Brust kaum spürte, er hatte sich ebenso daran gewöhnt wie an den Riemen um seinen Hals und an das Gewicht des Kristalls. Er hatte gelernt, die Last zu tragen, die ihm anfangs viel zu schwer erschienen war. Das hatte er im Angesicht der Gräber, die er selbst ausgehoben hatte, schließlich begriffen.

92

Beim zweiten Klopfen überlegte Ayae noch, ob sie es nicht überhören sollte, doch die schwere Soldatenhand gab nicht auf. *Ein Soldat in einer Priesterkutte* – sie schlug sich den Gedanken sofort aus dem Sinn. Erinnerungen an Faise und Zineer waren für Ayae in diesem Haus nie fern. Eine Tasse in ihrer Hand. Eine Tür, die sie öffnete. Das zerwühlte, ungemachte Bett, das sie vom Flur aus sah. Die beiden Freunde führten, nur als blasse Silhouetten, all die Tätigkeiten vor ihr aus, mit denen sie sich im Leben beschäftigt hatten. Sie gingen Treppen hinunter, standen vor dem Küchenfenster. Ayae watete durch solche Bilder, seit sie die Tür aufgestoßen und die Blutflecken, nicht aber die Leichen gefunden hatte. Als das Klopfen nun wieder anhob, wollte sie gar nicht erst aufstehen, denn das hätte zu viel Ähnlichkeit mit jener Nacht gehabt, und sie wünschte sich so sehr, sie hätte damals nicht geöffnet. Dann wäre sie im Haus gewesen, als das Fenster eingeschlagen wurde, und hätte Faises Schrei gehört. Auch Zineers Schrei hätte sie gehört. Sie wäre da gewesen. Sie wäre da gewesen, hätte der falsche Priester nicht an die Tür geklopft.

Nach dem vierten Klopfen öffnete Ayae dann doch. Draußen lehnte Caeli mit ihrem langen Rücken lässig am Türrahmen. Ihr Blick war auf die dunkle Straße gerichtet. Geklopft hatte sie mit der rechten Hand, eine Serie von kräftigen Schlägen, für die sie nicht einmal den Arm zu heben brauchte. Als die Tür endlich aufging, öffnete sie die Faust und hob sie zu einem lässigen Gruß.

»Hast du etwas zu trinken mitgebracht?«, fragte Ayae.

Wortlos hielt Caeli mit der Linken eine Flasche mit klarem Inhalt in die Höhe.

»Ist das Laq?«

»Früher hat mir das Zeug nicht besonders geschmeckt.« Sie stieß sich von der Wand ab. »Aber Lady Wagan ist ganz scharf darauf. Das hat auf mich abgefärbt.«

Die Gardistin trat ein, und Ayae schloss die Tür. Seit dem Prozess hatte sie weder Caeli noch Lady Wagan gesehen, aber sie hatte auch nicht nach ihnen gesucht. Nachdem sich das Unwetter ausgetobt hatte und sie ausgegangen war, um eine neue Tür und ein Fenster zu besorgen, hatte sie gehört, wie sich zwei Männer darüber ereiferten, dass die Herrin der Geister nicht nach Wila zurückgekehrt war. Das hatte sie überrascht und auch eine leise Wut geweckt, aber sie hatte die beiden nicht so ganz ernst nehmen können. Einer hatte immer wieder auf die Straße gespuckt, der andere hatte eine schlampig gerollte Zigarette geraucht. Beide waren sich einig gewesen, dass es besser wäre, die mireeanischen Flüchtlinge nicht länger zu dulden. Schickt sie fort, sagte der eine. Werft sie in den Ozean, verlangte der zweite. Zuvor würden sie aber noch ihre Kinder ertränken, behauptete der erste, und dann hatten die beiden wie über einen Witz gelacht, den nur sie verstanden. Ayae hatte es in den Fingern gekribbelt, aber sie hatte nichts gesagt.

Caeli hätte sich wohl anders verhalten. Die hochgewachsene Gardistin trug ein festes Lederwams, Hosen aus Leder und schwere Lederstiefel. Nichts davon war neu, nicht einmal der Kettenharnisch, der Unterarme und Handgelenke bedeckte und unter dem Wams auch an Schultern und Hüften zu erahnen war. Doch ihre Antwort hätte sie den beiden Männern mit dem Schwert an ihrer Seite gegeben.

»Ich war schon einmal hier«, sagte sie, trat an den Küchentisch und setzte sich auf denselben Stuhl, auf dem Aelyn gesessen hatte. »Aber ich wollte warten, bis sie fort war.«

»Danke!«

Caeli stellte die Flasche auf den Tisch. »Gläser?« Sie schnallte ihr Schwert ab. »Ich nehme an, das Oberhaupt der Hüter ist gekommen, um dir mitzuteilen, wie man gegen das Götterkind vorzugehen gedenkt.«

Es waren dieselben Gläser, aus denen sie vor Wochen mit Faise getrunken hatte. »Ja«, sagte Ayae, als sie zum Tisch zurückkehrte. »Das überrascht doch wohl niemanden?«

»Nein, es ist Stadtgespräch in ganz Yeflam. Man spürt die Aufregung in den Zeitungen, aber wenn man mit den Menschen spricht, zeigt sie sich noch stärker. Die Leute fürchten das Götterkind, sie sehen es immer wieder, sie wollen, dass es getötet wird. Die Ausgangssperre ist noch in Kraft, Garde und Marine sind zum Ausrücken bereit. Man kann nirgendwo durch die Straßen gehen, ohne darüber reden zu hören«, erzählte die Gardistin. »Es war nicht leicht, Lady Wagan zu verstecken, aber Sinae Al'tor hat gute Arbeit geleistet.«

»Bist du deshalb hier?« Ayae musste sich sehr in Acht nehmen, um sich nicht allzu fest auf den Tisch zu stützen oder die Gläser mit ihren harten Fingern zu zerbrechen. »Gießt du bitte ein?«

Caeli öffnete mit einer einzigen Drehung den Verschluss. »Meinetwegen.« Sie füllte die Gläser. »Die Gilde der Kaufleute und Lady Wagan treffen sich morgen Abend. Ich wollte dich fragen, ob du nicht dazukommen willst?«

Ayae nahm das Glas. »Lieber nicht.«

»Du willst weiterhin im Haus deiner toten Freunde wohnen bleiben?«

»Ja.«

»Ich finde das ein klein wenig morbid.«

»Ich bin müde, Caeli.«

»Sind wir das nicht alle?« Die Gardistin prostete Ayae zu und trank. »Ich habe die ganze letzte Woche auf dem Fußboden geschlafen und in hässlichen Räumen gelebt. In der Nacht des Unwetters bin ich aus Yeflam fortgeritten, um in Lady Wagans Auftrag neue Befehle an Kal Essas Bruderschaft zu überbringen. Seit der Hauptmann nicht mehr da ist, hat Leutnant Mills den Befehl über die Garde übernommen, aber alles andere hängt an mir. Ich habe nichts dagegen, aber es ist nicht leicht, in so große Fußstapfen zu treten. Als ich zurückkam, hörte ich, dass Wila isoliert worden war. Man hat die Wache verstärkt, und niemand darf mehr über die Rampe. Lebensmittel und Wasser werden von den Soldaten ausgeliefert, aber niemand sagt einem, wie groß die Zuteilungen sind. Lian Alahn hat Lady Wagan erklärt, ihm seien die Hände gebunden. Angeblich ist das politische Leben in Yeflam zum Stillstand gekommen, alles wird vom Militär bestimmt. Nun, es sieht tatsächlich ganz danach aus. Viele von Lady Wagans Vertrauten in Yeflam verlassen die Stadt, solange sie noch können. Ich war in mindestens einem Dutzend leerer Geschäfte.«

»Du brauchst nicht mich.« Ayae stellte das leere Glas auf den Tisch zurück. »Du solltest dich mit Xrie in Verbindung setzen.«

»Aber ich bin zu dir gekommen.«

»Warum?«

»Vielleicht, weil ich es für krankhaft halte, dass du im Haus deiner toten Freunde herumsitzt, und weil ich mir Sorgen um dich mache?« Caeli stand kurz auf und schenkte nach, dann fragte sie: »Hast du gewusst, dass der Hauptmann in Faaisha ist? Lady Wagan hat gelogen, als sie behauptete, sie hätte ihn entlassen. Er hatte einen Brief von Lord Tuael bekommen. Auf dem Umschlag war das Zeichen von Zuflucht.«

»Zuflucht?«

»Zuflucht ist ...« Caeli zögerte. »Zuflucht ist der letzte Notanker für verzweifelte Menschen. Viel ist von der Truppe nicht mehr übrig, nur ein paar hier und da verstreute Soldaten. Im Wesentlichen ist es nur noch ein Mythos.«

»Ich weiß, wer Zuflucht ist.« Ayae nahm der blonden Frau das volle Glas ab. »Die Lager am Rand von Sooia wurden von Zuflucht eingerichtet. Viel ist mir nicht im Gedächtnis geblieben – ich war noch klein, als die Geschichte die Runde machte –, ich erinnere mich nur, dass die Lager einst Söldnern gehörten. Aber das ist lange her. Mindestens hundert Jahre, würde ich sagen.«

»Die Truppe besteht seit langer Zeit, und es hat viele Hauptleute und viele Soldaten gegeben.« Die Gardistin ließ sich mit ihrem Glas auf den Stuhl zurücksinken. »Lady Wagan bezweifelt, ob Zuflucht noch einmal aktiv wird. Vielleicht wird die Truppe nie wieder zusammenfinden. Jedenfalls will die Lady die Mireeaner von Wila wegbringen, bevor dieser Krieg ausbricht. Sie will sie auf die Bauernhöfe verteilen, die sie aufgekauft hat. Damit sie Heast unterstützen kann, wenn er den Kampf mit Waalstan aufnimmt.«

»Aber er hat kein Heer. Das muss ihr doch klar sein, oder?«

»Was ihr klar ist, weiß ich nicht.« Caeli stieß hörbar die Luft aus. »Aber ich weiß, was ich sehe. Ich sehe Wila in meinen Träumen. Ich rieche Scheiße, Salz und Blut, und ich sehe die Zelte. Sie scheinen mir dichter beieinanderzustehen, aber sie sind leer, und im Hintergrund hört man ein Tosen wie von einer Brandung. Doch wenn ich mich danach umdrehe, gähnt vor mir ein riesiges Maul, und alles wird hineingezogen und verschlungen.«

Ayae schaute auf das Glas in ihren Händen nieder. Als sie zum letzten Mal Laq getrunken hatte, war sie bei Lady Wagan gewesen, und die Herrin des Rückens hatte sie um ihre Hilfe gebeten. Sie sollte einen Vogel in Verwahrung nehmen, bis sie Yeflam erreichten, aber Ayae hatte ihr die Bitte nicht erfüllt. Stattdessen war sie mit mireeanischen Gardisten und Söldnern der Truppe Stahl in die Burg gegangen, um Fo und Bau anzugreifen. Und mit Queila Meina. »Du willst, dass ich dir helfe«, begann sie, »aber ich habe auf Xeq die Kontrolle verloren.«

»Ich weiß.« Caeli hob das Glas. Das Licht von der Küche fing sich darin, und durch den Laq war alles verzerrt zu sehen. »Vielleicht nimmt dir Faise das übel. Vielleicht auch Zineer. Ich weiß, dass du selbst dir deshalb Vorwürfe machst. Dennoch möchte ich, dass meine Freundin neben mir steht, wenn ich von der Welt einer Muriel Wagan und eines Aned Heast verschlungen werde.«

93

Eidan hatte sich angewöhnt, entlang der Gartenmauer auf und ab zu laufen. Zaifyr verstand zwar nicht, warum es seinem Bruder so schwerfiel, im Haus zu bleiben – nicht einmal während des Unwetters hatte er es länger als eine Stunde drinnen ausgehalten –, aber er wusste immerhin, dass er draußen nach Qual suchte.

Das Wesen war seit dem Abend nach dem Prozess verschwunden. Doch als er und Jae'le vorsichtig andeuteten, das Götterkind könnte Qual gezwungen haben, zu ihm zurückzukehren, hatte Eidan diese Möglichkeit ausgeschlossen. »Wenn sie ihn gezwungen hat, die Augen zu öffnen«, sagte er mit seiner tiefen Stimme, »wird er für sich bleiben. Wenn sie ihn dazu benutzen will, uns zu beobachten, wird er sich von uns fernhalten, auch wenn er dafür schreckliche Schmerzen leiden muss.« Er stand vor der Haustür, den Blick auf das Tor am Ende des Weges gerichtet. Die Gardisten aus Wind waren nicht mehr da, es war nur ein einfaches Tor, aber so, wie Zaifyrs Bruder es anstarrte, befand sich dahinter eine gefährliche Wildnis, die keine Gnade kannte.

Was Eidan in Gesellschaft des Götterkindes widerfahren war,

würde sich erst mit der Zeit herausstellen. Zaifyr wusste, dass er nicht zu fragen, nicht zu drängen brauchte; früher oder später kamen ohnehin alle Geheimnisse ans Licht. Nur war es manchmal zu spät, oder sie richteten zu viel Schaden an. Unter solchen Gedanken verließ er das Hinterzimmer. Er hatte gespürt, dass Aelyn gekommen war, und als er in den Korridor trat, der nach draußen führte, sah er an der Eingangstür ihren und Eidans Schatten.

»Du brauchst nicht hierzubleiben.« Aelyns Stimme war die erste, die er hörte. »In der Enklave gibt es immer noch ein Zimmer für dich.«

»Dort bin ich nicht willkommen«, sagte Eidan. »Nur du gehörst dorthin.«

»Hier ist deine Heimat.«

»Ich weiß nicht«, sagte Eidan leise. »Habe ich denn eine Wahl, wo ich schlafe?«

»Du hast immer eine Wahl«, antwortete Aelyn. »*Wir* haben immer eine Wahl.«

»Manchmal auch nicht.« Eine dritte Stimme, nicht menschlich, ließ sich vernehmen, und vor dem Fenster tauchte ein Schatten auf. Eine Sturmschwalbe ließ sich auf dem Sims nieder. »Du sagtest ja selbst, Schwester, dass gewisse Fragen zu stellen sind.«

»Nach dem Verhältnis von freiem Willen und Schicksal brauche ich nicht zu fragen«, erwiderte sie, und so etwas wie Überdruss schlich sich in ihre Stimme. »Ich weiß, dass ich selbst zu entscheiden habe.«

»Das bestreite ich ja auch nicht«, sagte Jae'le. »Ich überlege nur. Als ich zum ersten Mal nach Yeflam kam, habe ich den Priestern des Götterkindes zugehört, wenn sie zu Menschen redeten, die ihnen nicht zuhörten. Sie erzählten ihnen, dass die Zukunft nicht abgeschlossen sei. Dass sie veränderlich sei, aber nicht durch uns, sondern einzig und allein durch den neuen Gott.«

Zaifyr hatte Eidan und Aelyn bei ihrem vertraulichen Gespräch nicht stören wollen, doch durch Jae'les Ankunft war es mit der Zweisamkeit vorbei. Er war der älteste Bruder und damit eine Autorität, auch wenn inzwischen offenbar geworden war, dass er nicht mehr über seine volle Macht verfügen konnte. In der Enklave hatte er sich ganz allein und mit großer Entschlossenheit dafür ausgesprochen, auf der Stelle gegen das Götterkind vorzugehen, und in jener Nacht hatte er mehrfach kurz davorgestanden, die versammelten Hüter zu überzeugen. Hätten ihm die Worte des Götterkindes nicht eine so tiefe Wunde geschlagen, es wäre ihm vielleicht gelungen, dachte Zaifyr. Doch die Worte hallten nach, und als sie zu Beginn des Unwetters zum Haus zurückkehrten, hatte er seinen Bruder danach befragt, was es mit dem Turm und seiner Macht auf sich habe. Jae'le hatte ihm zwar versichert, er spüre kein Verlangen, sich diese Macht zurückzuholen, aber Zaifyr wurde den Verdacht nicht los, dass die Wahrheit tiefer ging. Vielleicht war Jae'le dazu gar nicht mehr imstande? Aus dem Blick seines Bruders sprach so viel Wut, dass er das sonst sicherlich schon getan hätte, um mit dieser Macht das Götterkind zu töten.

»Die Priester behaupten, sie erschaffe eine allgemeingültige Wahrheit«, fuhr Jae'le nun fort. »Aus ihren Taten entstünde eine reine und lautere Welt.«

»In ihrer Umgebung ist davon unentwegt die Rede«, sagte Eidan. Zaifyr setzte sich auf die unterste Stufe des Treppenaufgangs. »Sie erklärt ihren Gläubigen, um das zu erreichen, werde sie die Götter verzehren, als wären es Getreidekörner.«

»Nach allem, was Lor Jix sagte, hatten die Götter genau das befürchtet«, krächzte Jae'le mit seiner Vogelstimme. »Wenn wir dem Toten glauben können, dann haben sie uns alle nur geschaffen, um uns gegen dieses Götterkind ins Feld zu schicken.«

Eidan entfuhr ein Seufzer. »Hoffentlich hast du zumindest damit recht«, sagte er. »Im Hochland wurde ich Zeuge eines grausigen Geschehens. Es gab Opfer, und es gab Freiwillige, doch sie alle schrien, wie ich noch niemanden zuvor hatte schreien hören, als *sie* die Seelen von Mördern aus diesem Land an die Lebenden band. Ich habe über diesen Tag viel nachgedacht, denn es war ein großes Unrecht, und doch tat ich nichts, um es zu verhindern. Schlimmer noch, ich war sogar daran beteiligt. Ich zerbreche mir immer wieder den Kopf darüber, warum mich das nicht loslässt – ich habe Menschen auf jede nur erdenkliche Weise getötet, und ich habe Dinge gesehen, für die ›grauenvoll‹ nur ein leeres Wort ist. Doch da auf dem Hochland war mir, als würde ich mich selbst von ferne beobachten und könnte sehen, was aus mir werden könnte und wozu ich als göttliches Wesen fähig wäre. Das erschütterte mich so sehr, dass ich mich frage, ob das wirklich mein eigener Gedanke war, oder ob er mir eingegeben wurde, weil ihn ein Gott für diesen Moment aufgespart hatte.«

»Würde es dich sehr erleichtern, wenn es so wäre?«, fragte Jae'le.

»Ich wäre wohl immer noch erschüttert.«

Zaifyr sah durch das Fenster, wie Aelyns und Eidans Schatten sich schweigend vereinigten. Sie verschmolzen so völlig miteinander, dass er schon sehr genau hinsehen musste, um Aelyns Hände, ihr Haar, ihre Umrisse unterscheiden zu können. Das Schweigen zog sich in die Länge, bis sich ihr Schatten wieder löste und sie leise sagte: »Richtet Qian aus, dass die Erklärung in zwei Tagen erfolgt. Danach ziehen wir in den Krieg.«

Wenig später war sie gegangen.

94

Die ersten Schmetterlinge dieses Tages verendeten mit vernehmlichem Knacken unter Bueralans und Taelas Füßen.

Die beiden hatten nach langem Schweigen gemeinsam die Gräber verlassen, nachdem Bueralan die schmerzenden Schultern bewegt und erklärt hatte, er müsse den Stall ausmisten. Er hatte die Pferde die ganze Woche über allein versorgt. Frühmorgens ging er in den Stall, bevor die Schmetterlinge zu dicht wurden, und wenn sie am Nachmittag gestorben waren, kam er wieder. Er füllte die Tröge mit Wasser vom Brunnen hinter dem Stall, scharrte die Streu aus den Verschlägen, fütterte die Tiere und striegelte sie. Obwohl er das bisher allein getan hatte, empfand er es nicht als störend, dass Taela mit ihm ging, ihre Hilfe war ihm sogar willkommen. Bisher hatte er die Pferde noch nicht ins Freie gelassen, und sie hatten auch kein Verlangen danach gezeigt, ganz so, als spürten sie, wer in dem Schloss auf dem Hügel auf dem Balkon stand. Doch Bueralan wusste, dass sie früher oder später Bewegung brauchten, und zu zweit wäre es einfacher, sie nach draußen zu führen.

»Als ich noch klein war, ließ meine Mutter einen riesigen Stall bauen.« Er nahm einen Rechen vom Ständer. »Die Mauern waren aus Stein, das Dach war mit Schiefer gedeckt, und die Trennwände im Inneren waren aus Holz. Sie verlangte ausdrücklich, die Verschläge so groß zu machen, dass die Tiere darin herumwandern konnten, und der Stall musste auf einen großen Hof hinausgehen. Jeden Tag um die Mittagszeit, wenn der Himmel allmählich klar wurde, kam sie her und ließ die Pferde in diesen Hof.«

»Yoala hat ihre Tiere nicht so gut behandelt.« Zi Taela lehnte sich gegen die Stalltür und beobachtete ihn aufmerksam. »Hast du vor, alle Verschläge auszumisten?«

»Da steht ein zweiter Rechen.«

Sie lachte.

»Du hebst zwar Gräber aus, aber Ställe auszumisten ist unter deiner Würde?«

Ihr Lachen endete in einer Verwünschung, aber sie griff nach dem Rechen. »Das sind nun wirklich Arbeiten, für die man Leute bezahlt, Bueralan.«

»Mich hat man schon für alles Mögliche bezahlt.« Vor dem Verschlag des großen Grauen blieb er stehen. Das Pferd war nach dem Fest auf dem Gelände aufgetaucht, und Aela Ren hatte es in den Stall geführt. Als Bueralan den Unschuldigen nach dem Grund dafür gefragt hatte, hatte der geantwortet, das Tier habe offenbar eine tiefere Bindung zu ihm. »Aber vor allem, weil ein Pferd mehr wert ist als ein Mensch. Du brauchst nur einen Söldner zu fragen, der ein Pferd in der Schlacht verloren hatte und dafür bezahlen musste.«

»Du machst das nur gerne, weil dir dein Pferd bis hierher gefolgt ist, nicht wahr?« Taela stellte sich vor das Tier und kraulte ihm die Nase. »Du solltest ihm einen Namen geben.«

»Pferd genügt«, brummte er. »Außerdem hoffe ich, dass er dich beißt.«

Das tat das Pferd natürlich ebenso wenig wie die fünfzehn anderen im Stall.

Bueralan genoss es, mit Taela zusammen zu sein. Sie lenkte ihn für eine Weile von dem Mann oben im Schloss und von dem kalten Kristall an seiner Brust ab … und vielleicht hätte er auch alle anderen Sorgen vergessen und nicht einmal mehr daran gedacht, wer er war. Doch nachdem er das Stroh aus den Verschlägen gescharrt hatte, war er über die Holzleiter auf den Stallboden gestiegen, um neue Einstreu herunterzuwerfen, und dabei war er auf einen menschlichen Körper gestoßen, der prompt zu schreien begann.

Hau Dvir, ein Prinz der Saan, lag im Stroh, starrte zu Bueralan empor und flehte verzweifelt um sein Leben.

»*He, Kleiner* – nun beruhige dich doch!«, rief der Saboteur im Befehlston. »Alles ist gut.«

»Er ist immer noch …«

»Aber er ist nicht *hier.*« Der Junge war völlig verdreckt. Er hatte offensichtlich nicht die ganze Woche in dem Stall gelebt; nach seinen schlammverkrusteten Hosen, den aufgeplatzten Stiefeln und dem von Ästen zerkratzten Gesicht zu schließen, hatte er sich wahrscheinlich nur diese eine Nacht im Stroh verkrochen. »Jedenfalls nicht hier im Stall, also mach nicht so viel Lärm.«

Taela tauchte hinter ihm auf. Sie hielt den Rechen wie einen Stock zum Schlag bereit. »Hier kann er nicht bleiben«, sagte sie leise. »Ren würde ihn finden.«

Bueralan nickte. »Warum bist du überhaupt zurückgekommen?«, fragte er den Jungen.

»Ich … ich wusste nicht, wo ich hinsollte«, flüsterte Hau, und seine Augen füllten sich mit Tränen. »Ich war doch noch nie in Ooila! Usa hat sich um alles gekümmert! Wo soll ich denn hin!«

»Du reitest einfach nur los.«

»Einfach nur …«

»Das Ziel spielt keine Rolle.« Der Saboteur sah Taela an. »Hast du Geld?«

»Nur meinen Schmuck, und der liegt oben im Haus.«

Auch Bueralan hatte nichts bei sich. Er streckte dem Saan-Prinzen die Hand entgegen, aber der Junge schüttelte den Kopf und kam aus eigener Kraft auf die Beine. »Nimm dir eines von den Pferden hier«, sagte der Saboteur. »Nur nicht den Grauen. Der gehört mir.«

»Er wollte mich beißen!«

»Deswegen gehört er mir ja.« Bueralan lachte. Der Junge durfte nicht noch hysterischer werden. »Du sattelst dir ein Pferd, reitest los und hältst erst an, wenn du in einen Hafen oder ein Dorf kommst. Dort verkaufst du das Pferd und reist mit dem Geld zurück ins Saan.«

Hau Dvir sah ihn mit großen Augen an.

»Wenn du nämlich nicht tust, was er sagt«, ergänzte Taela ruhig, »wird dich Aela Ren finden, und dann wird er dich töten.«

Sie mussten das Pferd für ihn satteln. Bueralan wählte einen braun-weißen Schecken, der für die Kundschafter, die das Schloss beobachteten, leicht zu erkennen war. Dass solche Kundschafter vor Ort waren, verstand sich von selbst. Die Königin hätte mit als Erstes Anweisung gegeben, alle Teile des Landes zu beobachten. Sollte der Junge tatsächlich durch die Maschen dieses Netzes schlüpfen, würde er auf dem ersten Markt verhaftet werden, wo man Yoala Fes Brandzeichen entdeckte. Der Junge würde dem Erstbesten, der ihn ansprach, sofort alles erzählen, und Bueralan war ziemlich sicher, dass man ihn schon bald der Ersten Königin übergeben würde.

Hau Dvir konnte immerhin reiten, das musste ihm Bueralan lassen, als er den Saan-Prinzen über das flache Land davongaloppieren sah. Taela hatte ihn in diese Richtung geschickt. Dort führte schon nach wenigen Meilen die Straße an der Grenze des Anwesens vorbei, und er konnte ihr folgen, ohne auch nur in die Nähe des Schlosses zu kommen.

Bueralan blieb neben Taela an der Rückwand des Stalles stehen, bis er den Prinzen nicht mehr sehen konnte. Er kam sich vor wie in einem Traum. Der Prinz wurde ganz allmählich kleiner, und die Schmetterlinge wogten auf und ab, bis sie ihn schließlich ganz verdeckten.

Als er nicht mehr zu sehen war, sagte Aela Ren: »Ich hatte mich schon gefragt, ob du ihn heute Morgen finden würdest.«

Der Unschuldige saß links von ihnen auf einem umgedrehten Holzeimer und hatte die Beine vor sich ausgestreckt. Schmetterlinge streiften die Narben an seinen Händen und seinem Kopf und setzten sich auf seine Beine und auf den Griff seines Schwerts und seines Dolchs.

»Er hatte Glück« sagte Bueralan lässig. »Ich hatte nicht einmal nach ihm gesucht.«

»Niemand hat nach ihm gesucht.«

»Willst du ihn verfolgen?«, fragte Taela. Sie bemühte sich, Bueralans Tonfall nachzuahmen, aber beim letzten Wort versagte ihr die Stimme. »Willst du ihn zur Strecke bringen?«

»Nein.« Ren erhob sich, die Schmetterlinge stoben auseinander. »In einem hat sie recht, Bueralan: Du solltest deinem Pferd einen Namen geben.«

95

Der verlassene Belagerungsturm war unverkennbar eine Falle.

Heast hatte ihn am späten Nachmittag entdeckt. Die Nachmittagssonne sank als einsame Kugel dem Horizont entgegen, und mit dem Einbruch der Nacht war ein kalter Wind aufgekommen. Für den Turm hatte man die Palisaden einer leeranischen Stadt verwendet – Sumpfwasser vielleicht oder einer der größeren Siedlungen –, und nun war er anscheinend in eine Schlucht gestürzt. Er stand zwar noch, neigte sich aber ziemlich stark nach Osten. Heast hatte zunächst vor dem schmalen Eingang der Schlucht angehalten, dann hatte er sein Pferd gewendet und war zu einem Dickicht aus Sträuchern und Bäumen geritten. Dort hatte er sein Pferd an einen Ast gebunden und sein schmales Fernglas hervorgeholt.

Der Turm wies Brandspuren auf, aber er war nicht von dem Steinsims heruntergefallen, das er ein wenig überragte. Zwar führten dort Fußspuren entlang, und zerrissene Seile hingen herunter, doch wenn der Belagerungsturm tatsächlich über die Kante gestürzt wäre, hätte er anders landen müssen. Heast war der Meinung, er sei mithilfe von Pferden oder Ochsen langsam abgelassen worden, und das sagte er auch zu Kye Taaira, bevor er ihm das Fernglas reichte.

»Myones Bruder Nsyan.« Der Stammesmann führte das Glas von unten bis oben am Turm entlang. »Nsyan pflegte die Kinder seiner Feinde gefangen zu nehmen und sie auf dem Schlachtfeld freizulassen. Die Tageszeit spielte keine Rolle. Es konnte am Morgen, am Nachmittag oder bei Nacht sein. In jedem Fall aber, bevor die Schlacht begann. Am liebsten waren ihm junge Mädchen, nicht älter als fünf oder sechs Jahre, aber nicht so klein, dass sie noch nicht sprechen konnten. Er soll gesagt haben, mit dem Tod des Herzens entstehe die Sprache. Er hielt sich wohl für einen großen Philosophen. Bevor er die Kinder freiließ, brachte er ihnen Verletzungen bei. Er schnitt sie in den Bauch oder in die Brust, immer dahin, wo das Blut am reichlichsten floss. Danach schickte er sie auf das Schlachtfeld, damit sie mit ihrem Weinen die gegnerischen Soldaten anlockten.«

»Ich kenne ähnliche Kriegslisten«, sagte Heast. »Glauben Sie nicht, dass auch dieser Turm etwas in der Art sein könnte?«

»Aber Nsyan hat nichts damit zu tun.« Kye gab das Fernglas zurück. »Ich kann ihn hier nicht spüren.«

»Gut«, sagte Heast. »Das erleichtert die Sache.«

»Haben Sie etwa vor, sich dem Turm zu nähern?« Der andere klang überrascht. »Das scheint mir keine besonders gute Idee zu sein, wenn ich mir die Bemerkung erlauben darf.«

»Nein, aber jemand anders wird dorthin kommen. Wir brauchen nur zu warten.« Heast ging zu den Pferden zurück und klopfte sich dabei mit dem Fernglas gegen sein gesundes Bein. »Maosa ist nur einen halben Tagesritt von hier entfernt. Der Turm ist sicher ein Hinterhalt für die Bewohner der Stadt.«

»Warum sollten sie in diese Falle gehen?«

»Weil es ihnen ein Dummkopf befehlen wird.«

Nach der Grenze waren sie immer wieder an gekreuzigten Soldaten vorbeigekommen. Bis zu der Schlucht mit dem Belagerungsturm hatten sie sechzehn gezählt. Alle waren am Kreuz gestorben, der letzte nach Heasts Schätzung erst vor wenigen Tagen. Die Leeraner hatten ihnen die Harnische und die Waffen abgenommen, aber jedem eine rote Schärpe um die Hüften gebunden. Heast hatte sich die Leichen genau angesehen, aber bis auf zwei waren alle zu jung, als dass er sie gekannt hätte. Von den beiden Älteren hatte er den einen flüchtig kennengelernt.

»Wenn Sie schon in Maosa waren«, sagte er jetzt zu dem Stammesmann, »müssen Sie auch Kotan Iata begegnet sein. Er ist unglaublich eitel, ein Mann Ende fünfzig, der sich seit Jahren als Friedenswächter von Faaisha präsentieren möchte. Er bildet sich ein, nur dank seiner militärischen und strategischen Fähigkeiten würde in Faaisha der Frieden bewahrt. Dabei ist das nicht allzu schwierig: Meistens bekriegen sich die Reiche von Faaisha nur untereinander, und bei seinen ersten Versuchen, in die Rolle des selbst ernannten Friedenswächters zu schlüpfen, brach Iata mehrere kleine Konflikte mit seinen Nachbarn vom Zaun. Er blieb Sieger, weil er mehr Geld und mehr Soldaten hatte.«

»Ja, ich kenne den Mann. Ich bin nie mit ihm zusammengetroffen, aber ich habe von ihm gehört. Vor zehn Jahren hat man ihm alle Ländereien bis auf sein eigenes Erbe abgenommen«, sagte Taaira. »Und auch das hatte man ihm angeblich nur aus Respekt vor seinem Vater gelassen.«

»Das war sein Glück, aber der Verlust hat ihn sicherlich schwer getroffen. Und nun wird er die Chance wittern, sich das Verlorene zurückzuholen.«

»Ich verstehe nicht so ganz, was das mit uns zu tun hat.«

Heast griff nach dem Schwert am Sattel seines Pferdes. »Iata wird Soldaten schicken, um den Turm zu erobern.«

»Und Sie wollen sie retten?«

»*Wir* wollen sie retten. Es sei denn, Sie wollen sich lieber zurückziehen?«

»Nein.« Ein Lächeln huschte über Kye Taairas Gesicht. »Nein, aber ich wüsste doch gerne, warum Sie Kotan Iata helfen wollen. Sie halten doch offenbar nicht allzu viel von ihm.«

»Das ist richtig.« Heast schnallte sich das Schwert um die Hüften. »Aber wir brauchen Soldaten, und ich fürchte, ohne dass wir ein gewisses Risiko eingehen, werden sie nicht zu uns kommen.«

»Ich glaube, jetzt verstehe ich.«

Nein, dachte Heast, während er das Schwert zurechtrückte. *Das glaube ich nicht.* Vor ihnen ragte der Turm auf wie ein schwarzer Finger, der von Faaisha wegzeigte.

96

Ce Pueral hatte nie eine eigene Familie gegründet. Als sie Anfang zwanzig war, hatte ihr ein Mann einen Heiratsantrag gemacht, Mitte der dreißig war ein anderer gekommen, aber letztendlich waren diese beiden nicht wichtiger gewesen als die Männer davor und danach. Ihre Eltern waren zehn Jahre zuvor im Abstand von zwei Jahren gestorben, und ihr Bruder, der mit einer schweren geistigen Behinderung zur Welt gekommen war, hatte seinen siebten Geburtstag nicht erlebt. Sie konnte sich noch gut daran erinnern, wie sich die Tragödie vor ihren jungen Augen langsam entfaltet hatte.

Ihr Zimmer im Palast war weitgehend ungenutzt, sie bewahrte keine Andenken an ihre Familie oder an die beiden Männer darin auf. Dergleichen hielt sie für Luxus, und Luxus hatte in ihren Augen im Leben eines Soldaten keinen Platz. Daran hielt sie sich auch konsequent mit Ausnahme von zwei Gegenständen. Es waren die größten Stücke im Raum, und auf den ersten Blick hätte niemand sie als Luxus bezeichnet. Es handelte sich um zwei mannshohe Holzständer für ihre Rüstungen. Die leichte schwarz-rote hing auf dem rechten Ständer: Die Hälfte davon hatte sie soeben abgenommen, um sie sich umzuschnallen. Doch links hing der schwere, goldgeränderte Harnisch, den sie vor fast zwanzig Jahren getragen hatte. Sie hatte ihn seit ihrem Ausscheiden aus dem aktiven Dienst nicht mehr angelegt, und was damit geschehen sollte, falls sie eines Tages nicht mehr zurückkehrte, wusste sie nicht. Wer immer dann im Auftrag der Ersten Königin die Tür zu ihrem Zimmer öffnete, würde die Rüstung ohne Zweifel für ein Andenken an ihre Soldatenkarriere halten, vergleichbar den zerbrochenen Schwertern, die manche Soldaten aufbewahrten, den Hufeisen, Messern oder Stiefeln, die ihnen mehr bedeuteten als alle Orden und Ehrenzeichen. Wer immer davorstand, würde vielleicht denken, die Rüstung hätte ihr das Leben gerettet und beziehe ihren Wert für sie aus jener einzigen Tat, bei der sie fast gestorben wäre.

Die Rüstung hatte ihr natürlich das Leben gerettet, aber das war nicht der Grund, warum sie sie behalten hatte.

Zwei Tage zuvor war Hau Dvir, der Saan-Prinz, in den Palast gebracht worden. Einer der Kundschafter, die Yoala Fes Schloss beobachteten, hatte ihn im Galopp aus dem Anwesen kommen sehen und ihn aufgesammelt, nachdem er sich vergewissert hatte, dass der Junge nicht verfolgt wurde. Anschließend hatte ihn der Kundschafter nach Cynama gebracht und an Hauptmann Lehana übergeben. Die hatte ihn in einer Zelle unter dem Palast eingeschlossen und dann die Erste Königin und Pueral benachrichtigt.

Pueral empfand sofort eine tiefe Abneigung gegen Hau Dvir. Er war schwach, und diese Schwäche war in ihren Augen auf eine Mischung aus übertriebener elterlicher Nachsicht und Standesdünkel zurückzuführen. Als sie mit der Königin auf das Ende des leeren Verlieses zusteuerte, stand er in der Mitte der Zelle. Die Königin saß in ihrem schweren Rollstuhl und wurde von Hauptmann Lehana geschoben. Sie hatte diese Aufgabe von einem schweigsamen jungen Mann übernommen, sobald sie der Königin ansichtig geworden war.

An der Zelle angelangt, erhob sich Zeala Fe jedoch aus dem Stuhl und trat vor das Gitter. »Ich will ganz aufrichtig sein«, sagte sie mit einer Stimme, die noch nicht eisig, aber kühl war. »Wenn ich mich entschließe, dich zu töten, wird sich dein Tod in nichts von dem der Männer unterscheiden, mit denen du gekommen bist.«

»*Bitte*, ich flehe um Gnade.« Hau trat einen Schritt vor, hielt jedoch inne, als Pueral und Lehana gleichzeitig nach ihren Schwertern griffen. »Bitte«, wiederholte er. »Ich sollte mit Ihrer Tochter vermählt werden.«

Die Königin lächelte schmal. »Hätte ich die Hochzeit erlebt?«, fragte sie.

Unsicher trat er einen Schritt zurück. »Ich – warum – mir hat man *nie* etwas dergleichen gesagt.«

»Du weißt also nichts?«

»Ich bin unschuldig!«, stieß der Saan-Prinz hervor und trat einen zweiten Schritt zurück. »Ich wusste von nichts, es tut mir leid.«

»Mal sehen, ob du irgendetwas weißt«, sagte die Erste Königin. Ihre Stimme wurde zusehends kälter. »Wusstest du zum Beispiel, dass Soldaten um das Anwesen postiert waren?«

»Nein!« Die nächsten Worte sprudelte er so schnell heraus, dass sie sich überschlugen. »Nein, ich bin geflüchtet. Ich habe mich verlaufen. Ich habe niemanden gesehen, bis ich in den Stall kam.«

»Wer hat dich gefunden?«

»Der …« Pueral sah, dass er »der schwarze Mann« sagen wollte, sich aber dann korrigierte. »Der große Mann. Der mit den Tätowierungen. Eine Frau war bei ihm.«

»Die *Stimme der Königin*?«

»Als sie das Pferd sattelten, hat er sie anders angesprochen, aber ich weiß nicht mehr, wie.«

Die Erste Königin verstummte. Der Saan-Prinz trat von einem Fuß auf den anderen. Er ahnte nicht, was diese Auskunft bedeutete, welche Sorge er in der alten Frau geweckt hatte und was in den Worten an Symbolik enthalten war. »Hat die Frau«, fragte sie endlich, »oder auch der Mann dir gesagt, dass du von Soldaten aufgegriffen würdest?«, fragte sie.

»Nein« antwortete Hau Dvir schnell. »Er – der Mann mit den Tätowierungen – hat nur gesagt, ich soll das Pferd verkaufen.«

Pueral fiel ein Stein vom Herzen. Darauf hatte sie gewartet. Sie hatte hören wollen, dass man im Schloss nichts von ihren Plänen wusste. Sonst hätte Bueralan den Jungen doch mit einer anderen Anweisung losgeschickt. Oh, der Saboteur ging ohne Zweifel davon aus, dass das Anwesen überwacht wurde. Vermutlich wussten das alle – besonders Aela Ren. Die Frage war nur, wie viel sie sonst noch wussten, aber wenn Bueralan oder die *Stimme der Königin* oder auch Ren über die Pläne im Bild gewesen wären, dann hätte der Saboteur dem jungen Hau doch sicherlich eine andere Lüge aufgetischt.

Die Erste Königin stellte noch viele weitere Fragen, die alle darauf abzielten, ob die Größe der Streitmacht bekannt war, die sie um das Anwesen ihrer Tochter postiert hatte, doch Puerals anfängliche Erleichterung hielt an. Der Junge wusste nichts. Bueralan hatte nichts preisgegeben. Demnach gab lediglich der Fatalismus der *Stimme der Königin* Anlass zur Sorge, eine Haltung, die nach Puerals Einschätzung in dieser Situation nur vernünftig war.

Schließlich kehrte die Erste Königin zu ihrem Rollstuhl zurück und verließ den Kerker ohne ein Wort des Abschieds. Dunkel und leer zogen die Zellen an ihr vorbei, und von hinten folgte ihr die Stimme des Saan-Prinzen mit der flehentlichen Bitte, doch zurückzukommen und Gnade walten zu lassen.

»Setzt ihn auf ein Boot, das ins Saan fährt«, sagte die Erste Königin, als sie draußen waren. »Gebt ihm einen Brief mit, dann soll er seinem Vater erklären, was geschehen ist.«

»Und danach?«, fragte Hauptmann Lehana.

»Danach legen wir los«, sagte das *Auge der Königin.*

Ce Pueral war nun vollends angekleidet und betrachtete die alte Rüstung.

Sie würde keiner anderen Königin mehr dienen. Das wusste sie seit dem Tag, an dem sie in die Leibgarde der Ersten Königin eingetreten war. Am Todestag der Ersten Königin würde man sie verabschieden. Das hatte sie akzeptiert, als sie das Amt übernahm. Die Frage war nur, *wie* man sie verabschieden würde: mit dem Schwert oder mit der Feder. Das hing wiederum davon ab, welche Tochter die Nachfolge antrat und auf welche Weise das geschah. Doch sie war darüber nicht verbittert. Das Leben hatte ihr alles gegeben, was sie sich wünschen konnte.

Ce Pueral nickte der Rüstung freundlich zu und verließ den Raum.

Das Auge der Königin

Sie zeichnete das Wesen für mich, aber ich hatte so etwas noch nie gesehen. Wenn es wirklich existiert, wenn es nicht eine Wahnvorstellung des armen Mädchens ist, um das Grauen vor dem Messer zu überdecken, das sich in ihre Augen bohrte, dann ist dieses Ungeheuer wie sein Gott:
Es hat keinen Namen.

Tinh Tu,
»Geheimes Tagebuch«

97

Auf dem Wagen lagen zweihundertsechs Stahlbehälter, einer für jeden Knochen in Aela Rens Körper.

Der Wagen folgte Pueral über die Straße zu Yoala Fes Schloss. Er wurde von einem braunen Pferd gezogen und von Ae Lanos gefahren. Neben ihm saß die Hexe Tanith, zu ihren Füßen stand eine schwere Tasche. Beide sahen aus wie Figuren aus einem Märchen, ein alter Vater, der mit seiner erwachsenen Tochter einen grausigen Auftrag nur deshalb erfüllte, weil es jemand von ihm verlangte. Pueral selbst wäre demnach der Gardehauptmann gewesen, der getreue Diener, der zu viel wusste … doch sie gab solchen Fantasien nicht lange nach. Sie betrachtete sie als Zeichen dafür, dass ihr die Situation über den Kopf zu wachsen drohte und sie sich deshalb zum eigenen Schutz vor der Realität in die Märchenwelt ihrer Kindheit flüchtete, in der der Unschuldige ein Schreckgespenst gewesen war.

Bevor Pueral allein durch das Palasttor schritt, war sie noch kurz von der Ersten Königin empfangen worden. Im Licht des Morgens erschien Zeala Fe so hinfällig, als würde sie unter stärkerem Licht auseinanderbrechen. Doch als Pueral die Tür hinter sich schloss, erhob sie sich aus eigener Kraft von ihrem Stuhl und sprach mit einer Stimme, die das *Auge der Königin* noch vor einem Monat nicht als die ihre erkannt hätte.

»Ein Geschichtsschreiber könnte festhalten, wir hätten von Alltäglichkeiten gesprochen«, sagte die Erste Königin und fasste nach Puerals Hand. »Von Strategien und Bündnissen und ihren Stärken und Schwächen.«

»Dieses Gespräch haben wir bereits geführt«, gab Pueral zurück.

»Ich würde lieber lesen, dass wir über unseren Zorn gesprochen haben.«

Nicht die Krankheit, gegen die die Erste Königin seit so vielen Jahren ankämpfte, würde ihren Körper letztlich aufzehren, sondern ihre Wut, dachte Pueral. »Das wird nicht verborgen bleiben«, sagte sie und legte ihre Hand auf die Hand der Königin. »Diese Geschichte wird schon bald mit Feuer und Schwert geschrieben werden, sodass kein Geschichtsschreiber an unserer Reaktion auf Aela Ren vorbeikommt.«

»Ich danke Ihnen, teure Freundin.«

Draußen im Hof hatte man die Stahlbehälter der Größe nach auf den Wagen gestapelt. Die längsten waren für Arme und Beine bestimmt und lagen ganz unten, während die Kästen für die Hände, einzelne Wirbel und Fingerknochen obenauf kamen. Vom Aussehen her waren sie alle gleich, der Oberste Waffenschmied hatte sie genau nach Puerals Anweisungen gefertigt. Sie waren glatt, vollkommen schmucklos und sehr schwer. Wenn sie erst gefüllt und verschlossen waren, würde man einige in verschiedene Gegenden von Ooila bringen und dort in tiefen Löchern vergraben. Andere sollten von Soldaten in die Krater schlafender Vulkane gestürzt werden. Wieder andere wollte man unter Bewachung zu den Häfen bringen und auf Schiffe laden, um sie jenseits der Grenzen von Samuel Orlans Karten in den leeren Weiten von Leviathans Blut zu versenken. Alle Teile des Unschuldigen, alles bis auf den Schädel, die Krone seines Körpers, sollten weit von Cynama fortgebracht werden.

Pueral glaubte nicht, dass sie den Unschuldigen so einfach würden töten können. Die Erste Königin hatte ihr mehr als einmal geschildert, wie der Kampf mit den Saan verlaufen war. Zwar teilte das *Auge der Königin* Bueralans Einschätzung nicht, wonach die ooilanischen Soldaten nicht mit denen des Saan zu vergleichen wären, aber ihr war klar, dass sich kein gewöhnlicher Sterblicher den Weg durch so viele Krieger freikämpfen konnte. In ihren Augen war es überflüssig gewesen, dass Aela Ren sich nach dem Kampf selbst eine tödliche Wunde zugefügt hatte, um das zu beweisen.

Dennoch war er nur ein einzelner Mann.

Ein einzelner Mann mochte noch so geschickt mit einer Klinge umgehen, mochte über noch so unglaubliche Kräfte verfügen, seine Sterblichkeit mochte noch so sehr in Zweifel stehen, von einer gewaltigen Übermacht musste er dennoch niederzuhalten sein.

Die ersten ooilanischen Soldaten tauchten auf. Sie erschienen in kleinen Grüppchen, die sich vor Pueral zusammenfanden, als wären sie aus dem Sonnenlicht entstanden. Es waren Gestalten aus dem Märchen, das sie sich zuvor zusammengesponnen hatte, geschaffen zum Schutz der Tochter und des Vaters auf dem Weg zur Burg des Ungeheuers. Natürlich konnte davon nicht die Rede sein:

Sie tauchten nur deshalb so unvermittelt auf, weil der Zauber, mit dem die Hexen sie belegt hatten, sie nicht verbergen konnte, wenn Pueral so dicht an ihnen vorüberritt, dass sie die aus Sonnen- und Mondlicht beschworene Hülle durchstieß.

Pueral sah Soldaten in schwarz-roter Rüstung vor zusammengerolltem Bettzeug und erloschenen Lagerfeuern, Soldaten, die sich die Helme vom Kopf zogen, um sich den Schweiß vom Gesicht zu wischen, Soldaten vor Zelten und Karren und vor Reihen von angepflockten Pferden. Je näher sie ihrem Ziel kam, desto größer wurde ihre Zahl, denn um Yoala Fes Schloss waren mehr als fünftausend Mann postiert. Nicht alle Soldaten der Königin waren hier, aber man hatte besonders bewährte und disziplinierte Leute sowie Krieger ausgewählt, die Erfahrung im Kampf zu Pferde und mit Belagerungsmaschinen hatten, Maschinen wie den beiden Katapulten, die jetzt in Sicht kamen. Das eine war bereits einsatzbereit, das andere stand kurz vor der Fertigstellung. Von hier aus musste man sie erst in Schussweite zum Schloss ziehen. Die Hexen in den Reihen ihrer Truppen hatten sich für den großen Zauber nicht näher herangewagt. So musste die letzte Etappe zu Fuß bewältigt werden.

In Sooia, überlegte das *Auge der Königin*, hatte man einen solchen Überfall natürlich auch versucht. Ein riesiges Heer hatte sich Ren entgegengestellt und war einfach niedergemäht worden. Doch dort war der Unschuldige seinerseits mit einer Streitmacht angetreten, die – je nachdem, auf welches Buch man sich bezog – entweder unglaublich riesig und diszipliniert war oder ein solches Grauen verbreitet hatte, dass ihr Anführer unmöglich ein Mensch sein konnte. Diese Streitmacht hatte Aela Ren seit dem ersten Tag seines Krieges zur Seite gestanden, aber sie war nicht mit ihm nach Ooila gekommen. Hätte Pueral nicht selbst den Strand gesehen, an dem der Unschuldige an Land gegangen war, und wäre sie nicht an so vielen Stätten seiner ersten Gräueltaten gewesen, sie hätte den Berichten ihrer Spione, von einer neuen Söldnerarmee auf Ooila sei nichts zu finden, nicht so ohne Weiteres Glauben geschenkt. Auch den Beteuerungen der Hexen, die aus den Blutflecken schlossen, er sei ganz allein zu Fuß von der Küste nach Cynama gegangen, wäre sie vermutlich mit Skepsis begegnet.

Pueral glaubte nicht mehr, dass der Unschuldige beabsichtigte, seinen Krieg nach Ooila zu tragen. Er war mit der *Glafanr* lediglich hierhergekommen, um Samuel Orlan und Bueralan ausfindig zu machen. Sein Heer hatte er nicht mitgebracht. Wer immer ihm geholfen hatte, das gewaltige Schiff zu steuern, das vor der Küste lag, war dort geblieben. Ren hatte sich allein auf seine Suche begeben.

Wenn es Tag wurde, würde Aela Ren erkennen, dass das ein Fehler gewesen war.

98

Lange bevor die Maosaner die Schlucht erreichten, kündigten sie mit ihren Fackeln ihre Ankunft an.

Taaira hatte Heast mit seiner behandschuhten Hand aus einem leichten Schlaf wach gerüttelt. »Sie werden Ihren Augen nicht trauen«, sagte der Stammesmann leise.

Der Hauptmann der Geister kam unbeholfen auf die Beine und griff zugleich mit der Rechten nach dem Schwert, das in der Scheide neben ihm auf dem Boden lag. Ihm blieben nur wenige Augenblicke, um die Worte des Stammesmanns zu verarbeiten. Zunächst ging er davon aus, dass sie ihre Chance verpasst hatten. Im Lauf des Nachmittags und Abends hatten er und Taaira im Umkreis des Belagerungsturms ein halbes Dutzend leeranischer Soldaten entdeckt, die sich im Gebüsch versteckten. Heast vermutete, dass sich außerdem mindestens zwei oder auch drei im Inneren des Turms selbst aufhielten, mehr als genug Leute, um die Falle zuschnappen zu lassen, wenn die Maosaner erst hineingetappt waren. Als es dunkler wurde und dichte Wolken den Mond und die Sterne verdeckten, hatte es der Hauptmann durchaus für möglich gehalten, dass er und Taaira die anrückenden Soldaten erst bemerken würden, wenn das Unglück schon geschehen war. Doch als er nun vom Rand ihres kleinen Lagers die Fackeln sah, erkannte er, dass alles noch viel schlimmer war.

»Das sind keine Soldaten«, sagte er.

»Sieht nicht danach aus.« Taaira reichte ihm das Fernglas. »Sie tragen Rüstungen, aber die meisten haben keine Waffen, sondern nur landwirtschaftliche Geräte.«

Heast musste die Linse des Fernglases erst scharf stellen, doch dann sah er, dass der Stammesmann recht hatte. Eine Gruppe von zwölf Mann näherte sich dem Turm. Ihre Gesichter lagen zwar im Schatten, aber man sah, dass sie von tiefer Erschöpfung gezeichnet waren. Die besten Waffen waren schwere, langschäftige Äxte, aber davon zählte er nicht mehr als drei. Ansonsten sah er nur Hacken und Stöcke, eine Frau mit eisengrauem Haar trug gar eine rostige Sense auf dem Rücken. Heasts Blick blieb an dieser Frau hängen, denn obwohl sie ganz am Ende ritt, hatte sie keine brennende Fackel in der Hand, sondern führte an einem dicken Strick ein halbes Dutzend Zugpferde mit. Heast sah darin zunächst einen Beweis, dass es sich hier nicht um Soldaten, sondern um Bauern handelte, die fälschlicherweise eine günstige Gelegenheit für einen Beutezug gewittert hatten. Doch dann drehte sie sich ein wenig zur Seite, und er sah die rote Schärpe um ihren Leib. Gleich darauf entdeckte er die gleichen Schärpen an allen übrigen Gestalten.

»Wir hatten doch sieben Leeraner geschätzt?«, fragte Taaira.

»Acht.« Heast schob das Fernglas zusammen. »Aber ich rechne damit, dass noch drei oder vier dazukommen.«

»Kein Kinderspiel, wir sind nur zu zweit.«

»Wir nehmen uns zuerst den Turm vor«, sagte Heast. »Aber die größte Gefahr droht beim Einreiten in die Schlucht. Es wäre günstiger, sich erst anzuschleichen, wenn die Falle bereits zugeschnappt ist.«

»Ich fürchte, wenn sie die Schlucht stürmen, während wir noch kämpfen, können wir womöglich niemanden retten.«

Heast brummte verdrießlich, konnte ihm aber nicht widersprechen. Er hatte damit gerechnet, bis zur Hälfte der nahenden Streitmacht zu verlieren, und sich wenn auch widerwillig damit abgefunden. Aber die Fackeln in den Händen der Anrückenden waren wie Leuchtfeuer, und solche Ziele konnte ein erfahrener leeranischer Soldat mühelos alle erledigen. Nun mussten er und Taaira ganz ohne Licht in die Schlucht einreiten. Hoffentlich war der Boden nicht so voller Löcher und Unebenheiten, dass sich die Pferde dabei die Beine brachen.

Heast streichelte seinem Tier den Hals und trat mit seinem guten Bein in den Steigbügel. »Das ist Ihre letzte Chance«, sagte er zu dem Stammesmann. »Sie brauchen nicht mitzukämpfen, wenn Sie nicht wollen.«

»Hauptmann.« Taaira wickelte sich die Zügel um die linke Hand und zog sich in den Sattel. »Ich bin ein Leeres Gefäß.«

»Wenn es einmal angefangen hat …«

»Reden Sie mit mir oder führen Sie Selbstgespräche?« Kye zog mit einer Hand das große Schwert aus der Scheide. Im ersten Moment sah es so aus, als hielte er ein Stück Dunkelheit in die Höhe. »Es ist nicht das erste Mal, dass ich eine solche Schmach ertragen muss.«

»Nur der Tod ist eine Schmach, mein Junge.«

Heast verließ das Lager als Erster.

Er gab dem Pferd den Kopf frei, und es strebte schnell und mit sicheren Schritten der Schlucht zu. Heast hätte es gern noch mehr angetrieben, doch Kal Essas Bruderschaft hatte es sicherlich gut ausgebildet, außerdem hatte es bereits mehrere Schlachten hinter sich. Dieses Pferd war wie er ein altgedienter Kämpe, und wenn es erst richtig losging, würde es sich auf vertrautem Gelände bewegen.

Das Schwert in Heasts Hand hatte so gut wie kein Gewicht. Er hielt es zunächst unten und hob es erst, als der Eingang der Schlucht zwischen den Büschen wie ein Maul mit abgebrochenen Zähnen in Sicht kam.

Der Turm, ein massiger schwarzer Schatten, erhob sich fünf- bis sechshundert Meter hinter der Öffnung. Wenn er erst im Inneren wäre, könnte er sich die Soldaten, die für den Hinterhalt postiert waren, einzeln vornehmen und die Wände als Deckung vor den Armbrustpfeilen nützen. Ob es ihm gelingen würde, alle Feinde nach drinnen zu locken, wo er und Taaira den Kampf zu ihren Bedingungen führen konnten, war nicht sicher, aber es würden auf jeden Fall mehr sein als draußen blieben. Hinter sich hörte er die schweren Galoppsprünge von Taairas Pferd und wusste: Er hatte einen Kampfgefährten, der dafür sorgen würde, dass sie auf wenig Widerstand trafen.

Vor ihm erhob sich ein leeranischer Soldat aus seinem Versteck und brachte hastig seine Armbrust in Anschlag. Der Pfeil ging weit daneben. Heast ritt den Schützen – begleitet von einem widerlichen Knirschen – nieder, ohne dass sein Pferd aus dem Tritt gekommen wäre.

Nun wurde es ringsum lebendig. Die Büsche gerieten in Bewegung, rechts von ihm wurden Befehle gerufen, und aus den Verstecken, die er schon früher ausgemacht hatte, flogen Pfeile auf ihn zu. Er hörte an den Stimmen, dass sich zwei weitere Leeraner tiefer in der Schlucht verschanzt hatten, wo es am dunkelsten war, ritt aber unvermindert schnell auf den Turm zu, ohne sich um sie zu kümmern. Sein Schwert sauste herab, hieb jedoch auf Metall, rutschte ab und traf irgendeine Kante – ohne dass er hätte sehen können, was er damit angerichtet hatte.

Vor ihm tat sich in der dunklen Wand des Turmes eine Öffnung auf, und eine Frau trat heraus. Sie war kräftig gebaut und hielt eine schwere Armbrust in den Händen, die sie nun in aller Ruhe an ihre Schulter hob. Doch auch ihr Schuss ging weit daneben, denn nun schallte wüstes Geheul durch die Schlucht.

Das Heulen kam wieder und erschreckte Heast ebenso wie die Leeranerin. Als er nach rechts schaute, sah er, wie Kye Taaira sein Pferd in die Dunkelheit hineintrieb.

»*Nsyan*!«, rief der Stammesmann.

Ein drittes Mal erscholl das Geheul, und die Dunkelheit wogte wie Wasser. Heast stieß einen Fluch aus, hieb seinem Pferd die Fersen in die Flanken und ritt allein weiter auf den Belagerungsturm zu.

99

Bueralan glaubte, aus der Wahl der Zimmer gewisse Rückschlüsse auf die seelische Verfassung ihrer Bewohner ziehen zu können. Taela hatte sich als Erste für einen Raum im Obergeschoss am anderen Ende des Schlosses entschieden. Darin stand ein schmales Einzelbett vor einem ebenso schmalen Fenster. Der Saboteur hatte das Zimmer nur ein einziges Mal betreten und prompt das Gefühl gehabt, von einer Riesenfaust erdrückt zu werden. Der Raum, den er sich genommen hatte – ein einfaches Gästezimmer mit Blick auf die frischen Gräber –, war größer, aber anders als Taelas Schlafgemach vollkommen unpersönlich. Wenn er ihn wieder verließ, würde niemand nachweisen können, dass er einmal hier gewesen war. Samuel Orlan hatte eine ganz andere Wahl getroffen: Der Kartograf hatte sich den einzigen Raum ausgesucht, der so groß war wie Yoala Fes Schlafgemach. Zwar hatten die Schubladen keine goldenen Griffe, die Möbel waren nicht glänzend schwarz lackiert, und auch die kostbaren Teppiche mit den schmalen Silberstreifen fehlten, dennoch war nicht zu übersehen, dass hier vornehme und wichtige Gäste untergebracht worden waren.

Nun stellte Bueralan fest, dass der alte Kartograf in den frühen Morgenstunden die Gardinen und die Wandteppiche abgenommen hatte. Sie lagen achtlos hingeworfen vor der Wand, mitten auf dem Fußboden und unter einem Labyrinth von Kommoden und Tischen, sodass man sich erst mühsam einen Weg ins Innere bahnen musste. Dann sah er, dass der Kartograf alle übrigen Möbel in der Mitte zusammengeschoben hatte. Im Zentrum stand das Bett unter einem Haufen zerwühlter Decken.

Samuel Orlan selbst stand links in der Ecke auf einer Kommode. In einer Hand hielt er einen teuren Federkiel, in der anderen ein Tintenfass, und vor ihm bedeckte, ausgehend von der Tür, unter der Bueralan stand, eine kunstvolle und sehr detaillierte Weltkarte zwei der in hellem Orange gehaltenen Wände. Es sah fast so aus, als würde die Welt langsam in Flammen aufgehen.

Der Kartograf ergriff als Erster das Wort: »Dabei kann ich mich am besten entspannen.« Er hatte den Arm ganz nach oben gestreckt. »Du hast doch sicherlich auch etwas, das dich von deinen Sorgen ablenkt?«

»Ich trinke gern«, antwortete Bueralan.

»Wie das? Ich habe dich noch kein einziges Mal trinken sehen.«

»Vielleicht weil ich keine Sorgen habe.« Bueralan sah sich die Wand an und stellte fest, dass Orlan mit Ooila begonnen hatte. Der Kartograf hatte den Kontinent um den Türrahmen herum gezeichnet, und wenn man die Tür offen ließ, sah es aus, als hätte jemand mitten in die Landmasse ein Loch gegraben. »Bin ich ein guter Lügner?«

»Du bist miserabel.« Der Kartograf tauchte die Feder in die Tinte und tippte damit auf den Rand. »Als man dich damals zum ersten Mal zu Ekar Waalstan brachte, war ich von deinem Verhalten in dieser Situation sehr beeindruckt. Du hattest dich unter Kontrolle und warst gefährlich: eindeutig kein Mann, den man am Leben lassen sollte. Ich habe mich oft gefragt, ob nicht genau das passiert war – ob nicht Bueralan Le in dem Moment gestorben war, als Ger dich zum Gottberührten machte –, denn diesen Mann habe ich seither nicht mehr gesehen.«

»Hin und wieder, Orlan, könnte ich dich fast gern haben.« Bueralan holte sich von einem der Tische einen Stuhl herunter und setzte sich. »Doch dann fällt mir wieder ein, dass du meine Freunde getötet hast.«

»Und wegen meiner Verbrechen stehe ich jetzt hier.«

»Deine Verbrechen?« Verwirrt streckte Bueralan die Beine aus und rutschte lässig bis an die Stuhlkante. »Wegen deiner Verbrechen zeichnest du eine Karte an die Wand?«

»Und du sitzt auf einem teuren Stuhl.« Die Feder kratzte wie rasend über den orangeroten Untergrund. »In Jeil hatte ich die Gelegenheit, mich von dir zu trennen. Ich hatte seit Tagen darauf gewartet, dass du dich aus dem Staub machtest, und mir vorgenommen, dich nicht aufzuhalten. Es wäre mir sehr leichtgefallen. Ich bin von Natur aus kein grausamer Mensch, und es war ja nicht zu übersehen, dass du meine Gesellschaft nur schwer ertragen konntest. Aber mir war auch klar, dass du nicht wusstest, wohin. Du hattest nicht begriffen, was mit dir geschehen war. Schlimmer noch, du wolltest es gar nicht wissen.« Mit einem Seufzer ließ er die Feder sinken. »Ich habe versucht, dich zu warnen, was hier auf dich wartete, Bueralan. Ich habe mir alle Mühe gegeben, dich von Ooila, vom *Geschenk der Mutter*, von Aela Ren und von dem Götterkind fernzuhalten. Das ist mir vielleicht nicht gelungen, aber ich bin auch nicht einfach fortgegangen. Du solltest zumindest einsehen, dass ich dafür meine Gründe hatte.«

Aber das *wollte* Bueralan nicht einsehen. »Sicher doch, ich stehe in deiner Schuld«, sagte er spöttisch, aber es klang nicht ganz echt. Er räusperte sich. »Kannst du mir sagen, was geschieht, wenn Ren den Namen des Götterkindes hört? Ich meine, falls er ihn jemals zu hören bekommt?«

Orlan wandte sich ihm zu. »Ich nehme an, er wird seinen Krieg beenden, wenn du von einem Krieg sprechen willst«, sagte er. »Er wird ihr Treue schwören und mit seinem Heer nach Leera ziehen, um dort an einem neuen Krieg teilzunehmen.«

Der Saboteur ließ sich die Antwort durch den Kopf gehen. »Dieses legendäre Heer«, sagte er endlich. »Wieso haben wir es noch nicht zu Gesicht bekommen?«

»Darüber solltest du froh sein«, sagte Orlan. »Es ist ein trauriger Haufen.«

»Was ist mit dem Alten von Sumpfwasser?«, fragte Bueralan. »War das einer von Aela Rens Soldaten?«

»Nein, der nicht.«

»Woher hat er dich dann gekannt?«

»Er war anderen Samuel Orlans begegnet.« Orlans Lachen klang hart. »Keiner meiner Vorgänger hatte sich jemals an Aela Ren gebunden, das solltest du niemals vergessen. Er mag dich und mich wie Heilige behandeln, Bueralan, aber er ist ein Ungeheuer, erstanden aus den Trümmern des Kriegs der Götter. Er hat alles verloren, was seinem Leben einen Sinn gab, nun zimmert er sich eine eigene schreckliche Bestimmung zurecht, und von allen, die erlebt haben, worauf das hinausläuft – nun, der alte Narr in Sumpfwasser gehört zu den Glücklichen, die dieser Bestimmung entgehen konnten.«

Bueralan wollte weiterfragen, um tiefer in das Geheimnis von Rens Heer vorzudringen, doch er wurde unvermittelt unterbrochen, weil die Vorderseite des Schlosses mit lautem Krachen zusammenbrach.

Noch vor Orlan war er aus der Tür. Am Ende des Korridors, wo sich das obere Stockwerk zu dem großen Saal öffnete, in dem Aela Ren die Saan-Krieger abgeschlachtet hatte, türmten sich, von dicken Netzen zusammengehalten, zwei riesige Steinhaufen. Sie hatten die Balkontüren durchschlagen. In ihrem Gefolge hatte jemand brennendes Pech ins Innere gegossen, und nun erfassten die Flammen das ganze Gebäude.

Bueralan und Orlan rannten darauf zu, nahmen aber dann die erste Abbiegung, um vor dem Qualm zu fliehen, der sich auf sie zuwälzte. Doch schon bald kam der Rauch wie mit langen Fingern hinterher und folgte ihnen auf dem Weg zu dem Zimmerchen der *Stimme der Königin* um immer neue Biegungen. Sie schwiegen beide, keiner fragte nach Taela, keiner erkundigte sich nach Ren. Bueralan nahm allerdings trotz der schweren Schäden an der Vorderseite des Schlosses nicht an, dass die Zerstörung der Fassade dem Unschuldigen das Leben gekostet hatte.

Die Tür zu Taelas Zimmer war geschlossen. Der Saboteur warf sich mit der Schulter dagegen … und stand vor einem offenen Fenster.

100

Ayae ging neben Caeli auf die Kutsche zu. Die Wolken lichteten sich endlich, und ein Splitter des Mondes wurde sichtbar. Ihr kam es vor, als gliche der Weg, der sich in diesem Licht zeigte, der Welt, wie sie sich ihr darstellte. Hauptmann Heast war in Faaisha. Lady Wagan hatte alle Hände voll zu tun, um die Mireeaner von Wila wegzubringen. Caeli war zwar im Laufe der Nacht immer auskunftsfreudiger geworden, je mehr sich die Laq-Flasche leerte, doch auch sie hatte ihr nicht alles erklären können. Immerhin hatte sich danach in Ayaes Träumen das schwarze Wasser im Umkreis der Insel in die vom Krieg beschädigten Holzwände ihrer Kindheit verwandelt, und als sie am Morgen aufwachte, war ihr Körper zum ersten Mal seit dem Morgen nach Faises Tod ein wenig leichter geworden.

Bevor die beiden Frauen am Abend die Kutsche bestiegen, um zum Treffen von Lady Wagan mit der Kaufmannsgilde zu fahren, hatte die Gardistin Ayae mit nach Yeflam genommen. Ayae war überrascht gewesen, wie viele Gardisten die Straßen bevölkerten, seit sie zum letzten Mal das Haus verlassen hatte. Die Trommelschläge der Marine von Yeflam hatten sie auf Schritt und Schritt wie ein Echo begleitet. Weniger verwunderlich war vielleicht, dass von den Bewohnern wenig zu sehen war: Die meisten blieben in ihren Häusern, viele Märkte und Geschäfte waren geschlossen, und einige Ladenbesitzer hatten sogar ihre Fenster mit Brettern vernagelt.

Ayae hatte gedacht, dass Caeli sich verabschieden würde, nachdem sie zu Faises und Zineers Haus zurückgekehrt waren, aber sie war geblieben. Bis zu Lady Wagans Treffen mit der Kaufmannsgilde lag noch ein voller Tag vor ihnen. Es hätte ein ruhiger Tag werden können, wenn Ayae gewollt hätte, doch Caeli hatte sich die aufgebrochene Hintertür und das Material angesehen, das Ayae besorgt hatte, und schließlich hatten die beiden damit begonnen, die Tür zu reparieren, so gut es eben ging. Es war ehrliche Arbeit, Arbeit mit den Händen, und bevor sie das Haus verließen, blieben sie davor stehen, um das Ergebnis zu bewundern.

Dann reichte ihr Caeli einen Dolch.

Ayae lehnte ab. »Ich habe noch mein Schwert«, sagte sie. »Es ist oben in meinem Zimmer.«

Die Gardistin ließ den Dolch ein paarmal um ihre Hand kreisen, bevor sie ihn in die Lederscheide an der Rückseite ihres Gürtels zurückschob. »Du solltest es mitnehmen«, sagte sie.

Das Schwert lag auf dem Bett. Ayae hatte es dorthin geworfen, nachdem ihr schwerer Körper zur Gefahr für das Gestell geworden war und sie sich angewöhnt hatte, auf dem Boden zu schlafen.

Die Kutsche, von zwei Rappen gezogen, wartete bereits. Wenn man nur flüchtig hinsah, glich sie den meisten anderen Kutschen auf Yeflams Straßen. Die Karosserie war aus schwarz lackiertem Holz und hatte eine einzige Tür mit einem Fenster. Ein zweites Fenster befand sich an der Rückseite, an beiden waren die Vorhänge zugezogen. Der Wagen hatte schon bessere Tage gesehen, das Salzwasser hatte Flecken auf dem Holz hinterlassen, und um das Trittbrett zum Ein- und Aussteigen waren abgeschlagene Stellen und Kratzer von hochgeschleuderten Steinen zu sehen. Um die Räder stand es nicht besser. Der Mann auf dem Bock, ein kräftiger Weißer, verkroch sich zwar in seinem Mantel, als ob er fröre, hatte aber die Bockdecke nicht ganz um sich gezogen, und er musterte Ayae und Caeli nicht so missbilligend wie irgendein übellauniger Kutscher, sondern mit dem Blick eines Soldaten. Caeli nickte er kaum merklich, aber mit dem Respekt eines Untergebenen zu. Ayaes Beobachtungen bestätigten sich, als der Wagenschlag geöffnet wurde und sie Muriel Wagan, die Herrin der Geister im Inneren sitzen sah.

Die Kutsche sackte unter Ayaes Gewicht merklich tiefer. »Lady Wagan«, grüßte sie.

»Ayae.« Weiter kam sie nicht, denn der Wagen setzte sich polternd in Bewegung. Als die Fahrt ruhiger wurde, sagte Lady Wagan: »Ich hatte mir fast gedacht, dass Caeli dich mitbringen würde. Ich freue mich natürlich.«

Als Caeli am Vorabend an Ayaes Tür klopfte, hatte sie ausgesehen, als hätte sie eine Woche lang ohne eine einzige warme Mahlzeit auf der Straße gelebt und ihr Schwert in einen Mantel gewickelt, um es als Kopfkissen zu benutzen. Muriel Wagan vermittelte ein ganz anderes Bild. Sie trug das gleiche grün-weiße Gewand wie beim Prozess, doch seither war es gereinigt worden und sah nicht mehr so zerknittert aus, als hätte sie darin geschlafen. Aus ihrem frisch gefärbten Haar war nicht nur das Grau, sondern auch das Rot verschwunden, nun war es dunkelbraun, ein ungewohnter Kontrast zu ihrer blassen Haut. Doch der größte Unterschied lag in den

Augen. Caelis Blick war von einer gewissen oberflächlichen Härte, während die Augen von Muriel Wagan über den dunklen Tränensäcken eine Schärfe hatten, die Ayae nicht lange ertrug.

»Hat man dir gesagt«, fragte die Herrin der Geister, »dass wir in ein Bordell fahren?«

Ayae warf Caeli, die ihr gegenübersaß, einen Blick zu. Die zuckte die Achseln. »*Sins Hand*?«, fragte sie.

»Genau das«, fuhr die Ältere fort. »Das Gebäude in Yeflam befindet sich seit Langem in meinem Besitz, und Sinae Al'tor, der Mann, nach dem es seinen Namen hat, ist von mir abhängig. Hat dir Aned noch nicht von ihm erzählt?«

»Er sollte helfen, Faise und Zineer in Sicherheit zu bringen«, sagte sie. »Er hatte ihnen eine Fahrtmöglichkeit besorgt.«

Die Lady nickte. »Sobald wir diese Kutsche verlassen, ist er von allen Leuten, denen du begegnen wirst, als Einziger vertrauenswürdig.«

»Wen werden wir treffen?«

»Lian Alahn und Benan Le'ta.«

Durch die Kutsche ging ein Ruck, als sie auf eine der Steinbrücken zwischen den Städten fuhr.

»Alahn will schon lange mit dir reden«, fuhr Lady Wagan fort, als Ayae keinerlei Anstalten machte, sich dazu zu äußern. »Er will dir von der Übereinkunft der Enklave mit Leera berichten. Da er schon vor dem Prozess darüber Bescheid wusste, war seine Empörung natürlich wenig glaubhaft. Ich nehme an, er will dich immer noch auf seine Seite ziehen. Du sollst die Enklave von innen aushöhlen, denn die morgige Erklärung wird ihm die Aufgabe, an der er seit Jahren arbeitet, sehr erschweren. Da du bisher nicht den Wunsch hattest, dich mit ihm zu treffen, kann ich mir nicht vorstellen, dass du zustimmst. Immerhin will er uns helfen, die Mireeaner im Lauf des nächsten Monats von Wila weg in den Süden von Yeflam zu schaffen, er ist also nicht völlig nutzlos, auch wenn ich, um ihm in Zoum die Türen zu öffnen, einen sehr viel höheren Preis bezahlen musste, als ich eigentlich wollte.«

»Und Benan Le'ta«, fragte Ayae leise. Die eigene Stimme klang ihr fremd in den Ohren: »Warum ist er gekommen?«

»Um das zu erfahren«, sagte die Lady, »werden wir einfach abwarten müssen.«

101

»Du solltest heute Nacht nicht nach ihm suchen, Bruder.«

»Er ist da draußen.« Die Tür stand offen, ein kalter Wind strich herein. »Wenn er in Not ist, muss ich mich doch um ihn kümmern.«

»Nach dem morgigen Tag helfe ich dir. Wir helfen dir beide, aber …«

»Heute Nacht ist noch vor morgen.«

Eidan schloss die Tür hinter sich und entfernte sich mit schweren Schritten in Richtung Tor.

Zaifyr stieg weiter die Treppe hinunter, die Schatten des Treppenhauses glitten von ihm ab, als wäre er ein Geist. Er hatte im oberen Stockwerk gearbeitet und war erst zum Ende von Jae'les und Eidans Gespräch dazugekommen. Was die offene Tür bedeutete, brauchte er nicht zu fragen, er wusste, wo der Hüne hinwollte. Erst letzte Nacht hatte er Eidan dabei beobachtet, wie er nach Aelyns Besuch das Tor ihres Anwesens passierte und in Yeflams dunklen Straßen verschwand. Heute war er erst kurz vor dem Abend zurückgekehrt, nachdem er ganz Nale durchkämmt und mit seinen tief liegenden Augen jeden Winkel und jedes Dach nach dem Wesen namens Qual abgesucht hatte, das ihm so sehr am Herzen lag. Nach seiner Rückkehr war er so lange rastlos durch alle Stockwerke des Hauses gewandert, bis Zaifyr schließlich nach oben geflüchtet war.

»Wieso überrascht dich das?«, sagte er nun, als Jae'le frustriert in das Hinterzimmer mit der brennenden Kerze zurückkehrte, aus dem er gekommen war, als die Tür aufging. »Er fühlt sich ganz offensichtlich für dieses Wesen verantwortlich.«

»Er sollte wirklich klüger sein«, gab Jae'le zurück. »Früher hätte er sich niemals solche Blößen gegeben.«

Zaifyr verließ die Treppe und folgte seinem Bruder in das Zimmer. »Er ist nicht mehr der, der er einmal war«, sagte er.

»Das sehe ich auch.«

»*Keiner* von uns ist mehr derselbe.«

»Auch das ist mir bewusst.« Sein Bruder blieb vor dem Stuhl stehen, in dem er zuvor gesessen hatte. Sein Schwert lag quer über beide Armlehnen, auf der rechten Lehne wartete ein Schleifstein. »Möchtest du zählen, in wie vielen Dingen wir uns verändert haben?«

»Du wirst das Schwert morgen nicht brauchen. Es ist nur eine Erklärung, nichts weiter.« Die Bücher, die Zaifyr sich ausgeliehen hatte, stapelten sich immer noch im Zimmer und schienen wie schwere Schatten die Welt festhalten zu wollen. »Du hättest es auch nicht gebraucht, wenn wir noch dieselben wären wie einst. Dann hätten wir uns nämlich an die Seite des Götterkindes gestellt.«

Jae'le lachte. »Mir scheint, du hast vergessen, wer wir waren.«

»Wir waren Götter.« Zaifyr nahm ein Buch von einem der Stühle und setzte sich. »Wir hätten in ihr ein Spiegelbild unserer selbst gesehen und sie unterstützt.«

»Eidan und Aelyn haben das in unterschiedlichem Maße getan, du und ich dagegen nicht.«

»Vielleicht haben wir beide uns am meisten verändert.«

»Du irrst dich. Wir hätten uns niemals auf ihre Seite geschlagen.« Jae'le hob die Klinge auf. »Wir haben alle auf ihre Macht reagiert, wie wir es immer getan haben: Wenn wir eine Macht nicht beherrschen können, dann knien wir entweder davor, oder wir vernichten sie.«

»So schlichte Gemüter waren wir nie«, widersprach Zaifyr.

Sein Bruder zeigte mit dem Schwert auf ihn. »Sieh diese Waffe als stellvertretend für das an, was wir sind. Wir folgen schon unser ganzes Leben lang der Logik des Schwertes. Das gilt für alle von unserer Art, die ich kennengelernt habe. Die erste war eine Frau mit der Gabe Jeinans, des ersten Soldaten, wenn wir ihn mit dem heutigen Namen bezeichnen wollen. Sie hieß Zelula, doch das muss nicht zwangsläufig der Name sein, mit dem sie geboren wurde, denn sie war stumm und auch des Schreibens unkundig. Als Sprachrohr diente ihr ein Mann, der stets an ihrer Seite war. Von ihm hatte ich diesen Namen erfahren. Sie selbst sprach vor allem mit ihrem Schwert. Damit war sie der Inbegriff von eleganter Grausamkeit. So hatte ich noch niemanden kämpfen sehen. Als ich ihr zum ersten Mal begegnete, kam sie mit mehreren anderen zu meiner Heimatinsel. Die Gruppe wollte das Land erobern, aber sie war vor allem meinetwegen gekommen. Sie wollte nicht dulden, dass jemand am Leben blieb, der ihr überlegen war. Um mir das mitzuteilen, brauchte sie keine Worte. Ich verstand ganz genau, dass ich von ihrer Hand sterben würde, wenn ich mich nicht unterwarf.«

»Seither hat sich vieles geändert, und selbst wenn nicht, du und ich, wir beide haben einander niemals bekämpft.«

Jae'le ließ sein Schwert sinken. »Aber auch wir waren nicht von Anfang an gleichgestellt.«

Als Zaifyr Jae'le zum ersten Mal sah, hatte er bereits fünfzehn Jahre lang als Gefangener im Marmorpalast des Kaisers Kee gelebt. Sein Dorf war von Soldaten zerstört worden, die der Kaiser geschickt hatte, um Rache für eine Verwandte, angeblich eine Schwester, zu nehmen, die dort getötet worden war. Zaifyr hatte man mit dem Schiff über Leviathans Blut in den Palast gebracht, und dort hatte der Kaiser schnell erkannt, dass er ein wahres Kleinod erbeutet hatte. Wenn er diesen Mann, der nicht alterte, in den Verliesen unter seinem Hof schmachten ließ, diente er als Mahnung an alle, die bei ihm vorsprachen, dass er, der Kaiser, das Gesetz bestimmte. Dieses Gesetz hatte Bestand, bis Jae'le an den Hof kam.

»Wir sollten auch nicht so tun«, fuhr Jae'le nun fort, »als wären wir fünf bei unseren Kämpfen und in unseren Reichen immer gleichgestellt gewesen. Was du Aelyn hier in Yeflam angetan hast, hatte auch nur den Zweck, deine Autorität und deine Macht über sie herauszustellen.«

»Es ist ...«

»... die Wahrheit«, schloss Jae'le. »Die Macht bestimmt unser Handeln. Durch sie steuern wir unsere Beziehungen. Deshalb ist Tinh Tu nicht gekommen. Deshalb ist Aelyn heute Abend nicht hier bei uns. Und deshalb konntest du mit Ayae so leicht Freundschaft schließen.«

»Ayae?« Zaifyr runzelte die Stirn. »Ich wüsste nicht, was sie damit zu tun hat.«

»Sie war in Not, als du sie kennenlerntest, nicht wahr?« Er zuckte die Achseln. »Solange sie dich als ihren Mentor sieht, bleibst du immer auf Abstand.«

»Ich weiß wirklich nicht, was du damit sagen willst.«

»Nein?« Wieder zuckte Jae'le die Achseln, doch diesmal mit einem ungläubigen Lächeln. Er griff nach dem Schleifstein. »Gibst du wenigstens zu, dass du unsere Schwester in die Enge getrieben hast? Dass du deine Autorität missbraucht hast, um sie dahin zu bringen, wo sie jetzt ist?«

»Hatte ich denn eine andere Wahl?«

»Das war nicht meine Frage.«

Die Lampe über der roten Hand brannte nicht. Die Hand selbst prangte wie ein blutiger Abdruck über dem Bordell, eine in Ayaes Augen allzu berechtigte Warnung davor, das große Gebäude zu betreten.

Schweigend stand sie neben Lady Wagan, während Caeli leise mit dem Kutscher sprach. Sie hatte weitere Fragen gestellt, nachdem sie erfahren hatte, dass Benan Le'ta an dem Treffen teilnehmen würde, aber viel mehr gab es dazu nicht zu sagen. Die Herrin der Geister hatte sich im Anschluss an den Prozess mit finanzieller Unterstützung der Banken von Zoum bemüht, die Mireeaner von Wila freizubekommen. Muriel hatte zwar nichts dergleichen verlauten lassen, aber Ayae vermutete, die Lady habe weitgehende Zugeständnisse gemacht, um sicherzustellen, dass das Geschäft schnell zum Abschluss kam. *Sie hat einen Brief an ihre Tochter Eilona nach Zoum* geschickt, dachte sie und blickte an dem dunklen Gebäude empor. *Das würde Lady Wagan nur tun, wenn ihr Anliegen an die Banken so ungewöhnlich wäre, dass jemand aus der eigenen Familie als Vermittler auftreten müsste. Selbst wenn das jemand wäre, zu dem der Kontakt längst abgerissen war.*

Caeli kam zurück und riss Ayae aus ihren Gedanken. Die Kutsche hatte sich wieder in Bewegung gesetzt, und nachdem sie die Straße hinuntergefahren war, wurden die drei von der Wache in einen schmalen Durchgang dirigiert. Dort blies ihnen ein kalter Luftzug entgegen, den sogar Ayae ein wenig spüren konnte, wenn auch nicht so stark wie Caeli und Lady Wagan, die ihre Mäntel fester um sich zogen.

An der Rückseite von *Sins Hand* befanden sich ein viel begangener Hof und ein leerer Stall. Nichts regte sich, und die tiefe Stille wurde erst durchbrochen, als Caeli lautstark an die Hintertür klopfte.

Ein hünenhafter schwarzer Mann öffnete und ging ihnen durch einen schmalen Flur voran. Zwei Lampen an der Decke spendeten Licht, doch die erloschenen Kerzen zu beiden Seiten des Flurs betonten die reglose Stille, die Ayae draußen vor dem Stall gespürt hatte. Die Form der dicken Wachstropfen regte zu wolllüstigen Fantasien an. Am Ende des Flurs öffnete sich ein großer Raum. Er lag fast im Dunkeln, dennoch waren eine Bühne und mehrere Tische zu erahnen. Ayae ging an einer langen Theke vorbei, ebenfalls nur ein regloser Schatten. Das Ganze erschien ihr wie die Kulisse für ein aufwendiges Spektakel, das mit ermüdender Regelmäßigkeit allabendlich vor Männern aufgeführt wurde, die mit der Realität nicht zurechtkamen.

Die Treppe knarrte bedenklich unter ihren Schritten – eine Mahnung, dass sie inzwischen zwar wieder frösteln konnte, aber immer noch viel zu schwer war – doch ihr Führer blieb erst stehen, als er einen offenen Durchgang erreichte, vor dem ein Vorhang hing.

Dahinter befanden sich fünf Personen, vier Männer und eine Frau. Die Frau hatte langes hellblondes Haar. Sie saß allein auf einem der langen schwarzen Sofas an der Rückseite, trug eine lange, eng anliegende rote Jacke und hatte die Beine in der Lederhose vor sich ausgestreckt. Ayae und die beiden anderen Frauen streifte sie nur mit einem kurzen Blick, dann zog sie die Beine unter sich, um keinen Zweifel daran zu lassen, dass sie nicht an ihnen interessiert war. Dagegen wandten sich die vier Männer sofort nach Lady Wagan um, und ein junger, attraktiver, gut gekleideter Mann mit olivbrauner Haut kam als Erster auf sie zu. Ayae hörte, dass sie ihn als Sinae ansprach, kümmerte sich jedoch nicht weiter um die beiden, denn Lian Alahn hatte sich von einem anderen Sofa erhoben und steuerte, nachdem er Lady Wagan begrüßt hatte, auf sie zu. Dahinter drückte sich Benan Le'ta in die Sofaecke. Ein junger weißhäutiger Gardist wich ihm nicht von der Seite.

»Ayae.« Illaans Vater nahm ihre gefühllosen Hände in die seinen. »Endlich. Seit Ihrer Ankunft versuche ich, Sie zu erreichen.«

»Sie wussten doch, wo ich bin.« Sie zog die Hände zurück. »Sie hätten bloß an die Tür zu klopfen brauchen.«

Seine Züge erstarrten zu eisiger Höflichkeit. Ayae ließ ihn einfach stehen und ging auf Le'ta zu.

Der dicke Kaufmann rutschte unter ihrem Blick unruhig hin und her. Ayae spürte, wie sich hinter ihr dieselbe reglose Stille wie draußen breitmachte, so als wäre sie hinter ihnen die Treppe heraufgekrochen und hätte sich in den Raum geschlichen. Le'tas Hände waren mit Ketten gefesselt, und Ayae sah an den roten Striemen, dass er vergeblich versucht hatte, die Hände freizubekommen. Über die rechte Hälfte seines Gesichts zogen sich mehrere hässliche blassgelbe Blutergüsse, außerdem hatte er an Gewicht verloren, in seinem Nacken warf die Haut hässliche Falten.

»Ja«, sagte er endlich und sah zu ihr auf. »Sehen Sie mich nur gut an. Ich bin der Lohn für eine Mörderin.«

Ayae wandte sich nicht ab, richtete aber ihre Frage an Lian Alahn. »Warum ist er hier?«

»Gerechtigkeit geschieht an vielen Orten, sogar in einem Bordell.« Der Führer der Kaufmannsgilde trat neben sie, hielt aber Abstand. »Bei unserem heutigen Treffen wollen wir darüber beraten, wie wir die Mireeaner sicher durch Yeflam befördern, aber wir suchen auch nach den letzten Mosaiksteinchen, um das Bild zu vervollständigen. Wo wurden die Bücher gedruckt, in welchen Herbergen wohnten die Priester, und was wurde vereinbart, um den Menschenhandel in unsere Stadt zurückzubringen? Es hat mich viel Zeit und Geld gekostet, diesen Mann zu finden, aber ich wollte Antworten auf alle diese Fragen. Er hatte es auf seinen kleinen Stummelbeinen bis nach Wilate geschafft. Jetzt ist er hier, und ich finde, wir sollten uns anhören, was er zu sagen hat.«

Le'ta hob die gefesselten Hände und deutete damit auf ihn. »Du hattest einfach nur Glück«, sagte er.

»Bevor wir über Glück reden … « Sinae Al'tor unterbrach das Gespräch und klatschte in die Hände. »… sollte ich erst einmal etwas gegen die Kälte in diesem Raum unternehmen.«

»Das«, ließ sich eine Frauenstimme von draußen aus dem dunklen Flur vernehmen, »wird nicht nötig sein.«

103

»Du zeichnest kein sehr schönes Bild von mir.«

»Wie könnte ich denn?« Jae'le zog den Schleifstein mit leichten Strichen an der Schwertschneide entlang. »Die Ausübung von Macht hat viele Gesichter. Manchmal ist sie subtil, manchmal elegant, aber meistens ist sie hässlich. Hier ist sie hässlich, aber nicht so schrecklich wie in Asila.«

Zaifyr hörte das Flüstern eines Gespensts und sah die schwachen Umrisse eines zweiten, das um seinen Bruder herumstrich.

Jae'le konnte es ebenso wenig sehen wie irgendjemand sonst, aber Zaifyr nutzte es als Anker für seine Gedanken, es sollte ihn daran erinnern, wozu er nach Yeflam gekommen war. Die Worte seines Bruders hatten ihn überrascht, obwohl sie nicht untypisch für ihn waren; Jae'le neigte zwar nicht zu sentimentalen Äußerungen, aber er handelte regelmäßig aus seinen Gefühlen heraus, besonders, wenn es um seine Familie ging. Schließlich hatte er sein Heim nicht verlassen, um gegen das Götterkind zu den Waffen zu greifen. Aber das Leiden der Toten – des jungen Mannes etwa, der neben seinem Stuhl stand und zusah, wie der Schleifstein über die Klinge fuhr – und die große Bedeutung, die dieses Leiden für ihn, Zaifyr, hatte, mussten Jae'le wohl davon überzeugt haben, dass der Prozess notwendig war und das Götterkind eine Gefahr von beispiellosen Ausmaßen darstellte.

»Daran zweifle ich nicht, aber nicht alles, was ich tue, lässt sich allein auf Machtausübung zurückführen«, sagte Zaifyr endlich. »Auch Aelyn hat ihre Entscheidungen getroffen, und was das Kind angeht, so geht es noch um andere Belange – und die sind sehr real.«

»Ich will dir ja gar nicht absprechen, dass du deine Gründe hast«, sagte Jae'le. »Ich will damit nur zeigen, dass wir uns im Lauf der Jahre nicht grundlegend verändert haben …«

Ein Zittern lief durch den Boden.

»Eidan!«, flüsterte Jae'le.

Ein zweites, längeres Beben folgte. Es fühlte sich an, als wollte Nales Steinfundament auseinanderbrechen.

Jae'le flankte über die Stuhllehne, blieb aber dennoch zwei Schritte hinter Zaifyr, der unbewaffnet in den Flur hinausgestürmt war. Als er die Haustür erreichte, bebte die Erde abermals, und in dem Moment, als er die Tür berührte, brachen die Angeln, und sie kippte nach außen. Zaifyr stand im Dunkeln.

Zunächst sah er nichts Ungewöhnliches. Die Wolken hatten sich verzogen, der Himmel war klar, und ein kalter Wind war aufgekommen, als hätten ihn die nackten Sterne und der Mond hervorgelockt. Das Tor zur Straße war noch geschlossen, die Straße dahinter leer. Dann hörte er den schwachen, aber immer lauter werdenden Trommelschlag der Marine von Yeflam. Stimmen ließen sich vernehmen. Die Worte waren nicht zu verstehen, aber sie klangen knapp und laut wie Befehle an Soldaten oder Seeleute. Schließlich erschütterte ein weiteres Beben die Erde, doch diesmal war es schwächer als die beiden ersten Male.

Ein schwarzer Schatten erschien am Horizont, so riesig, als hätte der Nachthimmel einen dunkleren Bruder bekommen, doch als er näher kam, spürten sie einen noch heftigeren Erdstoß. Das Tor brach entzwei, die Mauer stürzte ein, und aus den Trümmern tauchte Eidan auf. Nach ein paar Schritten stolperte er und stürzte zu Boden.

Zaifyr und Jae'le liefen zu ihm. Er war schwer verletzt, aber nicht tot. Eine Seite seines Gesichts war mit Blut verkrustet, drei Schwerthiebe hatten ihm die Haut von der Wange bis zum Ohr aufgerissen und einen großen Teil des Ohrläppchens abgetrennt. Sein Lederhemd war auf der linken Seite zerfetzt, und auf seiner breiten Brust klafften mehrere stark blutende Wunden. Als Zaifyr ihn erreichte, versuchte er, sich mit der rechten Hand hochzustemmen, dabei zeigte sich, dass seine Linke in einem unnatürlichen Winkel herabhing. Die Finger waren mehrfach gebrochen, als hätte er versucht, einen mit Stacheln gespickten Gegenstand abzufangen. Beim Aufstehen taumelte er, und als ihn der Mann mit den Amuletten stützte, sah er, dass sich an Eidans linkem Bein der Knochen durch das Fleisch und das Leder seiner Hose gebohrt hatte.

»Sie«, stieß Eidan heiser hervor und fiel ihm in die Arme. »Sie hat sie hierher geholt.«

»Wen?«, fragte Jae'le.

Aber Zaifyr wusste bereits, wer gemeint war.

Den Ersten spürte er, bevor er durch das zerbrochene Tor kam und auf den Trümmern der Mauer landete. Sein brennend kalter Hass erinnerte ihn für einen Moment an Lor Jix.

Man konnte ihn nicht als Mann bezeichnen, obwohl es einmal ein Mann gewesen war. Ein großer Mann von knapp einem Meter neunzig. Die Gestalt, die sich nun von dem Mauerrest fallen ließ, war noch in seinem Gespenst zu erkennen, einem Gespenst, das Fleisch und Knochen der Kreatur durchzog. Es hatte große Ähnlichkeit mit einem Schmetterling in einem Schaukasten, doch hatte es kein Sammler auf Holz gepinnt. Vielmehr war der Körper der Schaukasten, und das Gespenst war an seinen Rumpf wie auch an Arme und Beine angeheftet. Zaifyr konnte gerade noch ausmachen, dass es ein junger Mann gewesen war, ein leeranischer Soldat. Doch die Arme waren unnatürlich in die Länge gezogen, die Beine grotesk aufgeschwollen und der Rücken zum Höcker verformt. Sein Gesicht war in eisigem Grauen erstarrt. Doch zugleich brach eine Welle glühenden Hasses über Zaifyr herein, und er gewahrte eine zweite Präsenz, kein Gespenst wie der Soldat, sondern einen Toten aus der Urzeit ähnlich wie Lor Jix, der sich mit dem Geisterkörper des leeranischen Soldaten so verwoben hatte, dass er ihn tragen konnte wie eine Rüstung.

In den Händen hielt das Ungeheuer eine riesige Stachelkeule. Damit hatte es Eidan verletzt. Allerdings war es auch selbst nicht ungeschoren davongekommen. Ein Arm – der rechte – hing kraftlos herab.

Als das Scheusal Zaifyrs und Jae'les ansichtig wurde, löste sich ein Schrei aus seiner Kehle und schallte in den Nachthimmel. Sofort sprangen zwei neue Ungeheuer auf die Trümmer der Mauer. Das eine war lang und hager, gespickt mit Knochensplittern, die sich durch die Haut bohrten, das andere eine noch abscheulichere Bestie.

Doch nicht sie hatte die erste Kreatur gerufen. Die Finsternis am Himmel, die sich wie eine zweite Haut um die Welt legen wollte, floss nun wie ein Ozean auf die drei zu. Erst als sie das Tor überwunden hatte, erkannte Zaifyr den stumpfen Schädel und den unförmigen Körper, doch zugleich wusste er, dass dieses Wesen nicht ganz von dieser Welt war, dass es eigentlich nur als Schatten jenseits der Finsternis existierte.

Gerade als ihm das klar wurde, schritt das Götterkind durch das zerbrochene Tor.

104

Bueralan schob Samuel Orlan von hinten zum Fenster hoch, bevor er sich selbst hinaufzog. Durch die kleine Öffnung schaute er hinab auf ein schmales Sims, gerade breit genug für die Spitzen seiner Stiefel und seiner Finger. Von dort ging es zwar tief, aber nicht *zu* tief hinab. Orlan ließ gerade los und landete hart, doch ohne sich zu verletzen. Bevor Bueralan ihm folgen konnte, barst plötzlich ein Teil des von Bäumen bestandenen Horizonts auseinander und verschob sich, als wäre von einem Spiegel ein Stück abgebrochen. Dahinter kam dichter Rauch zum Vorschein.

»Orlan!«, rief er.

»Sieh nicht hin!« Der Kartograf war in die Hocke gegangen und betrachtete gespannt den Boden. Dann drehte er sich um und rief: »Ich habe ihre Spuren gefunden!«

Wieder zerfiel ein Stück Nachthimmel, und der Saboteur schaute unwillkürlich hinter sich. Der kleine Raum hatte sich allmählich mit Rauch gefüllt, die dünnen Finger, die sich nach ihm und Orlan ausgestreckt hatten, zerrten nun einen missgebildeten Qualmkoloss hinter sich her. Das Gebäude ächzte in allen Fugen, als wäre das Gewicht zu groß.

Bueralan sprang. Taelas Spuren waren nicht schwer zu finden. Sie war unweit von ihm gelandet, und ihre Stiefelabsätze hatten sich tief in den Boden gebohrt. Allerdings waren die Abdrücke von einem halben Dutzend schwerer Tritte umringt, die sich vereinten und in einem hastig ausgetretenen Pfad zum Stall führten. Hinter dem Schloss war der Horizont vollends zersplittert, der Widerschein der Flammen färbte die Mauern rot, während weiter oben der Rauch den Nachthimmel verschleierte.

Bueralan brauchte den Spuren nicht weiter zu folgen. Die Katapulte hatten die Steine und das brennende Pech in Yoala Fes Schloss geschleudert, und die Erste Königin hatte dafür gesorgt, dass Taela gerettet wurde. Klar war auch, dass sie sich um ihn oder Samuel Orlan nicht weiter kümmern würde. Sie beide konnten eine andere Richtung einschlagen und sich auf ihr eigenes Glück verlassen. Sie waren nicht verpflichtet, der *Stimme der Königin* zu folgen, sie waren nur für ihre eigene Sicherheit verantwortlich. Dennoch lief Bueralan mit Orlan an seiner Seite weiter über den Hof.

Auf halbem Weg zum Stall drehte er sich um und blieb stehen.

Auf dem Rasen vor dem Schloss, quer über dem langen Kiesweg, auf dem er, Taela und die Erste Königin in ihrer Kutsche zum Fest gefahren waren, bot sich ein so grausiges Bild, dass Bueralan wie gelähmt war. Er hörte, wie Orlan seinen Namen rief, doch als der alte Kartograf sich umdrehte und die Schreckensszene sah, brach er mitten im Wort ab.

Stumm starrten die beiden auf das verwüstete Gelände. Die Rasenfläche war aufgewühlt und schwarz verkohlt, und alles war so voller Rauch und Feuer, dass Bueralan für einen Moment glaubte, jemand hätte einen Dämon aus seiner Kindheit beschworen, ein Wesen aus einer anderen Welt, das bei jedem Schritt feurige Spuren zurückließ. In seiner Fantasie überragte eine riesige Gestalt mit einem unsäglich grauenhaften Gesicht die Landschaft. Im Geiste sah Bueralan, wie dieser Dämon mit bloßen Händen die Erde aufriss und riesige Löcher hinterließ und wie er Männer, Frauen und Pferde einfach zerfetzte.

Doch dieses Ungeheuer war gar nicht da.

Stattdessen erblickte Bueralan ein einzelnes Pferd ohne Reiter in der Mitte der Rasenfläche. Es war mit Schmutz und Blut bedeckt und stand so reglos da, als wäre es aus schwarzfleckiger Bronze gegossen.

Dieses eine Tier ließ vor Bueralan innerem Auge erstehen, was den Soldaten widerfahren war, die Yoala Fes Schloss angegriffen hatten. Er hörte den Befehl, den man ihnen gab, hörte die Worte durch die Reihen fegen, die den Park um das Schloss umstellt hatten, hörte, wie er von den Soldaten hinter den Frauen wiederholt wurde, die in Blutlachen saßen. Er sah, wie der erste Reiter anritt, sah den sanften Schenkeldruck, mit dem sich die Kavallerie in Bewegung setzte, sah den Reiter aus der Illusion auftauchen, das leichte Flimmern um seinen Körper, die Verzerrung des Nachthimmels. Dahinter ächzten die Katapulte, und die Maschinen aus Holz und Stahl rückten langsam weiter vor. Ein Ruf ließ den Zug innehalten. Bueralan hörte, wie die Belagerungsmaschinen quietschend aufgezogen wurden. Er hörte, wie ein Schwert aus der Scheide glitt. Das Pferd tänzelte nervös. Sporen berührten seine Flanken. Endlich begann es sich frei zu bewegen und wurde immer schneller. Sein Reiter rief etwas. Ein zweiter, ein dritter Ruf schlossen sich an. Erst der fünfte oder sechste schlug um in schrilles Geheul. Erst jetzt erschienen vor dem Pferd die ersten Risse im Boden, die Hitze schlug ihm entgegen. Links brach ein Flammenstoß aus der Erde, rechts folgte ein zweiter. Das Tier hielt an. Vor ihm wurden die Risse größer. Schmetterlinge stiegen auf, nur um sofort verbrannt zu werden. Wieder bohrten sich die Sporen in die Flanken, aber das Pferd ging keinen Schritt mehr weiter, denn nun brachen ringsum immer mehr Spalten auf, und Lavaströme, die lange unter der Ersten Provinz geruht hatten, zerrissen ihre Fesseln und schossen nach oben.

»Sie sind hier«, sagte Samuel Orlan leise. »Aela Rens Soldaten sind hier.«

Das Pferd versank mit den Vorderbeinen im Untergrund.

»Bueralan …«, begann der Kartograf.

»Ich habe dich gehört.«

Der Saboteur wandte sich ab und folgte Zi Taelas Spur zum Stall.

Er brach im gleichen Augenblick durch die vordere Stalltür, als die hinteren Türen geöffnet wurden, und die sechzehn eingestellten Pferde sich anschickten, auf den zersplitterten Horizont zuzulaufen. Ce Pueral stand neben dem Tor, hielt es mit einer Hand offen und schwang mit der anderen ihr Schwert. Er konnte sie kaum sehen, denn sie war umringt von Soldaten in den schwarz-roten Farben der Ersten Königin, die ihre eigenen Waffen, darunter schwere Armbrüste, in den Händen hielten. »Nein!«, rief er und hob beide Hände, denn sechs Soldaten, die jeweils zu zweit mit gespannten Waffen auf den Tieren saßen, drehten sich sofort nach ihm um und hoben die furchterregenden Geräte.

Doch keiner schoss.

Bueralan hörte, wie Taela vom Rücken des Grauen seinen Namen rief. Das bockige Tier scharrte mit einem Vorderhuf, als wüsste es besser als die anderen, welche Schrecken es draußen erwarteten. »Bueralan«, rief Taela wieder und streckte ihm die Hand hin. »Wir müssen fort! Eine bessere Gelegenheit kriegen wir nicht.«

»Große Worte.« Über ihr trat Aela Ren aus den Schatten des Stallbodens, wo Bueralan den Saan-Prinzen gefunden hatte. Er hielt Schwert und Dolch in den Händen. »Und doch nur Lügen.«

105

Die Frau wandte sich der Tür des Belagerungsturms zu und rief etwas – doch im nächsten Augenblick spaltete ihr Heast mit seinem Schwert den Schädel.

Unbeholfen stieg er ab, fürchtete schon, er wäre zu langsam, zu ungeschickt mit den Steigbügeln, schaffte es aber durch die Tür, bevor ein junger Mann die Holzleiter zum nächsten Stockwerk erklommen hatte. Rasch sah er sich um. Der Turm hatte drei Stockwerke, die jeweils über eine lange Leiter im Inneren zu erreichen waren. Der leeranische Soldat kletterte bereits in das zweite Stockwerk hinauf. Das matte rötliche Licht ließ erkennen, wie jung er noch war. Er hatte dunkles Haar und einen Stoppelbart, seine Miene drückte Entschlossenheit aus. Heast lief mit schwerfälligen Schritten an einer Reihe massiver Eisenpfeile vorbei, die auf dem Boden verstreut lagen. Wäre die Armbrust der getöteten Frau nicht so heftig zu Boden gefallen, er hätte sich nach der Waffe gebückt, doch nun war sie nicht mehr zuverlässig, und so zog er sich mit dem Schwert in einer Hand die Leiter hinauf.

Im ersten Stock lagen zwei Rollen mit Bettzeug in einer Ecke, davor stand eine Laterne, aber Heasts Blick streifte sie nur kurz und richtete sich stattdessen auf die Stiefel des jungen Mannes, der gerade im zweiten Stockwerk verschwand.

Als er die Hälfte der Leiter hinter sich gebracht hatte, war von oben hektisches Scharren zu hören, gefolgt von einem dumpfen Schlag. Rasch zog er sich durch die Öffnung und sah von der Kante aus, dass der junge Mann mit dem Fuß in den ledernen Spannriemen einer Armbrust getreten war. Einen Pfeil hielt er in der Hand. Nun wollte er die Sehne des Bogens an seinem Gürtel befestigen, um sie zu straffen. Er schaute erst auf, als Heast sich gegen ihn warf.

Der Angriff war nicht sehr elegant, aber der junge Mann fiel auf den Rücken, und der Hauptmann der Geister bekam genügend Zeit, um seine Klinge zu drehen und ihm in den Leib zu stoßen. Der Mann schrie, und Heast lehnte sich noch fester auf sein Schwert. Zugleich hob er sein stählernes Bein und trat dem Soldaten so lange ins Gesicht, bis er sich nicht mehr regte.

Heast stieß einen leisen Seufzer aus. »Du hättest nicht in Panik geraten dürfen«, sagte er zu dem Toten. »Und du hättest eine andere Armbrust gebraucht.«

Er ließ sein Schwert los und hinkte zur Zugbrücke des Turms hinüber. Sie wurde von einem langen Seil gehalten. Heast durchschnitt es mit seinem scharfen Dolch. Die Brücke sauste klirrend herab.

Ein kalter Wind blies in den Raum. Draußen lag die Schlucht im

Dunkeln. Heast sah die Fackeln der Maosaner. Sie kamen, angelockt vom Kampfeslärm, rasch auf den Turm zugeritten. Heast drehte sich um, ging zu dem toten Leeraner zurück und machte die Armbrustsehne los. Dann hob er die schwere Waffe auf. Der Lederköcher, aus dem der Soldat den Pfeil gezogen hatte, lag auf dem Boden, und Heast nahm auch ihn an sich, bevor er zur Zugbrücke zurückkehrte. Dort befestigte er die Sehne an seinem Gürtel, stellte den Fuß in den Spannriemen und spannte und lud die Waffe mit der Mühelosigkeit langer Übung. Als er fertig war, ging er, die Armbrust senkrecht in der rechten Hand, bis zum vorderen Ende der Brücke. Die linke tastete nach dem frischen Blutstreifen, wo das Stahlbein an seinem Schenkel befestigt war.

Vom Brückenrand aus sah er, dass die dunkle Schlucht nun in einem fahlen weißen Licht lag. Der Schein ging von Kye Taaira und einer grotesken Riesengestalt aus, dem Ahnen Nsyan.

Nsyan sah weniger menschlich aus als sein Bruder Myone. Ihm war aus dem Rücken ein dickes Muskelpaket gewachsen und hatte sich über Nacken und Rumpf gelegt, sodass es ihm nicht möglich war, einen Harnisch zu tragen. Dadurch war die zuckende weiße Masse in seiner Brust noch besser zu erkennen. Heast kam sie vor wie ein Parasit, der sich in Qualen wand. In dem gespenstischen Licht sah er, dass Nsyan einen dritten dünnen und scheinbar verkümmerten Arm hatte. Er saß an der rechten Seite unterhalb der beiden anderen Arme, die muskelbepackt waren und riesige Äxte schwangen. Diese Äxte schlugen mit rasender Geschwindigkeit auf Taaira ein. Von dem Stammesmann kam das weiße Licht: Das zweihändige Schwert, das so matt und alt ausgesehen hatte, strahlte nun von innen heraus. Doch dieses Licht war nicht rein, nichts daran wirkte in irgendeiner Weise heilig. Vielmehr war es fahl wie alte, längst begrabene Gebeine, die man am besten vergäße, und *dieses* Licht war es, das den Parasiten in Nsyans Brust – Nsyan selbst, wie Heast glaubte – so heftig in Aufruhr versetzte.

Heast hatte noch nie zuvor ein Leeres Gefäß kämpfen sehen. Die wilde Freude in Kye Taairas Gesicht überraschte ihn. Es war, als hätte sich eine tiefe Urkraft plötzlich Bahn gebrochen. Diesen Blutrausch hatte Heast bei Männern wie bei Frauen oft genug beobachten können, aber auf dem Gesicht eines Hochlandgebürtigen hätte er ihn nie erwartet. Auch die vier Leichen leeranischer Soldaten überraschten ihn, die wie Markierungssteine den Weg des Stammesmannes zu Nsyan kennzeichneten. Dieser Weg endete da, wo Taaira jetzt stand und mit beiden Händen Finten und Hiebe, Blockaden und Paraden ausführte. Wiederholt traf er das Ungeheuer mit der ganzen Länge seiner Waffe, jedes Mal quoll das Blut heraus, und der Ahne wurde ein Stück weit zurückgedrängt.

Dann entdeckte der Hauptmann im Gestrüpp einen leeranischen Soldaten, der das Paar umkreiste.

Es war ein schwieriger Schuss, dennoch hob er die Armbrust an die Schulter und wartete darauf, dass der Soldat noch einmal in Sicht käme. Doch Taaira war schneller. Er übersprang einen tief angesetzten Hieb von Nsyan, wich einem heftigen Schlag von oben aus, machte drei Schritte auf den Soldaten zu und durchbrach mit seinem schweren Schwert dessen Verteidigung. Dann drehte er sich rasch und blockierte eine von Nsyans Äxten, als würde er eine lästige Fliege verscheuchen.

Heasts Pfeil bohrte sich in die Seite des Ahnen.

Der brüllte vor Schmerz, dass es durch die ganze Schlucht schallte. Für diesen Atemzug ließ er seine beiden Äxte sinken, und der Stammesmann stieß zu.

Sein Schwert drang dem Ahnen tief und mit großer Wucht in den Magen. Taaira lehnte sich gegen die Klinge und trieb sie noch weiter hinein, dabei war er offen für Nsyans Äxte. Doch als die auf ihn zurasten, ließ er die Klinge los und brach Nsyan mit einem Fausthieb den rechten Arm. Der Hieb kam so schnell, dass er den Schwung der Axt im Ansatz abblockte. Taaira wollte sich mit einem Sprung nach rechts außer Reichweite der anderen Axt bringen, doch bevor er vollends in Sicherheit war, packte ihn der dünne Arm, den Heast für lahm gehalten hatte, an seinen Kleidern.

Nsyan stieß ein Triumphgebrüll aus und hob die Axt mit der linken Hand hoch in die Luft …

… doch das Gebrüll schlug um in einen erneuten Schmerzensschrei. Er ließ die Axt fallen und zerrte an dem Schwert in seinem Bauch. Ein zweiter Aufschrei entrang sich seiner Kehle, als er den Griff wieder losließ.

Heast hatte erwartet, dass Taaira nun in sicherem Abstand bliebe, doch der Stammesmann überraschte ihn. Er packte den Schwertgriff mit beiden Händen, zog die Klinge nach oben durch die massigen Muskeln und die verformten Knochen und hob so den großen, schweren Ahnen vom Boden hoch. Der weiße Parasit in Nsyans Brust war ein Abbild der Qualen, die der Ahne mit lautem Schrei der ganzen Schlucht verkündete. Heast sah für einen Moment, wie er sich in einen großen, bärtigen Mann verwandelte. Dann verblassten das Licht und die Gestalt und verschwanden allmählich, doch Taaira drückte das Schwert auch weiterhin nach oben, bis der Körper in zwei Teile zerfiel wie altes, verwestes Fleisch. Gleich darauf lag die Schlucht wieder im Dunkeln.

106

Das *Auge der Königin* hatte zu viel gesehen; der Angriff auf Yoala Fes Schloss hatte in einer heillosen Katastrophe geendet. Der Himmel über den Ställen war von Qualm verhüllt, die Erde brannte lichterloh. Zuvor hatte sie an der Rückseite des Hauses gestanden und mit Entsetzen beobachtet, wie die Illusion zerfiel, mit deren Hilfe ihre Hexen die Streitmacht der Ersten Königin verborgen hatten. Sie hatte die stummen Blicke ihrer Soldaten gespürt, die wissen wollten, was nun zu tun sei, doch anstelle einer Antwort hatte sie lediglich den Arm der *Stimme* fester gepackt. Die junge Frau hatte Pueral gerade erklären wollen, dass sie Samuel Orlan und Bueralan Le nicht im Stich lassen könne, dass sie beide Männer finden müssten, doch da sie über ihre eigenen Wünsche und nicht über die der Königin sprach, war ihre Stimme rasch verstummt. Sie sah, wie der Himmel zerriss und wehrte sich nicht, als Pueral schwerfällig in Laufschritt verfiel und sie mit sich zog.

Im gleichen Augenblick setzte der Sturm auf die Fassade des Schlosses ein, das erste Katapult wurde abgefeuert, und die Pferde gingen zur Attacke über.

Pueral spürte mit jedem Schritt mehr, wie ihr die Situation entglitt, wie ihr Einflussbereich sich verringerte und sich nur noch auf die Soldaten in ihrer unmittelbaren Umgebung und die *Stimme der Königin* beschränkte. Als sie den Stall erreichte, war die junge Frau, die nur ein unbedeutender Teil des gesamten Manövers hätte sein sollen, zu seinem Mittelpunkt geworden, zu einer Gestalt, deren Befreiung zumindest als ein Zeichen des Widerstands gegen genau den Mann zu werten wäre, der nun an den Rand des Stallbodens trat.

Pueral brauchte den Befehl zum Feuern gar nicht erst zu geben.

Doch in dem Moment, als alle Armbrüste abgeschossen wurden, sprang Aela Ren auf eines der Pferde, und alle Pfeile verfehlten ihn – mit einer Ausnahme.

Dieser eine Pfeil bohrte sich ziemlich weit unten in seine Brust. Nahezu unbeeindruckt rammte der Unschuldige sein Schwert dem Schützen in den Nacken. Der Kettenpanzer zerriss, als wäre er aus Papier, der Narbenmann stieß den Toten vom Pferd und ließ seine Schwerter vom Sattel aus durch eine ganze Serie von Blockaden und Paraden wirbeln.

»*Hinaus!*«, rief Pueral. »Drängt ihn *nach draußen!*«

Lanos reagierte als Erster auf den Befehl: Der alte Fährtensucher gab den Zuruf weiter, riss an den Zügeln seines Pferdes und stieß ihm die Fersen in die Flanken. Dann beugte er sich weit nach vorne, und als er auf gleicher Höhe war, legte er seine harten alten Arme um Aela Ren und hielt ihn fest, während sein Tier sich ins Freie pflügte.

Viel länger dauerte der Angriff nicht. Pueral stand im offenen Tor, als ihre Soldaten herauskamen, und sah Lanos zu Boden stürzen. Doch der Fährtensucher hatte den Unschuldigen so weit und so lange mitgezogen, dass die anderen Soldaten genügend Zeit für einen Angriff in schnellem Galopp hatten und der kleine Narbenmann sich gezwungen sah, sich mit rasanten Sprüngen und Drehungen in Sicherheit zu bringen.

Pueral wandte sich wieder dem Stall zu. Der große Graue stand mit der *Stimme der Königin* im Sattel da und gab Bueralan und Orlan mit seinem Leib Deckung.

»Hauptmann Le«, sagte sie zu dem Saboteur. Der Titel ging ihr leicht von den Lippen. »Von nun an sind Sie für die *Stimme der Königin* verantwortlich. Haben Sie das verstanden?«

»Ja«, antwortete er zögernd.

»Reiten Sie, so schnell Sie können, Hauptmann. Mit etwas Glück finden Sie Soldaten, die Ihnen beistehen.«

Sie verließ den Stall, ohne eine Antwort abzuwarten. Vor ihr kämpften ihre Soldaten mit Aela Ren, drei waren bereits aus dem

Sattel gestoßen worden, und eins der Pferde würde nicht wieder aufstehen. Doch einen Plan hatte Pueral immer noch in der Hinterhand, und daran hielt sie sich fest. Um Aela Rens Heer würde sie sich hinterher kümmern, und danach würde sie seinen Kopf vorbei an all denen, die sich vor ihr verborgen hatten, zu den Stahlbehältern tragen. Lanos lag auf dem Rücken, sein Unterleib war aufgerissen. Tanith kniete neben ihm. Doch nun erhob sie sich. Ihr Gesicht war hart wie Stein, und in der Hand hielt sie ihr scharfes Messer und das Glas mit den Sprüngen.

»Was wir vorhaben, war einmal verboten«, hatte sie eine Woche zuvor zu Pueral gesagt. »Selbst hier im Herzen von Ooila werden sich nur wenige Hexen dazu bereitfinden, doch da es um Aela Ren geht, werde ich es tun. Während der Fünf Reiche sagte der Mann namens Qian einmal, wir könnten den Toten kein grausameres Unrecht antun, als sie als Waffen zu benutzen. Dabei müsse man ihnen doch Ehre erweisen. Von da nehmen alle unsere Verfahren zur Wiedergeburt ihren Ausgang. Doch dieses Glas enthält eine andere Form von Magie, die sehr viel enger mit Qians eigener Heimat und den grauenhaften Dingen verbunden ist, die dort geschehen sind. In diesem Glas befinden sich Teile der Toten. Sie habe ich an das Blut gebunden, mit dem Aela Ren seinen Brief schrieb. Diese Teile wollen ihn verschlingen, und ich kann sie entsprechend steuern.«

Das *Auge der Königin* zog ihr Schwert, die Hexe lief jetzt neben ihr her. Weiter vorne hatte Aela Ren sechs von ihren Soldaten getötet und einen siebenten verwundet.

»Aela Ren!«, rief sie. Nur mithilfe ihrer soldatischen Ausbildung konnte sie die Worte ihrer Kehle entreißen. Sie legte ihre ganze Autorität und ihren ganzen Zorn hinein.

Ihre Soldaten traten zurück, und der Unschuldige drehte sich zu ihr um.

Sie hob ihr schweres Schwert.

Seine vernarbten Lippen teilten sich zu einem kleinen Lächeln. Pueral bewegte sich schneller und dachte dabei, dass sich seine Missachtung für alles menschliche Leben in diesem Lächeln ausdrückte. Es offenbarte, wie wenig ihm die bedeuteten, die er getötet hatte und die noch vor ihm standen. Dann blockierte sie seinen Stoß mit ihrem Schwert, und ihre Armschiene legte sich wie ein Schild vor seinen Dolch. Er reagierte jedoch schnell, und sein

Schwert holte zu langen Schwüngen aus, die sie mit ihrem Schwert und ihrer Rüstung abwehrte, während sie um ihn herumtanzte, um ihn von Tanith wegzulocken. Sie wollte der Hexe die nötige Zeit verschaffen, um sich selbst in die Hände zu schneiden und den Toten in ihrem Glas damit einen Fokus zu geben.

Dann fiel das Behältnis neben dem Unschuldigen zu Boden und zerbrach.

Ren trat sofort zurück, als spürte er die Macht, die den Scherben entströmte, und auch Pueral, die eigentlich ihren Vorteil hatte ausbauen wollen, wich aus dem gleichen Grund aus.

Ein ganzer Schwarm von Geistern stieg auf, ihre Empörung war nicht zu übersehen. Ren runzelte die Stirn und wollte einen weiteren Schritt zurücktreten, musste jedoch feststellen, dass er sich nicht bewegen konnte. Die Teile der Menschen, die er getötet hatte, griffen nach seinen Füßen und krallten sich in seinen Stiefeln fest. Bald befand er sich inmitten eines kleinen Wirbelsturms und wurde vom Boden hochgehoben. Pueral sah, wie schemenhafte Geisterhände seine Arme und Beine umfassten. In vagen Umrissen entstand eine Gestalt, weder Mann noch Frau. Überall an diesem Körper erschienen Hunderte von Gesichtern, schnappten zu und bissen dem Unschuldigen Löcher in die Haut. Er fauchte, trat mit seinen zerrissenen Stiefeln nach der Gestalt und traf auf so viel Widerstand, dass er sich freimachen konnte. Gleich darauf fiel er zu Boden.

Pueral trat zugleich mit dem Geisterwesen auf ihn zu. Doch er drehte sich unter ihrem schweren Schwert weg und schob sich nach hinten, sodass ihn das Wesen mit seinem kalten Griff nicht erreichen konnte. *Mach du nur diese Schritte.* Pueral spürte, wie eine grimmige Freude durch ihre Adern rann. Die noch verbliebenen Soldaten näherten sich vorsichtig und schickten sich an, den Unschuldigen anzugreifen. Wieder schlug sie zu und zwang ihn zu einer Blockade, ihr Gegenhieb kam schnell und hart. Er trat zurück, kam einem berittenen Soldaten zu nahe – und hieb dem Tier mit einer Schnelligkeit, der sie nicht folgen konnte, sein Schwert von vorne gegen die Beine. Als es stürzte, bohrte er dem Reiter den Dolch ins Auge. Doch dabei blieb ihm nicht mehr genügend Zeit, um dem Geisterwesen auszuweichen. Dessen Hände legten sich um seinen Hals; er wurde abermals hochgehoben.

Tanith sackte zusammen.

Es ging so schnell, dass Pueral nicht einmal bemerkt hatte, wie sie von Rens Dolch am Hals getroffen worden war. Sie verlor die Kontrolle über das Wesen, und der Unschuldige kam frei.

Pueral griff an, aber Ren schlug mit seiner blitzartigen Geschwindigkeit ihren Stoß mühelos beiseite. Zwei seiner Hiebe prallten an ihrem Harnisch ab, doch sie ließ nicht locker und wich auch nicht zurück. Stattdessen prügelte sie unter Verzicht auf alle ihre frühere Eleganz mit ihrem Schwert auf ihn ein, in der Hoffnung, ihn mit ihrer Größe und dem Gewicht ihrer Rüstung überwältigen zu können. Doch dann teilte seine Klinge ihren Stahlharnisch und drang ihr ins Fleisch. Sie spürte, wie sie auseinanderklaffte, wie sich die Klinge durchfraß bis auf die Knochen. Sie schaute in sein Gesicht, sah die Wut, die sich darin eingegraben hatte, und erkannte mit einer gewissen Genugtuung, dass er sie nicht so bald vergessen würde.

Die kalte Seele an deinem Herzen

Was mir diese Menschen erzählten und was ich hier niederschreibe, ist nur ein Bruchteil dessen, was ich zu hören bekam. Auf den Auktionsblöcken für Sklaven überall in Gogair werden immer mehr blinde Männer und Frauen verkauft, und alle haben sie eine ganz ähnliche Geschichte.
Das Götterkind ist nur auf Unterwerfung bedacht. Sie sucht die Menschen nicht mit Vernunft oder durch Überzeugung an sich zu binden. Das Versprechen ihrer Priester, sie wolle die Welt zurückerobern und die Schäden heilen, klingt nicht nur hohl, es ist eine grässliche Lüge, hinter der sich eine schreckliche Wahrheit verbirgt.

Tinh Tu,
»Geheimes Tagebuch«

107

»Für einen Moment war sie dir überlegen«, sagte Bueralan, als er an Aela Ren vorbeiging. In der Hand hielt er ein Schwert, die Spitze war wie absichtslos auf den Boden gerichtet. »Ihr Name war Ce Pueral. Du willst ihn dir sicherlich merken.«

»Die Erinnerung wird verblassen«, gab der Unschuldige schroff zurück. Das Tierhafte, das Bueralan eine Woche zuvor in seiner Stimme gehört hatte, war zurückgekehrt. »Das ist doch immer so.« Der Narbenmann sah ihn über Puerals zerfleischten Körper hinweg ausdruckslos an. Eine Gestalt mit vielen Spuren der Gewalt, zu denen nun auch die Verletzungen durch die Geisterkreatur dazugekommen waren, die sich mit ihren vielen Mündern durch seine Rüstung gebissen hatte. »Auch die Erinnerung an dich.«

»Sehe ich so aus, als wäre mir daran gelegen, im Gedächtnis zu bleiben?« Acht von Puerals Soldaten standen noch um den Saboteur herum. Bis auf zwei hielten sie alle ihre gestohlenen Pferde am Zügel, und von diesen zweien kniete einer am Boden und krümmte sich vor Schmerzen. »Wie steht es mit euch?«, fragte er sie. »Wollt ihr noch ein wenig weitermachen?«

»Sei doch kein Narr.« Ren wandte sich nur an Bueralan, ohne die Soldaten zu beachten. »Du kannst dich gegen mich nicht behaupten.«

»Ich habe gerade große Lust, es darauf ankommen zu lassen«, sagte der Saboteur und hob sein Schwert.

Er wusste ziemlich realistisch einzuschätzen, was er in den letzten Nachtstunden noch erreichen konnte. Rastlos umkreiste er den Unschuldigen. Hinter ihm stand der Horizont in Flammen, und als die erste Sonne aufging und ihren rötlichen Dunstschleier über die Erste Provinz von Ooila warf, rechnete er nicht damit, sie sehen zu können. Er war das genaue Gegenteil von Pueral: Das *Auge der Königin* war wütend gewesen, doch ihre Loyalität und ihre Stellung im Dienst der Ersten Königin hatten ihr verboten, sich ohne Widerstand geschlagen zu geben. Das sollte nicht heißen, dass sie die Niederlage nicht erkannt hätte; sie hatte sie durchaus gesehen, und deshalb hatte sie ihn im Stall als Hauptmann angesprochen und ihm, bevor sie auf den zersplitterten Horizont zuschritt, einen Befehl gegeben, dem er zu gehorchen hatte.

»Steig auf«, hatte er zu Samuel Orlan gesagt, als Ce Pueral auf die Hexe zusteuerte. Dann hatte er die Zügel des Grauen gepackt. »Steig auf und halte dich an Taela fest.«

Der Kartograf schüttelte den Kopf. »Das Pferd kann uns nicht alle drei tragen.«

»Das braucht es auch nicht.«

»Lass mich …«

»Steig auf«, wiederholte der Saboteur.

»Bueralan …«, begann Taela.

»Aela Ren wird mir folgen.« Im schwachen Licht im Inneren des Stalls wirkten beide so ausgewaschen wie alte Ölfarben. Er schenkte ihnen ein freudloses Lächeln: »Er will einen Namen von mir hören. Das wisst ihr beide. Wenn ich bei euch bleibe, kommt ihr nirgendwohin.«

»*Ohne* dich kommen wir nirgendwohin«, widersprach Taela. »Da draußen steht Aela Rens Heer.«

»Der Graue bringt euch schon durch.« Er streichelte dem Pferd die Nüstern. »Er ist ein alter Soldat. Er wird ein Schlupfloch finden. Er und Orlan.«

»Du kannst den Unschuldigen nicht töten«, sagte der Kartograf mit einer Stimme, die nur so triefte vor Resignation. »Du wirst nur erreichen, dass er dich tötet.«

»Alle meine Freunde sind tot, alter Mann.« Bueralan fasste nach dem Beutel um seinen Hals und zog ihn sich über den Kopf. Dann drückte er ihn Taela sanft in die Hand. »Nimm ihn. Nimm ihn und zerstöre ihn. Tu das, wozu ich nicht fähig war.«

Sie wollte widersprechen, wollte das Ansinnen ablehnen, er spürte schon den abwehrenden Druck ihrer Hand, doch dann schloss sie die Finger um den Beutel. »Er ist kalt«, sagte sie leise.

»Das war er immer.«

Bueralan half Orlan auf den Rücken des großen Grauen, und obwohl der Kartograf sich sträubte und immer wieder verlangte, sie sollten zu dritt flüchten, sie seien umzingelt, gelang es dem Saboteur, die beiden aus dem Stall zu schieben. Unter der Tür blieb er stehen und sah dem großen Grauen nach, wie er am Schloss vorbei auf den brennenden Horizont zugaloppierte. Vielleicht würden sie es schaffen. Er musste einfach daran glauben. Lange stand er so da, bis ihn die Stimmen Puerals und ihrer Soldaten erreichten. Als er sich in ihre Richtung drehte, sah er, wie Aela Ren von einer Gestalt, die er nicht so recht beschreiben konnte, vom Boden aufgehoben wurde. Aber er wusste, dass das nicht ausreichen würde, um den Unschuldigen unschädlich zu machen.

Vor ihm lag der erste von Puerals Soldaten, der gefallen war, auf seinem Schwert, das noch in der Scheide steckte. Bueralan beugte sich nieder, drehte den Leichnam um und zog die Waffe heraus.

Sie lag ausreichend schwer in der Hand, aber die Parierstange war nur ein gebogenes Stahlblech, das seine Faust nicht ganz bedeckte. »Es ist gut genug«, sagte er zu dem Toten und erhob sich. »Mal sehen, ob ich dir damit Ehre machen kann.«

Er verließ den Stall ohne Rüstung, nur in den schwarzen Kleidern, die er zu Yoala Fes Verlobungsfeier getragen hatte, aber das kümmerte ihn nicht weiter. In gewissem Sinne hielt er es sogar für besser. Eine Rüstung dämpfte den Schlag, fing einen Stoß ab, ließ einen Hieb abgleiten und konnte einem Mann das Leben retten, der sonst vielleicht umgekommen wäre. Bueralan hatte bereits länger gelebt, als gut für ihn war. Er hätte schon in Ranan sterben sollen. In gewissem Sinne war er dort auch gestorben. Kaes Anblick hatte ihm eine tiefe Wunde geschlagen. Als er erst Ruk und dann Liaya und ihre Schwester Aerala fand, war er zum zweiten Mal getroffen worden. Er sah sie immer noch auf dem Boden liegen. Doch den Todesstoß hatte es ihm versetzt, als er Zean entdeckt hatte, übersät mit unzähligen Wunden. Sein Blutsbruder. Seine *Familie.* Damals hätte er sein Schwert ziehen sollen. Bueralan wusste, dass er die Kathedrale dann nicht lebend verlassen hätte. Er wäre neben den Menschen gestorben, die ihm wichtig waren. Die leidvolle Reise nach Ooila wäre ihm erspart geblieben, der vergebliche Versuch, die Uhr zurückzudrehen, der Weg, an dessen Ende er nun vor Aela Ren dem Unschuldigen stand.

Puerals Soldaten griffen als Erste an.

Eine Reiterin kam von links. Sie beugte sich tief über den Hals ihres Pferdes, trieb es in Galopp und zog ihr Schwert. Hinter ihr reihten sich die anderen fünf ein, und bald sprengten alle sechs Tiere auf die Stelle zu, wo Aela Ren stand. Der ließ Bueralan nicht aus den Augen. Als ihm das erste Schwert so nahe kam, dass er sehen konnte, wie sich der qualmende Horizont darin spiegelte, verlagerte er lediglich sein Gewicht nach links. Dann ging er immer weiter in diese Richtung und beschrieb dabei einen Kreis, bis er genau auf der Bahn der nachfolgenden Pferde stand. Dann blieb er stehen und sah ihnen entgegen. Die Hiebe der Reiter erwiderte er so schnell hintereinander mit harten, zornigen Schlägen, dass man mit den Augen nicht zu folgen vermochte. Ein paar Herzschläge später hatte er einen Mann an der Kehle gepackt und sich an seiner Stelle in den Sattel seines Tieres geschwungen.

Er saß noch nicht richtig, als Bueralan ihn am Arm packte und ihn herunterriss. Der Unschuldige ging mit der Bewegung mit, rollte sich auf dem Boden ab und sprang auf. Sein Schwert stieß auf Bueralan zu, doch der Saboteur schlug es beiseite. Auch er kämpfte nun mit rasender Geschwindigkeit, fing jeden Hieb ab und brachte schließlich einen tiefen Gegenschlag an, unterlief Rens Deckung, packte den Unschuldigen an seinem Lederwams und versetzte ihm einen harten Kopfstoß. Der Stoß tat weh; das war immer so, wie Bueralan nur zu gut wusste, aber der Narbenmann war dadurch für einen Moment ohne Deckung. Bueralan ließ das Lederwams los und schmetterte seinem Gegner die Faust gegen den Kehlkopf. Damit hatte er schon andere Männer getötet, aber Ren wich so schnell aus, dass ihn der Hieb nur an der Seite des Halses traf. Dann versuchte er Bueralan von sich zu stoßen, um etwas Bewegungsfreiheit zu gewinnen – nur um sich plötzlich auf dem hinteren Fuß wiederzufinden, weil der Saboteur blitzschnell gegen ihn angerannt war.

108

»Überlass ihn mir.«

Die Worte klangen wie aus weiter Ferne, wie aus dem Mund eines Gespenstes, das er nicht mehr sehen konnte; doch Zaifyr wusste, es war kein Gespenst, es war Jae'les Stimme, und er wusste auch, dass er selbst seinen Bruder Eidan in den Armen hielt. Das Blut des Hünen war ihm über die rechte Hand und den Arm geflossen. Doch sein Blick war auf die schöne junge Frau gerichtet, die nun auf ihn zukam. Diese Frau war der Grund für das Verhalten der Toten: ihr Geflüster, die kalten Berührungen, diese Imitation einer Vertrautheit, an die sich ihre zerbrechlichen Körper nur mit einer ganz urtümlichen Sehnsucht erinnerten. Sie wussten nicht, dass diese Frau für ihre Not verantwortlich war, dass sie ihre Überreste an diese Welt fesselte, um daraus Macht zu gewinnen. Sie wurden lediglich von dieser Macht gerufen.

»Bruder«, sagte Jae'le und zog Eidans schweren Körper zu sich hinüber, »du kannst ihn loslassen.«

»Hütet euch vor denen, die bei ihr sind.« Ein gequältes Flüstern aus Eidans Mund. »Sie hat sie im Hochland auferweckt.«

»Ich weiß, woher sie kommen«, antwortete Zaifyr.

Der Hüne fasste nach seiner Hand. »Qian …«

»Das ist nicht mein Name.«

»Ich hätte nicht gedacht, dass sie die Ungeheuer mit hierherbringen würde«, fuhr Eidan fort. Sein Atem ging mühsam. »Ich war der Meinung, sie wäre nur mit mir nach Yeflam gekommen. Ich hatte keinen Verdacht. Ich dachte, sie hätte sie in Faaisha zurückgelassen. Aber sie sind hier. Sie fielen über mich her, bevor ich die Grenze von Nale erreichte. Es waren sieben, und sie waren nass, als wären sie aus dem Meer gestiegen, als hätten sie sich die ganze Zeit über im schwarzen Wasser verborgen. Sobald sie mich erblickten, gingen sie mit Gebrüll zum Angriff über. Ich habe ihnen die Knochen zermalmt. Ich habe ihnen Arme und Beine gebrochen. Aber sie wollten nicht sterben. Vier von ihnen warf ich zurück in Leviathans Blut, aber ich fürchte, es sind noch mehr. Ich fürchte, sie sind alle hier.«

Während er noch sprach, hörte Zaifyr Stimmen von außerhalb des Tors. Die Trommelschläge der Marine gingen indes im Rauschen der Wellen unter.

»Eidan«, sagte das Götterkind und blieb zehn Schritte vor den drei Männern stehen. Ihr weißes Gewand war fleckenlos, frei von Schmutz oder Blut. »Du musst jetzt stark sein für mich. Ich möchte, dass der Erste, der mich verrät, gegen mein Urteil aufbegehrt. Er soll meine Macht auf die Probe stellen, um daran zu scheitern. Erst dann kannst du meine Gläubigen mit Begeisterung erfüllen.«

»Mit anderen Worten«, sagte Zaifyr und trat vor seinen verletzten Bruder hin, »du willst einzig und allein durch Angst herrschen.«

Ihr Lachen war immer noch lieblich und voll verlogener Unschuld. »Ich möchte, dass auch ihr beide mich verratet, alle drei Brüder gemeinsam«, sagte sie.

Zaifyr hatte begonnen, seine Macht in die Toten ringsum einströmen zu lassen, doch nun hielt er inne. Etwas an ihren Worten hatte ihn getroffen und den Keim der Unsicherheit gelegt. »Wo ist Aelyn?«

Das Götterkind überhörte seine Frage. »Ich hatte eine Vision.« Ihr Lächeln erlosch, ihre Lippen spannten sich. »Sie kam nach deinem Prozess über mich. Ein Schicksalsstrang wurde mir offenbart. Ich sah dich, Qian, an Deck eines Yeflam-Schiffes stehen. Der Anblick war mit düsteren Vorahnungen befrachtet. Hinter dir sah ich die Schwimmenden Städte, sie lagen in Trümmern und waren doch heil. Das Bild wechselte zwischen zerbrochenen Säulen und versunkenen Inseln und einem vollständigen, unversehrten Land hin und her. Doch als ich näher trat, war unverkennbar, dass Yeflam eine Ruine war, und eine gewaltige Furcht befiel mich. Ich wurde ins Zentrum des Trümmerfeldes gezogen. Genau hierher, wo einst Nale stand. Dann spürte ich den Sog des Wassers, aber ich konnte nicht hineinsteigen. Ich sah mich jedoch darin gespiegelt und betrachtete mich lange, bis aus den Tiefen des Ozeans ein Name ertönte, gesprochen von diesem meinem Spiegelbild. Ich konnte ihn nicht richtig hören, aber ich weiß, dass es der meine ist.«

»Du hast seine Frage nicht beantwortet«, ließ sich Jae'le hinter Zaifyr vernehmen. »Wo ist Aelyn?«

»Nicht hier«, lautete die schlichte Antwort.

Das Ungeheuer mit der riesigen Stachelkeule griff als Erster an.

Es stieß einen Kampfschrei aus, und Zaifyr sah, wie sich der Tote aus der Urzeit in seinem Inneren breitmachte und ihm ungeahnte Kräfte verlieh. Es sprang in die Luft, hob die grausame Waffe … doch da strömte Zaifyrs Macht in zwei Gespenster ein, und neben dem Ungeheuer erschienen zwei kalte, kaum ausgeformte Gestalten. Sie legten ihre kalten Hände um seine Arme, entrissen ihm die Stachelkeule und rangen es nieder.

»Lor Jix«, rief Zaifyr und schickte seine Macht mit den Worten in die Tiefen des schwarzen Ozeans hinab. »Es ist so weit.«

Er erhielt keine Antwort, doch eine spröde Kälte durchflutete ihn, eine Kälte, die, wie er mit grimmiger Freude sah, auch das

Kind erfasste. Ihre Gesichtszüge verhärteten sich im Zorn, über ihnen wölbte sich der Himmel nach unten, und wieder drängte die schwarze Masse gegen die Wirklichkeit, der sie nicht angehörte. Doch zugleich erschien unter den Füßen des Götterkindes die Spitze des ersten von fünf hohen Masten. Sie musste einen Schritt zurücktreten, um nicht aufgespießt zu werden, und Zaifyr und seinen Brüdern erging es ebenso. Die Masten schoben sich immer weiter empor und erstrahlten in einem fahlen, flackernden Licht. Lange Taue führten hinab zu einem soliden Deck mit einer massiven Reling. Im Heck erhob sich eine große quadratische Kabine hinter einem Steuerruder von doppelter Mannshöhe. Vor diesem Steuer stand eine einzelne Gestalt, ein kleiner, hässlicher Mann, der eine ähnlich kalte Wut verströmte wie die drei Ungeheuer, die das Götterkind umringten. Seine Füße schienen aus dem Deck herauszuwachsen, und je weiter sich das Schiff dem Nachthimmel entgegenhob, je mehr von seinem gewaltigen Rumpf von der Größe eines Eisbergs zum Vorschein kam, desto mehr Männer und Frauen erschienen auf seinen Decks. Schließlich brach der Kiel durch das steinerne Fundament von Nale, und das Schiff, das Zaifyr nur in zwei Hälften auf dem Meeresgrund gesehen hatte, ragte in seiner vollen Pracht vor dem Nachthimmel auf.

Vor einem Nachthimmel, der die Finsternis dahinter nicht mehr halten konnte und auseinanderbrach. Doch genau in diesem Augenblick erschien Lor Jix neben Zaifyr.

Und gab mit seiner grauenerregenden Stimme den Befehl zum Angriff auf das Götterkind.

109

Bueralan drängte nach vorne und leitete eine Serie von schnellen Schwertstößen ein, die dem Unschuldigen eine Verteidigungsstrategie aufzwangen. Schließlich bekam Ren durch eine abgeglittene Parade die Gelegenheit zu einem Gegenstoß, der Bueralan aufhielt. Doch Bueralan fing die Klinge mit der Unterseite seines Schwertes ab und drückte sie nach oben, bevor er sie mit einem weit ausholenden Hieb beiseiteschlug, der Ren zum Rückzug zwang. Es war nur ein kleiner Erfolg, aber gegen einen Gegner von solchem Format begann der Weg zum Sieg mit kleinen Schritten. Bueralan steigerte seine Geschwindigkeit und spürte, wie dieser Sieg in seine Muskeln und seine Bewegungen einfloss und wie er in einen Rhythmus der Gewalt hineinfand, wie er ihn schon lange nicht mehr erlebt hatte. Ein tiefer Stoß zwang Ren zu einer Blockade, und ein Hieb gegen seine Körpermitte trieb ihn nach rechts. Bueralans nächster Attacke hatte der Unschuldige nichts entgegenzusetzen. Er warf sich deshalb zu Boden, und so fuhr ihm die Klinge des Saboteurs nur über die Wange. Einem weniger wendigen Mann hätte sie wohl den Schädel gespalten. Bueralan setzte mit mehreren gezielten Hieben nach, doch Ren kam schnell wieder auf die Beine, führte aus einer soliden Blockade heraus einen kraftvollen Stoß und trieb Bueralan einen Schritt zurück. Im nächsten Moment donnerte ein reiterloses Pferd vorbei.

»Wir sind nicht mehr allein.« Aela Ren senkte sein Schwert und bewegte sich weiter nach rechts. »Wir können die Sache jetzt beenden.«

»Ich komme eben erst richtig in Fahrt.« Bueralan hielt sein Schwert hinter dem Rücken und bewegte sich seinerseits nach rechts. »Vielleicht hole ich mir als Nächstes ein Ohr von dir.«

»Wir haben einen weiten Weg zurückgelegt, um dich sprechen zu hören.«

»Oder deine Zunge.«

Ren wich nicht zurück, sondern nahm jeden Hieb an. Mit jeder Blockade, jeder Parade wurde er schneller, als hätte er von Bueralan gelernt wie die Saan, die eine Woche zuvor um den Unschuldigen herumgestanden und zugesehen hatten, wie er gegen einen der Ihren kämpfte. Bueralan hielt jedoch mit, und wenn er sich nicht mit erhobener Waffe verteidigen konnte, wich er den Attacken aus. Einmal ließ er sich fallen und versuchte, mit einem weiten Hieb die Schienbeine seines Gegners zu treffen. Aela Ren sprang über das Schwert hinweg, und Bueralan blockierte seine Klinge, bevor sie herunterkam, und schmetterte Ren unterhalb des Armbrustpfeils, der noch immer in seinem Leib steckte, die Faust gegen die Brust. Der Unschuldige ächzte vor Schmerzen, und Bueralan konnte einen zweiten und sogar noch einen dritten Fausthieb landen, bevor ihn der Unschuldige am Hemd packte und ihn in einem kraftvollen

Salto über seine Schulter schleuderte. Sobald er am Boden lag, versetzte ihm Ren einen so heftigen Tritt in die Brust, dass ihm die Luft wegblieb. Ein zweiter Tritt brach ihm mehrere Rippen, doch dann konnte er seinem Gegner den anderen Fuß wegschlagen, kam wieder auf die Beine und parierte mit seinem Schwert einen Stoß. In einem verzweifelten Manöver wollte er die Parade seinerseits in einen Stoß verwandeln, doch stattdessen fraß sich die Schneide von Rens Schwert tief in seine rechte Seite.

Bueralan umfasste mit seiner Linken Rens Schwertarm und drückte die Klinge von sich weg. Dann verlagerte er sein Gewicht und setzte zu einem weiteren Kopfstoß an, doch diesmal war Ren darauf gefasst, wich aus, und Bueralan prallte unglücklich mit der linken Wange und dem linken Auge gegen seinen Schädel und holte sich eine Platzwunde. Ächzend ließ er Rens Arm los, drehte sich und schwang sein Schwert, um es auf den Unschuldigen herabsausen zu lassen, nur um festzustellen, dass der plötzlich hinter ihm war. Rens Stiefel zielte gegen seine Wade, um ihm den Knochen zu zerschmettern, und als er dem Tritt ausweichen wollte, knickte er mit dem Fuß um. Stolpernd brachte er sich außer Reichweite und stieß dabei auf Puerals Leichnam. Sie lag auf dem Rücken, Rüstung und Unterleib waren aufgeschlitzt, und die blutigen Eingeweide quollen heraus.

»Warum hältst du dich zurück?« Bueralan wandte sich wieder dem Unschuldigen zu. Mit der linken Hand tastete er nach der Wunde an seiner Brust, sein Bein protestierte, als er das Gewicht darauf verlagerte. »Du hast sie aufgeschlitzt. Sollte dir nicht schwerfallen, mit mir ebenso zu verfahren.«

»Du machst es mir nicht leicht.« Aela Ren spuckte einen Mundvoll Blut ins Gras, umfasste den Pfeil in seiner Brust, zog ihn mit einem Schmerzenslaut heraus und warf ihn von sich. »Aber wie bereits erwähnt, wir haben einen weiten Weg zurückgelegt, um zu hören, was du zu sagen hast.«

Obwohl das eine Auge blutunterlaufen war, sah Bueralan viele Zuschauer am Rand des Kampfplatzes stehen. Sie waren aus dem Qualm und dem Feuer am Horizont gekommen und nur als Schatten zu erkennen. Dahinter und davor sah er die Umrisse reiterloser Pferde und schloss daraus, dass die Soldaten, die mit ihm in diesen Kampf gegangen waren, nicht mehr lebten. Ein Pferd zog seinen

Blick besonders auf sich, ein Pferd, dessen Silhouette sich mit trübem Grau füllte. Es war das Pferd, das Taela und Orlan getragen hatte.

»Wie lautet ihr Name?«, fragte Ren.

»Ich weiß es nicht«, erwiderte Bueralan, und eine allzu bekannte Traurigkeit überkam ihn. »Ich habe ihn nie gekannt.«

»Du lügst.«

Seine nächste Attacke kam langsam und schwerfällig. Er konnte Ren nicht überrumpeln. Der Unschuldige schmetterte seinen Stoß beiseite und stieß sein Schwert nach oben. Als Bueralan blockierte, öffnete sich die Wunde an seiner rechten Seite, und der Schmerz ließ ihn darauf verzichten, mit einem Hieb nachzusetzen. Mehr brauchte Ren nicht. Er bedrängte den Saboteur, dessen Blockaden und Paraden nur noch langsam kamen. An seinen Armen öffneten sich entlang der Tätowierungen kleine Schnitte und Schrammen. Doch er wich nicht zurück. Er wusste, dass er verloren hatte, aber er gab nicht auf. Der Unschuldige hätte schon zweimal Gelegenheit gehabt, ihn zu töten. Er hätte ihm das Schwert in den Bauch stoßen oder die Kehle durchschneiden können. Als Bueralan das erkannte, fasste er sein Schwert mit beiden Händen am Griff und prügelte damit wie ein Anfänger auf seinen Gegner ein, ohne Rücksicht auf seine Schmerzen, ohne Rücksicht auf die Aussichtslosigkeit dieses Kampfes.

Er hätte niemals die Kathedrale verlassen, niemals von der Seite seines Blutsbruders weichen, niemals seine Freunde im Stich lassen dürfen. Er sollte nicht hier sein! Seine Schwünge wurden unkontrolliert und ziellos, und er wusste, dass er seine Deckung vernachlässigte, dass Aela Ren ungehindert nach rechts, nach links und unter ihn treten konnte. Der Unschuldige ließ ihn nicht aus den Augen, als sähe er unter Fleisch und Knochen eine tiefere Wahrheit. Endlich war Ren gezwungen, einen wilden Schwung zu blockieren, er drehte die Klinge schneller, als Bueralan reagieren konnte, und hielt damit den Schwertarm des Saboteurs fest.

Mit mehreren schnellen, harten Bewegungen brach er ihm den Unterarm, stieß ihm den Ellbogen ins Gesicht und riss ihn von den Füßen.

Gleich darauf fuhr sein Schwert dicht neben dem Kopf des Saboteurs in den Boden.

»Es reicht«, sagte der Narbenmann und ließ die Waffe los. »Ich habe lange genug gewartet, Bueralan Le. Du wirst mir nun ihren Namen sagen.«

110

Eira betrat langsam den Raum. Ein Schwall kalter Luft ging ihr voraus.

Sie trug nicht mehr die eleganten hellen Gewänder, in denen Ayae sie in der Enklave gesehen hatte, sondern einen Harnisch aus weiß gefärbtem Leder mit dicken dunkelgrauen Nähten. An der linken Hüfte hing eine ebenfalls weiße Lederscheide mit grauen Riemen zum Befestigen des Schwertgriffs. Der Rest des Schwertes wurde von einem dunkelgrauen, mit weißem Pelz besetzten Umhang verdeckt, den sie über den Schultern trug. Das Haar hatte sie straff nach hinten gebunden, wodurch sie jünger wirkte als gewohnt. Doch der Blick, den sie allen Versammelten zuwarf, als sie durch die offene Tür schritt, war keineswegs der eines unverschämten jungen Mädchens.

»Nach meinem Gefühl hat es Jahrzehnte gedauert, bis es endlich so weit war«, sagte die Kalte Hexe und trat auf Ayae zu. »Die Zeit vergeht langsamer, wenn man trauert, findest du nicht?«

»Nein«, antwortete Ayae.

»Dann hast du vielleicht nie wirklich getrauert?«

Ayae tat die Beleidigung mit einem Achselzucken ab. Sie hatte zunächst gedacht, die Hüterin sei zu dem Treffen eingeladen worden, aber niemand von den bereits Anwesenden schien angetan von ihrem Erscheinen. Sie sah, wie Lady Wagan die Hand auf Sinaes Arm legte, um ihn am Sprechen zu hindern, und hörte, wie sich Lian Alahns Leibwächter an der Wand aufrichtete. Mit jedem Schritt, den Eira auf sie zuging, wuchs die Spannung. Ayae blieb, wo sie war, auch als die von der Hexe ausgehende Kälte in ihre Haut eindrang und Lian Alahn sich gezwungen sah, von ihr abzurücken.

»Ist es zu fassen? Ich wusste nicht einmal, dass Benan Le'ta heute Abend hier sein würde.« Während Eira sprach, sah Ayae, wie Caeli durch die offene Tür nach draußen ging, doch als sie wieder zurückkam, schüttelte sie leicht den Kopf. Sie hatte weder den Mann gesehen, der Ayae und ihre beiden Begleiter hierherauf geführt hatte, noch einen weiteren Hüter. »Man hat mir eine Aufgabe zugewiesen, aber es wäre nachlässig von mir, diese Gelegenheit zu versäumen. Unser kleiner Vertreter der Kaufmannsgilde ist davongelaufen. Er ist recht wertvoll für uns – oder war es zumindest, bis er mit dem Geld, das wir ihm gaben, die Flucht ergriff.«

»Ich habe nie – man hat mir vieles unterstellt«, begann der dicke Kaufmann.

»Halt doch den Mund, Benan«, gab Eira zurück, ohne den Blick von Ayae zu wenden. »Ein Ruchloser tut viel, um nach der Macht zu greifen, wenn sie in seiner Reichweite ist. Er verrät seine Ideale, er verkauft seine Freunde, und zwar so schnell, dass man sich fragt, ob er jemals welche hatte. Aber wenn er dann die Haltung verliert und einfach davonrennt, verliere ich schnell das Interesse an ihm. Seit du dich durch Bnid Gaerl und seine Soldaten gepflügt hast, sind gewisse Leute vermutlich fast geneigt, dir zu vergeben.«

»Aber Sie nicht«, sagte Ayae. »Nicht wahr?«

»Was nützt mir eine Puppe, wenn sie wegläuft?« Die Frau lächelte schwach. »Aber eigentlich bin ich selbst schuld. Ich hatte die Hand in den Kopf meiner Puppe gesteckt und die vermoderte Füllung gespürt, eine Entdeckung, die ich machte, als ich ihn davon zu überzeugen suchte, dass Lady Wagan einfach zu gefährlich sei, um sie in Yeflam frei herumlaufen zu lassen.«

Ayae spürte, wie unter ihrem Gewicht die Dielen knackten. »Wahrscheinlich mussten Sie dafür nicht einmal auf Kaquas Überredungskünste zurückgreifen« sagte sie.

»Es genügte, ihm zu versprechen, ich würde mich für seine Interessen stark machen.« Eira wandte sich Le'ta zu. Der hatte sich in eine Ecke des Sofas gedrückt, in seinem zerschlagenen Gesicht stand das blanke Entsetzen, und er hob abwehrend die gefesselten Hände. Als die Hüterin auf ihn zuging, begann er zu flüstern, aber Ayae konnte ihn nicht verstehen, und bald konnte sie auch sein Gesicht nicht mehr sehen. »Es ist kaum zu glauben, aber die Diskussionen um Qian und Jae'le legen die Enklave seit fast hundert Jahren lahm. Es fing an, nachdem ein Wagen mit einem kleinen Kind in eine unserer Hafenstädte kam. Das Kind war eigentlich nicht von Interesse für uns, wären da nicht die Gefühle gewesen, die Kaqua in seiner Nähe empfand. Er berichtete uns von dem Götterkind und beschrieb auch, was man in ihrer Gegenwart spürt. Zu ihm kamen ihre ersten Abgesandten, als sie in Yeflam vorsprachen, aber er blieb zunächst der Einzige, der ihr göttliche Eigenschaften zubilligte, denn dieses Kind hatte nichts vollbracht, was mit den Fünf Reichen zu vergleichen gewesen wäre. Aelyn und ihre Brüder hatten sich weit mehr als gottgleiche Herrscher hervorgetan, und für viele von uns war es nur eine Frage der Zeit, bis Jae'le und Qian wieder in Erscheinung treten würden. Ein großer Teil der Enklave ging davon aus, dass wir uns ihnen dann anschließen würden. Aelyn war nicht dafür, und Kaqua dachte wie sie. Aelyn meinte, sie würden sicher nicht mehr an die Macht kommen. Nach einer Weile deutete Kaqua vorsichtig an, dass eine andere Macht aufgetaucht sei. Anfangs war das schwer zu glauben. Die Abgesandten des Götterkindes waren auch keine Hilfe: Es waren einfache Hexen und Hexer, und sie hatten nur wenig Ahnung von der Welt. Fo und Bau glaubten, dieser Mangel an Bildung sei der sichtbarste Beweis gegen die Göttlichkeit des Kindes. Sie sprachen sich in dieser Hinsicht sehr entschieden aus. Erst als Qian sie in Mireea tötete, wendete sich das Blatt. Einige von den anderen hatten sich bereits vorher überzeugen lassen, doch bei mir war es ihr Tod, insbesondere Fos Tod. Er hat mir das Herz gebrochen und mir etwas gezeigt, was ich seit meiner Kindheit nicht mehr gesehen hatte. Ich wurde mit meiner Sterblichkeit konfrontiert. Und so erging es vielen von uns.«

»Alle Menschen müssen sterben«, sagte Muriel Wagan. Wie die anderen im Raum hatte die Kälte der Hüterin sie gezwungen, einen Schritt zurückzuweichen. »Das kann doch keine so große Überraschung gewesen sein?«

»Sie wissen ebenso gut wie ich, was mit den Toten geschieht.« Eira drehte sich nicht zu ihr um. »Können Sie das wirklich so gelassen hinnehmen?«

»Sie sagen, Sie hätten nicht mehr daran geglaubt, zum Gott werden zu können.« Lian Alahn war blass geworden und hatte eine Gänsehaut. »Wozu dann der Prozess? Wozu das Bündnis mit Le'ta?«

»Der Prozess bot sich an. Das Bündnis – nun, vielleicht könnten Sie es ihm erklären, Lady Wagan?«

»Aus Angst«, sagte die Herrin der Geister tonlos.

Eira lachte. »Würden Sie mir glauben, wenn ich Ihnen sagte, dass es um Hoffnung ging?« Eira brachte Benan Le'ta sachte zum Schweigen. Sein flehentliches Wispern wurde immer leiser, je mehr er die Kälte spürte. Ayae zog Caelis Blick auf sich und schaute zu Boden. Die Gardistin nickte. Doch dann sah Sinae Al'tor über ihre Schulter hinweg Ayae an und schüttelte kurz den Kopf. Ayae geriet für einen Moment in Panik. »Ein Gott erschafft die Welt neu«, fuhr die Hüterin fort. »Was zerbrochen war, macht er wieder ganz. Aelyn hat das verstanden. Kaqua ebenfalls. Beide haben so viel erlebt, beide wussten, dass ein Gott die Aufgabe hätte, die Welt wieder heil zu machen, und beide hatten sich längst mit dieser Verantwortung abgefunden. Deshalb schlossen sie das Abkommen. Es ging nicht nur um Yeflam, es ging um uns alle. Kaqua meinte, wenn wir keine Götter wären, wären wir nur ein Teil der Trümmer, ein Teil der Zerstörung durch die Götter. Dann könnten auch wir neu geschaffen werden.«

Das blonde Mädchen auf dem Sofa verhielt sich ganz still und verriet keinerlei Interesse an dem Geschehen.

»Wozu sollte dann der Prozess dienen?«, wollte Alahn wissen.

»Er sollte Aelyn zerbrechen.« Ayae spürte, wie sich unter ihren Füßen ein Abgrund der Verzweiflung auftat.

»Nein«, sagte Eira und erhob sich. »Das war Qians Plan, nicht der unsere. Du hast – wie er – den Fehler gemacht, Aelyn für die Führerin der Enklave zu halten, die wichtigste Persönlichkeit. Aber das ist nicht wahr. Wir alle sind die Enklave. Der Prozess war einfach der Schlusspunkt unter die Debatte darüber, wie wir mit Aelyns zwei Brüdern verfahren wollten.«

Die Hüterin wandte sich wieder ihr zu, und Ayae konnte endlich Benan Le'ta sehen. Der dicke Kaufmann saß am äußersten Ende des Sofas und hielt in einer flehentlichen Geste die Hände erhoben. Seine Haut wirkte wie versteinert, und Ayae bemerkte nicht sofort, dass das keine durch das schwache Licht hervorgerufene Täuschung war. Le'ta war eingefroren. Um seinen gesamten Körper hatte sich eine Eisschicht gebildet. Nun steckte er wie in einem Grab, und nur seine verzweifelten Augen verrieten, dass er langsam erstickte.

Eira lächelte ihr zu, doch bevor die Hüterin sprechen konnte – bevor sie weiterhin den ganzen Raum mit ihren Worten einfrieren konnte – schoss Ayaes Hand vor und packte sie an ihrem Lederwams.

Dann stampfte sie schwer mit dem Fuß auf die Holzdielen.

111

Die Mannschaft der *Vagabund* stand nicht so an Deck wie gewöhnliche Seeleute. Zaifyr hatte gesehen, wie ihre Beine aus den Planken herauswuchsen, und schloss daraus, dass sie zu ihrem Schiff eine engere Beziehung hatten als eine Mannschaft von Sterblichen. Als der Befehl zum Angriff erging, bestätigte sich dieser Eindruck auf überraschende Weise.

Vor seinen Augen begann sich das Schiff in seine Bestandteile aufzulösen. Es fing an den Mastspitzen an. Dort materialisierten Männer- und Frauengestalten, schnellten sich weit hinauf in den Nachthimmel und steuerten die Finsternis an, die aus dem Riss quoll. Das Licht ihrer Körper erhellte die dunkle Masse, als sie darauf landeten, und zeigte, wie formlos sie war. Je mehr die *Vagabund* unter ihrer Mannschaft zerfiel, desto heller wurde Yeflam. Es war, als stürzten die Sterne herab.

Zaifyr richtete den Blick auf das Götterkind. Ein Teil der Seeleute hatte sich von der hervordrängenden Finsternis gelöst und war auf dem Boden gelandet, aber das Götterkind wich nicht vor ihnen zurück. Als Erste gingen zwei Frauen mit scharfen, an Totenköpfe erinnernden Zügen zum Angriff über, doch sobald sie mit dem Götterkind in Berührung kamen, brachen sie auseinander, die Brust löste sich in der Mitte auf, und die Schultern sackten nach vorn. Zaifyr musste daran denken, was dem Wesen Qual auf Gers Bergen widerfahren war, und leitete seine eigene Macht in die beiden Frauen, um den Zerfall aufzuhalten. Doch dabei entdeckte er, dass das Götterkind sie mit den gleichen Kräften angegriffen hatte, mit denen er sie zu verteidigen suchte, und im selben Atemzug war er auch schon dabei, ihre Körper härter zu machen, um dieser Auszehrung entgegenzuwirken. Binnen zweier Herzschläge baute er ihre Brust wieder auf und vertrieb die Fäulnis des Götterkindes. Augenblicke später revanchierte sie sich mit einem so starken

Machtstrahl, dass die beiden Frauen sich vollends auflösten und er auf die Knie fiel und sein Mund sich mit Blut füllte.

Weiter konnte das Götterkind seinen Vorteil allerdings nicht ausbauen. Die Finsternis, die am Himmel tobte, lenkte sie mit ihrem Getöse ab. Als sie sich umdrehte, fiel die Mannschaft der *Vagabund* über sie her. Die drei Ungeheuer, die Eidan so übel zugerichtet hatten, eilten ihr zu Hilfe, wurden aber von den Seeleuten überwältigt. Den Toten konnten die Ungeheuer mit ihren riesigen Waffen nichts anhaben, und ihre Versuche, die Geisterkörper abzuschütteln, die sich in ihre Haut verbissen hatten, waren fruchtlos. Als die ersten Seeleute das Götterkind erreichten, mussten sich die Kreaturen zurückziehen, und dabei leuchteten die Geister, die in ihre Nähe kamen, wie Flammen auf und begannen zu zerfallen. Wenig später kehrte die Macht des Götterkindes in ihre drei toten Beschützer zurück und raste mit solcher Heftigkeit durch ihre Körper und ihre Waffen, dass die Mannschaft der *Vagabund* den Kampf aufgab.

Nur einer gab sich nicht geschlagen.

Lor Jix schritt auf das Götterkind zu, während seine Leute umfielen wie die Fliegen. Seine kalte, farblose Gestalt war in ihrem Zorn von erschreckender Reinheit, als er sich vor dem Götterkind aufbaute.

Zaifyr hatte gehört, wie Jae'le seinen Namen rief, aber die Stimme schien Tausende von Meilen entfernt zu sein. Erst als sich Jae'le ein zweites Mal voller Ungeduld zu Wort meldete, drang er zu Zaifyr durch.

»Eidan kann hier nicht bleiben«, mahnte Jae'le. Sein Bruder lag zu seinen Füßen auf der unverletzten Seite. Jae'le hatte ihn mit seinem Federumhang zugedeckt, doch der war bereits von Blut durchtränkt. »Seine Knochen müssen eingerichtet und seine Wunden genäht werden. Das kann nicht hier geschehen – nicht in ihrer Nähe.«

Zaifyr sah seinen Bruder an. Aus dessen Augen sprühte wie schon seit Wochen die Wut, doch Zaifyr begriff nun zum ersten Mal, dass diese Wut nicht durch die bloße Gegenwart des Götterkindes ausgelöst worden war. Sie war vielmehr eine Reaktion darauf, dass sie seine Familie und die Aufgabe bedrohte, die er sich selbst nach dem Fall der Fünf Reiche gestellt hatte.

»Wenn ich die Kontrolle verliere«, begann Zaifyr.

»Das werde ich nicht zulassen«, erklärte Jae'le.

Langsam erschienen die Toten und scharten sich um Zaifyr. Die ersten Gespenster entstanden aus einem Bein oder einer Schulter als schwache Umrisse der substanzlosen Körper, die sie erst vor Kurzem mit dem Verlust ihrer sterblichen Hülle erhalten hatten. Das waren die frisch Verstorbenen, die sich von ihm angezogen fühlten, die ihn in der Stille der Nacht oder des Tages aufgesucht und ihn gebeten hatten, sie von ihrem Hunger und von der Kälte zu erlösen. Doch bald erschienen ältere Tote neben ihnen, ihre misshandelten Körper bekamen eine ähnliche Festigkeit und ähnlich klare Umrisse wie die Mannschaft der *Vagabund*. Doch wo die Mannschaft nicht mehr als hundert Köpfe zählte, war Zaifyrs Gespensterschar ohne Zahl, ganze Generationen von Männern und Frauen, die seit dem Krieg der Götter in die Welt hineingeboren und in ihr gestorben waren, sammelten sich um ihn.

Sie überholten Lor Jix, eilten seinen langsamen Schritten voraus auf das Götterkind zu und gestatteten dem Toten aus der Urzeit damit, sich von den Verletzungen zu erholen, die ihm die Macht des Götterkindes zugefügt hatte. Zaifyr sah, dass sie seinem linken Arm fast alle Substanz entzogen hatte, sodass nur noch ein heller Streifen geblieben war. Während sich die Schar der Toten nun dem Götterkind näherte, übertrug der Mann mit den vielen Amuletten das Grauen ihrer geflüsterten Bitten auf sie, denen er so viele Jahre gelauscht hatte, Bitten um Wärme, um Befreiung von einem Hunger, der nicht gestillt werden konnte. Er spürte, wie sie mehr von seiner Macht forderten, wie sie verlangten, er solle sich vollends öffnen und ihnen das Leben zurückgeben, das sie verloren hatten. Wie einst die Toten in Asila erhellten sie den Himmel, nicht bloß wie die Sterne, sondern eher wie eine grelle weiße Sonne. Doch anders als damals behielt Zaifyr sie fest im Griff. Er zwang sie, weiter auf das Götterkind zuzugehen, gab ihrem Verlangen ein Ziel. Er sorgte dafür, dass sie nur noch die schöne junge Frau sahen und die Finsternis hoch über ihnen am Himmel unbeachtet ließen – die Schreckensgestalt, die nun, unentwegt von der Mannschaft der *Vagabund* attackiert, herabsank und verzweifelt versuchte, sich durch die Seeleute hindurchzudrängen, um zu dem Götterkind zu gelangen.

Zaifyr hörte Lor Jix' grauenerregendes Lachen, doch der kalte Schauer, der ihm dabei über den Rücken lief, war ein Schauer der Erwartung. Denn nun schlossen sich die farblosen Hände des Toten aus der Urzeit um die Kehle des Götterkindes.

112

Ein Splittern und Krachen, dann gab der Fußboden unter Ayaes Gewicht nach, und sie riss Eira mit sich in die Tiefe.

Ayae stürzte als Erste in die Flaschen und Gläser an der Theke, prallte als Erste auf die Gestelle darunter und spürte, wie sie unter ihrem Gewicht barsten. Sie fürchtete, ein Stück Holz könnte sich tief in ihre Beine oder Schenkel bohren oder ihr eine Arterie aufreißen, doch die scharfen Holz- und Glassplitter, die durch ihre Hosen drangen, konnten ihre Haut nur anritzen und lockten kaum Blut hervor. Also rappelte sie sich aus den Trümmern hoch und schmetterte Eira gegen die hintere Wand. Ihre harten Finger krallten sich Halt suchend in das weiße Lederwams und stießen die Kalte Hexe immer wieder in die zerbrochenen Regale.

Unversehens traf ein Kältestrahl Ayaes Augen und blendete sie. Sie hob unwillkürlich die Hand – und schon traf sie ein heftiger Schlag mitten gegen die Brust und zwang sie, Eira loszulassen.

Ein zweiter Schlag schleuderte sie über die Theke, und sie landete hart auf dem Boden.

Ihr Augenlicht kehrte nur langsam zurück. Sie kratzte sich mit den Fingern das dampfende Eis vom Gesicht und erhob sich. Schemenhaft sah sie etwas auf sich zufliegen, konnte jedoch nicht schnell genug ausweichen. Das Geschoss traf sie an der Schulter, sie wurde nach hinten geworfen, etwas zersprang klirrend, und schwerer Alkoholdunst breitete sich aus. Ein zweiter und ein dritter Treffer folgten, erst beim vierten Mal erkannte sie, dass Eira sie mit Eiszapfen bewarf, gefrorenem Alkohol aus der Flasche, die sie in ihrer blutenden Hand hielt.

Sie wappnete sich gegen den fünften Schlag, doch da kippte die Hüterin zur Seite. In dem Loch in der Decke waren zwei Stiefel erschienen und hatten sie ins Gesicht getreten.

Caeli landete elegant in den Trümmern der Theke. Ayae blieb bei ihrem Anblick fast das Herz stehen, sie wollte sie warnen, doch die Gardistin beugte sich bereits nach links, als eine ganze Salve von braunen Zapfen auf sie zuflog. Ihr Aufschrei ging unter, als das Eis klirrend an der Decke zerschellte. Ayae konnte Eira nicht sehen, doch Caeli wich weiter nach links aus. Die Zapfen folgten ihr. Sie schwang sich über die Theke und landete dahinter. Sekundenbruchteile später bohrte sich da, wo sie eben noch gestanden hatte, eine riesige Eislanze in den Boden. Eine zweite Lanze durchschlug die Reste der Trennwand, doch die Gardistin hatte die Theke bereits tief geduckt umrundet und kam vorne wieder heraus. Eine Pause trat ein. Ayae sah Eira auf die Beine kommen, doch bevor sie Caeli warnen konnte, hatte die Gardistin bereits die Thekenkante umfasst und war wieder nach hinten geflankt.

Ayae zog ihr Schwert und wollte auf ihren schweren Beinen nach vorne stürmen, doch ehe sie die Theke erreichte, landete Caeli vor Eira und wurde von ihr angespuckt.

Die Gardistin taumelte zurück, und Ayae begriff, dass Caeli nun genau wie zuvor sie selbst von der Kälte geblendet war. Inzwischen war sie an der Theke angekommen. »*Hinlegen!*«, blaffte sie, ohne zu wissen, ob Caeli sie verstand. Doch die ließ sich prompt fallen, sodass für Ayaes schweren Körper eine Lücke entstand. Sie übersprang die Bank vor der Theke, und ihr Schwert fuhr auf Eiras Hals zu. Die Kalte Hexe hatte sich ausschließlich auf die Gardistin konzentriert und fand kaum Zeit zu reagieren. Doch als die Waffe ihren Hals berührte, sah Ayae, wie eine dünne Schicht aus Eis die Klinge abgleiten ließ.

Dennoch schrie Eira vor Schmerz. Ayae schaute zu Boden und sah, dass Caelis spitzer Dolch im weißen Leder ihres rechten Stiefels steckte.

Gleich darauf prasselten weitere Eiszapfen auf die beiden herab. Ayae warf sich über Caeli und schützte sie mit ihrem Körper, während die Hüterin blutend davonhinkte.

»Du hättest sie töten sollen«, murrte die Gardistin.

»Du hättest mit den anderen verschwinden sollen«, gab Ayae zurück. Sie spürte, wie das Eis ihr Hemd durchschnitt und sich in ihre Haut bohrte. »Kannst du sehen?«

»Ja, sie hat schlecht getroffen.« Der Eisregen hörte jäh auf. »Sie hat mich dicht unter dem Auge erwischt. Unglaublich, wie das brennt.«

Die rote Strieme sah aus wie eine zerflossene Träne. »Du wirst eine Narbe behalten«, sagte Ayae und stemmte sich hoch. »Ein Glück, dass du so häss…«

Nun ging die bisher heftigste Eissalve überhaupt auf sie nieder. Sie zerschmetterte die Theke am oberen Ende und fuhr in die letzten Flaschen dahinter. Der Alkohol ergoss sich über die beiden Frauen. Ayaes Körper wurde gefühllos, und als sie sah, wie nach dem Ende des Regens die Flüssigkeit auf ihrer Haut gefror, bekam sie es mit der Angst zu tun und sah sich in Panik nach Eira um. Das Gesicht der Kalten Hexe war zu einer Fratze der Wut erstarrt, doch ihre Augen waren fest auf Ayae und die Flüssigkeit gerichtet, die nicht nur um sie herum, sondern auch auf Caeli zu Eis wurde. Die Gardistin lag am Boden und konnte nicht mehr aufstehen.

Das beunruhigte Ayae mehr als die Gefahr, in der sie selbst sich befand. Sie spürte, wie ihre Haut, in der sie seit Faises und Zineers Tod wie in einem Panzer eingesperrt war, etwas weicher wurde. Die Wärme, die sie mit ihrer Macht gleichsetzte – zumindest mit einem Teil ihrer Macht, wie sie inzwischen wusste –, durchströmte sie. Zugleich wallte der Zorn in ihr auf und drohte übermächtig zu werden. Der Alkohol gefror nicht mehr, Caeli konnte an der Theke entlang von den Pfützen wegkriechen. Ayae sah in der hochgewachsenen Gardistin Faise, sah sie wieder über sich auf der Galerie in den Händen des Feldherrn Bnid Gaerl. Sie hörte seine Stimme, sah den Ausdruck auf Faises Gesicht. Die Wut wurde stärker, aber sie richtete sich nicht gegen Eira, die nun endlich ihr Schwert gezogen hatte, sondern gegen sich selbst, weil sie damals die Kontrolle verloren hatte. Ganz kurz nur spürte Ayae da vor der Theke von *Sins Hand* den verzweifelten Wunsch, die Wärme aufhalten zu können, die sie nun durchflutete, durch die harte Schicht ihrer Haut brach und die Flammen darunter zum Vorschein brachte.

Doch wenn sie das täte, müsste Caeli sterben. Ihre Macht zurückzuhalten, sowohl die Hitze in ihrem Inneren zu unterdrücken wie die Härte nicht zuzulassen, die sie einschließen konnte, wäre genauso schlimm, als würde beides unkontrolliert ausbrechen. Wenn sie ihrer Angst vor einer Wiederholung von Faises Tod nachgab, hieße das, Caeli zu töten. Das durfte nicht geschehen, nicht noch einmal! Sie durfte ihrer Macht nicht gestatten, nur deshalb einen Menschen zu töten, weil sie nicht genügend Disziplin aufbrachte, um sie zu beherrschen.

Eiras Haarspitzen fingen Feuer, ihr Umhang flammte jäh und heftig auf. Die Kalte Hexe ließ ihr Schwert fallen, aber das Feuer fand in ihrer alkoholgetränkten Kleidung genügend Nahrung. Bald schrie sie vor Schmerzen. Die Flammen hüllten ihren Körper vollständig ein und erloschen auch nicht, als ihr Umhang zu Boden fiel.

Wie eine lebende Fackel rannte sie zur Tür von *Sins Hand* und riss sie auf. Ayae sah ihr nach. Die Flammen konnten die Dunkelheit nicht zurückdrängen, nur das fahle weiße Licht der Toten verdeckte den nächtlichen Himmel.

113

»Was du brauchst«, sagte Aela Ren, »was du von jeher gebraucht hast, Bueralan, sind klare Ziele.«

Der Saboteur stemmte sich langsam vom Boden hoch. Halb aufgerichtet taumelte er und fiel auf die Knie, aber seine unverletzte Hand fand den Schwertgriff des Unschuldigen, und daran zog er sich in die Höhe. Er konnte nur verschwommen sehen und den Narbenmann vor sich kaum erkennen. Sein linkes Auge war mit Blut verklebt und schwoll allmählich zu, sodass er den Blick nicht fokussieren konnte. Die Schmerzen griffen allmählich auch auf das rechte Auge über. Er versuchte, sich mit einem tiefen Atemzug zu beruhigen. Das tat so weh, dass wohl einige Rippen gebrochen sein mussten. Die schlimmsten Qualen bereitete ihm allerdings sein rechter Arm. Er drückte ihn fest an seine Brust. Ob das Weiße, das er dort sah, seine Tätowierungen waren oder sein Knochen, wusste er nicht. Dennoch machte er einen Schritt, zog dabei mit der linken Hand Rens Schwert aus der Erde und ging mühsam weiter auf dessen Besitzer zu. Dabei sah er, dass die Zuschauer, die seinen Kampf mit dem Unschuldigen beobachtet hatten, näher gekommen waren und nun einen dunklen, gesichtslosen Kreis um die beiden Kontrahenten bildeten.

Die Lücke zwischen Bueralan und dem Unschuldigen, der im Schatten des dunklen Stallgebäudes stand, schloss sich nur langsam. »Lass die Frau gehen«, verlangte der Saboteur mit brüchiger Stimme, als er endlich in Reichweite des Narbenmannes war. »Lass sie beide gehen.«

»Samuel Orlan ist mir vollkommen gleichgültig. Wenn ich sicher sein könnte, dass der nächste ein besserer Mensch wäre, würde ich ihn vielleicht sogar selbst töten, aber im Lauf der Geschichte hat sich erwiesen, dass sie alle miteinander nichts als ein mehr oder weniger großes Ärgernis sind. Die *Stimme der Königin* dagegen – *Taela.* Sie ist nur eine Sterbliche.« Er stieß die junge Frau vor Bueralan zu Boden. Eine Hand hatte er in das Haar an ihrem Hinterkopf gekrallt. Ihre rechte Gesichtshälfte war blutüberströmt, eine lange Schramme reichte bis unter ihren Haaransatz. Bueralan sah die Angst in ihren Augen, aber er sah auch, dass sie nicht um ihr eigenes Leben fürchtete. »Ist es nicht so, Taela?«

Der Saboteur hob das Schwert, doch die *Stimme der Königin* formte mit den Lippen ein stummes *Nein.* »Noch einmal«, sagte Bueralan. »Lass sie gehen. Lass sie beide gehen.«

»Ich fürchte mich nicht vor meinem eigenen Schwert.«

Langsam drehte Bueralan die Waffe um und drückte die Spitze gegen seinen Unterleib. »Erinnerst du dich? Wenn ich sterbe, bekommst du nichts zu hören.«

Rens dünnes Lächeln zerschnitt sein Gesicht wie eine weitere Narbe. »Glaubst du wirklich, du würdest sterben?« Er zerrte an Taelas Haar, bis sie vor Schmerzen den Rücken durchbog. »Sieh dich doch an, Bueralan. Wenn du ein gewöhnlicher Sterblicher wärst, dann wärst du längst tot. Aber du bist nicht tot. Du bist ein Gottberührter und kannst nicht sterben. Oder erst, wenn ein Gott es dir erlaubt.«

»Ich sterbe wie jeder andere«, fauchte der Saboteur.

»Nein. *Sie* stirbt wie jeder andere.«

Eine starke Hand nahm Bueralan das Schwert aus der Hand. Sie gehörte einem der Schatten, die ihn umstanden. Er sah in das weiße Gesicht einer Frau. In ihren dunklen Augen stand so viel Traurigkeit, dass seine schwache Hand keinen Versuch unternahm, den Griff festzuhalten.

»Bueralan.«

Seine leere Hand ballte sich zur Faust.

»Du kennst ihren Namen«, fuhr Aela Ren fort. »Ich will ihn hören. Wir alle wollen ihn hören. Wenn du ihn nicht aussprichst, erreichst du damit nur, dass eine Unschuldige sterben muss.«

Bei dem Wort »unschuldig« stieß Bueralan ein heiseres Lachen aus. Sein Bein gab nach, er sackte zusammen. Sein Lachen wurde bitter. *Erst wenn die Unschuld auf dem Spiel steht.* Wieder klang Bueralan die Stimme des Götterkindes in den Ohren. Er erwiderte Taelas Blick. »Es tut mir so leid«, sagte er und erkannte, noch während er sprach, dass es nichts gab, wofür er sich zu entschuldigen hatte. Aber er wusste nicht, wie er sonst auf das Mitleid in ihren Augen reagieren sollte. »Ich kenne einfach keinen Namen.«

»Sie wird nicht leicht sterben.« Der Unschuldige hielt plötzlich einen Dolch in der Hand und drückte ihn so fest gegen Taelas Hals, dass aus einem feinen Schnitt das Blut hervorquoll. »Mit diesem Dolch werde ich ihr einzelne Körperteile abschneiden. Mit jedem Körperteil raube ich ihr ein Stück ihres Verstandes und ihrer Schönheit. Erst wenn ich ihr alles genommen habe, was sie ausmacht, erst dann überlasse ich sie dem ewigen Leiden des Todes, Bueralan.« Der verschwimmende Blick des Saboteurs blieb auf Taela gerichtet. Er sah ihre Entschlossenheit und ihre Stärke. Beides würde sie gegen Ren einsetzen. Er sah auch den Lederriemen um ihren Hals, an dem mitten auf ihrer Brust, nicht genau über dem Herzen, aber nicht weit davon entfernt, der Beutel mit Zeans Seele hing. Während Aela Ren die Litanei der Grausamkeiten fortsetzte, die er dieser Frau zuzufügen gedachte, hätte er sie gerne aufgefordert, den Stein von ihrem Hals zu nehmen und ihn von sich zu werfen. Er hätte ihr gerne von dem Mann erzählt, der sein Blutsbruder gewesen war, dem Mann, der ihm in die Verbannung gefolgt war, der so viel mit ihm durchgestanden hatte und den er letztlich alleine hatte sterben lassen.

Langsam löste sich sein Blick von Taela und richtete sich auf den Unschuldigen. »Ich kann nur wiederholen, dass sie keinen Namen hat«, sagte er. »Sie ist nichts als ein Stück Bosheit, etwas, das uns beherrschen will, sie … sie …«

Ren stieß Taela beiseite und packte Bueralan an seinem blutdurchtränkten Hemd. »Sag mir ihren Namen!«, verlangte er.

»Du bist ein Narr«, sagte Bueralan heiser. »Sie wird dir nicht geben, was du willst.«

»Ihr Name!« Seine Stimme überschlug sich vor Gier. Die Worte spülten über Bueralan hinweg, und vor der Größe des Geschehens, vor diesem Leben voller Schmerzen fühlte sich der Saboteur ganz klein. *»Sag mir ihren Namen!«*

»Se'Saera«, flüsterte er.

114

Er wurde ohne Worte gesprochen, wurde seinem Denken, seinem Bewusstsein aufgedrückt wie ein Brandzeichen, bis er nichts anderes mehr hören und denken konnte als den Namen Se'Saera.

Zusammen mit dem Namen ging eine Welle reiner Kraft über Zaifyr hinweg. Er fühlte sich aufgehoben und stieg in die Lüfte empor. Seine Verbindung zu den Toten wurde immer schwächer. Das Band zu ihnen schien ihn zwar noch in ihrer Reichweite zu halten, aber er spürte, wie es sich jäh straffte. Alle seine Muskeln spannten sich an. Seine Gelenke begannen zu schmerzen, und er dachte schon, er würde auseinandergerissen … doch nur seine Verbindung zu den Toten wurde durchtrennt. Zum ersten Mal seit zehntausend Jahren spürte er ihre Not nicht mehr, in seinem Inneren blieb eine große Leere zurück. Ein Glücksgefühl erfasste ihn, wie er es nicht mehr gespürt hatte, seit er als Kind im Zelt seiner Eltern unter den Fellen geschlafen hatte. Damals hatte er sich die Amulette an die Decken gebunden, bevor er sich zur Ruhe legte. Während er nun weiterschwebte, fielen ihm die ein, die er noch trug, eines für jeden Gott, der noch sterben würde oder schon tot war. Er wollte die Ketten aus Kupfer und Silber berühren, um sich zu vergewissern, dass das Glücksgefühl auch echt war, keine Illusion, kein Traum, doch als sich bei diesem Gedanken seine Hände bewegten, verschwand die innere Leere, er hörte, wie Lor Jix' in höchster Entrüstung aufschrie …

… und stürzte zu Boden.

»Se'Saera«, murmelte er. *Ein Name.*

Ihr *Name.*

Er wurde geschüttelt und über das Pflaster gezerrt. Jemand rief seinen Namen. Doch erst als er hörte, wie eine Waffe gezogen wurde, kehrte sein Augenlicht zurück, und die Welt brach quälend plötzlich über ihn herein.

Jae'le beugte sich über ihn. Er hielt sein Schwert in der Rechten, doch was ihn so beunruhigt hatte, konnte Zaifyr nicht erkennen. Er öffnete alle seine Sinne, griff mit seiner Macht aus, doch er sah die Toten nicht mehr, denen er Gestalt gegeben hatte, weder die einen, die sich auf das Götterkind gestürzt, noch die anderen, die das nicht getan hatten. Er sah die Mannschaft der *Vagabund* ebenso wenig wie die Finsternis am Himmel. Lor Jix wie Se'Saera waren verschwunden. Wo eben noch der Tote aus der Urzeit seine farblosen Hände um Se'Saeras schönen Hals geschlossen hatte, war nichts mehr. Nicht einmal eine Spur auf den Steinen deutete an, wo sie oder der Tote aus der Urzeit gestanden hatten.

Die drei Ungeheuer, die Se'Saera mitgebracht hatte, waren jedoch noch da und umkreisten ihn und Eidan. Sie hatten Jae'le veranlasst, sein Schwert zu ziehen.

Zaifyr kam nur langsam und unter Schmerzen auf die Beine. Ganz allmählich nahm er auch die Toten ringsum wieder wahr, als würden Lampen, die der Wind gelöscht hatte, aufs Neue angezündet. Als ihre Kraft wuchs, drängte er sie langsam aus seinem Blickfeld. »Warum greifen sie nicht an?«, fragte er und deutete auf die drei Ungeheuer.

»Unsere Schwester ist auf dem Weg hierher«, sagte Jae'le ruhig. »Ich fürchte, der Verrat, den das Götterkind angedeutet hatte, ist jetzt Realität geworden.«

Erst als das Licht des Mondes auf Aelyn und die Hüter fiel, konnte Zaifyr auch ihre Macht spüren. Mit ihr kehrte seine frühere Traurigkeit zurück, nur hatte sie inzwischen ihre Tiefe verloren, drohte sich aber mit der Verbitterung über Se'Saeras geglückte Flucht zu verbinden, die nun in ihm aufstieg. Er wusste, dass der neue Gott dorthin versetzt worden war, wo man ihren Namen ausgesprochen hatte, und dass sich damit ein Teil von ihr verfestigt hatte. Woher er das wusste, konnte er nicht genau erklären, aber er hatte das deutliche Gefühl, dass ein Stück seiner Welt nun festgelegt war, und darüber war er so niedergeschlagen, dass er am liebsten in der Erde versunken wäre.

Stattdessen begrüßte er seine Schwester.

»Das war seit dem Tag deiner Ankunft in Yeflam unvermeidlich«, sagte Aelyn, ohne den Gruß zu erwidern. Sie trug nicht mehr ihr blaues Gewand, sondern Lederharnisch und Kettenhemd sowie einen Umhang, den er nicht mehr an ihr gesehen hatte, seit sie mit dem Aufbau von Maewe begonnen hatte. Wie in den Kriegen davor hatte sie kein Schwert bei sich. »Ich habe dich gebeten, nicht damit anzufangen. Seit du den Fuß auf unseren Boden gesetzt hattest, habe ich dich angefleht, nicht alles zu zerstören, wofür ich gearbeitet hatte.«

»Müssen wir dieses Gespräch führen?«, fragte Jae'le ruhig. »Um deinen Verrat zu rechtfertigen?«

»Ist Eidan noch am Leben?« Eine leichte Anspannung klang aus ihrer Stimme. »Sag mir wenigstens, dass er nicht tot ist.«

Aus dem Augenwinkel sah Zaifyr, wie sich sein Bruder unter Jae'les Federumhang bewegte und eine blutige Hand zum Vorschein kam. »Er ist am Leben«, sagte er.

»Ich möchte ihn mitnehmen.« Aelyn trat einen Schritt vor. »Er kann hier geheilt werden.«

»Und danach?« Er sah Jae'le an. »Was, glaubst du, geschieht danach?«

»Danach vollendet sie ihren Verrat«, lautete die Antwort.

»*Meinen Verrat?* So könnt nur ihr beide denken.« Während sie sprach, setzten sich die Hüter in Bewegung. Der Befehl dazu wurde, wie Zaifyr nicht entging, von Kaqua gegeben, der dicht hinter Aelyn stand. Doch als die Hüter auseinanderstrebten, um ihn und seine Brüder einzukreisen, stellte er fest, dass sie nicht vollzählig anwesend waren. Er kannte sie nicht gut genug, um alle mit Namen nennen zu können, die fehlten, aber er schätzte, dass drei nicht mitgekommen waren. »Keiner von euch hat sich in den letzten hundert Jahren die Welt angesehen«, sagte Aelyn. »Ihr habt lange im Verborgenen gelebt und könnt nun nicht begreifen, dass die Welt euresgleichen nicht mehr braucht. Sie braucht keine Zerstörer und keine Eroberer. Sie braucht Heiler. Das ist es, was die Menschen wollen. Und das ist nun unsere Verantwortung. Ihr beiden könnt das nicht sehen, weil ihr keine Kompromisse kennt. Ihr erschafft Nationen, indem ihr alles, was nicht eurer Meinung ist, dem Erdboden gleich macht. Das habe ich selbst erlebt. Ebenso wie Eidan und Tinh Tu.

Deshalb konnte keiner von euch ein Staatsgebilde wie Yeflam aufbauen. Deshalb konntet ihr euch nie für Bildung, Frieden oder Wohlstand einsetzen, wie wir drei es getan haben. Ihr hättet nie ein solches Reich gründen und es auch niemals regieren können.«

»Ich kann Tinh Tu nirgendwo sehen.« Wieder hob Jae'le sein Schwert. »Und unser Bruder liegt sterbend zu unseren Füßen.«

»Das war nicht so geplant.«

»Es ist die Schuld des Götterkindes. Sie ist genauso, wie du uns beschreibst. Sie ist nur das Echo eines Geschehens, das vor langer Zeit begann.«

»Echos sind wir alle, Bruder. Kann ich Eidan jetzt mitnehmen?«

Bevor Zaifyr oder Jae'le antworten konnten, erbebte die Erde. Die Erschütterung begann unter Zaifyrs Füßen und rollte durch die Hüter und die Ungeheuer des Götterkindes weiter nach außen. Einige der Hüter fielen auf die Knie. Ein lauter Schlag ganz in seiner Nähe ließ Zaifyr aufhorchen. Als er sich umdrehte, sah er gerade noch, wie Eidan ein zweites Mal die Hand ob und sie wieder fallen ließ.

Das Nachbeben spaltete den Pfeiler, auf dem Nale ruhte.

115

Bueralan bekam nicht alles mit, was nun geschah. Er hatte den Namen ausgesprochen und hinterher das Gefühl gehabt, er sei ihm gewaltsam entrissen worden und habe eine Lücke hinterlassen. Dabei hatte er gar nicht gewusst, dass er ihn gekannt hatte, und konnte nicht begreifen, wie das möglich gewesen war. Während er noch nach einer Antwort suchte, öffnete sich über ihm der Himmel. Jetzt sah er nicht mehr aus wie gesprungenes Glas, sondern bestand aus verqualmter Luft und verbrannter Erde. Für einen Moment glaubte Bueralan, dahinter hätte sich eine Finsternis zusammengeballt und sich durch einen Riss gedrängt, und nun hinge sie über ihm und drohte ihn zu sich emporzuziehen. Er spürte sogar, wie er sich vom Boden löste … doch dann erkannte er, dass er von Händen angehoben wurde, den Händen einer Frau. Taela hatte ihn auf ihren Schoß gezogen. Nun kam sie in sein Blickfeld, doch sein blutunterlaufenes Auge hinderte ihn nach wie vor, klare Umrisse zu erkennen. So sah er sie vor dem tiefdunklen Himmel in zwei Gestalten, über ihr zerschlagenes, blutüberströmtes Gesicht schob sich das Antlitz einer wohlhabenden Frau, älter als sie, aber von einer Anmut, der man sich nicht entziehen konnte. Er hatte ganz stark den Eindruck, dass die beiden Bilder sich zu einer einzigen Vision der Zukunft vereinen wollten, doch je länger er Taela ansah, desto mehr schienen sie auseinanderzudriften. Sie redete, zuerst mit ihm, wobei er sie kaum hören konnte, und dann mit jemandem, der hinter ihr stand. Bueralan konnte die schemenhaften Gestalten der gottberührten Männer und Frauen neben Aela Ren nicht mehr erkennen. Er sah, dass Taela wieder zu sprechen begann, und streckte seine heile Hand aus, um ihr zu bedeuten, sie solle fliehen. Doch sie hielt seine Hand nur fest wie bei einem Sterbenden und sprach weiter. Diesmal hörte er Samuel Orlan antworten. Seine Stimme kam wie aus weiter Ferne und war von einer tiefen Melancholie durchdrungen.

Als Nächstes beugte sich ein junges Mädchen über ihn. Sie schien ungefähr sechzehn Jahre alt zu sein, der schlanke weiße Körper ließ noch das Kind erahnen, das sie gewesen war. Doch das wellige blonde Haar und die grünen Augen waren schon jetzt sehr anziehend. In wenigen Jahren würde sie eine große Schönheit sein.

Sie ging neben ihm in die Hocke.

»Se'Saera«, murmelte Bueralan.

Aela Ren stand neben ihr, aber der Saboteur konnte sein Gesicht nur undeutlich erkennen.

»Es ist ein schöner Name«, sagte das Mädchen endlich. »Ich wusste, dass du ihn heute Nacht aussprechen würdest. Ich habe es gesehen. Ich habe gesehen, wie du die Welt verändert hast.«

»Du hättest ihn auch selbst aussprechen können.«

»Beim ersten Mal muss er aus dem Mund eines Sterblichen kommen.«

Er lachte matt. »Eben hat man mir noch gesagt, ich würde ewig leben.«

»Die Entscheidung liegt bei meinem Vater.« Se'Saera richtete den Blick auf Taela. »Du hast von meinem Geschenk keinen Gebrauch gemacht, Bueralan.«

»Du weißt so gut wie ich, dass es kein Geschenk war.«

Samuel Orlan erschien neben den beiden. Sein grauer Bart war angesengt und mit Blut befleckt. »Lass es dabei bewenden, Se'Saera. Du hast ihn hart genug bestraft. Nun ist es an der Zeit, Barmherzigkeit zu zeigen. Gestatte ihm, diesen Ort und die Geschichte zu verlassen. Mag er dem Vergessen anheimfallen wie all die anderen Sterblichen, die als Erste den Namen eines Gottes aussprachen.«

»Barmherzigkeit.« Die neu benannte Göttin zog das Wort in die Länge, als fände sie seinen Klang ungewohnt. »Ich könnte barmherzig sein, wenn ich wollte.«

»Was ein Gott als Erstes tut, nachdem er seinen Namen erhalten hat, wird für alle Zeiten im Gedächtnis bleiben.«

»Doch während er meinen Namen aussprach, hat er mich bekämpft«, fuhr sie leise fort, als hätte sie Orlan nicht gehört. »Er hat meine Feinde am Leben gelassen. Er hat den Worten, die mich beschämten, nicht widersprochen.«

Der Kartograf setzte abermals zum Sprechen an, doch Se'Saera hob die Hand, und er wurde von den Beinen gerissen und auf den Rücken geworfen. Bueralan konnte sich kaum bewegen, dennoch ließ er Taelas Hand los und tastete nach einem Schwert oder einem Dolch. Als er nicht fündig wurde, erfasste ihn Panik. Noch schlimmer war, dass er Taela nicht schnell genug von seinem Gewicht befreien konnte, um ihr Gelegenheit zur Flucht zu geben. Die Frau, die ihn im Schoß hielt, begriff zu spät, dass die grünen Augen sich nun auf sie und den Lederbeutel um ihren Hals richteten.

Se'Saera packte Taela und zerrte sie hoch. Bueralan rutschte von ihrem Schoß und fiel schwer zu Boden.

»Das *Geschenk der Mutter.*« Se'Saera fasste nach dem Beutel um Taelas Hals. »So nennt man es hier, nicht wahr?«

»Ja«, flüsterte Taela.

Bueralan wollte mit seiner heilen Hand nach Se'Saeras Bein greifen, doch ein Stiefel stellte sich auf seinen Handrücken und trat so fest zu, dass die Knochen splitterten.

»Ich habe viel über die Hexen in Ooila gehört«, fuhr die neue Göttin fort. »Sie zelebrieren ihre Fähigkeiten in einem ausgeklügelten Ritual. Zuerst ziehen sie die Seele aus einem kleinen Glasstück oder einem Stein, als lockten sie einen Hund mit einem Stück Fleisch, und schließen sie in einer kalten Flasche ein. Dort muss sie warten, bis man das Blut einer schwangeren Frau in die Flasche träufelt. Wenn die Flüssigkeit getrunken wird, gelangt sie in das kleine Behältnis im Schoß der Frau und setzt sich dort so gewaltsam fest, dass sie das Kind tötet, das darauf wartet, das Licht der Welt zu erblicken. Aber weißt du denn auch, dass dieses Ritual gar nicht nötig ist?«

Sie zerriss den Lederriemen.

»Bitte, ich …« Taelas Stimme war nur noch ein Flüstern. »Ich bin nicht schwanger.«

»Auch das ist nicht nötig.«

Bueralan stieß einen Protestschrei aus, der ihm noch mehr Qualen bereitete als zuvor der Name. Se'Saera nahm den Kristall aus dem Beutel und zerdrückte ihn. Dann führte sie die Hand an Taelas Mund, schob betont langsam die Finger zwischen ihre Lippen und zwängte ihr mit unwiderstehlicher Kraft die Zähne auseinander. Dann steckte sie die Hand in Taelas Mund und weiter in ihren Hals. Ein Gewaltakt, der nicht nur grausam war, sondern Genuss an der Grausamkeit verriet. Ein lustvoller Akt, eine Demonstration der eigenen Macht, der Herrschaft über einen Menschen, der nicht mit gleicher Münze zurückzahlen konnte. Bueralan wollte sich aufrichten, aber Aela Rens Stiefel hob sich von seiner Hand und setzte sich auf seine Brust. Er musste hilflos zusehen, wie Taela sich mit aller Kraft gegen das Schlucken sträubte. Wie sie die Luft anhielt. Wie ihr die Tränen über das Gesicht liefen. Dann hielt ihr Se'Saera mit der anderen Hand die Nase zu, und sie musste die Seele seines Blutsbruders in sich aufnehmen, wenn sie nicht ersticken wollte.

Se'Saera ließ nicht locker, bis Taela verzweifelt nach Atem rang. In diesem Moment verschloss sie ihr mit der flachen Hand den Mund, bis die Scherben des Kristalls durch ihre Kehle geglitten waren. Bueralan wandte sich ab, er konnte den Anblick nicht mehr ertragen. Sein blutunterlaufenes Auge richtete sich auf das Narbengesicht des Unschuldigen, und er sah, dass der Unsterbliche, der den alten Göttern so nahegestanden hatte, die neue Göttin mit gespannter Aufmerksamkeit beobachtete.

Die Unausweichlichkeit der Verantwortung

Ihre Frage »Weißt du, wer dich belügt?« – diese Frage, die sie durch ihre Priester stellen lässt – ist aufschlussreicher, als ihr selbst bewusst ist.

Tinh Tu,
»Geheimes Tagebuch«

116

Nale brach auseinander, als der Steinpfeiler, der die Stadt trug, zerschmettert wurde und in Leviathans Blut versank.

Erfüllt von Trauer und Wut beobachtete Zaifyr, wie Eidan sich erhob, während die Erde weiterbebte. Jae'les Umhang fiel ihm von den Schultern und legte die grausigen Wunden an seiner linken Körperseite frei. Er wandte sich an Aelyn und begann: »Du *weißt*, dass er … Nicht auf diese Weise …«, aber er redete so undeutlich, dass Zaifyr nicht verstand, was er sagen wollte. Als offenbar wurde, dass er nicht stehen konnte und Aelyn mit sorgenvollem Gesicht auf ihn zugehen wollte, ballte Eidan die rechte Hand zur Faust und schmetterte sie gegen den Stein. Wieder erbebte die Erde, doch diesmal entstanden Sprünge unter Zaifyrs Füßen. Wie die Schatten von Vögeln rasten sie von ihm weg und vergrößerten sich unter den Füßen der Hüter zu breiten Spalten. Die Verwerfungen setzten sich fort, sie rissen die Mauer und das Tor von Aelyns Haus in die Tiefe und griffen auf die Straßen über.

Als Aelyn das sah, erhob sie sich in die Lüfte und nahm ihre Hüter mit. Gleich darauf sackte die Osthälfte von Nale plötzlich ab; unter Zaifyrs Füßen neigte sich der Boden jäh zur Seite. Hastig lief er zum Rand der Spalte, um die Lücke zu überspringen, die sich zwischen ihm und Jae'le und Eidan aufgetan hatte. Doch ein jäher Windstoß riss ihn von den Beinen.

Zaifyr wurde nach hinten geworfen und rutschte den immer steiler werdenden Abhang hinab. Er machte sich möglichst flach und bremste mit Händen und Füßen. Auf diese Weise gelang es ihm schließlich, zum Stillstand zu kommen, ohne sich zu verletzen. Das war ganz im Sinne Aelyns gewesen. Sie hatte ihn nur von seinen Brüdern trennen wollen, und das hatte sie erreicht. Er sah, wie Jae'les Umhang sich blähte, als der Wind um die Stelle, wo er und Eidan standen, mehrere schwarze Wirbel bildete. Zaifyr setzte sich in Bewegung. Sobald Aelyn sich Eidan geholt hatte – und daran würde sie festhalten, auch wenn sein Bruder dies unmissverständlich abgelehnt hatte –, würde sie sich Jae'le vornehmen.

Hinter ihm ächzte Aelyns Haus in allen Fugen, einer der Türme stürzte ein, die Steine prasselten herab. Er sah sich um, wollte sich vergewissern, dass er auch ausreichend Abstand hielt, doch die Gefahr drohte nicht von den berstenden Mauern. Zwei von Se'Saeras Ungeheuern waren auf dem Weg zu ihm. Das erste schwang die große Stachelkeule, die Eidan so schwer verletzt hatte.

Er konnte die Toten noch immer nicht richtig spüren. Seine Macht kehrte zwar allmählich zurück, war aber noch nicht stark genug, um die Keule, die nun auf ihn zugeflogen kam, von ihnen abfangen zu lassen. Stattdessen duckte er sich darunter weg, verlor jedoch auf der Schräge das Gleichgewicht und rutschte den beiden entgegen. Das zweite Ungeheuer, eine hagere Kreatur mit Knochenspitzen an den Schultern, stürzte sich auf ihn, bevor er wieder einen festen Stand gefunden hatte. Zaifyr sah, dass die Knochen von Menschen stammten und mit Nägeln an den Schultern des Monstrums befestigt worden waren. Jemand hatte auch die Haut des Wesens mit langen Spießen durchstoßen und Ketten an seine klauenartigen Hände geheftet. Er konnte das ganz genau sehen, denn diese Hände verfehlten ihn nur um wenige Millimeter. Beim zweiten Mal hätten sie ihn sicherlich gepackt, wäre nicht ein Albatros mit dem Kopf gegen den Rücken des Ungeheuers geflogen.

Der Riesenvogel mit dem schwarzen Gefieder war nur einer von einem ganzen Dutzend, die im Tiefflug über Nales schiefe Ebene heranschossen. Die langen, scharfen Schnäbel waren wie Speere nach vorne gereckt, dahinter lauerten die scharfen Krallen.

Sie hielten sich nicht damit auf, Zaifyr zu Hilfe zu kommen, sondern rasten, von Jae'le gelenkt, an dem Steinhang nach oben und verschwanden hinter der Kante. Zaifyrs Bedenken konnten sie nicht entkräften. Die Vögel waren nur ein schwacher Abglanz dessen, was sein Bruder vormals hätte beschwören können. Allerdings konnten sie durch ihre schiere Größe und ihre bedrohlichen Schnäbel und Klauen für eine gewisse Ablenkung sorgen. Schon hörte Zaifyr die ersten Schreie von den Hütern.

Das hagere Ungeheuer riss sich den Albatros, der sich beim Aufprall das Genick gebrochen hatte, vom Rücken und warf ihn verächtlich beiseite. Daneben bückte sich die größere Kreatur nach ihrer Keule.

Instinktiv griff Zaifyr nach dem Gespenst des Albatros. Der tote Vogel erschien vor ihm. Er war sichtlich verwirrt, und seine Gedanken waren so seltsam, so fremdartig, dass Zaifyr für einen Moment die Kontrolle über ihn verlor. Doch als die beiden Ungeheuer näher kamen, schoss der Geist des Vogels in einer schmutzig weißen Wolke in die Luft und hackte erneut in die Wunden, die er dem Hageren bereits zugefügt hatte. Der fiel mit lautem Gebrüll zu Boden. Zaifyr blieb jedoch keine Zeit, um zu beobachten, wie er sich gegen die Vogelattacke zu wehren versuchte.

Die Stachelkeule des größeren Ungeheuers kam auf ihn zu. Er duckte sich, fasste mit der Hand an die Brust der Kreatur und tastete nach dem kalten Gespenst darin. Seine Macht war – wie er sich zum wiederholten Mal sagte – noch geschwächt von der Kraft, die mit dem Namen des Götterkindes über ihn hinweggegangen war, er musste sie mit dieser körperlichen Bewegung unterstützen. Eigentlich suchte er nach dem leeranischen Soldaten, der den Geist des Toten in sich aufgenommen hatte, doch er fand nur den Toten aus der Urzeit. Das kalte Ding fauchte und wehrte sich so heftig, dass Zaifyr es kaum halten konnte.

Es war dabei ihm zu entgleiten, als der Boden unter seinen Füßen endgültig nachgab.

Bei seinem jähen Sturz in Leviathans Blut wurde Zaifyr gegen das Ungeheuer geschleudert. Beide landeten im Wasser. Die steinerne Plattform versank in den aufgewühlten Fluten, er verlor sie rasch aus den Augen und konnte auch das Ungeheuer nicht mehr sehen, obwohl er es immer noch festhielt. Er schmeckte das Salz im Mund, spürte, wie ihm das giftige Wasser die Haut verätzte, und suchte die aufkommende Panik zu unterdrücken. Wie weit er in die Tiefe gezogen wurde, wusste er nicht, unter ihm versank halb Nale und riss ihn mit sich. In seiner Verzweiflung stemmte er die Füße gegen die Brust des Ungeheuers und versuchte es von sich zu schieben – spürte jedoch, wie es nach seiner Wade fasste und sich daran festklammerte.

Zaifyr fürchtete schon, bis auf den Grund des Meeres gezogen zu werden, und umfasste mit seiner Macht den Toten aus der Urzeit. Das weiße Ding zappelte heftig, die physische Hand des Ungeheuers packte fester zu und wollte ihm das Bein brechen. Zaifyr zog den Toten zu sich, versuchte ihn nicht nur aus dem Körper zu lösen, in dem er sich befand, sondern auch die Blutbande zu zerreißen, die ihn an den leeranischen Soldaten fesselten; die Bande hielten jedoch trotz aller Bemühungen stand. Das Ungeheuer ließ nicht locker, wollte nicht in einer Umgebung zurückbleiben, die von Leviathans Blut beherrscht wurde. Zwar mochte der eine oder andere uralte Mörder aus dem Hochland sich wünschen, dass ein Tropfen Blut auf sein Grab fiele, doch damit war nicht Leviathans Blut gemeint. Die Überreste dieser Göttin waren den Menschen nicht wohlgesonnen. Nun ließ Zaifyr den Toten aus der Urzeit in der schwarzen Tiefe zurück, nachdem er ihn in weißen Fetzen aus dem Körper des leeranischen Soldaten gerissen hatte. Sein kalter Hass verfolgte Zaifyr, als der sich von seiner Brust abstieß und rasend schnell der Oberfläche entgegenschoss.

Mit schmerzenden Beinen kämpfte er gegen den Sog des versinkenden Nale an. Obwohl er kaum etwas sehen konnte, spürte er, dass weitere Steinbrocken ins Wasser stürzten. Das Echo ließ befürchten, von oben könnte ein neues Stück der Stadt auf ihn herunterkommen. Er wollte schon die Richtung ändern, als der Sog des Wassers plötzlich nachließ. Hatte er die Orientierung verloren und war den Trümmern hinterhergeschwommen? Diese Angst durchzuckte ihn, als er einen Stein berührte, und hätte seine Hand nicht gleich darauf die Oberfläche durchbrochen, er hätte den Weg nach oben nicht fortgesetzt.

Doch dann stieg er aus dem Wasser und sah Kaqua den Bettler vor sich.

117

»Du solltest ihn mitnehmen«, sagte Caeli leise.

»Nein«, gab Ayae zurück. Auch sie dämpfte ihre Stimme, als fürchtete sie, in dem Stimmengewirr, den Hilferufen, den Fragen, was denn vorgehe, belauscht zu werden. »Er kann bei der Evakuierung helfen.«

Von hinten fiel durch das zahnlückige Lächeln von *Sins Hand* ein wenig Licht auf die Straße. Drinnen brüteten eine Handvoll Männer und Frauen über einer Karte von Yeflam, während draußen die Yeflam-Gardisten in ihren blauen Harnischen einen Kreis gebildet hatten, auf die Fragen von Einzelnen eingingen und größere

Gruppen abdrängten. Damit hatte Ayae nicht gerechnet, als sie mit Caeli aus dem Bordell trat, um Eiras immer noch brennende Gestalt zu verfolgen. Doch schon nach wenigen Schritten waren sie unter einer Welle ungezügelter Macht, die durch die Nennung des Namens Se'Saera ausgelöst worden war, ins Taumeln geraten. Ayae war härter getroffen worden als die blonde Gardistin und hatte sich übergeben müssen. Als sie wieder aufschaute, hatte Xrie vor ihr gestanden.

Er sagte kein Wort, sah sie aber eindringlich an. Das Schwert an seiner Seite steckte in der Scheide, doch nach und nach bemerkte Ayae, dass sein Harnisch Kratzer und Dellen aufwies, dass seine blaue Kleidung zerrissen und fleckig und sein Unterkiefer blutverschmiert war, sodass es aussah, als hätte er eine grausige Mahlzeit hinter sich. Caeli hatte ihr Schwert ziehen wollen, doch Ayae hatte ihr die Hand auf die Schulter gelegt. »Nein«, sagte sie, und in diesem Moment tauchten hinter dem Hüter zwei Dutzend Yeflam-Gardisten aus dem Dunkel auf. »Er ist nicht hier, um zu kämpfen.«

»Willst du das Risiko wirklich eingehen?«, fragte die Gardistin.

»Sie sind nicht hier, um zu kämpfen, nicht wahr?«, wandte sich Ayae an den Hüter.

»Nein«, gab Xrie heiser zurück. »Jedenfalls nicht gegen Sie.«

Ayae hatte Caelis Hand fester umfasst.

»Ich werde meine Soldaten nicht im Stich lassen« fuhr Xrie fort und trat einen Schritt nach vorne. Nun sah Ayae den hässlichen Verband an seiner Kehle. »Ich werde nicht zusehen, wie sie von Se'Saeras Ungeheuern getötet werden. Ich werde nicht zusehen, wie sie und ihre Familien geopfert werden. Ich werde ihr Vertrauen nicht enttäuschen.«

»Sie üben Verrat an Ihresgleichen, aber nicht an Ihrem Land.« Hinter Ayae war Lian Alahn aus dem schmalen Durchgang neben dem Bordell getreten. Staub und Spinnweben hafteten an ihm, denn wie Ayae später von Sinae erfuhr, war er durch einen Gang gekommen, der selbst von Politikern, die auf ihren guten Ruf bedacht waren, nur selten benützt wurde. Sinae war Alahn und seinem Leibwächter gefolgt und stand nun neben Lady Wagan. Die blonde Frau, die Ayae für Sinaes persönliche Beschützerin hielt, hatte sich auf der anderen Seite postiert. Alahn machte ein finsteres Gesicht. »Ich könnte Ihnen fast applaudieren, wenn ich nicht überzeugt wäre, dass Sie über diesen Anschlag auf mein Leben genau im Bilde waren.«

»Ersparen Sie mir Ihre Entrüstung, Herr Alahn.« Der Soldat drehte sich um und winkte einen seiner eigenen Leute nach vorne. Der hielt einen Stoffsack in den Händen, die dunklen Flecken darauf waren sogar bei Nacht zu erkennen. »Sie hängen Ihre Fahne in jeden Wind, und für solche Leute habe ich nichts übrig. Doch was derzeit in Yeflam geschieht, geht weit über Sie und ihre läppischen politischen Machenschaften hinaus. Wenn Sie mir nicht glauben, dann fragen Sie einen Freund von mir, was er dazu sagt.«

Der rotbärtige Kopf Fiels des Grausamen rollte aus dem Sack.

Gleich darauf wurde Yeflam vom ersten von drei Erdstößen erschüttert, der Kopf setzte sich in Bewegung und rollte an Alahn vorbei. Der Vertreter der Kaufmannsgilde hatte Mühe, sich auf den Beinen zu halten, und beachtete ihn daher nicht. Beim zweiten Erdstoß stürzte er dennoch zu Boden. Und kurz vor dem dritten Stoß kam der Kopf zu Füßen von Lady Wagan zum Stillstand.

Sie hob ihn an seinen roten Haaren auf, kurz bevor Yeflam unter dem dritten und stärksten Erdstoß erzitterte. Ohne die leiseste Unsicherheit ging die Herrin der Geister mit dem Kopf in der Hand an Alahn und Ayae vorbei und blieb vor Xrie stehen. »Tun Sie, was ich Ihnen sage«, forderte sie ihn auf. »Wir werden heute Nacht so viele Menschen retten wie nur möglich. Danach ziehen wir gegen Se'Saera zu Felde und nehmen Rache für alles, was sie uns angetan hat.«

Xrie antwortete nicht sofort. Ayae glaubte schon, er würde ablehnen, und griff nach ihrem Schwert.

»Einverstanden«, sagte er endlich mit seiner heiseren Stimme.

Ohne Lian Alahns laute Proteste zu beachten, führte Lady Wagan den Soldaten zurück in *Sins Hand*. Auf den Trümmern der Theke hatte sie eine Karte des künstlichen Landes ausgebreitet und begann nun mit den Planungen für die Evakuierung der Bevölkerung. Ayae zündete alle verfügbaren Kerzen und Lampen an, und als sie damit fertig war, sah sie, dass auch Alahn eingetreten war. Solange Ayae im Raum war und bis sie sich zum Gehen anschickte, beteiligte er sich mit keinem Wort an den Überlegungen. Inzwischen waren die Bewohner von Yeflam in Scharen auf die dunklen Straßen geströmt, und ihre Hilferufe gingen unter in den Diskussionen der Planer. Ayae hörte vereinzelte Schreie, aber noch schlimmer war das Knirschen von brechendem Stein. Es klang, als stöhnte ganz Yeflam vor Schmerzen. Als sie in der Tür stand, richtete sie den Blick in Richtung Nale und dachte an Zaifyr.

Die Nacht war hell erleuchtet gewesen, als sie zum ersten Mal ins Freie getreten war, aber die Helligkeit war von den Körpern der Toten gekommen. Das gleiche Licht hatte sie nach Fos und Baus Tod in Mireea gesehen, und sie erinnerte sich noch gut an die Kälte, wenn man von einem der Toten berührt wurde. Hier auf der Schwelle von *Sins Hand* brauchte sie nur die Augen zu schließen, um Mireeas Geister auf den gepflasterten Straßen zu sehen, die gequälten Blicke, die sie ihr zuwarfen, diese Mischung aus Neid und Begehren. Doch die Finsternis, die ihr nun entgegenstarrte, war noch weit beängstigender. Sie beschwor nur tragische Bilder herauf. Im Geiste sah sie Zaifyr tot neben Jae'le und Eidan liegen.

»Du brauchst nicht hinzugehen«, sagte Caeli immer noch leise. »Er würde das nicht erwarten.«

»Aber er würde es für mich tun«, gab Ayae zurück.

Die Gardistin brummte nur, doch auch sie hatte den hell erleuchteten Himmel gesehen. »Pass gut auf dich auf«, mahnte sie. »Ich möchte nicht nach dir suchen müssen.«

118

»Nach deiner Befreiung aus der Gefangenschaft fragte ich deine Schwester, warum sie sich damit abgefunden hatte.« Der Bettler saß auf einem Steinbrocken und hatte sein verblichenes Gewand wie ein buntes Netz um sich gezogen. Er sprach in unbeteiligtem Ton. »Immerhin hattest du ihre Heimat ebenso zerstört wie die meine. Weißt du, was sie mir antwortete?«

Zaifyr stand langsam auf. Er fühlte sich zerschlagen. Seine Haut brannte, als hätte er sich verbrüht, und die Muskeln schmerzten vom ungewohnten Schwimmen. Seine Kleider hatten sich mit Wasser vollgesogen und scheuerten an der Haut. Obendrein hatte der Tote aus der Urzeit sie ihm zerfetzt. Dabei hatte er ihm auch die Amulette abgerissen. Die schwammen jetzt wohl im Ozean und würden auf dem Grund von Leviathans Blut landen. Doch was er verloren hatte, ließ sich ersetzen.

Ein leichter Regen hatte eingesetzt. Er warf einen Blick auf die Trümmer und musste sich eingestehen, dass die Schäden hier wohl nicht so leicht zu beheben wären.

Nale war entzweigebrochen.

Die nördliche Hälfte war in den schwarzen Ozean gestürzt; Eidan hatte den riesigen Pfeiler zerschmettert, auf dem die Stadt geruht hatte. Die Zerstörung hatte auch auf die umliegenden Städte übergegriffen. Als Erstes waren offenbar die Brücken zusammengebrochen. Sie hatten dem Fall Nales nicht standhalten können und waren mit der Stadt in Leviathans Blut gestürzt. Die Kraft, die sie aus ihrer Verankerung gerissen hatte, war so groß gewesen, dass auch die Pfeiler gebrochen waren, auf denen die anderen Städte ruhten. Trotz der Dunkelheit konnte Zaifyr sehen, dass Fiys und Maala bereits am Absacken waren. Die Steine kämpften mit lautem Knirschen und Stöhnen gegen den Einsturz an, als wären sie lebendig. Menschliche Schreie begleiteten das Geräusch und erfüllten die Nacht. Dazu kamen die Hilferufe aus den Wellen von Leviathans Blut, wo sich Menschen in panischer Angst vor dem vergifteten Wasser an Trümmer klammerten.

»Sie sagte«, fuhr Kaqua fort, als ihm klar geworden war, dass Zaifyr nicht antworten würde, »man könne einem Hund nicht zum Vorwurf machen, dass er ein Hund sei.«

Hinter dem Hüter neigte sich die Enklave zur Seite, die Hälfte der Wände war weggebrochen, die Möbel lagen frei wie die Eingeweide eines Riesen, die Spitze des Turms zeigte zu Gers Bergen hin.

»Du hörst mir nicht zu«, sagte der Hüter.

»Bisher hast du nichts gesagt, was hörenswert wäre.«

»Du hast mir noch nie zugehört, Qian.«

Er konnte weder Jae'le noch Eidan, ja nicht einmal Aelyn sehen. »Wo sind die anderen?«, fragte er.

»Mit jemandem wie mir hast du dich noch nie abgegeben. Deine Geschwister sind wie du. Im Gegensatz zu euch konnte ich weder mit den Toten sprechen noch das Wesen des Lebens verändern. Ich konnte weder Himmel noch Erde in meinen Händen halten.«

Der Regen wurde stärker. Zaifyr sah auf den Resten von Nale, auf den Trümmern im schwarzen Wasser die Hüter erscheinen. Zunächst waren sie nur schwach erkennbar, doch als sie dem Wasser entstiegen, wurden sie deutlicher. Die stärksten Eindrücke waren der Geruch feuchter Wälder und das Bild einer Person, die sich aus vielen zusammensetzte.

Zaifyr wandte sich endlich doch dem Bettler zu. »Du hast Tinh Tu vergessen«, sagte er.

»Nein, ich habe sie nicht vergessen.« Nachdem Kaqua sich seiner Aufmerksamkeit sicher sein konnte, erhob er sich. »Sie hätte längst verstanden, was hier vorgeht. Sie hätte mein Drängen gespürt. Sie hätte meinen Einfluss wahrgenommen.«

»Die Enklave ist keine einzelne Person«, sagte Zaifyr. Es war, als wäre ein letztes Steinchen an seinen Platz gefallen. Jetzt sah er, wie Kaqua sich hinter diesem Satz versteckt, wie er ihn benutzt hatte, um sich abzuschirmen, während er die Hüter dahin lenkte, wo er sie haben wollte. Vielleicht auch seine Schwester. »Das macht es einfacher, nicht wahr?«

»Richtig. Es macht es einfacher, mit Andeutungen und Anregungen leichten Druck auszuüben. Du musst eines verstehen: Ich gebe keine Befehle, ich zwinge niemanden, wider seine Natur zu handeln. Tinh Tu tut das. Ihre Macht liegt in ihrer Stimme. Deshalb näht sie sich die Lippen zusammen, deshalb spricht sie nicht. Aber ich bin nicht so. Ich muss zuerst das Problem sehen, muss damit arbeiten können. Dann gilt: Je mehr Menschen einbezogen werden, desto größer sind die Chancen, dass ein Problem als solches erkannt wird. Je mehr Stimmen es ansprechen, desto mehr wird darüber debattiert. Es ist, als spönne man ein Netz. Nach einer Weile sehen alle ein, dass es auch ihr Problem ist. Dass wir gemeinsam die Verantwortung tragen. Natürlich gilt das nicht für jeden. Du zum Beispiel, Qian, kannst zwar die Qualen der Toten erkennen, aber das Leid der Lebenden siehst du nicht. Du siehst nicht, wie die Sterblichen in dieser Welt zu kämpfen haben. Du siehst auch nicht, dass dieser Kampf ebenso wichtig ist wie ihr Tod.«

»Ich sehe im Moment viele Lebende leiden. Dir scheint es nicht viel auszumachen, dass Menschen ertrinken. Dass eure Marine offenbar vernichtet wurde.«

»Es bricht mir das Herz.« Hinter Kaqua erschienen weitere Hüter. Sie kamen bis an den Rand von Nale, dorthin, wo die Gebäude in den Ozean stürzten und die Trümmer der Stadt auf anderen Steintrümmern lagen. »Wir haben uns so sehr bemüht, es nicht so weit kommen zu lassen. Wir hatten versucht, Se'Saera davon zu überzeugen, dass die Niederlage, die sie bei deinem Prozess einstecken musste, nicht in ganz Yeflam bekannt geworden war. Aber sie wollte nichts davon wissen. Sie bestand darauf, dass die Worte hier verstummten.«

»Und ihr habt zugestimmt?«

»Sieh dir diese Welt an, Qian. Die zerbrochenen Sonnen, die vergifteten Meere. Wahnsinn, Krieg, Seuchen – das Ende der Zeiten ist nahe. Schon bald werden die Sonnen erlöschen, und wir werden in der Finsternis sterben. Wenn eine Nation geopfert werden muss, um das zu verhindern, ist das vertretbar.« Er seufzte. »Ich wünschte, es wäre nicht so, aber das ist die Wahrheit.«

Vorsichtig griff Zaifyr mit seiner Macht um sich. Er konnte die Toten spüren, aber ihre Kälte, ihre geflüsterten Klagen waren nicht schlimmer als die Worte dieses Mannes. »Es fällt mir schwer zu glauben, dass meine Schwester dir darin gefolgt sein soll«, sagte er.

»Ich hatte mehr als tausend Jahre Zeit, um mein Netz um Aelyn zu spinnen.« Der Bettler lächelte. »Aber wenn ich ehrlich sein soll, hast letztlich du den Anstoß dafür gegeben, dass sie Se'Saera unterstützte. Du hast sie davon überzeugt, dass wir die Verantwortung für die Welt nicht auf unsere Schultern nehmen können. Nach Asila hatte sie das getan. Sie hatte gesehen, wie zerbrechlich die Welt damals war. Sie und Eidan haben es gesehen. Aber erst als du hier warst, als du dich über all ihre Macht hinweggesetzt hast, wurde ihr klar, dass sie die Last, die sie auf sich genommen hatte, nicht weiter tragen konnte.«

Die Gespenster erschienen genau in dem Moment, als Zaifyr spürte, wie hinter ihm seine Schwester Leviathans Blut entstieg. Die beiden, die er mit Leben erfüllt hatte, ein junger Mann und eine Frau, die ins Meer gefallen und ertrunken waren, als Nale zerbrach, wurden zu festen, weiß leuchtenden Gestalten und schickten sich an, Kaqua zu töten. Doch bevor es dazu kam, wurde er selbst von Händen gepackt, von einem Windwirbel aufgehoben und in den tosenden Sturm gezerrt, den er, noch bevor er seine Schwester erblickte, aus Aelyns Innerem kommen sah.

119

Ayae kämpfte sich mit Mühe durch Ghaams überfüllte Straßen. Mit jedem Schritt weg von *Sins Hand* entfernte sie sich weiter von der Ordnung, die von Yeflams Gardisten aufrechterhalten wurde. Mit jedem Schritt kam sie dem immer stärker werdenden Wind, dem kalten Regen und der Stelle näher, wo über Nale eine hässliche, dunkel brodelnde Masse den Himmel verdeckte. Dennoch strebte sie weiter. Die Straßen füllten sich allmählich mit hastig beladenen Wagen, die bisweilen von Menschen geschoben, zumeist aber von Ochsen oder Pferden gezogen wurden. Männer und Frauen rannten mit Kindern auf dem Arm und Habseligkeiten auf dem Rücken oder in den Händen an ihr vorbei. Sie hätte erwartet, dass Kutschen unterwegs wären, um die Flüchtlinge zu befördern, aber sie hatte bereits eines der langen Gefährte umgekippt und ohne Pferde am Straßenrand liegen sehen. Anstatt stehen zu bleiben, um in Erfahrung zu bringen, was vorgefallen war, war sie weiter in die Stadt hineingeeilt. Immer wieder schnappte sie Fetzen von Gesprächen auf. »Die Leeraner?«, fragte ein Mann. Ein anderer rief nahezu hysterisch: »Der Pfeiler in Nale ist zerbrochen, wir sind alle …« – »Alles gut, alles gut«, gurrte eine Frau ihren Kindern zu, während sie von ihm weglief. » … es sind die Hüter, sie haben uns verraten …«, klagte ein alter Mann, der sich mit seinem Stock vorantastete. »Für die Priester …« – »… die Hüter würden niemals…«, behauptete ein Paar in unheilvollem Ton. »Sie stand in Flammen …« – »… am Anfang sah ich …« – »… rannte durch eine Gasse …« Ein Mann, eine Frau und noch eine Frau erregten Ayaes Aufmerksamkeit, und sie wurde langsamer, um ihnen zuhören zu können. »Sie war noch am Leben. Glaub mir, ich konnte sie schreien hören.«

Ayae blieb unwillkürlich stehen. »Wo genau war das?«

Die große, schlanke Frau, die sie angesprochen hatte, war vielleicht ein oder zwei Jahre älter als Ayae selbst. Ihr schwarzes Haar war nass vom Regen. »Zwei Straßenzüge weiter südlich«, sagte sie endlich. »Unweit der Straße, die zum Hafen führt. Dort stehen zwei Häuser mit roten Türen und ein drittes mit einer orangefarbenen Tür. Die Gasse dazwischen. Aber wahrscheinlich lohnt sich die Mühe nicht. Mittlerweile ist sie wohl bereits tot.«

Ayae dankte ihr und rannte die Straße hinunter. Vor ihr verdunkelte sich der Himmel noch weiter, und der Wind wurde so stark, dass er das Tosen der Brandung übertönte. Ayae sah entsetzt, dass der Wind so etwas wie eine Gestalt ausgebildet hatte, die drohend über Nale hing. Gesichtszüge und Körpermerkmale waren nicht zu erkennen, aber die Gestalt an sich war nicht zu übersehen. Auch war ein Raunen zu hören wie von Hunderten von leisen Stimmen, aber sie konnte kein einziges Wort verstehen. All das genügte immerhin, um sie zu überzeugen, auf den Rat der Frau zu hören und sich nicht mehr um die Brennende zu kümmern, sondern weiter nach Zaifyr zu suchen. Dennoch folgte sie der schmalen Straße zum Hafen, als sie vor ihr auftauchte, und hatte bald auch die beschriebenen Häuser gefunden.

In der Gasse dazwischen stieß sie auf Eira.

Die Kalte Hexe lag an einem Zaun. Sie war völlig durchnässt und presste sich mit dem Gesicht an die hölzernen Latten. Auf den ersten Blick dachte Ayae, sie wäre tot, und wollte sich schon abwenden, doch dann spürte sie die Kälte, die von dem Körper ausging.

Sie drehte die Hüterin mit dem Fuß auf den Rücken und erbleichte. Eiras Haut war zu einem schwarzen Brei geschmolzen, der im Regen halbwegs fest geworden war. Ihr Haar war vollständig verbrannt. Den Harnisch hatte sie sich vom Leib gerissen, sodass nur wenig blieb, um den Rest ihres Körpers zu bedecken. Ayae konnte kaum noch menschliche Züge erkennen. Doch der Hass, der das lose Fleisch teilte, als Eira bei ihrem Anblick die Zähne fletschte, ließ keinen Zweifel offen: Die Hüterin war noch sehr lebendig. Und sie krächzte unverständliche Laute, denn sprechen konnte sie nicht.

»Sie glauben wahrscheinlich, ich lasse Sie einfach hier liegen«, sagte Ayae dann zu ihr. »Sie glauben, ich lasse Sie in Ruhe, weil ich Mitleid empfinde.« Ihre Hand fiel auf den Griff ihres Schwertes. »Nun, in einem hatte Aelyn recht: Man kann die Verantwortung für die eigenen Taten nicht einfach abgeben.«

Die Hüterin scharrte mit ihren verbrannten Fingern über den Boden und versuchte verzweifelt, von ihr wegzukriechen.

Ayae stellte ihren Fuß auf Eiras Bein und spürte, wie das Fleisch nachgab. Die Frau wimmerte leise, und Ayae konnte zusehen, wie die entsetzliche Todesangst in ihren Augen den Hass verdrängte. Doch sie nahm den Fuß nicht weg. Früher hätte sie auf diese Todesangst angesprochen, aber in früheren Zeiten hätte sie noch nicht damit gerechnet, dass Eira sie auf Jahre hinaus gnadenlos verfolgen, dass sie einen Rachefeldzug nicht nur gegen sie selbst, sondern gegen alle führen würde, die zu ihrem Leben gehörten. Inzwischen wusste sie es besser. Bnid Gaerl hatte sie gelehrt, wie töricht es war, Barmherzigkeit zu üben.

Dennoch fiel es ihr schwerer als gedacht, ihr Schwert in die grausam verbrannte Frau zu stoßen, und gegen Ende befielen sie doch noch Zweifel.

»Gut gemacht«, sagte eine tiefe Männerstimme, als die Tat vollbracht war. »Sehr gut.«

Qual saß am Ende des Zauns, an dem Eira gelehnt hatte. Seine tintenschwarze Haut hob sich kaum von den Schatten ab.

»Jae'le und Eidan brauchen deine Hilfe«, fuhr das Wesen fort.

»Du riechst nach Leviathans Blut«, stellte Ayae fest und wischte ihr Schwert an ihrem Hosenbein ab. »Ich dachte, du versteckst dich an der Spitze der Enklave.«

»Ich war im Ozean.« Er kam aus den Schatten und spazierte wie eine Katze über den Zaun. »Die Wellen dämpften ihre Stimme, und so konnte ich ihren Ruf überhören. Ich konnte mich verstecken, während sie ganz Yeflam nach mir absuchte. Aber sie war stark, und ich musste jeden Tag tiefer hinabsinken, um nicht gefunden zu werden. An einem der letzten Tage stieß ich auf ihre ersten Ungeheuer, zwei von ihnen. Sie warteten unterhalb des Hafens von Yeflam darauf, aus dem Wasser zu steigen. Als es so weit war, folgte ich ihnen.«

Sie schob ihr Schwert in die Scheide. »Das hört sich ganz so an, als hättest du ihrem Ruf gehorcht.«

»Sie ist fort.« Er stieß den Satz voller Begeisterung hervor. »Sie ist zu der armen Seele gegangen, die ihren Namen aussprach. Ein anderer Gott hätte ihn vielleicht belohnt, aber sie … sie wird ihm nur Leid zufügen.«

»Und nun bist du hier und bettelst um Hilfe.«

»Ohne dich werden sie sterben.«

»Du wirst mir verzeihen, wenn ich dir nicht glaube.« Ayae verließ die Gasse. Gleich darauf hörte sie, wie Qual ihr nacheilte.

»Bitte, *bitte.*« Er landete geschickt auf ihrer Schulter, doch bevor er sich niederlassen konnte, packte sie zu. Sie spürte weder Knochen noch Muskeln zwischen den Fingern, nur eine leichte Kälte.

»Bitte höre auf mich«, winselte er mit dünner Stimme. »Eidan und Jae'le brauchen deine Hilfe. Ich weiß, du willst zu Qian, aber du kannst dich nicht zwischen ihn und Aelyn stellen. Solche Kämpfe sind nichts für unseresgleichen. Aber Eidan. Eidan *wird* sterben, wenn du nicht hilfst. Das ist eine Tatsache. Er wurde von ihren Ungeheuern überfallen und verletzt, aber die größte Gefahr droht ihm von Leviathans Blut. Er ist in den Ozean gefallen, und das Gift ist in seine Wunden gelangt. Jae'les Macht reicht nicht aus, um ihn davor und vor den Ungeheuern zu retten.«

»Du verschwindest«, sagte sie. »Und dann tauchst du wieder auf. Deine Augen sind geschlossen, doch ich höre in jedem deiner Worte Se'Saeras Stimme.«

Das Wesen zappelte in ihrer Hand, konnte sich aber nicht befreien. »Glaubst du nicht, dass es mir ein Leichtes wäre, mit ihrer Stimme zu sprechen?«, fragte es wütend. »Ich könnte ein Haustier sein, eines ihrer wertvollen Geschöpfe, ich könnte an ihrer Seite stehen, wenn ich nur den Glauben an sie wiederfinden könnte. Sie hat mich geschaffen, ja, sie besitzt mich. Und dennoch bin ich hier und flehe dich an, einen Mann zu retten, den sie heute Nacht töten wollte. Vielleicht denkst du einen Moment darüber nach.«

Der Regen wurde heftiger. Ayae überlegte kurz, ob sie ihn einfach ignorieren, ob sie ihn am Ende der Gasse von sich werfen und weitergehen sollte. Sie traute ihm nicht, aber seine Worte hatten aufrichtig geklungen, und das hielt sie zurück. Wenn Jae'le und Eidan in Gefahr waren, würde Zaifyr wollen, dass sie zuerst zu ihnen ging, dass sie alles für die beiden tat, was in ihren Kräften stand, bevor sie sich in Aelyns Sturm stürzte. Doch als dieser Sturm heftiger wurde und die Riesengestalt über Nale immer klarere Konturen bekam, wuchsen ihre Bedenken, ob es ihr überhaupt gelingen würde, sich durchzukämpfen.

»Es ist nicht weit von hier«, drängte Qual. »Bitte!«

»Schön«, sagte sie endlich. »Aber wenn du mich belügst, dann sieh dir genau an, was mit Eira geschehen ist, bevor wir von hier weggehen.«

Die grauhaarige Frau vor dem brennenden Belagerungsturm stellte sich als Qiyala vor, nannte aber keinen militärischen Rang.

Heast hatte nicht geplant, den Turm in Brand zu setzen, doch bevor er den Abstieg im Inneren antrat, bevor die Maosaner in die Schlucht ritten, hatte sich ihm der Name des Götterkindes aufgedrängt, und er war auf die Knie gefallen. *Se'Saera*. Er wiederholte es laut und sprach das Wort noch ein weiteres Mal aus, als er sich wieder erhob und dabei auch die Armbrust aufhob. Der Übergriff, die Gewalttätigkeit, mit der ihn dieser Name überfallen hatte, empörte ihn, doch er stieß die Lampen im Inneren des Belagerungsturms nicht deshalb um. Nein, er legte das Feuer, weil es weder ihm noch Taaira gelungen war, alle leeranischen Soldaten zu töten, die in der Schlucht auf der Lauer gelegen hatten. Mindestens zwei waren entkommen, doch nachdem nun der Name ihres Gottes offenbart worden war, würden sie wohl den nächsten Außenposten ansteuern und rasch mit Verstärkung zurückkehren. Bis dahin mussten er und die anderen verschwunden sein. Am Eingang des Belagerungsturms angelangt, hatte er das Feuer angezündet, das nun kräftig brannte, dann hatte er dem Sprecher der Maosaner, einem jungen Mann mit olivfarbener Haut, der auf den Namen Isaap hörte, genau das gesagt. Der hatte daraufhin zu Qiyala aufgeschaut und damit bestätigt, was Heast schon vermutet hatte, seit er die Truppe im Dunkeln hatte kommen sehen.

»Es sind nicht mehr viele von uns übrig«, sagte die Frau, als sie nun die nächtliche Schlucht hinter sich ließen. »Fahnenflucht, Tod – Iata hat die meisten seiner altgedienten Leute sinnlos geopfert.«

»Talon?«, fragte er.

»Zweiter Talon«, gestand sie.

Das entspricht einem Feldwebel. »Warum sind Sie geblieben?«

»Familie.« Qiyala zeigte auf die Pferde, die nun im Dunkeln in einer Reihe hintereinanderliefen. »Ich habe einen Enkel. Er ist nicht übermäßig schlau, aber er hat immerhin keine Fackel getragen.«

»Die Fackeln waren nicht Ihre Idee?«

Sie schnitt eine Grimasse. »Isaap ist Erster Talon.«

»Der Krieg scheint in Faaisha nicht viel verändert zu haben«, bemerkte Heast trocken. »Führer wird man, wenn man den richtigen Stammbaum hat, aus der richtigen Familie kommt und über genügend Geld verfügt.«

»Das ist überall auf der Welt so.«

»Dann haben Sie nicht viel von der Welt gesehen.«

Qiyala bedachte ihn mit einem schiefen Lächeln. Er sah, dass ihr ein Zahn fehlte. »Iata wird sich doch sicherlich freuen, Sie zu sehen?«

Heast antwortete nicht, und sie drängte nicht weiter. Sie wusste, wer er jetzt war, denn sie hatte ihm salutiert, als er sich vor dem brennenden Belagerungsturm an sie gewandt hatte, und ihn als Hauptmann des Rückens angesprochen. Selbst wenn sie nicht mehr über ihn wusste, musste ihr zumindest bekannt sein, was er zehn Jahre zuvor zu Kotan Iata gesagt hatte, bevor er nach Mireea aufgebrochen war.

»Er bezeichnet sich immer noch als Friedenswächter«, sagte Qiyala. »Falls es Sie interessiert.«

»Das tut es nicht.« Heast nahm sachte die Zügel an. Sein Pferd reihte sich im Dunkeln hinter dem Pferd der Frau ein. »Trotzdem vielen Dank!«

Sie ritt weiter, und er wurde von zwei jungen Männern überholt, die ihn beide nervös musterten. Nach einer längeren Pause erschien Kye Taaira, der Stammesmann. Die Maosaner waren nicht erfreut gewesen, ihm in der Schlucht zu begegnen, sie hatten sich von ihm ferngehalten wie Kinder, die sich vor einem Ungeheuer unter dem Bett fürchteten. Daran war mehr Wahrheit, als Heast lieb war. Die Leeren Gefäße der Friedliebenden Stämme des Hochlandes waren in den Reichen von Faaisha seit Langem zum Kinderschreck geworden. Der Stammesmann ertrug die ängstlichen Blicke mit Geduld und Gelassenheit. Bevor er aufsaß und sich in langsamem Schritt ans Ende der Kolonne setzte, hatte er sich sein Schwert wortlos auf den Rücken geschnallt.

»Wir müssen reden«, sagte Heast leise zu ihm. »Immer vorausgesetzt, Sie wollen mich weiterhin nach Maosa begleiten.«

»Ich werde mich nicht entschuldigen, Hauptmann«, gab Taaira ohne Zögern zurück. »Meine Ahnen sind meine Aufgabe.«

»Bedeutet das, sich blindlings ins Verderben zu stürzen?«

»Ich habe nicht …«

»Doch.« Heasts Stimme ließ keinen Widerspruch zu. »Sie hätten uns beide umbringen können, und ein solches Verhalten kann ich nicht dulden. Ich weiß, dass Sie gewisse Verpflichtungen haben, aber das gilt auch für mich, und ich kann die meinen nicht erfüllen, wenn Sie mir Dinge verschweigen, die bei einem Kampf von Bedeutung sind. Wenn Sie das weiterhin tun, ist keinem von uns gedient. Auf diese Weise gewinnt man keinen Krieg. Auf diese Weise kann man das Leben seiner Kameraden nicht schützen. Sie bringen nicht nur sich selbst in Gefahr, sondern auch alle, die an Ihrer Seite stehen. Wenn Sie das nicht einsehen, werde ich zu verhindern wissen, dass Sie mit solchen Albernheiten das Unternehmen weiter in Gefahr bringen.«

»Ich kenne alle meine Ahnen«, gab der andere ungerührt zurück. »Ich weiß, für welche Gräuel jeder einzelne verantwortlich ist. Ich kenne ihre Schwächen und ihre Fehler. Ich allein begebe mich in Gefahr.«

Heast griff in die Zügel von Taairas Pferd und brachte es zum Stehen. »Sie haben mich immer noch nicht verstanden«, sagte er. »Ich muss wohl noch deutlicher werden.«

Taaira setzte zum Sprechen an.

»Nein, Sie werden mir jetzt zuhören, denn ich sage das kein zweites Mal. Ich werde in dem Krieg, der uns bevorsteht, dafür sorgen, dass Sie Ihre Ahnen zurückholen können, aber nur, wenn Sie mir aufs Wort gehorchen, solange wir im Feld stehen. Wenn Sie dazu nicht imstande sind, kann ich Sie nicht brauchen. Dann lasse ich Sie morgen früh als Leiche für die Aasfresser hier liegen. Ihr Schwert schicke ich ins Hochland zurück, mit ein paar Zeilen der Erklärung an die Schamanen, von denen Sie es bekommen haben. Ich werde ihnen das Gleiche sagen wie Ihnen, dass Sie nämlich durch Ihr rücksichtsloses Verhalten nicht nur mich allein, sondern auch die Soldaten an meiner Seite und die Menschen in Gefahr gebracht haben, die sich auf mich verlassen. Weiterhin werde ich ihnen mitteilen, dass ich die Überreste ihrer Ahnen in den kommenden Wochen und Monaten selbst ins Hochland zurückbringen werde und dass sie mir keinen Krieger mehr zu schicken brauchen, der keine Disziplin halten kann. Habe ich mich jetzt klar genug ausgedrückt, Stammesmann?«

Das Leere Gefäß richtete seine braunen Augen fest auf Heast, doch der Hauptmann der Geister wich dem Blick nicht aus. Endlich nickte Kye Taaira und sagte: »Ich bitte um Vergebung. Es wird nicht wieder vorkommen.«

121

Qual führte sie zum Hafen von Ghaam. Es war keine richtige Hafenanlage, nicht zu vergleichen mit den langen, mehrspurigen Steinmauern, die an den Außenrändern von Yeflam wie Finger über das schwarze Wasser ragten. Hier gab es nur einen einzigen steinernen Kai, an dem kleinere Schiffe anlegen konnten, mit einer Rampe, um Boote zu Wasser zu lassen. Kaufleute, die ihre Waren von einer Stadt zur anderen befördern wollten, ohne die Straßen zu benutzen, lieferten sie an solchen Anlegestellen ab.

Der Hafen befand sich am Südrand der Stadt. Als Ayae sich auf der vom Regen überschwemmten Straße dorthin vorkämpfte, sah sie zum ersten Mal die Verwüstungen im Umkreis von Nale.

Die Stadt Fiys, die zwischen Ghaam und Nale lag, war dabei, in Leviathans Blut abzurutschen. Die Brücke zwischen Fiys und Nale war ebenso verschwunden wie die Hälfte von Nale selbst. Beides war in die aufgewühlte See gestürzt. Dort schwammen Trümmer von Gebäuden und die Leichen von Männern und Frauen, Kindern und Tieren. Meistens waren sie von Kleidungsstücken und kleineren Möbeln wie Tischen und Stühlen sowie von zerbrochenen Türen umgeben. Einige Menschen waren in dem vergifteten Wasser allerdings noch am Leben, und sie schwammen mit hektischen Stößen auf Fiys zu, als könnten sie dort Sicherheit finden. Die Hoffnung war vergeblich, denn Ayae sah, dass auch diese Stadt dem Untergang geweiht war. Die vier Steinpfeiler, auf denen sie ruhte, ragten wie abgebrochene Finger aus dem Wasser, und die Schäden an der Plattform waren sogar im strömenden Regen unübersehbar.

Endlich entdeckte sie Jae'le am äußersten Ende von Ghaams Hafenmauer auf der Rampe.

Sein Haar und sein Bart waren vom Wasser durchnässt und

klebten ihm an der Haut. Dadurch wirkte er so ausgemergelt, als wäre er dem Hungertod nahe. Dennoch stand er vor seinem Gegner, ohne zurückzuweichen, das Schwert gezückt, um Eidan zu beschützen, der zu seinen Füßen im flachen Wasser lag. Ayae konnte nicht erkennen, ob der Hüne noch am Leben war, doch sie spürte, wie Qual auf ihrer Schulter zusammenzuckte.

Auf den ersten Blick schien das Ungeheuer, das um Jae'le herumschlich, ein Tier zu sein, denn es bewegte sich ähnlich wie ein großer Affe auf Händen und Füßen. Doch was sie zunächst für braunweißes Fell gehalten hatte, war nichts anderes als die Pelze, die es sich umgehängt hatte. Das Wesen mochte einst als Mensch zur Welt gekommen sein, doch seine langen Sätze, die hohen Sprünge und die blitzschnellen Ausweichbewegungen waren die eines Raubtiers. Es kam nie in Reichweite von Jae'les Schwert, blieb aber stets gefährlich. Sein Verhalten war das eines Rudeljägers, seine Attacken hatten nur den Zweck, die Beute für einen anderen Angreifer von ihrem Beschützer zu trennen. Die eigentliche Gefahr war in diesem Fall eine große, hagere Gestalt, der spitze Knochen aus den Schultern ragten. Sie war hinter Jae'le aus Leviathans Blut aufgetaucht. Ayae wusste nicht, ob sie ihn vor diesem zweiten Ungeheuer erreichen konnte. Entschlossen setzte sie zuerst den rechten und dann den linken Fuß auf die Steinmauer.

»Du kannst sie nicht beide töten.« Qual schrie ihr ins Ohr, um sich über den Wind und den Regen hinweg verständlich zu machen. »Überlasse sie ihm und schaffe Eidan von hier weg!«

Ihr Körper hatte viel von der Schwere verloren, die ihn seit Faises Tod niedergedrückt hatte, ihre Füße schienen sich endlich wieder mit normaler Geschwindigkeit über die Rampe zu bewegen.

»Kaum jemand kann diese Ungeheuer töten!«, schrie ihr Qual verzweifelt ins Ohr. »Und du ganz bestimmt nicht!«

»Du etwa?«, schrie Ayae zurück.

»Nein!«

Bevor das erste Ungeheuer sich zu ihr umdrehen konnte, nutzte sie seinen Buckel als Sprungbrett und schwang sich mit gezogenem Schwert in die Luft. Normalerweise hätte sie Jae'le mit einem Zuruf gewarnt, doch das Tosen des Windes und das Prasseln des Regens waren zu laut. Also ließ sie stattdessen Flammen über ihre Klinge laufen. Wärme durchflutete ihren Körper, besonders ihre Hand fühlte sich an, als hätte das Feuer in ihrem Blut sie in Brand gesetzt. Der Schmerz hielt indes nicht an. Sie flog über Jae'les Kopf hinweg und ließ die brennende Klinge auf das hagere Ungeheuer niedersausen … doch es fing mit seinen mit Ketten umwickelten Händen die Waffe ab. Qual setzte auf ihrem nassen Hemd zum Sprung an und schnellte sich ins Gesicht des Ungeheuers. Es zuckte zurück und griff mit einer Hand nach der tintenschwarzen Gestalt. Dadurch bekam Ayae ihr Schwert frei und versetzte der Kreatur einen Hieb quer über die Brust.

Der Hagere vergaß Qual, wandte sich ihr zu und ging mit den Fäusten auf sie los. Da sie Jae'le im Rücken hatte, konnte sie nicht zurückweichen, also blockierte sie die Hiebe und lenkte sie ab. Sie spürte die Kräfte ihres Gegners, blieb aber durch ihre Schnelligkeit im Vorteil. Nach einer Reihe von Rundumschlägen stellte sie zwar fest, dass der Regen die Flammen an ihrem Schwert allmählich auslöschte, aber ringsum hatte sich die Welt verlangsamt. Sie sah, wie sich die Fratze des fauchenden, zischenden Ungeheuers verzerrte, sie sah unter dem linken Auge einen Hautfetzen herunterklappen, und sie sah auch, wie Qual durch das Wasser zu Eidan huschte. Wie zuvor schon in *Sins Hand* behielt sie auch jetzt die Kontrolle über sich. Verschwunden waren der Feuersturm, der noch vor wenigen Wochen ihren Körper überwältigt hatte, ebenso wie die innere Unruhe, die sich immer weiter verstärkt hatte, seit Samuel Orlans Werkstatt in Mireea in Flammen aufgegangen war.

Dennoch behielt Qual recht. Das Ungeheuer war nicht aufzuhalten, wie schwer sie es mit ihrem Feuerschwert auch verletzte. Die lange Wunde über der Brust, die für jeden anderen tödlich gewesen wäre, blutete nicht einmal. Ayae konnte Knochen erkennen, darunter dunkle Flecken, die vermutlich leblose Organe waren. Sie konnte sogar Verletzungen aus einem Angriff von hinten sehen, das Lederwams war zerrissen wie von den Klauen eines Tieres. Aber sie sah kein Blut, nicht einmal an den Händen unter den Stachelketten. Ayae duckte sich unter einer Reihe von wilden Fausthieben weg und wusste, dass sie früher oder später nicht schnell genug sein würde. Dann würde ihr das Ungeheuer mit seinen Händen die Haut zerfetzen. Bei dem Gedanken spürte sie Jae'les rechte Schulter an ihrer linken. Sie drehte sich instinktiv um, ihr erloschenes Schwert beschrieb einen weiten Bogen. Der Ansturm des ersten Ungeheuers ging ins Leere. Es konnte nicht mehr rechtzeitig anhalten und schlitterte ins Wasser. Erst neben dem Hageren kam es zum Stehen. Dann drehte es sich zu ihr und Jae'le um.

122

Zaifyr hörte, wie Aelyn aus dem Herzen des Sturms zu ihm sprach.

»Daran kann ich dir die Schuld nicht geben, Bruder. Nicht ausschließlich jedenfalls.« Er konnte sie nicht sehen: Der Wind wirbelte Schutt mit sich, Stein- und Holztrümmer, obendrein trübte ein heftiger Platzregen die Sicht. Auch ihre Stimme gab ihm keinen Hinweis; sie übertönte zwar das Rauschen des Windes, aber nur deshalb, weil er nicht eine einzige Stimme hörte, sondern ein Flüstern aus hundert Kehlen. Der Wind, der ihn gefangen hielt und mit Händen in die Höhe hob, die sie aus diesem Element gebildet hatte und die immer größer und ausgeformter wurden, war mit Gesichtern besetzt. Keines war voll ausgebildet, aber alle hatten sie blinde Augen und Münder, durch die Aelyn sprach. »Wir sollten zu Göttern werden. Wir waren die Hüter des Göttlichen. Wir waren verantwortlich für die Welt.«

Zaifyr konnte sich nicht bewegen. Wenn er es versuchte, packten die Hände fester zu, und er wurde höher in den stürmischen Himmel gehoben. Das ging so schnell, dass ihm das Atmen schwerfiel: Es war, als wäre er wieder unter Wasser, doch diesmal musste er nicht nach oben streben, sondern nach unten, um Sicherheit zu finden. Spitze Balken von Häusern und Steine von Nale schossen wie Schwerter und Lanzen um ihn herum, einige waren massiv, aber alle wurden sie von dem Sturmriesen getragen, den Aelyn über den Resten der Stadt hatte entstehen lassen.

»Du bist ebenfalls nicht frei von Schuld.«

Ein abgebrochener Balken raste auf ihn zu. Ein Gespenst umfing ihn nur für einen Moment. Der Wind riss brutal an seinem Körper und trennte ihn von Zaifyrs Macht, dennoch wurde das Holzstück abgelenkt und flog über ihn hinweg.

»Als wir den Beschluss fassten, Se'Saera zu unterstützen, dachte ich: *Das wird mein Asila*«, sagte Aelyn durch die Münder ihres

Sturmriesen. Zaifyr konnte nicht erkennen, ob sie das Gleiche sah wie er. »Das wird das Grauen sein, das mir in die Göttlichkeit folgt. Dafür werde ich über Jahrtausende Sühne leisten müssen.«

Zaifyr konnte wieder über den größten Teil seiner Macht verfügen. Er öffnete alle Sinne und sah am Nachthimmel die Seelen von großen und kleinen Vögeln, solchen, die über Leviathans Blut nach Beute jagten, und anderen. Er sah auch Menschen – Männer und Frauen –, aber sie waren weniger geworden. Es gab eine Grenze, über die ihn der Sturmriese hinaushob. Er musste die Vögel wie die Menschen stärker machen, ihnen mehr Substanz verleihen, wenn sie ihm zu Hilfe kommen sollten; also konzentrierte er sich auf das Menschengespenst, das den Balken abgelenkt hatte, einen ehemals reichen jungen Mann, der im obersten Stockwerk eines Hotels an einer Überdosis Drogen gestorben war. Ihn schleuderte er nun der Faust aus Wind entgegen.

Ein Teil der blinden Gesichter brach auseinander, aber der Sturmriese war nun vollends ausgebildet und gab Zaifyr nicht frei.

»Einige Dinge werde ich mir allerdings niemals verzeihen«, sagte Aelyn mit Hunderten von Stimmen.

Eine Sturmschwalbe folgte dem Geist, und dahinter kam eine zweite. Zaifyr griff nach beiden, ließ sie wie scharfe Messer am Himmel erscheinen und stieß sie in die Hand des Sturmriesen. Weitere Gesichter wurden zerstört. Nach den Sturmschwalben strömte seine Macht in ein Dutzend Kormorane, dann folgten Basstölpel, und als der Windriese schwächer wurde, kam ein Schwarm Pelikane herabgeschossen. Sie durchschnitten den Wind wie mit Schwertern, bis er Zaifyr fallen ließ.

Im freien Fall griff er nach dem Gespenst des Albatros, den Jae'le zuvor beschworen hatte. Er war ihm vertrauter als die fremdartigen Vögel, die er mit seiner Macht erfüllt hatte, und so fiel es ihm leichter, den großen Vogel zu packen, seine Macht in ihn zu ergießen und ihm Substanz zu verleihen. Eine Sekunde später prallte er so hart gegen den Geisterkörper, dass er spürte, wie eine Rippe brach. Es fehlte nicht viel, und er wäre durch den Vogel hindurch auf die Steine und weiter in das tosende Wasser gestürzt.

Der Wind raste wütend hinter ihm her. Aelyns Sturmriese hatte eine weitere Hand bekommen, die fegte auf ihn herab und zwang den Albatros, einen Bogen zu fliegen. Dabei sah Zaifyr in dem

Monstrum, das seine Schwester geschaffen hatte, eine schärfer umrissene Gestalt. Sie hatte keine Beine, nur ein Rumpf hockte am Himmel, das Gesicht war geprägt von den schwarzen Gewitterwolken und den Blitzen darüber. Nicht zum ersten Mal hatte er eine solche Schöpfung von ihr vor sich, doch keine hatte bisher so viele Münder gehabt, um wie jetzt damit zu sprechen.

»Ich werde mir nicht verzeihen, dass ich meine Familie getötet habe«, sagten die tausend Stimmen. »Ich werde mir nicht verzeihen, meinen Geliebten im Stich gelassen zu haben. Ich hatte davon geträumt, zusammen mit Eidan Universen zu errichten. Mit unserer Liebe wollten wir bezeugen, wer wir als Götter sein würden. Diesen Verlust werde ich mehr als alles andere und für alle Zeiten bereuen.«

Das brauchst du nicht, wollte Zaifyr ihr sagen, als der Albatros vor dem Sturmriesen aufstieg, zwischen dessen Händen hindurchschlüpfte und sich an den Trümmern vorbeidrückte, die dieser nach ihm schleuderte. *Du kannst der Sache ein Ende machen. Du kannst die Bevölkerung von Yeflam retten. Du kannst dich auf unsere Seite stellen.*

Doch dazu müsste sie sich zuerst von Kaquas Einfluss freimachen.

Dazu würde es nicht kommen, nicht hier, nicht über den Trümmern von Nale. Der Bettler hatte Jahrtausende Zeit gehabt, ihr seine Worte ins Herz zu pflanzen, und er hatte das ohne ihr Wissen getan. Zaifyr konnte sich selbst jetzt noch erinnern, wie ihm zumute gewesen war, nachdem er die beiden Priester getötet hatte, wie leicht es ihm gefallen war, Kaqua zuzustimmen. Damals hatte er geglaubt, seinen eigenen Gedanken zu folgen, genau zu wissen, wie Kaqua seine Macht einsetzte, als er bei jenem ersten Treffen danach den unbeholfenen Versuch machte, ihn unter seinen Einfluss zu bringen. Jetzt war er nicht mehr sicher, konnte es nicht sein. Er erinnerte sich, wie schnell er sich Kaquas Ansicht angeschlossen hatte, wie es ihm geradezu ein Bedürfnis gewesen war. Jetzt erst sah er, wie der Bettler vorging, wie er Zaifyrs eigene Gedanken unterstützt, wie er seine Zweifel und seine Hoffnungen verstärkt hatte.

Aelyn schwebte in den Kopf des Sturmriesen, als wäre seine Gestalt nur eine Erweiterung ihrer eigenen. Ihre Augen waren geschlossen, doch als Zaifyr sich näherte, öffneten sie sich.

Er sprach ihren Namen – einmal nur.

Ein Schrei löste sich aus dem Mund des Riesen. Der Wind, der ihn begleitete, war wie ein Schwarm Pfeile. Zaifyr konnte ihnen nicht ausweichen, er konnte sie nicht deutlich sehen, sie rissen an seinen Kleidern, schlitzten ihm die Haut an Armen und Rücken auf und zwangen ihn, sich fest an den Geisterleib des Albatros zu pressen. In heller Panik suchte er nach dem Gespenst eines anderen Vogels, nach einem Geschoss, das er ihr entgegenschleudern könnte, um den Angriff abzuwehren, um sie zu zwingen, mit ihm zu sprechen. Doch selbst als er wieder Verbindung zu den Pelikanen bekam, die ihn aus dem Griff des Riesen befreit hatten, war ihm klar, dass das nicht genügen würde.

Wenn er nicht vernichtet werden wollte, blieb ihm nur noch eine Möglichkeit.

123

Ayaes stählerne Klinge traf auf die stachelbewehrte Faust des hageren Ungeheuers, und unmittelbar darauf schoss ihre eigene Hand vor und krachte gegen seine Brust.

Sie hatte fest zugestoßen, um das Wesen in Leviathans Blut zu stürzen. Da sie wusste, dass ein Feuer auf seinem Lederwams nicht lange brennen würde, legte sie lieber ihre ganze Kraft in den Schlag. Sie war sich sicher, das Geräusch brechender Rippen gehört zu haben, dennoch wich der Hagere nicht mehr als einen halben Schritt zurück. Darüber war sie so schockiert, dass sie zu lange an Ort und Stelle verweilte. Hätte Jae'le nicht mit seinem Schwert den Hieb der zweiten Faust abgeblockt, sie wäre schwer getroffen worden. Da nun beide Fäuste des Hageren blockiert waren, trat sie zurück, um noch einmal mit der Hand zuzuschlagen. Doch als ihr Fuß den Boden berührte, ließ sie das Schwert sinken, drehte sich, machte einen Schritt an Jae'le vorbei und ließ ihr Schwert in weitem Bogen auf das erste Ungeheuer niedersausen. Es warf sich zur Seite, und ihre Klinge traf klirrend auf Eisen, anstatt sich in sein Fleisch zu fressen. Ayae begriff, dass es unter seinen dicken Pelzen ein Kettenhemd trug. Doch damit war es langsam und schwerfällig, und als sie spürte, dass Jae'le in die entgegengesetzte Richtung strebte, drängte sie nach vorne. Jae'le fing mit seiner Klinge einen Hieb des Hageren ab, während sich die Bestie vor Ayae aufbäumte. Dabei kam unter der schweren Pelzkapuze ein weißes Gesicht zum Vorschein, das durch Tätowierungen in eine fauchende Bärenmaske verwandelt worden war.

Ihr Schwert bohrte sich in das linke Auge der Bestie.

Die brüllte auf, doch bevor Ayae nachsetzen konnte, prallte Jae'le von hinten gegen sie, und sie hörte ihn ächzen. Sie machte den Weg frei, und er wich zurück. Die Klauen des Hageren hatten ihm die Brust zerkratzt. Ayae ignorierte die Bestie, beschrieb mit ihrem Schwert einen Kreis und fing damit den Arm des Hageren ab, bevor er Jae'les Brust noch weiter zerfleischen konnte. Die Klinge traf das Handgelenk, zerschnitt die Ketten, drang durch die Haut und blieb schließlich im Knochen stecken.

Das Ungeheuer zog den Arm zurück und entriss ihr dabei das Schwert. Es fiel ins seichte Wasser. Jae'les Schwert zischte an der Stelle vorbei, wo Ayae eben noch gestanden hatte, und drang tief in den Rumpf der Bestie ein. Jae'le setzte unvermittelt nach, mit einer Schnelligkeit, der Ayae auch mit ihrer beschleunigten Wahrnehmung kaum folgen konnte. Sie fragte sich kurz, warum Zaifyrs Bruder wohl so lange gebraucht hatte, um diese Kampfkraft zu zeigen, doch während ihr dieser Gedanke noch durch den Kopf ging, sah sie, wie Qual, der auf Eidans Rücken gekrochen war, Jae'le sein Gesicht mit den geschlossenen Augen zuwandte.

»*Nein!*«, rief Qual, als der Körper des Hünen erschauerte, und Ayae begriff, dass Jae'le die Kräfte, die er mobilisiert hatte, um das Ungeheuer anzugreifen, von den Machtsträngen abgezogen hatte, mit denen er Eidan am Leben erhielt. Doch als er nun den Hageren angriff und mit seinem Schwert eine ganze Serie von schnellen, harten Hieben vollführte, als sie sah, wie der verletzte Arm sich vom Körper löste und auf dem Boden landete, erschütterte ein krampfhafter Husten Eidans Körper, und schwarzes Wasser quoll aus seinem Mund.

Dann baute sich die Bestie vor dem Hünen auf. Wieder hustete Eidan.

Ohne zu überlegen, sprang Ayae vor und warf sich gegen das Ungeheuer. Die Wucht des Aufpralls war so groß, dass es nach hinten kippte. Ayae krallte die Finger wütend in seine Brust.

Unter ihren heißen Händen schmolz das Kettenhemd. Die Bestie versuchte sich loszureißen und schlug mit ihren schweren Armen verzweifelt auf Ayae ein. Sie bohrte die Finger noch tiefer in die Eisenringe, um zur Haut vorzudringen, doch dann rammte ihr das Ungeheuer sein tätowiertes Gesicht gegen die Stirn und warf sie zurück. Dabei sah sie den Griff ihres Schwertes in Reichweite, und als die Bestie ihre schwer gepanzerten Arme hob, griff Ayae nach der Waffe und ließ sie auf den rechten Arm ihres Gegners niedersausen.

Es war ein Hieb ohne Eleganz oder Raffinesse. Sie zog die Klinge zurück und schwang sie noch einmal wie eine Axt. Fleisch und Knochen gaben darunter nach. Sie zog das Schwert nach oben, trennte den Arm vollends ab, sprang hastig auf und ließ die Waffe auf den Kopf der Bestie niedersausen.

Das tätowierte Gesicht brach ein, als wäre es hohl, und als sie die Klinge wieder herauszog, fiel der halbe Schädel ab wie ein Stück knorpeliges Fleisch. Das Ungeheuer sank zu Boden.

»Wirf es in Leviathans Blut.« Jae'les Zuruf kam von rechts, wo er den Hageren in den Ozean gestoßen hatte. »Wir können es nicht töten, aber etwas da unten wird dafür sorgen, dass es sich den Tod wünscht.«

Hinter ihm scharrte ein langer schwarzer Fangarm über die Steinmauer.

Die Bestie war noch am Leben, als Ayae sie zum Wasser schleppte. Anfangs wehrte sie sich nur matt, als sie die Hände in die Pelze krallte, doch als sie die Kante erreichte, hatte das Ungeheuer wieder an Kraft gewonnen. Es war, als hätte die Verletzung am Kopf, der Schaden am Gehirn dem Körper lediglich einen Schock versetzt, und was immer im Inneren lauerte, brauchte lediglich ein wenig Zeit, um abermals die Steuerung zu übernehmen. Dennoch gelang es Ayae, die Bestie zu dem Fangarm zu schieben. Nun stiegen aus dem schwarzen Wasser ein Dutzend weiterer Arme auf – so dick und lang wie ihre Beine und von einem hässlichen Dunkelrot –, packten das Ungeheuer und zerrten es in die Tiefe.

Als Ayae sich umdrehte, stand ein Ochsenkarren vor der Hafenmauer. Der Ochse wartete geduldig, bis Jae'le, der Eidan in den Armen hielt, seinen Bruder auf die Ladefläche gelegt hatte.

Aus der Nähe sah sie, dass das Tier am Rücken und am Hals verletzt war. Neben Eidan lagen nasses Bettzeug und Kleidungsstücke. Doch ihre Aufmerksamkeit galt den Stimmen, die sich jetzt wieder vernehmen ließen.

»Hörst du das auch?«, fragte sie.

»Es ist Aelyn«, antwortete Jae'le. Er zeigte auf den Sturm, und Ayae sah erschrocken den voll ausgebildeten Sturmriesen. Er ragte über Nale auf, Blitze durchzuckten seinen Körper, als flösse die Energie mit dem Blut durch seine Adern. Das Gesicht ohne Augen und Mund wirkte seltsam leer und fremd. »Es sind ihre Worte.«

Sie bemühte sich zu verstehen, was gesprochen wurde, aber es klang nur wie der Wind.

»Ohne dich hätte ich uns nicht beide am Leben erhalten können«, sagte Jae'le und legte ihr eine Hand auf die Schulter. »Ich danke dir.«

»Was sagt sie?«, fragte Ayae.

»Sie bittet um Verzeihung.« Er wandte sich wieder dem Karren zu. »Sie richtet ihre Bitte an die Bewohner von Yeflam, obwohl sie nicht viele erreichen wird. Aber sie entschuldigt sich auch bei uns.«

»Warum bittet sie uns um Verzeihung?«

Ein Blitz flammte auf, und Ayae glaubte für einen Moment, Vogelschwärme zu erkennen.

»Weil Zaifyr sie töten wird«, sagte Zaifyr, und in seiner Stimme war eine schreckliche Traurigkeit. »Und wenn sie tot ist, haben wir die Verantwortung für ihn.«

124

Der erste Vogel, der Aelyn erreichte, war eine Sturmschwalbe.

Sie hatte den massigen Kopf des Sturmriesen von hinten durchstoßen, während Zaifyr die toten Pelikane in den Wind trieb, der aus dessen Mund kam. Es war ein Akt der Verzweiflung: Er spürte, wie die Haut seiner Finger aufplatzte, wie seine Kleider auseinandergeweht wurden, wie sich die letzten Amulette in seinem Haar losrissen, aber vor allem spürte er, wie die Pelikane zerstört wurden. Das Gebrüll des Riesen prallte gegen ihre verstärkten Körper. Diese Urkraft war zu viel für die toten Vögel, und so griff er nach der kleinen Sturmschwalbe und schleuderte sie auf seine Schwester wie einen Dolch. Der Wind setzte für einen Moment aus, und seine Macht konnte in die Gespenster der Pelikane zurückströmen. Die großen Vögel schossen wieder auf Aelyn zu.

Dann fielen die Geister über sie her wie einst die Geister von Asila.

Eine Woche nachdem er das letzte Mal über die lange Straße gegangen war, eine Woche nachdem er den Toten endlich das gegeben hatte, was sie verlangten, war sie zusammen mit Jae'le, Tinh Tu und Eidan in Asila eingetroffen. Er hatte nur lückenhafte Erinnerungen an diese Zeit: Einzelne Bilder, bestimmte Szenen konnte er abrufen, aber sich selbst hatte er verloren. Als seine Geschwister kamen, hatte nicht nur die Stadt in Trümmern gelegen, die ganze Nation hatte sich im Bann eines grauenvollen Wahns befunden, und inmitten von alledem hatte ihr Bruder gestanden. Auch in späteren Jahren, lange nach seiner Befreiung aus dem Turm, hatte Zaifyr Jae'le nicht gefragt, was er an jenem Tag gesehen hatte. Er hatte nicht gefragt, was sie getan hatten. Wie lange sie gekämpft hatten. Er hatte nicht gefragt, weil er so viel Abstand wie möglich zwischen sich und jenes Ereignis bringen wollte. Er war nicht mehr dieser Mann. Er würde es niemals wieder sein. Aber er wusste, dass Aelyn zu ihm gesprochen hatte, bevor sie ihm die Hände um den Hals legte, bevor der Boden unter ihren Füßen aufzureißen begann, weil Eidans Bauwerk zum Leben erwachte. Sie hatten alle vier zu ihm gesprochen. Sie hatten ihn angefleht, ein Ende zu machen, aber er hatte nur die Stimmen der Toten gehört.

Jetzt wollte Zaifyr mit Aelyn sprechen. Das war er ihr schuldig. Dazu wollte er die Vögel zurückrufen, obwohl er wusste, dass es aussichtslos war. Ihm fehlten die Worte, um Kaquas Einfluss auszulöschen. Und als der Kopf des Riesen sich nun mit Blitzen überzog, fehlten ihm auch die Worte, um zurückzunehmen, was er in den stillen Räumen ihres Hauses und bei dem Prozess in Nale gesagt hatte. Jae'le hatte recht: Sosehr der Bettler sie manipuliert hatte, Aelyn war auch ein Opfer seiner eigenen Macht, seiner Kämpfe gegen alles, was sich ihm in den Weg stellte.

Das wollte er Aelyn sagen. Sie sollte wissen, dass er einsah, was er getan hatte. Der Wunsch war stark, doch zugleich strömte die Macht in die Vögel, die an ihr zerrten. Er wollte ihr sagen, dass er nicht sie hatte zerstören wollen, sondern Se'Saera, um die Toten zu befreien und das Grauen zu beenden, das ihm Tag für Tag begegnete.

Aber wozu?

Rings um Aelyn wütete der Wind gegen die Geister der Vögel.

Hoffte er, ihr mit diesen Worten Einhalt zu gebieten, die Situation irgendwie zu entschärfen?

Nein.

Er wusste, dass das nicht möglich war.

Im Schädel des Sturmriesen krachte ein Donnerschlag, und plötzlich barst der Kopf auseinander.

Der Wind schlug nach ihm und versetzte ihm einen Hieb gegen die Brust, der ihm weitere Rippen brach. Der Atem wurde ihm vom Mund gerissen, und seine blutigen Hände drohten vom Körper des Albatros abzugleiten. Es war, als hätte der kopflose Riese seine Schwäche gespürt. Ein zweiter und dritter Stoß trafen ihn in die Brust, zerrten an seinen Kleidern, rissen weitere Amulette ab und verbissen sich in seine Haut. Trotz der Schmerzen und der Atemnot, die hektisch nach Luft ringen ließ, bemühte er sich verzweifelt, seine Macht zu konzentrieren. Sie fuhr in die drei Pelikane ein, die er finden konnte. Er verlieh ihnen Substanz und Größe – machte ihre Körper hart wie Stahl, verwandelte ihre massiven Schnäbel in Äxte – und gab ihnen so viel Leben, wie er es wagen konnte, bevor er sie in Aelyns wütenden Wind hineinschickte.

Die Vögel kämpften sich auf sie zu; Zaifyrs Macht durchströmte sie immer weiter, und sie wurden größer, imposanter. Er wusste, dass er sie in Monster verwandelte. Monster, mit denen er Aelyns Abwehr durchbrechen wollte.

Aelyn fing an, den Kopf des Sturmriesen wieder aufzubauen, um ihn als Schild zu benutzen, aber Zaifyr wusste, dass es dafür zu spät war. Er festigte seinen Einfluss auf die Monster, die er geschaffen hatte, behielt sie unter seiner Kontrolle, denn er war für sie ebenso verantwortlich wie seine Geschwister einst für Asila verantwortlich gewesen waren.

Deshalb waren sie damals gekommen, dachte er. Als sich zeigte, dass er seine Taten nicht mehr selbst verantworten konnte, hatten sie die Verantwortung für ihn übernommen. Sie hatten es nicht getan, weil sie Götter waren oder weil sie über die Fünf Reiche herrschten; sie hatten es getan, weil es niemanden sonst gab, der diese Pflicht übernehmen konnte. Sie hatten aus den gleichen Gründen vor ihm gestanden, aus denen er sich in Ketten nach Yeflam hatte bringen lassen.

Der erste der Monstervögel wollte auf Aelyn einhacken, doch Zaifyr stellte ihn ruhig.

Lange konnte er ihn nicht halten, denn er war geistig und körperlich erschöpft. Er musste jetzt zuschlagen – aber er konnte es nicht. Dies war der Augenblick, in dem er seine untoten Geschöpfe auf Aelyns Körper hetzen sollte, aber er war nicht dazu imstande. Er. Konnte. Sie. Nicht. Töten! Doch wenn er sie nicht tötete, musste er sich damit abfinden, selbst zu sterben. Das war ihm vollkommen klar. Er sah ihre Frustration und ihre Trauer, und obwohl er wusste, dass ihr Kaquas Einflüsterungen in Fleisch und Blut übergegangen waren, dass der Bettler seine Ängste und Wünsche auf alle Hüter des Göttlichen übertragen hatte, brachte er es nicht über sich. Auch er hatte Anteil an dem Geschehen und musste die Verantwortung dafür übernehmen. Er glaubte zwar nicht, dass er falsch gehandelt hatte, aber er war nicht korrekt vorgegangen. Er stellte den zweiten und den dritten Vogel ruhig. Seine Gefühle drohten ihn zu zerreißen. Er wusste, dass er die Toten befreien wollte, dass das Grauen ihres Daseins nicht fortbestehen durfte. Aber der Preis – der Preis dafür war nicht nur die Frau, die seine Schwester war. Er müsste seine Familie aufgeben und auch sich selbst. Wenn er Aelyn tötete, gab er den Mann auf, zu dem er einst im Turm mühsam zurückgefunden hatte. Dann wurde er wieder zu dem Irren, der er zuvor gewesen war.

Und dieser Irre war er nicht mehr.

Im nächsten Augenblick erfasste ihn der Wind.

Epilog

Vor nicht allzu langer Zeit erhielt ich einen Brief von einem meiner Brüder. Ich antwortete zwar, doch meine Antwort klang verächtlich, denn was er und ein anderer meiner Brüder mit meiner Schwester vorhatten, erfüllte mich mit Zorn. Damals war ich noch nicht in Gogair eingetroffen, sondern wandelte in Salar durch meine warmen, düsteren Korridore. Doch als ich mich an meinen Schreibtisch setzte, ließen mich seine Worte nicht los. Ich las den Brief wieder und wieder. Und schließlich begab ich mich in die Städte von Gogair und begann die Fäden aufzunehmen und ihnen zu folgen; ich wollte das Bild sehen, das vor unseren Augen gewoben wurde.

In Yeflam werde ich mich wohl bei ihm entschuldigen müssen.

Tinh Tu,
»Geheimes Tagebuch«

125

Es regnete, als der Hauptmann der Geister vor Maosas Toren eintraf.

Er saß, in seinen Umhang gewickelt, steif im Sattel. Kye Taaira war an seiner Seite, und beide sahen zu, wie das Tor sich langsam öffnete. Es war in eine hohe Mauer aus Steinen und Holz eingelassen, die sich um die ganze Stadt zog wie eine Fessel um ein Handgelenk. Als Kotan Iata sechzehn Jahre zuvor erstmals den Titel eines Friedenswächters für sich in Anspruch genommen hatte, war für diese Mauer törichterweise ein ganzes Vermögen verprasst worden, und die Bewohner von Maosa hatten es nie geschafft, ihren Schutz zu verlassen. Die Mauer war nicht etwa schlecht gebaut, nein, es wäre für einen Angreifer nicht leicht gewesen, sie zu durchbrechen, aber sie hatte die Stadt daran gehindert, sich über ein flaches Land auszubreiten, das sonst denkbar wenig zu bieten hatte. Als die Reiche von Faaisha an Reichtum und Größe zunahmen, glaubten viele, Maosa könnte sich zu einem wichtigen Brückenkopf am Ostrand der Nation entwickeln und politische und wirtschaftliche Verbindungen zum Hochland und nach Mireea herstellen. Unter einem anderen Führer wäre das auch möglich gewesen, aber Kotan Iata, für den das Schwert der einzige Weg zum Wohlstand war und der förmlich besessen war von dem Ehrgeiz, Marschall von Faaisha zu werden, verhinderte jede Expansion. Damit war die kleine Stadt zur Hoffnungslosigkeit verdammt, und das spürten Heast und Taaira nur allzu deutlich, als sie endlich das Tor passierten.

Isaap und seine Soldaten ritten vor den beiden Männern durch die schmalen Gassen. An der schlammigen Straße, die ins Zentrum führte, verkörperte ein Gasthaus für Heast aufs Eindringlichste die herrschenden Verhältnisse. Das lang gestreckte, niedrige Blockhaus bestand aus dicken Baumstämmen. Die Hälfte davon war unzugänglich, weil das Dach eingebrochen war. Auf den Trümmern hockten zwei nasse Krähen, misstrauisch beäugt von einem halb verhungerten Hund, der unter einem einsturzgefährdeten Wandstück im Trockenen lag und dieses Plätzchen auch nicht verlassen wollte. In der Hälfte des Gasthauses, die nicht repariert worden war, hatte man früher die Gäste untergebracht, die andere Hälfte, wo sich die Theke befand, war noch geöffnet. Der Schankraum war leer bis auf einen älteren Gastwirt, der mit ausdruckslosem Gesicht in der großen Tür stand, als Heast auf dem Weg zu der kleinen Festung im Zentrum von Maosa vorbeiritt.

Die Festung hatte große Ähnlichkeit mit der Mauer. Sie war zur gleichen Zeit ebenfalls aus Holz und Steinen gebaut worden. Drinnen war es dunkel und kalt, und die Schritte der vorausgehenden Soldaten hallten wider. An den zwei großen Türen zum Thronsaal wurden sie von den Gardisten eingelassen, ohne dass man ihnen die Schwerter abgenommen hätte.

Hinter den Türen wartete Kotan Iata, ein hochgewachsener Mann mit olivbrauner Haut. Sein Haupthaar hatte er schon vor langer Zeit verloren, seine Größe und sein würdevolles Auftreten hatte er sich jedoch auch im Alter bewahrt – er war inzwischen hoch in den Sechzigern. Seine schweren Gewänder waren in Rot und Silber gehalten. Mit einer Hand umfasste er ein großes silbernes Zepter. Mit diesem Prunkstück deutete er auf mehrere hölzerne Soldaten, die vor ihm standen und auf einer bunten, mit Kreide auf den Boden gezeichneten Karte der Reiche von Faaisha verteilt waren. Als Heast näher trat, waren junge Pagen damit beschäftigt, auf Anweisung des Kotans grüne und braune Soldaten für Leera und rote und silberne für Faaisha aufzustellen und über die Karte zu schieben.

»Aned Heast«, sagte Iata, ohne aufzusehen. »Sie haben mich um einen Turm gebracht.«

»Ich habe Ihre Soldaten gerettet«, gab Heast zurück.

»Ein Turm ist so viel wert wie fünfzig Mann. Das wissen Sie so gut wie ich.«

Eine törichte Feststellung aus dem Mund eines Toren, dachte Heast. Die anwesenden Soldaten – von der Veteranin Qiyala bis zu dem neu ernannten Ersten Talon Isaap – traten unangenehm berührt von einem Fuß auf den anderen.

Als das Schweigen so lange anhielt, dass es peinlich wurde, hob Iata den Kopf und sah Heast an. »Wie ich höre, hat Lord Tuael Sie um Hilfe gebeten«, sagte er endlich. »Ich bin nicht der Meinung, dass Sie hier gebraucht werden, das sollten Sie wissen.«

»Ich werde nicht lange hier sein.«

»Das möchte ich Ihnen auch geraten haben.« Damit war der Hauptmann entlassen.

Vor der Festung verabschiedeten sich Heast und Taaira von Isaap und seinen Soldaten. Nur Qiyala blieb bei ihnen. Die Veteranin wollte sie zu einem Gasthaus führen, aber eine Straße weiter stieg Heast vom Pferd und erklärte ihr und dem Stammesmann, er habe vorher noch einen Besuch zu machen. Kye Taaira sah ihn neugierig an, doch Heast hielt ihm als Antwort auf die stumme Frage lediglich die Zügel seines eigenen Pferdes hin. »Ich komme später zu Ihnen in den *Aal*«, versprach er. »Sorgen Sie dafür, dass die Pferde gefüttert und getränkt werden.«

»Natürlich.« Taaira nahm die Zügel. Möge Ihr Freund Sie herzlich empfangen, Hauptmann.«

Maosa präsentierte sich als elendes Nest, geprägt von Armut und stiller Verzweiflung. Das war ganz anders gewesen, als Heast zum letzten Mal hier durch den Schlamm gestapft war. Damals hatte Aufruhr geherrscht, die Stadt war kurz davor gewesen, kurz davor, sich gegen Iata zu erheben. Lord Tuael hatte persönlich für Ruhe sorgen müssen. Heast, damals noch Hauptmann des Rückens, hatte Tuael einen anderen Rat gegeben, der hinterher auch Iata zu Ohren gekommen war. Als er nun langsam die Straßen hinunterhinkte, vorbei an Männern und Frauen, die ihn mit stumpfen, gleichgültigen Blicken ansahen, und an Häusern, die im Grunde nichts anderes waren als leere Gräber, sah er keinen Grund, jenen Rat von damals zu überdenken. Der Regen wurde stärker. Allmählich keimte in ihm die Hoffnung auf, dass er sich irrte. Vielleicht lebte die alte Hexe Anemone doch nicht mehr in dem unübersichtlichen Häusergewirr am Ende von Maosa.

Leider stand ihr Haus noch. Es versteckte sich in einem Labyrinth von schmalen Gassen zwischen kleinen windschiefen Hütten, die sich gegenseitig stützten. Heast presste die Hand an die Stelle an seinem Bein, wo Fleisch und Stahl aufeinandertrafen, und folgte dem Pfad zu ihrer Haustür. Eine räudige Katze und zwei schmutzige Hühner sahen ihm entgegen, doch erst die Gardinen an den Fenstern und die Blumenkästen davor überzeugten ihn endgültig davon, dass hier noch jemand wohnte.

Eine junge Frau öffnete ihm. Sie war überaus mager, was durch die viel zu weite Lederhose und das übergroße Hemd noch betont wurde. Ihr Haar hatte sie unnatürlich dunkelrot gefärbt und zu einem Pferdeschwanz gebunden, sodass man die schwarzen Tätowierungen in ihrem Nacken sehen konnte. Heast schätzte sie nicht älter als siebzehn Jahre.

»Sie kommen spät, Hauptmann«, sagte sie. »Das lässt Ihnen meine Großmutter ausrichten.«

»Ich wusste nicht, dass wir verabredet waren.«

»Sie hatte Sie erwartet. Sie ist vor einem Monat gestorben.«

»Wartet sie noch immer auf mich?«

»Ja, Hauptmann, das tut sie.«

126

Bueralan erwachte davon, dass ein Pferd durch den Stall geführt wurde. Er hatte nicht geglaubt, dass er einschlafen und erst recht nicht, dass er so fest schlafen würde. Nun stellte er überrascht fest, dass ihn jemand zugedeckt hatte. Benommen drehte er den Kopf und sah aus verschwollenen Augen, wie Samuel Orlan ein graues Pferd an ihm vorbei und in den Verschlag neben den großen Grauen führte. Der Saboteur rappelte sich stöhnend auf, den geschienten Arm gegen die Brust gedrückt, die gebrochene Hand darübergelegt. Es dauerte eine Weile, bis er aus dem Verschlag treten und sich neben den Alten stellen konnte. »Das ist dein Pferd, nicht wahr?«, fragte er.

»Sie hat sich besser gehalten als wir alle.« Orlan fuhr der Stute mit einem Striegel über den Rücken, holte Blätter und Kletten aus dem Fell und untersuchte sie gleichzeitig auf Verletzungen. »Unvorstellbar, welche Schrecken sie überwinden musste, um uns zu erreichen.«

»Du brauchst nur aus der Tür zu schauen.«

»Sie war in meiner Werkstatt eingestellt«, sagte Orlan. »Aela Ren und Se'Saera sind nach Cynama gegangen.«

Erst jetzt erkannte Bueralan, dass sie allein im Stall waren. Mit schweren Schritten ging er zur offenen Tür und schaute hinaus über die leere, geschundene Landschaft. Immer noch lagen die Leichen von Menschen und Pferden herum, und die Lava, die aus der Erde gequollen war, verströmte einen leichten Schwefelduft.

»Se'Saera hat Taela mitgenommen.« Orlan trat an seine Seite. »Ich wollte es verhindern, aber sie haben mir gar nicht zugehört. Ich sagte ihnen, Taela leide große Schmerzen und sei völlig verzweifelt, aber … Man konnte noch die Kratzer um ihren Mund und die Hoffnungslosigkeit in ihren Augen sehen, als Se'Saera ihren Arm nahm …«

Bueralan wagte nicht, die Augen zu schließen, aus Angst das Bild würde vor ihm erscheinen. »Du könntest fortgehen«, sagte er. »Du brauchst nur auf dein Pferd zu steigen und weit, weit wegzureiten.«

»Bevor ich hierherkam, sagte ich, ich wolle das Ende abwarten«, gab der Kartograf zurück. »Selbst wenn ich könnte, würde ich jetzt nicht gehen.«

»Das Ende?« Bueralan entfuhr ein hohles Lachen. »Ich kann dir sagen, wie das Ende aussieht, alter Mann. Sie werden Ooila niederbrennen und Taela jeden Tag foltern, bis das Kind zur Welt kommt.«

»Nein«, widersprach Orlan leise. »Nein, das alles wird nicht geschehen. Se'Saera hat Ren und seinen Soldaten befohlen, die Insel zu verlassen. Vorher sollen sie Cynama zerstören, um den Weg nach Dyanos frei zu machen. Dort erwartet uns die *Glafanr.* Anschließend geht es nach Leera – und wir beide müssen mit auf diese Reise. Du siehst vielleicht keine Wachen, Bueralan, aber wir sind Gefangene. Man wird uns auf dieses Schiff verladen, bevor es mit Se'Saera in den Krieg gegen die Reiche von Faaisha, gegen Yeflam und gegen die Reste von Mireea zieht.«

»Warum hat sie es so eilig?«

»Sie hat in die Zukunft gesehen«, antwortete Orlan. Vor ihnen stieg ein einzelner Schmetterling in den brennenden Himmel auf. »General Waalstan wird dieses Jahr nicht überleben.«

127

Das Mädchen führte ihn in das kleine Haus. Drinnen war es warm. Es gab nur zwei Schlafräume, eine Küche, durch die man in einen winzigen Garten gelangte, und einen kleinen Wohnraum mit Gefäßen, Büchern und etlichen Kisten. Heast wusste, dass in diesen Kisten die Gebeine der Hexe Anemone neben den Gebeinen ihrer Tochter, ihrer Schwester, ihrer Mutter und der zwei Generationen von Frauen lagerten, deren Nachfolgerin sie gewesen war. Alle hatten sich an ihre Töchter gebunden, und Heast nahm an, dass die alte Hexe mit dem Mädchen, dem er folgte, ebenso verfahren war.

»Haben Sie ihren Namen angenommen?«, fragte er.

»Es ist ein alter Name«, antwortete das Mädchen. »Ein Name mit und ohne Macht.«

»Es ist auch eine Blume.«

»Ja.« Sie lächelte. »Meine Großmutter lässt Sie grüßen.«

Er setzte sich auf ein altes Sofa, dessen Bezug an den Armlehnen zerschlissen war, und streckte sein Stahlbein aus. »Es tut mir leid, dass ich das Begräbnis versäumt habe.«

»Sie weiß, dass das nicht stimmt, Hauptmann«, gab die junge Anemone zurück. »Die Rituale, mit denen sie an mich gebunden wurde, hätten Ihnen ohne Zweifel nicht gefallen. Wenn ich ganz ehrlich sein soll, ist meine Großmutter sogar der Meinung, dass Sie Hexen überhaupt nicht mögen.«

»*Sie* mochte ich«, widersprach er. »Aber mit ihr habe ich dieses Gespräch schon öfter geführt. Wenn sie mich jetzt wieder damit plagen will, dann soll sie sich einen anderen Tag aussuchen. Hat sie mir abgesehen davon sonst noch etwas zu sagen?«

Das Mädchen lachte, und in diesem Lachen hörte Heast die Stimme der alten Frau, die er so lange gekannt hatte. »Sie sollen wissen, dass sie bedauert, was Baeh Lok widerfahren ist«, sagte die junge Anemone und setzte sich ihm gegenüber auf einen Stuhl. »Sie wünschte, sie hätte ihm dieses Schicksal ersparen können. Aber sie ist auch der Meinung, dass er gut daran getan hat, Ihnen jenen Brief zu überbringen. Es sieht nicht gut aus für die Lords von Faaisha. Die Gerüchte über Fahnenflucht in den kleineren Reichen sind wahr und die über die Niederlagen der anderen ebenfalls. Aber sie sagt, das sei nicht der Grund, warum sie es für richtig halte, nach Zuflucht zu rufen. Reiche kommen und gehen, sagt sie. Doch jetzt ist ein neuer Gott erstanden. Se'Saera hat einen Namen bekommen. Sie verbirgt sich nicht mehr. Großmutter sagt, Sie haben die Soldaten gesehen, die sie geschaffen hat, und Sie haben von den Sklavenzügen nach Gogair gehört. Sie findet, das genügt für Zuflucht. Es genügt für die Soldaten, es genügt für die Hexe, und es sollte auch für den Hauptmann genügen.«

»Findet sie das?«

»Sie lässt Sie auch wissen, dass der Freund, der Sie vor so langer Zeit begleitet und der ihr Angst gemacht hat …« Das Mädchen hielt inne. »Zaifyr«, fuhr sie fort. »Großmutter sagt, er ist tot.«

»Und was ist mit Muriel Wagan?«, fragte er.

»Sie ist noch am Leben.«

Heast erhob sich langsam und bedankte sich.

»Meine Großmutter«, sagte Anemone an der Haustür, »möchte wissen, wie Sie darüber denken.«

Er sah ihr in die dunklen Augen. »Es genügt«, sagte er dann.

»Sie möchte, dass ich Sie begleite, wenn Sie aufbrechen.«

»Und was möchten Sie?«

»Hier gibt es für mich keine Zukunft«, antwortete sie aufrichtig. »Ich möchte das Erbe meiner Großmutter weiterführen. Es ist auch das meine.«

»Dann packen Sie Ihre Sachen«, sagte Heast. »Wir bleiben nicht lange.«

Die Nachricht von Zaifyrs Tod verfolgte ihn, als er den Weg zum *Aal* einschlug. Sie hatte ihn überrascht, und er glaubte sie nur ungern, aber er konnte sich nicht vorstellen, dass ihn die alte Hexe belogen haben sollte. Ihre Loyalität war im Tod wie im Leben über jeden Zweifel erhaben. Aber er hatte sich im Unterbewusstsein darauf verlassen, dass Zaifyr Se'Saera töten und damit dem leeranischen Heer seine Leitfigur nehmen würde. Damit hätte er ihm seine Aufgabe keineswegs appetitlicher, aber doch wesentlich einfacher gemacht.

Im *Aal* saß Kye Taaira mit mehreren maosanischen Veteranen schweigend an einem Tisch. Nur Qiyala unterhielt sich mit ihm, doch als Heast die Tür aufstieß, hob auch sie mit den anderen die Hand und winkte ihn heran. In dem nun folgenden Gespräch redeten sich die Veteranen ihre Unzufriedenheit, ihre Ängste und ihren Zorn von der Seele, doch Heast kehrte in Gedanken immer wieder zu Zaifyrs Tod zurück. Der Plan des Mannes mit den vielen Amuletten war also gescheitert. Er hatte alles darauf gesetzt, die Hüter zu überzeugen, sich auf seine Seite zu schlagen. Er hatte sich in Ketten legen lassen. Er hatte sich nicht dagegen gesträubt, dass man ihn in einem Haus gefangen hielt. Er war so zuversichtlich, sich seiner Sache so sicher gewesen. Heast konnte sich eigentlich nur vorstellen, dass er sowohl die Enklave als auch Se'Saera gegen sich gehabt hatte. Natürlich musste er sich davon erst noch überzeugen, aber wenn es tatsächlich zu einem solchen Bündnis gekommen sein sollte … nun, dann könnten die Klagen, die er gerade hörte, bald in den Ruf nach Frieden umschlagen.

Nach einer Weile stand er auf, ging auf sein Zimmer, warf sich auf das schmale Bett und schlief ein. Als er am nächsten Morgen halbwegs erholt erwachte, regnete es noch immer.

Er verzichtete auf ein Frühstück, schnallte sich sein Schwert um und ging an der Seite des Stammesmannes in den Stall. Anemone wartete bereits. Sie trug einen dicken alten Umhang über den Kleidern vom Vortag, an ihrem Gürtel hingen ein Dolch und eine Reihe von Beuteln. Sie hatte weder ein Pony noch ein Pferd mitgebracht, und er nahm sich vor, ihr noch am gleichen Tag beides zu kaufen. Kye Taaira begrüßte sie mit Respekt, doch die junge Hexe stieg lieber hinter Heast aufs Pferd, und die drei ritten schweigend durch die schlammigen Straßen. Nicht die Tore von Maosa waren ihr Ziel, sondern die Festung.

Wo sie im Regen vorüberkamen, traten Veteranen auf die Straße heraus. Zuerst folgten sie ihnen nur einzeln oder zu zweien, doch vor der Festung wartete eine große Gruppe unter Führung von Qiyala. Heast spürte Anemones warme, aufgeregte Atemzüge im Nacken, als er und Taaira den Pfad hinaufritten. Ein Blick auf den Stammesmann zeigte ihm, dass der alles, was vorging, mit unerschütterlichem Gleichmut betrachtete. Als sie vor den schweren Toren haltmachten, nahmen ihnen die Gardisten die Zügel der beiden Pferde ab.

Der Hauptmann der Geister marschierte geradewegs ins Herz der Festung. Taaira ging zu seiner Rechten, Anemone zu seiner Linken, dahinter folgten Qiyala und die Veteranen. Die Türen zum Thronsaal öffneten sich, und Kotan Iatas hochgewachsene Gestalt wurde sichtbar. Er stand, einen Silberbecher mit Wein in der Hand, inmitten der Kreidekarte der Reiche von Faaisha. Ein junger Page mit fleckigen Händen beugte sich über die Zeichnung und malte die Stellen nach, die durch die Bewegungen der Holzfiguren verwischt worden waren. Als Iata Heasts ansichtig wurde, runzelte er die Stirn, doch als er seine eigenen Soldaten im Gefolge des Hauptmanns erblickte, malte sich Empörung in seinen Zügen.

»Niemand hat Sie eingeladen«, sagte er und warf den Becher dorthin, wo eben noch der Page gekniet hatte. »Gardisten …«

Heast legte ihm eine Hand über den Mund und stieß ihm mit der anderen seinen Dolch in den Unterleib.

Der selbst ernannte Friedenswächter von Maosa wehrte sich noch kurz, sank aber schon bald zu Boden. Stille trat ein. Heast wandte sich an die Männer und Frauen, die hinter ihm standen, und sah einen nach dem anderen an. »Mein Name«, sagte er, »ist Aned Heast. Ich bin der Hauptmann der Truppe Zuflucht.«

Danksagungen

Meine Partnerin Nikilyn Nevins war die erste Leserin von *Leviathan's Blood* (»Gefallen«) aber was noch wichtiger war: Sie war auch die erste Zuhörerin und hatte als Erste darunter zu leiden. Kein Buch wird schweigend geschrieben. Leider.

Tessa Kum und Kyla Ward waren auch diesmal die fantastischen frühen Leser, die mich für alles, was ich hätte tun sollen, aber nicht getan hatte, in die Pflicht nahmen. Dank auch an Jessica Cuthbert Smith und Joy Chamberlain, die mithalfen, diesem Buch seine endgültige Fassung zu geben.

Mein Agent John Jarrold ist ein wunderbarer Mensch, der mir großzügig seine Zeit und Erfahrung zur Verfügung stellte.

Zu großem Dank bin ich Julie Crisp verpflichtet. Sie ist der Geist in der Maschine, der dafür sorgt, dass aus einem Buch ein Buch wird. Insbesondere ist sie der Geist *dieses* Buches. In den USA ist Pete Wolverton in gleicher Weise der Geist in seinem Imperium – und in diesem Buch. Dank an Sam Eades, der mich und die Öffentlichkeitsarbeit organisierte. Und an Irene Holicki, die *The Godless* (»Verflucht«) ins Deutsche übersetzte. Es war und ist bislang das erste Werk von mir, das jemals übersetzt wurde. Ebenfalls zu danken habe ich Laura Carr und Louise Buckley für ihre Arbeit an dem Buch. Und Bella Pagan, die immerhin bereit war, einem Iren und einem Australier einen Tisch zu überlassen, weil sie Bier dabeihatten.

Auch allen anderen, die das Buch unterstützten – den Lesern, den Rezensenten, den Bloggern –, ein herzliches Dankeschön.

ENTDECKE
NEUE WELTEN
MIT PIPER FANTASY
Mach mit und gestalte deine eigene Welt!
PIPER
www.piper-fantasy.de